KB274160

에이던 연대기

에이던 연대기

THE AEDYN CHRONICLES

Originally published in the U.S.A. under the title: The Aedyn Chronicles: Chosen Ones
Copyright © 2010 by Alister E. McGrath

Originally published in the U.S.A. under the title: The Aedyn Chronicles: Flight of the Outcasts
Copyright © 2011 by Alister E. McGrath

Originally published in the U.S.A. under the title: The Aedyn Chronicles: Darkness Shall Fall
Copyright © 2011 by Alister E. McGrath

Translation copyright © 2013 by Alister E. McGrath
Translated by CHOI Jong-Hoon

This Korean Edition was published by Poiema, an imprint of Gimm-Young Publishers, Inc., by permission of Zondervan, Grand Rapids, Michigan, U.S.A. through arrangement of rMaeng2, Seoul, Republic of Korea.
All rights reserved.

에이딘 연대기

THE AEDYN CHRONICLES

알리스터 맥그라스 | 최종훈 옮김

포이에마
POIEMA

에이딘 연대기

알리스터 맥그라스 지음 | 최종훈 옮김

1판 1쇄 인쇄 2013. 6. 20. | **1판 1쇄 발행** 2013. 6. 25. | **발행처** 포이에마 | **발행인** 김도완 | **등록번호** 제
300-2006-190호 | **등록일자** 2006. 10. 16. | 서울특별시 종로구 북촌로 63-3 우편번호 110-260 | 마
케팅부 02)3668-3246, 편집부 02)730-8648, 팩시밀리 02)745-4827

이 한국어판의 저작권은 알맹2 에이전시를 통하여 Zondervan과 독점 계약한 포이에마에 있습니
다. 신 저작권법에 의하여 한국 내에서 보호받는 저작물이므로 무단 전재와 무단 복제를 금합니다.

값은 뒤표지에 있습니다. ISBN 978-89-97760-47-3 03840 | 독자의견 전화 02)730-8648 |
이메일 masterpiece@poiema.co.kr | 좋은 독자가 좋은 책을 만듭니다. | 포이에마는 독자 여러분의
의견에 항상 귀를 기울이고 있습니다.

이 도서의 국립중앙도서관 출판시도서목록(CIP)은 서지정보유통지원시스템 홈페이지(http://seoji.nl.
go.kr)와 국가자료공동목록시스템(http://www.nl.go.kr/kolisnet)에서 이용하실 수 있습니다.
(CIP제어번호: CIP2013009243)

왕이 다시 오시는 날
빛이 홍수처럼 쏟아지니 어둠이 쫓겨 가네.

추천사

주입식 교육에 물든 아이들이 힘들어하는 것 중에 하나가 상상력을 키우는 일이다. 머릿속으로는 잘 그려도 혹시나 '허무맹랑한 소리'라고 핀잔 받을까 봐 섣불리 표현하지 못한다. 어른인 맥그라스가 놀라운 상상력으로 만들어낸 이야기가 모험을 망설이는 아이들에게 용기와 격려가 되어주길 바랄 뿐이다. **고원형**(아름다운 배움 대표)

머리에서 가슴으로 가는 길이 가장 멀다 하지만, 알리스터 맥그라스가 풀어낸 이야기와 함께라면 매우 즐겁게 그 길을 갈 수 있을 것이다. 에이딘은 다음 세대를 살아갈 우리 청소들에게 행복한 광야의 모습을 보여준다. 결핍을 모르고 모험을 주저하는 자녀에게 꼭 읽혀주기를 권한다.

권상한(샘물기독교교육연구소장)

낯설음으로 판타지는 시작되고, 망설임으로 판타지는 지속되며, 경이로움으로 판타지는 영혼의 아궁이에서 잉걸불로 타오른다. 가슴에 판타지를 품은 아이들은 새로운 도전을 두려워하지 않는다. 《나니아 연대기》에 이어 우리는 《에이딘 연대기》의 먼 여행을 떠난다. 피터와 줄리아와 함께 에이딘처럼 다가오는 내일을 두려워하지 않을 것이다.

김응교(시인, 문학평론가, 숙명여대 교수)

이야기엔 힘이 있다. 읽는 중에도, 다 읽고 난 뒤에도 그 영향력은 오래 남는다. 불순한 이야기들이 넘쳐 나는 시대에 《에이딘 연대기》는 믿음과 소망의 메시지를 흡입력 있게 다루고 있다. 이 이야기를 우리 아이들이 많이 읽었으면 좋겠다. 상상력을 동원해 주인공과 함께 신나는 모험을 떠나면 좋겠다. 무엇보다 '왕의 왕'이 다스리시는 세계를 자연스럽게 마음에 담았으면 좋겠다. **김지철**(소망교회 담임목사)

기독교적 주제가 이야기 전체에 흐르고 있지만, 넌크리스천들도 이 이야기에 분명 쏙 빨려들어갈 것이다. 대부분의 독자들은 기독교 판타지 소설이라는 것을 상상조차 하지 못하고 이 책을 읽을 것이다. 앞으로 이 책은 기독교 문학에 훌륭한 대안이자 롤모델이 될 것이라고 믿는다. **박은조**(은혜샘물교회 담임목사, 샘물중고등학교 이사장)

에이딘은 낯선 세계, 환상의 세계이지만 사실은 현실 세계와 맞닿아 있다. 우리가 매일 겪는 시기와 분노, 군림하고자 하는 욕망 등이 가득하다. 금세 평온을 찾나 싶다가도 어느새 평화로움은 멀리 사라지고 전쟁을 방불케 하는 인간의 마음을 너무도 잘 표현했다. 승패와 상관없이 그 마음을 견디고 싸우는 피터와 줄리아가 고맙다. 그리스도인이 걸어야 할 삶을 재미있게 표현해준 알리스터 맥그라스가 고맙다.
송인수(사교육걱정없는세상 공동대표)

좋은 판타지는 신비한 세계를 보여주는 데 그치지 않고 그 낯선 세계 안에서 오늘을 사는 우리의 모습을 발견하게 해준다. 《에이딘 연대기》는 성경의 다양한 에피소드를 기반으로 한 세계 안에서 주인공들의 모험을 통해 우리가 겪는 신앙적인 갈등과 회복의 과정을 잘 보여주고 있다. **이동원**(청소년 소설 《수다쟁이 조가 말했다》의 저자)

　복음주의 진영의 석학 알리스터 맥그라스가 쓴 청소년을 위한 책이 나온 것을 환영한다. 그가 판타지 소설을 썼다는 사실이 처음엔 놀라웠다. 그러나 그가 평소에 강조해온 바, 십자가의 신학이 현재적인 적실성relevance을 가져야 한다고 주장하는 흔들림 없는 논리를 생각하니 이내 고개가 끄덕여진다.

　청소년은 자신의 삶을 구성하는 큰 이야기에 굶주려 있다. 그래서 맥그라스는 아이들이 좋아하는 판타지 소설을 통해 예수의 복음이 그들을 살릴 가장 중요하고 커다란 이야기라고 말한다. 소설 속의 주인공들을 따라가다 보면 은유 속에 숨겨진 보석 같은 이야기를 만나게 될 것이다. 자, 이제 우리 아이들이 이야기를 맛있게 먹을 차례다.

이찬형(샘물중고등학교 교장)

　판타지 소설을 좋아하는 아이들에게 기독교 세계관이 잘 녹아 있는 책을 권하고 싶은데, 그런 책이 많지 않아서 늘 아쉬웠다. 그런데《에이딘 연대기》를 읽으며 눈이 번쩍 뜨였다. 아이들이 이 책을 읽으며 좋아할 것을 생각하니 가슴이 설렌다. 근엄한 신학자로만 알았던 알리스터 맥그라스에게 이런 재주가 있었다니, 놀랄 따름이다.

정병오(좋은교사운동 전 대표)

차
례

새로운 세계를 찾아서

배 열 척이 닻을 올리고 물살을 가르기 시작했다. 대대로 살아오던 섬에 갑자기 밀어닥친 재난을 피해 안전한 곳을 찾아 도망치는 길이었다. 남자와 여자, 아이와 짐승까지 뱃전에 서서 두려움이 가득한 눈으로 뒤를 돌아보았다. 배가 지나가며 남긴 거품 너머로 연기와 잿가루가 굵은 기둥을 이루고 마치 하늘을 찌를 기세로 허공에 치솟는 게 보였다. 간간이 불길한 불꽃이 잿더미 위에 어른어른 비쳤다. 고향 땅이 처참히 무너져내리는 걸 지켜보며, 더러는 눈물을 훔쳤다.

첫 번째 배에 오른 이들은 불안한 시선으로 리더인 마르쿠스 왕자를 바라보았다. 마르쿠스가 아니라면 도대체 누가 이 어려움에서 건져줄 수 있겠는가? 머잖아 무서운 일이 닥친다고 경고하면서 한시바삐 피해야 한다고 주장했던 것도, 일찌감치 배 짓는 일을 감독하고 항해에 필요한 물품들을 챙겨 실었던 것도 그였다. 하지만 이제 어디로 가게 될지는 아무도 모를 일이었다. 현자들 가운데 그 누구도 수평선 너머에 있는 세상 이야기를 들려준 적이 없었다. 마르쿠스가 사람들을 데려가려는 데가 바로 그 땅이었다.

며칠을 항해해도 뭍은 보이지 않았다. 마르쿠스는 불안한 심정을 들키지 않으려 안간힘을 쓰면서 뱃머리에 꼼짝 않고 서서 주변을 살폈다.

지도에 표기된 대로라면 저만큼 앞쪽에 섬이 보여야 했다. 독수리들도 육지의 기운을 탐색하는지 돛대 위를 맴돌았다. 하지만 여전히 검푸른 물결만 넘실거릴 뿐, 아무것도 눈에 들어오지 않았다.

혹시라도 착각이었다면?

마르쿠스는 또 다시 초조하고 불안한 감정에 사로잡혔다. 그래도 가슴을 활짝 펴고 수평선만 뚫어져라 노려보았다.

모든 게 그에게 달려 있었다.

현실의 사람들

★ **줄리아** | 열세 살 사춘기 소녀. 모험심 가득하고 책을 좋아한다. 두 해 전, 병으로 엄마가 세상을 뜬 뒤부터 방학이면 오빠와 함께 할머니 댁에 와 지낸다. 그러던 어느 날 할머니 댁 작은 정원 연못에서 낯선 세계 에이딘으로 들어가게 되고, 그곳에서 악의 무리와 싸우는 영웅이 된다.

★ **피터** | 줄리아의 오빠. 줄리아를 따라 엉겁결에 에이딘에 발 딛게 된다. 처음엔 믿을 수 없는 상황에 적응하지 못하고 실수도 여러 차례 한다. 그러나 '에이딘'이라는 세계에서 정의와 용기를 배워, 아빠의 재혼 이후 망가진 가정을 일으키는 데 큰 공을 세운다.

★ **그랜트 함장** | 두 아이의 아빠. 아내를 잃은 지 얼마 되지 않아 급하게 재혼을 한다. 새 아내의 모함으로 자녀들을 의심하며 학대하기 시작한다.

★ **루이자** | 줄리아와 피터의 이복동생. 새엄마의 성격을 똑 닮아 야비하고 시기 질투가 많다. 오빠인 버트램과 함께 끊임없이 줄리아와 피터를 괴롭혔다. 예기치 않게 두 아이와 함께 에이딘에 들어가게 되며, 그곳에서 인생의 큰 변화를 맞는다.

에이딘의 사람들

★ **마르쿠스** | 케미아 왕국의 왕자. 에이딘를 개척하고 존경받는 왕이 된다. 그러나 총애하던 세 영주들의 모함으로 에이딘에서 쫓겨나 죽음을 맞이한다.

★ **가이우스** | 마르쿠스 왕을 보필하던 대신하이자 전설의 수도사. 에이딘의 역사를 모두 알고 있는 유일한 자다. 줄리아와 피터가 에이딘을 구할 수 있도록 뒤에서 힘껏 돕는다.

★ **앨리스** | 에이딘의 백성. 군림하는 자가 나타날 때마다 힘없이 노예로 착취당하지만 믿음을 잃지 않는 착한 마음의 소유자.

★ **자칼, 레오파드, 울프** | 에이딘 왕국의 반란자인 세 영주. 왕을 쫓은 뒤 500년을 군림한다. 백성들을 착취하고 노예로 삼으며 온갖 비열한 짓을 저지른다.

★ **세레스** | 세 영주 이후에 에이딘을 점령한 포악한 성격의 장군. 전설의 신물 펜던트를 찾기 위해 백성들을 괴롭힌다.

★ **페라스** | 어둠의 세력이 보낸 마지막 인물.

1부

선택받은 이들

선택받은 이들
CHOSEN ONES

1

옥스퍼드 시내 한 구석에 언제 지었는지 모를 옛 집 한 채가 성벽에 바싹 붙어 서 있었다. 담쟁이덩굴이 자라서 담벼락과 창문을 온통 뒤덮었고, 집 안 곳곳에는 어두컴컴한 구석과 숨겨진 계단들이 있었다. 식구라곤 교수와 아내, 나이 많아 골골거리는 얼룩고양이 한 마리가 전부였다.

교수는 오래전에 벌어진 전쟁에 관한 글을 읽는 게 낙이었다. 바다에서 벌어진 싸움이든 뭍에서 벌어진 전투든 가리지 않았다. 금방이라도 주저앉을 것처럼 낡은 서재에는 유명한 해전의 한 장면을 묘사한 그림들로 가득했다. 바다에 가본 적은 한 번도 없었지만, 머릿속으로 늘 망망대해의 푸른 물결을 상상하며 살았다. 아들이 대영제국 해군장교가 되었을 때는 세상을 다 가진 듯 뿌듯해했다. 안주인은 푸근한 느낌이 드는 할머니로, 맛깔나게 차를 끓이고 쿠키를 굽는 재주가 있었다. 두 뺨은 발그레해서 기운 차 보이고, 달려드는 아이들을 덥석 안아주고도 남을 만큼 품이 넉넉했다.

얼마 전부터 교수의 집은 손님을 맞을 준비로 분주했다. 손주들이 오기로 한 것이다. 1년 전에 엄마가 세상을 떠난 데다, 아빠마저 바다에 나가 있어서 아이들은 방학 동안 두 노인과 함께 지내게 되었다.

할머니는 아침부터 부산했다. 빨아 넣어두었던 침대보를 꺼내서 햇볕에 말리고, 장롱의 먼지를 탈탈 털어낸 다음, 마룻바닥을 걸레로 싹싹 닦았다. 교수는 교수대로 꼬맹이들 머리맡에 놔줄 흥미진진한 책을 고르느라 서재에 틀어박혀 나올 줄 몰랐다. 열네 살 먹은 소년 피터를 위해서는 넬슨 제독이 트라팔가르 해전에서 썼던 전술을 다룬 역사책을 빼들었다. 열세 살짜리 손녀가 볼 만한 글을 찾기는 더 힘들었다. 결국 고대 그리스 정치를 쉽게 설명한 동화책을 택해서 아이들이 쓸 침실 테이블에 가지런히 정리해두었다. 하지만 정원에서 꽃을 한 다발 꺾어다가 줄리아가 잘 방 꽃병에 꽂다가 그 꼴을 본 할머니는 냉큼 《이상한 나라의 앨리스》로 바꿔버렸다.

그날 저녁, 시끌벅적대며 아이들이 도착했다. 길고 긴 여행을 마침내 마무리 지은 아이들은 잔뜩 들떠 있었다. 할아버지 할머니는 숨이 막히도록 꼬마들을 꽉 끌어안고 뽀뽀 세례를 퍼붓고는 달콤한 사탕이며 과자를 잔뜩 내놓았다. 한숨씩 돌리고 나서는 가방을 풀고 제각기 침실로 올라갔다. 피터는 옷을 갈아입을 생각도 하지 않고 침대 위에 벌렁 누웠다. 아직 쌩쌩한 줄리아는 깨끗이 씻고 발목까지 내려오는 잠옷을 챙겨 입은 다음, 침대 모서리에 앉아 창문 너머로 울타리가 쳐진 정원을 내려다보며 숱이 많고 긴 머리칼을 천천히 빗어 내렸다. 줄리아의 입에서 긴 한숨이 새어나왔다.

특별한 경우가 아니라면 방학 때는 보통 오빠랑 친구네 집에서 지내곤 했다. 하지만 이번에는 아빠가 상륙 허가를 받고 줄리아를 만나러 오는 중이었다. 편지에는 만나서 할 얘기가 있으니 학기가 끝나면 오빠

와 함께 할아버지 댁으로 가라고 적혀 있었다. 아빠는 플리머스 항에 배가 닿는 대로 곧장 합류하겠다고 했다.

켄트에 있는 루시네 집으로 갔더라면 훨씬 신났을 것이다. 수영도 하고 런던으로 쇼핑하러 갈 수도 있었다. 할아버지 할머니도 좋지만, 뭐랄까… 음… 조금 구식이란 느낌이 들었다. 어쨌든 이제는 깊은 밤, 혼자 이 생각 저 생각 할 수 있다는 게 다행이라면 다행이었다. 줄리아는 빗을 내려놓고 베개에 기대앉아 《이상한 나라의 앨리스》를 펴들었다. 옆방에서 어렴풋이 피터의 코 고는 소리가 들렸다.

줄리아는 오빠를 썩 좋아하는 편이 아니었다. 기계니, 공구니, 스포츠니 하는 지루한 것들만 좋아하는 데다가 각기 다른 학교에 다니는 바람에 서로 만나기조차 쉽지 않았다. 그렇지만 할아버지 할머니보다 그나마 낫다는 건 부인할 수 없는 사실이었다.

바로 그때, 어디선가 문틈이 벌어지는 소리가 들렸다. 머리털이 쭈뼛 곤두섰다. 눈을 크게 뜨고 귀를 쫑긋 세웠다. 요란한 장식이 붙은 문짝이 서서히 열리고 있었다. 삐걱. 녹슨 돌쩌귀가 돌아가더니 마루에서 한 줄기 빛이 새어 들어왔다. 범인의 정체를 알아차린 소녀는 긴장을 풀고 깊은 숨을 내쉬었다. 늙은 얼룩고양이 한 마리가 살금살금 들어오더니 침대로 폴짝 뛰어올라 소녀 곁에 웅크리고 앉았다.

"스캠프구나! 안녕, 반가워!"

줄리아는 반짝 안아 올려서 두 뺨을 부드럽게 어루만져주었다. 녀석도 기분이 좋은지 연신 가르랑거렸다. 둘 다 친구가 생겨서 기뻤다. 소녀는 창가로 가 고양이의 귀 뒤쪽을 살살 긁어주면서 정원을 굽어보았다. 담장 아래편 분수에서 보글보글 거품이 솟아오르고 있었다.

"마당 좀 봐, 스캠프. 나가서 마음껏 돌아다니고 싶지? 하지만 안 돼.

넌 집고양이잖아, 그렇지?"

스캠프는 두 발로 유리창을 딛고 서서는 다시 한 번 가르랑거렸다. 밖에 나갔다 하면 온몸에 벼룩을 묻히거나 갓 잡은 새나 쥐를 물고 오기 일쑤여서, 녀석은 꼼짝없이 집 안에 갇혀 사는 신세였다. 할머니는 깔끔하고 단정한 집 안에, 살았 있든 죽어 있든, 다른 짐승을 들이는 걸 끔찍이 싫어했다. 아무 데나 돌아다니며 한뎃잠을 자는 거친 고양이들과 섞이는 것도 용납할 수 없었다. 그랬다간 나쁜 습관이 몸에 밸 거라며 진저리를 쳤다.

줄리아는 쓴웃음을 지었다. 가엾은 스캠프, 만날 집 안만 맴돌아야 하다니! 그때 갑자기 마당에서 무언가가 움직이는 게 보였다. 조그민 새들이 못가에서 퍼덕이고 있었다. 고양이는 본능적으로 경계심을 드러냈다. 온몸을 바짝 움츠리고 이리저리 날아다니는 새들을 뚫어져라 바라보았다. 소녀는 녀석의 신경이 온통 아래서 벌어지고 있는 일에 가 있다는 걸 알아챘다. "나가서 한바탕 놀아보고 싶구나, 그치? 음, 어떡하지? 그래도 보내줄 순 없어. 넌 그냥 여기 있어야 해."

줄리아는 늙은 고양이를 침대 위에 내려놓았다. 녀석은 몸을 공처럼 웅크리고는 곧 잠에 빠져들었다. 스캠프가 따라나서지 않는 걸 몇 번씩이나 확인한 소녀는 파란 슬리퍼를 끌고 조심스럽게 나무계단을 내려가 판자로 벽을 댄 홀에 들어섰다. 눈곱만큼도 피곤하지 않으니 슬슬 탐험에 나설 참이었다.

집 안에는 똑딱똑딱 할아버지의 낡은 시계가 돌아가는 소리뿐, 쥐죽은 듯 고요했다. 이처럼 오래된 집에 혼자 깨어 있기는 이번이 처음이었다. 줄리아는 수사관처럼 구석구석을 뒤지기 시작했다. 어른들이 알면 펄쩍 뛸 게 빤한 방부터 기웃거렸다. 우선 할아버지의 서재에 숨어

들었다. 말 그대로 엉망진창이었다. 온갖 종이들이 사방에 나뒹구는 통에 방바닥이 보이지 않을 정도였다. 책상 위에는 온갖 책들이 시루떡처럼 층층이 쌓여 있었다. 선반이란 선반은 바다를 누비는 선박모형이 죄다 차지했다. 조용히 문을 닫고 나온 소녀는 응접실로 향했다. 그렇게 한 시간 반에 걸쳐 방들을 하나씩 훑었다. 그럼 이제 뭘 하지? 잠은 오지 않았다. 답답한 침실로 되돌아간다는 건 생각하기도 싫었다.

줄리아는 다시 거실로 들어갔다. 손가락으로 오래된 나무판자를 더듬어가며 걸었다. 왼편에 있는 대문으로 나가면 대학교로 이어지는 길이 나왔다. 저녁에 도착했을 때도 그 문으로 들어왔다. 그런데 오른편에 두터운 녹색 커튼에 반쯤 가려진 문 하나가 더 있었다. 소녀는 그쪽으로 걸어가서 커튼을 걷어냈다. 지하실로 통하는 문인가? 아니면 뒷길로? 고양이가 일어나 따라오지 않았는지 거듭 확인한 뒤에, 줄리아는 천천히 힘을 주면서 빗장을 돌렸다. 오랫동안 쓰지 않고 내버려둔 걸 불평이라도 하듯, 문짝에서 삐거덕거리는 소리가 났다. 온몸이 얼어붙는 것 같았다. 누가 듣고 살펴보러 나오면 어떡하지? 꼬맹이는 숨을 죽였다. 하지만 한참을 기다려도 인기척은 들리지 않았다.

크게 심호흡을 하고 문을 완전히 열어젖혔다. 널찍한 마당과 바깥을 에워싼 울타리가 보였다. 침실에서 내려다보던 그 정원이 틀림없었다. 나가도 괜찮을지 망설여졌다. 재빨리 주위를 돌아보았다. 아무도 보이지 않았다. 소녀는 문을 살짝 닫아놓고 마당으로 내려섰다.

아름다운 5월의 밤이었다. 분수에서 뿜어나오는 물줄기가 은으로 만든 꼬마전구처럼 반짝거렸다. 부드럽게 물이 솟는 소리가 담장에 부딪혀 울리면서 은은한 음악이 되어 정원을 포근하게 감쌌다. 분수에서 솟아난 물은 도랑을 따라 자그만 연못으로 흘러들었다. 온갖 나무와 덩굴식물들이 담장을 뒤덮고 있었다. 사과꽃, 등꽃, 목련 따위가 활짝 피어 밤공기 속으로 짙은 향기를 뿜었다. 난생처음 보는 멋진 정원이었다.

그런데 잠깐, 무슨 소리를 들은 것 같았다. 부드럽게, 천천히 이름을 속삭이는 느낌이었다. 머리부터 발끝까지 소름이 돋았다. 홱 고개를 돌려 누구가 낸 소리인지 살폈지만 아무도 눈에 띄지 않았다.

"소리는 무슨 소리!" 소녀는 절레절레 고개를 흔들며 중얼거리고는 서둘러 집 안으로 들어갔다. 바람이 지나갔거나, 새가 울었거나, 큰길을 지나가는 이들이 떠드는 소리가 담장 너머로 들려온 게 틀림없었다.

줄리아는 가만히 문을 닫고 계단을 올라 침실로 돌아갔다. 스캠프는 여전히 몸을 옹송그린 채 잠들어 있었다. 소녀가 이불을 들치고 들어가자 스캠프는 발을 쭉 뻗었다가 이내 풀었다. 이상한 정원이라고 소녀는 생각했다. '무언가 말이 안 되는 구석이 있어!' 하지만 유리창 너머로 내다보이는 것이라곤 환한 빛을 받아 어여쁘게 드러난 아름다운 풍경뿐이었다. 나무도, 오솔길도, 물도 온통 은빛이었다. 아름다우면서도 어딘지 모르게 으스스한 빛 속에 분수와 못에 고인 물이 일렁였다. 아무래도 수상해. 감은 분명한데 그 실체가 무언지 콕 집어낼 수가 없었다.

이불을 머리끝까지 뒤집어쓰며 소녀는 다짐했다. '내일 꼭 다시 가봐야지!' 그런데 까뭇하게 잠이 들려는 바로 그 순간, 그토록 괴이한 기분이 든 까닭이 퍼뜩 떠올랐다.

그믐을 코앞에 둔 밤, 하늘엔 달이 없었던 것이다.

다음 날 아침, 누군가가 어깨를 건드리는 느낌에 줄리아는 눈을 떴

다. 스캠프가 잠옷을 긁어대고 있었다. 아직 몽롱한 상태로 녀석의 귓등을 가만히 긁어주었다. 고양이는 침대에서 펄쩍 뛰어내리더니 문간 앞에 서서 야옹 하고 울었다.

"아침 먹을 시간이구나? 그렇담 한술 떠야겠지?"

줄리아는 아래층으로 내려갔다. 식탁에 앉아서 따뜻한 차를 홀짝이며 조간신문을 읽고 있던 할머니는 손녀를 보자마자 곁에 앉으라며 손짓했다. "안녕, 공주님! 간밤엔 푹 잤겠지? 그런데, 말썽꾸러기 오빠는 왜 안 보이는 거지?"

대답을 하기도 전에 뒤에서 꿍얼거리는 소리가 들렸다. 피터는 어제 입은 옷을 그대로 걸친 채 비척비척 주방으로 들어오더니 빈자리에 털썩 주저앉았다. 줄리아는 어쩐지 이번 방학이 아주 길 것 같은 예감이 들었다.

아침식사 자리는 편치 않았다. 할머니는 학교생활이며 취미 따위를 꼬치꼬치 캐물으며 어떻게 해서든지 답을 듣고 싶어 했다. 꼬리에 꼬리를 물고 이어지던 궁금증이 가라앉고 나서야 비로소 고요하고 평온한 어른만의 세계로 돌아가 독서와 뜨개질 삼매경에 빠져들었다. 피터는 어른들을 졸라서 옥스퍼드 시내 구경을 나가도 좋다는 허락을 받아냈다. 덕분에 혼자 편안한 시간을 보낼 수 있게 된 줄리아는 책을 챙겨들고 마당으로 나갔다. 정원이야말로 일찌감치 놀이터로 점찍어둔 소녀만의 공간이었다.

2

　별일 없이 똑같은 날들이 흘러갔다. 피터는 느지막하게 일어나 할아버지와 함께 점심시간에 맞추어 시내로 나가곤 했다. 둘이서 마주 앉아 진종일 넬슨 제독의 전략이 어쩌고 화약 개발이 어쩌고 하며 열을 올릴 게 빤했다. '사내들의 수다'라면 딱 질색인 줄리아는 대부분 마당에서 시간을 보냈다. 책을 읽거나, 그림을 그리거나, 아무 하는 일 없이 잔디밭에 누워 뒹굴뒹굴했다.

　정체를 알 수 없는 빛이 되살아난 건 그런 식으로 하루하루를 지내던 어느 날 저녁이었다. 솔직히 말하자면, 이 집에 도착했던 날 밤에 보았던 은빛 광채 따위는 까맣게 잊고 지내던 참이었다. 그런데 저녁 해가 담장 너머로 완전히 사라질 때까지 물끄러미 지켜보다 막 자리를 털고 일어나려는 순간, 불쑥 그 빛이 다시 나타났던 것이다. 한 번 보면 웬만해선 잊을 수 없는 신기한 광경이었다. 희미한 빛이 산들바람 속에서 흔들렸다. 종소리 비슷한 게 들린다 싶었지만 환청일지도 모를 일이었다. 소녀는 앉은 채로 주위를 돌아보았다. 놀라서 숨조차 제대로 쉴 수가 없었다.

나무와 바위, 풀잎 하나하나까지 은빛을 입고 있었다. 첫날 밤보다 빛이 훨씬 밝은 것 같았다. 모든 게 더 선명하고 또렷하게 보였다. 줄리아는 일어나 정원 구석구석을 돌아다니면서 눈부신 빛을 보고 숨을 들이마셨다. 못가에 이르자 딱히 뭐라고 말할 수 없는 힘이 소녀를 잡아 세웠다. 정체를 알 수 없는 무언가가 잡아끄는 것만 같았다. 감당하지 못할 만큼 강렬했다.

딸랑딸랑! 순간, 아까와는 사뭇 다른 종소리가 들렸다. 할머니가 저녁 먹으러 들어오라고 보내는 신호였다. 그제야 퍼뜩 정신이 들었다. 줄리아는 얼른 부엌으로 달려갔다.

옛집의 저녁식사는 주로 할아버지의 어린 시절 이야기를 경청하는 일종의 공식행사였다. 아이들이 잘 보고 듣느냐는 문제가 아니었다. 아니, 전혀 중요하지 않다고 말하는 게 정확하다. 그래도 음식만큼은 푸짐했다. 맛있는 요리가 줄지어 나왔다. 대화라고는 날씨라든지 대학에 관한 이야기가 전부였다. 그날도 교수는 도서관 지붕이 새서 빗물이 스며드는 사태에 대한 견해를 장황하게 늘어놓고 있었다. 피터가 "망했다!"라고 중얼거리긴 했지만, 아이들도 이 대목에서는 입을 꼭 다물고 듣기만 해야 한다는 걸 잘 알고 있었다.

줄리아가 난데없이 할아버지의 이야기에 끼어든 건 그만큼 낯선 일이었다. 스프를 먹고 메인코스를 기다리는 사이에 궁금증을 견디다 못한 소녀가 물었다. "할머니, 왜 밤마다 정원이 환하게 빛나는 거죠?"

할머니는 스테이크 한 점을 포크에 찍어 입으로 가져가다 말고 휘둥 그레진 눈으로 손녀를 돌아봤다.

"빛이 난다고? 아이고 애야, 네 눈에 뭐가 씐 모양이다. 열이 있는 거 아니냐? 머리가 뜨거우면 헛것이 보인다고들 하던데." 그러곤 얼른 소녀의 이마를 짚었다. 할머니는 교수를 돌아보며 물었다.

"영감, 우리 집 앞마당에 무슨 문제가 있어요?"

"뭐가 어찌 됐다고?" 으깬 감자에 정신이 팔린 교수는 건성으로 물었다.

"여보, 애가 왜 밤마다 정원에서 환한 빛이 나느냐고 묻잖아요."

"금시초문인걸? 밤에 빛이 난다고? 난 모르는 일이다." 요리조리 빠져니가던 공을 마침내 포크로 찌르는 데 성공한 교수는 쾌감이 묻어나는 말투로 대꾸했다.

소녀는 도무지 성에 차지 않았다. "할아버지, 그럼 정원 이야기 좀 해 주세요. 얼마나 오래됐는지, 뭐 그런 거요."

"아가, 그러자면 역사를 까마득하게 거슬러 올라가야 할 게다. 그 정원은 옥스퍼드에서도 아주 오래된 곳 가운데 하나거든. 할아버지 생각에는 적어도 수백 년 전에 어느 수도사가 만든 게 아닌가 싶구나. 실은 말이다…." 교수는 접시 위의 콩들을 집어삼키고 나서 말을 이었다. "대대로 전해 내려오는 전설이 있단다. 저 마당에서 살해된 수도사가 좀처럼 이곳을 떠나지 못하고 있다는 얘기지."

줄리아의 눈이 솥뚜껑만큼이나 커졌다. "그러니까 정원에 유령이 나온단 말씀이에요?"

피터가 마시던 물을 컵에 뿜어내며 웃음을 터트렸다. 할머니가 얼른 끼어들었다.

"여보, 애들이 놀라잖아요! 아니다, 아가. 귀신을 찾는다고 오밤중에 일어나 정원을 돌아다니면 안 돼. 침실 창문으로 무언가가 기어 들어올까 걱정할 것도 없고."

할아버지도 맞장구를 쳤다.

"그럼, 그렇고말고! 넌 똑똑하니까 잘 알 게야. 전설은 그냥 이야기일 뿐이지. 여태 여기 살아도, 에헴, 그런 수도사는커녕 비슷한 사람조차 본 적이 없어요."

교수는 다시 한 번 헛기침을 하고는 으깬 감자로 눈길을 돌렸다.

그날 밤, 줄리아는 등을 떼밀리다시피 해서 일찌감치 잠자리에 들었다. 손녀에게 열이 있을지 모른다는 의구심을 완전히 떨쳐버리지 못한 할머니는 마치 어린아이 대하듯, 베개를 받쳐주고 침대 모서리에 앉아 기도까지 해주었다. 마지막으로 소녀의 이마에 입을 맞추고는 불을 끄고 내려갔다. 마침내 혼자 남게 된 줄리아는 깊은 상념에 빠졌다. 처음에는 아직 잠자리에 들지 않고 화학실험 도구들을 만지작거리며 놀고 있을 피터를 떠올렸다. 무슨 실험을 한답시고 화약 나부랭이를 가지고 설쳐대는 꼴이 눈에 선했다. 사내들이란 그렇게 뻥 터지는 것만 보면 사족을 못 쓰는 법이니까. 하지만 생각의 끝자락이 정원에 가 닿자마자 오빠 따위는 머리에서 깨끗이 지워졌다.

정원에서 제법 떨어진 침대에서도 은빛 광선을 감지할 수 있었다. 낡은 집 특유의 삐거덕거리는 소리만 빼고 온 집 안이 어둠과 침묵에 잠겼지만, 줄리아는 이상하게도 잠이 오지 않았다. 결국, 줄리아는 습관처럼 아래층으로 내려가 삐걱거리는 문을 조심스레 열고 마당으로 내려섰다.

저녁때처럼 이번에도 신비로운 힘이 줄리아를 못가로 이끌었다. 소녀는 잔디밭에 무릎을 꿇고 앉아 괴기스러운 빛이 흘러나오는 연못에 손을 담갔다. 분수에서 새어나온 은빛 광선이 팔에 스며들고 있었지만 전혀 눈치채지 못했다. 줄리아는 고개를 숙이고 자기 모습이 어른거리는 수면을 들여다보았다. 낯선 세계로 들어가는 입구처럼 보였다. 어디론가 떠나는 출발점인 것만 같았다.

같은 시각, 커다란 나무 뒤편에서는 두건을 뒤집어쓴 남자가 짙은 그늘에 몸을 숨긴 채 소녀를 지켜보고 있었다. 예언이 이뤄지려면 누 아이가 있어야 하는데, 한 친구는 언제쯤이나 볼 수 있을까?

피터는 여느 때처럼 책을 읽고 있었다. 아래층에서 돌쩌귀가 삐걱대는 소리가 희미하게 들렸다. 줄리아가 또 밤나들이를 즐기다 돌아오는 게 분명했다. 셜록 홈스 소설의 책장을 덮고 침대 옆 탁자에 올려놓았다. 명탐정은 범인과의 수 싸움에서 이길 기회를 또 한 번 놓치고 말았지만 내일이면 어김없이 승리의 휘파람을 불게 될 것이다. 찢어져라 하품을 하면서 피터는 침대에서 일어나 창문을 닫으러 갔다. 유리창 너머로 내려다보이는 정원은 제법 매력적이었다. 과학을 공부할 때와는 다른 차원의 감동이 느껴졌다. 얼마나 마음을 빼앗겼던지 동생이 말을 걸기 전까지는 뒤에 와 있다는 사실조차 눈치채지 못했다.

"정말 멋지지?"

피터는 반사적으로 고개를 돌려 소리가 나는 쪽을 돌아보았다. 여동생이 웃고 있었다. 저도 모르게 입가에 웃음이 번졌다. 소녀의 머릿속으로 오빠가 저렇게 마음에서 우러난 웃음을 짓는 게 얼마만인가 하는 생각이 스쳐 지나갔다.

"은빛이 어디서 나오는지 또 찾아보러 간 거야?" 피터가 바깥을 가리키며 말했다.

"분수에서 나오는 것 같아. 저 밑으로 내려가면 요정이 살고 있을지도 몰라. 생각만 해도 환상적이지 않아?"

"조금."

오빠는 고개를 끄덕이면서도 마음을 다잡았다. 요정이니 환상이니 하는 건 계집애나 꼬맹이들이 입에 올릴 법한 얘기였다. 피터는 한껏 야비한 웃음을 지어보이며 말했다. "아무래도 《이상한 나라의 앨리스》를 너무 많이 읽었나보다. 정원은 그냥 정원일 뿐이야. 가상세계니 뭐니 하는 것도 완전히 헛소리라고. 다른 세계 따위를 상상하게 만드는 책을 뭐하러 그렇게 열심히 읽는지, 참. 꼭 '이상한 나라'를 찾지 않아도 세상에는 탐험해볼 만한 데가 사방에 널렸단 말씀이야!"

줄리아는 피터를 물끄러미 바라보며 대답했다. "하지만 오빠, 누구나 꿈을 꿀 수 있다는 걸 잊지 마. 하나님이 독특한 세계를 그려볼 힘을 주셔서 이 세상을 다른 눈으로 볼 수 있게 하셨다고 생각해보라고."

"답답한 소리 좀 하지 마! 굳이 나무 밑에 요정이 산다고 믿지 않아도 마당에서 뛰어놀 방법은 얼마든지 있어. 나무는 나무고 별은 그저 별이야. 조그만 원자들이 모여서 만든 물체들이라고. 알고 보면 사람도 수많은 원자들이 쌓이고 또 쌓인 덩어리에 지나지 않아. 그게 전부야. 황홀한 마법의 세계 같은 건 없단 얘기야."

소녀는 침대에 털썩 주저앉았다. 다람쥐 쳇바퀴 돌 듯 대화가 꼬이는 게 벌써 몇 번째인지 알 수 없었다. 사실주의자이자 과학도인 피터의 사전엔 '상상'이란 말이 없는 것 같았다. "오빠, 그게 전부는 아니야. 우리가 수없이 많은 세계들 가운데 한 곳에서 살고 있는 걸 수도 있잖아. 빌딩의 방 한 칸에 살면서 거기가 전부라고 여긴다고 생각해봐. 당장 사는 곳에 너무 익숙해져서 다른 방들이 있다는 사실을 깨닫지 못하는 거지. 어쩌면 더 근사한 방이 많을지도 모르는데 말이야."

피터는 부러 입을 쩍 벌리고 천천히 하품을 한 뒤에 말했다. "아이고, 그렇게 억지를 부리니 할 수 없군. 너도 나이가 들면 차츰 알게 될 거야. 그때는 요정이니, 님프니, 한밤에 빛을 내는 정원이니 하는 터무니없는 소리 따위는 하지 않겠지."

"정말 빛을 본 적이 없다는 거야? 온통 은빛으로 반짝거렸는데 그걸 못 봤다고?"

"꼬마 아가씨, 그건 달빛이란다." 피터는 짐짓 아기를 달래는 어른 흉내를 내며 대꾸했다. 잔뜩 뿔이 난 줄리아는 유리창 너머로 보이는 새카만 하늘을 가리키며 매섭게 쏘아붙였다.

"오늘은 달이 뜨지 않는 밤이잖아! 달이 있으면 한번 찾아보라고, 어서!"

그러자 그렇게 자신만만하던 오빠도 할 말을 잃었다.

동생은 기세를 올렸다. "이제 알겠어? 저게 얼마나 신비롭고 신기한 일인지 알겠느냐고!"

"그러니까… 그게…." 피터의 목소리가 점점 기어들어갔다. 뭐가 뭔지 갈피가 잡히지 않는 눈치였다. 줄리아는 킥킥거리며 오빠의 손을 잡아끌었다.

"바보야, 이리로 와봐!"

둘은 계단과 마루판자가 삐걱대는 소리에 할아버지 할머니가 깨지 않도록 살금살금 정원으로 나갔다. 동생이 앞장서서 못가로 다가갔다.

"여기서 가장 센 기운이 나오는 것 같아. 꼭 무언가가 끌어당기는 느낌이라니까."

"어, 진짜네!" 피터는 부르르 몸을 떨었다. 바로 그때, 피터는 어디선가 자신의 이름을 부르는 소리를 들었다. 낮고 부드러운 음성이었다. 너무도 은은하고 잔잔해서 정말 목소리를 들었는지, 아니면 기분만 그런 건지 헷갈릴 정도였다. 콕 집어 설명할 수는 없어도 이 세상의 소리가 아닌 것만큼은 분명했다.

오빠는 동생의 손을 덥석 움켜쥐고는 문 쪽으로 와락 끌어당겼다.

"얼른 집 안으로 들어가자, 어서! 어쩐지 불안해!" 피터는 낮지만 단호하게 말했다.

소녀는 아랑곳하지 않고 물에 비친 제 얼굴을 뚫어져라 들여다보았다. 수면에 어른거리던 모습이 점점 깊고 또렷해지더니 나중에는 실물보다 더 선명해졌다.

"줄리아야…."

목소리가 또 한 번 소녀의 이름을 불렀다. 더없이 사랑스럽고 다정한 음성이었다.

피터는 동생의 손을 더욱 힘껏 쥐고는 동생을 현관문 쪽으로 홱 잡아젖혔다. "이제 그만하자! 무서운 일이 벌어지고 있는 게 틀림없어. 더는 여기 있으면 안 돼!" 한마디 한마디 토해낼 때마다 피터의 목소리에는 당황하고 겁에 질린 기운이 여실히 묻어났다.

하지만 소녀는 오빠의 손을 뿌리쳤다. "여기가 문이야! '이상한 나

라' 로 통하는 토끼굴이라고!"

"피터야…." 목소리가 이번에는 사내아이의 이름을 불렀다.

소년은 못들은 척, 동생을 채근했다. "이상한 나라 따위는 없어. 황홀한 세계 같은 것도 없고. 그러니 얼른 안으로 들어가자고!"

"이건 분명히 문이고, 난 그 뒤편에 뭐가 있는지 꼭 봐야겠어. 집에 들어가고 싶으면 오빠나 가. 내 걱정일랑은 조금도 할 필요 없어."

피터로서는 줄리아가 그처럼 어른스럽고 진지하게 얘기하는 걸 들어 본 적이 없었다. 무언가가 오누이를 변화시키고 있었다. 오빠는 동생을 잡은 손에 다시 한 번 힘을 주었다. 집으로 잡아끌려는 게 아니라 안전하게 지켜주려는 뜻이었다. 소녀는 고개를 들고 피터를 바라보며 빙그레 웃었다. 둘은 그렇게 손을 꼭 잡은 채, 어두운 물속으로 들어갔다.

3

청록색 바닷물이 햇볕에 달궈진 백사장을 부드럽게 어루만졌다. 줄지어 늘어선 나무들이 따뜻한 바람에 살랑살랑 우아하게 흔들렸다. 파도가 모래를 끊임없이 훑어대며 철썩거리고 나뭇가지가 서로 부대끼며 바스락거리는 소리만 들려올 뿐이었다. 뒤편에는 고운 모래언덕이 한낮의 열기를 무한정 빨아들이고 있었다.

"정말 아름답지 않아?" 줄리아가 꿈꾸듯 몽롱한 목소리로 딱히 누구에게랄 것도 없이 말했다.

소녀는 눈을 비비고 볼을 꼬집어보았다. 잠이 덜 깨서 아직 꿈에 빠져 있는 게 아닌지 의심스러웠다. 정말 그렇다면 얼른 잠에서 깨어나는 편이 나았다. 하지만 아무리 고개를 흔들고 뺨을 토닥여도 상황은 달라지지 않았다. 눈앞에는 천국처럼 아름다운 풍경이 그대로 펼쳐져 있었다. 바다와 하늘의 푸른색은 지금껏 자연에서 봤던 그 어떤 색깔보다 밝고 투명했다. 여전히 물결이 모래를 포근하게 감쌌다가 빠져나가는 소리뿐, 사방은 적막하기 그지없었다. 할머니 말씀처럼, 열이 나는 것 같았다.

　불안해진 줄리아는 자리를 털고 일어섰다. 훈훈한 바람에 긴 머리칼이 흩날렸다. 머뭇머뭇 바다 쪽으로 몇 걸음 떼어놓았다. 뜨겁게 달아오른 모래의 열기가 발바닥에 고스란히 전해졌다. 모든 게 신기하고 꿈결 같았다. 망망대해 저편의 세상 끝에서 누군가 자신을 부르고 있다는 느낌이 들었다. 망상일 거라고 중얼거리며 도리질을 쳐보지만 그렇게 치부하기엔 모든 것이 너무나도 선명했다.

　문득 내려다보니 발가락 사이로 모래가 비어져 올라오고 있었다. 여태 맨발이었다니! 화들짝 놀란 소녀는 서둘러 자신이 입은 옷을 살펴보았다. 엄마는 틈만 나면, 제대로 교육받은 숙녀는 단정한 옷차림에 늘 신경을 써야 한다고 가르쳤다. 제대로 갖춰 입고 있는 걸 확인하고 나서야 소녀는 마음을 놓았다. 하지만 평소에 입던 잠옷이 아니라 희디흰 옷이 온몸을 포근하게 휘감고 있었다.

　어라? 무언가 이상하다. 정신이 나간 걸까? 정신병원에 입원한 건 아닐까? 어쩌면 학교 친구의 삼촌처럼 돼버렸는지도 모른다. 친구는 '너한테만 말하는 비밀'이라면서, 스스로 갈매기라고 믿고 툭하면 켄싱턴 아파트 창문에서 뛰어내리겠다고 생떼를 쓰는 삼촌 때문에 집안이 어수선했는데, 지금은 삼촌이 그런 환자만 전문적으로 치료하는 병원에 들어갔다고 했다.

　맙소사! 소녀는 더럭 겁이 났다. '머잖아 아저씨를 만날 수도 있겠어! 내가 그렇게까지 이상해진 것 같지는 않은데….'

　줄리아는 포구 쪽을 마지막으로 한 번 더 쳐다보았다. 진종일 한곳에만 머물러 있을 수는 없는 노릇이었다. 이곳이 어딘지, 어떻게 집으로 돌아가야 하는지 밝혀내야 했다. 소녀는 두리번거리면서 끝없이 펼쳐진 바다를 눈으로 샅샅이 뒤졌다. 구조선의 흔적 따위는 어디에도 보이지 않았다. 눈길을 바닷가 쪽으로 돌렸다. 포구의 양편 끄트머리는 마치 먼 바다를 향해 손가락질이라도 하듯, 울퉁불퉁 튀어나온 바위들로 막혀 있었다. 가만히 보니 왼쪽에 숲으로 통하는 길이 보였다. 소녀는 잠시 망설이다 그쪽으로 걸음을 옮겼다. 야트막한 언덕을 넘자 방금 떠나온 곳과 비슷한 또 하나의 후미진 해변이 나타났다.

줄리아는 잠깐 걸음을 멈추고 주위를 살폈다. 그러곤 오솔길 끝에 있는 모래밭을 향해 내처 걷기 시작했다. 움직이면서도 줄곧 바닷가 쪽에서 눈길을 떼지 않았다. 그렇게 얼마나 갔을까? 소녀는 굳어버린 듯 그 자리에 멈춰 섰다. 놀랍고 한편으론 무서웠다. 바닷가를 따라 한 줄기 발자국이 또렷이 나 있었던 것이다.

그동안 벌어진 일들이 한꺼번에 떠올랐다. 정원, 은색으로 빛나던 광선, 웅덩이…. 아, 그 웅덩이! 못에 발을 들여놓자마자 물길이 갈라지면서 눈 깜짝할 새에 멀리, 아주 멀리서 반짝이는 조그만 빛을 향해 깊은 바닥으로 빨려 들어갔던 기억이 났다. 그 뒤에는 어디론가 굴러 떨어졌는데….

그렇다면 피터는 어디로 간 거지?

발자국은 두 포구 사이의 곶을 따라 굽어진 길을 걸어간 것처럼 보였다. 줄리아는 바다를 향해 툭 튀어나온 커다란 바위를 싸고 돌아가는 오솔길로 들어섰다. 오른쪽에는 숲이 이어지고 왼편에는 파도가 넘실댔다. 그러다 갑자기 숲이 끝나고 탁 트인 공간이 나타났다. 이리저리 뒤틀리고 옹이진 고목들이 너른 터를 에워싸고 있었다. 굵직한 나뭇가지들 사이로 바다가 보였다. 파도소리가 들리고 비릿한 냄새도 났다. 뿐만이 아니었다. 낯설기만 한 풍경의 한쪽 끝에서 낯익은 사내아이의 등짝을 보았다. 소녀는 숨을 깊이 들이마시곤 바람처럼 달려갔다.

누군가 다가오는 낌새를 채고 피터가 고개를 돌렸다. 처음에는 알아보지 못했지만, 곧 뛰어오는 아이가 동생이란 걸 깨달았다. 소녀의 두 눈은 안도감과 기쁨으로 반짝였고 얼굴마저 발그레 달아올랐다. 오누이는 서로 부둥켜안았다. 집에서는 꿈도 못 꿔봤던 일이었지만, 여기서는 전혀 다른 원칙과 기준이 둘을 움직였다.

"오빠, 이건 꿈이 아냐! 정말 '이상한 나라'에 들어온 거라고!"

"줄리아, 여긴 네가 말하는 이상한 나라가 아닌 것 같아." 피터는 동생을 잡아끌며 잔뜩 일그러진 얼굴로 말했다.

"좋아, 그렇담 여기가 어딘지 빨리 가서 알아보자." 소녀는 오빠의 어깨 너머로 공터를 건너다보면서 물었다. "뭘 보고 있었어? 뭘 좀 알아냈어?"

"저쪽에서 은빛 광선이 나오는 게 보였어. 정원에서 봤던 거랑 똑같았어. 네가 오면 가보려고 여태 기다렸던 거야."

"잘됐네. 거기부터 시작하면 되겠어. 이 길 끝까지 가면 뭐가 나오는지 보자고." 소녀는 나무들 사이로 뻗은 샛길을 가리켜 보였다.

피터는 뚫어져라 그쪽을 바라보았다. 길이라고 말하기도 어려워 보였다. 짐승의 발에 풀이 밟힌 자국이 보일 듯 말 듯 이어지고 있을 따름이었다. 기껏해야 사슴들이나 오갔을 것 같았다. 하지만 달리 선택의 여지가 없었다. 둘은 풀을 헤치고 한 걸음씩 떼어놓기 시작했다.

숲으로 깊이 들어갈수록 바다는 등 뒤로 멀어져갔다. 철썩거리는 파도소리가 차츰 가라앉고 하늘을 덮을 만큼 빽빽하게 들어찬 잎사귀들이 후끈한 바람에 서로 몸을 비벼대는 수런거림이 점점 크게 들렸다. 소금기 어린 바닷가의 공기가 빠져나간 자리를 꽃향기와 송진 냄새가

대신 했다. 오누이는 놀라움이 그득한 눈으로 공상소설에서 갓 튀어나왔음 직한 나무들을 연신 흘깃거렸다. 초록색 세상을 배경으로 온갖 덩굴식물들이 파란색, 흰색, 오렌지색 꽃들을 매단 채 사방에 나부끼고 있었다.

"와, 예쁘다!" 줄리아가 조그맣게 속삭였다.

10분 정도 걷자 갈림길(물론, 길이라고 할 수도 없이 희미한)이 나타났다. 앞장 서서 걷던 피터는 걸음을 멈추고 뒤를 돌아봤다.

"어느 쪽으로 갈까?" 엄지발가락으로 모래바닥을 긁적이며 소년이 물었다. 어찌해야 좋을지 모른다는 사실을 들킬까 싶어서 한사코 동생의 시선을 피했다. 반면에 고맙게도 한숨 돌리게 된 소녀는 다짜고짜 옷자락 한 쪽을 길게 찢기 시작했다.

"글쎄… 잘 모르겠어." 이로 흰옷 아랫단을 잘라내며 줄리아가 소곤거렸다. "잠깐만 기다려줘. 신발 비슷한 거라도 만들어 신어야지 발바닥이 아파 죽겠어." 그러곤 붕대처럼 길게 잘라낸 천 두 가닥으로 발을 꼼꼼히 싸맨 다음, 겹치는 부분 밑으로 끝자락을 집어넣어 야무지게 여몄다. 동생의 슬기로운 행동을 가만히 지켜보던 피터도 얼른 그 뒤를 따랐다.

"자, 이제 어느 길을 택할지 얘기해보자고." 천 조각으로 어설프게 발을 두르고 일어서는 오빠를 향해 빙그레 웃음을 지어보이며 소녀가 말했다. "그런데 은빛 광선은 어디로 가버린 거야?"

"나무에 가려서 안 보이는지도 몰라. 공터에서 아래쪽으로 너무 멀리 내려온 게 아닌지 걱정스러워." 피터가 말했다.

그건 사실이었다. 보이는 거라고는 빽빽하게 들어선 나무들과 보일 듯 말 듯 두 갈래로 갈린 오솔길뿐이었다.

“왼쪽으로 가자!” 동생이 단호하게 말했다.

“오른쪽 길로 가는 게 좋을 것 같아.” 오빠는 생각이 달랐다.

“왜?”

피터는 보이스카우트 시절, 지도와 나침반만으로 목적지를 찾아가는 훈련을 받았던 경험까지 되살려가며 그럴듯한 이유를 찾아내려고 안간힘을 썼다. 북극성을 기준으로 삼으면 된다는 이야기를 기억해냈지만 지금은 해가 쨍쨍한 대낮이었다. 설령 밤이라 해도 여기서도 북극성이 보일 거라고 장담할 수 없을 뿐만 아니라 누군가 속 시원히 가르쳐줄 수도 없는 노릇이었다.

“그렇다면 그런 줄 알아!” 피터는 윽박지르듯 말했다. 줄리아는 콧방귀 같기도 하고 비웃음 같기도 한 “흥!” 소리를 내며 왼쪽 길로 성큼 들어섰다. 피터도 마지못해 따라나섰다. 그렇게 30분쯤(세상에서 가장 긴 반 시간이었다) 걸어가자 또 다른 빈터가 나타났다. 비탈진 언덕 아래 널찍한 마당이 자리 잡은 모습이었는데, 은빛 잎사귀만 아니면 자작나무로 착각하기 딱 알맞은 수목들이 울타리처럼 사방을 에워싸고 있었다. 마당의 세 면은 경사진 땅을 깎아 만든 좌석이 차지했고, 네 번째 면에는 돌로 만든 웅장한 의자 하나만 덩그렇게 놓여 있었다. 공터의 한복판은 정원이었다. 바로 거기서 오묘한 은빛이 뿜어져 나왔던 것이다.

“내가 왼쪽이랬지?” 줄리아가 그것 보라는 듯 생글생글 웃으며 말했다. 피터는 이제 와 그런 소리가 무슨 소용이냐고 쏘아붙이고 싶었지만 약 오르고 말고 할 틈이 없었다. 그렇게 특이한 곳은 여태 한 번도 본 적이 없었기 때문이다.

옥스퍼드의 정원과 이모저모 비슷한 구석은 많았지만 이미 다 무너져서 잡초만 무성했다. 오누이는 웃자란 가시나무와 덩굴식물들로 뒤덮인 울퉁불퉁한 길을 따라 정원 복판, 분수대까지 걸어 들어갔다. 분수는 망가진 상태였다. 물이 고여 있어야 할 밑바닥은 잡풀이 수북했고 진흙이 물줄기를 내뿜는 구멍들을 막고 있는 것처럼 보였다. 도랑으로 이어지는 웅덩이 역시 잡초와 쓰레기가 가득했다. 돌을 깎아 만든 장식물들에는 이끼와 양치식물들이 덕지덕지 달라붙은 지 오래였다. 둘러선 나무들은 박쥐들의 보금자리로 변했다. 그처럼 철저하게 망가지고 버려졌는데도 불구하고 신비롭고도 오묘한 은색 광채가 감돌고 있었다.

오누이는 한동안 아무말도 하지 않고 삭막하기 짝이 없는 풍경을 샅샅이 뜯어보았다.

"버려진 지 적어도 수십 년은 된 것 같아." 줄리아가 입을 열었다.

피터도 머리를 끄덕였다. 소년은 줄곧 길게 늘어진 나무 그림자에서 눈을 떼지 못했다. 어두컴컴한 숲 속에서 길을 잃은 헨젤과 그레텔 신세가 될지도 모른다는 불안감이 머리를 떠나지 않았다. 잠자리는 등걸과 나뭇가지를 이용해서 어찌해볼 수 있을 것 같았다. 하지만 음식도, 마실 물도, 어둠 속에 도사리고 있을지도 모르는 위험을 막아낼 힘도 없었다. 만에 하나 동생한테 무슨 일이라도 생긴다면 아버지는 자신을 절대 용서하지 않을 게 틀림없었다.

"저 연못이 또 다른 세계의 입구는 아닐 거야, 그렇지?" 피터의 말에 줄리아는 고개를 가로저었다. 이번에는 무언가 잡아끄는 힘이 느껴지지 않았다. 옥스퍼드에서처럼 앞으로 다가서지 않고는 견딜 수 없게 만드는 마력을 감지할 수 없었다.

피터는 몸을 덜덜 떨었다. 해가 저물자 공기도 점점 차가워졌다. 불을 피워야 했다. 《야생에서 살아남는 법》 따위의 책을 좀 읽어두었더라

면 얼마나 좋았을까 하는 때늦은 후회가 밀려왔다.

줄리아는 입을 꼭 다문 채, 한낮의 햇살이 서서히 어둠에 자리를 내어주는 모습을 지켜보았다. 언제부터인가 조그만 빛 알갱이들이 하늘에서 내려와 머리 위를 떠돌기 시작했다. 소녀는 이처럼 엄숙하고 조용한 시간이 영원토록 계속되길 바랐다. 지금 이 순간이 엄청나게 중요해질 것 같은 예감이 들었다.

오빠의 목소리가 동생의 상념을 깨트렸다. "빨리 잠자리를 구해야겠어."

둘은 굵직한 나무에 기대어 하룻밤을 지내기로 했다. 오누이는 탄탄하면서도 잘 휘어지는 자작나무 가지를 모아다가 밤이슬을 가려줄 덮개를 만들었다. 피터는 동이 트자마자 물을 구해야겠다고 생각했다. 일단 갈증을 달랜 다음, 집으로 돌아갈 길을 찾아볼 작정이었다.

차가운 맨땅이었지만, 오빠는 동생보다 먼저 곯아떨어졌다. 줄리아는 깍지 낀 손을 베고 누워 하늘을 쳐다보았다. 나뭇가지들 사이로 수많은 별들이 깜박였다. 보일 듯 말 듯, 소녀의 입가에 웃음이 피어올랐다. 미소는 고요한 밤하늘 아래 까뭇하게 잠들어가는 내내 소녀의 얼굴에 머물러 있었다.

4

꿈 한 번 꾸지 않고 달게 잔 피터는 눈을 뜨자마자 배가 고팠다. 배 속에서 연신 꼬르륵 소리가 들렸다. 소년은 눈을 부비며 일어나 앉았다. 입에서 절로 끙끙거리는 소리가 새어나왔다. 옥스퍼드 할아버지 할머니 댁의 침실이길 고대하며 잠들었지만 눈앞의 현실은 어제 그대로였다. 지금껏 일어난 일은 꿈이 아니었다.

소년은 몸에 덮었던 나뭇가지들을 밀쳐내고 일어서서 있는 힘껏 기지개를 켰다. 태양은 아직 높이 떠오르지 않았지만 한밤의 추위를 가라앉히기엔 충분했다. 무척 뜨거운 하루가 될 듯했다. 불현듯 생각나는 게 있었다. 물이 필요했다.

잔가지를 들추고 곤히 잠든 동생의 어깨를 흔들었다. 소녀는 몸을 뒤채면서 짜증 섞인 한숨을 뱉어냈다.

"줄리아, 냇물을 찾아야 해. 아니면 과일 나무라도." 오빠가 재촉했다. 말은 그러자고 하면서도 소녀는 좀처럼 일어나지 않았다. 피터는 혀를 차며 좀 더 세게 동생을 흔들었다. "줄리아!"

"졸려…. 조금만 더 잘게." 줄리아는 웅얼거렸다. 피터는 한 손으로 헝클어진 머리칼을 쓸어올리며 자리에서 일어났다. 그냥 둬도 괜찮을 성 싶었다. 이리저리 얽은 나뭇가지를 덮고 있어서 남의 눈에 쉬 띌 것 같지 않았다. 혼자라면 더 빨리 움직일 수 있겠다는 생각도 들었다. 고개를 들어 다시 한 번 하늘을 바라보았다. 태양이 이글거리는 게 한시 바삐 샘을 찾지 못하면 무슨 일이 생길지 장담할 수 없었다. 오빠는 허리를 굽히고 동생에게 속삭였다.

"금방 돌아올게, 줄리아. 정원 밖으로 나가면 절대 안 돼, 알았지? 어디 가지 말고 꼭 여기 있어야 한다."

여전히 꿈나라를 헤매는 소녀는 듣는 둥 마는 둥 고개를 끄덕거렸다. 소년은 정원을 빠져나와 오솔길로 들어섰다. 어쩐지 그쪽으로 가면 냇물이 있으리란 느낌이 들었다.

줄리아가 잠에서 깬 건 그로부터 고작 몇 분 뒤였다(한참을 더 잔 줄 알았지만 실제론 잠깐이었다). 퍼뜩 정신을 차려보니 피터가 없었다. 소녀는 나무덤불을 젖히고 일어나서 물웅덩이 주변을 서성거리며 오빠를 찾았다. 벌써 멀리 가버린 걸까? 큰길까지 나가보고 싶은 마음이 굴뚝같았지만 그냥 정원에 있기로 마음을 고쳐먹었다. 잘만 숨어 있으면 무서운 짐승한테 물려갈 일은 없을 거라는 막연한 생각이 들었다. 적어도 겉보기엔 그랬다.

막 마음을 놓으려는 순간, 줄리아는 누군가 자신을 뚫어져라 지켜보고 있음을 직감했다. 본능이라고 해야 할까? 안에서 딱 집어 말할 수 없는 무언가가 꿈틀거리며 위험이 닥쳐오고 있다는 경고를 보냈다. 숨을 죽이고 동작을 멈췄다. 그렇게 천천히 상황을 살폈다. 꼼짝 않고 있으면 그게 무엇이든 그냥 지나갈지 모른다고 생각했다. 그러면서도 쉴 새

없이 눈동자를 굴리며 도망칠 길을 찾았다. 빠져나갈 구멍이 없다면 무기가 될 만한 물건이라도 찾아야 했다. 제멋대로 뻗어나가는 나무뿌리에 밀려 담벼락에서 떨어져 나온 주먹돌 몇 개가 저만치 보였지만 단숨에 집어들기엔 거리가 너무 멀었다. 앞뒤 재지 않고 달려가다간 무슨 일이 벌어질지 알 수 없었다.

달리 방법이 없었다. 소녀는 마음을 단단히 먹고 천천히 몸을 돌려 상대방의 눈을 똑바로 쳐다보았다.

웬 남자가 두 손을 포개 앞섶에 모은 자세로 돌의자 곁에 서 있었다. 모자가 달린 긴 외투를 뒤집어쓴 탓에 얼굴이 그늘져서 잘 보이지 않았다. 그럼에도 불구하고 자신을 쏘아보는 날카로운 눈빛만큼은 또렷이 감지할 수 있었다. 줄리아는 언제라도 달아날 수 있도록 온몸에 힘을 잔뜩 주었다.

바로 그때, 남자가 불쑥 손을 내밀며 낮고 엄숙한 목소리로 말했다. "어서 오너라, 줄리아. 네가 이렇게 와주길 정말 오래 기다렸단다."

소녀는 경계를 풀지 않고 한참 동안 낯선 사내를 뜯어보다 물었다.

"누구세요? 저한테 뭘 바라시는 거죠?"

남자가 모자를 벗었다. 소녀는 처음으로 상대방의 생김새를 정확히 볼 수 있었다. 노인이었다. 줄리아는 생각했다. '할아버지보다 나이가 훨씬 더 많겠어.'

얼굴은 깊은 주름살투성이고 한쪽 뺨엔 핑크빛 흉터까지 길게 나 있었다. 머리칼은 다 빠져서 성글게 남은 백발만이 바람에 나부꼈다. 하지만 두 눈은 밝게 빛나고, 미소 띤 낯빛은 깨끗하고 환했다.

"내 이름은 가이우스란다. 네가 예언을 이뤄주길 기다리고 있지."

다시 긴 침묵이 흘렀다. 소녀는 노인을 물끄러미 바라볼 뿐, 입을 열

지 않았다. 머릿속으로 수많은 추측이 오갔다. '정신 이상한 어른이야. 위험할지도 몰라.'

담벼락 근처에 굴러다니는 돌멩이를 흘깃거리면서 다른 한편으로는 혹시 오빠가 근처에 있지 않을까 부지런히 살폈다. 피터가 돌아오는 낌새가 보이면 무조건 비명부터 지르고 볼 작정이었다.

"얘야, 걱정할 것 없다. 널 해칠 생각은 눈곱만큼도 없단다. 얘기해주고 싶은 게 있는데, 싫지 않으면 한 번 들어보지 않겠니?"

소녀는 상대에게서 눈을 떼지 않은 채, 고개만 가볍게 끄덕였다.

"잘됐구나. 그럼, 좀 편안히 앉으면 어떨까?" 노인은 바닥에 깔아놓은 담요와 쿠션을 가리켰다. 조금 전까지만 해도 볼 수 없었던 물건들이었다. 가이우스가 부드럽게 웃으며 짧게 설명했다. "내가 마술을 좀 부렸지."

"조… 좋아요." 줄리아는 더듬거리며 담요에 올라앉아 쿠션에 몸을 기댔다. 이상한 나라에 들어간 앨리스도 이런 기분이었을지 궁금했다.

"아주 오래된 일이란다." 노인이 운을 뗐다. "이게 진실이라는 걸 알려줄 만한 이들은 다 세상을 떠나고 이제 나 하나뿐이야. 착한 사람들이 살던 멋진 나라가 어떻게 망가지고 무너졌는지 보여주는 일대기라고 할 수 있지."

가이우스는 한동안 바다 건너편에서 번창했던 나라에 얽힌 이야기를 시작했다. 더할 나위 없이 아름다운 나라였다. 푸른 풀밭이 끝없이 펼쳐지고 싱그러운 나무들이 숲을 이루어 자랐다. 산꼭대기에서 흘러내린 수정처럼 맑은 강물이 남녘의 너른 들판을 촉촉이 적셨다. 거기가 바로 일리움 왕조의 마르쿠스 왕자가 다스리는 케미아 왕국이었다.

왕자가 통치하기 시작한 지 6년째 되던 해, 재앙이 들이닥쳤다. 커다란 휴화산 하나가 폭발하면서 땅속 깊은 데서 솟구친 독가스가 온 나라를 뒤덮었던 것이다. 마르쿠스는 수평선 너머에 한 민족이 넉넉히 모여 살 만한 섬이 있다는 해묵은 전설을 기억해내곤 백성들을 이끌고 케미아 대탈출을 감행했다. 먹을 음식도, 마실 물도, 움직일 공간도 충분치 않는 상태로 여섯 주쯤 항해했을 무렵, 멀리 산봉우리들이 보였다.

예전에 살던 곳과는 딴판으로 인간의 손이 닿지 않은 새로운 땅이었다. 숲이 우거지고 해변이 넓었다. 백성들은 화창한 햇살이 만들어내는 깊고 신비로운 그늘에 자리를 잡고 보금자리를 꾸렸다. 갓 도착해서 급한 대로 대충 지었던 움집은 차츰 번듯한 집으로 바뀌었고, 그런 가옥들이 하나둘씩 모여 마을을 이루었다. 나중에는 섬 한복판에다 거대한 성까지 지었다. 마르쿠스는 왕이 되어 백성을 다스렸다. 나라는 점점 풍요로워져서 떠나온 케미아에서 그랬던 것처럼 정의와 평화가 흘러넘쳤다.

하지만 귀족들은 불만이 많았다. 임금의 눈을 피해 어두운 골방에 모여 귀엣말을 주고받으며 반역음모를 꾸몄다. 어느덧 나이가 들어 노인이 된 마르쿠스는 판단력이 흐려졌다. 나랏일에서 벗어나 편안하게 지내려는 욕심에다가 백성들의 충성심을 조금도 의심하지 않는 맹신까지 겹쳐진 탓이었다.

확인할 길은 없지만, 신하들이 공모해서 임금의 명을 재촉한 건 사실이나, 설령 그렇지 않았더라도 이미 건강이 많이 나빠진 터여서 어차피 죽을 목숨이었다는 소문이 나돌았다. 어쨌든 권력은 귀족들의 손으로 넘어갔다. 앞장서서 반역을 이끌었던 세 명의 제후는 섭정 자리를 차지했고 그날로 평화롭던 시절은 막을 내렸다. 그들은 스스로를 자칼, 레오파드, 울프라고 일컬으면서 마음껏 권력을 휘둘렀다. 이기적인 생각과 명령에 고분고분 따르지 않으면 닥치는 대로 잡아다가 노예로 삼 았다. 그들은 목에 걸고 다니는 검정색 나무부적 덕택에 남들보다 훨씬 오래도록 살 수 있었지만 나이를 먹어갈수록 더 포악하고 잔인해지기 만 했다. 가이우스의 말을 빌리자면, 마르쿠스가 세운 낙원은 차츰 감 옥으로 변해갔다.

줄리아는 숨죽이고 조용히 이야기를 들었다. 곧추세운 무릎에 뺨을 댄 자세로 앉아 눈앞의 상대에게서 눈길을 거두지 않았다. 잠시 말이 끊어진 틈을 타서 소녀는 다시 물었다. "그럼 할아버지는 누구세요?"

줄리아의 질문에 노인은 빙그레 웃었다. "케미아에서부터 마르쿠스 님을 모셨단다. 그분이 다스리는 동안 줄곧 충성을 바쳤지. 하지만 에 이딘 영주들이 반란을 일으키는 바람에 이 숲으로 몸을 피할 수밖에 없 었어. 저들은 날 잡으려고 수색대를 보냈지만 허탕만 치고 돌아갔지. 숲이 좀 깊고 어두운 게 아니거든. 나 같은 도망자들에게는 그야말로 맞춤한 은신처인 셈이지."

"그렇담 오빠랑 나는 어떻게 여기에 오게 됐고 지금 뭘 하고 있는 거 죠?"

"내가 너희를 불렀단다. 너희 세상에 가서 이곳과 통하는 길을 닦아 놓았던 거야."

"그럼 그 정원이… 할아버지가 바로 사람들이 얘기하는 그… 수도 사?"

"살해된 수도사지." 노인은 엄숙한 목소리로 말꼬리를 이었다. "그 래, 다시 얘기하지만, 내가 바로 그 수도사란다. 적절한 때가 되면 선택 받은 사람들을 데려올 통로로 쓸 정원을 만든 주인공이지. 택함을 받은 이들이 듣고 대답할 때까지 쉴 새 없이 부르라는 분부를 받았거든."

"분부를 받았다고요? 누가 그런 명령을 내리죠?"

"마르쿠스 님보다 더 위대한 분이 계신단다. 인류의 역사 전체를 지배하는 더 광대하고 심오한 이야기가 있어. 너희도 그 가운데 한 부분이고."

줄리아는 누군가 사람을 잘못 봐도 단단히 잘못 봤다는 생각이 들었다.

"할아버지, 저는 선택받은 사람이 아니에요. 오빠랑 저는 그저…."

"아가, 누구라서 감히 위대한 일을 위해 부름 받았다느니 그렇지 않다느니 할 수 있겠니?"

소녀는 온몸에 소름이 돋는 것 같았다.

"말씀해주세요. 이곳이 어딘지 자세히 가르쳐주세요. 할아버지가 정말…." 줄리아는 숨을 깊이 들이마시고 말을 이었다. "옥스퍼드에서 살해된 수도사가 맞다면, 어떻게 여기 버젓이 살아 계신 거죠?"

"말했잖니, 내가 마법을 좀 쓴다고." 노인이 대꾸했다. "다른 세계에서 죽었기 때문에 영혼은 이렇게 살아 있는 거란다. 난 이곳에 관한 이야기를 끊임없이 들려주어야 해. 그래야 다들 잊지 않고 기억할 테니까. 이곳이야말로 우리가 반드시 마음에 새겨야 할 자리거든."

수도사는 고개를 들고 주변을 둘러보며 말을 이었다. "이곳이 바로 왕의 정원이야. 지난 5백 년 동안, 충성스러운 이들은 해마다 여기에 모여 케미아를 탈출했던 역사를 되새겨왔단다. 지금은 노예 신세가 된 에이딘의 현실에 대해서도 이야기를 나누지."

"에이딘이라고요?"

"그건 이 섬의 이름이야." 고개를 끄덕이는 소녀를 지긋이 바라보며 노인은 설명을 계속했다. "신실한 이들은 이곳에 둘러앉아 과거를 곱씹

고 미래에 일어날 일을 간절히 기다린단다. 무슨 얘기냐 하면…." 수도
사는 이 대목에서 잠시 호흡을 가다듬었다. "다른 세계에서 두 나그네,
정확하게는 선택받은 이들 둘이 찾아와서 이 섬을 해방시켜줄 것이라
는 예언이 성취되길 고대한다는 뜻이지."

"가이우스 할아버지, 우리가 뭘 어떻게 해주길 바라시는 건지 자세히
말씀해보세요."

"그건 너희가 찾아내야 해. 내 임무는 여태 무슨 일들이 벌어져왔는
지 전해주는 일뿐이란다. 나로서는 더 이상 상황을 바꿔놓을 수가 없
어. 변화는 너희 몫이야. 아가, 너희는 혼자가 아니란다. 나가서 싸울
새로운 힘을 갖게 될 거야."

노인은 문득 고개를 들고 귀를 쫑긋 세웠다. "오빠가 오고 있구나. 난
이제 그만 가봐야겠다." 수도사는 자리에서 일어나더니 소녀를 부축해
일으켜 세웠다. "네게 한 가지 일러둘 게 있어. 누구한테도, 심지어 네
오빠한테도 이 이야기를 해선 안 된다."

줄리아가 펄쩍 뛰며 토를 달려하자 가이우스는 얼른 소녀의 입술에
손가락을 가져다댔다. "네가 알게 된 일을 절대로 누설하지 말거라. 알
겠니? 꼭 마음에만 담아두어야 한다. 이건 사실 대단히 위험한 진리거
든. 세상에는 믿을 수 없는 이들도 많단다."

"하지만 오빠는…."

"네가 입을 다물고 있어야 오빠가 위험에 빠지지 않게 돼." 가이우스
가 말허리를 잘랐다. "피터가 온다!"

인기척이 들리는 쪽에 눈길을 주었다가 돌아보니 노인은 어느새 사
라지고 없었다. 어두운 그늘 속으로 감쪽같이 몸을 숨긴 것 같았다. 채
정신을 차리기도 전에, 울창한 수풀을 헤치고 놀란 토끼눈을 한 소년이

나타났다.

"오빠, 물은 찾았어?"

"성이야, 줄리아! 성이 있어! 얼른 와봐!"

5

“저길 봐!”

피터는 의기양양하게 손가락으로 한 방향을 가리켰다.

“저기야, 바로 저기! 오솔길을 따라 산을 넘으면 닿을 수 있어!”

줄리아는 오빠의 손가락 끝을 좇아 아스라이 먼 산마루를 살폈다. 내친김에 둘은 햇볕이 따갑게 내리쬐는 양지쪽으로 나아갔다. 천길 낭떠러지를 코앞에 둔 커다란 바위 끄트머리께에 간신히 딛고 설 만한 평평한 자리가 보였다. 새로운 풍경에 마음을 홀딱 뺏긴 소녀는 겁도 없이 달려갔다. 아래쪽으로 광대하게 전개되는 광경은 그야말로 장관이었다.

정면에는 너른 벌판이 오후의 햇살을 받아 부드럽게 굽이치며 끝없이 이어졌다. 누군가 세운 길고 긴 울타리가 기름진 초장을 둘러싸고 있었다. 아련히 보이는 산자락까지가 모두 목장이었다. 풀밭에 점점이 박힌 무수한 야생화들은 산들바람이 지날 때마다 말할 수 없이 신비로운 향기를 한껏 실어 보냈다.

끝없이 뻗어나간 평지 한복판에 거대하고 탄탄한 성벽으로 둘러싸인 지역이 보였다. 두터운 벽이 끝나는 지점에 튼튼하게 만든 성문이 서 있었다. 중심부엔 멋진 성채가 자리를 잡았다. 벽돌담과 뾰족탑, 총구멍을 낸 요새의 울타리 따위가 눈부신 태양빛을 받아 긴 그림자를 거느린 채 찬란하게 빛났다.

피터는 동생을 돌아보았다. 두 눈은 흥분으로 반짝였다. "한참 걸어야겠지만 꼭 가보자. 물이야 가는 길에도 있을 거고, 성안에만 들어가면 끼니도 해결할 수 있을 거야."

줄리아는 건성으로 고개를 끄덕였다. 물과 음식을 얻는 데서 그치지 않으리란 예감이 들었다. 가이우스의 말대로 '선택받은 이들'이 해야 할 일이 있다면, 틀림없이 저 성에서 시작될 것이다.

오누이는 바위 턱에서 내려와 가파른 비탈을 내려갔다. 곧 나무가 빽빽하게 들어선 숲길로 접어들었지만 우뚝 솟은 산봉우리를 바라보며 방향을 잡은 덕에 길을 잃지는 않았다. 하지만 걷기 쉬운 길이 아니라는 것만큼은 분명했다. 딱딱한 땅바닥에서 베개나 담요도 없이 나뭇가지만 덮고 바늘처럼 뾰족한 잎사귀에 등을 찔려가며 새우잠을 잔 뒤에, 밥은커녕 물 한 모금 마시지 못한 상태에서, 변변한 신발조차 신지 못하고 하루 종일 걷는다면 피터와 줄리아의 심정을 조금이나마 헤아릴 수 있을 것이다.

오빠는 그나마 동생보다 잘 걷는 편이었다. 소년은 보이스카우트 단원으로 숲에서 야영훈련을 받으면서 어떻게 발걸음을 내딛고, 길을 찾아내며, 돌부리에 걸려 발목이 꺾이는 걸 피할 수 있는지 배웠던 걸 기억해냈다. 그렇게 얼마나 갔을까? 깎아지른 듯 경사가 심한 비탈길에 들어선 소년은 뒤를 돌아보았다. 소녀가 저만치 힘겹게 걸어오고 있었다. 한눈에 보기에도 몹시 지친 것 같았다. 뒤처지지 않으려 안간힘을 쓰느라 얼굴은 벌겋게 달아올랐고 쉴 새 없이 가쁜 숨을 토해냈다. 몇 번을 미끄러지고 뒹굴었는지 두 손은 온통 흙투성이였다.

피터는 가까운 나무줄기 아래쪽에 붙은 굵은 가지 하나를 꺾어들고서 몸통을 훑어내기 시작했다. 동생이 도착하자 오빠는 잎사귀와 잔가지들을 말끔히 정리한 작대기를 말없이 내밀었다.

"이게 뭐야?" 소녀가 어리둥절한 표정으로 물었다.

"지팡이. 언덕을 올라가는 데 도움이 될 거야."

오빠의 말에 동생은 고개를 주억거리며 막대기를 받아들었다.

"고마워."

이렇게 간단한 대화를 주고받은 걸 끝으로 한동안 둘 사이엔 별다른 이야기가 오가지 않았다. 묵묵히 땅만 보고 걸을 따름이었다. 길이 좋아져서 발밑에 신경을 쓸 필요가 없게 되자 문득 줄리아의 머릿속에 오빠가 어딘지 모르게 이상해졌다는 생각이 스쳐지나갔다. 무엇보다 눈빛이 변했다. 무언가 새로운 게 생긴 것 같았다. 소녀는 곁눈질로 소년을 흘낏거렸다. 투지라고 해야 할까? 실제로는 그 이상의 무엇이지만 달리 더 좋은 표현이 떠오르지 않았다. 얼마 지나지 않아 다시 길이 험해지는 바람에 한 걸음 한 걸음 조심스럽게 내딛는 데 집중하느라 미묘하게 달라진 피터의 모습을 깊이 생각할 여유가 없었다. 걷고 또 걸었지만 성은 좀처럼 가까워지지 않았다. 걸음은 점점 더뎌졌다. 하늘 높이 떠오른 태양은 뜨거운 햇살을 사정없이 쏟아부었다.

정오가 조금 지났을 때쯤, 오누이는 마침내 산길을 빠져나왔다. 마치 누군가 자를 대고 나무들이 넘어올 수 없는 선을 그은 것처럼, 갑자기 숲이 끝나고 탁 트인 풀밭이 나타났다. 갖가지 곡식과 과일, 꽃들이 파릇파릇 울긋불긋 자라고 있었다. 희한하게도 새나 짐승은 한 마리도 보이지 않았다. 피터는 혼잣말처럼 중얼거렸다. "영국이라면 이런 풀밭엔 반드시 소나 양 같은 가축들이 있어서 배가 터지도록 풀을 뜯으면서 울타리 너머로 우리가 지나가는 걸 곁눈질할 텐데…. 아니면 말들이 가끔씩 고갯짓을 해가며 밭을 갈고 있었을 거야." 하지만 눈에 보이는 거라고는 끝없이 펼쳐진 황금색, 또는 초록색 벌판뿐이었다.

눈앞의 들판은 바둑판처럼 반듯하게 나뉘었고, 싱싱하고 아름다운 꽃들이 생울타리처럼 한 칸 한 칸 들판의 둘레를 에워싸고 있었다. 밭에는 고개를 숙인 황금빛 이삭들이 훈훈한 바람에 이러저리 부드럽게 물결쳤다. 온갖 과일나무가 늘어선 과수원도 보였다. 농익은 과일들을 잔뜩 매단 가지들은 금방이라도 부러질 듯 축축 늘어져 있었다. 보기만 해도 푸근해지는 광경에 한껏 마음이 부푼 줄리아는 나지막이 탄성을 내뱉으며 지팡이를 내던지고 신나게 달려갔다.

아무리 오랜 세월이 흘러도 결코 못 잊을 맛이었다. 그렇게 맛있는 과일은 난생처음이었다. 향이 진하고 깊었으며 색깔이 고왔다. 뚝뚝 떨어지는 과즙 한 방울만 삼켜도 정신이 번쩍 들 정도였다. 둘은 질리도록 과일을 따먹었다. 한참이나 게걸스럽게 열매를 집어삼키던 오누이는 달콤한 물이 얼굴과 손을 적시다 못해 앞섶까지 다 더럽힌 걸 눈치채고는 서로를 손가락질해가며 깔깔 웃었다.

에이딘에 도착한 뒤로 그렇게 배꼽이 빠져라 웃어본 건 그때가 처음이었다. 날아갈 듯 기분이 좋았다. 딱히 재미있을 일은 없었지만 빈속을 채울 과일을 찾아냈다는 사실이 비할 데 없는 안도감과 기쁨을 주었다. 둘은 배를 감싸 쥐고 눈물이 쏙 빠지도록 웃고 또 웃었다. 폭풍 같은 웃음이 가라앉은 뒤에도 풀밭에 벌렁 누운 채 눈길을 주고받으며 연신 히죽거렸다. 얼마나 그러고 있었을까? 물 흐르는 소리가 줄리아의 귀에 들어왔다.

처음에는 틀림없이 짐승들이 내는 소리일 거라고 생각했다. 하지만 맑은 공기를 뚫고 들려오는 소리를 들으면 들을수록 시냇물 소리가 틀림없었다. 소녀는 눈을 똥그랗게 뜨고 일어나 앉았다.

"오빠, 저거 물소리 아냐?"

"뭐가?"

줄리아는 귓가에 손을 가져다대며 말했다.

"저쪽에서 나는 것 같아." 소녀는 자기 왼쪽 어깨너머를 손가락으로 가리켰다. "맞아! 저기 늘어선 나무 아래가 틀림없어. 냇물이 있는 게 확실해!"

피터는 자리에서 벌떡 일어나 바람처럼 그리 달려갔다. 줄리아도 뒤질세라 그 뒤를 따랐다. 과일을 먹은 지 얼마 안 된 터라 갈증이 심하지는 않았지만 시원한 냉수를 들이켜고 싶은 마음은 여전했다. 게다가 앞으로도 먼 길을 가야 하는 까닭에 물을 충분히 마셔둘 필요가 있었다.

오누이는 곤두박질치듯 시냇가에 엎드렸다. 먹잇감에 달려드는 사자가 따로 없었다. 물은 시원하고 맑았다. 둘은 목구멍까지 차오르도록 물을 마셨다. 갈증을 말끔히 걷어내자마자 줄리아가 오빠에게 물을 끼얹었다. 실수라고 변명했지만 피터는 아랑곳하지 않고 동생에게 물벼락을 안겼다. 너나할 것 없이 삽시간에 물에 빠진 생쥐 꼴이 됐다. 둘은 방죽에 나란히 앉아 뜨거운 햇볕에 몸을 말렸다. 학교나 친구, 아빠에 얽힌 시시한 이야기들이 몇 마디씩 오가다가 오래도록 말이 끊어졌다.

"우린 뭘 찾으려고 성으로 가는 거지?" 마침내 침묵을 깨고 줄리아가 말했다.

"집으로 가는 길이겠지. 거기 가면 자초지종을 자세히 설명해줄 만한 사람을 만날 수 있을 거야. 어떻게, 그리고 왜 여기에 오게 됐고 옥스퍼드로 돌아가려면 어떻게 해야 하는지 가르쳐줄 수 있는 사람이 있는지 알아볼 거야."

"혹시… 혹시 말이야, 여기서 해야 할 일이 있다고 생각해보지는 않았어? 이리 불려온 이유가 있다고 말이야…. 말하자면, 아직 집으로 돌아갈 때가 아닐지도 모른다는 거지."

피터는 싸늘한 눈으로 동생을 노려보았다. "꼭 찾아내고 말 거야. 어쨌든, 지금은 부지런히 움직이는 게 좋겠어."

오누이는 아까 머물렀던 들판으로 돌아가서 산자락으로 이어진 길에 들어섰다. 바람에 일렁이는 풀숲 사이로 험한 길들이 나 있었다. 이디로 가든 멀리 너른 땅 위에 우뚝 솟은 거대한 성으로 통할 것 같았다(어쩌면 피터에게만 그렇게 보였는지도 모른다). 둘은 가장 빠를 것 같은 길을 골라 걷기 시작했다.

과일과 물로 허기를 달래고 지팡이까지 갖춘 덕에 전보다 훨씬 빨리 이동할 수 있었다. 그렇게 한 20분 남짓 걸었을 때, 줄리아가 갑자기 그 자리에 딱 멈춰 섰다.

"또 왜? 자꾸 그러면 오늘 안에 성까지 절대로 못…" 피터는 말을 맺지 못했다. 동생의 얼굴이 새하얗게 질려 있었기 때문이다. 소녀는 두려움에 질린 듯 두 눈을 휘둥그렇게 뜨고 오른쪽을 가리켰다. 손가락 끝을 좇아 움직이던 오빠의 시선에도 그들이 들어왔다.

남자 셋이 옆길로 말을 몰아 성을 향해 달려가고 있었다. 검은 옷을 입고 두건을 뒤집어쓴 차림새였다. 제법 거리가 있었지만 얼굴을 가리고 있다는 점만큼은 또렷이 알 수 있었다. 몸짓이나 행동으로 미루어 보아 어느 모로든 친구가 돼줄 것 같은 분위기는 아니었다. 한 줄기 차가운 바람이 스쳐갔다. 찬란하던 햇살마저 빛을 잃는 듯했다. 말을 타고 다니는 정찰대가 분명했다.

"자세를 낮춰!" 줄리아가 속삭였다.

"숨을 데를 찾아야 해!" 둘은 재빨리 주위를 살폈다. 사방이 벌판이어서 나무 한 그루 보이지 않았다. 키 큰 풀들마저 사라지고 기껏해야 20센티미터에도 못 미치는 야생화들뿐이었다. 거기서 몸을 감춘다는 건 거의 불가능했다.

"돌아가자!" 오빠가 고갯짓으로 여태 걸어온 길을 가리키며 낮은 목소리로 말했다. "되짚어가서 갈대숲에 숨는 게 좋겠어. 저자들의 눈에 띄지 않길 바라야지."

하지만 그러기엔 이미 늦었다. 수상한 남자들은 두 아이들을 발견하기가 무섭게 곧장 말머리를 돌려 맹렬하게 달려왔다.

둘은 물론, 도망치고 싶었다. 부질없는 짓인 줄 알면서도(말보다 더 빨리 달릴 수 있는 인간이 어디에 있겠는가?) 일단 달리고 보려는 본능이 꿈틀거렸다.

남자들은 순식간에 다가왔다. 피터는 길게 웃자란 풀숲으로 몸을 날리곤 바닥을 기기 시작했다. 어떻게든 숨어보려는 마지막 시도이자 절박한 몸짓이었다. 줄리아는 기병들을 똑바로 쳐다보며 젖 먹던 힘까지 다해 비명을 질렀다. 두려움이 아니라 분노의 표현이었다.

그런데 어찌 된 셈일까? 누구보다도 그 결과에 놀란 건 줄리아였다.

가녀린 소녀의 입에서 새어나온 비명은 놀란 아가씨의 외마디처럼 째질 듯 높은 소리가 아니었지만 그 파장은 더 강하고 깊었다. 정찰병들을 후려쳐 말에서 곤두박질치게 만든 걸로도 모자라 더 멀리 퍼져나

가면서 나뭇잎들을 훑어서 떨어트렸다. 피터는 두 손으로 귀를 감싸 쥐고 끙끙거렸다. 말들은 겁에 질려 힝힝 울어댔다. 하지만 소녀는 아직도 분이 가시지 않았는지 싸늘한 눈초리로 두 주먹을 꽉 쥔 채 더 크게 비명을 질렀다. 하지만 정작 자신도 상황을 정확히 파악하지 못했다. 도대체 어디서 그런 목소리가 나오는지 알 수 없었다. 태양마저 하늘에서 흔들거리고 두건을 쓴 기병들이 괴로워 어쩔 줄 모른다는 게 신기할 따름이었다.

정찰병들은 손가락으로 귓구멍을 틀어막은 채 몸부림쳤다. 어떻게든 달아나보려 안간힘을 쓰지만 비명소리에 사지가 마비된 듯 버둥거렸다. 줄리아가 호흡을 고르기 위해 잠시 아우성을 멈추자, 병사들은 바닥을 구르며 버르적거리더니 이내 기절해버리고 말았다.

소녀는 꼼짝 않고 서서 숨을 한껏 들이마시며 오빠를 돌아보았다. 피터는 마치 낯선 얼굴 대하듯 동생을 물끄러미 바라보기만 했다. 유령이라도 본 것 같은 표정이었다. 줄리아는 주저앉아 있는 소년에게 손을 내밀었다.

"뭘… 어떻게 했기에… 다들 이렇게…."

"나도 모르겠어." 소녀도 어리둥절한 눈치였다. "아무튼 저 사람들이 깨어나기 전에 얼른 가자!"

비명 하나로 태양까지 뒤흔드는 아이의 말을 어떻게 거역하겠는가? 피터는 벌떡 일어나 뒤를 따랐다.

오누이는 달리다시피 빠른 속도로 걸었다. 소녀는 저만의 생각에 깊이 빠져 있었다. 오빠는 연신 그런 동생을 곁눈질했다. 그건 그냥 비명이 아니었다. 무언가 무시무시한 일이 벌어진 게 틀림없다는 생각이 들었다. 한시바삐 성에 가고 싶었다. 거기에 도착하기만 하면 이곳의 수수께끼가 한꺼번에 풀릴 것만 같았다.

이제 성문이 코앞이었다. 야트막한 초장 위로 성채가 우뚝 솟아 있었다. 당당히 서서 주위의 만물을 다스리는 임금님의 모습이었다. 피터는 생각했다. '성곽에 대포들이 설치되어 있을 거야. 화약만 충분히 갖춘다면 너른 평원이라도 얼마든지 지배할 수 있겠어.'

큼지막한 돌로 쌓은 누런 성벽이 성을 철통같이 감쌌다. 그리고 높다란 벽이 끝없이 이어진 끄트머리에 나무로 만든 육중한 성문이 버티고 있었다. 판자는 낡고 못은 녹슬었지만 탄탄해 보였다. 피터가 몇 번 걸어차보았지만 꿈쩍도 하지 않았다.

"이제 어떡하지?" 동생이 소곤거렸다.

"나도 모르겠어." 오빠도 자신이 없는 눈치였다. "네가 비명을 한 번 질러보면 어떨까? 문짝이 넘어갈 수도 있잖아?"

하지만 굳이 그럴 필요가 없었다. 거대한 문짝이 묵직한 소음과 함께 천천히 열리기 시작했기 때문이다. 오누이는 서로 마주보며 어깨를 으쓱해보이곤 성큼성큼 안으로 들어갔다.

6

안으로 들어서는 순간, 누가 문을 열었는지 알 수 있었다. 검은 옷을 머리부터 발끝까지 뒤집어쓴 키다리 남자였다. 얼굴이 잘 보이지 않아서 처음에는 둘 다 산길을 순찰하던 병사들 가운데 하나인 줄 알았다. 하지만 자세히 보니 다른 사람이었다. 눈이 퀭한 게 정찰대원 같은 패기가 느껴지지 않았다. 남자는(정말 남자일까?) 말없이 성 쪽을 가리켜보였다.

피터는 건물의 크기와 웅장함에 압도당하는 기분이었다. 세상의 어떤 성채보다 훨씬 장엄하고 휘황찬란했다. 수학여행 때 가본 윈저 성마저도 이 위대한 건물에 대면 하찮아 보일 지경이었다.

흙길은 어느새 자갈이 깔린 도로로 변해 있었다. 오누이는 양편으로 야트막한 집들이 늘어선 길을 따라 걸었다. 덩굴식물들이 땅에서 자라나 오래된 돌집 하나하나를 뒤덮고 있었다. 집집마다 밝은 색으로 칠한 대문이 달렸지만 하나같이 칠이 벗겨지고 판자가 떨어져나간 자리에 다른 나뭇조각을 아무렇게나 덧댄 상태였다. 현관문은 물론이고 덧문까지 단단히 잠겨 있었다. 줄리아는 몸서리를 쳤다. 시내 전체가 쥐 죽은 듯 고요해서 아까 지나온 들판이나 매한가지였다. 집밖에 나와 일하는 사람은 찾아볼 수 없었다. 빨래를 너는 여인네들도, 분주하게 집안을 보살피는 남자들도, 골목을 누비며 노는 아이들도 눈에 띄지 않았다. 소녀는 저도 모르게 팔을 뻗어 오빠의 손을 꼭 잡고는 걷는 내내 한 번도 그 손을 놓지 않았다.

자갈길은 활짝 열린 문을 지나쳐 서서히 언덕을 타고 올랐다. 탁 트인 뜰이 나타나자 오누이는 발길을 멈췄다. 거리와 마찬가지로 마당도 텅 비어 있었다. 건너편으로 큼지막한 돌을 층층이 쌓은 계단이 있고 그 꼭대기에 웅대한 출입문 하나가 보였다. 성으로 들어가는 입구가 틀림없었지만 선뜻 들어가지 못하고 망설였다.

"귀신이 나올 것 같아." 소녀가 가녀린 목소리로 말했다.

오빠는 고개를 가로저으며 동생을 잡은 손에 힘을 주었다. "지금까지도 으스스한 길을 걸어왔잖아. 자, 기운 내!"

둘은 계단을 오르기 시작했다. 문 앞에 이르자 피터가 손을 내밀어 문을 똑똑 두들겼다.

찬물을 끼얹은 듯 침묵이 흘렀다. 온 세상이 숨을 멈추기라도 한 것 같았다. 잠시 후, 삐거덕거리는 소리가 들리고 이어서 문틈이 벌어졌다. 밝은 빛에 익숙해진 눈으로는 칠흑 같이 어두운 집 안의 상황을 가늠할 수 없었다. 조금 지나자 두 남자가 저만치 어른거렸다.

누군가 다가오고 있었다.

두 사내가 긴 칼을 허리춤에 차고 아이들을 향해 내려오는 중이었다. 회색 가운을 입고 두건으로 얼굴을 가린 모습이었다. 얼마 전, 수업시간에 아씨시의 성 프란체스코에 관한 에세이를 발표해서 좋은 점수를 받았던 줄리아는 그들이 프란체스코회 수도사들을 빼닮은 것처럼 보였다(아니면 다른 수도회 소속인가? 아직 거리가 있어서 아무래도 헷갈렸다). 그런데 왜 얼굴을 드러내지 않는 걸까? 길게 늘어진 외투와 두건은 누가 누군지 알아보지 못하게 만들 심산으로 만든 유니폼 같았다. 말을 타고 쫓아오던 정찰대원들은 물론이고 성문을 지키던 문지기도 똑같은 차림이었다.

사내들의 모습에 피터는 더럭 겁부터 났다. 남자라는 건 확실할까? 온몸을 옷으로 칭칭 감싸고 있어서 사람인지 아닌지조차 장담하기 어려웠다. 상대는 성큼성큼 다가와 허리를 굽히더니 안으로 들어오라는 손짓을 했다. 그러곤 한쪽으로 물러서서 두 아이가 지나갈 길을 터주었다. 오누이는 잠시 눈길을 주고받은 뒤에 열린 문을 지나 접견실로 들어갔다. 아치형 천장을 가진 널찍한 방이었다. 실내가 워낙 어두컴컴한 탓에 오누이는 낮은 층계를 잘못 딛고 넘어질 듯 비틀거렸다. 하지만 어둠에 적응하면서 기둥들이 늘어선 사방 벽을 따라 차려 자세로 서 있는 경비병들과 신하들이 눈에 들어왔다. 한쪽 끝에 단을 높이 쌓고 그 위에 왕좌 셋을 배치해둔 것도 보였다.

순간, 곁에서 기겁해서 숨을 들이마시는 소리가 났다. 반사적으로 동생의 눈길을 좇던 피터는 다시 한 번 고꾸라질 뻔했다. 왕좌에 두건을 쓴 인물 셋이 앉아 있었다. 얼굴이 있어야할 자리에는 금을 입히고 기기묘묘한 상징물들로 치장한 가면뿐이었다. 고대인들이 섬기던 짐승신과 비슷한 모양새였다. 가운데 인물은 늑대 마스크를, 나머지 둘은 각기 레오파드와 자칼의 탈을 쓰고 있었다.

정원에서 들었던 가이우스의 이야기를 떠올린 줄리아는 벌벌 떨기 시작했다. 반란을 일으켜 마르쿠스를 쓰러트린 세 영주 자칼과 레오파

드, 울프가 분명했다. 소녀는 그 자리에 얼어붙은 채 가늘게 찢어진 가면의 눈구멍을 응시했다. 텅 빈 그 틈새로 누군가 자신을 노려보고 있을 거란 생각에 오금이 저렸다. 두려움에 머릿속이 하얘졌다. 좀처럼 마음을 진정시킬 수가 없었다.

오누이는 말없이 오랫동안 서로를 마주보았다. 그때, 포도주색 외투를 걸친 신하 하나가 접견실 복판으로 썩 나서더니 둘을 향해 돌아섰다. 두건으로 감싼 얼굴 자리가 뻥 뚫린 듯 캄캄한 걸 보았지만 이미 여러 차례 보았던 터라 그다지 놀랍지도 않았다.

"에이딘의 세 영주님 안전인 만큼, 한 점 거짓도 없어야 할 것이다. 정체를 밝혀라. 너희는 누구냐? 여기는 무슨 일로 왔느냐?"

혀가 얼어붙기라도 한 듯, 소년은 좀처럼 입을 뗄 수가 없었다. "내 이름은 피터이고, 집에 가고 싶어요"라고 웅얼대는 게 별 도움이 될 것 같지는 않았지만, 이런 형편에 달리 무슨 얘길 하겠는가? 바보처럼 보이지 않고 상황을 제대로 설명할 방도를 찾느라 뜸을 들이는 사이에 줄리아가 나섰다.

소녀도 겁에 질리긴 마찬가지여서 "어떤 영에 이끌려 댁들을 쫓아내러 왔습니다, 나리!"라고 이실직고하는 것 말고는 에이딘에 온 까닭을 납득시킬 길이 없었다. 흉측한 가면들에서 눈길을 뗄 수가 없었다. 그런데 문득 거실에 엄마를 앉혀놓고 그 앞을 오가면서 연설 연습을 하던 아빠 생각이 났다. 줄리아는 알 수 없는 힘에 밀려 두 걸음 앞으로 나아가 절을 한 다음, 낮고도 자신감 넘치는 음성으로 이야기를 시작했다.

"영주님들께 말씀드립니다. 저는 론디니움의 줄리아라고 합니다. 넓디넓은 서쪽 바다 건너편에 있는 크고 강한 나라, 알비온 제국의 특사입니다. 이분은 믿음 직한 조언자요 자문관인 피터 경입니다. 위대한

우리 지도자의 인사를 전해드립니다. 폐하께서는 우리에게 두 나라가 서로 관심을 가지고 염려하는 문제들을 상의하고 오라고 하셨습니다.”

소녀는 다시 한 번 허리를 굽혔다. 늑대 탈을 쓴 영주가 고개를 까딱했다.

그러곤 찢어지고 때가 묻어 누더기가 되다시피 한 피터와 줄리아의 옷을 가리키며 덧붙였다. “알비온이라…. 차림새를 보아하니 정말 먼 거리를 힘들게 찾아온 모양이오.”

자칫했다간 거짓말이 들통날 수도 있었다. “배가 침몰하는 바람에 조난을 당했습니다.”

줄리아가 급히 둘러댔다. “이런 꼴로 뵙게 되어 송구합니다. 생존자라고는….” 소녀는 오빠 쪽으로 눈길을 주며 말을 맺었다. “저희 둘뿐입니다.”

영주들 사이에 몇 마디 이런저런 의견이 오갔다.

피터는 경이로움이 가득한 눈으로 줄리아를 바라보았다. 머릿속으로 수많은 생각이 지나갔다. ‘쟤가 정말 내 동생 맞아? 저렇게 말하는 법은 어디서 배웠지? 그냥 어디로 가야 옥스퍼드로 통하는 신비로운 문이 나오는지 물어볼 수는 없었을까?’ 소년은 머리를 맞대고 상의를 거듭하고 있는 에이딘의 세 영주들을 불안한 눈초리로 지켜보았다. 무언가 의견이 달라서 티격태격하는 듯했다. 걸음아 날 살려라 달아나고 싶은 마음이 굴뚝같았다. 하지만 이곳에 들어서자마자 등 뒤로 커다란 문이 닫히는 소리를 똑똑히 들었다. 기다리는 것 말고는 방도가 없었다.

잠시 후, 늑대 탈이 몸을 돌리더니 오누이를 손짓해 불렀다. 피터는 동생을 흘끗 쳐다보곤 곧장 그 옆에 나란히 서서 왕좌를 향해 머리를 조아렸다. 영주는 쇳소리가 섞인 낮은 음성으로 말했다. 두 아이는 피가 얼어붙는 느낌이었다.

"줄리아 양, 그리고 피터 경! 이곳 에이딘에 오신 걸 환영하오. 이 몸은 에이딘의 대공, 울프라고 하오. 그리고 이분들은…" 늑대 탈은 허세가 섞인 과장된 몸짓으로 다른 영주들을 가리키며 말했다. "동지이자 친구인 자칼 경과 레오파드 경이요. 우리 셋이서 힘을 모아 이 섬을 다스리지." 울프의 이야기가 끊어질 때마다 줄리아는 가면 뒤에 숨어 사악하게 웃음 짓는 얼굴을 상상했다.

"바다 건너에 멋진 신세계가 존재한다는 사실을 오랫동안 믿어왔지만 어디에 있는지도 모르고 이름도 몰랐던 게 사실이오. 그대들의 나라에 대해 좀 더 알고 싶소. 서로 도와 이 험한 세상을 헤쳐갈 수 있는 길을 찾아낼 수 있다면 얼마나 좋겠소. 내일 아침에 그레이트 홀에서 만나서 마음을 툭 터놓고 솔직하게 이야기해봅시다. 이제 여러분은… 우리의 손님이오. 에이딘에 머무는 동안 무엇이든 마음껏 쓰시길 바라오."

그러곤 자리에서 일어나 그늘 아래 서 있는 누군가에게 보일 듯 말 듯 가벼운 고갯짓을 하곤 도로 왕좌에 앉았다. 접견은 그렇게 끝이 났다.

줄리아는 감사의 인사를 읊조리며 고개를 숙였다. 그제야 비로소 마음이 놓였다. 둘은 접견실에서 물러나왔다. 함정에서 벗어나기라도 한 기분이었다. 방문을 나서자 붉은 가운을 걸친 다른 신하가 인사를 하더니 곁문으로 안내했다. 놀랍게도 가면을 쓰지 않은 맨얼굴이었다. 늙지도 젊지도 않은 사내로 눈빛이 매서웠다.

"아낙시만드로스라고 합니다." 남자가 자신을 소개했다. "에이딘의 궁내대신입니다. 인사 올리겠습니다. 두 분을 위해 침실을 준비하고 시종 둘을 붙여두었습니다. 음식과 물을 가져다드리고 목욕물을 데워놓을 겁니다." 그러곤 오누이가 입고 있는 여기저기 찢어지고 흙투성이가 된 옷을 위아래로 훑어보며 토를 달았다. "품위를 지켜드릴 의상도 마련하겠습니다."

아낙시만드로스는 검은 망토를 입고 깊이 눌러 쓴 두건으로 얼굴을 가린 이들을 가리켰다. "필요한 게 있으시면 저 애들에게 말씀하십시오. 무엇이든 금방 가져다 드릴 겁니다."

"고마워요, 아낙시만드로스." 줄리아는 미소를 지으며 머리를 숙였다. "괜찮다면, 하인들의 이름을 좀 알려주겠어요?"

"노예들은 이름이 없습니다." 신하가 쌀쌀맞게 대답했다. "그따위 하찮은 일에 마음 쓰실 필요 없습니다. 편히 쉬십시오. 에이딘의 호의를 한껏 누리시길 빕니다."

소녀는 아낙시만드로스의 입가에 웃음기가 번지는 걸 보았다. 믿음이 가지 않는 미소였다. "고마워요. 내일 꼭 에이딘의 영주님들을 다시 뵙게 되길 바라겠어요."

몇 차례 더 인사를 나눈 뒤에 줄리아와 피터는 자리를 떴다. 하인들은 묵묵히 두 아이를 이끌고 성의 회랑을 굽이굽이 돌아갔다. 대리석 계단을 올라가더니 마침내 문을 열고 방을 보여주었다. 창밖으로 섬 한복판의 평원이 한눈에 내려다보였다. 장관이었다. 음식과 물은 이미 준비되어 있었다. 하인들이 몸을 깊이 숙여 절하고 물러가자 오누이는 머뭇머뭇 밥상에 다가앉았다. 피터가 침묵을 깨고 먼저 말문을 열었다.

"줄리아, 도대체 무슨 일이 벌어지고 있는 걸까? 넌 왜 우리가 특사라고 했어? 그냥 집으로 보내달라고 부탁할 수도 있었잖아?"

"왜냐면…." 문득, 가이우스의 당부가 떠올랐다. 오빠한테 자초지종을 다 얘기할 수는 없었다. 적어도 지금은 아니었다. 중요한 인물이 아니라는 게 밝혀지면 영주들의 손에 목숨을 잃게 된다는 걸 어떻게 털어놓기엔 아직 일렀다. "어쩐지 여기서 할 일이 있을 것 같아서 그랬지. 그걸 마치기 전에는 집에 돌아갈 수 없으리란 생각이 들어."

피터는 어정쩡한 대답에 조금 심통이 났지만 두 하인이 저마다 향수와 향유 병을 들고 다시 나타나는 바람에 불만을 털어놓을 기회를 놓치고 말았다. 오누이는 뜨끈한 물이 찰찰 넘치는 욕조가 있는 방으로 이끌려 들어갔다. 둘은 물속 깊이 몸을 담갔다. 그동안 겪었던 고초와 내일 영주들과 만날 약속 따위는 말끔히 잊어버렸지만 그걸 어찌 탓할 수 있겠는가? 똑같은 상황에 부닥치면 누구라도 그렇게 하기 마련이다.

자신들의 운명이 저 아래층에서 결정되고 있다는 걸 새카맣게 모른 채, 피터와 줄리아는 저마다의 방에서 다디단 잠에 빠져들었다.

그 시간, 에이딘의 세 영주는 테이블에 마주 앉았다. 저녁식사가 막 끝난 듯, 상 위엔 남은 음식들이 그득했고 술잔에도 포도주가 그대로였다. 울프는 잔을 돌리고 또 돌려 와인을 회오리지게 만들었다. 무언가를 골똘히 생각할 때마다 습관적으로 나오는 행동이었다. 다른 영주들도 별말이 없었다. 토론은 진즉에 끝났다. 남은 건 늑대 탈의 마지막 결정뿐이었다. 마침내 대공이 입을 열었다. 쇳소리가 섞인 음성이 방 안에 메아리쳤다.

"내일 두 손님을 다시 만나보겠소. 쓸모가 없으면 죽여 없앨 거요. 오늘은 푹 자게 둡시다." 가면 뒤에서 울프는 음흉한 미소를 지었다. "마지막 밤이 될 수도 있으니 말이오."

7

다음 날 아침, 피터는 창가에 소용돌이치는 밝은 햇살에 눈을 떴다. 소년은 베개를 집어던지고 일어나 앉아 기지개를 켜며 입을 떡 벌리고 하품했다. 영주들과 이 성이 얼마나 위험천만한 존재인지는 모르겠지만, 손님을 편안하게 모시는 법 하나는 똑 부러지게 확실했다. 폭신하고 따뜻한 침대가 주는 기쁨까지 부정할 수는 없었다. 맨땅에서 하룻밤을 지새우고 멀고 험한 길을 걸어온 뒤라면 더 말해 무엇하겠는가?

피터는 방 안을 둘러보았다. 도착할 때 입고 있었던 찢어지고 때 묻은 옷 대신 왕자한테 어울릴 만한 옷 한 벌을 가져다놓은 게 보였다. 고급스러운 옷감을 손가락으로 쓰다듬는데 무언가 툭 걸리는 게 있었다. 깜짝 놀라 살펴보니 앞주머니에 잘 포개 접은 종잇조각이 보였다. 살짝 펼쳐보니 화약 한 줌이 들어 있었다. 그제야 이틀 전, 아직 옥스퍼드에 있을 때, 화학실험세트를 가지고 놀다가 잠자리에 들 시간이라는 할머니의 재촉을 받았던 게 기억났다. 화학반응으로 얻은 물질을 종이 쪼가리에 싸서 주머니에 구겨 넣고는 완전히 잊어버리고 있었던 것이다. 하지만 이상했다. 옥스퍼드에서 입었던 잠옷은 일찌감치 사라져버렸고 여태 하얀 가운 비슷한 옷을 걸치고 다니지 않았던가? 그런데 화약은 어떻게 여기까지 따라온 거지?

피터는 얼른 옷을 갈아입고 거울 앞에서 맵시를 살폈다. 화약은 도로 앞주머니에 밀어 넣었다. 그처럼 위험한 물질을 몸에 지니고 있을 줄은 아무도 모를 것이다. 이제 과학은 인간이 의지할 만한 존재가 되었다. 미심쩍다거나 미신적인 구석이 단 한 점도 없으니 얼마나 미더운가? 셜록 홈스처럼 철저하게 조사하고 실마리를 모아서 이곳의 수수께끼를 풀어낼 생각에 마음이 조급해진 소년은 동생을 찾으러 나갔다.

줄리아는 벌써 일어나서 옷까지 갈아입고 테이블에 앉아 무어가를 열심히 끄적이고 있었다. 소녀는 그레이트 홀에서 정확히 어떤 일이 벌어질지, 그리고 어떻게 알비온의 특사 노릇을 그럴듯하게 해낼지 꼼꼼히 짚어본 다음, 반드시 기억해야 할 일들의 목록을 만들기 시작한 참이었다.

"잘 잤어?" 짤막한 인사가 끝나기가 무섭게 줄리아는 오빠에게 말했다. "여기 앉아서 좀 도와줘."

피터는 고분고분 동생의 말에 따랐다.

"자, 목표는 영주들을 거꾸러트리고 노예들을 해방시키는 거야." 소녀는 목록의 첫 번째 줄을 짚어가며 설명했다. "그래서…."

"뭐라고?" 소년은 펄쩍 뛰었다. 동생은 고개를 돌려 오빠를 보았다.

"왜, 문제가 있어?"

"그게 목표라고?" 피터는 도저히 납득이 가지 않는다는 투로 되물었다. "도대체 왜 그걸 목표로 삼아야 하느냐고!"

"왜냐하면…." 줄리아는 정원에서 일어났던 일들을 다시 곱씹었다.

속사정을 알리지 않는 편이 오빠를 안전하게 지키는 길이라던 수도사의 경고가 귓가를 맴돌았다. "마땅히 그래야 하는 거잖아! 여기 노예가 있고 다른 한쪽에 백성들을 못살게 구는 영주들이 있어. 그럼 어떻게 해야겠어?"

"영주들이 정말 폭군인지 아닌지는 아직 모르는 거잖아, 안 그래?"

"그럼 오빠는 그자들이 자애로운 군주라는 거야? 그렇게 끔찍한 가면을 쓰고 있는데도? 자칼과 표범, 늑대가 오빠 눈에는 착하고 사랑이 넘쳐 보인다는 얘기야?"

"몰라! 아직 모른다고! 그게 전부야."

한동안 씩씩거리기만 하던 피터는 마침내 단호한 목소리로 말했다. "이런 상황에서는 이성을 잃지 말아야 해. 날카롭게 관찰해야 하고. 사실을 잘 헤아리고 그걸 바탕으로 결론을 끌어내야 한다는 말이지."

"에이 참!" 동생은 발끈하며 목록이 적힌 종이로 테이블을 내리쳤다. "진실이 늘 논리적인 건 아냐! 그것도 몰라?"

"물론 알지. 그래도 난 도서관을 뒤져 단서를 찾아내는 데서부터 시작할 거야. 이곳의 역사부터 파악해두는 게 좋겠어."

줄리아가 분을 참지 못하고 이성을 만병통치약쯤으로 여기는 피터의 태도를 꼬집고 신랄하게 비판하려는 순간, 똑똑 문을 두드리는 소리가 들렸다. 화들짝 놀란 오누이가 채 대꾸를 하기도 전에 스르륵 문이 열리면서 붉은 외투를 입고 주렁주렁 보석으로 치장한 인물이 나타났다. 아낙시만드로스였다.

"에이딘의 영주님들이 뵙기를 청하십니다." 거만한 말투로 메시지를 전한 사내는 한 걸음 뒤로 물러서며 팔을 내밀어 문을 가리켰다. 오누이는 자리에서 일어나 방을 나섰다. 아낙시만드로스를 따라 복도를

걷는 내내 서로 눈짓을 해가며 뾰족한 수가 없을까 궁리에 궁리를 거
듭했다.

그레이트 홀에는 영주들뿐이었다. 다른 인물들은 하나도 보이지 않
았다. 어제 질리도록 봤음에도 불구하고 무시무시한 가면들은 여전히
거슬렸다. 오누이는 왕좌 앞으로 다가가 허리를 깊이 숙이며 인사했다.
소녀는 이를 악물고 마음을 다잡았다.

"오, 줄리아 양, 그리고 피터 경! 어서 오시오." 울프 대공이 반겼다.
"이리 와서 그대들의 고향이 어떤 곳인지 이야기해주구려. 알비온이라
고 했던가?"

둘의 눈길이 허공에서 마주쳤다. 오빠는 어찌할 바를 모르겠다는 듯,
어깨를 살짝 들썩했다. 이번에도 동생이 먼저 나섰다.

"영주님들께 아룁니다. 저희의 조국 알비온은 서쪽 바다 건너편에 있
습니다. 위대한 황제께서는 이곳과 평화롭게 지내면서 서로 잘 살아가
기를 바라십니다. 우리 쪽에서는 안전을 보장하겠습니다. 거기에 대한
보답으로 귀국에서도 외교적인 중립성과…."

줄리아의 머리가 분주하게 돌아갔다. '이럴 때 아빠가 쓰는 말이 있
었는데, 뭐더라?' 맞춤한 말을 찾아낸 소녀가 계속했다. "불가침을 약
속해주시기 바랍니다."

설명이 길어질수록 늑대 탈은 지루한 듯, 길고 흰 손가락으로 다른
손의 손톱을 꼭꼭 누르기 시작했다. 마침내 이야기가 끝나자 고개를 주
억거리면서 외투에 붙은 부적을 어루만졌다.

"줄리아 양, 알비온 황제께서 에이딘처럼 작은 나라에까지 관심을 가져주신 데 대해 진심으로 경의를 표하는 바요. 하지만 이곳을 콕 집어 방문하게 된 특별한 까닭을 한마디로 추려주실 수 있겠소? 크기로 보나, 중요성으로 보나 이 섬은 귀국에서 신경 쓸 만한 곳이 아니라는 생각이 들어서 말이오. 이렇게 말하는 걸 부디 용서해주기 바라오."

"대공 전하, 이웃나라들과 교섭하면서 에이딘을 빼놓는다는 건 단 한 번도 생각해본 적이 없습니다. 크든 작든, 모든 나라와 친구가 되고, 음… 정보를 서로 나누는 게 알비온 제국의 바람입니다." 웃음을 머금은 얼굴로 느긋하게 이야기하면서도 줄리아의 머리는 빠르게 움직였다. 아침에 만든 목록의 내용은 이제 다 써먹어서 앞으로 무슨 소릴 해야 할지 알 수 없었다.

"정보를 나눈다?" 늑대 탈이 부쩍 관심을 보였다.

"그렇습니다." 소녀가 애매한 미소를 지으며 대답했다. 어떻게 해서든 특사다운 분위기, 그러니까 자신은 매우 중요한 인물이어서 구체적인 실행방안까지는 다루지 않는다는 인상을 심어주는 것 말고는 달리 빠져나갈 구멍이 없었다. 동생은 절박하게 도움을 요청하는 눈길로 오빠를 돌아보았다.

"이를테면 이런 겁니다, 전하." 피터는 앞주머니를 뒤적이며 자신 있게 대꾸했다. "저희 나라가 가진 기술을 맛보기로 조금만 보여드리겠습니다."

동생으로서는 오빠가 손에 쥔 게 무언지 전혀 알 수 없었다. 소년은 성큼성큼 나뭇가지 모양의 촛대로 다가가더니 무언지 모를 물건을 촛불에 잠시 댔다가 영주들이 앉아 있는 쪽으로 집어던졌다.

"쾅!" 화약이 터졌다. 사방이 막힌 방 안이어서 폭발음은 몇 곱절이나 크게 들렸다. 매캐한 연기가 실내를 꽉 채웠다. 연막이 가시자 겁에 질린 세 영주가 몸을 잔뜩 웅크린 채 왕좌에 머리를 박고 있는 모습이 눈에 들어왔다. 레오파드는 집어삼켰던 연기를 토해내느라 콜록콜록 기침을 해댔다. 자칼은 손으로 귀를 꼭 틀어막고 있었다. 가장 먼저 정신을 차린 울프는 떨리는 손으로 피터를 가리키며 나지막하게 물었다.

"그대가 들고 다니는 악마의 정체가 도대체 뭐요?"

요란한 폭발음에 경비병들이 몰려 들어와 보이지 않는 적을 향해 칼을 빼들고 경계태세를 취했다. 대공은 소년에게서 눈을 떼지 않은 채, 몇 마디 명령과 손짓으로 대원들을 물렸다. 방 안엔 다시 정적이 감돌았다.

울프가 다그쳤다. "지, 이제 대답을 해보시오. 손가락 끝으로 무슨 마술을 부린 거요?"

줄리아의 눈에 오빠가 우쭐거리는 꼴이 보였다. 딱 질색이었다. 정말 멍청한 소리를 불쑥 꺼내놓기 전에 따로 데리고 나가서 단단히 타일러두고 싶었지만, 그런 기색을 아는지 모르는지 피터는 울프의 얼굴을 가린 흉물스러운 늑대 탈을 똑바로 쳐다보며 느릿느릿, 그리고 근엄하게 말을 꺼냈다.

"대공 전하, 이건 눈곱만 한 맛보기에 지나지 않습니다. 알비온 제국이 가진 진정한 능력을 드러낸다면 이 방은 물론이고 성 전체가 백성들과 함께 순식간에 사라지고 말 겁니다. 저흰 이걸 화약이라고 부릅니다."

다음부터는 말이 필요 없었다. 특사들의 탁월한 능력에 영주들은 겁을 집어먹었다. 줄리아는 불안한 마음이 한결 가라앉는 느낌이 들었다. 소녀는 억지웃음과 호의적인 말들을 써가며 예의를 갖추고는 질질 끌다시피 오빠를 데리고 그레이트 홀을 빠져나왔다.

"내 생각엔 아주 잘된 것 같은데?" 방으로 돌아오자마자 피터가 말했다.

"맙소사, 화약이라니! 영주들은 상상도 못했던 무기를 알려주고도 잘했다는 거야? 장하군! 정말 장해!" 줄리아는 방 안을 서성거렸다.

"네가 그랬잖아, 저들을 거꾸러트리는 게 목표라고."

"오빠가 무슨 꿍꿍이를 꾸미고 있는지 몰랐어. 거기서 화약을 터트릴 만큼 바보인 줄은 몰랐거든!"

소녀는 울음을 터트리기 직전이었다. 홀에 두고온 외투가 떠오르지 않았더라면 한바탕 말다툼이라도 벌어졌을지 모른다. 외투가 커서 자꾸 흘러내리는 게 문제였다. 벗어서 옆에 내려놓는 순간 화약이 터지는 바람에 멀리 날아가버린 것이다. 누군가 밟고 다닐 수도 있다고 생각하니 더 속이 상했다. 한편으로는 잠깐이라도 오빠 꼴을 보지 않을 빌미가 생긴 게 다행이었다. 소녀는 곧 돌아오겠다는 짤막한 말을 남기고 방을 빠져나왔다.

울적한 기분으로 회랑을 돌고 수많은 계단을 내려갔다. 이럴 바에는 차라리 정원에서 은빛으로 환하게 타오르던 광채를 보지 못했더라면 더 좋았을 거라는 마음까지 들었다. 종살이하는 이들을 구해내려면 무얼 어떻게 해야 할지 알 수가 없었다. 더 나아가, 적어도 그때까지는 왜 자신이 그런 일에 힘을 보태야 하는지조차 깨닫지 못했다. 오빠는 툭하면 험한 말을 내뱉고 사태가 어떻게 돌아가는지도 모르면서 화약이나 터트리는… 구제불능이었다.

그레이트 홀로 되돌아가는 내내 줄리아의 머릿속은 그처럼 침울한 생각뿐이었다.

마침내 문 앞에 도착한 소녀는 안으로 들어가려다 멈칫했다. 무언가가 발목을 잡는 느낌이었다. 노크조차 망설여졌다. 안에서 두런두런 대화하는 소리가 들렸다. 줄리아는 온 신경을 곤두세우고 문에 귀를 바짝 댄 채 무슨 이야기를 나누는지 들어보려 안간힘을 썼다. 누군가의 목소리가 좌중을 지배하고 있었다. 쇳소리가 섞인 걸로 봐서 울프가 틀림없었다.

"하지만 노예들이 반란을 일으킬 위험이 아직도 높다는 말이오." 늑대 탈이 말했다. "정찰병들의 보고에 따르면 달아난 노예들이 서쪽 큰 숲에 숨어 산다는 소문이 여전히 끊이지 않고 있소. 경들도 기억할 거요. 놈들을 찾아보라고 두 달 전에 파견했던 기마 정찰대원들이 영영 돌아오지 못하는 신세가 되지 않았느냔 말이오. 사실 난 좀 두렵소…."

오랫동안 침묵이 계속된 끝에 마침내 울프가 말을 맺었다. "숲으로 사라진 노예들이 반란의 핵심세력이 되지 않을까 이만저만 걱정스러운 게 아니오."

한층 더 거슬리는 목소리 하나가 끼어들었다. 자칼이었다. "하지만 이 신무기만 손에 넣으면 숲속의 종놈들 쯤은 얼마든지 박살낼 수 있습니다. 그렇게만 되면 반란이고 뭐고 없는 거죠!"

세 번째 음성이 거들고 나섰다. "놈들도 바보는 아닐 테니, 우리가 무시무시한 힘을 보여주기만 하면 금방 무너지고 말 겁니다. 그때부턴 안전하게 지낼 수 있게 될 거요."

곧바로 포도주를 따르는 눈치더니 이윽고 쨍그랑 잔을 부딪고 요란하게 웃는 소리가 뒤를 따랐다. 그만하면 충분했다. 줄리아는 그늘로 몸을 숨기곤 갔던 길을 되밟아 침실로 돌아왔다.

8

줄리아가 뛰쳐나가는 걸 보면서 피터는 차라리 잘됐다 싶었다. 화약을 꺼내든 게 왜 문제가 되는지 알 수 없었다. 결코 무시할 수 없는 힘을 가졌다는 사실을 보여준 게 그토록 잘못이란 말인가?

소년은 문을 박차고 나가서 씩씩거리며 회랑을 따라 걸어갔다. 하여튼 계집애들이란! 너무 감정적이고 비과학적이어서 도무지 쓸모가 없었다. 이곳의 수수께끼를 보란 듯이 풀어서 동생에게 제대로 가르쳐주고 싶었다.

피터는 복도를 지나던 긴 가운 차림의 남자를 붙들고 도서관으로 가는 길을 물었다. 상대는 대답 대신 성의 북쪽 탑을 가리켰다. 어둡고 칙칙한 회랑을 한참 헤맨 끝에 마침내 목적지에 도착했다.

도서관은 영국의 시골집 비슷하게 생겼지만 훨씬 크고 넓었다. 책장이 끝이 보이지 않을 만큼 층층이 쌓여 있었고 그 안에 책들이 빼곡하게 들어차 있었다. 어떤 주제에 관해서든, 없는 서적이 없었다. 피터는 가죽커버의 냄새를 마셔가며 책꽂이를 올려다보고, 올려다보고, 또 올려다봤다.

그러길 얼마나 했을까? 오른쪽 어디선가 짧게 "에헴!" 하는 소리가 들렸다. 칼칼해진 목을 풀어볼 셈인 것 같았다. 소년은 주변을 찬찬히 둘러보았다. 야윈 남자 하나가 도수 높은 안경을 끼고 커다란 오크 테이블에 앉아 있었다. 십중팔구 사서일 것 같았다.

피터는 정말인지 확인해보려고 천천히 다가갔다. 잉크가 묻은 손가락과 오른쪽 귀 뒤에 꽂은 연필, 가죽을 씌운 표지에 주석이 빼곡하게 적힌 책을 테이블에 펼쳐놓고 있는 것까지 틀림없었다. 사내는 갑자기 나타난 훼방꾼을 매섭게 노려보았다. 소년은 속으로 생각했다. '도서관을 찾는 손님이 많지 않은 모양이군.'

"자, 뭘 도와드릴까요? 보시다시피 지금은 아주 바빠서 말씀인데, 될 수 있는 대로 빨리 말씀해주시면 좋겠습니다만."

"난 피터라고 합니다. 알비온…에서 왔어요." 하지만 목소리가 절로 기어들어가는 것 같아서 소년은 부러 목청을 돋웠다. "잠시 둘러볼 수 있을까 해서요."

사서는 안경 너머로 소년을 쳐다보았다. 경계를 늦추지 않으면서 상대를 저울질하는 기색이 역력했다. "얼마든지 그러시죠." 마침내 조심스러운 허락이 떨어졌다. "혹시… 에헴! 도와드릴까요?"

"이 섬의 역사를 기록한 책이 있을까요? 이곳을 더 잘 알고 싶어서요." 소년은 조금이라도 커 보이려는 욕심에 어깨를 잔뜩 부풀렸다. "물론, 외교적인 목적에서 말입니다."

"있고말고요." 사서는 자리에서 일어나(선키와 앉은키에 별 차이가 없었다) 테이블 뒤의 서가에서 책 한 권을 꺼내주었다. "저쪽으로 가시면 온 섬이 내려다보이는 자리에 책상이 하나 있습니다. 거기라면 방해받지 않고 글을 읽을 수 있을 겁니다. 더 필요한 책이 있으신가요? 아니면 직접 찾아보시겠습니까?"

"오, 무엇이든 보탬이 될 만한 서적들을 골라주시면 좋겠습니다." 피터는 뒷짐을 지고 서서 기다렸다. 대단히 중요한 인물로 보이려는 속셈이었다. 잠시 후, 사내는 표지에 덧댄 가죽이 다 해어지다시피 한 두꺼운 책 한 권을 손에 들고 다시 나타났다. 속내를 알 수 없는 미소를 지으며 소년에게 넘겨주곤 자리로 돌아가 주석을 붙이는 작업에 몰두했다.

피터는 책상으로 가서 자리를 잡고 책을 읽기 시작했다.

이야기는 단순했다. 간추리자면 대략 이런 얘기였다.

에이딘은 본래 야생세계가 그대로 살아 있는 개발되지 않은 섬이었다. 시대에 뒤떨어지고 답답한 왕이 백성들을 다스리던 도중에 혁명이 일어났다. 세상은 그걸 '계몽' 이라고 불렀다. 이제는 숫자는 적지만 강력한(단호할 뿐만 아니라 대단히 똑똑한) 집단이 섬을 지배하게 되었다. 봉건주의와 구세대의 낙후된 통치체제에 반발하는 반란을 이끌었던 자칼과 레오파드, 울프 등 세 영주는 스스로 섬의 계몽군주가 되었다. 옛 왕은 폐위되어 쫓겨났고 결국 귀양 갔던 곳에서 숨을 거두었다. 백성 가운데 일부는 옛 방식들을 끝까지 고집했지만 새로운 통치자들을 섬기지 않고는 섬에서 배겨낼 도리가 없었다. 5백 년 동안 줄곧 새 권력자들의 지배를 받는 동안 섬은 과거의 야만적인 때를 벗어버리고 발전을 거듭했으며 이제 밝은 미래를 내다보게 되었다.

"5백 년이라고? 그게 가능한 일일까?" 피터는 몇 번이나 혼자 웃음 지어가며 글을 읽었다. 발소리가 다가오는 걸 듣지도 못하고 책을 보는 데만 몰두했다. 차가운 손이 어깨를 움켜쥘 때까지는 곁에 누가 있다는 사실조차 의식하지 못했다.

"가벼운 읽을거리가 필요하셨던 모양이군요." 불청객이 말했다. 퍼뜩 정신을 차리고 돌아보니 아낙시만드로스가 등 뒤에 서 있었다.

"아, 그래요." 소년은 더듬거리며 말을 이어갔다. "조금… 아… 예, 에이딘이란 곳이 궁금하기도 하고…." 문득 지체 높은 인물인 듯 행세해야 한다는 사실이 뇌리를 스쳤다. "역사와 문화, 주요 수출품과 상품들… 뭐 그런 게 알고 싶어서요."

"좋은 생각입니다." 피터의 손에서 낚아챈 책을 훑어보며 신하가 대꾸했다. 누렇게 변한 책장들을 넘겨가며 무언가 골똘히 생각하는 눈치였다. "중요한 책이군요. 에이딘 시민이라면 누구나 마음 깊이 새겨야 할 역사예요." 사내는 말꼬리를 늘이면서 소년을 바라보았다. "이런 걸 가르치는 게 바로 교육이죠. 망상에 빠져 순순한 마음이 오염되지 않도록 지켜주어야 한다는 얘깁니다."

"책을 읽다보니 계몽에 관한 기록이 나오던데." 소년이 말을 이었다. "에이딘 백성이 여전히 갖가지 망상에 사로잡혀 있다고 보십니까?"

"유감스럽게도 그런 것 같아요." 아낙시만드로스는 느릿느릿 대답했다. "경이 보셨던 노예들만 해도 아주 구시대적이죠. 미신이란 미신은 죄다 믿고 있으니까요."

"미신이라니, 무슨 말씀이신지요?"

"마술 같은 것 말입니다." 궁내대신은 고개를 절레절레 흔들었다. "신성한 마법이라고 불리는 것들이요. 케케묵은 전설들도 있어요. 어린아이들이 읽는 동화나 다름없는 소리들이죠. 그런데도 그런 이야기들이 인간의 한계를 벗어난 일들을 설명해준다고 생각한다니까요."

무슨 말인지 알고도 남을 것 같았다. 멀리 갈 것도 없이 줄리아가 그랬다. 늘 터무니없는 이야기에 빠져 살고, 혼란스럽거나 화가 날 때마다 그 책들로 돌아가곤 했다. 소년은 고개를 끄덕이며 말했다. "궁내대신께선 과학적인 분이군요."

아낙시만드로스는 빙그레 웃어보였다. 인정의 의미를 담은 미소였다. "우리 둘 다 그렇죠. 사실 제가 경을 찾아온 이유도 거기에 있습니다." 사내는 의자를 끌어다 피터와 얼굴을 맞대고 앉았다. "경이 보여드린 발명품에 영주님은 큰 감명을 받으셨습니다. 그대가 들고 다니는 악마의 정체가 뭐냐고 물으셨던 걸 기억하실 겁니다. 경은 '화약'이라고 하셨죠, 아마? 혹시 직접 만드신 물건입니까?"

"그렇습니다." 나름대로는 상당히 겸손한(하지만 줄리아가 봤더라면 우쭐거린다고 구박했을) 표정을 지으며 피터가 대답했다. "물론, 화약을 만드는 공식은 저와 극소수 알비온의 귀족들만 알고 있는 비밀입니다. 그렇고말고요."

아낙시만드로스의 얼굴에 웃음기가 돌았다. "그렇겠죠, 피터 경. 자칼과 레오파드 영주님들은 물론이고 울프 대공께서도 경의 능력에 무척 놀라워하고 계십니다. 학식이 풍부할 뿐만 아니라 커다란 지혜와 분별력을 가지신 분이라고 침이 마르도록 칭찬하셨습니다."

"그렇게 말씀하시니 제가 무슨 굉장한 사람이나 된 것 같군요." 스스로 그런 착각에 빠진 피터가 짐짓 부끄러운 시늉을 했다.

아낙시만드로스는 다시 미소를 지었다. "이건 아부가 아닙니다. 직접 보고 들은 얘기를 옮길 따름입니다. 솔직히 말씀드리자면, 영주님들은 경의 비법을 꼭 전수받고 싶어 하십니다. 줄리아 양도 정보를 공유하자고 제안하셨으니까요."

"그건 제 마음대로 주고 말고 할 기술이 아닙니다." 피터는 손사래를 쳤지만, 궁내대신은 얼굴을 바싹 들이대고 소년의 귓가에 속삭였다. "영주들께서 경을 이 나라의 왕자로 삼을지도 모릅니다."

아낙시만드로스는 '왕자'를 발음할 때, 일부러 혀를 매끄럽게 굴려가며 시간을 끌었다. 단어의 울림이 전해지는 순간, 피터의 눈앞에는 화려한 환상이 어른거렸다. 영국에서 집과 학교만을 오가며 외로이 지냈던 소년에게는 낯선 그림이었다. 영예롭고 부유해져서 툭하면 괴롭히던 왈패들을 혼내줄 수 있다니, 생각만 해도 짜릿했다. 피터는 멍한 눈으로 먼 곳을 응시했다. 똑같은 말을 되풀이하는 궁내대신의 목소리가 소년을 현실로 되돌아오게 했다.

"피터 왕자님이 되시는 거죠."

퍼뜩 정신을 차리고 보니 붉은 망토를 걸친 사내가 눈앞에 앉아 있었다. "화약이라는 게 알고 보면 참 간단히 만들 수 있는 물건입니다." 마침내 소년의 입이 열렸다. 피터는 테이블에 놓인 펜을 집어 들고 종이 위에다 간단한 공식을 적어나가기 시작했다. 아낙시만드로스는 함박웃음을 지으며 소년이 건네주는 종이를 받아들었다.

"에이딘은 큰 복을 받았습니다. 경처럼 지혜로운 지도자가 미래를 이끌어가게 됐으니 말입니다." 궁내대신은 자리에서 일어나 공손히 절을 하고는 발길을 돌려 도서관을 나갔다.

피터도 의기양양하게 침실로 돌아갔다. 현명하고 뛰어난 문명국가의 구성원이 됐다는 사실이 한없이 기뻐서 마치 구름 위를 걷는 것 같은 기분이었다. 그처럼 훌륭한 나라의 왕자가 된다니!

　방으로 돌아오는 내내 줄리아는 떨리는 마음을 진정시키지 못했다. 노예들의 반역, 반란군을 물리칠 무기, 다른 세계에서 불려온 두 명의 선택받은 이들…. 복도를 걸으면서 소녀는 방금 엿들은 내용을 곱씹고 또 곱씹었다. 어느 것 하나 쉽게 이해할 수 있는 게 없었다.

　줄리아는 침대에 털썩 주저앉았다. 한바탕 울기라도 하면 속이 풀리고 결정에도 도움이 될 것 같았지만 알비온제국의 특사와 눈물은 어울리는 조합이 아니라고 마음을 다잡았다. 모든 게 엉망이었다. 뒤죽박죽 갈피가 잡히지 않았다. 애당초 특사 흉내를 내지 말았어야 했다. 아니 그보다 먼저 여기에 오지 말았어야 했다. 정원에서 살해된 수도사 따위에 관심을 갖지 말았어야 했다.

　각오를 단단히 했음에도 불구하고 눈물이 쏟아졌다. 소녀는 베개에 얼굴을 묻고 어깨를 들썩이며 엉엉 소리 내어 울었다. 숨이 턱턱 막히고 뜨거운 눈물이 한없이 흘러내렸다. 때마침 하인들이 들어와서 점심 밥상을 차리기 시작했다.

　세상에는 우는 모습이 더 예쁘게 보이는, 축복받은 이들이 있다. 눈물이 방울방울 뺨을 타고 부드럽게 흘러내리면 말할 수 없이 사랑스러워 보인다. 줄리아는 그런 복을 타고난 아이가 아니었다. 금빛 머리칼은 눈물에 젖어 떡이 진 채 한쪽 뺨에 들러붙었다. 다른 쪽에는 베개자국이 선명했다. 하얀 얼굴은 핑크빛이 됐고 두 눈은 토끼처럼 새빨개졌다.

　성안의 노예들은 두 손님과 절대로 말을 섞어선 안 된다는 엄명을 받았다. 어길 때는 목숨을 잃을 수도 있었다. 하지만 어린 여자아이가 깊은 슬픔에 빠져 있는 참담한 장면과 마주치면 그런 명령 따위는 별 의미가 없어진다. 하인들은 서둘러 소녀 곁으로 다가섰다. 둘 중에 키가 큰 이가 나서서 아이를 꼭 안아주었다.

여자의 몸에서 향기가 났다. 산길을 지나 초원에 들어섰을 때 따먹었던 과일냄새였다. 밑도 끝도 없이 엄마 생각이 났다. 줄리아는 하인의 어깨에 얼굴을 묻었다. 몇 번이나 어깨를 들썩여가며 억지로 울음을 참았다. 얼마나 그러고 있었을까? 간신히 마음을 가라앉히고 매무새를 고친 소녀가 먼저 말을 걸었다.

"미안…해요." 하인은 두건을 뒤로 젖혀 낯을 완전히 드러내고 있었다. 평범한 인상이었다. 얼굴에는 주름이 깊게 파이고 검은 머리칼에 드문드문 흰머리가 섞여 있었지만 분명 노인은 아니었다. 두 눈은 움푹 들어갔지만 맑고 투명했다.

나이가 많지 않음을 짐작할 수 있는 힌트가 또 있었다. 미소를 지을 때마다 여인의 얼굴에는 몇 가닥 주름이 잡혔는데 고된 일에 시달리는 삶에서 비롯된 게 아니라 웃음의 흔적임에 틀림이 없었다. "헬렌이라고 합니다." 하인이 입을 열었다. "왜 그렇게 힘들어하는지 털어놔보세요."

"흡!" 무척 놀란 듯, 다른 하인이 숨을 깊이 들이마시는 소리가 들렸다. 둘은 소녀가 모르게 눈길을 주고받았다. 두 번째 하녀가 "푸!" 하고 숨을 내뱉으며 보일 듯 말 듯 신호를 보냈다.

"어떡해야 할지 모르겠어요." 줄리아가 소매로 눈물 콧물을 닦아내며 말했다. "어느 수도사가 예언을 들려주었어요. 제가, 아니 우리가 선택받은 사람이고 여러분을 해방시킬 책임이 있대요. 하지만 어디서부터 매듭을 풀어가야 할지 정말 모르겠어요."

하인들의 시선이 다시 한 번 마주쳤다. 이번에는 더 길고 노골적이었다. 마침내 헬렌이 침묵을 깼다.

"수도사가 예언을 들려주었다고요?" 여인은 한마디 한마디 힘을 주어 물었다. 소녀는 고개를 끄덕였다.

"오빠한테는 말하지 않았어요. 하지만 멍청한 화약놀음을 벌이는 바람에 벌써 일을 그르쳐놓은 것 같아요. 어떻게 영주들을 몰아내야 할지 이제는 막막하기만 해요."

두 번째 하인이 두건을 벗고 앞으로 나섰다. 정말 어려보이는 얼굴이었다. 힘겨운 일을 해가며 고통스럽게 몇 년을 보낸 탓에 감정이 굳어버린 듯 딱딱한 눈을 하고 있지만, 아무리 높여 잡아도 또래 이상은 아니었다. "아가씨가 정말 예언에 약속된 분이라면 혼자 영주들을 몰아낼 필요가 없어요." 그러곤 잠시 말을 끊고 밝게 미소 지었다. "앨리스라고 해요. 우리는 아가씨를 오래, 아주 오래 기다렸어요."

어린 하녀의 환한 웃음을 보는 순간, 줄리아는 눈물이 쏙 들어가버리는 걸 느꼈다. 자신이 정말 선택받은 이든 아니든, 지금 여기 있는 건 자신뿐이었다. 그렇다면 무언가 도움이 될 만한 일을 해야 마땅했다.

"부탁인데⋯." 소녀는 뜸을 들였다. 어떻게 물어봐야할지 정확하게 감이 잡히지 않았다. "여러분의 이야기를 좀 들려줄래요? 역사라고나 할까요? 마르쿠스와 그이를 따랐던 사람들의 사연을 알고 싶어요."

헬렌은 엄지손가락을 치켜 올리며 대답했다. "물론이죠, 아가씨. 하지만 지금은 안 돼요. 제 남동생을 만날 수 있도록 주선해드리죠. 그 애가 자초지종을 잘 들려드릴 거예요. 그런데 그보다 먼저, 줄리아 님이 지금 몹시 위험한 상태라는 걸 말씀드려야겠어요." 여인은 동의를 구하는 듯 또다시 앨리스를 바라보았다. 어린 하녀가 계속해도 좋다는 신호를 보내자 서둘러 말을 이었다. "아가씨가 우리 편이라는 게 알려지면 목숨을 잃게 되실 거예요. 영주란 자들은…." 여인은 거듭 망설였다. "특히 그 늑대 탈은 무자비하기로 유명한 자거든요."

줄리아는 연신 고개를 끄덕이면서도 어떻게 반응해야 할지 알 수 없었다. 앨리스의 얼굴에 다시 웃음이 피어올랐다. 그러곤 침대 곁으로 다가와 여전히 눈물로 얼룩진 소녀의 상기된 얼굴을 두 손으로 감싸 쥐었다.

"잘 오셨어요, 아가씨." 목소리가 나긋나긋했다.

"에이딘에 오신 걸 환영합니다."

9

그날 오후, 살그머니 방을 빠져나온 줄리아는 헬렌이 가르쳐준 대로 수많은 계단과 어두운 회랑을 지나 노예들이 한데 모이는 곳으로 갔다. 멀리 갈수록 벽을 장식하는 태피스트리들이 낡아서 곳곳에 때가 끼고 올이 풀려나간 게 보였다. 성의 가장 후미진 구석으로 내려가자 공기가 눅눅해지고 퀴퀴한 냄새가 났다. 하지만 소녀는 마치 그곳이야말로 자신이 있어야 할 가장 합당한 자리라는 듯 떳떳이 고개를 들고 활기차게 걸었다.

크게 걱정할 건 없었다. 아무도 알아보거나 앞길을 가로막지 않았다. 마침내 앨리스가 알려준 문이 나타났다. 소리가 나지 않도록 조심하면서 문을 열었다. 떨렸다. 공기는 습하면서도 차가웠다. 똑- 똑- 똑- 똑. 어디선가 끊임없이 물방울이 떨어지고 있었다. 종종걸음으로 나선형 계단을 따라 성의 지하실로 내려갔다. 국을 끓이는 냄새가 지하실에 두루 퍼져나가고 있었다. 고인 물과 상한 음식에서 나는 악취와 어우러져 코를 찌르는 바람에 숨조차 제대로 쉬기 어려웠다. 드문드문 깜박이는 횃불 말고는 아무것도 보이지 않았다. 손가락으로 더듬어가며 벽을 따라가는 게 상책이었다. 발밑이 물컹거리고 끈적댈 때마다 소녀는 몸서리를 쳤다. 드디어 오래된 포도주 저장고처럼 생긴 공간에 도착했다. 벤치들이 벽에 기대어 놓여 있고, 그 위에 두건을 쓴 이들이 몇 명씩 모여 앉아 있었다. 차갑고 습한 공기에 체온을 빼앗기지 않으려고 서로 부둥켜안은 모습이었다. 줄리아가 들어서자 다들 자리에서 벌떡 일어났다.

누군가가 한 발 앞으로 나섰다. 근육질의 몸을 가진 남자였다. 노예가 아니라 군인이나 전사인 듯했다. 검은 눈동자가 굳세 보였다. 헬렌과 마찬가지로 얼굴에 주름이 깊었다.

"어서 오세요, 줄리아 아가씨. 시므온이라고 합니다. 헬렌과 앨리스는 전에 만나셨죠? 울프 패거리에 잡혀서 종살이를 하고 있는 수많은 동지들 가운데 몇몇 분들도 오늘 함께하셨습니다."

소녀는 가볍게 고개를 숙여 인사를 대신하곤 시므온이 가리키는 차가운 벤치에 가 앉았다. "만나게 돼서 기뻐요. 반갑습니다, 여러분." 줄리아는 차분하게 말을 이었다. "부디, 여러분의 이야기를 들려주세요. 가이우스한테 조금 얻어듣기는 했지만 그것만 가지고는 상황을 정확히 알 수가 없어서요."

시므온이 웃으며 먼저 나섰다. "물론입니다, 아가씨. 우선 저희가 어떻게 노예 신세가 됐는지부터 말씀드리죠."

대충은 알고 있는 일들이었지만, 사내는 묵직한 바리톤의 목소리로 가이우스가 빼먹은 사연까지 자세하게 앞뒤 사정을 설명했다.

"슬기롭고 마음씨 좋은 케미아의 마르쿠스 왕자는 어느 날 꿈속에서 고향 땅이 무시무시한 재난에 휩쓸릴 거라는 경고를 받았습니다. 왕자는 즉시 백성들을 모두 태울 큰 배를 여러 척 만들라는 명령을 내렸죠. 덕분에 백성들은 죽음의 그림자에서 벗어나 생명을 지킬 수 있었던 겁니다."

시므온은 긴 항해 끝에 신비로운 낙원에 닻을 내렸을 때 얼마나 감격스러웠는지 생생하게 묘사했다. 마치 백성들이 도착하기를 기다렸다는 듯 모든 준비가 완벽하게 갖춰져 있었다. 배를 댈 포구에서부터 과일과 낟알이 열리는 과수원과 들판까지, 무엇 하나 모자라는 게 없었다. 마르쿠스는 배를 뜯어서 그 판자로 새로운 세계에 깃들 첫 번째 보금자리를 짓게 했다.

시므온은 호흡을 가다듬고 나서 다시 이야기를 이어갔다. "도착한 지 얼마 안 돼서, 마르쿠스는 평화로운 신세계에서는 무기가 필요 없다고 선언했습니다. 이웃부족이나 백성들 사이의 싸움은 옛일이 되었으므로 고향에서 가져온 무기들을 모조리 없애버리라는 명령이었죠. 탈레스라는 인물을 책임자로 세워서 활과 화살을 없애게 했고, 칼의 처리는 브루투스에게 맡겼습니다. 에이딘은 평화롭고 평온한 세상이 될 것만 같았습니다."

여기까지 설명하고 나서 사내는 눈을 지그시 감았다. 너나없이 말이 없었다. 줄리아는 의자 끝에 궁둥이를 걸치고 바짝 당겨 앉았다. 결말을 다 알고 있었지만 다시 한 번 정확하게 듣고 싶었다. 조바심을 참지 못하고 소녀는 다음을 재촉했다. "그래서 어떻게 됐어요?"

시므온은 눈을 번쩍 뜨며 말했다. "마르쿠스는 가장 신임하던 영주, 제노스의 손에 암살됐습니다. 그로부터 며칠 새에 마르쿠스를 따르는 이들은 죄다 섬에서 쫓겨났습니다. 앞을 가로막는 이들은 닥치는 대로 죽였습니다. 그렇습니다. 저들은 칼을 없애지 않았습니다. 잘 숨겨두고

반역의 기회를 노렸던 겁니다. 배신자 탈레스와 브루투스는 제노스를 도와 반역을 일으키고 제멋대로 이 섬의 통치자가 되었습니다. 권력을 차지한 뒤에는 이름을 바꾸고 새로운 직위를 만들었습니다. 그건 아마 아가씨도 아실 겁니다.”

줄리아는 고개를 끄덕였다.

“자칼, 레오파드, 울프라는 새 이름을 짓고 스스로 영주라고 불렀습니다. 선조들은 결정해야 했습니다. 영주들에게 복종하든지 아니면 자신은 물론 자식들까지 죽음을 감수할지 둘 중에 하나를 택해야 했습니다. 다른 길은 없었습니다. 사실상 선택의 여지가 없었던 겁니다.” 사내는 두 손을 허공에 드는 간단한 몸짓으로 극심한 절망과 낙담을 표현했다.

줄리아는 소름이 끼쳤다. “그때부터 지금까지 계속 이렇게 살아온 건가요?”

시므온은 서글픈 음성으로 대답했다. “5백 년 동안 그랬습니다, 아가씨. 5백 년이라고요. 아름다웠던 지난날과 훌륭한 임금님을 기억하며 거기에 기대어 여태껏 살아왔습니다. 부모는 자식에게, 자녀들은 또 그 후손들에게 역사를 가르쳤습니다. 마르쿠스 님과 그분께 꿈을 주신 이에 관해, 그리고 장차 낯선 이들 둘이 나타나서 이루게 될 예언에 대해 귀에 못이 박이도록 설명해주었습니다.”

“하지만 이제 더는 그런 이야기를 들려줄 수 없게 됐어요.” 헬렌이 끼어들었다. 목소리에 분노와 원한이 가득했다. 줄리아로서는 처음 겪는 일이었다. 침실에서 울고 있는 소녀를 따뜻하게 안아주던 그 여인이 아닌 것 같았다.

시므온이 몇 차례 헛기침을 하고 나서 말했다. “몇 달 전에 동지들 몇 명이 탈출에 성공했습니다. 그러자 영주들이 아이들을 모조리 잡아갔습니다. 한 명도 남기지 않고요. 어디로 가는지, 얼마나 붙잡아둘지 알려주지도 않고 무작정 데려가버린 겁니다." 사내의 목소리가 갈라졌다. "우리가 들은 말이라곤 도망자가 또 나오면 아이들을 죽이겠다는 협박뿐이었습니다."

줄리아의 얼굴이 점점 하얗게 질려갔다.

"아이들이라고요?" 소녀는 힘없이 중얼거렸다. "그래서 거리가 그토록 적막했던 거군요." 성문 밖 마을길이 쥐죽은 듯 조용했던 기억이 떠올랐다. 목소리가 더 기어들어갔다.

갑자기 시므온이 차가운 돌바닥에 무릎을 꿇었다. 두 손으로 소녀의 뺨을 감싸 쥐고는 뚫어져라 얼굴을 살폈다. 또다시 눈시울이 뜨거워지며 눈물이 고이는 게 느껴졌다. 줄리아는 그렁그렁한 눈으로 사내의 눈길을 고스란히 받아냈다.

"아가씨는 부름을 받은 분입니다." 시므온이 말했다. "우리 아이들을 구해내고 이 땅을 본래 왕의 왕께서 뜻하셨던 낙원으로 되돌리는 일에 힘을 보태도록 말입니다."

"왕의 왕이라…." 소녀가 되풀이했다. 혼란스러웠다.

"마르쿠스보다 더 크신 분입니다." 시므온이 풀이해주었다. 정원에서 만났던 가이우스도 똑같은 말을 했다. "이 섬에서는 그 이름을 입에 올리는 것마저 엄격하게 금지되어 있습니다. 사형을 당할 수도 있으니까요. 하지만 케미아에서는 물론이고 마르쿠스 님이 세상을 떠나기 전까지는 이 섬에서도 누구나 종일 즐겨 부르던 이름이었습니다. 우리를 지으시고 생명을 주신 바로 그분의 이름이죠. 마르쿠스 님에게 곧 엄청난 재앙이 온다는 사실을 알려주신 분의 이름이고요. 우리를 위해 이 섬을 준비해주신 분이자 에이딘의 영주들이 지워버리려고 발버둥치는 기억의 주인공이기도 하시고요.”

“하나님을 말하는 건가요?” 줄리아가 대놓고 물었다. 여태까지 하나님에 대해서는 큰 관심이 없었다. 너무 멀고 비현실적인 존재로만 보였다. 이토록 큰 호기심이 발동한 건 이곳, 에이딘이 처음이었다. 매혹적으로 보이기까지 했다.

시므온은 빙그레 웃으면서 소녀의 뺨을 감쌌던 손을 풀고 일어섰다. “우린 그분을 이름으로 부릅니다. 친히 그러라고 하셨거든요. 주님은 세상 만물을 지으셨을 뿐만 아니라 그분의 백성들을 인도하고 보살피시죠. 결박을 풀고 건져주실 구원자도 그분뿐입니다.”

바로 그때, 여자 노예 하나가 문을 박차고 황급히 뛰어 들어오며 말허리를 잘랐다. 여인은 가쁜 숨을 몰아쉬며 외쳤다. “줄리아 아가씨, 어서 피하세요! 경비병들이 오고 있어요!”

“하지만 아직 할 얘기가….”

“어서 가야 해요. 아가씨한테 우리 목숨이 달렸어요!”

소녀는 자리를 피했다. 하지만 서두를 이유가 없다는 듯, 또는 켕기는 게 전혀 없다는 듯 천천히 당당하게 걸었다. 얼마나 떨리던지 1분이 1년 같았다. 다행히 아무런 제지도 받지 않고 방으로 돌아온 줄리아는 기다리고 있을 오빠를 만나러 옆방으로 건너갔다.

피터는 커다란 창가에 서서 바깥을 내다보고 있었다. 할 말이 무척 많았지만 얼마나 털어놓는 게 좋을지 판단이 서지 않았다. 하지만 오빠를 보는 순간, 노예들과 만났던 기억은 말끔히 지워지고 말았다. 어딘지 모르게 이상했다. 뭔가 잘못돼도 단단히 잘못됐다는 생각이 든 소녀가 물었다.

"뭘 보고 있어? 걱정이 많은 표정인데?"

소년은 몸을 돌려 동생을 바라보았다. 무언가에 놀랐는지 겁먹은 토끼눈을 한 채, 고개를 가로저었다. 줄리아가 창가로 다가서자 말없이 아래쪽을 가리켰다. 저 밑으로 성곽 한쪽에 경비병 한 무리가 참나무통을 둘러싸고 서 있는 게 보였다. 병사 하나가 성냥불을 켜들었다.

갑자기 쾅 소리와 함께 짙은 연기가 시야를 가렸다. 공기가 맑아지자 성벽 한쪽이 완전히 날아가버린 게 눈에 들어왔다. 충격에 빠진 소녀는 한동안 산산조각 난 돌덩이에서 눈을 떼지 못했다. 그러다 의심스러운 눈초리로 오빠를 돌아보며 다그쳤다.

"설마⋯ 영주들에게 화약 만드는 법을 알려준 건 아니겠지?"

아무런 대답도 돌아오지 않았다. 창들을 움켜잡은 줄리아의 손에 힘이 들어갔다. 얼마나 세게 움켜쥐었던지 손가락 하나하나가 핏기 없이 하얘졌다. 소녀의 목소리에 날이 섰다. "무슨 짓을 했는지 알기나 해?"

피터가 홱 돌아서며 대꾸했다. "네가 말한 대로 정보를 나눴을 뿐이야! 상대해보니 다들 괜찮더라고. 과학적이고 이성적인 사람들이었어."

동생도 지지 않았다. "오빠는 애당초 관심이 없었어. 그토록 과학적이라는 영주들이 새로운 무기를 비겁하고 부당한 방식으로 쓸 가능성이 있다는 점은 생각조차 않았다고. 안 그래?"

피터는 차라리 입을 다물어버리기로 했다. 우울하고 부끄러웠다. 이런 상황에서라면 왕자가 될 거란 얘기는 꺼내지 않는 편이 나을 것 같았다.

창 아래로 분주히 오가는 경비병들이 보였다. 한편에서는 부서진 건물을 수리하고, 다른 한쪽에서는 부상자들을 치료하느라 정신이 없었다. 피터는 동생 쪽으로 돌아섰다. 차마 두 눈을 똑바로 마주 볼 자신이 없었다.

"왜 영주들하고 맞서려고만 하는지, 널 이해할 수가 없구나. 노예들은 헛말을 좇다가 그렇게 된 거야. 아낙시만드로스가 다 설명해줬어." 피터는 오빠답게 근엄한 목소리로 설득하려 했지만 그건 줄리아가 가장 경멸하는 음성이었다. "이성이라는 더 높은 세계에 들어가지 못해서 노예 신분으로 추락하게 된 거라고."

순간, 소녀의 손이 오빠를 매섭게 후려쳤다.

자라면서 주먹질하는 기술을 연마한 적이 없는 건 물론이고, 분통을 터트리는 법조차 배우지 못한 줄리아였다. 피터는 큰대자로 뻗지는 않았지만 얻어맞은 뺨을 부여잡고 비틀거리며 창틀까지 밀려났다. 단 한 번도 본 적이 없는 동생의 모습이 놀랍고 당황스러웠다.

"자신을 좀 돌아보라고!" 소녀는 여전히 씩씩거렸다. "과학의 힘으로 여기에 온 게 아냐! 우린 부름을 받았다고. 왕의 왕께서 부르셨단 말이야! 이곳을 바로잡고 노예들을 풀어주라고 데려오셨다는 뜻이야. 아직도 모르겠어?"

"왕의 왕? 노예들을 해방시켜? 웃기시네. 종들은 사실 야만인과 다를 게 없어." 피터는 혹시 다시 날아올지 모르는 동생의 주먹을 피하기 위해 멀찌감치 물러서며 응수했다. "그래서 영주들이 따로 골라낸 거라고."

"들은 얘기가 있어. 노예들의 이야기지." 줄리아가 말했다. 머릿속이 팽팽 돌아갔다. 다들 들은 얘길 옮기지 말라고 경고했던 까닭을 이제야 좀 알 것 같았다. 피터는 더 이상 믿을 수 있는 상대가 아니었다. "자칼과 레오파드, 울프야말로 야만인들이야. 그리고 오빠는 그 자들에게 막강한 무기를 넘겨준 거고."

소년은 뜻밖에도 자신만만한 태도를 드러내기 시작했다. "천만에!" 짧은 한 마디에도 거들먹거리는 기운이 역력했다. "화약을 만들고 눈앞에서 터트릴 수는 있겠지. 하지만 정말 필요한 건…."

"대포지." 줄리아가 가로챘다. "총 만드는 법은 알려주지 않았다는 말이지? 그치?"

"아니고말고!" 피터는 허세를 부리며 대꾸했다. "영주들이 날 왕자로 삼을 때까지 기다릴 거야!"

저도 모르게 튀어나와버린 말이라 피터로서도 수습할 틈이 없었다. 소녀는 수상쩍다는 눈길로 째려봤다. 소년의 우쭐거리는 태도가 갑자기 수그러들었다.

"오빠는 구제불능이야!"

마지막 말을 남기고 줄리아는 방을 빠져나갔다.

동생이 자기 방으로 돌아간 뒤에도 피터는 오래도록 창가에 서서 밑에서 벌어지는 난장판을 지켜봤다. 경비병들과 노예들은 이리저리 오가면서 대리석 건물을 화려하게 장식했던 조각품의 파편들을 치우느라 종종걸음을 치고 있었다. 그런데 불쑥 늑대 탈이 눈에 들어왔다.

화약의 파괴력을 살피러 나타난 게 분명했다. 경비대장과 몇 마디 주고받고는 성큼성큼 돌아다니며 독살스러운 눈으로 주변을 살폈다. 기다란 망토가 먼지와 파편들 위로 질질 끌렸다.

갑자기 울프가 고개를 쳐들고 피터가 묵고 있는 방 쪽을 노려보았다. 소년이 기대선 창가로 시선이 곧장 날아왔다. 여느 때처럼 가면으로 얼굴을 가리고 있었지만 눈길에서 노여운 기운이 또렷이 느껴졌다. 냉기가 서린 눈빛이었다. 시한폭탄을 품고 있는 기분이 들었다.

허리를 숙이고 눈길을 피하기엔 이미 늦었다. 두려움이 밀물처럼 밀려들었다. 난생처음 늑대 탈의 힘을 실감했다. 오랜 세월, 죄 없는 백성들을 꽁꽁 얽매고 짓눌러온 바로 그 권세였다. 말없는 시선에 담긴 분노와 마주치는 것만으로도 오금이 저렸지만, 피터는 마지막 의지까지 모두 짜내 마음을 가라앉혔다. "침착해!"라는 말을 몇 번이나 되뇌었는지 모른다.

심호흡을 하고 다시 창밖을 내다보았다. 순간, 울프가 팔을 들어 피터를 가리켰다. 비난의 뜻이 담긴 의도적인 행동이었다. 등골을 타고 식은땀이 흘러내렸다. 영주들에게 무기를 쥐어주면서 사용법을 알려주지 않았는데 이제 그 값을 치르게 된 것이다. 소년은 주머니에 손을 찔러 넣고 창가에서 물러났다. 어떻게 해서든 왕자답게 보여야 한다는 생각이 머리를 맴돌았다.

그날 저녁, 피터와 줄리아는 그레이트 홀로 불려나갔다. 둘 다 어떤 일이 벌어질지 알고 있었다. 아직 어린 친구들에게도 죽음이란 가볍게 대할 일이 아니었으므로, 오누이는 짐짓 씩씩하게 방 안으로 걸어들어갔다. 거친 파도가 물결치는 큰 바다를 앞에 두고 배에 올라 키를 쥘 때마다 아빠가 이런 기분이겠구나, 마음 깊이 공감했다.

영주들은 저마다 왕좌를 차지하고 앉았다. 기다란 망토를 두른 탓에 움직임 하나하나가 과장돼 보였다. 가면들에서는 그 어느 때보다도 더 냉정하고 불투명한 분위기가 풍겼다. 앞쪽으로 걸어 나가는 짧은 틈에도 줄리아는 익숙하지 않은 오한이 뼛속 깊이 스며드는 걸 느꼈다.

울프(본명이 제노스라던 시므온의 말이 소녀의 머릿속을 스쳐 지나갔다)가 먼저 입을 열었다. 말투는 간결하지만 핵심을 찔렀고 목소리엔 단 한 점의 감정도 실려 있지 않았다. 한마디로, 짜증스러워서 못 견디겠다는 투였다.

"거짓 우정을 내세워 그릇된 정보를 주었을 뿐만 아니라, 과학의 이름으로 진행하는 실험을 고의로 방해한 피터와 줄리아, 바다 건너 알비온 왕국의 두 특사에게 사형을 선고한다. 너희는 내일 해가 뜨자마자 처형될 것이다."

그걸로 끝이었다. 늑대 탈은 손을 한 번 들었다 내려놓았다. 변명을 들어볼 가치가 없다는 몸짓이었다. 오누이는 입도 벙긋해보지 못하고 경비병의 손에 붙들렸다. 병사들은 아이들의 팔을 사정없이 뒤로 비틀어 꺾은 다음 질질 끌고 나갔다.

몸부림을 쳐봤지만 부질없는 짓이었다. 줄리아는 가혹한 상황에 맞닥뜨린 현실을 인정하고 차츰 냉정을 되찾았다. 입을 꼭 다문 채 눈을 크게 뜨고 일이 돌아가는 꼴을 지켜볼 따름이었다. 그때, 피터가 고래고래 고함을 질렀다.

"개인적으로 드릴 말씀이 있습니다, 영주님!"

자칼과 레오파드, 울프는 일제히 눈을 돌려 소년을 바라보았다. 사형 판결을 받은 죄수가 감히 영주들 앞에서 입을 놀린 적이 여태껏 단 한 번도 없었기에 다소 충격을 받은 듯했다. 늑대 탈은 고개를 끄덕여 풀어주라는 신호를 보냈다. 경비병들의 손아귀가 느슨해지자 피터는 팔을 뿌리치고 왕좌로 다가갔다.

오빠가 영주들의 귀에 대고 소곤소곤 말하는 바람에 줄리아는 무슨 애길 하는지 정확히 알아들을 수는 없었다. 그저 드문드문 들리는 단어들을 종합해서 대화의 내용을 짐작할 뿐이었다. 하지만 그렇게 들리는 소리만 가지고도 소녀는 속이 뒤집어질 지경이었다.

"…대포 만드는 법을 알려…. 풀어주시기만 한다면…."

잠시 후, 피터는 뒤로 물러나고 영주들끼리 쑥덕거리기 시작했다.

잠시라도 동생을 돌아봤더라면 그 얼굴에서 불신, 혼란, 공포, 특히 분노 따위가 뒤엉킨 몹시 복잡한 감정을 읽을 수 있었을 것이다. 하지만 소년은 한사코 발밑에 깔린 더러운 타일에만 눈길을 주었다.

이윽고 울프가 일어나서 경비병들에게 명령했다. "저 계집애는 사형수 우리에 가둬라. 피터 경은 살려준다."

순간, 줄리아의 머릿속에 초원에서 겪었던 일이 퍼뜩 떠올랐다. 비명을 질러대자 말을 탄 정찰병들이 괴로움을 견디지 못하고 끙끙거리다 정신을 잃어버렸었다. 소녀는 어렴풋한 기억에 기대어 그때처럼 해보려고(그러니까 경비병과 영주들, 그리고 오빠까지 해치우려고) 입을 크게 벌렸지만, 끝내 터져 나온 건 흐느낌이 전부였다.

줄리아는 결국 그레이트 홀에서 끌려나갔다. 춥고 무서워서 온몸이 바들바들 떨렸다. 헬렌, 앨리스, 시므온, 그리고 이 섬을 바로 세워줄 누군가를 생각하며 눈물을 쏟았다. 피터는 잔뜩 겁에 질린 채, 경비병들에게 잡혀가는 동생을 눈으로 뒤쫓았다. 그러나 두려움에 짓눌린 줄리아는 그런 사실조차 깨닫지 못했다.

10

피터는 쿵 하는 둔탁한 소리와 함께 문이 닫히는 걸 지켜보았다. 난생처음 정말 혼자가 됐다는 느낌이 밀려왔다.

"자, 피터. 이제는 고분고분 비밀을 털어놓을 마음이 생겼을 것 같은데?" 울프의 카랑카랑한 목소리가 뒷덜미를 잡아챘다.

"속 썩이지 말고 얼른 그 비법을 털어놓지 그래." 표범 탈도 쉰 소리로 맞장구를 쳤다.

피터는 꿀꺽 소리가 나도록 마른침을 삼키며 한 걸음 앞으로 나와 섰다. 내켜서 하는 짓은 아니었다. 시키는 대로 따르지 않고는 동생을 구할 수 없었다. 대포설계도를 넘겨줘서 자칼과 레오파드, 울프를 천하무적으로 만드는 게 마음에 걸리는 건 사실이다. 하지만 적어도 줄리아의 목숨을 건질 수는 있지 않을까? 대가가 너무 비싸다 할지라도 어쩌겠는가? 달리 방법이 없는 것을.

소년은 마음을 단단히 먹기로 했다. 자신은 물론 동생의 목숨까지 걸린 일이었다. 또다시 실수를 저지를 수는 없었다. 피터는 한발 더 앞으로 나아가서 울프의 얼굴을 똑바로 쳐다보았다. '가면 뒤에 있는 자도 평범한 인간에 불과해. 탈바가지 따위에 주눅들 필요 없어.' 속으로 각오를 다지고 또 다진 뒤에 소년은 입을 열었다.

"대공 전하, 화약의 비밀은 이미 알려드렸습니다. 하지만 폭발력을 이용해서 포탄을 멀리 날려 보낼 무기가 없으면 아무 쓸모가 없습니다. 바로 대포라는 장비죠. 지금부터 그걸 만들 수 있는 비결을 알려드리려고 합니다. 그렇지만, 조건이 있습니다."

표범 탈이 피식 웃었다. 따듯한 기운이라고는 한 방울도 섞이지 않은 차갑고 쌀쌀한 웃음이었다. "협상을 제안할 처지가 아닐 텐데? 마음만 먹으면 그대의 입쯤은 얼마든지 열 수 있다네."

피터는 꿀릴 게 없다는 듯 어깨를 쫙 폈다. "억지로 알아내려 하신다면, 한 마디도 들으실 수 없을 겁니다. 다시 한 번 분명히 말씀드리겠습니다. 정보를 원하시면 조건을 들어주십시오."

레오파드가 또다시 킬킬거렸다. 울프가 그치라는 손짓과 함께 끼어들었다. "좋소, 피터 경. 도대체 그 조건이라는 게 뭔지 한 번 들어보기라도 합시다. 어디 한 번 말해보구려."

"줄리아 양과 저를 풀어주십시오. 그리고 고국으로 돌아갈 수 있도록 범선 한 척을 준비해주십시오." 배가 필요 없다는 건 소년도 알고 있었다. 정원으로 달려가서 분수와 연못을 지나 옥스퍼드로 돌아가면 그만이었다. 하지만 일단은 자유로운 몸이 되는 게 중요했다.

늑대 탈은 소년에게 눈길을 거두지 않은 채 천천히 고개를 끄덕였다. "국가에 반역하는 행위는 으뜸가는 죄요. 발각되는 즉시 엄벌을 받게 되지. 배신자를 살려둘 수는 없으니까. 그건 경도 잘 알고 있을 거요. 평소 같았으면…."

‘평소 같았으면’이란 말을 듣는 순간, 피터의 심장은 터질 듯 쿵쾅대기 시작했다. 그렇다면 이번은 예외로 하겠다는 뜻이 확실하지 않은가!

“평소 같았으면 당장 목을 쳤을 게요. 하지만 그런 식으로 협조만 해준다면 경은 물론이고 동행까지 무사히 에이딘을 떠나게 해주겠소. 무기를 만들고 테스트하는 일을 직접 감독해주시오. 시험발사가 제대로 끝나고 나면 아무 때고 돌아가도 좋소. 만에 하나, 실패하는 경우에는 목숨을 내놓아야 할 거요. 아시겠소?”

피터는 다시 한 번 마른침을 삼켰다. 일이 걷잡을 수 없게 됐다. 하지만 달리 선택의 여지가 없는 일이었다.

“잘 알겠습니다, 영주님. 여기에 관해 드릴 말씀이 있습니다.”

“그만 됐소. 경은 짐의 말을 듣기만 하시오.” 늑대 탈은 자리에서 일어나 창백한 손을 뻗어 머리를 조아리고 있는 피터를 가리키며 명령을 내렸다.

“경은 숙소로 돌아가시오. 그토록 대단하다고 떠벌인 대포라는 물건을 만들어 내놓을 때까지, 경비병들의 철통같은 감시를 받으며 거기에 머물게 될 것이오.”

울프가 고갯짓을 하자 경비병들이 와락 달려들어 피터를 그레이트 홀에서 끌어내 방으로 밀어 넣었다. 등 뒤로 문이 철컥하고 잠기는 불길한 소리가 들렸다. 외로웠다. 창밖을 내다보았다. 바깥세상도 소년의 마음만큼이나 캄캄했다. 머릿속으로는 아까부터 줄곧 똑같은 생각을 곱씹고 있었다. ‘대포가 제대로 작동하는 걸 확인하고 나면 어떻게 될까? 굳이 동생과 나를 살려둘 이유가 있을까?’

줄리아는 성문 앞 광장에 마련된 나무우리에 갇혔다. 문에는 굵직한 자물쇠가 채워졌다. 밖에서 경비병 둘이 눈을 부릅뜨고 우리를 지켰다. 저녁 해는 하늘을 오렌지색과 핑크색으로 물들이며 서쪽 바다 밑으로 가라앉았다. 눈을 감자 주르륵 눈물이 쏟아졌다. 깊고도 무거운 절망감이 밀려들었다. 두 손 놓고 지켜보는 수밖에 없었다. 무슨 말을 해도 상황이 달라질 것 같지 않았다. 그야말로 속수무책이었다. 경비병들이 삼엄하게 오가는 걸 볼수록 낙심도 커졌다. 정말 달아날 길은 없는 걸까?

뜬금없이 엄마 생각이 났다. 병색이 완연한 창백한 얼굴로 침대에 누워 먹지도, 말하지도, 자식들을 안아주지도 못하던 마지막 모습이 아니었다. 줄리아가 떠올린 건 아프기 전, 건강하던 시절의 엄마였다. 엄마는 아빠만큼이나 키가 크고 건강했으며 성격이 불같고 매사에 용감했다. '정말 대단한 분이었어. 엄마라면 뭘 어떻게 해야 할지, 어찌해야 노예들을 풀어주고 무사히 집으로 돌아갈 수 있을지 잘 아셨을 텐데…. 여기서 벗어날 수 있는 방법도 금방 찾아내셨을 거야.'

에이딘 영주들의 눈에 들어 동생을 배신하고 내팽개친 얼빠진 오빠가 돌아와 도와줄 것 같지는 않았다. 왕자 자리에 오르고 싶은 욕심에 어떻게든 잘 보이려고 살살거리고 있을 게 뻔했다. 무릎에 머리를 기대고 밤하늘을 쳐다보았다. 검붉은 하늘을 배경으로 수많은 별들이 반짝였다. 문득, 마르쿠스보다 더 크신 분이 있다던 가이우스와 시므온의 말이 사무치게 가슴을 파고들었다.

어둡고 차가운 그 밤, 소녀는 왕의 왕께 한편이 되어주시길 부탁드렸다. 더할 나위 없이 절망적인 순간에도 곁을 지켜주시고 그분의 백성들

을 해방시킬 수 있도록 도와달라고 간청했다. 기진맥진한 줄리아는 온
기 없는 맨바닥에 쓰러져 깊은 잠에 빠져들었다.

얼마나 잤을까? 소녀는 잠에서 깨어났다. 몇 시간이나 흘렀는지 알
수 없었다. 세상은 여전히 오밤중이었다. 밖에는 경비병들이 쉬지 않고
순찰을 돌고 있었다. 하지만 어쩐지 분위기가 달라진 듯했다. 무언가
음모의 기운 같은 게 느껴졌다. 줄리아는 불안한 마음으로 꼼짝 않고
앉아서 주위를 돌아보았다. 어슴푸레한 달빛 아래로 그림자 몇 개가 소
리 없이 다가오는 게 눈에 띄었다. 당장 끌어내 처형하려는 걸까? 소리
라도 지르고 싶었다. 도와달라는 외침이 목구멍까지 올라왔다. 하지만
그래봐야 무슨 소용이 있을까? 우리에서 벗어날 길은 어디에도 없었다.

그림자들이 더 가까이 다가왔다. 모두 넷이었다. 덩치가 작은 편인
둘은 뒤에 숨어서 나오지 않았다. 불운한 죄수가 탈출을 시도할 때를
대비하는 게 아닌가 싶었다. 나머지 둘은 발소리를 죽여가며 재빨리 달
려왔다. 얼마나 은밀하고 신속하게 움직였던지 그림자들이 턱밑까지
이를 때까지 경비병들은 눈치조차 채지 못했다.

어둠이 짙은 탓에 줄리아로서는 무슨 일인지 가늠할 길이 없었다. 다
만 그림자들과 경비병들 사이에 한바탕 싸움이 벌어지고 있다는 사실
만큼은 똑똑히 알 수 있었다. 낯선 얼굴들이 갑자기 들이닥치긴 했지만
상대는 잘 훈련된 날랜 병사들이었다. 한동안은 경비병들이 우세해 보
이기까지 했다. 그러나 결국은 그림자들이 군인들을 제압했다. 그늘에
숨어 기다리던 이들까지 합세해서 경비병들을 꽁꽁 묶고 재갈을 물렸

다. 이 모든 일을 해치우는 동안 한마디 말도 오가지 않았다. 미리 철저하게 계획을 세워놓고 거기에 따라 움직이는 것 같았다. 그림자 가운데 하나가 경비병들의 주머니를 뒤져 열쇠꾸러미를 찾아들고는 감옥 문을 열어젖혔다. 너무 놀라서 숨이 멎는 것 같았다. 침입자는 줄리아의 손발을 묶고 있던 밧줄을 끊어버린 다음 거칠게 일으켜 세웠다. "누구세요?" 밧줄자국이 깊게 남은 손목을 문지르며 소녀가 날카로운 목소리로 물었다.

"루카스입니다." 낯선 얼굴이 짤막하게 답했다. "가이우스 님의 명령을 받고 숲에서 왔습니다. 저희가 안전하게 지켜드리겠습니다. 어서 가시죠." 그러곤 경비병들을 끌어다 우리 속에 집어던진 뒤 자물쇠를 채웠다. 루카스는 열쇠를 품속 깊이 집어넣었다. 줄리아는 그제야 한 사람 한 사람과 얼굴을 마주할 수 있었다.

"앗, 앨리스다! 헬렌도 왔군요!" 소녀가 나지막하게 속삭였다.

앨리스는 숨죽여 웃었다. 헬렌은 줄리아를 와락 껴안으며 울먹였다. "어떻게, 어떻게 이런 봉변을⋯."

"지체할 시간이 없습니다." 처음 보는 얼굴이 말했다. "서둘러야 합니다."

루카스가 앞장서서 어두운 숲속으로 들어갔다. 멀지 않은 곳에 말 다섯 마리가 나무에 매여 있었다. 잠시 후, 아침 햇살이 온 하늘에 부드럽게 퍼져나가기 시작했다. 일행은 낮에도 어두컴컴할 만큼 울창한 서쪽 숲을 향해 전속력으로 말을 몰았다.

11

누군가 문을 두드렸다. 궁내대신이 문을 열었다. 경비병이었다. 영주들의 짜증스런 눈길이 일제히 그쪽으로 쏠렸다. 자칼은 땅이 꺼져라 한숨을 내쉬었다. 훼방꾼이 나타난 게 몹시 불쾌한 모양이었다. 아침을 먹으면서 피터가 만들어주기로 한 신무기에 대해 이야기하던 참이었다.

때마침 아낙시만드로스는 가장 멋진 예복을 입고 있었다. 화려한 언변으로 소식을 전해야 어울릴 만한 차림이었지만, 지금은 그럴 때가 아니라고 판단했다. 울프의 심기가 이만저만 불편해 보이지 않았다. 가면 뒤에서 번득이는 시선이 그 어느 때보다 차가웠다. 그래서 별다른 설명 없이 뼈대만 추려 전했다. "대공 전하, 죄수가 도망쳤답니다."

무시무시한 정적이 방 안에 내려앉았다. 늑대 탈이 자리를 박차고 일어섰다. 냉랭하기만 하던 두 눈이 이글이글 타오르고 있었다. 레오파드가 대신 나섰다. "사형수를 놓친 경비병 녀석들을 문초해서 성 안에 탈출을 도운 자가 있는지 확인해보도록 해라."

아낙시만드로스가 가볍게 머리를 숙였다. "몇 달 전에 작업장에서 감독관들을 때려눕히고 탈주했던 노예들이 돌아와 죄인을 탈취해간 게 분명합니다."

"네놈이 맡은 일을 또 그르쳤단 말이냐?" 울프가 감정이 섞이지 않은 메마른 목소리로 다그쳤다. "당장 나가서 앞뒤 사정을 소상히 알아오너라. 달아난 죄인의 일행에게는 이 소식이 새나가지 않도록 조심, 또 조심해야 한다. 알겠느냐? 네놈의 죄는 그다음에 묻기로 하겠다."

바닥에 납작 엎드려 꼼짝 않고 명을 받은 궁내대신은 영주들에게 머리를 깊이 조아리곤 홀을 나갔다. 이미 사형선고라도 받은 듯 사색이 되어 힘겹게 한 걸음 한 걸음을 떼어놓았다. 한시바삐 문제를 해결하지 못하면 며칠 안에 목이 떨어질 게 분명했다. 에이딘의 영주들에겐 부하의 잘못을 용서하는 아량이 없었다.

피로를 견디지 못하고 잠자리에 들었던 피터는 밤새 뒤척이다 새벽에 자리에서 일어나 일없이 방 안을 서성이기만 했다. 시장기가 돌았다. 비참했다. 지나간 일들을 되새길수록 치명적인 실수를 저지르고 말았다는 자책감만 들었다. 에이딘의 사악한 영주들은 잔꾀에 속아 넘어가지 않았다. 대포 만드는 법을 넘겨주기만 하면 동생을 풀어줄 거라고 단순하게 생각했던 게 후회스러워서 미칠 것 같았다. 줄리아를 놓아주기 전에 신무기가 잘 작동하는지 확인하리라는 데까지는 생각이 미치지 못했다. 바로 그 순간이 시시각각 다가오고 있었다.

소년은 한숨을 내쉬며 거칠게 머리카락을 잡아 뜯었다. 모든 게 엉망진창이었다. 사태를 처음으로 되돌릴 수 있는 방법은 없을까 고민하고 궁리했다. 하지만 뭘 어쩐단 말인가? 이제는 바깥세상과 연락할 길도 막혔다. 에이딘 영주들의 허락 없이는 성에서는 물론이고 방에서도 마음대로 나갈 수 없었다. 집에 꽁꽁 갇힌 신세로는 어떻게 손써볼 길을 찾기 어려웠다. 피터는 머리를 감싸 쥐고 침대에 주저앉았다. 영리하게 이 수렁에서 벗어날 구멍을 찾아낼 수만 있다면! 과감하게 도망쳐서 영웅처럼 동생을 구해내….

삐걱! 돌쩌귀 돌아가는 소리가 들렸다. 경비대장이 부하 둘을 데리고 들어왔다. 딱딱한 얼굴로 용건만 간단히 전했다. "그레이트 홀로 가서 대포 만드는 법을 알려줄 시간이오." 하인이 소박한 밥상을 차려들고 뒤따라 들어왔다.

"드시오!" 대장이 말했다. "5분을 주겠소. 우린 밖에서 대기하리다." 병사들이 방을 나갔다. 철컥! 밖에서 다시 문을 잠그는 것 같았다.

소년은 물 한 잔을 다 들이켜고 난 뒤에 숟가락을 집어 들었다. 마지막 식사라고 생각하자 숙연한 기분이 들었다. 막 첫술을 뜨려는데, 바깥이 소란스러워졌다. 무언가 문제가 생긴 것 같았다. 순간, 문틈으로 돌돌 만 종이쪼가리 하나가 밀려들어왔다. 감시하는 눈길이 없는지 주위를 살펴가며 쪽지를 펼쳤다. 내용을 읽어 내려가던 소년의 눈이 휘둥그레졌다.

"탈출했음. 안전하게 숲으로 피신했음. 보고 나서 즉시 없애버릴 것."

한 번 더 읽어보았다. 분명히 헛것을 본 게 아니었다. 줄리아는 무사하다. 오빠가 멍청한 실수를 거듭했음에도 불구하고 위기에서 벗어났다. 그런데 메시지는 누가 보낸 걸까? 어쩌면 줄리아가 아끼던 하인 가운데 하나가 목숨을 걸고 벌인 일일지도 모른다는 생각이 들었다. 에이던의 영주들로서는 어떻게든 비밀에 붙이려 했을 게 뻔했다. 그래야 소년이 계속해서 목숨을 구걸하지 않겠는가? 하지만 이 쪽지에 적힌 글이 사실이라면 더 이상 포로를 쥐고 흔들 무기가 사라진 셈이었다.

피터는 서둘러 남은 빵을 모조리 입속에 우겨넣고 질겅질겅 씹어댔다. 다른 쪽지는 보이지 않았다. 마지막으로 소년은 종잇조각을 구겨서 조그만 알갱이로 만든 다음, 얼굴을 잔뜩 찡그린 채 꿀꺽 삼켜버렸다. 그러곤 문을 똑똑 두들겨 경비병들에게 준비가 끝났다는 신호를 보냈다. 방을 나서면서 새로운 작전을 구상하기 시작했다. 오랜만에 입가에 미소가 피어올랐다.

"준비됐소?" 대장이 물었다.

"갑시다!" 피터가 대꾸했다.

12

줄리아 일행은 전속력으로 숲을 향해 달렸다. 등 뒤로 태양이 점점 더 높이 떠오르며 세상을 붉은빛으로 물들여가고 있었다. 루카스는 속도를 늦추고 일행이 잘 따라오는지 확인했다. 다행히 추격은 없는 듯했다. 일단 숲속 깊이 들어가기만 하면 안심할 수 있었다. 숲에서 사는 식구들은 은밀한 오솔길이나 몸을 숨길 만한 자리를 누구보다 잘 알았다. 외부인들은 삽시간에 방향을 잃어버리고 초록색 감옥에 갇히기 십상이었다. 빽빽하게 들어선 나무의 잎사귀들이 지붕처럼 하늘을 가리는 바람에 아예 햇살이 들어오지 않는 곳도 있었다. 루카스를 따르는 부족들은 그중에서도 빛이 가장 적게 비치는 컴컴한 구석에 은신처를 차렸다. 거기라면 누구한테도 들키지 않고 살아갈 수 있기 때문이었다.

솟아오른 해가 땅에 깔린 옅은 안개를 밀어내기 시작할 무렵, 일행은 숲에 들어섰다. 줄리아는 주위를 돌아보았다. 예전에 와본 적이 있었지만 실마리가 될 만한 물건을 기억해두지 않았으므로 어디가 어딘지 알 수 없었다. 함께 달려준 이들이 고마웠다. 말을 몰기에는 힘이 모자랐다. 혼자서는 방향조차 바꿀 수 없을 정도였다.

하지만 말들은 어디로 가야 할지 잘 알고 있는 듯, 알아서 자신 있게 발을 내딛었다. 고삐를 당기고 말고 할 것도 없었다. 한 시간쯤 달린 뒤, 일행은 빈터에 멈춰 섰다. 모두가 말에서 내려 모처럼 편안하게 다리를 풀었다. 루카스는 동료들을 한데 모이게 한 다음, 저만치 마당 끄트머리에 쌓아놓은 통나무더미를 가리켰다.

"저기서 잠깐 쉬었다 가겠습니다. 말들은 여기까지만 함께할 겁니다. 이 친구들은 제몫을 훌륭하게 해냈습니다." 사내는 허리를 굽혀 말들에게 인사했다. 말들 역시 머리를 가볍게 숙여보이곤 알 수 없는 곳으로 바람처럼 달려가버렸다.

줄리아는 궁금했다. '어디로들 가는 걸까?' 물어보고 싶은 게 한두 가지가 아니었지만 차마 입을 떼지 못하고 있었다. '헬렌과 앨리스는 어떻게 궁전에서 탈출한 걸까? 나를 어디로 데려가고 있는 거지?' 하지만 지금은 그런 걸 물어볼 만한 때가 아니라는 판단이 들었다. 대화보다는 행동이 필요한 상황인 것 같았다.

줄리아는 통나무 위에 걸터앉았다. 나뭇가지에 소녀의 몸에 맞추었음 직한 진한 녹색 튜닉 한 벌이 걸려 있었다. 돌아보니 다른 친구들은 이미 검정색 외투를 벗어버리고 암녹색 옷으로 갈아입고 있었다. 증거를 남기지 않기 위해 입고 있던 옷은 나무 뒤편에 야트막한 구덩이를 파서 묻어버렸다.

소녀는 궁궐에서 입던 비단옷을 팽개쳐버리고 재빨리 새옷을 걸쳤다. 준비가 갖춰진 걸 확인한 루카스는 일행을 이끌고 빈터를 출발해 울창한 숲속 오솔길로 들어섰다.

"이리 계속 가야 합니다. 갈 길이 많이 남지는 않았지만 시끄럽게 해선 안 됩니다. 소리는 멀리까지 퍼지거든요. 숲속에서도 마찬가집니다. 나무에도 귀가 달렸다는 얘기를 잊지 마세요. 이 길로 지나간 걸 아무도 모르게 해야 합니다. 그러니까 최대한 조용히 저를 따라오세요.”

일행은 길을 따라 내려갔다. 루카스가 앞장서고 나머지 동료들이 뒤를 따랐다.

목적지까지는 오래 걸리지 않았다. 아무도 가르쳐주지 않았지만, 줄리아는 거기가 어딘지 알고 있었다. 오빠와 에이딘에 첫발을 내디뎠던 날 발견한 은밀한 정원으로 돌아왔기 때문이다. 하지만 지금은 피터를 떠올릴 기분이 아니었다. 그래봐야 분노와 원망만 치솟을 따름이었다. 어차피 등을 돌리고 떠난 배신자를 더 생각해 무엇하랴 싶었다.

다섯 사람은 정원에 들어섰다. 수도사 가이우스가 일어나 따뜻한 포옹으로 줄리아와 다른 식구들을 맞았다. “수고들 많았구나.”

수도사는 식구들을 왕좌 근처에 차려놓은 밥상으로 불렀다. 갓 구운 빵과 달콤한 과일이 한상 가득했다. 가이우스는 밝게 웃으며 새 식구들에게 말했다.

“이제는 편안히 이야기해도 좋아. 여기는 숲속에서도 가장 깊은 곳이라 사악한 영주의 끄나풀들도 찾지 못하는 곳이거든. 게다가 곳곳에 독수리들이 정찰을 돌고 있어서 낯선 얼굴이 가까이 오면 무얼 하는지 지켜보고 있다가 금방 알려준단다. 적들이 와도 충분히 피할 수 있지.” 헬렌과 앨리스에게는 따로 아는 척을 했다. “참으로 오랜만에 이 정원에서 다시 보는구나, 그렇지?”

앨리스는 루카스를 바라보며 빙그레 웃음 지었다. “어릴 때 이후론 처음인 것 같아요. 곧바로 성에 붙들려가서 종살이를 하게 됐으니까요. 이런 날이 다시 올 줄은 정말 몰랐어요.”

루카스는 앨리스의 팔을 어루만지며 말했다. "곧 다른 이들도 도망칠 수 있도록 도울 거야. 말이 조금만 더 많았더라면 오늘 밤에라도…."

헬렌은 정원을 두리번거리며 물었다. "완전히 폐허가 됐어요. 어쩌다 이 지경이 된 거죠? 분수는 어떻게 된 거예요? 다른 것들은요?"

수도사의 표정이 금방 어두워졌다.

"네 말대로 엉망이 되고 말았구나. 정원은 에이딘의 현실을 고스란히 비쳐주는 거울이나 다름없어. 지금은 다 무너져서 폐허가 돼버린 서글픈 상태지만, 에이딘이 새로워지면 이곳도 마르쿠스 님이 살아 계시던 시절로 돌아갈 거야. 자네들이 기억하는 것보다 더 찬란한 모습으로! 이제 그날이 머지않았다네." 그러고는 눈길을 돌려 줄리아를 지그시 바라보았다. 갑자기 시선을 받은 소녀는 너무나 놀라서 온몸이 오그라드는 것 같았다.

"낯모르는 이 둘이 나타나면…." 노인은 부드럽게 읊조렸다. "왕의 왕께서 오셔서 그 백성을 회복시키시리라. 압제자의 발밑에서 신음하는 우리의 고통을 돌아보시리라. 사악한 영주들의 권세를 깨트릴 구원자를 세우시리라."

줄리아는 얼굴이 화끈 달아올랐다. 여기서 무슨 얘길 해야 좋을지 알 수 없었다. 어떻게 누군가를, 또는 무언가를 구원하고 말고 할 수가 있다는 걸까? 툭하면 오빠한테 어설프고 멍청하다는 놀림을 받는 열세 살짜리 계집애가 한 나라를 악의 손아귀에서 건져낸다고? 그보다 먼저 자신을 이 곤경에서 건져줄 손길부터 찾아야 하는 게 아닐까? 그런 판에 누가 누굴 살려낼 수 있을까? 아무리 곱씹어도 터무니없는 얘기였다. 하지만 이렇게 간절히 원하고 있는데 어떻게 외면할 수 있을까?

소녀의 속마음을 읽기라도 한 듯, 가이우스는 미소 띤 얼굴로 말했다. "처음부터 세상을 뒤집어엎을 준비를 하고 태어나는 이는 없는 법이지. 우린 장차 닥쳐올 일에 맞설 마음가짐을 갖추라고 널 여기에 데려온 거란다."

장차 닥칠 일이라? 수도사는 입을 열 때마다 수수께끼 같은 소리를 쏟아낸다는 생각이 들었다. 하지만 주인공이 누구든, 가슴 설레는 예언인 것만큼은 분명했다. 가이우스는 빙긋이 웃으며 말을 이었다.

"머잖아 넌 숲속 깊이 들어가게 되어 있단다. 거기서 지내면서 모두가 기다리는 구원자가 자신인지 확인해보라는 거지. 한동안 머문 뒤에는 다시 이곳 정원으로 돌아오게 될 테고. 내일이 바로 위대한 기억의 날이란다."

"위대한 기억의 날이라고요?" 소녀가 되물었다. "혹시 전에 말씀하셨던, 수많은 이들이 모여서 지난날을 추억한다는 그날 말인가요?"

헬렌이 앞으로 나섰다. 반짝이는 눈동자가 인상적이었다. 다른 시대, 다른 공간에서라면 참으로 유쾌하게 살았을 것 같은 모습이었다. 여인은 조금 떨어진 곳에 서서 진지한 목소리로 말했다.

"줄리아 아가씨, 우리 민족은 멀고 먼 나라에서 바다를 건너 이 섬까지 왔어요. 바닥부터 다시 시작할 기회를 잡았던 셈이죠. 멋진 곳에서 훌륭한 지도자를 모시고 사는 백성이 될 수 있었어요. 선조들이 이곳에 첫발을 디뎠을 때, 마르쿠스 님은 새로운 낙원에 안전하게 이르게 된 걸 기념하라고 하셨어요. 해마다 험한 파도를 헤치고 오래 항해한 끝에 이곳에 이르렀던 사연을 다시 이야기하며 되새기라고 하신 거죠. 우린 그 역사적인 순간을 잊어버리거나 이곳에 데려다주신 분께 감사하고 충성하는 마음을 잊어본 적이 없어요. 마르쿠스 님은 왕의 왕이 계시는 성의 그레이트 홀에서 그 이야기를 처음으로 들려주셨어요. 그때부터 위대한 기억의 날은 과거를 되새기게 해주는 엄숙한 기념일이 되었어요. 민족적인 자부심과도 밀접한 관계가 있는 날이어서 우리로서는 이 행사를 절대로 흘려보낼 수 없어요. 사악한 영주들은 성안에서 모임을 갖지 못하도록 억누르기만 하면 기념일을 지키지 못하게 만들 수 있다고 생각하죠. 하지만 이 정원이야말로 지난날을 돌아보고 미래를 소망하게 하는 상징물이라는 건 모르고 있어요." 그러고는 수도사를 돌아보며 환하게 웃었다. "가이우스 님은 그 이야기를 간직하고 있는 역사지킴이에요. 백성들은 여기에 모여 기억을 나누면서 구원자를 기다려요." 여인은 다시 한 번 노인을 쳐다보았다. 이번에는 수심이 잔뜩 깃든 눈길이었다. "물론, 기념일을 지키러 오는 이가 많지는 않아요. 신실하고 충성스러운 백성들이 성에 갇혀 종살이를 하고 있거든요…." 헬렌의 목소리에 물기가 어렸다.

가이우스가 얼른 끼어들어 화제를 바꾸었다. "줄리아, 실은 위대한 기억의 날 모임에 널 꼭 참석시킬 필요가 있었단다. 왕의 왕께서 너를 불러 사악한 영주들의 손아귀에서 우릴 건져내게 하셨다는 사실을 네가 믿고 받아들인다면, 백성들도 널 구원자로 믿고 따르게 될 게야. 그러자면 에이딘의 가장 큰 수수께끼를 풀어야 해. 그래야 백성들이 스스로 영주들의 어두운 권세에서 벗어날 수 있겠다는 소망을 품게 될 테니까."

줄리아는 어리둥절한 표정이었다.

"수수께끼라고요? 그게 도대체 뭐죠? 저는 여기가 어딘지조차 잘 모르는데요?"

수도사는 소녀를 토닥이며 대답했다. "마르쿠스 님이 가장 사랑했던 영주들이 낙원을 배신한 까닭을 알아내야 해. 어떻게 이처럼 멋진 곳에서 그런 악이 싹트게 됐는지. 악의 뿌리를 알아내지 못하고는 이 낙원을 본래의 모습으로 되돌려놓을 길이 없어. 다른 이들까지 악에 물들기 전에 반드시 그 근원을 찾아 잘라내야 한다."

완전히 몰입해 듣고 있으면서도 다른 한편으로는 끝없이 헷갈려하는 줄리아의 얼굴과 마주치자 가이우스는 입가에 한가득 웃음을 머금었다. 노인은 두 손으로 소녀의 가녀린 손을 감싸 잡으며 말했다. "네가 정말 구원자라면 아무 어려움 없이 문제를 풀 수 있을 거야. 왕의 왕께서 너와 함께 계신단다. 답을 찾으려 애쓰는 내내 그분이 널 인도하시고 새 힘을 주실 거야."

"있는 힘껏 해보겠이요, 가이우스 님."

"널 믿어." 수도사는 밝게 웃으며 소녀의 손을 꼭 쥐어주었다. "두 시간 안에 숲속 더 깊은 곳으로 떠나야 한다. 그러니 지금은 좀 쉬어두거라. 앞으로 닥칠 일에 대비하자면 힘을 모아두는 게 좋을 성싶구나."

13

경비대장과 병사들의 감시 아래 그레이트 홀로 끌려가면서도 피터는 날아갈 것처럼 즐거웠다. 줄리아가 탈출에 성공한 걸 알았으니, 이제는 동생의 안전에 신경 쓸 필요 없이 편안한 마음으로 영주들에게 엉터리 대포설계도를 넘겨줄 수 있게 되었기 때문이었다. 소년은 할아버지가 들려준 길고 긴 이야기(라기보다 강의에 가까운)의 한 대목을 떠올렸다. 넬슨 제독이 트라팔가르 해전에서 사용했던 전술에 관한 내용이었다. 대포가 제대로 작동되지 않으면 포탄을 장전하고 발사하는 병사들은 그 자리에서 목숨을 잃게 될 것이다.

계획은 간단했다. 단순하지만 영리한 작전이란 생각이 들었다. 피터는 영주들을 부추겨 진흙대포와 포탄을 만들게 할 셈이었다. 흙을 이겨 만든 포는 화약의 폭발력을 견뎌낼 수가 없는 법이다. 적들에게 치명타를 안길 셈으로 만든 대포가 도리어 제 편 군사들을 날려버리게 될 것이다.

물론, 일이 터진 뒤에 어떻게 달아나느냐 하는 문제가 남지만, 벌써 그레이트 홀이 코앞이라 그 일은 잠시 접어두기로 했다. 모든 게 잘될 것 같았다. 어쩐지 그런 확신이 들었다.

영주들은 셋 다 나와서 기다리고 있었다. 영주 가운데 하나가 턱짓으로 한쪽에 들여다 놓은 테이블을 가리켰다. 종이며 잉크 따위가 잔뜩 준비되어 있었다. 피터는 알아서 그 앞으로 썩 다가가 설계도를 순식간에 그려냈다. 그러곤 완성된 도면을 영주들에게 건네며 설명을 시작했다.

"먼저 화약을 이 아래로 전부 집어넣습니다." 소년은 설계도를 짚어가며 말했다. "그리고 말씀드린 바와 같이 진흙으로 만든 포탄을 그 위에 장착합니다. 그러곤 여기를 조금 열고 화약에 불을 붙입니다. 그럼 강력한 폭발이 일어나면서 포탄이 날아가게 됩니다."

"얼마나 멀리까지 갈 수 있지?" 자칼이 물었다.

"대포를 어떻게 만드느냐에 달렸습니다, 영주님." 피터가 대꾸했다. "테스트를 마치고 나면 정확히 알게 될 겁니다. 다만, 적어도 화살보다는 멀리 간다는 사실만큼은 자신 있게 말씀드릴 수 있습니다."

"하지만 대포가 폭발해버리면 어떻게 하지? 진흙이 압력을 견뎌낼 수 있을 것 같지는 않은데?"

"포신은 아주 두텁습니다. 게다가 포탄이 대포 안에 머무는 시간은 지극히 짧습니다." 소년은 조금도 망설이지 않고 해명했다. "포탄을 앞으로 내보내고 남은 폭발력으로는 대포를 망가뜨리지 못합니다."

"부디, 경의 계획대로 되길 바라겠소." 여태 잠자코 있던 울프가 마침내 결론을 내렸다. "만에 하나, 실패로 돌아가면 상상할 수 없을 만큼 고통스러운 방법으로 죽게 될 테니. 거기 너!" 늑대 탈은 한쪽 구석에 숨죽이고 서 있던 남자를 손가락질하며 외쳤다. 얼굴이 거무스레한 사내였는데 질그릇 굽는 일을 하는 노예인 것처럼 보였다. "이대로 만들수 있겠느냐?" 울프는 소년의 설계도를 도공의 코앞에 흔들어대며 물었다. 도공은 잠자코 고개만 끄덕이며 조그만 소리로 웅얼거렸다. 영주들의 얼굴에 화색이 도는 걸로 봐서 긍정적인 답변을 들은 듯했다.

"그럼 내일 아침까지!" 울프는 손을 까닥거려 나가라는 신호를 보냈다.

피터는 방으로 돌아왔다. 여전히 방 안에 가두고 경비병이 복도엥서 보초를 섰다. 소년은 창가를 어정거렸다. 탈출문제를 더 이상 미뤄둘 수가 없었다. 여기서 벗어날 길이 틀림없이, 틀림없이 있을 것이다. 어떻게든 이 성에서 달아나 줄리아를 찾아낸 다음 옥스퍼드로 돌아가야 했다.

얼마나 오래 상념에 빠져 있었을까? 성곽을 무심히 지켜보던 피터의 머리에 어렴풋하나마 단서가 될 만한 아이디어가 떠올랐다. 궁리에 궁리를 거듭하느라 방 안을 맴도는 발길이 한결 더뎌졌다. 면밀한 준비를 갖춘다 하더라도 운이 좋아야 성공할 수 있었다. 행운까지 좌지우지할 수 없다는 건 잘 알지만 모험을 해볼 가치가 있었다. 소년은 혼신의 힘을 기울여 작전을 세웠다. 부족하고 허술한 구석이 한두 군데가 아니었지만 그것만이 유일한 탈출구였다. 모든 일이 계획대로 착착 진행되어야 했다. 행여 어느 하나라도 펑크가 나면 죽음은 떼어 놓은 당상이었다. 빠르면 대포가 폭발하는 순간, 늦어도 일이 벌어진 뒤에 에이딘 영주들의 손에 잡혀 비참한 최후를 맞게 될 것이다.

피터가 방 안을 맴돌고 있던 시각, 줄리아는 숲속에서도 가장 후미진

골짜기를 향해 출발했다.

"가야 할 곳에 도착했다는 걸 어떻게 알 수 있죠?" 루카스가 만들어 준 새 지팡이를 한 손에 단단히 쥔 소녀는 가이우스에게 물었다.

"독수리 한 마리가 앞장서 가다가 네가 시험을 치를 자리를 점찍어줄 거야. 오른쪽의 저 나무를 좀 보렴. 아니, 저쪽 말이다. 수리가 보이지? 저 친구를 놓치지 않도록 잘 지켜보도록 해라. 목적지에 이르면 새가 네 곁에 내려앉을 게다."

수도사는 소녀의 어깨에 손을 올리고 부드럽게 움켜잡았다. 줄리아 는 옛 기억을 끄집어냈다. '어렸을 때, 아빠도 이렇게 붙들어주시곤 했 는데….'

가이우스가 단호하게 명령했다. "자, 이제 가거라! 왕의 왕께서 함께 하시길!"

나뭇가지 위에서 퍼덕이는 소리가 들렸다. 독수리가 날갯짓을 하더 니 하늘 높이 날아올라 허공을 맴돌기 시작했다. 줄리아는 그 뒤를 따 라 어디론가 이어지는 좁은 길로 들어섰다. 아직 오전이었지만 수리의 꽁무니를 쫓아 숲속으로 한 걸음 한 걸음 들어갈수록 나무들이 더 빽빽 하게 들어차서 마치 어스름이 내려앉은 저녁나절 같은 느낌이 들었다. 험하고 음침한 숲길이라 윤곽만 새까맣게 보였지만, 그래도 그 덕분에 방향을 잃지 않고 길을 찾을 수 있었다. 을씨년스러운 모습을 한 나무 들이 울창했다. 굵직한 뿌리들이 뒤틀린 채 땅 위로 솟아 있었다. 하늘 을 잘 볼 수는 없었지만 해가 저물어가는 듯했다. 이리저리 뒤얽힌 나 뭇잎과 잔가지들이 두텁게 덮여 그나마 남아 있는 빛마저도 완전히 가 려버렸다.

길에서 벗어나면 안전을 장담할 수 없었다. 캄캄한 어둠 속에 뭐가

도사리고 있을지 짐작조차 가지 않았다. 섬에 사는 사나운 짐승들이 발톱을 세우고 있을지도 모를 일이었다. 소녀는 독수리에게서 눈을 떼지 않았다. 문득 앞이 툭 터지더니 잡초가 무성한 빈터가 나타났다. 한복판에는 수리가 내려앉아 머리를 갸우뚱거리며 호기심 가득한 눈길을 보내고 있었다. 소녀가 다가서자 녀석은 납작 엎드려 절을 하고는(누구라도 독수리가 인사하는 걸 보면 몹시 낯선 느낌이 들 것이다) 시시각각 짙어지는 하늘로 날아오르더니 쏜살같이 사라져버렸다.

줄리아는 마지막 친구가 떠나는 걸 지켜보았다. 익숙한 세계와 연결된 마지막 끈이 끊어졌다. 소녀는 아쉽고 부러웠다. 녀석의 커다란 날개에 가볍게 올라타서 이 섬과 한치 앞도 알 수 없는 불확실한 세계 밖으로 훨훨 날아갈 수 있다면 얼마나 좋을까!

칠흑같이 어두운(한낮의 어둠과는 또 달랐다) 밤에 홀로 남은 터라, 마음을 편히 먹고 이 시험이 어디로 어떻게 흘러가는지 지켜보는 것 말고는 달리 할 일이 없었다. 소녀는 풀밭 가장자리, 가지 많은 소나무 아래에 몸을 뉘였다. 밤새 우리에 갇혔다가 말을 타고 먼 거리를 달리느라 몹시 지친 탓에 눈꺼풀이 천근만근 무거웠다.

하지만 잠보다 수상한 인기척이 먼저 왔다.

나무들 사이의 키 큰 풀들이 수런수런 흔들리고 갈라졌다. 안에서 무언가가 움직이고 있다는 뜻이었다. 잠시 후, 웬 남자가 튀어나왔다. 그러곤 미소 띤 얼굴로 불쑥 손을 내밀며 말했다. "안녕!"

14

그는 노예들이 입는 검은 옷을 입고 있었다. 그러나 큼지막한 두건은 그의 어깨 위에 늘어져 있었다. 은빛 머리칼과 단단해 보이는 치아가 낯설지 않았다. 하지만 성에 갇혀 종살이를 하는 그가 여기에 있을 리는 없지만, 에이딘에 말도 안 되는 일이 어디 한두 가지던가? 줄리아는 환하게 웃으며 달려갔다. 시므온은 두 팔을 벌려 소녀를 덥석 끌어안았다.

"여기서 뭘 하고 있는 거예요?" 두 눈을 반짝이며 줄리아가 물었다. 사내는 코가 땅에 닿도록 깊이 허리를 숙였다.

"에이딘의 구원자께 문안드립니다."

줄리아는 수줍게 웃었다. 구원자라니. 들을 때마다 크고 무겁게 다가오는 이름이었다.

"어떻게 성에서 도망친 거죠? 꼼짝 못하고 갇혀 있을 줄 알았어요." 소녀가 재우쳐 물었다.

"남들이 모르는 비법이 있죠. 저는 줄리아 님의 편입니다. 아가씨가 얼마나 힘과 능력, 그리고 지혜를 갖춘 분인지 알고 있거든요. 그걸 잘 활용하실 수 있도록 돕고 싶어 하는 친구쯤으로 생각하시면 됩니다.”

힘과 능력과 지혜라고? 소녀는 허리를 쭉 폈다. 피터가 이 얘기를 들었더라면 좋았을 뻔했다고 생각하니 절로 웃음이 새어나왔다. “그래서요?” 줄리아가 다음 말을 재촉했다.

“가이우스가 아가씨한테 남들을 섬기도록 부름을 받았다고 말했다는 얘길 들었습니다. 저로서는 이상한 생각이 들더군요. 왜 줄리아 님 자신을 위해 살면 안 되는 거죠? 이 섬에서는 감히 아가씨와 맞설 인물이 없습니다. 그렇다면 얼마쯤은 사사로이 그 능력을 써도 괜찮지 않을까요? 자신이 가진 힘을 꼭 다른 이들에게 내줘야 하는 걸까요?” 시므온은 은근한 목소리로 속삭이듯 말했다. “아가씨쯤 되면 이 섬 전체를 차지하고 다스릴 수도 있어요. 그럴 뜻이 있으시다면 저와 제 친구들은 기꺼이 손발이 되어드리겠습니다. 줄리아 님과 같은 분을 모신다는 건 더할 나위 없이 영광스러운 일이니까요.”

소녀의 머릿속에 수많은 상념들이 지나갔다. 사람들은 물론이고 짐승들까지 일제히 엎드려 절하며 목청껏 찬양하는 장면이 눈앞에 그려졌다. 거지반 마음을 뺏긴 줄리아가 물었다.

“최고 통치자가 되려면 무슨 일을 해야 하는 거죠?”

시므온은 싱긋 웃었다. “아가씨는 가만히 계시면 됩니다. 나머지는 저희가 다 알아서 할 테니까요. 기껏해야 이런저런 명령을 내리시는 정도인데, 그나마도 무슨 말씀을 하셔야 할지 저희가 다 알려드리겠습니다.”

호화롭고, 즐겁고, 무엇이든 뜻대로 할 수 있는 생활을 하게 된다는 생각만으로도 가슴이 벅차올랐다. 하지만 사내의 표정, 특히 눈빛을 보는 순간, 또 다른 이미지가 떠올랐다. 금빛 찬란한 조롱에 갇힌 새가 횃

대에 올라앉아 창살을 쪼아대며 어떻게든 달아나려 몸부림치는 그림이
었다. 시므온의 제안의 속내가 결국 속임수와 꼬드김이라는 걸 한눈에
보여주는 장면이었다. 시므온(이 자는 정말 시므온일까?)의 말을 좇았다가
는 지금 섬을 사로잡고 있는 어두운 세력의 간판노릇을 하는 데 그치게
될 게 뻔했다.

소녀는 퍼뜩 정신을 차렸다. 자신이 누구고 어떤 존재가 되어야 하는
지 기억해냈다. 새로운 힘이 샘솟는 느낌이었다. 들릴락 말락 조그만,
그러나 얼음처럼 차갑고 단호한 목소리로 말했다. "난 바보가 아냐, 시
므온. 당장 꺼져!"

사내는 사나운 짐승처럼 으르렁거리더니 어둠 속으로 슬그머니 물러
섰다.

소녀는 남자의 뒷모습이 숲속으로 완전히 사라질 때까지 시선을 떼
지 않았다. 저절로 한숨이 나왔다. 방금까지 시므온이 있었던 자리를
눈으로 더듬으며 가슴 깊이 공기를 들이마신 줄리아는 다시 소나무 등
걸에 기대어 잠을 청했다.

얼마나 잤을까? 소녀는 수상한 기척에 놀라 벌떡 일어났다. 숲에서
흔히 들을 수 있는 소리가 아니었다. 신경을 곤두세우고 귀를 기울였
다. 무언가가 날개를 퍼덕이며 밤하늘을 가르는 듯했다. 줄리아는 꼿꼿
이 서서 주인공이 어둠을 뚫고 나타나길 기다렸다.

여기까지 길을 인도해준 바로 그 친구였다. 독수리가 커다랗게 맴을
돌며 곁에 내려앉는 걸 줄리아는 말없이 서서 의혹이 깃든 눈길로 바라
보았다.

"안녕, 아가씨! 가이우스 님이 새로운 메시지를 보냈어요."

"이번에는 무슨 얘기죠?"

"여기는 너무 위험해요." 수리는 요상한 웃음을 지으며 말했다. "에이딘의 영주들이 아가씨를 잡으러 오고 있거든요. 제가 피할 곳으로 안내하겠습니다. 아주 안전한 곳이죠. 친구들도 많고요."

"거기 가서 뭘 하란 얘기는 없었나요?" 무슨 말을 해도 통 미덥지가 않다는 말투로 줄리아가 물었다. 독수리는 대답대신 곁으로 바짝 다가오더니 옷자락에 머리를 비볐다. 거칠지만 애정 어린 몸짓이었다. 옥스퍼드 할아버지 댁에 있던 줄무늬 고양이를 생각하며 가만히 손을 내밀어 머리를 쓰다듬어주었다.

"가이우스 님은 혁명군을 이끌고 치열한 싸움을 벌일 거예요." 수리가 나지막한 목소리로 읊조렸다. "아가씨는 너무나 소중한 분이어서 목숨을 걸고 싸우는 전장에 나가시면 안 돼요. 승리를 거둔 뒤에 백성들 앞에 모습을 보여주시는 걸로 충분하죠."

안전… 안전…. 친구들. 얼마나 달콤한 말인가! 끄덕거리며 이야기를 듣던 소녀가 갑자기 고갯짓을 멈췄다. 안전하게 숨어 있으라는 부름을 받고 다른 세계로 건너온 게 아니었다. 앞장서 나가는 게 자신의 사명이었다.

줄리아는 눈앞의 짐승을 똑바로 쳐다보았다. 겉모습은 고상하고 품위가 있었다. 하지만 마음 깊은 곳을 들여다볼수록 수단과 방법을 가리지 않고 꼬드겨서 함정에 빠트리려는 속셈이 또렷이 드러났다. 여태 앞길을 인도해준 게 독수리라는 점을 감안하면, 이성에 기대어 내린 결론이 아니었다. 더 깊은 지혜가 소녀를 사로잡아 올바르게 판단할 수 있도록 인도하고 있었다. 사실 유혹에 넘어갔더라면 이른바 '안전한' 곳에서 암살자의 손에 목숨을 잃고 말았을 것이다. 간신히 살아남는다 해도 에이딘 영주들에게 붙들려 갇혀 지내는 신세가 될 게 틀림없었다.

"가! 네 주인에게 가버리라고!" 소녀가 명령했다. "꼴도 보기 싫어!"

독수리는 도저히 못 참겠다는 듯 씩씩거렸다. 눈에선 미움의 불길이 시퍼렇게 쏟아져 나왔다.

"멍청한 계집애 같으니라고. 여기서 죽어버리겠다는 거야?"

"천만에! 죽는 건 바로 너야! 널 보낸 자가 허탕치고 돌아오는 졸개를 살려둘 리가 없거든." 소녀는 지지 않고 맞받았다. 수리는 다시 한 번 욕설을 내뱉고는 날개를 퍼덕여 허공에 솟아오르더니 이내 날아가 버렸다.

줄리아는 다시 소나무 아래로 돌아왔다. 더 이상 잠이 올 것 같지 않았다. 차라리 말짱한 상태로 다음 상대가 찾아오길 기다리는 편이 낫겠다 싶었다. 그렇지만 그건 마음뿐, 얼마 지나지 않아 곤한 잠에 곯아떨어지고 말았다. 다시 눈을 떴을 때는 새벽녘이었다. 태양이 산 너머에서 부드러운 손길로 온 하늘을 어루만질 준비를 하고 있었다. 소녀는 어제 말을 타고 숲으로 들어왔던 과정을 하나하나 되새겼다. 문득, 오빠가 어찌됐을지 궁금했다. 행실은 괘씸했지만 건강하게 잘 지내고 있는지 걱정스러웠다. 하지만 고개를 흔들어 생각을 떨쳐버렸다. 지금은 더 심각한 문제가 있었다. 배가 고팠다. 아침을 먹어야 했다.

소녀는 주린 배를 움켜쥐고 하늘을 우러러보았다. '어젯밤에 나타났던 가짜 말고, 진짜 독수리가 와주면 얼마나 좋을까? 꽁무니를 쫓아 정원으로 돌아가면 가이우스는 마술을 부려 빵과 과일을 잔뜩 만들어줄 텐데…. 어쨌든 시험은 다 끝났으니 이제 돌아갈 일만 남았군.'

바로 그때, 숲 왼쪽에서 누군가 부산하게 달려오는 인기척이 났다. 반사적으로 경계심이 들었다. 사방을 두리번거리면서 온몸에 힘을 잔뜩 주었다. 풀숲이 두 갈래로 갈라지더니 키가 크고 호리호리한 여인이 나타났다. 부드러운 눈길만 봐도 누군지 금방 알 수 있었다.

숨이 막히는 것 같았다. 눈물이 솟구쳤다. 소녀는 휘청휘청 달려가서 엄마의 품안으로 와락 달려들었다. 누군가를 간절히 기다려봤다면, 다시 볼 수 있다면 목숨이라도 아깝지 않을 만큼 간절하게 소망해보았다면, 소녀와 여인이 얼마나 감격스러웠을지 짐작하고도 남을 것이다.

엄마와 딸은 눈물을 훔치고 끌어안기를 몇 번이고 되풀이했다. 뒤로 물러나 보고 또 봐도 믿을 수가 없었다. 엄마는 분명히 세상을 떠났다. 하지만 여긴 에이딘. 신기하고 신비로운 일이 얼마든지 일어나는 곳이다. 세상에선 오래전에 죽었던 가이우스도 여기서 수백 년 동안이나 살고 있지 않은가! 지체 없이 "엄마가 어떻게 여기에?"라고 묻고 싶었지만 다시 한 번 얼굴을 마주하는 순간, 도로 집어삼켰다.

"어디 한번 보자!" 소녀를 붙든 팔을 쭉 내밀며 여인이 말했다. 입가에 웃음기가 가득했다. "예쁘기도 하구나, 내 딸. 이제 나랑 같이 갈 거지?"

"가다니요, 어디로요?" 줄리아가 물었다.

엄마는 아까 걸어 나온 길을 가리켰다. "쓸 만한 곳을 마련해뒀단다, 아가. 우리가 함께 살 곳이지. 거기서는 마음 놓고 푹 쉬어도 돼. 괜한 영웅놀음 하느라 기운 뺄 필요 없어."

줄리아는 울먹울먹하며 여인의 품을 파고들었다. 엄마는 딸을 가슴에 꼭 안은 채 빈터 쪽으로 데려갔다.

한 걸음 한 걸음 천천히 떼어놓으며 부드러운 목소리로 속삭였다. 모처럼 마음을 다독이고 편안히 어루만지는 말을 듣고 있노라니 얼마나 푸근하던지 눈물이 날 지경이었다. 더 이상 싸울 일도, 각오를 다지고 용감하게 나설 일도 모두 부질없다고 느껴졌다.

"거기 가서 함께 살자꾸나. 조그맣지만 아늑한 집이란다. 네 방을 준비해놨어. 날마다 볼 수 있으니 다시는 그리워할 일이 없을 거야. 너랑 나랑 둘이서 사는 거야. 피터는 더 이상 신경 쓸 필요 없어. 너하고 나만으로도 충분해. 그렇잖니, 아가?"

엄마의 말에 줄리아는 걸음을 멈췄다.

"오빠는 빼놓고요?"

"물론이지. 피터는 네게 상처를 줬어. 널 배신했고. 그렇지 않니?" 여인이 달콤한 목소리로 대답했다.

"엄마가 그걸 어떻게 아세요?" 부쩍 의심이 든 소녀가 가자미눈을 뜨며 말했다.

"귀여운 녀석! 엄마가 모르는 게 어디 있니?" 여인은 깔깔거리며 말했지만 줄리아는 쓰린 가슴을 안고 한 걸음 뒤로 썩 물러났다. 엄마가 아니었다. 그럴 수가 없었다. 정말 엄마라면 자식에 대해 그처럼 매정한 말을 할 리가 없었다. 오빠에게든 동생에게든, 단 한 번도 입찬소릴 해본 적이 없는 분이었다. 그래서 조금 전에 느꼈던 안도감과 상관없이 눈앞의 이 존재를 신뢰하기 어려웠다. 그랬다간 대가를, 아주 값비싼 대가를 치르게 될 게 확실했다.

여인은 소녀를 뚫어져라 쳐다보았다. 진실은 금방 드러났다. 줄리아는 더 이상 어린애가 아니었다. 눈길을 피하는 대신 자신의 약점을 파고들려 했던 상대와 정면으로 맞서 마침내 이겨냈다. 엄마 흉내를 냈던 여인은 끝내 고개를 숙이고 돌아서 떠나갔다.

소녀의 눈길이 그 뒤를 좇았다. 또다시 눈시울이 뜨거워지더니 뜨거운 눈물이 쏟아졌다. 잠시 후, 독수리가 나타나 빈터를 맴돌다가 길라잡이처럼 앞서가기 시작했다. 지칠 대로 지친 줄리아는 기쁜 마음으로 그 뒤를 따랐다.

얼마 걷지 않아서 해가 떠올랐다. 지붕처럼 하늘을 가린 나뭇잎 틈새로 가느다란 햇살들이 스며들었다. 길은 점점 넓어졌다. 잎사귀 사이를 지나온 햇살이 숲길 바닥에 어른어른 갖가지 무늬를 수놓았다. 가까운 시내에서 피어오른 물안개에도 빛기둥이 떨어졌다. 대기가 점점 뜨거워지고 있었다. 긴 잠에서 깨어난 새들과 벌레들의 노래가 세상을 가득 채워가기 시작했다. 소녀는 정신이 번쩍 들었다. 숲에 머무는 동안에 짐승과 곤충들이 내는 소리를 듣기는 이번이 처음이었다. 분명히 무언가 달라졌다.

독수리는 따뜻한 공기를 타고 하늘 높이 치솟았다가 쏜살같이 하강하면서 올바른 방향으로 가고 있는지 확인했다. 저멀리 햇빛이 푸르른 수면에 되비쳐 일렁이는 게 보였다. 찾고 있던 연못이 거기에 있었다. 수리는 날개를 퍼덕여 발밑에 펼쳐진 숲으로 하강해서 길을 가로지르는 높다란 가지 위에 걸터앉았다. 줄리아가 길에서 벗어나지 않고 잘 따라오는 게 보였다. 독수리는 다시 한 번 자리를 박차고 날아올라 못가에 내려섰다.

소녀가 다가와 못가에 앉았다. 아무리 봐도 저절로 생긴 물웅덩이는 아니었다. 한 점 이지러짐 없이 둥근 모양으로, 주위에는 잘 다듬은 야트막한 울타리가 서 있었다. 안에는 눈부시게 푸른 물이 그득했다. 오른편은 나무가 울창하게 들어 찬 조그만 언덕이었다. 한 줄기 시냇물이 그 모퉁이를 돌아 못으로 졸졸 흘러들었다. '언덕 안쪽에 샘이 있나보군.' 소녀는 생각했다. 그러곤 손가락을 물에 담갔다가 입으로 가져갔다. 물이 시원하고 달았다.

줄리아는 무릎을 꿇고 엎드려서 손으로 물을 떠마셨다. 기분이 한결 상쾌해졌다. 거울처럼 잔잔한 수면 위로 숲의 그림자가 길게 걸쳐 있었다. 부드러운 바람에 이파리들이 흔들릴 때마다 잘게 부서진 빛가루가 쏟아져 내렸다.

줄리아가 눈치채지 못하는 사이에 누군가가 숲에서 나와 천천히 다가오고 있었다. 마침내 못가에 이르러서 소녀가 물을 떠 마시는 모습을 한동안 가만히 지켜보다가 말을 걸었다.

"안녕, 아가씨!"

난데없는 인기척에 놀란 소녀는 질겁을 하고 돌아보았다. 하지만 상대방을 알아보고는 안도의 한숨을 내쉬었다.

"안녕하세요, 가이우스 님. 반가워요."

수도사는 눈을 반짝이며 환하게 웃었다. "아주 잘해냈다. 야심과 속임수, 그리고 욕망과 싸워 죄다 물리쳤더구나. 이기심도 이겨냈고. 물속을 한번 들여다보거라. 자, 뭐가 보이지?"

줄리아는 못을 향해 몸을 돌리곤 쪼그리고 앉아 고개를 숙였다.

"나뭇잎과 그 너머에 펼쳐진 하늘이 보여요."

"그것뿐이냐?"

"예, 아무것도 없는데요?" 머리를 갸우뚱하며 소녀가 답했다.

"다시 한 번 잘 보거라." 수도사가 재촉했다. "혹시 이상한 거 없니?"

고개를 더 깊이 숙이고 수면을 들여다보던 줄리아는 흠칫 놀랐다. "제가 안 보여요!"

가이우스의 눈이 그 어느 때보다 빛났다. "그래, 바로 그 답이 듣고 싶었어. 넌 자신을 아끼는 마음을 뒤로 물리고 남을 향한 사랑으로 그 자리를 채웠구나. 자, 이리 오너라."

수도사는 선 채로 손을 내밀었다. "백성들이 널 기다리고 있단다. 네가 이끌어주길 바라고 있어. 이제 위대한 기억의 날을 준비하자꾸나.”

가이우스가 박수를 치자 할 일을 마친 독수리가 날아올라 어디론가 사라졌다. 그때부터는 수도사가 직접 안내를 맡았다. 노인과 소녀는 위대한 기억의 날 모임이 열릴 무너진 정원으로 나란히 걸어갔다. 서로 말은 없었지만 둘 다 같은 생각에 골몰했다. ‘오늘은 그저 지난날을 돌아보는 정도에 그치지 않을 거야. 지금부터는 미래를 바꿔나가는 거지!’

15

드디어 대포를 시험할 시간이 왔다. 피터는 일찌감치 일어나 일정이 시작되길 기다리면서, 에이딘의 영주들을 혼란에 빠트릴 작전을 머릿속에 거듭 되새겼다. 하지만 하인이 쟁반에다 초라한 음식들을 담아 아침밥이랍시고 들이밀 때까지도 과연 계획대로 착착 맞아떨어질지 확신이 서지 않았다. 아직도 행운에 기대야 할 부분이 너무 많았다.

소년은 여러 가지 가능성들을 골똘히 생각하면서 아침으로 나온 맛없는 빵조각을 오랫동안 우물우물 씹어댔다. 그래봐야 별 소용이 없었다. 오늘 빵덩이 속에도 메시지는 없었다. 이제 최선을 다하고 나머지는 운에 맡기는 수밖에 없었다. 소년은 각오를 다졌다. '각본에 없는 상황이 벌어질 때는 임기응변으로!'(이건 학교 연극반 교사가 입버릇처럼 외치던 슬로건이었다. 덕분에 셰익스피어가 쓴 비극 햄릿이 갖가지 독특한 형태로 발전하긴 했지만.)

지난밤, 중앙 성벽 바깥쪽에 만들어놓은 발사시험장으로 데려갈 경비병 둘이 도착했다. 성안 공터에서 포탄을 발사하는 건 아무래도 모험이었다. 영주들은 신무기를 손에 넣었다는 사실을 가능한 한 비밀에 붙이고 싶어 했다. 그래서 보는 눈이 많은 궁궐로부터 멀리 떨어진 곳에서 포를 쏘기로 한 것이다.

피터는 주위를 돌아보았다. 한낮의 강렬한 햇살이 목덜미에 떨어지는 게 느껴졌다. 경비병들이 성문 밖에 쌓은 돌단 위에 모여 명령을 기다리고 있었다. 나무로 만든 수레 위에 얹어놓은 진흙대포가 눈에 들어왔다. 앞쪽으로는 울창한 숲이 멀리 펼쳐져 있었다. 포탄이 끝없이 날아가지 않는 한, 어느 지점에 떨어지는지 한눈에 볼 수 있었다.

돌단 위에서는 군인들이 대포를 고정시키도록 훈련을 받은 노예들을 마구 걷어차고 있었다. 곁에는 화약을 가득 채운 마대자루와 포탄 두 개가 나란히 놓여 있었다. 말 몇 마리가 근처를 어정거리며 웃자란 풀을 뜯었다. 자칼, 레오파드, 울프, 그리고 경비대장이 타는 명마들이었다.

대장이 뚜벅뚜벅 소년 앞으로 걸어왔다.

"이 지긋지긋한 무기를 어떻게 쓰는지 보여주시지. 잔머리 굴릴 생각일랑 집어치우시고. 알겠소?"

"알겠습니다." 대답과 함께 피터는 대포의 몸통에 화약을 쏟아붓고 조심스럽게 포탄을 굴려넣었다. 점화구에 화약이 들어찼는지 확인한 다음, 심지를 꽂고 뒤로 물러섰다.

"준비됐습니다."

준비는 끝났다. 불을 붙이자마자 눈앞에서 엄청난 폭발이 일어날 것이다. 소년은 크게 심호흡을 하고 나서 말했다. "경비대장! 포탄 터지면 요란한 소리에 말들이 놀랄 겁니다. 다칠 수도 있습니다. 사람을 시켜서 뒤편으로 끌고 가 고삐를 꼭 잡고 있게 하면 어떻겠습니까?"

그럴싸하게 들렸는지, 대장은 노예들을 향해 소리쳤다.

"거기 너! 영주님들의 말을 성벽 아래로 끌어가거라! 절대 놓쳐선 안 된다. 네놈들보다 훨씬 값진 말들이란 걸 명심해!" 그러곤 피터를 향해 돌아서서 물었다. "자, 이제 무얼 하면 되지?"

피터는 돌단 위의 상황을 점검했다. 한복판에 대포가 설치됐고 거기서 말들이 기다리는 성벽까지는 스무 걸음 남짓이었다. 경비대장과 병사 몇 명이 주변을 빙빙 돌며 순찰하는 시늉을 하고 있지만 다들 첨단 무기에 정신이 팔린 상태였다. 곁에는 입을 벌린 화약자루까지 놓였다. 자칼과 레오파드, 울프는 역사적인 장면을 가까이서 볼 욕심에 돌단 끄트머리쯤 자리를 잡았다. 이만하면 완벽했다.

"대포로 포탄을 저기 저 숲 쪽으로 멀리 날려 보낼 겁니다." 소년은 손가락으로 숲을 가리키며 말했다. "영주님들과 대신들께서는 파괴력을 확인해주십시오. 포탄이 떨어진 자리까지 가셔서 얼마나 멀리 날아가서 어떤 충격을 주었는지 직접 보실 필요가 있습니다. 그래야 대포를 정밀하게 조종할 수 있습니다. 무슨 말씀인지 아시겠습니까?" 소년은 아버지처럼 위엄 있고 당당하게 보이려고 문자 그대로 죽을힘을 다했다.

"좋다. 너희 넷은 저기 서서 앞을 잘 보거라. 절대 고개를 돌려선 안 된다. 포탄이 떨어진 자리를 놓치기라도 하면 큰일이다. 알겠느냐?" 명령을 내린 경비대장은 말을 끌고 가는 노예들에게 눈을 떼지 못하고 있는 피터를 향해 물었다. "자, 그밖에 또 필요한 건?"

"됐습니다." 마지막 용기까지 총동원해서 알비온의 특사답게 보이려 애쓰며 소년이 답했다. "그럼 대포에 불을 붙이는 특권을 제가 행사하도록 하겠습니다. 무엇보다 이걸 설계한 건 바로 저니까요. 성냥을 좀 주시겠습니까?" 피터는 경비대장의 어깨너머에 대고 들으라는 듯 큰 소리로 말했다.

일종의 도박이었다. 작전은 멋지게 들어맞았다. 대장은 수상쩍어하는 눈으로 소년을 노려보며 말했다.

"안 되지, 말도 안 돼! 그대 같은 꼬마에게 발사를 맡길 수는 없지. 자, 어떻게 하는 건지 내게 말하시오. 쓸데없는 수작 부리지 말고." 소년은 짐짓 실망한 듯 서글픈 표정으로 고개를 끄덕이곤 대장이 잘 볼 수 있도록 한 걸음 뒤로 물러나 설명했다.

"성냥을 켜서 여기 있는 심지에 대시오. 일단 화약에 불이 붙으면 금방 대포의 몸통 속으로 번지게 될테고, 마침내 나머지 화약이 폭발을 일으키면서 포탄을 들판 건너까지 날려 보낼 거요. 연기가 어마어마하게 솟아오르고 귀청이 떨어지도록 큰 소리가 나도 놀랄 것 없소. 대포가 제대로 작동된다는 뜻이니까."

"별것 아니군." 경비대장은 근엄한 웃음을 머금은 채 주변을 돌아보며 소리쳤다. "자, 여러분 발사하겠습니다. 준비해주십시오."

피터는 서둘러 뒤로 물러났다. 아무도 눈치채지 못하길 간절히 바라면서 조금씩 말이 있는 쪽으로 걸어갔다. 아직까지는 행운이 따라주는 것 같았다.

"셋! 둘! 하나! 발사!"

대장의 구령이 끝나가는 걸 귓가로 흘리며 소년은 전속력으로 뛰기 시작했다. 일이 터지기 전에 성벽까지 달려서 말고삐를 잡아채야 한다.

쾅!

폭발의 파장이 피터의 등을 강하게 후려쳤다. 앞으로 고꾸라진 뒤에도 풀밭을 몇 바퀴 더 구르고 나서야 간신히 두 손으로 버티며 멈춰 설 수 있었다. 연기와 충격으로 현장은 난장판이었다. 소년은 자세를 바로 잡고 기다시피 말을 향해 달렸다. 성벽에 도착하기가 무섭게 경비대장의 말에 달려들었다. 반쯤 넋이 나간 노예의 손에서 고삐를 낚아채곤 곧장 말 등에 뛰어올라 짙은 포연과 파편을 뚫고 숲을 향해 바람처럼 질주했다.

말도 급한 마음을 헤아렸는지 소년이 모는 대로 몸을 사리지 않았다. 울타리와 냇물을 뛰어넘어 지평선 위에 어른거리는 짙푸른 숲으로 거침없이 달렸다. 자유, 자유였다. 하지만 기쁨도 잠깐, 등 뒤에서 들려오는 소음에 마음이 무너져내렸다. 결코 듣고 싶지 않았던 무서운 소리, 곧 다른 말들의 발굽소리였다. 추적자들이 따라붙고 있었다.

안장에 똑바로 앉아서 안전하게 말을 모는 데 집중하느라 뾰족한 수를 찾아낼 여유가 없었다. 전략은 빨리 달리는 것 하나뿐이었다. 다행히도 말은 소년의 지시에 한 치의 오차도 없이 반응해가며 숲을 향해 꿋꿋이 나아갔다. 혈통이 좋아 보이는 멋진 말이었다. 영국에 데려가면 챔피언은 식은 죽 먹기겠다는 부질없는 생각이 떠올랐다. 그럼에도 추격자들과의 거리는 좀처럼 벌어지지 않았다. 뒤를 돌아볼 엄두가 나지 않았다. 자칫했다간 균형을 잃고 떨어질 수도 있었다. 피터는 속도를 높이고 또 높였다.

말은 콧김을 내뿜으며 숲의 가장자리 쪽으로 정신없이 내달았다. 일분이 마치 한 시간처럼 길게 느껴졌다. 마침내 숲이 코앞이었다. 빽빽한 수목들 사이에 몸을 숨기고 추적자들을 떨쳐버릴 수만 있다면 얼마나 좋을까! 앞쪽으로 좁다란 틈이 보였다. 오솔길로 통하는 입구인 듯했다. 줄지어 늘어선 나무들은 선뜻 문을 열어 소년을 은밀한 숲속 세계로 맞아들여주었다. 이리저리 얽힌 나뭇가지에 말이 놀라 날뛰지 않기만 바라면서 소년은 오른쪽으로 방향을 틀었다. 말발굽소리는 끈질

기게 따라왔다. 웬만해선 따돌릴 수 없을 것 같았다.

피터는 고삐를 당겨 속도를 늦추고는 길에서 벗어나 커다란 고목들 뒤편으로 파고들었다. 그러곤 땅에 내려선 채 말의 등을 부드럽게 토닥여주며 조용히 추적자들을 기다렸다. 심장이 쿵쾅대는 소리도, 말의 거친 숨소리도 적들의 귀에 들리지 않기를 빌고 또 빌었다.

잠시 후, 정체를 알 수 없는 두 사람이 천천히 곁을 지나갔다. 소년을 찾는 게 분명했다. 한 명이 앞을 가리키며 동료와 속닥거렸다. 이윽고 말에서 풀쩍 뛰어내리더니 서서히 다가오기 시작했다. 대포가 폭발하길 기다릴 때보다 맥박이 더 빨리 뛰었다. 무기가 될 만한 게 없는지 주위를 더듬어 살폈다. 말 안장에 매달린 건 칼집뿐, 칼은 보이지 않았다. 쓸 만한 주먹돌도 눈에 띄지 않았다.

너무 오래 한눈을 팔았다는 생각에 얼른 고개를 쳐들었다. 소년은 기겁을 하며 물러섰다. 노예 둘이 눈앞에 서 있었다.

"피터 경!" 한 명이 머리를 깊이 조아리며 말했다. "추적을 피할 수 있도록 도와드리려 왔습니다."

"뭐… 뭐라고?" 믿을 수가 없었다. 말고삐를 단단히 움켜쥐고 여차하면 재빨리 도망칠 준비를 했다.

"어서 숲속으로 더 깊이 들어가셔야 합니다." 두 번째 노예가 말했다. "머잖아 수색대가 쫓아올 겁니다. 길을 따라가면 놈들을 피할 수가 없으니 반드시 나무 사이로 요리조리 빠져나가야 합니다."

"저는 필립입니다." 소년이 쉬 믿지 못하는 걸 눈치챈 첫 번째 노예가 소개했다. "이쪽은 앤드루라고 합니다. 이제 조금만 더 가면 됩니다. 경비병들은 숲에 들어오는 걸 꺼림칙하게 여기기 때문입니다. 그러니 지금이라도 서둘러야 합니다."

"자, 가지!" 앤드루가 재촉했다. 피터도 고개를 끄덕이곤 이내 따라 나섰다. 지금으로서는 달리 방도가 없었다.

셋은 다시 말에 올라타고 숲 안으로 더 깊이 들어갔다. 소년은 별 도움이 되지 않았다. 두 노예가 이끄는 대로 묵묵히 따라갈 따름이었다. 둘은 어디로 가고 있는지 정확하게 알고 있는 눈치였다.

성안에서는 에이딘의 영주들이 머리를 맞대고 긴급회의를 열었다. 보고된 내용들을 검토하고 수상한 증거물들을 두 눈으로 확인하면서 어떻게 된 일인지 알아내기 위해 머리를 쥐어짰다. 대포뿐민 아니라 폭약자루에도 불이 옮겨 붙는 바람에 피해가 더 컸다. 화약이 터지고 진흙파편이 날아가면서 경비병 다섯 명이 심각한 부상을 입었다. 한 명은 새카맣게 타버려서 얼굴조차 제대로 알아보기 어려울 지경이었다. 경비대장은 현장에서 곧바로 처형됐다. 울프에게는 우울한 날이었다.

늑대 탈은 차려 자세로 서서 덜덜 떨고 있는 남자를 싸늘하게 쩨려보았다. 겁에 질린 사내에게는 '인생 최악의 날'이었다.

"넌 또 실수를 저질렀어, 아낙시만드로스." 울프의 말투는 온기 하나 없이 싸늘했다. "늘 그랬듯이 이번에도 날 실망시켰다. 그것도 아주 처참하고 철저하게. 자, 이제 죽기 전에 한 가지만 말해보거라. 배신자 피터는 지금 어디에 있지? 언제쯤 놈의 목을 신나게 매달 수 있을까?"

궁내대신은 영주들 앞에서 잔뜩 움츠러들었다. 사실대로 고하면 불호령이 떨어지겠지만 속였다간 더 참담한 지경에 몰릴 게 뻔했다.

"흔적을 남기지 않고 감쪽같이 사라져버렸습니다. 실험을 도왔던 노예 두 놈도 어디로 갔는지 모르겠습니다."

표범 탈이 왕좌에서 벌떡 일어나 으르렁거렸다.

"그러니까 놈들이 도망쳤단 소릴 하고 있는 거냐? 세 놈 다?"

아낙시만드로스는 쥐구멍에라도 들어가 숨고 싶은 마음이 간절했다. 하지만 할 수 있는 일이라고는 고개를 주억거리며 웅얼대는 것뿐이었다.

"말 세 마리도 함께 없어졌습니다. 배신자들은 그걸 타고 숲으로 달아난 것 같습니다."

영주들은 입을 꾹 다문 채 더 이상 반응을 보이지 않았다. 궁내대신은 왕좌를 부여잡은 울프의 손이 부들부들 떨리며 하얗게 변해가는 걸 숨죽이며 지켜보았다. 마침내 늑대 탈이 경비병을 손짓해 불렀다. 아낙시만드로스는 비명을 지르며 그레이트 홀에서 끌려 나갔다.

자칼이 동료들 쪽으로 쌩 소리 나게 몸을 돌려 앉으며 물었다. "그런데 여러분, 이 대포는 어떻게 된 걸까요? 우연히 일어난 사고로 봐야 하는 걸까요? 아니면, 그 반역자가 일부러 폭발을 일으키도록 만들어놓은 걸까요?"

레오파드가 이어받았다. "다들 똑똑히 보셨지요? 대포에 불을 댕긴 건 그 배신자 놈이 아니라 경비대장이었어요." 표범 탈은 자랑스럽게 가슴을 쭉 펴며 말했다. "그러니까 대포를 더 만들어서 제대로 작동하는지 시험해보면 어떻게 된 사단인지 알 수 있을 것 같군요. 그래봐야 우리한텐 특별히 손해날 것도 없잖아요?"

울프가 손뼉을 쳤다. "옳소이다. 숲속에 도사리고 있는 적들을 감안하면 한시라도 빨리 이 무기를 손에 넣는 게 중요할 성 싶소."

깊은 숲속에선 위대한 기억의 날을 준비하느라 부산했다. 정원(처음부터 큰 무리가 모임을 갖도록 설계된 공간은 아니었다)에 마련된 자리가 하나씩 둘씩 들어차기 시작했다. 참석하지 못한 이들도 많았다. 하지만 충성스러운 이들은 이번에도 어김없이 얼굴을 보였다. 루카스와 그 뒤를 따르는 무리(늘 입고 다니는 녹색 외투차림이었다), 앨리스와 헬렌, 그리고 영주들에게 붙들려가 성안에서 종살이하는 신세를 간신히 모면한 이들이 줄지어 모여들었다. 올해는 평소와 다를 것이란 소문이 떠돌고 있기 때문일까? 참석자들은 너나없이 감격스러운 표정이었다.

수많은 이들이 앞으로 어떤 일이 벌어질지 궁금해하며 지켜보는 가운데, 줄리아는 숲속 식구의 인도를 받아 왕좌 뒤편으로 갔다. 눈부시게 하얀 예복차림이었다. 앨리스가 옷을 갈아입히고 머리를 손질해주었다. 곱게 빗은 머리칼이 초저녁 햇빛을 받아 금관을 쓴 듯 찬란하게 빛났다. 소녀는 가만히 서서 이름이 불리길 기다렸다.

마침내 둥근 태양이 시야에서 사라지자 수런거리던 정원이 고요해졌다. 커다란 독수리 한 마리가 하늘을 찌를 듯 높이 솟은 나무꼭대기에서 날아올랐다. 위풍당당하게 두 날개로 허공을 가르며 내려와서는 정원 한복판, 비어 있는 커다란 왕좌 앞에 착륙했다. 잠시 후, 역시 하얀 예복을 입은 가이우스가 왕좌에 앉았다. 노인은 모여 있는 군중들을 굽어보며 입을 열었다.

"동포들이여, 저는 기억지킴이올시다. 여러분들이 다 알다시피, 오늘 밤은 특별합니다. 여느 밤과는 사뭇 다릅니다. 어떻게 절망의 땅 케미아를 탈출해 이 아름다운 땅 에이딘에 이르렀는지 되새기는 위대한 기억의 날 밤이기 때문입니다. 사악한 영주들은 이런 이야기를 엄격하게 금하고 있지만 진실은 침묵하지 않는 법입니다. 케미아에서 대탈출을 감행했던 사연을 절대로 잊어선 안 됩니다. 마음을 다해 공부하십시오. 머릿속에 기록하고 마음판에 새기십시오. 그리고 잊지 마십시오. 역사는 아직 끝나지 않았습니다. 왕의 왕께서 다시 오셔서 우릴 구원하신 뒤에야 비로소 마무리될 겁니다."

그러곤 눈을 지그시 감고 여태 한 번도 들어본 적이 없는 음성으로 이야기하기 시작했다. 마치 다른 누군가가 수도사의 입을 통해 메시지를 전하는 느낌이었다. 지난날의 기억에 푹 잠긴 듯, 몹시 고통스러운 목소리였다. 마치 5백 년 동안 쌓인 눈물과 아픔을 모조리 쏟아내는 것 같았다.

가이우스가 말을 이었다. "오늘 밤은 예사 밤과 다릅니다. 왕의 왕께서 우리를 어떻게 케미아에서 이끌어내셨는지 기억하는 밤인 까닭입니다. 주님은 파멸의 아귀에서 그분의 백성들을 낚아채 이 풍요롭고 쾌적한 땅으로 데려오셨습니다. 신실하게 온 민족을 이 섬으로 인도해준 주님의 종 마르쿠스를 고마운 마음으로 기억합니다."

줄리아는 주위를 돌아보았다. 참석자들은 무슨 음식 같은 걸 나눠 먹고 있었다. 많이 가진 이들은 맨손인 이웃들에게 조금씩 떼어주었다. 앨리스가 다가오더니 무언가를 손에 쥐어주었다. 소녀는 호기심 어린 눈으로 찬찬히 살펴보았다. 햇볕에 말린 물고기 비슷했다.

"오늘 밤, 우린 소금에 절인 고기를 먹습니다. 어째서 해마다 이 밤에만 짜디짠 생선을 먹고 다른 날은 그냥 지나갈까요? 왕의 왕이 소금바다를 건너 이 아름답고 기름진 곳에 살게 하셨음을 기억하려는 뜻입니다. 물고기를 씹을 때마다 주님이 베풀어주신 일들을 되새길 뿐만 아니라, 장차 하실 일들을 기대하게 됩니다. 형제자매 여러분, 이제 먹고, 기억하고, 소망합시다! 주님은 반드시 다시 오십니다! 소망을 품고 삽시다!"

조용한 정원에 물고기 씹는 소리만 요란했다. 소녀는 생선을 좋아하지 않았지만 까다롭게 굴 때가 아니었다. 손에 쥐고 있던 걸 입에 넣은 다음 몇 번 씹지도 않고 꿀꺽 삼켜버렸다. 다들 먹었다는 걸 확인한 뒤에 수도사는 다시 연설을 이어갔다.

"친구들이여, 저마다 자신의 참모습을 잊어선 안 됩니다. 우리가 누굽니까? 주님이 바다를 가로질러 인도해내시고, 이 근사한 땅을 선물로 주셨으며, 이편에서 신의를 저버리지 않는 한 영원히, 그리고 절대로 곁을 떠나지 않겠다고 맹세하시며 언약을 맺으신 백성입니다."

가이우스는 청중들을 휙 둘러보았다. 일이 뒤틀어진 내력을 설명하기 시작하면서 목소리의 분위기가 다시 바뀌었다. 줄리아는 무릎을 쳤다. '아, 가장 큰 수수께끼 이야기다!'

"하지만 스스로 왕이 되려는 자들이 있었습니다. 저들은 섬기기보다 지배하고 싶어 했습니다. 책임보다 권력을 원했습니다. 백성들은 배신을 당했고 모두 에이딘 영주들의 종이 되고 말았습니다. 놈들의 권력은 정의가 아니라 무기에서 나왔습니다. 주님이 계획하셨던 삶은 이런 모습이 아니었습니다. 사악한 영주들에게 우리 백성들은 얼굴도, 이름도 없는 존재들일 뿐입니다. 하지만…." 수도사는 위엄 있고 낮은 목소리로 단호하게 말했다. "왕의 왕은 우리 한 사람 한 사람의 이름을 알고 계십니다. 제아무리 악독한 영주들이라 할지라도 이것만큼은 바꿀 수 없습니다!"

탄식하거나, 박수를 치거나, 고함치는 소리가 정원을 뒤흔들었다. 하지만 가이우스의 메시지는 아직 끝나지 않았다.

"지난 5백 년 동안, 한 해도 거르지 않고 구원의 순간을 고대해왔습니다. 이 정원에 모여 지난날을 돌아보고 장래의 소망을 바라보았습니다. 여기 그분의 왕좌가 있습니다. 우리와 언약을 맺으셨던 제단도 이곳에 있습니다. 하지만 죄다 무너져 여기저기 굴러다니고 있습니다. 여전히 이곳은 사악한 영주들의 지배를 받고 있으며 백성들은 그 발아래 신음하는 상황입니다. 그러나 언젠가 낙원이 회복되고 모두가 해방되는 날이 오고야 말 것입니다!"

군중들은 일제히 함성을 질렀다. 한 해 한 해 소망의 크기가 점점 줄어가기는 했지만, 백성들은 끈질기게 그 꿈을 잃지 않고 살아왔다. 하긴, 누구라서 희망 없이도 잘 지낼 수 있을까?

가이우스는 잠깐 숨을 돌렸다. 보통 때 같았으면 인내하고 충성을 다하며 소망을 품고 기다리는 마음가짐을 강조했을 대목이었다. 하지만 오늘 밤의 메시지는 내용이 달랐다.

"동포들이여, 우리는 간절히 찾고 기다리는 주님이 언젠가는 이 땅, 곧 그분의 나라에 오시리라 믿으며 살아왔습니다. 주님이 돌아오셔서 독재자와 폭군들을 몰아내고 정의롭게 다스리시는 세상이 오길 고대해왔습니다. 마침내 오늘, 이 몸은 기쁘고 기쁜 소식을 온 섬에 선포하려 합니다."

정원에 모인 충성스러운 백성은 숨소리조차 내지 않고 귀를 기울였다. 오랜 세월, 그토록 기대해왔던 이야기를 들을 수 있다는 게 다들 믿어지지가 않았다. 대대로 기대해왔던 말을 정말 듣게 되는 날이 왔다는 사실에 도리어 두려운 느낌이 들 지경이었다. 가이우스는 반짝거리는 눈으로 청중들을 훑어보면서 결정적인 메시지를 전달하기에 가장 맞춤한 순간을 기다렸다.

"오늘 밤은 다릅니다. 왕의 왕께서 이 땅을, 그리고 우리 마음을 준비시키시려고 사자를 보내셨습니다. 여러분들도 거룩한 책에 적힌 두 나그네에 관한 예언을 알고 있을 겁니다. 나그네들이 온다는 건 곧 주님이 우리의 울부짖음을 들으시고 불쌍히 여기시겠다고 하신 약속을 기억하신다는 의미입니다. 그들 가운데 구원자가 있습니다. 얼마나 손꼽아 기다리던 역사입니까? 왕의 왕께서 그분의 백성들을 속박에서 풀어내십니다!"

수도사가 돌로 만든 왕좌에서 걸어 내려왔다. 청중들은 일제히 땅에 엎드렸다. 물 한 방울 떨어지는 소리까지 다 들릴 만큼 사방이 고요해졌다. 잠시 후, 가이우스는 줄리아를 이끌고 다시 단상 위에 올라섰다. 하얀 예복 위로 물결치며 흘러내린 금빛 머리칼이 유난히 밝아 보였다. 수도사는 깊이 허리를 숙여 소녀에게 절하고 백성들을 향해 돌아서서 외쳤다.

"구원자가 여기에 계십니다!"

청중들은 벌떡 일어섰다. 시간이 멈춘 것만 같았다. 여태 단 한 번도 중요인물로 대우받은 적 없는 줄리아는 몹시 부끄러우면서도 한없이 가슴이 벅차올랐다. 가이우스가 다시 입을 열었다.

"온 땅에 이 소문을 퍼트립시다. '왕의 왕께서 오셨다! 해묵은 슬픔은 사라졌다! 그분이 모든 걸 새롭게 하실 것이다!' 제각기 해야 할 일을 잘 알고 있을 겁니다. 에이딘을 되살릴 준비를 합시다!"

만세 소리가 밤하늘에 메아리쳤다. 얼마나 쩌렁쩌렁했던지 백성이
모인 정원은 물론이고 멀리 성채에서도 들을 수 있을 정도였다. 에이딘
영주들의 시대가 막바지로 치닫고 있었다.

16

"무슨 일이지?"

깊은 숲속을 요리조리 헤쳐 나가던 피터와 두 노예는 걸음을 멈췄다. 서쪽에서 들려오는 시끌벅적한 소리에 신경이 날카로워진 말들이 땅을 차며 힝힝거렸다. 앤드루와 필립은 서로 마주보며 의미심장한 눈빛을 주고받았다.

"정원에서 들리는 소립니다. 위대한 기억의 날 밤이거든요."

피터는 어리둥절한 표정으로 둘을 쳐다보며 물었다. "뭘 기억한다는 거지?"

"우리도 곧 저기로 가야 합니다. 왕의 왕을 믿는 이들이 모여 있는 곳이죠. 지난날에 얽힌 위대한 이야기를 들을 때가 된 겁니다. 사악한 영주들은 왕의 왕을 입에 올리지도 못하게 억누르고 있어요. 그렇게 하면 백성들이 그분을 잊어버릴 거라고 믿는 모양이에요. 하지만 부모나 자식을 잊을지언정(마치 '너도 그렇지?'라고 묻기라도 하듯 앤드루를 쳐다보면서) 그분을 잊을 수는 없죠."

피터는 도무지 이해가 가지 않았지만 이러쿵저러쿵 시비를 걸 일이
아니었다. 세 도망자는 정원을 향해 천천히 말을 몰았다. 캄캄한 숲길
을 걷는 내내 의지할 것이라고는 갓 떠오른 달빛뿐이었다.

얼마 지나지 않아 일행은 정원에 들어섰다. 하룻밤을 지새웠던 곳이
라는 걸 소년은 한눈에 알아봤다. 그때가 마치 오랜 옛날인 듯 아득하
기만 했다. 하지만 예전처럼 황량한 폐허는 아니었다. 초록색 옷을 입
은 이들이 감격에 겨운 표정으로 커다란 원을 그리며 겹겹이 모여 앉아
있었다. 다들 중앙에 서 있는 인물에게 온 정신을 팔고 있었다. 누군지
궁금했다. 어째서 필립과 앤드루는 목적지에 도착하기 무섭게 그 노인
에게 달려가 보고부터 하는 걸까?

그리고 왕좌에 앉아 있는 저 흰옷 입은 여자는 누구지? 멀어서 분명
하게 보이진 않았지만 생김생김이 무척 익숙했다. 그러다가 피터는 이
내 놀라움에 입이 딱 벌어졌다. 맙소사! 줄리아가 왕좌에 앉아서 도대
체 뭘 하고 있는 거야?

때마침 소녀도 정원 가장자리의 움직임에 눈길을 주고 있었다. 세 명
이 새로 온 것 같았다. 둘은 예식에 늦은 노예들 같은데 나머지 한 명은
조금 다르다는 느낌이 들었다. 무엇보다 금발머리가 눈에 띄었다. 모임
에 참석한 이들 가운데 대다수가 검고 윤기 나는 머리칼을 가진 터라
한결 도드라져보였다.

앗, 피터다! 줄리아는 손으로 입을 틀어막았다. 오빠를 다시 보게 되
리라고는 꿈에도 생각지 못했다. 어쩌면 영원히 마주치고 싶지 않았는
지도 모른다. 오누이 사이였지만 등을 돌리고 떠나지 않았던가! 마치
그 자리에 얼어붙은 듯, 꼼짝할 수가 없었다. 어찌해야 좋을지 판단이
서지 않았다. 한편으로는 얼른 달려가서 끌어안고 싶었지만, 다른 한편

으로는 될 수 있는 대로 빨리 그 자리를 피하고 싶었다. 소녀는 고개를 돌려 오빠를 외면했다.

동생을 부둥켜안고 싶기는 피터도 마찬가지였다. 여태껏 단 한 번도 느껴보지 못한 감정이었다. 하지만 줄리아는 눈을 마주치려 하지 않았다. 소년의 머릿속으로 수많은 생각이 스쳐 지나갔다. '무서워서일까? 아니면 잘못한 게 많아서? 하지만 위기에서 건져내려고 최선을 다했다는 건 동생도 알고 있겠지?'

줄리아처럼 피터도 갈피를 잡지 못하고 멍하니 서서 지켜볼 따름이었다.

잠시 후, 백성들이 흥분을 가라앉히고 차분해졌다. 가이우스가 소녀의 손을 덥석 잡더니 오빠 앞으로 이끌었다.

"너희 둘 사이에 오해가 있는 것 같구나." 노인은 여느 때처럼 간단하고 명쾌하게 말했다. 줄리아의 눈에 노기가 서렸다.

"오해라기보다 배신이라고 해야 정확하겠죠." 소녀가 쏘아붙였다.

수도사는 고개를 끄덕이며 말했다. "아하, 그렇구나. 앞뒤 사정을 정확하게 알지 못하면 얼마든지 그렇게 생각할 수 있지. 자, 여기 앉아서 함께 얘기를 나눠보자꾸나." 그러곤 몸을 돌려 아직도 은빛 광채가 찬란한 연못을 가리켰다. 오누이는 못가에 나란히 앉았지만 한사코 서로의 시선을 피했다.

"애야, 너부터 시작해보렴." 가이우스가 따뜻한 목소리로 소년에게 말했다. "지난 이틀 동안 무슨 일이 있었는지 얘기해 봐."

피터는 깊은 한숨을 내쉬었다. 어디서부터 말꼬를 터야 할지 막막했다. 하지만 동생의 얼굴을 힐끗 보는 순간, 거기서부터 매듭을 풀어나가는 게 좋겠다는 생각이 들었다.

"뭘 어떻게 해야 할지 모르겠더라고요. 영주들이 이성적인 사람들인 줄 알았어요. 제 눈에는… 그러니까 과학적인 인간으로 보였던 거예요. 게다가 왕자로 삼겠다고 약속했거든요." 소년은 부끄러운 듯 줄리아의 눈치를 살피며 말을 이었다. "저들은 우리에게 사형선고를 내렸어요. 반역죄를 지었다면서요. 저로서는 어떻게든 협상을 이끌어내야 했어요. 그래서 화약 만드는 법을 일러주게 된 거죠. 영주들은 포탄을 발사하는 무기마저 갖고 싶어 했어요."

피터는 짐짓 관심 없는 척하느라 진땀을 빼고 있는 동생을 곁눈질해가며 말을 이었다. "그래서 동생을 풀어주면 대포 만드는 법을 알려주겠다고 했어요."

줄리아의 눈이 커지면서 반짝하고 불이 들어왔다. '잘못 들은 거겠지?'

"영주들은 그러겠다 하더군요. 방에 갇힌 채 대포설계도를 그려야 했어요. 하지만 저는 제대로 작동하지 않도록 포를 디자인했어요. 어떻게든 시험발사장에 나갈 수 있게 되기만 빌었죠. 도면대로라면 쏘자마자 폭발하게 되어 있었거든요. 현장이 북새통이 되면 그 틈을 타 달아나기로 한 거예요. 물론 실패할 가능성이 높다는 걸 잘 알았지만 기꺼이 위험을 감수하기로 했어요."

가이우스는 끄덕끄덕 고갯짓을 하면서 계속하라는 손짓을 했다.

"경비대장이 한사코 직접 불을 붙이겠다고 고집을 부리더군요. 잘하면 도망치는 데 성공할 수도 있겠다는 희망이 생기더라고요. 살금살금 말 있는 쪽으로 움직이면서 기회를 엿봤어요. 대포가 터지면서 불똥이 튀면 엄청난 폭발이 일어날 수 있도록 곁에다 화약자루까지 놓아두었어요. 일단 일이 벌어지자 아무도 절 볼 수가 없었어요. 연기가 좀 자욱했어야 말이죠. 덕분에 말을 잡아타고 달아날 수 있었어요." 말을 마친 피터는 어깨를 으쓱해 보이곤 무심히 무릎에 묻은 검불 따위를 떼어냈다.

"이제 줄리아, 네 차례다." 노인은 부드럽게 권했다. "네가 겪은 일을 오빠한테 이야기해주렴."

소녀 역시 어떻게 말문을 열어야 할지 난감했다. 오빠의 이야기를 들으면서 얼마나 낯이 뜨거웠는지 모른다. 끝까지 믿었어야 했다. 피터가 일을 그르친 건 사실이지만 분명코 동생을 버리진 않았다. 결과는 비슷할지 몰라도 실수와 배신은 달라도 이만저만 다른 게 아니었다.

"그레이트 홀에서 막 사형선고를 받았을 때였어요. 전 그 자리에서 오간 이야기를 제 시으로만 해석했어요. 오빠가 혼자만 실겠다고 협상에 나서는구나 싶었던 거죠. 자기가 아니라 절 살리려고 하는 줄은 정말 몰랐어요."

"그래서 어떻게 됐지?" 수도사가 재촉했다.

"전 감방에 갇혔어요. 놈들은 그걸 '사형수우리' 라고 부르더군요." 소녀는 잠시 침묵에 잠겼다. 한참이나 소년을 물끄러미 바라보다가 속사포처럼 빠른 말투로 이야기를 이어갔다. "오빠는 진즉에 잃어버렸고, 이젠 목숨마저 잃는구나 하는 생각이 들었어요. 더 내려갈 곳이 없는 바닥에 떨어진 느낌이었어요. 왕의 왕을 기억하며 기도를 드렸어요. 주님은 구원을 베풀어주셨고요."

눈시울이 뜨거워진 소녀는 머리를 푹 숙인 채, 애꿎은 풀만 쥐어뜯었다. "미안." 줄리아가 중얼거렸다. 그러곤 이내 고개를 들고 피터를 마주보며 다시 고백했다. "미안해, 정말!"

"그만 됐다." 가이우스가 말했다. "눈물과 불신의 시간은 다 지난 듯

하구나. 눈앞에 더 중요한 일들이 있다는 걸 잊지 말거라." 그러곤 뒤를 돌아보며 큰 소리로 불렀다. "루카스!" 사내는 함께 있던 동료들을 남겨 두고 못가로 다가왔다. 노인 옆에 무릎을 꿇고 앉으며 피터와 눈으로 가벼운 인사를 주고받았다.

"드디어 싸워야 할 때가 됐다. 하지만 먼저 아이들 문제를 해결해야 한다."

"전쟁을 시작하면 놈들은 곧바로 애들을 죽이고 말겁니다." 루카스가 담담하게 말했다. 수도사도 고개를 끄덕였다.

"그렇다면 아이들부터 구해내야죠!" 피터가 끼어들었다. 줄리아가 빙그레 웃으며 토를 달았다. "그렇지만 친구들이 어디에 갇혀 있는지 모른다는 게 문제죠. 우선 그걸 알아내야 해요."

"아, 그거라면 도와줄 친구가 있습니다. 여보게, 제프리!" 루카스의 호출을 받은 남자가 쪼르르 달려왔다. "아이들에 관한 정보가 필요하네. 자네가 아는 걸 가이우스 님께 말씀드리게."

채 마흔 살이 되지 않은 건장한 남자였다. 팔에는 울퉁불퉁 근육이 잡혀 있었다. 제프리가 침착하게 보고했다.

"성 바로 아래쪽에 절벽에다 붙여 지은 건물이 한 채 있습니다. 처음에는 곡식창고려니 했습니다. 저희가 도망치고 아이들이 잡혀가기 전까지는 그런 줄 알았죠. 하지만 지난번에 숲 바깥으로 정찰을 나가서 살펴보니 경비병 숫자가 세 곱으로 늘어나 있었습니다. 새로 세운 울타리도 좀 높은 게 아니었어요. 장정 둘이 어깨를 딛고 올라서야 간신히 안을 들여다볼 수 있을 정도였으니까요. 담벼락 안으로 들어가는 문은 하나뿐입니다. 워낙 탄탄해서 깨트리는 게 불가능해 보였습니다."

"아이들이 거기 갇혀 있는 게 확실한가요?" 줄리아가 물었다.

"그럴 공산이 큽니다, 아가씨. 그러지 않고서야 그렇게 많은 병사들을 배치할 리가 있겠습니까?" 사내가 대답했다.

"정문을 여는 게 어렵다면 어떻게 아이들을 데리고 나오죠? 담을 넘게 해야 할까요?"

"그건 안 될 것 같습니다." 루카스가 나섰다. "아이들이 아무 소리도 내지 않고 조용히 우릴 따라 나온다는 건 거의 불가능하다고 봅니다. 경비병한테 발각되면 사태가 심각해집니다."

"지금이야말로 오빠의 화약을 활용해야 할 때가 아닐까? 어때?" 갑작스런 제안에 피터는 화들짝 고개를 쳐들었다. 얼마나 놀랐던지 비아냥거리는 게 아닌지 의심스러울 지경이었다.

"혹시 따라가도 괜찮을까요?" 소년은 루카스에게 물었다. "뭘 좀 살펴보려고요. 어쩌면… 보탬이 될 수도 있을 것 같아요."

사내는 노인을 바라보았다. 마침내 가이우스의 허락이 떨어졌다. 수도사는 먼저 일어나서 소녀를 잡아 일으켜주었다. "동료들과 떨어지면 안 된다, 알겠지? 최대한 조용하면서도 재빠르게 움직여야 한다."

일행은 숲 가장자리 바로 아래 등성이에 서서 아스라이 내려다보이는 건물을 관찰했다. 늦은 아침 햇살이 눈부셨던 피터는 손을 이마에 대고 그늘을 만들었다. 그렇게 해서라도 울타리 안쪽 상황을 좀 더 정확히 파악하고 싶었다. 밤새워 걸은 탓에 다들 피곤했지만, 피터만큼은 아무렇지도 않은 듯 기습작전에 열심(줄리아 생각에는 지나치리만큼)이었다.

"여기서 얼마나 멀리 떨어져 있는 거죠?" 감옥에서 눈을 떼지 않은 채 소년이 물었다.

"한 시간 반쯤 걸어야 할 겁니다, 피터 경." 루카스가 대답했다. "20분 정도는 숲길이어서 몰래 움직일 수 있습니다. 하지만 나무가 없는 지역에 들어서면 경비병들의 눈에 띌 가능성이 높습니다. 우리 쪽도 숫자가 적지 않으니 꼭 위험하다고는 말할 수 없습니다. 하지만 적들은 단단히 대비하고 기다릴 겁니다. 울타리 근처에 도착할 무렵에는 이미 문을 단단히 걸어 잠그고 난 뒤겠죠.

"들키지 않고 다가갈 다른 방법은 없을까요?" 줄리아가 질문했다.

"없습니다, 아가씨. 발각되지 않으려면 한밤중에 살금살금 접근하는 수밖에 없습니다." 설명이 잠시 끊어졌다. 오누이의 표정에 실망하는 기색이 역력했지만 루카스는 아랑곳하지 않고 말을 이어갔다. "우리는 모두 열두 명입니다. 건물을 지키는 경비병은 스무 명이 넘습니다. 게다가 모두 칼을 가지고 있거든요. 우리 편이 가진 거라곤 나무몽둥이가 전부고요. 분명히 상대가 우리보다 유리합니다. 불리한 줄 알면서 싸움을 벌이는 건 어리석은 짓입니다. 갑자기 습격을 받으면 놀라서 허둥대겠지만 금방 기운을 차리고 반격해올 겁니다. 이긴다는 보장이 없습니다. 더 큰 문제는 건물 안에 갇힌 꼬맹이들입니다. 무작정 쳐들어간다면 적들은 아이들부터 죽이라는 명령을 내릴지도 모릅니다."

피터는 멀리 떨어진 공격목표를 뚫어져라 노려보았다.

"저기 숲에서 흘러나온 물줄기가 혹시 수용소까지 이어지나요? 누군가 그 둑 밑으로 기어가면 들키지 않고 울타리 아래까지 다가설 수 있지 않을까요?"

루카스는 몇 걸음 앞으로 걸어 나가 노련한 산사람의 눈으로 개울과 가파른 둑을 살펴보았다.

"괜찮겠어요. 충분합니다. 납작 엎드린 자세로 멀리 돌아간다면 몸을 감출 정도는 되겠어요. 일단 한 명이 담장 바깥까지 가서 안을 살펴보고 돌아와 사정을 보고하는 게 좋겠습니다."

피터는 여러 가지 가능성을 두고 궁리를 거듭했다. 잘될 것도 같았다. 우선 숲을 뒤져 개울이 시작되는 자리를 찾은 다음, 방죽이 적군의 눈을 피하기에 어려움이 없을 만큼 높은지 알아봐야 했다. 소년은 한숨을 쉬었다. 난생처음 펼치게 된 중요한 군사작전이 시작부터 쉽게 풀리지 않았다.

동생은 오빠보다 더 크게 한숨을 내쉬었다. 쉴 만큼 쉬었고 이제 제 몫을 다할 준비가 됐다는 표현이었다. "이러쿵저러쿵 수다나 떨면서 낭비할 시간이 없어요. 아이들을 아빠 엄마 품에 돌려주려면 조금이라도 빨리 행동을 개시해야죠!"

소녀는 오빠를 바라보았다. 때마침 피터도 고개를 돌렸다. 얼굴을 마주보는 순간, 둘은 동시에 똑같은 생각을 하고 있음을 알아채고 활짝 웃었다.

"자, 어서!" 동생이 재촉하며 손을 내밀었다. 소년은 그 손을 단단히 잡고는 어리둥절해하는 루카스와 부대원들을 남겨둔 채, 울창하게 들어선 나무 사이로 걷기 시작했다.

뒤에서 가느다란 휘파람소리가 날아왔다. 동료들이 안 된다고, 가지 말라고, 안전한 숲으로 되돌아오라고, 소중한 목숨을 영웅심과 바꾸지 말라고 부르는 신호였다. 오누이가 빽빽하게 늘어선 나무 사이를 빠져나와 환한 햇살 아래 서고 나서야 소리가 잦아들었다. 뒤따라오던 루카스 부대는 일단 숲속으로 물러났다.

피터와 줄리아는 손을 잡고 나란히 걸어서 대문 근처까지 다가섰다.

마음만 먹으면 당장이라도 뛰어 들어갈 수 있는 거리였지만 그보다 먼저 경비병들의 눈에 띄고 말았다. 병사들은 서슴없이 칼을 꺼내 들었다. 오누이의 눈길이 허공에서 마주쳤다. 한 줄기 바람에 아름다운 머리칼이 흩날리며 헝클어졌다. 둘은 깍지 낀 손에 힘을 주며 목청껏 비명을 질렀다.

날카로운 외침이 공기를 가르자마자 달려 나오던 경비병들의 무릎이 꺾였다. 하나같이 칼을 집어던지고는 두 손으로 귀를 틀어막았다. 잠시 뒤부터는 무언가 깨지는 소리가 들리기 시작했다. 처음에는 희미하더니 갈수록 요란해졌다. 담벼락과 건물 벽에 실금이 나는 게 보였지만 병사들로서는 어찌해볼 도리가 없었다. 가느다랗던 틈은 점차 넓어졌다. 결국 벽이란 벽은 다 무너졌다. 흙먼지가 구름처럼 피어올랐다.

마침내 티끌이 가라앉고 눈앞이 열렸다. 우뚝 섰던 건물은 온데간데없었다. 아이들은 아무런 방해도 받지 않고 수용소를 벗어났다.

형편없는 몰골이었다. 더럽고 얄팍한 옷 한 벌로 몸을 가리긴 했지만 다들 무사했다. 어지럽고 힘이 없어서 모두들 발을 질질 끌며 걸었다. 코흘리개들은 형님 누나, 언니 오빠의 손을 꼭 잡고 있었다. 아이들은 눈앞에 서 있는 금발머리 오누이가 누군지 알아보지 못했다. 하지만 루카스를 비롯한 사내들이 숲에서 나타나자 기뻐 날뛰며 정신없이 달려가 그 품에 안겼다.

17

위기를 맞은 사악한 영주들은 그레이트 홀에 모여 긴급회의를 열었다. 새롭게 경비대장이 된 솔론을 급히 불러들였다. 늘 곁을 지키던 아낙시만드로스는 반역죄로 감옥에 갇힌 채 처형될 날을 기다리는 신세였다.

"단호하게 대처하지 않으면 치명타를 맞을 수도 있습니다." 레오파드가 뒷짐을 지고 매끄러운 대리석이 깔린 홀을 어슬렁거리며 말했다. "금발머리 나그네 두 놈은 모두 달아났습니다. 믿었던 궁내대신은 쓸모없는 인간이었습니다. 이런 판국에 산으로 도망쳤던 노예 놈들이 쳐들어와서 인질로 잡고 있던 아이들마저 데려가다니, 정말 큰일이 아닙니까?"

"그렇소." 울프가 느릿느릿 말했다. "경비대장은 어쩌다 이처럼 어처구니없는 일이 벌어졌는지 고하라." 방금 대장자리에 오른 터라 이 일에 별 책임이 없음에도 불구하고 솔론은 영주들 앞에서 몸을 떨었다.

"그… 그러니까 우리 세계에선 보기 어려운 일인 듯했습니다, 대공

전하." 경비대장은 더듬거리며 보고했다. "금발머리들이 다가오는 걸 보고 병사들이 정지명령을 내렸습니다. 하지만 놈들은 듣지 않았습니다. 그래서 칼을 뽑아들고 처치하러 나갔는데 갑자기 그자들이….." 경비대장은 말을 멈추고 헛기침을 토해냈다. 그러곤 주위를 둘러보며 말을 맺었다. "비명을 질렀습니다."

"비명이라…." 늑대 탈이 되뇌었다. 솔론은 숨을 죽이고 고개를 끄덕였다.

"비명이었습니다, 영주님. 괴상한 소리에 하늘에 떠 있던 해가 흔들리더니 수용소 문짝이 넘어가고 유리창이 죄다 깨졌습니다. 인질들을 묶어놓았던 쇠사슬도 끊어졌고요. 병사들은 손을 쓰지 못했습니다. 고막이 찢어질 듯 귀가 아파서 꼼짝 못하고 나뒹굴 수밖에 없었습니다."

"그럼 아이들은? 애들은 어찌 됐느냐?" 자칼이 다그쳐 물었다.

"죄다 도망쳐버렸습니다. 울타리를 넘어서 금발머리들을 따라 함께 숲으로 들어갔습니다." 솔론이 참담한 표정으로 대답했다.

"이런!" 울프가 주먹을 불끈 쥐었다. 경비대장은 더 심하게 떨기 시작했다.

"이만저만 불쾌한 게 아니구나." 늑대 탈의 목소리가 높아졌다. "며칠 전, 순찰을 나갔던 경비대원들도 끔찍한 비명소리 어쩌고저쩌고하더니 또 같은 얘기더냐? 잘 들어라. 경비대 병력을 총동원해서 저 산적 같은 자들의 공격을 물리칠 준비를 완벽하게 갖추어라. 놈들은 언제고 반드시 되돌아올 것이다. 아울러, 아이들이 도망쳤다는 소식이 노예들의 귀에 들어가지 않도록 철저하게 단속해야 한다. 혹시라도 빈틈이 있었다간 네놈의 목을 치고 말겠다. 알겠느냐?"

솔론은 잘 알아들었다는 뜻으로 고개를 깊이 숙여 보였다.

울프가 손짓을 했다. 회의는 끝났다. 경비대장은 다시 한 번 절을 올리곤 체면마저 집어던진 채 아직 숨이 붙어 있는 걸 다행으로 여기며 최대한 잰걸음으로 그레이트 홀을 빠져나갔다.

신임 경비대장이 사라지자 울프는 왕좌에서 일어나 홀 안을 서성이며 깊은 생각에 빠졌다. 그렇게 근심 가득한 얼굴은 수백 년 만에 처음이었다. 목에 건 흑단부적을 만지작거리며 상황을 수없이 곱씹었다. 권력이 손아귀에서 빠져나가고 있다는 불안감을 지울 수가 없었다. 노예들 사이에서 반란의 기운이 무르익고 있었다.

대공의 머릿속을 헤아린 듯, 표범 탈이 나지막하게 읊조렸다. "우리 세상이 무너져내리고 있어. 믿을 만한 구석이 하나도 보이질 않아. 무엇으로도 새로운 세력을 막을 수가 없겠어. 이젠 죽는 일만 남았군!"

울프는 홱 돌아서서 분노에 찬 눈으로 쏘아보며 소리쳤다. "우린 과거에도 싸움에서 이겼고 앞으로도 그럴 거요. 다시는 그따위 헛소리가 내 귀에 들어오지 않게 해야 할 거요!"

5백 년 동안 아무 거리낌 없이 살아온 레오파드는 처음으로 두려움을 느꼈다.

늑대 탈은 고개를 돌리며 말을 이어갔다. "성안에서 역모가 일어나는 걸 막는 데 온 힘을 모아야 하오. 테러를 막는 특수부대를 만듭시다. 병사들에게 특수훈련을 시켜서 노예 놈들의 마음속에서 반역의 씨앗까지 다 솎아내고 말겠어! 여봐라, 경비병!"

중무장한 병사 둘이 그레이트 홀로 달려 들어와 부동자세로 명령을 기다렸다. "감옥에 있는 아낙시만드로스를 끌어오너라. 노예 놈들이 겁

을 집어먹고 고분고분하게 만드는 일을 제대로 해내기만 하면, 예전의
지위를 회복시켜주겠다고 전하여라."

　수용소에서 풀려난 아이들이 안전한 숲속으로 돌아오자, 정원에선
기쁨과 감격으로 한바탕 눈물바람이 일었다. 너나없이 어울려 큰 잔치
를 벌이고 모처럼 편안하게 쉬었다. 이튿날, 가이우스와 피터, 줄리아,
루카스는 함께 아침밥을 먹으며 에이딘을 해방시킬 계획을 상의했다.
커다란 나무탁자에 커다란 지도를 펴놓고 머리를 맞댔다. 그리 떨어지
지 않은 정원 한쪽 구석에서는 아이들이 앨리스와 헬렌을 에워싸고 신
나게 조잘대고 있었다. 간간이 까르르 웃음이 터졌다.

　가이우스와 루카스는 성을 되찾을 군사작전을 두고 심각하게 토론했
다. 언뜻 보기엔 에이딘 영주들과 맞붙어 싸워볼 만하다는 생각이 들었
다. 전날 경비병들에게서 무기까지 빼앗아온 터였다. 하지만 루카스의
의견은 달랐다.

　"칼 스무 자루가 큰 도움이 되는 건 사실입니다. 하지만 수많은 적군
과 전투를 벌여야 합니다. 수백 명이 넘을 수도 있습니다. 전면전을 벌
이기엔 우리 쪽 숫자가 모자랍니다."

　"그렇고말고!" 가이우스가 맞장구를 쳤다. "하지만 방법이 있네." 수
도사는 잠자코 듣기만 하던 줄리아를 돌아보며 말했다. "여기서 한 시
간쯤 걸어가면 왕의 왕을 섬기는 일꾼들이 지키는 굴이 하나 있지. 그
안에 활과 화살이 잔뜩 쌓여 있단다."

　눈이 휘둥그레진 루카스가 서운하다는 듯 말했다. "저는 처음 듣는

애기군요."

가이우스는 고개를 가로저으며 말했다. "아들아, 나처럼 5백 년 세월을 처음부터 끝까지 다 지켜보았다면, 그대도 이 일을 비밀에 부치는 게 좋겠다고 판단했을 게다."

이마 밑으로 움푹 들어간 노인의 두 눈이 촉촉해졌다. "이 화살들은 마르쿠스 님이 케미아에서 가져오신 것들이야. 영주들은 무기를 모두 없애라는 명령을 어기고 이 물건들을 남겨두었지. 하지만 내가 그걸 다시 빼돌려서 안전하게 감췄단다. 지금은 왕의 왕께서 보내주신 사자들이 입구를 단단히 막고 있어. 오직 구원자만이 안으로 들어가서 무기들을 꺼낼 수 있다. 지금이 바로 그때일 성싶구나."

루카스는 눈을 빛내며 탁자로 바짝 다가앉았다.

"활과 화살만 있으면 멀리서도 적을 공격할 수 있어요. 공격을 퍼부어서 영주들의 주의를 흐트러트리면서 다른 한쪽으로 부대원들을 보내 아직 성안에서 종살이하는 식구들을 풀어냅시다. 활 백 개만 있으면 다들 무장을 할 수 있어요. 성안에서도 우리 편에 가담하는 백성이 있을 겁니다."

그러나 아직 문제가 남아 있었다. 루카스가 노인에게 부탁했다. "활 쏘는 법은 가이우스 님이 가르쳐주실 거죠?"

수도사는 손사래를 쳤다. "아니다. 난 평생 전사가 아니라 학자로 살았어."

"그럼, 무기를 가져온다 해도 소용이 없겠군요. 그렇지 않을까요?"

피터는 함박웃음을 지었다. 보이스카우트 훈련을 받는 내내 야생에서 길을 찾고 먹고 자는 데는 통 소질이 없었지만, 딱 한 가지 잘하는 게 있었다.

"그건 제가 도와드리죠."

오후 늦게, 피터와 줄리아는 동굴을 향해 길을 떠났다. 멀지도 험하지도 않은 여정이었지만 둘은 묵묵히 걷기만 했다.

앞서 길을 인도하는 독수리를 따라 걷던 오누이는 이내 산자락에 이르렀다. 둘은 풀숲과 덤불을 유심히 살폈다. 제멋대로 뻗어나가긴 했지만 저절로 돋아나서 자랐다고 보기엔 너무나 질서정연히고 단정했다. 마치 커튼처럼, 덩굴줄기가 비탈을 타고 언덕꼭대기까지 올라간 자리가 보였다. 피터는 손을 뻗어 줄기를 한쪽으로 밀어냈다. 가시와 미늘 틈으로 어두컴컴한 동굴이 눈에 들어왔다. 얼마나 감쪽같이 감춰져 있었던지 꼼꼼히 살피지 않으면 절대로 찾을 수 없는 곳이었다.

피터는 동굴 안으로 들어섰다. 소녀가 바싹 뒤를 따랐다. 바로 그때, 낯선 음성이 들려왔다. 놀란 토끼눈을 하고 사방을 두리번거렸지만 주위엔 아무도 없었다. 아직도 소리가 귓가에 쟁쟁한 걸 보면, 분명 잘못 들은 건 아니었다.

"어떤 놈들이 감히 이곳을 넘보느냐?" 다시 으르렁거리는 목소리가 날아왔다. 소년은 화들짝 놀라며 동생을 돌아보았다. 줄리아는 오빠의 팔을 다독여 안심시킨 다음, 앞으로 나서며 말했다.

"줄리아와 피터입니다. 선택받은 자들이에요. 이 땅을 되찾아 왕의 왕께 드리려면 지금 지키고 있는 보물이 필요합니다."

숨소리 하나 들리지 않는 침묵 끝에 허락이 떨어졌다.

"들어오너라." 그게 끝이었다. 다시는 아무 소리도 들리지 않았다.

오누이는 동굴 안으로 들어갔다. 어두웠다. 땅속 깊은 곳에 있으니 그럴 수밖에 없었다. 젖은 흙냄새가 났다. 오랫동안 환기를 시키지 않은 눅눅한 골방에서 나는 곰팡내와 비슷했다. 몇 발짝 더 걷기도 전에 피터의 발에 무언가가 걸렸다. 나무상자가 켜켜이 쌓여 있었다. 들어올리기엔 너무 무거웠다. 소년은 받침대를 놓고 올라가 가장 위쪽 상자의 뚜껑을 벗겼다. 그러곤 거미가 없기를 간절히 바라면서 조심조심 손을 넣어 안을 더듬었다. 가죽 케이스 비슷한 게 만져졌다. 자신감이 붙은 피터는 두 손으로 내용물을 끄집어냈다. 가슴이 쿵쾅거렸다. 한 치 앞도 보이지 않을 만큼 캄캄했지만 생김새가 독특하다는 것만큼은 단박에 알 수 있었다. 활 모양이었다. 화살과 화살집도 수두룩했다. 습기를 막는 천으로 꼼꼼하게 싸놓아서 상태도 아주 좋았다. 은밀한 무기창고를 찾아낸 것이다.

반대편을 뒤지던 줄리아도 기쁨에 겨워 환호성을 질렀다. 이제 한 가지만 더 해결하면 만사형통이었다. 과연 무기들이 제대로 작동될까? 하도 오래 버려둬서 쓸모가 없어진 건 아닐까? 확인해보는 방법은 하나뿐이었다. 피터는 케이스를 열었다. 활은 시위가 풀린 상태로 보관되어 있었다. 소년은 조심스럽게 시위를 걸고 살을 먹여보았다. 깃털이 달린 화살 밑동과 시위가 잘 들어맞는지 찬찬히 살피고 나서 신중하게 자세를 잡았다. 양궁연습을 할 때마다 코치에게서 체중을 잘 나누어 실을 줄 안다는 칭찬을 받곤 했다.

피터는 왼손으로 활을 잡고 오른손 손가락 셋으로 시위를 당겼다. 한 손가락은 화살 위쪽으로, 나머지 둘은 아래로 보냈다. 손이 뺨에 닿자마자 가볍게 들어 올려 앞쪽의 나무를 겨냥했다. 이윽고 화살을 날려

보냈다. 크게 출렁이는 활의 반동이 손에 느껴졌다.

화살은 빗나갔다. 과녁보다 스무 걸음쯤 더 날아갔다. 소년은 환하게 웃었다. 활은 보이스카우트에서 쓰던 것보다 훨씬 강했다. 두 번째 살을 시위에 먹인 다음, 활의 탄성을 감안해서 당기는 힘을 조절했다. 화살은 턱 하는 통쾌한 소리와 함께 나무줄기 한복판을 깊이 파고들었다. 소녀는 손뼉을 치며 기뻐했다.

"와, 멋지다! 환상적이야! 자, 얼른 캠프로 돌아가서 루카스에게 알리는 게 좋겠어. 이 무기들을 실어 날라야 하니까." 줄리아는 오빠의 손을 잡아끌고 오솔길로 되돌아 나왔다.

드디어, 드디어 조금씩 일이 되어가는 느낌이었다.

해가 서쪽으로 뉘엿뉘엿 저물 무렵, 루카스와 대원들은 무기를 잔뜩 실은 말 열두 마리를 끌고 숲속 캠프로 돌아왔다. 피터는 활에 시위를 매는 일을 지휘했다. 작업이 끝난 뒤에는 활, 화살, 화살집을 모아 묶음을 만들었다. 한 번도 사용하지 않은 새것들이라 볼수록 만족스럽고 뿌듯했다. 누가 마술이라도 부린 것 같았다.

소녀는 가진 재주를 마음껏 써먹고 있는 오빠를 한참이나 기분 좋게 지켜보았다. 영주들의 군대를 쳐부수고 성을 되찾을 수 있다는 자신감이 생겼다. 그걸로 이 모험을 모두 끝낼 수 있다면 얼마나 좋을까? 하지만 결코 그렇게 되지 않으리라는 걸 줄리아는 잘 알고 있었다.

그날 밤, 루카스와 대원들이 피곤해 곯아떨어진 뒤에, 가이우스는 줄리아를 찾았다. 아이들은 옹기종기 둘러앉아 헬렌이 들려주는 옛날이야기에 귀를 기울이고 있었다. 마음속으로는 너나없이 아빠 엄마와 다시 한 집에서 편안히 살 수 있는 날이 하루빨리 오길 간절히 바랐다. 불이 점점 사위어 들자 노인은 소녀와 모닥불 옆에 나란히 앉았다. 잉걸불이 탁탁 소리를 내며 타올랐다.

줄리아는 바닥에 떨어진 나뭇잎을 몇 장 손바닥 위에 올려놓고 돌돌 말았다. 레몬과 계피가 섞인 향긋한 냄새가 진하게 배어났다. 소녀의 얼굴에 미소가 피어올랐다. 그윽한 향기가 마음마저 다독여주는 듯했다. 기분이 밝아지고 주위를 둘러싼 숲의 자연스러운 아름다움이 더 선명하게 눈에 들어왔다. 이처럼 아름다운 세상에 악이 존재하는 까닭은 무엇일까? 쉬 납득이 가지 않는 일이었다. 무엇이 잘못된 걸까? 에이딘은 더할 나위 없이 근사한 곳이지만 지금은 폭력과 배반의 본거지가 되었다. 백성들이 약하고 어리석어서 악이 뿌리내리는 걸 눈치채지 못했기 때문일까? 아니면 뼛속까지 악한 반역자들이 자연법칙, 다시 말해서 세상을 움직이는 눈에 보이지 않는 원리를 무시하고 거스른 탓일까?

"지난번에 내가 했던 질문을 기억하고 있니?" 가이우스가 따뜻한 목소리로 말했다. 줄리아는 손가락으로 나뭇잎들을 만지작거리면서 고개를 주억거렸다. 수도사는 소녀의 머릿속을 환하게 들여다보고 있는 것 같았다.

"어떻게 이 땅에 악이 생기게 됐느냐는 것이었어요." 줄리아가 속삭이듯 대답했다. 이번엔 가이우스가 다 사위어가는 잉걸불을 바라보며 머리를 끄덕였다.

"앞으로 그 질문을 마음에 늘 품고 살길 바란다. 그리고 이곳을 회복하기 위해 싸우는 사이에도 절대 잊지 말고 기억해야 한다, 알겠지?"

노인이 말했다.

무슨 말을 해야 좋을지 몰라서 소녀는 가볍게 고개만 까딱했다.

'잘 기억하고 지켜보기는 하겠지만, 어째서 이 질문이 그토록 중요하다는 걸까? 왜 하필 나한테 그걸 묻는 거지?'

18

다음 날, 여느 때와 마찬가지로 찬란한 새벽이 열렸다. 바다에서 솟아오른 태양이 부드럽고 따듯한 빛으로 온 성을 감쌌다. 탑꼭대기에 내걸린 영주들의 깃발이 온화한 바람을 받아 활기차게 펄럭였다. 거기서 멀리 떨어진 곳에서도 똑같은 태양이 에이딘 숲의 나뭇가지들 사이를 뚫고 햇살을 쏟아붓고 있었다. 사악한 영주들이 내건 깃발을 끌어내려 찢어버리고 주님의 기치를 드높이려는 이들이 하나둘씩 깨어나고 있었다.

꿈 한 번 꾸지 않고 깊이 잔 피터는 일찌감치 눈을 떴다. 담요 속으로 파고 들어와 나란히 단잠을 잔 불청객, 거미를 털어내고는 벌떡 일어나 기지개를 켰다. 오늘은 숲속 식구들에게 전투훈련을 시킬 작정이었다.

소년은 담요를 둘둘 말아 한쪽으로 밀어놓고 가까운 웅덩이에 가서 얼굴을 씻었다. 그러곤 공터 끄트머리에 주저앉았다. 거기가 바로 백성들에게 싸움하는 법을 가르칠 곳이었다. 훈련장으로는 더할 나위 없이 훌륭했다. 궁수들은 북쪽 끝에 서서 남쪽으로 화살을 쏘게 될 것이다. 피터는 한동안 그 자리를 떠나지 않았다. 은은하고 시원한 바람이 불어와 머리칼을 헝클어트렸다. 흩날리는 금발이 햇볕을 받아 반짝거렸다. 훈련에 들어가기 전에 단정한 모습을 갖춰야겠다는 생각이 들었다. 병사들의 존경을 받는 지휘관이 되어야 했다. 빈틈없는 차림을 갖추지 않고는 결코 부하들 앞에 서지 않았던 아버지를 닮고 싶었다.

소년은 마음먹은 그대로 부대를 지휘했다. 여러 시간 땀을 쏟아가며 열심히 가르쳤다. 하루해가 저무는 어스름까지 숲 가장자리 빈터에 서서 쉰 명의 초보궁수들이 활쏘기를 연습하는 걸 꼼짝 않고 지켜보았다. 고되고 힘든 날이었지만 열심히 연습한 보람이 있어서 저녁 무렵엔 다들 명사수에 가까운 실력을 갖추게 되었다. 이제 마지막 일제사격만 끝나면 저녁식사를 하러 갈 참이었다.

"준비! 조준! 발사!"

화살이 쉭쉭 소리와 함께 빠른 속도로 날아가서 공터 끄트머리 맨땅에 우수수 떨어졌다. 완벽하지는 않았지만 제법 쓸 만한 솜씨였다. 적군을 단숨에 박살낼 수는 없을지라도 기를 꺾어놓기엔 충분했다. 노예들이 무장을 해봐야 주먹과 몽둥이 정도일 거라고 철석같이 믿고 있다면 더 큰 충격을 받을 게 분명했다.

"사격중지! 화살회수!"

궁수들은 빈터의 가장자리로 가서 떨어진 화살을 주워 화살집에 담았다. 틈이 생기면 숲속에 들어와서 내일 전투에 참여하게 되기까지 저마다 가진 사연들을 서로 나누었다. 더러는 훈련장 북쪽에 있는 샘에서 맑고 투명한 물을 떠 마셨다. 무덥고도 긴 하루였다.

그때 숲속에서 두 사람이 나타났다. 칙칙한 옷을 입고 있었지만 온몸에서 환한 빛이 나는 것 같았다. 줄리아와 가이우스가 빈터에 들어서자 시끌벅적하던 분위기가 금방 차분해졌다. 둘은 뒤편에 가만히 서서 마지막 일제사격 장면을 지켜보았다.

가이우스가 손을 들었다. "친구들이여, 나는 민족의 역사를 간직하고 있는 지킴이입니다. 그동안 꾸준히 지난날의 이야기들을 전해왔습니다. 왕의 왕께서 어떻게 케미아에서 이곳 낙원으로 우리를 이끌어내셨는지 설명해드렸습니다. 하지만 머지않아 낙원을 되찾게 된 사연까지 전달할 수 있게 되었습니다. 내일이면 새로운 역사가 시작됩니다. 이제 성으로 쳐들어가서 지난 수백 년 동안 백성들을 잡아다가 종살이를 시켰던 못된 영주들을 몰아냅시다. 여러분의 자녀들은 손자손녀들에게, 그들은 그 후손에게 대를 이어가며 이 역사를 가르치게 될 것입니다!"

식구들의 만세소리가 숲속에 메아리쳤다. 노인의 입가에 웃음이 떠올랐다. 밝은 미소를 머금은 채 수도사가 외쳤다. "자, 배불리 먹읍시다. 과일과 빵을 준비해놨습니다. 오늘은 푹 쉬고 날이 밝는 대로 나가서 용감하게 싸웁시다!"

가이우스의 연설이 끝났다. 갓 구운 빵 냄새가 훈련장으로 쓰는 공터에 가득 퍼져 나가기 시작했다.

피터는 이곳에서만 나는 즙이 많고 신선한 과일을 한입 가득 베어 물고 맛을 감상하느라 줄리아가 가까이 오는 것도 알아채지 못했다. 소년은 모닥불 쪽으로 자리를 좁혀 동생이 앉을 자리를 내주었다. 소녀의 얼굴은 평온했다. 영국에서는 한 번도 보지 못했던 낯빛이었다. 하긴, 고향에서는 줄리아의 낯빛을 주의 깊게 살펴본 적이 없었다.

오누이는 한동안 말이 없었다. 나란히 앉아서 시원한 밤공기를 마시며 수용소에서 풀려난 아이들이 사방으로 뛰어다니며 떠드는 소리를 듣고 있을 따름이었다. 소녀는 오빠에게 뜬금없는 질문을 던졌다.

"여기서 죽으면 어떻게 될까?"

피터는 놀란 눈으로 동생을 바라보았다. "걱정 마, 안 죽을 테니."

"그걸 어떻게 알아? 우린 내일 싸우러 가잖아. 영주들이 만만치 않다는 건 오빠나 나나 다 아는 사실이고."

"그래, 그렇지!" 피터는 부인하지 않았다. 대신 짐짓 어른스런 표정을 지으며 말했다. "잘 싸울 거야. 아주 잘! 전쟁에서 이긴 뒤에는 집으로 돌아갈 길을 찾아낼 테고."

"어떻게?"

"아직 잘 모르겠어."

다시 침묵이 찾아왔다. 소녀는 오빠의 어깨에 머리를 기대며 짙은 한숨을 토해냈다. "가끔 집이 그리워."

피터는 말없이 고개만 끄덕였다.

"할아버지 할머니랑 고양이 스캠프가 그리워. 깨끗한 침대보랑 포근한 이불도. 그리고 또… 엄마가 정말 보고 싶어."

"나도 그래." 피터가 고백했다.

오누이는 오래도록 그렇게 앉아서 타오르는 불꽃을 구경했다. 마침내 줄리아가 머리를 들고 오빠의 눈을 똑바로 쳐다보며 빙그레 웃었다. 굳이 말하지 않아도 둘의 마음은 한결같았다. 영웅이 되기란 쉽지 않았지만, 언제까지나 어린애처럼 굴 수는 없는 일이었다.

19

하늘 높이 떠오른 태양이 에이딘에 뜨거운 햇살을 내리비쳤다. 울프와 레오파드, 자칼은 그레이트 홀에 모여 앉았다. 창밖으로 숲에서 성채에 이르는 도로가 한눈에 들어왔다. 전투가 벌어진다면 그 길 양편의 들판이 되리라는 게 영주들의 판단이었다. 나름대로 치밀한 전략을 세워놓기는 했지만, 결국 승패는 반란을 일으킨 노예들을 함정에 빠트리는 데 성공하느냐에 달려 있었다.

노예들이 서쪽에서 성으로 쳐들어온다면 곧바로 매복에 걸려들게 될 것이다. 가볍게 포위해서 한 놈씩 처치하면 그만이다. 엄청난 학살극이 벌어질 게 뻔했다. 하지만 북쪽에서 내려온다면 놈들이 훨씬 유리한 위치를 차지하게 된다. 그래도 주인을 배신한 노예들은 정예 경비병들의 적수가 될 수 없었다. 더구나 변변한 무기조차 갖추지 못한 오합지졸들이 아닌가! 대다수 노예들은 성안에 갇힌 신세라 전투에 끼어들 방도가 없었다.

바로 그때, 솔론이 노크도 없이 그레이트 홀에 뛰어 들어왔다. "적들이 쳐들어옵니다! 숲에서 나오는 걸 보고 즉시 군사들을 내보냈습니다. 노예들에게는 숙소 밖으로 나오지 말라는 궁내대신의 명령이 떨어졌습니다. 성안에 있는 놈들은 말썽을 피울 수 없을 겁니다.”

울프는 창가에 서서 바깥을 내다보았다. 아래쪽에서 벌어지는 상황을 두 눈으로 확인하고 싶었다. 하지만 너무 멀어서 노예들이 또렷하게 보이지 않았다.

“그럼 놈들이 저쪽에서 다가오고 있다는 건가?” 늑대 탈이 물었다.

“단정하기엔 이르지만, 적들은 서쪽에서 공격하려는 것 같습니다.”

울프는 가면 아래서 회심의 미소를 지었다. “그럼 모조리 쓸어버릴 수 있겠군!”

“그렇습니다, 황제 폐하!” 솔론이 머리를 조아렸다.

늑대 탈이 창을 등지고 돌아섰다. 경비대장의 눈에는 영주의 가면이 그 어느 때보다 흉측했다.

“다른 종놈들은 어찌 되든, 금발머리 배신자들은 반드시 사로잡아야 한다.” 명령을 내린 울프는 자칼과 레오파드를 바라보며 말했다. “오늘 저녁때쯤이면 놈들을 목매달 수 있겠구려, 안 그렇소?”

솔론은 다시 한 번 절을 한 다음, 영주들의 지시를 전달하러 나갔다.

피터는 영주들에게 반기를 든 노예들이 성을 향해 행진하는 걸 지켜보았다. 가이우스가 어떤 전략을 쓰려고 하는지 궁금했다. 산에서 내려온 식구들은 서쪽에서 성 쪽으로 다가가고 있었다. 전투태세를 갖추고 있는 성안의 풍경이 멀리서도 잘 보였다. 경비병은 제 자리를 단단히 지키고 서 있었다. 가이우스는 함정으로 빠져 들어가는 중이라는 걸 알고 있을까? 반대를 해보았지만 노인은 아랑곳하지 않았다. 따로 속셈이 있는지 재미있다는 눈으로 소년을 바라보기만 했다. 행렬이 성으로 다가갈수록 피터의 불안감도 높아갔다. 적군은 조용히 숨어 있다가 후퇴할 길을 모조리 끊은 뒤에 양편에서 덮칠 가능성이 높았다.

하지만 따로 받은 명령이 있었으므로 함께 가서 도울 수도 없었다. 소년은 궁수들을 데리고 최대한 숲길을 이용해 북쪽에서 접근하게 되어 있었다. 성 근처까지 가서 줄리아의 신호에 따라 일제히 화살을 날려 보낼 작정이었다. 드디어 소년도 출발했다. 걱정스러운 점들이 있었지만 단호하게 마음을 다잡았다.

이번엔 연락병이 그레이트 홀로 들어와서 급히 영주들을 찾았다.

"대장님이 새로운 전갈을 보내셨습니다." 가쁜 숨을 몰아쉬며 병사가 고했다. "두 번째 대열이 북쪽에서 내려오고 있습니다. 주력부대는 여전히 서쪽 길을 따라 이동 중입니다. 어떻게 할까요?" 울프는 왕좌를 박차고 일어나 창가로 달려갔다.

"남아 있는 병사들을 성채 남쪽으로 보내서 적의 2진이 전진하지 못하도록 막게 하라! 일단 주력부대를 깨끗이 휩쓸어버린 뒤에 놈들을 해치우겠다."

연락병은 머뭇거렸다. 뜻밖의 지시였다. 하지만 누가 감히 에이딘의 영주가 내린 명령에 토를 달겠는가? 그래도 순순히 따르기엔 너무나 위험부담이 컸다.

"대공 전하! 시키시는 대로라면 경비병 전체가 성 바깥으로 나가게 됩니다. 안쪽에 남는 병사는 손가락에 꼽을 정도에 지나지 않습니다."

"성안에는 우릴 공격할 자가 없다. 그러니 경비대원을 총출동시켜 한 놈도 살아서 도망치지 못하도록 반란군을 전멸시키는 게 합당할 것이야. 알겠느냐?"

"알겠습니다, 영주님!"

반란군은 두 갈래로 성채를 향해 진격해 들어왔다. 경비병들은 안절부절못하며 상황을 지켜봤다. 언제라도 뛰쳐나갈 수 있도록 칼을 뽑아 들고 기다렸다. 도망친 노예 따위를 두려워할 필요는 없었다. 무기라고 해야 훔쳐간 칼 몇 자루뿐일 게 분명했다. 덤벼들기가 무섭게 비참한 최후를 맞게 될 것이다.

피터는 성채와의 거리를 가늠해가며 대원들을 전진시켰다. 경비병들은 방어자세를 갖추고 있었다. 최대한 가까이 올 때까지 기다렸다가 일제히 칼을 휘두르며 덤벼들 작정인 듯했다. 소년은 행렬을 세웠다. 적들은 사정거리 안에 있었지만 신중할 필요가 있었다. 다시 스무 걸음 정도 앞으로 나아갔다. 경비병들의 몸짓 하나하나까지 또렷이 보였다. 움직일 때마다 칼날이 번득였다. 피터는 손을 들어 대기명령을 내렸다.

줄리아의 신호를 기다려야 했다.

순간, 서쪽에서 비명이 울렸다. 거리가 멀어서 크게 들리진 않았지만 틀림없는 소녀의 목소리였다. 피터는 몸을 돌리고 있는 힘껏 고함을 질렀다.

"준비! 조준! 발사!"

하늘을 가릴 듯, 수많은 화살들이 거침없이 날아가 적진에 떨어졌다. 몇 명은 살을 맞고 쓰러졌다. 나머지 병사들도 크게 당황한 눈치였다. 어떻게 된 심산인지 몰라 허둥거리며 갈피를 잡지 못했다.

"준비! 조준! 발사!"

두 번째 화살들이 날카로운 소리와 함께 목표를 향해 허공을 갈랐다. 겁에 질린 경비병들은 숨을 곳을 찾기에 바빴다. 순식간에 대열이 흐트러지면서 뒤죽박죽 성채 쪽으로 후퇴하기 시작했다. 순간, 성 동쪽에서 거대한 폭발음이 거푸 들려왔다. 연기가 구름처럼 솟아오르며 매캐한 냄새가 퍼졌다.

창밖으로 현장을 내려다보던 자칼은 기뻐서 어쩔 줄 몰랐다. 뒤집어 쓴 가면 밑에서 함박웃음을 지으며 다른 영주들을 향해 몸을 돌렸다.

"대포가 작동됩니다 그려! 멍청한 반란군들은 저 소리만 들어도 기가 질릴 거외다. 포탄이 날아가 노예들을 산산조각 내기만 기다리면 되겠어요. 놈들은 이제 끝장이오!" 울프도 창가로 다가섰다. 그러나 연기가 걷히자 기대와 전혀 다른 풍경이 눈 아래 펼쳐졌다.

바닥에 나뒹굴고 있는 건 수많은 반란군이 아니라 대포를 발사했던 병사들이었다. 마치 칼로 무장한 기병대가 갑자기 나타나 성안에 남아 있던 경비병들을 모조리 죽여 없애고 사라진 것 같았다.

정신을 차릴 새도 없이 새로 사슬을 끊고 탈출한 노예들이 사방에서 쏟아져 나오더니 죽고 다친 병사들의 칼을 뺏어들고 반란군을 도와 싸우기 시작했다. 영주들의 매복작전은 완전히 실패로 돌아갔다.

한편, 피터가 이끄는 2진과 맞붙은 부대도 엉망진창이 됐다. 이미 목숨을 잃은 동료들을 남겨둔 채 안전한 성문을 향해 달아나기 바빴다.

울프는 창밖으로 몸을 내밀고 사태가 돌아가는 꼴을 지켜보았다. 도무지 믿을 수가 없었다. 성안에서 새로 합류한 노예들은 퇴각하는 경비병들이 들어오지 못하도록 성문을 닫았다. 병사들은 막아선 성벽과 밀고 들어오는 반란군 틈에 끼어 오도가도 못하는 신세가 됐다. 늑대 탈로서는 무수한 화살이 하늘로 치솟았다가 독 안에 든 쥐 꼴이 된 경비대원들의 머리 위로 떨어지는 걸 겁에 질린 눈으로 지켜볼 수밖에 없었다. 반란군들은 저런 무기를 어떻게 손에 넣은 걸까?

갑자기 홀 바로 바깥에서 왁자지껄 시끄러운 소리가 났다. 영주들이 몸을 돌리가 무섭게 문짝이 와지끈 부서져나갔다. 문지방 너머로 바닥에 쓰러진 경비대원들의 모습이 보였다. 병사들을 해치운 반란군들이 방 안에 있던 영주들을 손가락질하며 달려들었다.

지난 5백 년 동안 울프가 공격을 받은 건 이번이 처음이었다. 칼을 단단히 쥔 노예들이 한 발 두 발 다가왔다. 숨이 턱 막혔다. 뒷걸음치던 영주들은 결국 방구석에 몰리고 말았다. 꼼짝없이 덫에 걸려든 것이다. 그야말로 운명의 날이었다.

문득 반란군들이 두 갈래로 나뉘더니 금발머리 소녀가 홀로 들어섰다. 예전에 알던 알비온의 특사가 아니었다. 지난날과는 전혀 다른, 그러니까 선택받은 자에게나 어울릴 만한 모습이었다. 소녀를 보며 울프가 느낀 감정은 바로 두려움이었다.

영주는 겁쟁이도, 멍청이도 아니었다. 바보들이나 칼 한 자루 없이

싸움에 나서는 법이다. 울프는 긴 손가락으로 허리춤에 차고 있던 단검을 잡았다.

"그래, 너처럼 어린 계집애가 세상을 뒤엎으러 왔단 말씀이지?"

줄리아는 고개를 가로저었다. "천만에! 난 가장 합당한 이들에게 세상을 되돌려주러 왔을 뿐이야!"

반란군 하나가 앞으로 나섰다. 손마디가 다 하얘지도록 칼자루를 단단히 부여잡고 있었다. 하지만 소녀는 손을 내밀어 사내의 팔을 잡았다.

"안 돼요, 루카스! 자비가 무언지 보여줍시다."

말이 채 끝나기도 전에 늑대 탈이 단검을 던졌다. 함께 있던 이들이 심상치 않은 기운을 눈치챘을 때는 이미 상황이 벌어진 뒤였다.

칼날은 줄리아의 뺨을 스치고 지나갔다. 얼굴 위로 붉은 피가 쉴 새 없이 쏟아져 내렸다. 소녀는 힘없이 바닥에 주저앉았다.

루카스가 곧바로 달려갔다. 상처는 생각보다 깊지 않았다. 깊은 자국을 남기겠지만 치명적인 것은 아니었다. 줄리아는 눈을 깜박이며 사내를 올려다보았다. 고통스러웠지만 의식은 또렷했다. 루카스는 벌떡 일어나서 울프를 똑바로 노려보았다. 그러곤 손을 뻗어 놈의 가면을 거칠게 벗겨냈다.

밝은 빛 아래 드러난 놈의 얼굴은 인간이 아니었다. 툭 튀어나온 입과 코는 짐승의 주둥이 형상이었다. 으르렁거리는 입술 사이로 뾰족한 이빨들이 드러났다. 노란색 눈동자엔 분노가 이글거렸다.

루카스는 레오파드를 향해 돌아서며 외쳤다. "이래도 포기하지 못하겠느냐!"

"아… 알겠소. 하… 항복하리다." 표범 탈이 더듬거리며 말했다.

　헬렌과 앨리스가 숲에서 나오는 게 보일 때까지도 피터는 여전히 성 바깥에 있었다. 백성들을 지휘해서 치열했던 전투의 뒤처리를 하느라 눈코 뜰 새 없이 분주했다. 한 무리의 어린아이들이 서로 손을 잡고 앞서거니 뒤서거니 뒤를 따랐다. 소년은 환히 웃으며 성문 앞에 도착한 일행과 반가운 인사를 나눴다. 때마침 갓 풀려난 노예들이 우르르 쏟아져 나왔다.

　극적으로 다시 만난 가족들이 얼마나 기뻐했을지는 상상에 맡기겠다. 반가운 얼굴들과 마주하기가 무섭게 끌어안고 울음을 터트렸다. 두 눈에선 눈물이 그치지 않고 흘러내렸다. 마음에 그려보라. 오랫동안 고아처럼 살던 아이들이 아빠 엄마를 되찾았으니 얼마나 감격스럽고 행복했겠는가! 하늘의 별마저도 즐거이 춤출 만한 풍경이었다.

　피터의 마음에 문득 그리움이 밀려왔다. 견딜 수 없을 만큼 엄마가 보고 싶었다. 소년은 혹시 누가 볼세라, 눈가에 고인 눈물을 재빨리 훔쳐냈다.

　한 시간 뒤, 창백한 얼굴을 붕대로 싸맨 줄리아와 피터는 신실한 백성들과 더불어 승리를 축하하고 기쁨을 나누기 위해 그레이트 홀로 들어섰다. 세월이 흐르고 또 흘러도 영원히 오지 않을 것만 같은 순간이었다. 낡은 질서는 허물어지고 새로운 세상이 시작됐다. 소년은 손을 들어 백성들을 조용히 시킨 뒤에 동생의 연설을 기다렸다.

"왕의 왕께서는 여러분을 어둠에서 끌어내 빛으로 인도하도록 저희들을 부르셨습니다." 소녀가 입을 열었다. "이전 것들은 지나갔습니다. 에이딘의 영주들은 철저하게 패했습니다. 여러분을 지배하던 힘도 모두 잃고 말았습니다. 자, 가면들을 이리 가져오세요."

방 안에 모인 이들은 발돋움을 하고 서서 무슨 일이 생길지 호기심 가득한 눈으로 상황을 지켜보았다. 마침내 반란군 병사 셋이 기괴하게 생긴 가면 셋을 들고 들어와 왕좌 앞쪽 테이블 위에 나란히 올려놓았다. 소녀는 에이딘 영주들의 혐오스러운 가면들을 하나씩 들었다. 군중들은 숨소리 하나 내지 않고 주목했다.

"이건 허약하고 사악한 자들의 얼굴을 가렸던 가면들입니다. 놈들은 여러분에게 겁을 주어서 꼼짝 못하고 따르게 만들려 했던 겁니다. 그동안 이 어설픈 사기극에 놀아났던 셈입니다. 다시는 속지 마십시오. 여러분, 똑똑히 보십시오!"

루카스는 칼을 쥐고 가면이 놓인 테이블로 뚜벅뚜벅 걸어갔다. 그러곤 하나씩 힘차게 내리쳤다. 마스크들이 차례차례 박살이 났다.

"이번에는…."

자칼과 레오파드, 울프가 한심한 몰골로 칼 든 병사들에게 떠밀려 그레이트 홀로 들어섰다. 저들의 일그러진 얼굴을 보고 곳곳에서 탄식이 터졌지만, 못들은 척 앞만 뚫어져라 쳐다보았다. 피터는 영주들을 하나씩 마주보며 목에 걸린 흑단부적을 잡아 뜯어냈다.

"너희의 시대는 끝났다." 소년의 목소리는 영주들의 귀에만 들릴 정도로 낮고도 은근했다. "너희는 곧 쓸쓸하게 죽어갈 것이다. 네놈들의 세력은 완전히 무너졌다." 피터에게서 부적을 넘겨받은 루카스는 가이우스를 돌아보며 명령을 기다렸다. 노인이 가볍게 고갯짓을 했다. 반란군 지휘관의 날카로운 칼끝이 부적을 하나하나 꿰뚫었다.

마지막 부적이 부서지자, 가이우스가 영주들을 꾸짖었다. "네놈들은 머잖아 쓰디쓴 아픔을 맛보게 될 것이다. 그러나 아직은 때가 아니니 이번만은 자비를 베풀어주겠다. 당장 처형해도 시원치 않으나 지금은 멀리 쫓아내는 정도에서 그치기로 한다! 너희는 오래 전에 떠나왔던 케미아로 돌아가 거기서 죽는 날까지 지내게 될 것이다."

영주들은 반란군 병사들에게 등을 떼밀려 방을 나갔다. 백성들은 피터와 줄리아를 이끌어 왕좌에 앉혔다. 기쁨에 겨운 함성이 터져 나왔다. 마치 천사들의 합창이 울려 퍼지는 것 같았다.

20

한낮의 화창한 햇살이 에이딘으로 쏟아졌다. 성채에 내건 깃발이 부드러운 서풍에 나부꼈다. 왕의 왕을 상징하는 문장이 선명했다. 백성들은 성안을 부지런히 오가며 싸움의 흔적을 지워나갔다. 자유를 얻은 기쁨을 마음껏 누리느라 고된 줄도 몰랐다.

압박에서 벗어나 평화로 가는 길을 닦는 일은 루카스가 맡기로 했다.

피터와 줄리아는 백성들 사이를 돌아다니며 누굴 만나든 반갑게 손을 잡고 인사를 나누었다. 한참을 찾아다니다 오누이를 만난 가이우스는 한쪽 구석으로 둘을 불렀다.

"어서 이쪽으로 오너라. 시간이 넉넉하지 않단다."

세 사람은 무너진 성벽을 지나 다시 정원으로 갔다. 은빛 광선이 그 어느 때보다 찬란하게 피어오르고 있었다.

주위를 둘러보는 내내, 줄리아는 놀라서 입을 다물지 못했다. 폐허처럼 을씨년스럽던 담장과 잡초만 무성하던 통로, 무언가에 막혀 물을 뿜어내지 못하던 분수는 더 이상 찾아볼 수 없었다. 고운 돌담을 뒤덮은 장미덩굴과 온갖 꽃나무들이 오후의 대기 속으로 짙은 향기를 토해냈다. 분수에서는 맑고 투명한 물줄기가 솟아났다가 폭포를 이루며 못으로 흘러내렸다. 대낮의 열기를 식혀주는 상쾌한 오아시스처럼 고요하고 평온한 분위기였다. 수많은 정원사들이 몇 주에 걸쳐 열심히 일해서 본래의 아름다운 모습으로 되돌려놓은 것 같았다.

줄리아는 담장이 둘러쳐진 정원을 두루 돌아보면서 꽃들을 어루만지며 감미로운 향기를 흠뻑 들이마셨다. 한쪽에는 짙푸르고 넓적한 잎사귀를 달고 달착지근한 기름을 내는 나무들이 빼곡했다.

그런데 수많은 수목들이 어울려 자라는 가운데 유독 한 그루만은 멀찌감치 떨어져 홀로 서 있었다. 주위에는 야트막한 돌담까지 둘러쳐 있어서 특별히 보호받는다는 느낌을 주었다. 농익은 열대과일이 가지가 늘어지도록 주렁주렁 달려 있었다. 소녀는 발길을 돌려 가이우스와 피터가 기다리고 있는 정원 한복판, 커다란 왕좌가 놓인 곳으로 돌아왔다.

"자, 어여쁜 아가씨! 커다란 수수께끼의 답을 알아냈니?" 수도사가 물었다.

"그런 것 같아요." 줄리아는 우물쭈물 대답했다.

"힘을 가지려는 욕심, 그러니까 사람보다 권력을 더 사랑한 탓에 악이 싹트지 않았나 싶어요."

"그렇게 간단한 문제가 아냐!"

딴죽을 걸고 나서는 피터를 가이우스가 말렸다.

"진리는 대부분 아주 단순하지." 노인이 말했다.

"둘 다 아주 잘했다. 너희는 압제자의 손아귀에서 이 나라를 해방시켰어. 덕분에 한동안은 평화롭게 살 수 있을 게야."

“영원토록이 아니라 한동안뿐이라고요?” 줄리아가 물었다.

“그렇단다. 영주들이 걸고 있던 부적을 만들어내는 사악한 세력이 존재하는 한, 이 평화로움은 그리 오래가진 않을 거야.”

수도사는 고개를 가로저어 보이곤 하늘을 우러러보았다. 오누이가 보지 못하는 정원 너머, 아니 에이딘 너머를 내다보는 듯했다.

“하지만 언젠가 구세주가 오신단다. 마르쿠스 집안에 속하겠지만 사실은 그보다 더 큰 분이시지. 악과 죽음의 어두운 세력을 물리치실 거야. 인간은 맞싸울 따름이지만 구세주는 그 권세의 뿌리를 찾아 잘라버리고 존재 자체를 없애버리셔. 기름부음받은 분이 곧 오신다는 걸 잊지 말아라. 그런 사실을 널리 알리고 그분의 길을 닦는 게 우리가 할 일이지. 아직 그분의 때가 차지 않았거든.”

가이우스가 알쏭달쏭한 이야기를 하는 사이에 해가 뉘엿뉘엿 지고 정원으로 서늘한 바람이 불어오기 시작했다.

노인이 서둘러 말을 맺었다. “자, 이제 시간이 된 것 같구나. 여기서 본 걸 아무한테도 이야기하지 말거라. 하지만 마음에 새기고 늘 기억해야 한다. 알겠지?”

수도사의 목소리가 잦아들었다. 정원은 점점 더 밝아지다가 마침내 온통 은빛세상이 되었다. 그리고 잠시 후, 에이딘은 은색 물결과 함께 피터와 줄리아의 눈앞에서 깨끗하게 사라졌다.

“아이고, 이 녀석들아!” 할머니가 정원으로 달려 나오며 소리쳤다. “오밤중에 밖에 나가서 돌아다니면 어떡하니! 감기라도 걸리면 어쩌려

고! 얼른 집으로 들어가지 못해! 이불을 뒤집어쓰고 언 몸부터 녹여야
겠다. 아빠가 내일 와서 무슨 심각한 얘길 하겠다는데, 너희가 몸져누
워 있기라도 하면 이 할미가 얼마나 민망하겠니?”

오누이는 눈짓을 교환하곤 군말 없이 돌아섰다. 지금은 이러쿵저러
쿵 떠들지 않는 게 상책일 것 같았다. 오빠와 동생은 나란히 할머니 품
에 안긴 채 집 안으로 들어갔다.

2부

쫓겨난 자들의 싸움

쫓겨난 자들의 싸움
FLIGHT OF THE OUTCASTS

1

12월의 차가운 공기가 영국 해협의 깎아지른 벼랑을 할퀴며 북쪽으로 빠져나갔다. 바람이 스쳐 지나갈 때마다 유리창과 문짝들은 쉴 새 없이 덜컹거렸다. 강풍은 황무지와 골짜기를 건너 마침내 퀸스 여학교 창문을 사납게 두들겼다.

때마침 비까지 내렸다. 처음에는 후두둑거리며 유리창에 기다란 꼬리를 남기고 흘러내리는 정도였다. 그러나 갈수록 빗방울이 굵어지더니 갑자기 앞이 보이지 않을 정도로 퍼부어대기 시작했다. 버드나무 가지가 나부끼며 채찍처럼 창을 후려쳤다. 턱을 괴고 책상에 앉아 밖을 내다보며 줄리아 그랜트는 중얼거렸다. "이렇게 쓸쓸한 풍경은 세상에 다시없을 거야…."

물어보나마나, 같은 반 친구들도 똑같은 느낌일 게 확실했다. 여자아이들은 너나없이 바깥을 내다보며 저마다 신나는 겨울방학을 꿈꾸고 있었다. 특히 크리스마스 기간 동안 달콤한 케이크를 나눠 먹으며 선물을 주고받을 생각에 벌써부터 마음이 부풀었다. 어떻게든 프랜시스 드레이크 제독이 스페인 무적함대를 물리쳤던 역사지식을 넣어주고 싶었던 윔폴 선생은 책상을 탕탕 두드리며 언성을 높였다. 그러지 않고서는 학생들을 주목시킬 도리가 없었다.

벼락같은 목소리에 줄리아는 고개를 퍼뜩 쳐들었다. 정신을 바짝 차리고 칠판에 적힌 글을 조그맣고 얌전한 글씨체로 노트에 옮겨 적었다. 하지만 얼마 못 가서 도로 초점 없는 눈으로 창밖을 응시했다. 수면에 닿은 버드나무 가지들이 돌풍에 이리저리 흔들리며 어지러운 무늬를 만들어냈다. 반 전체를 통틀어 겨울방학과 크리스마스를 기다리지 않는 건 소녀뿐이었다. 학기가 끝나고 성탄절이 온다는 건 집에 있어야 한다는 뜻이고, 집에 머문다는 얘기는 사나운 버트램과 끔찍한 루이자, 그리고 그 둘을 합친 것보다 더 소름 끼치는 새엄마랑 진종일 함께 지내야 한다는 말이었다.

친엄마는 이태 전에 돌아가셨다. 아빠는 주로 바다에서 근무해야 했으므로 학교가 쉴 때면 오누이는 늘 옥스퍼드의 할아버지 할머니 댁에 가서 시간을 보냈다. 하지만 지난 봄방학, 갑자기 집에 돌아온 그랜트 함장은 아이가 둘 딸린 미망인과 재혼하겠다고 통보했다. 그리고 그 달이 가기 전에 곧바로 식을 올렸다.

새엄마는 차가운 회색 눈과 딱딱하고 어색한 미소를 가진 키가 크고 빠짝 마른 여인이었다. 버트램과 루이자라는 아이들을 데려왔는데, 둘 다 되바라지고 상스러워서 놀이 삼아 고양이를 괴롭히는 것쯤은 일도 아니었다. 피터는 혹시 법을 어기고 도망 다니는 식구들이 아닐까 의심하곤 했다. 하지만 아버지 앞에서 그런 소릴 했다간 뺨을 얻어맞을 게 뻔했다.

"자, 여러분! 오늘 수업은 여기까지예요." 윔폴 선생이 말했다. 줄리아는 고개를 흔들어 상념을 떨쳐버렸다. 그러고 보니, 노트 필기는 영국해군의 무쇠대포를 설명하는 지루한 대목에서 끊어져 있었다. '어쨌든 이겼으면 된 거지, 뭐.' 소녀는 생각했다.

"방학 동안 신나게 지내요! 크리스마스도 잘 보내고." 윔폴 선생은 얼굴 가득 행복한 미소를 머금고 칠판 앞에 서서 인사했다. 선생의 말이 아직 끝나기도 전에 한바탕 소란이 일었다. 의자와 책상을 마룻바닥에 질질 끌고, 종이를 구기고, 책을 덮는 소리가 요란했다. 이윽고 스무 명 남짓 되는 여학생들이 앞다퉈 문밖으로 달려 나갔다. 교실 뒤쪽에 앉았던 줄리아는 꼴찌로 자리에서 일어났다. 막 문을 나서려는 순간, 윔폴 선생이 줄리아를 불러 세웠다.

"얘기 좀 하다 가지 않을래?"

줄리아는 고개를 끄덕였다. 선생은 커다란 책상 모서리에 걸터앉았다. 소녀는 책과 노트를 가슴에 꼭 껴안은 채 다가갔다.

선생의 목소리는 따뜻했다. "좀 걱정스러워서 그래. 지난 학기부터 통 집중을 못하는 것 같더구나. 수업시간에도 딴 생각만 하는 눈치고. 성적도… 그래, 그 얘긴 말자꾸나. 무슨 말을 하려는지 잘 알지?"

줄리아가 끄덕끄덕 알아들었다는 뜻을 전했다.

윔폴 선생은 한두 차례 헛기침을 하곤 말을 이었다. "말 좀 해봐. 별 문제 없는 거지? 요즘 지내는 건 어때? 어머니가 돌아가시고 아버지가 금방 재혼하시는 바람에 마음이 편치만은 않았을 텐데…." 선생의 목소리가 잦아들었다. 대답을 기다리는 것 같았다.

"전 괜찮아요. 다 좋아요." 소녀가 말했다.

"그렇구나. 그런데 말이다…." 하지만 선생의 말은 거기서 끊겼다. "알았다. 크리스마스 잘 보내! 개학하면 보자꾸나. 다시 한 번 잘해보는 거야, 알겠지?"

"네, 선생님. 메리 크리스마스!" 소녀는 인사를 남기고 문을 나섰다. 텅 빈 복도와 길고 긴 계단을 지나 제 방으로 가는 내내, 줄리아의 등 뒤로 한겨울의 매서운 바람이 몰아쳤다. 기숙사는 워낙 낡은 건물이라 난방장치가 엉망이어서 뼛속까지 파고드는 냉기가 겨우내 가시질 않았다. 방문을 밀고 들어간 소녀는 꼭 끌어안고 있던 책을 아무렇게나 던져놓곤 침대머리에 개켜놓았던 담요를 펼쳐서 어깨를 감쌌다.

"왜 이렇게 늦게 와?" 낯익은 목소리가 날아왔다. 줄리아는 단짝 루시를 마주보며 빙그레 미소를 지었다. 친구는 트렁크에 옷이며 책 따위를 닥치는 대로 쑤셔 넣고 있었다.

"짐 꾸리는 게 늦었네?"

"상관없어." 루시가 씩 웃으며 대꾸했다. "여기, 여기 좀 앉아줄래?" 소녀는 선뜻 달려가 트렁크 위에 주저앉았다. 친구는 있는 힘껏 가방을 찍어 누르더니 간신히 자물쇠를 채웠다. 하얀 양말 한 짝이 삐져나와 혓바닥처럼 늘어졌지만, 신경 쓰지 않았다. "말해봐! 선생님이 뭐라셔?"

"그냥, 크리스마스 잘 보내라고." 줄리아는 두 갈래로 땋은 긴 머리를 어깨 뒤로 넘기며 말했다. "그리고 집안사정이 어떤지, 방학이랑 명절을 어떻게 보내려는지 알고 싶으시대."

"어떻게 지낼 건데?" 루시가 다그치듯 물었다. "내가 보기엔 괴물 셋이 집 안에 떡 버티고 있을 것 같은데?"

"그래, 맞아! 그래서 괴로워 죽겠어." 소녀는 땅이 꺼져라 한숨을 쉬었다. "아버지가 오실 거야. 크리스마스 때마다 그러셨던 건 아니지만, 이번엔 꼭 돌아오실 것 같아. 그렇게 되면 사정이 훨씬 나빠지겠지. 새엄마랑 두 아이를 몹시 아끼시니까. 피터랑 버트램은 늘 그렇듯이 말다툼을 벌일 테고, 루이자는 또 고양이를 죽이려들지 몰라." 줄리아는 억지로 웃어 보였지만, 루시는 잔뜩 인상을 찌푸렸다.

"나랑 같이 갈까? 그럼 조금이라도 덜하지 않을까?"

소녀는 어깨를 으쓱했다. "겨우 3주인걸. 지금껏 더 심각한 상황들도 헤쳐 나왔는데, 뭘."

"엄마가 돌아가시고 성질 고약한 새 식구가 들어오는 것보다 더 끔찍한 일이 어디 있냐?" 친구의 입에서 갑자기 튀어나온 '엄마'란 소리에 줄리아는 아픈 데를 찔린 듯 흠칫했다. 루시는 제 머리를 쥐어박으며 부리나케 소녀의 침대 곁으로 다가왔다. "미안해. 나도 모르게 그만…. 그렇잖아도 속상할 텐데."

줄리아는 습관처럼 어깨를 들썩였다. "크리스마스가 되면 어쩔 수 없이 엄마가 그리워. 하지만 그보다 곱절은 힘든 상황도 견뎌냈어."

루시는 눈을 똥그랗게 뜨고 쳐다보았다. "무슨 일인데? 도대체 무슨 어려움을 이겨냈다는 거야? 지난봄에 너한테 무슨 특별한 사건이 일어났다는 건 알고 있어. 물론 짐작뿐이긴 하지만. 방학을 마치고 왔는데 전혀 딴사람이 된 것 같았거든. 뭐랄까… 하루아침에 쑥 커버렸다고나 할까?"

"아, 그때? 할아버지 할머니 댁에 갔었어. 너도 기억나지? 원래 켄트에서 일주일 동안 같이 지내기로 했는데 갑자기 옥스퍼드로 가게 됐잖아. 어른들과 함께 있었더니 말씨가 조금 어른스러워졌나 보다." 줄리아는 보일락 말락 어색한 미소를 지었다.

루시는 손사래를 쳤다. "아니야! 말투가 달라진 정도가 아니야. 더 단단해진 것처럼 보였어. 자신감도 커졌고, 훨씬 여성스러워지기도 했어.

분명히 무슨 일이 있었던 거야. 그렇지 않고서는 그렇게 변할 수가 없어. 틀림없어."

다른 날이었더라면, 아니 상대만 달랐더라도 줄리아는 시치미를 뚝 뗐을지 모른다. 하지만 그날은 정말 외로웠다. 수백 년에 걸친 비밀을 머금은 바람이 고백을 재촉하는 것 같은 날이었다. 아무라도 붙잡고 털어놓고 싶은 마음이 간절했다. 때마침 둘도 없는 친구가 눈앞에서 말문이 열리길 고대하고 있었다. 소녀는 담요를 끌어당겨 어깨를 가리곤 눈동자를 반짝이며 친구에게 바짝 다가앉았다.

"아무한테도, 정말 아무한테도 말하면 안 돼. 약속할 거지?"

루시는 고개를 끄덕이며 호기심 가득한 눈으로 다음 말을 기다렸다.

"그리고 정신 나간 소리처럼 들리더라도 꼭 내 말을 믿어줘야 해. 한 점 거짓 없는 사실인데도 나마저 가끔은 혹시 꿈이 아니었을까 하는 생각이 들 정도니까."

"약속할게." 친구는 새끼손가락을 들어 보였다.

"좋아!" 줄리아는 숨을 깊이 들이마시곤 마침내 비밀을 털어놓기 시작했다. "지난봄에 할아버지 할머니 댁에서 지내면서, 오빠랑 둘이 다른 세계에 다녀왔어."

어떤 면에서든 친구가 기대했던 얘기는 아니었다. 루시는 한동안 말을 잃었다. 뭐가 됐든 말이 좀 되는 소리가 이어지길 잠자코 기다렸다. 하지만 줄리아의 입에서는 끝내 원하던 이야기가 나오지 않았다. 루시는 연신 헛기침을 해가며 물었다.

"네가… 흠… 흠… 어딜… 갔었다고?"

줄리아가 대꾸했다. "다른 세상에 갔었다니까. 여기랑 별 차이 없는데 딱 하나, 훨씬 더 넓다는 것만 달라. 에이딘이란 나라였는데, 그곳에

님께서 "내가 거룩하니, 너희도 거룩하여라" 하고 말씀하셨습니다. 17 여러분이 하나님께 도움을 구하면, 그분께서 도와주십니다. 하나님은 그토록 자애로우신 아버지이십니다. 그러나 잊지 마십시오. 그분은 책임을 다하는 아버지도 되시기에, 여러분이 단정치 못한 삶을 살도록 내버려 두지 않으십니다.

18-21 여러분의 삶은 하나님을 깊이 의식하면서 나아가야 하는 여정입니다. 하나님께서는 여러분이 전에 몸담고 살았던 막다른 삶, 아무 생각 없이 살아온 그 삶에서 여러분을 건져 내기 위해 큰 값을 치르셨습니다. 여러분도 알다시피, 하나님께서는 그리스도의 거룩한 피를 지불하셨습니다. 그리스도께서 흠 없는 희생양처럼 죽으셨습니다. 이것은 느닷없이 일어난 일이 아니었습니다. 최근에—마지막 때에—이르러 공공연한 지식이 되었지만, 하나님은 그리스도께서 여러분을 위해 이 일을 하실 것을 전부터 미리 알고 계셨습니다. 여러분이 하나님을 믿게 된 것, 하나님 안에 미래가 있음을 알게 된 것은 메시아의 희생으로 말미암은 것입니다. 하나님께서는 메시아를 죽은 자들 가운데서 살리시고 영광스럽게 하셨습니다.

22-25 이제 여러분이 진리를 따름으로 여러분의 삶을 깨끗게 했으니, 서로 사랑하십시오. 여러분의 삶이 거기에 달려 있다는 듯이 사랑하십시오. 여러분의 새 삶은 옛 삶과 다릅니다. 전에 여러분은 썩어 없어질 씨에서 태어났지만, 이제는 살아 계신 하나님의 말씀에서 새로 태어났습니다. 생각해 보십시오. 여러분은 하나님께서 직접 잉태하신 생명입니다! 그래서 예언자가 이렇게 말한 것입니다.

옛 생명은 풀의 목숨과 같고
그 아름다움은 들꽃처럼 오래가지 못한다.
풀은 마르고 꽃은 시들지만,
하나님의 말씀은 영원히 계속된다.

이 말씀이 여러분 안에 새 생명을 잉태했습니다.

2

1-3 그러니 여러분을 깨끗이 정리하십시오! 악의와 위선, 시기와 악담을 말끔히 치워 버리십시오. 하나님을 맛보았으니, 이제 여러분은 젖먹이 아이처럼, 하나님의 순수한 보살핌을 깊이 들이키십시오. 그러면 하나님 안에서 무럭무럭 자라서, 성숙하고 온전하게 될 것입니다.

살아 있는 돌

4-8 살아 있는 돌, 곧 생명의 근원을 맞이하십시오. 일꾼들은 그 돌을 얼핏 보고 내다 버렸지만, 하나님께서는 그 돌을 영광의 자리에 두셨습니다. 여러분은 건축용 벽돌과 같으니, 생명이 약동하는 성소를 짓는 데 쓰일 수 있도록 자신을 하나님께 드리십시오. 거룩한 제사장이 되어, 그리스도께서 인정하시는 삶을 하나님께 드리십시오. 성경에는 이러한 선례가 있습니다.

보라! 내가 돌 하나를 시온에 둔다.
모퉁잇돌 하나를 영광의 자리에 두겠다.
누구든지 이 돌을 신뢰하고 기초로 삼는 사람은
후회할 일이 결코 없을 것이다.

그분을 신뢰하는 여러분에게는 그분이 자랑할 만한 돌이지만, 신뢰하지 않는 자들에게는

일꾼들이 내버린 돌이
머릿돌이 되었습니다.

사는 이들은 무시무시한 세 인간, 아니 실은 사나운 짐승들 밑에서 종살이를 하고 있더라고. 알고 보니, 오빠와 난 그 불쌍한 사람들을 노예 신세에서 건져내라는 부름을 받았던 거였어. 악독한 세 영주들이 졸개를 동원해서 우릴 해치려고 덤벼드는 바람에 거의 죽다시피 했어. 하지만 결국은 반란군을 이끌고 쳐들어가서 백성들을 해방시켰어."

"백성들을 해방시켰다고?" 루시가 끝말을 되풀이했다.

"응. 그리고 거기에 가이우스라는 수도사가 있었는데, 이 모든 일을 비밀에 부치라고 했어. 아무한테도 말하지 말라고." 줄리아가 말했다.

"왜? 어째서 말하면 안 된다는 거지?" 친구는 건조한 목소리로 토를 달았지만 소녀는 신경 쓰지 않고 이야기를 이어갔다.

"백성들은 날 '구원자' 또는 '선택받은 이'라고 불렀어. 언젠가 내가 찾아와서 도와주길 오래도록 기다렸대. 그렇지만 실제로 역사를 움직이는 건 내가 아니라 늘 왕의 왕이었어."

무겁고 깊은 침묵이 찾아왔다. 그러다가 루시가 조심스럽게 입을 열었다.

"줄리아! 방학 동안 무슨 사고 같은 걸 당한 건 아니지?"

"아니고말고. 네 입으로 내가 부쩍 어른스러워졌다고 했잖아."

"그럼, 그 어처구니없는 장난을 집어치울 때가 됐다고 생각하지 않아?"

소녀는 뺨이라도 한 대 얻어맞은 기분이었다. 눈시울이 뜨거워졌다. 눈물이 쏟아지려는 걸 간신히 눌렀다. "지어낸 얘기가 아니야. 이곳과 무척 닮은 세상이 또 있는데, 거길 다녀왔다니까. 두 눈으로 똑똑히 봤어. 하나도 빠짐없이 나한테 실제로 일어난 일이야."

"너, 아빠 때문에 머리가 어떻게 된 모양이다. 세상에 마법 같은 건 없어!" 친구는 좀처럼 믿으려들질 않았다.

"누가 마법이래? 왕의 왕이 하신 일이라니까! 그분한테는 사람들과는 전혀 다른 특별한 힘과 능력이 있단 말이야." 줄리아도 지지 않고 맞섰다.

루시는 언짢아지기 시작했다. 그만 됐다는 듯, 고개를 까딱해 보이곤 자리에서 일어섰다. 두르고 있던 담요를 벗어서 침대 위에 내려놓으며 어색한 대화를 마무리 지었다. "어쨌든 아무한테도 얘기하지 않을게. 약속은 약속이니까. 자, 이제 내려가서 저녁 먹자. 서두르지 않으면 늦겠어."

줄리아는 기운이 쭉 빠졌다. 다른 애들은 몰라도 단짝친구라면 믿어줄 줄 알았다. 어서 방학이 돼서 피터와 함께 지낼 수 있으면 좋겠다 싶었다. 에이딘에 관한 이야기를 마음 편히 나눌 수 있는 상대는 오빠뿐이었다. 소녀는 자리를 털고 일어나 친구를 따라 방을 나섰다. 길고 긴 계단을 내려가 식당으로 들어선 두 아이는 다른 학생들 사이에 끼어 앉았다. 비바람이 사납게 몰아치는 소리만이 풀 죽은 줄리아의 귓속을 맴돌았다.

2

the aedyn chronicles

북쪽으로 몇 킬로미터 떨어진 킹 조지 중학교에도 똑같은 빗줄기가 쏟아지고 있었다. 하지만 피터의 상태는 줄리아보다 더 엉망이었다. 웬 사내아이 밑에 깔린 채, 얼굴이 진창에 처박히는 것도 아랑곳하지 않고 온몸을 버둥거리고 있었다. 상대는 덩치가 훨씬 크고 나이도 많았지만 신경 쓰지 않았다. 어떻게든 올라탄 녀석을 흔들어서 떨어트리려고 발로 허공을 차고 팔을 마구 허우적거렸다. 머리끝까지 치밀어 오른 분노 탓이었을까? 평소에는 볼 수 없었던 힘이 불끈 솟았다. 근육이 팽팽하게 부푼 팔로 자신을 찍어 누르는 적수의 손을 뿌리치곤 잽싸게 몸을 일으켰다. 자세가 바뀌기가 무섭게 피터는 상대의 얼굴에 주먹을 꽂았다. 반항할 틈을 주지 않는 날쌘 공격이었다. 녀석의 코에서 두 줄기 코피가 흘러내렸다.

몸집이 산만 한 사내아이가 바닥을 뒹굴자, 그동안 피터를 놀렸던 아이들까지 한목소리로 환호성을 질렀다. 소년은 왁자지껄 떠드는 아이들 쪽엔 눈길 한번 주지 않았다. 가쁜 숨을 몰아쉬며 주먹을 단단히 그러쥐고 서서 결정적인 순간을 기다렸다. 지금이다 싶을 때, 마지막 한 방을 날릴 작정이었다. 하지만 그보다 먼저 큼지막한 손이 피터의 어깨를 움켜잡았다. 보들리 선생이었다.

"날 따라오게, 그랜트 군. 나머지는 얼른 들어가지 못해!"

둥그렇게 둘러서서 싸움 구경하던 아이들은 화들짝 놀라서 줄행랑을 쳤다. 피터와 주먹다짐을 했던 상급생 메이슨은 무릎을 꿇어앉은 자세로 코를 움켜쥐고 훌쩍거렸다. 선생이 알아주지 않을까 곁눈질하는 꼴을 피터는 묵묵히 지켜보기만 했다. 보들리 선생이 알아채지 못하자, 녀석은 더 큰 소리로 울어댔다.

"메이슨, 너는 양호실로 올라가거라." 소년을 데려가며 선생이 소리쳤다. 선생은 학교로 돌아가는 동안 줄곧 피터의 어깨를 붙든 손을 풀지 않았다. 눈이 덮여 있는 땅에 비까지 쏟아지면서 운동장은 진창으로 변해 있었다. 학교 건물로 돌아왔을 즈음엔 둘 다 온몸이 흠뻑 젖고 말았다. 흙탕물이 바짓가랑이까지 튀어 지저분하기 짝이 없었다. 보들리 선생은 이러한 상황들 탓에 기분을 아주 잡친 것처럼 보였다.

"이번 학기에만 벌써 네 번째란 말이다." 선생의 목소리가 높아졌다. 한 걸음 한 걸음 내딛을 때마다 소년의 어깨가 흔들렸다. "평생 교단에 섰지만… 이런 경우는 본 적이 없어." 구두굽이 돌바닥을 때리면서 또각또각 차갑고 딱딱한 소리를 냈다. 도무지 손을 놔주지 않았으므로 질질 끌려가는 소년은 보조를 맞추기 위해 뛰다시피 걸어야 했다.

두 사람은 어느 방 앞에서 걸음을 멈췄다. 문이 꼭 닫혀 있었다. 보들리 선생은 신경질적으로 노크를 했다. 잠시 후, 안쪽에서 나지막하게 웅얼거리는 소리가 새어 나왔다. "들어오세요."

삐걱. 문이 열렸다. 온몸에 검은 가운을 뒤집어 쓴 뚱뚱한 남자가 앉

아 있었다. 짙고 굵은 구레나룻이 인상적이었다. 배에 손을 올려놓고 의자 깊숙이 허리를 기댄 채 도수 높은 안경 너머로 앞에 선 교사와 학생을 무심히 바라보았다.

"이번에도 그랜트 군이군! 이렇게 다시 만나게 됐구나." 남자는 한숨을 내쉬며 보들리 선생에게 나가보라는 눈짓을 보냈다. 선생은 어깨를 잡은 손에 한껏 힘을 주어 한 번 더 거칠게 흔들어대곤 방에서 빠져나갔다. 거북한 침묵이 내려앉았다. 복도를 돌고 돌아 멀어지는 선생의 발자국 소리만 오랫동안 허공에 메아리쳤다.

"자, 이번엔 무슨 핑계를 대는지 한번 들어볼까?" 마침내 교장이 운을 뗐다.

"메이슨이 먼저 시비를 걸었어요. 다음 주에 열리는 양궁 토너먼트 얘길 하면서 제가 약골이어서 우리 팀이 질 거라고요. 돌아가신 엄마가 활 쏘는 법을 가르쳐주나보다고까지 했다고요."

"아, 그랬군!" 교장은 심드렁하게 대꾸했다. "그게 친구에게 주먹을 날릴 이유가 된다고 생각하나? 그건 스포츠맨답지 않은 짓이야. 그렇지 않은가, 그랜트 군?"

"때린 것도 걔가 먼저였어요." 피터가 황급히 정정했다.

"그렇지 않다는 건 너도 알고 나도 알잖아, 안 그래?" 교장은 완강하게 고개를 저었다. 앞으로 숙였던 몸을 도로 등받이에 기댔다. 무게를 견디기가 힘겨운지, 움직일 때마다 의자에서 길고도 시끄러운 소음이 났다. 교장은 안경을 벗고 엄지와 검지로 양쪽 관자놀이를 문지르며 피곤하다는 듯 한숨을 내쉬었다.

"말썽을 피운 게 이번 학기에만 벌써 세 번째던가? 아니, 네 번째로군. 맞지? 아무래도 아버님께 알려야겠다. 이건 용납할 수 있는 수준이 아니야. 무슨 말인지 알겠나, 그랜트 군?"

소년은 고개를 끄덕였다. "네, 선생님."

"좋아!" 교장은 안경을 다시 코에 걸쳤다. "방학 동안 부친께서 가정 교육을 제대로 시켜주시면 좋으련만…."

피터는 교장실을 빠져나와 문을 닫았다. 그러곤 벽에 기대서서 손으로 얼굴을 훑어가며 말라붙은 진흙덩어리들을 떨어냈다. 메이슨은 약한 아이들을 괴롭히는 비열한 녀석이었다. 아빠가 이 학교의 이사장이라서, 제멋대로 구는데도 다들 어쩌지 못하고 두고 볼 따름이었다. 오히려 '흠잡을 데 없이 착한' 메이슨이 말썽을 피웠을 리가 없다며 싸고돌았다. 학교에신 이번에도 그랜트 함장에게까지 알릴 모양이었다.

소년의 입에서 한숨이 새어나왔다. 집에 가서 받게 될 벌이 두려웠다. 예전 같으면, 그러니까 버트램과 루이자, 그리고 못된 새엄마가 들어오기 전까지는 따끔한 꾸중을 받는 걸로 끝이었다. 하지만 지금은 달랐다. 달라도 이만저만 다른 게 아니었다.

문을 열자마자 시끄러운 소리가 들렸다. 어느 방에선가 비어져 나오는 고함 속에 피터의 이름이 튀어나왔다. 집안 망신이라느니, 스포츠맨십이 없다느니, 성질 좀 죽이라느니, 버르장머리를 고쳐놔야 한다느니 하는 꾸지람이 뒤를 따랐다. 줄리아의 어깨가 축 늘어졌다. 가방이고 뭐고 다 내팽개치고 당장 방에 틀어박히고 싶은 심정이었다. 아니, 아빠라고 믿어지지 않을 만큼 무섭게 몰아치는 목소리가 들리지 않는 곳이라면 어디라도 상관없었다.

하지만 어찌해보기도 전에 누군가 부산하게 2층에서 내려오는 기척이 났다. 고개를 들어 보니, 또래쯤 돼 보이는 아이가 계단을 내려오고 있었다. 얼굴이 일그러져 보이도록 함박웃음을 짓고 있는 데다가 노래까지 흥얼대는 걸 보면, 기분이 썩 좋은 듯했다. 짙은 갈색 머리를 두 갈래로 탄탄히 땋아 넘겼고 얼음처럼 차가운 회색눈동자를 끊임없이 반짝이며 상대를 살폈다. 바로 루이자였다.

콧노래가 뚝 끊어졌다. "이게 누구셔? 아무도 좋아해주지 않는 멍청한 계집애가 크리스마스를 보내러 집으로 돌아오셨네?"

갈래 머리라도 한쪽 홱 낚아채주면 속이 후련할 것 같았지만 소녀는 꾹 참았다. 대신 턱짓으로 아빠의 서재를 가리키며 물었다.

"무슨 일이야?"

"오, 모르고 계셨군! 피터가 학교에서 또 싸움질을 했단 말씀이야. 교장선생님이 편지를 보내서 한 번만 더 이런 일이 생기면 퇴학시키겠다고 하셨다지, 아마?"

또다시 회초리 휘두르는 소리에 이어 이를 악물고 아픔을 참는 신음 소리가 들렸다. 루이자의 얼굴 가득 웃음기가 번져갈수록 소녀의 낯빛은 창백해졌다. "엄마가 그러셨어. 저렇게 막무가내로 노는 망나니는 가망 없는 아이들만 모이는 특수학교에 넣어야 한다고."

"내가 못 살아!" 키가 크고 꼬챙이처럼 마른 여인이 계단참에 나타났다. 난데없이 들려온 소리에 줄리아는 고개를 돌렸다. 검은 머리칼을 바짝 당겨서 뒷머리에 쪽을 찌고 있었다. 화려하고 야한 차림새 탓에 얼굴이 더 차갑고 천박해 보였다. 새엄마가 얇은 입술을 억지로 비틀어 미소를 지어 보이며 말했다. "어서 와라, 줄리아! 적어도 너는 네 오빠보다 처신을 잘하고 돌아다니는 거겠지?"

“예.”

“그럼 됐다. 짐을 방에 갖다놓고 옷부터 갈아입거라.” 먼 길을 달려오
느라 구겨진 소녀의 옷이 몹시 거슬리는지 여인은 오만상을 찌푸리며
말했다. “여자애가 입고 다니는 꼬락서니 하고는…. 저녁밥은 한 시간
뒤에 먹자.” 다시 한 번 억지웃음을 짓는 새엄마를 뒤로 하고 줄리아는
층계를 올라 제 방으로 들어갔다. 서재 쪽에서 숨죽여 흐느끼는 소리가
들려왔다. 차라리 귀를 틀어막는 게 나을 것 같았다.

“아가, 저 애들하고 자주 어울려선 안 돼. 알겠지?” 새엄마는 소곤거
리기는커녕 오히려 언성을 높여 말했다. 소녀는 자기 들으라고 하는 얘
기라는 걸 금방 알아챘다.

“너랑 버티한테까지 나쁜 물이 들까봐 걱정이야. 두대체 어미라는 형
편없는 여자는 자식 교육을 어떻게 시킨 건지, 원.”

그날 저녁, 피터에게는 밥을 주지 않았다. 다들 자러 가기 전까지는
피터를 만날 수조차 없었다. 모두가 잠자리에 들고 나서야, 줄리아는
살금살금 오빠 방으로 숨어들어갔다. 피터는 침대에 앉아서 무릎에 올
려놓은 책을 읽고 있었다. 여동생을 보는 순간, 괴롭고 슬픈 기색이 금
방 누그러졌다. 소녀는 침대발치에 가서 앉으며 말했다.

“일찍 오지 못해서 미안해, 오빠. 아빠가 너무 무서웠어.”

피터는 어깨를 으쓱했다. “좀 변했다는 생각이 들어. 에이딘에 다녀온
뒤로, 그러니까 거기서 온갖 어려움을 헤쳐 나온 다음부터 학교에서 지
내기나 아빠를 대하기가 훨씬 쉬워진 것 같아. 분명히 달라졌어.”

“나도 그런데.” 소녀가 맞장구를 쳤다.

“자칼과 레오파드, 게다가 울프까지 물리쳤는데 교장선생님쯤이야 식은 죽 먹기지.”

“적어도 버트램과 루이자 정도는 가볍게 상대할 수 있을 거야.” 줄리아는 입을 가리고 낄낄거렸다. 그런 동생을 지켜보며 피터도 소리 죽여 웃었다.

“이번 방학 동안은 ‘착하고 멋진’ 버티를 골려먹는 재미로 살아야겠다. 어때? 아참!” 소년은 침대에서 훌쩍 뛰어내리더니 풀지도 않고 방 한구석에 밀쳐 뒀던 책가방을 끌어당겼다. 지퍼를 열고는 누런 종이로 싸서 노끈으로 단단히 묶은 꾸러미 하나를 꺼내 들었다. 소년은 그 상자를 동생에게 건넸다. “자! 크리스마스 선물이야.”

소녀는 선물을 받아들고 조심스럽게 끈을 풀었다. 포장지를 벗겨내자 가죽으로 표지를 덧댄 낡은 책 한 권이 나왔다. 《이상한 나라의 앨리스》였다. 줄리아는 놀라서 휘둥그레진 눈으로 오빠를 쳐다보았다.

“네 말이 맞았어. 꿈과 다른 세계에 관한 이야기가 모두 사실이었어.”

소녀는 두 팔로 오빠를 와락 끌어안았다.

이번엔 피터가 놀랄 차례였다.

3

　예상했던 대로 크리스마스는 우울했다. 오누이가 눈을 떴을 즈음엔 집과 나무와 마당이 온통 백색이었다. 밤새 내린 눈이 솜이불처럼 천지를 새하얗게 덮고 있었다. 피터와 줄리아는 마침내 성탄절 아침이 밝았다는 흥분과 기대감을 품고 자리에서 일어났다. 하지만 그 벅찬 느낌은 오래가지 않았다.

　아래층으로 내려가자 아빠와 새엄마, 버트램과 루이자가 크리스마스 트리를 둘러싸고 앉아서 핫초콜릿을 홀짝이며 환하게 웃고 떠드는 모습이 눈에 들어왔다. 줄리아의 머릿속으로 서글픈 생각이 스쳐갔다. '아, 정말 행복한 가족의 모습이야.' 두 아이는 벌써 선물꾸러미를 끌어안고 얼른 뜯어보고 싶어 안달이었다.

　루이자는 인형의 집을 받았다. 버트램은 새 낚싯대는 물론이고 갖가지 미끼와 바늘이 들어 있는 도구상자까지 챙겼다. "그래, 봄이 오면 같이 고기를 잡으러 가자꾸나!" 아빠가 다정한 목소리로 말했다. 줄리아는 옷 한 벌(루이자가 비아냥거리듯 웃는 걸로 보아 걔가 입던 드레스일 가능성이 컸다)과 할머니가 보내온 펜던트를 받았다. 청록색 보석을 육각별 모양으로 깎았는데 가느다란 금줄과 한 세트였다. 선물에는 짤막한 카드까지 들어 있었다.

사랑하는 줄리아. 정원 못가에서 주운 목걸이란다. 어디서 난 건지는 알 수 없지만 너한테 썩 어울릴 것 같더구나. 흔한 펜던트는 아닌 듯한데 부디 네 마음에 들었으면 좋겠다. 말할 수 없을 만큼 널 사랑한다. 메리 크리스마스!

소녀는 펜던트를 손에 꼭 쥐었다. 짜릿한 느낌이 온몸을 타고 흘렀다. 딱 집어서 말할 수는 없지만 어디선가 자주 봤던 것처럼 익숙했다. 목걸이를 걸고 펜던트를 잠옷 속으로 밀어 넣었다. 살갗에 닿는 느낌이 차가웠다.

피터는 아버지에게서 벨벳으로 감싼 낡은 상자 하나를 받았다. 경첩이 달린 뚜껑을 열자 예전에는 제법 근사했음 직한 녹슨 나침반이 들어 있었다.

"나와 함께 수많은 폭풍우를 헤쳐 나왔던 물건이란다. 볼 때마다 삶의 항로를 똑바로 잡아야겠다는 각오를 새롭게 하길 바란다." 함장이 말했다.

새엄마가 쫑알쫑알 맞장구를 쳤다. "아버지가 하시는 말씀을 잘 들어라. 지금처럼 삐딱하게 살면 안 돼!"

피터는 아빠와 나침반, 그리고 버트램이 받은 새 낚시도구들을 번갈아 쳐다봤다. "고맙습니다." 짤막한 인사와 함께 소년은 상자를 잠옷 주머니에 집어넣었다. 될 수 있는 대로 빨리 잊어버리는 게 상책이었다.

받은 선물을 열어본 아이들은 제각기 방으로 들어가서 크리스마스 잔

치에 참석할 준비를 했다. 줄리아도 목걸이를 풀어놓고 방금 얻은 새옷으로 갈아입었다. 거울 앞에 서서 이리저리 몸을 돌리며 잘 어울리는지 살폈다. 딱 맞지는 않았다. 가슴은 너무 푼푼했고 어깨는 지나치게 꽉 조였다. 분명히 루이자의 옷이었다. 하지만 아빠는 그 드레스를 입고 내려온 소녀를 보곤 얼굴 가득 미소를 머금고 말했다. "예쁜 내 딸, 참 잘 어울리는구나."

재혼한 뒤로 함장에게서 그런 말을 듣기는 처음이었다. 줄리아는 아빠 품으로 달려들었다. 그랜트 씨는 딸을 꼭 끌어안았다. 담배와 로션 냄새가 뒤섞인 낯익은 향기가 아이의 콧속으로 밀려들었다.

"아빠도…." 소녀는 뜸을 들였다. 모처럼 찾아온 행복한 순간을 망치고 싶지 않았다. "엄마가 그리울 때가 있어요?"

한 번, 두 번, 세 번. 가슴 깊은 곳에서 나오는 한숨이 이어졌다. "물론이지. 날마다 보고 싶단다."

줄리아는 셔츠 단추가 뺨에 눌리는 게 느껴질 만큼 아빠를 더 세게 끌어안았다. "저도 그래요."

"하지만 아가, 지금은 루이자가 들어와서 함께 놀 수 있게 됐잖니? 다시 완전한 가족이 된 거지." 삽시간에 몸이 뻣뻣하게 굳어버린 소녀가 한 걸음 뒤로 물러섰다. "아빠와 너희에게 이만큼 멋진 크리스마스 선물이 또 어디 있겠니, 안 그래?"

줄리아는 간신히 미소를 지어 보였다. "맞아요. 정말 멋진 선물일 거예요."

함장은 딸의 어깨를 토닥였다. "자, 얼른 가서 금방 내려간다고 전해라. 자두푸딩을 만든다고 하던데, 벌써 입에 침이 고이지 않니?"

"맛있을 것 같아요, 아빠."

실제로는 그렇지 않았다. 피터는 우울한 표정으로 시무룩하게 식탁에 앉아서 구운 고기를 깨작거리거나 포크로 애꿎은 콩만 으깨댔다. 오빠가 입을 다물고 있으니 줄리아도 특별히 할 말이 없었다. 버트램(아, 그 지겨운 녀석)만이 학교에서 친구들을 골탕 먹였던 얘기를 장황하게 늘어놓았다.

"그래서 그 자식은 과학시간 내내 수영장에 갇혀서 징징거렸던 거예요. 나중에 로츠워트 선생님께 가서 걔가 거기에 있다고 말씀드렸죠. 문이 열렸을 때 놈이 어떤 꼴을 하고 있었는지 다들 보셨어야 하는데! 새빨개진 눈으로 여전히 엉엉 울고 있더라니까요! 게다가 수업을 빼먹었다고 엉덩이까지 얻어맞았으니!"

"스포츠맨십을 제대로 보여줬구나!" 피터가 비꼬았다. 분위기가 썰렁해졌다. 긴장한 줄리아의 손에 힘이 잔뜩 들어갔다. 얼마나 단단히 그러쥐었던지 나이프를 잡은 손에 핏기가 가셨다.

"잠깐!" 함장이 잔을 기울여 포도주를 홀짝거리다 말고 끼어들었다. "페어플레이 정신이라곤 눈곱만큼도 없는 녀석이 누굴 가르치려드는 건지 모르겠군." 그랜트 씨의 시선이 와인글라스를 떠나 이미 잿빛으로 변한 아들의 얼굴로 옮겨갔다. "피터, 당장 사과하지 못해?"

피터는 의자를 뒤로 밀치고 천천히 자리에서 일어났다. 그러곤 식탁에 놓인 잔을 집어 들더니 곧바로 버트램의 투실투실한 얼굴에 물을 끼얹어버렸다.

몇 시간 뒤, 줄리아는 다시 피터의 방문을 노크했다. 몇 번을 두드려

도 안에선 반응이 없었다.

소녀는 문짝에 바짝 다가서서 속삭였다. "오빠, 나야! 먹을 걸 좀 가져왔어." 문짝 너머에서 끙끙거리는 소리가 새어 나왔다. 들어와도 좋다는 뜻인 것 같았다.

피터는 침대 곁에 서서 자루 같은 가방에 옷가지들을 닥치는 대로 쑤셔 넣는 중이었다. 이미 모자를 쓰고 장화를 신은 상태였다. 단추를 잠그지 않았을 뿐, 외투까지 걸쳤다. 배낭 곁에는 스카프와 장갑(근사한 가죽장갑인데 아마 버티의 물건일 것이다)이 굴러다녔다.

줄리아는 어리둥절한 눈으로 방 안을 두리번거리며 물었다. "어디로 가려고?"

"멀리." 소년이 짤막하게 대답했다. "옥스퍼드로 갈 거야. 할아버지 할머니라면 내 맘을 알아주실 거야."

동생은 부엌에서 가져온 샌드위치 쟁반을 서랍장 위에 올려놓았다. 그러곤 잠깐 무언가를 헤아리는 듯하더니 단호하게 말했다. "나도 갈래!"

"말도 안 돼! 너랑 가면 걸음만 더뎌질 거야." 오빠는 돌아보지도 않고 대꾸하곤 배낭 속에 든 물건들을 한쪽으로 몰아붙이고 나서 어설프게 접은 짙푸른색 스웨터를 집어넣었다.

줄리아가 졸랐다. "귀찮게 하지 않을게. 단 1분도 여기에 더 있고 싶지 않아. 다들 끔찍해. 특히 오빠가 버트램을 망쳐놓으려 한다고 걱정하는 게 역겨워. 제발 나도 데려가줘."

소년은 고개를 가로젓고는 다시 짐을 꾸리기 시작했다. 동생도 순순히 물러서지 않았다. 피터의 외투를 붙잡아 돌려세우곤 두 눈을 똑바로 쳐다보며 말했다. "방에 갔다 올 테니까 10분만 기다려줘. 딱 10분이면 돼. 알겠지?"

소년은 동생을 뜯어말리려 입을 뗐다가 도로 집어삼켰다. 대신 턱짓으로 서랍장 위의 샌드위치를 가리키며 말했다. "저것도 잊지 말고 싸는 게 좋겠어. 가다보면 배가 고파질 거야."

정확히 12분 뒤에 오누이는 뒷문 앞에서 만났다(줄리아는 샌드위치를 포장하느라 2분이 더 걸렸다고 했다). 동생은 목도리를 여러 겹으로 칭칭 두르고 가방에는 스케이트까지 매달고 있었다.

"웬 스케이트?" 오빠가 물었다.

"옥스퍼스 집에는 연못이 있잖아." 동생이 대꾸했다.

"아하!" 피터의 짧은 반응을 끝으로 둘은 집을 나섰다.

가로수가 줄지어 늘어선 도로까지 나가려면 먼저 길게 펼쳐진 잔디밭을 지나야 했다. 누구든 창밖을 내다보기라도 하는 날엔 도망치려는 계획은 금방 들통이 날 수밖에 없었다. 줄리아는 제발 그런 일이 벌어지지 않기를 간절히 바라며 부지런히 걸음을 옮겼다. 그런 면에서 운이 좋은 편은 아니었지만 인간이란 본래 한 치 앞을 모르는 법, 오누이는 아직 아무것도 모르고 있었다. 피터는 크리스마스 선물로 받은 나침반을 꺼내서 방위를 가늠해보고는 지름길로 질러가자고 했다. 그러자면 오솔길을 따라 숲을 지나야 했다.

"어쩌든 상관없지만, 도로를 따라가야 길을 잃지 않을 거야. 에이딘 숲속에서 방향을 잡느라 얼마나 고생했는지 잊었어? 수없이 엉뚱한 데로 갔다가 돌아서곤 했잖아."

"그렇지만 큰길로 가면 금세 남들 눈에 띄게 된단 말이야. 염려 마. 동북쪽에서 북으로 조금 치우친 방향으로 가면 돼. 어서!" 소년은 말을 마치기가 무섭게 숲길로 앞장서 성큼성큼 들어갔다. 별수 없이 소녀도 그 뒤를 따랐다.

기왕 떠나려면 몇 시간 더 일찍 출발했어야 했다. 얼마 못 가 땅거미가 내려앉으면서 나뭇가지들이 눈밭 위로 기다란 그림자를 드리우기 시작했다. 오누이는 입을 꾹 다문 채 잰걸음을 내딛었다. 피터는 틈틈이 나침반을 꺼내 방향을 조금씩 바꿔 잡으면서 길을 놓치지 않으려 안간힘을 썼다. 줄리아는 묵묵히 그 꽁무니를 쫓았다. 오빠의 큰 걸음을 따라가자니 가끔은 줄달음질을 쳐야 했다.

숲에 들어온 지 10분 정도 지났을 즈음(느낌으로는 그보다 훨씬 더 긴 시간이 흐른 것 같았다), 둘는 제법 큰 냇가에 이르렀다. 폭풍우가 몰아치고 얼음이 녹아내린 탓에 물이 잔뜩 불어 있었다. 물살이 얼마나 빠르던지 마치 한여름 장마가 진 것 같았다. 소년은 걸음을 멈추고 다신 나침반을 꺼내 들었다. 어찌해야 좋을지 알 수가 없었다. 당장은 시내를 건널 방도가 없었다.

"이런! 이 상태에선 아무리 용을 써도 못 건너겠어." 소녀가 기겁을 했다.

"얼음이 조금만 더 단단했더라면 네 스케이트를 쓸 수 있었을 텐데!" 피터가 내뱉었다.

"상류로 올라간다 해도 강폭이 좁아질 것 같지는 않아."

"그럴 거야. 오히려 일만 더 복잡해지겠지. 가보나 마나야. 시내를 건널 수 있는 자리는 여기뿐이야. 너도 기억나지? 어려서 이 냇가를 수없이 쏘다녔잖아?" 소년은 혹시나 무슨 수가 나지 않을까 싶어서 나침반을 꺼내 들고 이리저리 돌려보았지만 아무 소용이 없었다.

"큰길로 되돌아가면 안 될까?"

"절대 안 돼! 말했잖아. 금방 들킬 거라고."

줄리아는 에이딘의 선택을 받은 이답게 두 손을 허리춤에 올리곤 당당하게 고개를 쳐들었다. 동생이 이번에도 너그럽게 양보하고 있다는 걸 어렴풋이나마 알아차린 피터는 "자, 그럼 한번 해보자!"고 씩씩하게 외쳤다. 아니, 그러려고 했다. 하지만 입을 벌리기도 전에 가느다란 콧소리가 날아왔다.

"말썽만 피우는 얼간이들! 아빠한테 다 이를 거야!"

루이자였다. 저만치 떨어진 나무 뒤에 반쯤 몸을 숨기고서 목청껏 소리를 지르고 있었다. 피터는 심장이 내려앉는 것 같았다. 못된 계집애가 일을 다 망치려 하고 있었다.

"꺼져, 루이자! 너한테 볼일 없으니까, 새끼원숭이처럼 쪼르르 집으로 달려가서 고자질이나 하셔!" 줄리아가 똑바로 노려보며 싸늘하게 쏘아붙였다.

"흥! 정말 그렇게 하면 아빠 엄마가 단박에 너희 둘을 찾아내실걸?" 루이자도 지지 않았다. 오누이는 할 말이 없었다. 얄밉긴 하지만 어김없는 사실이었다. 아무도 지나지 않은 눈밭 위로 발자국 두 쌍이 나란히 나 있었다. 루이자는 보란 듯이 뒷짐을 지고 서서 노랫가락까지 흥얼거렸다. 줄리아는 생각했다. '그래, 쟤는 늘 저렇게 밉상이었어.'

"혹시라도 또 가출할 일이 있으면 꼭 여름에 해야겠어. 겨울에 나서면 네가 말려줘." 소년은 씩씩거리며 중얼거렸다. 그러곤 에이딘의 사악한 영주들 앞에서 활을 잡고 화살을 날리던 기억을 떠올리며 무릎을 꿇고 앉아 주먹 크기로 눈을 뭉쳐서 이복동생을 향해 힘껏 던졌다.

상대는 잽싸게 몸을 웅크리며 두 손을 들어 막으려 했지만 한발 늦고 말았다. 퍽! 눈덩이가 콧등을 정통으로 후려쳤다. 피터는 깔깔 웃으며 얄미운 계집애가 줄행랑을 칠 때까지 눈포탄을 퍼부었다. 루이자는 겁을 집어먹고 냅다 달렸다. 거기까진 문제가 아니었다. 하지만 왔던 길이 아니라 냇물 쪽으로 방향을 잡으면서 사단이 났다.

얼음이 녹기 시작했다지만 아직은 매서우리만치 차가웠다. 얼마 안 가서 계집애의 비명이 터졌다. 동시에 줄리아의 입에서도 다급한 외침이 새어 나왔다. 누가 먼저랄 것도 없이 오누이는 정신없이 루이자를 도우러 달려갔다. 문득 정신을 차렸을 때는 이미 둑을 넘어 얼음 위까지 와 있었다. 놀라서 소리를 지르려는 순간, 발밑이 꺼지면서 오누이도 순식간에 어디론가 빨려 들어갔다.

4

"보내줘! 집에 갈 거야!"

의식을 되찾은 피터는 소리가 나는 쪽으로 몸을 돌렸다. 이복동생이 큰 대자로 누워서 숨을 헐떡이고 있었다. 늘 입가를 맴돌던 웃음기는 싹 가시고 걷잡을 수 없는 두려움만 가득했다.

"어… 어떻게… 어디로… 날 데려온 거야? 어떻게 한 거냐고!" 당장이라도 울음을 터트릴 것 같은 목소리로 루이자가 외쳤다.

"난 아무 짓도 안 했어. 우릴 따라온 건 너였잖아. 엉뚱한 방향으로 도망가다 비명을 지르기에 구해주러 온 것뿐이야."

"퍽이나 구하러 왔겠다! 여기가 도대체 어디야? 어디로 끌고 온 거냔 말이야!"

소년은 주위를 둘러보았다. 돌로 지은 커다란 방 안이었다. 키보다 몇 곱은 높아 보이는 천장에는 샹들리에가 달렸고 정교하게 조각한 돌장식품들이 사방 벽을 덮고 있었다. 한쪽 구석에 쓰러져 있던 줄리아도 조금 정신이 드는지 비틀비틀 벽을 짚고 일어섰다. 그러곤 쪽창을 통해 밖을 내다보더니 이내 둘 쪽으로 고개를 돌렸다. 환하게 웃는 얼굴이었다.

"돌아왔어! 드디어 돌아왔다고!"

"돌아오다니, 무슨 소리야?"

"쉿! 조용히 해!" 피터는 루이자의 질문에 대꾸하지 않고 벌떡 일어나 동생이 서 있는 창가로 달려갔다. 좁고 긴 창이었다. 오누이는 까치발을 하고 밖을 내다보았다. 굽이굽이 휘어진 산과 계곡들이 한눈에 들어왔다. 울창한 숲에서 푸르른 벌판까지, 기억에 남아 있는 모습 그대로였다. 소년은 가슴 깊이 에이딘의 공기를 들이마셨다. 정말 오랜만에 고향에 돌아온 것 같은 느낌이 들었다.

"너무나 고요해." 줄리아가 말했다. 피터도 막 그런 분위기를 감지하던 참이었다. 세 영주들의 왕좌가 놓였던 높직한 단이며 화약 쓰는 법을 보여줄 때 마룻바닥에 생긴 시커먼 흔적까지, 틀림없이 에이딘 성의 그레이트 홀이었다. 하지만 늘 나던 소리가 들리지 않았다. 성안 곳곳을 울리던 시끄러운 소음도 사라졌다. 수발을 들러 뛰어다니는 하인도 없고 복도를 울리는 무거운 발자국 소리도 없었다.

"뭔데 그래?" 루이자가 뒤에서 칭얼거렸다.

피터는 짜증을 참으며 야트막한 한숨을 내뱉었다. 줄리아는 몸을 돌려 반갑잖은 동행에게 다가가 말했다. "여긴 에이딘이란 곳이야. 그동안 살던 데랑은 완전히 다른 세계지. 우리는 아무래도 이곳의 부름을 받은 것 같아. 오빠랑 나는 전에도 한 번 와본 적이 있어. 그러니까 무조건 우릴 믿어야 해, 알았지?"

"하지만 집에는 어떻게 가?" 루이자는 금방 통곡이라도 할 것처럼 울먹였다. 줄리아는 두 눈을 똑바로 뜨고 참을성 있게 또박또박 말했다. "그건 나도 아직 몰라. 우선 여기에 오게 된 까닭부터 알아봐야겠지."

그러고는 오빠를 돌아보며 물었다. "그렇지?"

"맞아. 이곳에 살던 이들이 다 어디로 가버렸는지 알아보는 데서 출발하는 게 좋겠어." 소년은 맞은편 끝에 있는 참나무 문으로 가서 젖 먹던 힘까지 다해 문을 밀어젖혔다. 끙끙거리며 용을 쓰길 한참이나 한 끝에 마침내 돌쩌귀가 무겁게 돌아가며 틈이 벌어졌다. "자, 가자! 어서 따라와!" 피터는 앞장서 문을 빠져나갔다.

그레이트 홀뿐만 아니라 성 전체가 텅 비어 있었다. 인기척이라고는 조금도 느낄 수가 없었다. 하지만 버려진 것 같지는 않았다. 창틀이나 의자엔 먼지가 보이지 않았고 가구며 비품들도 모두 제자리에 놓여 있었다. 성은 그대로 있고 그 안에 살던 사람들만 깨끗이 사라져버린 듯했다.

줄리아와 루이자, 그리고 피터는 태피스트리로 장식된 긴 복도를 따라갔다. 끄트머리쯤, 또 다른 문이 나타났다. 아까처럼 장식이 많고 육중한 문은 아니어서 가볍게 열리고 닫혔다. 셋은 오후의 따듯한 햇살이 깊숙이 드리운 방 안으로 들어갔다. 천장엔 소금에 절인 다리고기들이 주렁주렁 매달려 있고 벽에는 온갖 솥단지며 프라이팬 따위가 줄지어 걸려 있었다. 기다란 탁자는 배가 쑥 불거져 나온 자루들과 첩첩이 쌓아놓은 묵직한 사발과 접시의 무게로 다리가 휠 지경이었다.

방금까지 불을 땠던 듯, 화덕은 아직도 따듯했다. 재가 돼버린 나무토막 위로 수프가 그득한 검정 솥단지가 걸려 있었다.

"음식을 좀 챙기는 게 어때? 앞으로 무슨 일이 생길지 모르잖아. 앞으로 한동안은 제대로 된 밥을 못 먹게 될 수도 있어. 지난번에도 그랬잖아, 오빠도 기억나지?"

줄리아의 말에 소년은 웃으며 고개를 끄덕였다. 어떻게 잊을 수 있겠는가? 에이딘에 처음 왔을 때는 밥 한술, 물 한 방울 못 얻어먹고 진종일 헤맸었다. 똑같은 고생을 되풀이한다는 건 생각만 해도 끔찍했다. "그래, 그래! 들고 갈 만한 걸 찾아보자. 줄리아, 너는 물을 담아갈 가죽부대 비슷한 게 없는지 살펴봐. 루이자는 소시지들을 좀 꾸리고." 피터는 머리에 닿을 듯 말 듯 천장에 매달려 있는 훈제음식들을 가리켜 보이며 이복동생에게 책가방을 던져주었다. "저걸 여기다 담아." 자루를 받아든 루이자는 멀뚱멀뚱 바라보며 쫑알거렸다.

"내가 왜?"

"싫으면 여기 혼자 남든가. 어서, 서둘러!" 피터는 단칼에 자르듯 대꾸했다. 그래도 내키지 않는다는 듯 잠시 멍한 표정으로 바라보던 루이자는 마지못해 소시지 줄을 끌어당겨 주섬주섬 가방에 집어넣었다. 곧 울음을 터트릴 줄 알았지만, 뜻밖에도 루이자는 가느다란 목소리로 노래를 흥얼거렸다. 집에서보다 조금 탁하고 굵다는 점만 빼면 무슨 멜로디를 읊조리든 그럭저럭 들어줄 만한 음성이었다.

한편, 가죽부대를 찾아낸 줄리아는 부엌 구석에 있는 펌프로 달려가 물을 긷기 시작했다. 기다란 막대를 위아래로 오르락내리락 움직이면서 손짓으로 오빠를 불렀다. 소년은 얼른 달려가서 쏟아지는 물줄기 아래로 부대를 가져다댔다. 소녀는 피터에게 속삭였다. "쟤한테 너무 딱딱거리지 마."

"딱딱거리긴 누가 딱딱거려?"

"무슨 소린지 잘 알잖아." 줄리아가 다독였다. 무언가에 잔뜩 신경을 쓸 때면 언제나 그랬듯, 소녀의 눈썹 사이에 고랑이 파였다. "얄미운 짓을 골라가며 했던 건 사실이지만, 여기서 지내는 게 쉽지는 않을 거야. 잘해주긴 어려워도 최소한 부러 못되게 굴지는 말아야지."

"심술궂은 짓이라면 쟤가 한참 윗길이지. 우리 둘한테 점잖았던 적이
있기는 하던가?"

"물론 없지. 하지만 그렇다고 해서 함부로 대해도 괜찮은 건 아니잖
아?"

피터는 의붓동생을 슬쩍 곁눈질하며 투덜거렸다. "그래, 그래선 안
되지."

몇 마디 나누는 사이에 벌써 부대 하나가 터지기 직전까지 찼다. 소
년은 얼른 끄집어내서 주둥이를 단단히 묶고는 두 번째 자루를 물줄기
아래로 들이댔다. "일이 얄궂게 꼬인 건 사실이야. 간신히 돌아왔는데
저런 혹덩어리가 달라붙다니!"

"그러게." 줄리아는 어깨를 으쓱해보이곤 펌프질을 멈췄다. 꼭지에
서 흘러나오는 물줄기가 금세 가늘어졌지만 자루 하나쯤은 거뜬히 채
우고도 남았다. 피터는 다시 자루의 목을 잡아매며 루이자에게 물었다.

"소시지는 잘 담았어?"

루이자는 가방을 어깨에 둘러메며 대꾸했다. "응. 다 했어. 그러니까
말해줘. 이제 어디로 가는 거지?"

"지금부터 생각해보려고." 소년은 서두르는 기색도 없이 벽장문을
열어젖히고 안을 살폈다. "여기 빵이랑 치즈가 있네." 그러곤 딱딱한 빵
두 덩어리와 치즈 한 뭉치를 꺼내더니 식탁 건너편에 서 있는 루이자
앞으로 밀어주며 짤막하게 말했다. "이것도 챙겨!"

아이들은 들어온 길을 되밟아 부엌을 나섰다. 일단 성채를 벗어난 뒤
에는 마을을 가로지르는 꼬불꼬불한 골목을 지나 푸르른 초원으로 들
어섰다. 산짐승들이나 간신히 지나다니던 오솔길이 그새 널찍한 도로
로 변해 있었다. 피터는 주머니에서 나침반을 꺼내 들곤 엄지손가락으

로 뚜껑을 퉁겨 열었다. 바늘 끝이 남쪽을 가리켰다. 바다로 이어지는 길이 틀림없었다.

오빠와 앞서거니 뒤서거니 걷는 줄리아는 한껏 신이 났다. 다시 이곳으로 부름을 받았다는 사실이 신기하기만 했다. 어쩐지 엄청난 모험이 기다리고 있을 것만 같은 기분이 들어서 온몸에 짜르르 전기가 흘렀다. 위험한 일들이 벌어진다 해도 상관없었다. 수업이니 성적이니 하는 데 신경 쓰지 않아도 괜찮다는 사실만 가지고도 감지덕지였다. 게다가 꼴 보기 싫은 버트램이나 진저리나는 새엄마와 마주치지 않게 됐으니 더 바랄 게 없었다.

순간, 뒤에서 우저우적 무언가를 씹어 먹는 소리가 들렸다. 그제야 함께 앞길을 헤쳐가야 할 식구가 또 있다는 데 생각이 미쳤다. 소녀는 걸음을 멈추고 돌아섰다. 루이자는 벌써 빵 한 덩어리를 해치우고 있는 중이었다. 주먹만큼 떼어내 손에 꼭 쥐고는 한 걸음 내딛을 때마다 한 입씩 뜯어먹었다.

"크리스마스 잔칫상을 받은 지 몇 시간이나 지났다고 벌써…. 금방 먹을 게 아쉬워질 텐데…. 갈 길이 좀 멀어야지." 줄리아는 혀를 찼다.

"길이 멀다니, 무슨 소리야?" 루이자는 화들짝 놀라며 물었다. 입에는 아직도 씹다 만 빵이 가득했다. "집에 가는 길을 찾고 있는 거 아냐? 난 그런 줄 알았는데?"

"언젠간 가겠지." 소녀는 가볍게 대답했다. "하지만 어째서 이곳으로 부름을 받게 됐는지부터 알아내야 해."

"이렇게 오래도록 밖을 돌아다니면 회초리를 맞게 될 거야." 또 한 입, 빵을 베어 물며 루이자가 쫑알댔다. "나라면 몰라도 너희 둘은 단단히 혼찌검이 날걸? 나야 뭐 핑계를 대면 그만이니까. 너희가 사탕을 주겠다고 꼬드겨서 숲으로 데려가서는 나를 버려두고 도망갔다고 하면 어떻게 될까? 아빠 엄마는 너희 둘을 지독한 말썽꾸러기들만 다니는 특수학교에 집어넣으실 거야. 방학이 돼도 집에 돌아오지 못하고 거기서 몇 년 푹 썩게 되겠지.”

피터는 알고 있는 험한 말을 총동원해서 쏘아붙이려 했지만(표정만 봐도 그런 속셈이 또렷이 드러났다) 채 입을 떼기도 전에 어디선가 기괴하기 짝이 없는 소리가 날아왔다. 고막이 찢어질 듯 높고 큰 여인의 비명이었다. 수상한 외침은 산모퉁이 바로 너머에서 나는 것 같았다.

눈을 맞출 필요조차 없었다. 피터와 줄리아는 다급한 목소리가 들려온 바닷가 쪽으로 바람처럼 빠르게 달려갔다.

운동이라곤 해본 적이 없는 루이자는 순식간에 뒤처지고 말았다. 오누이는 잠시도 기다려주지 않았으므로 음식물이 가득 든 가방을 둘러멘 채 빵조각을 우물거리며 어기적어기적 따라갈 수밖에 없었다. 간신히 둘을 따라잡았을 때는 얼굴이 벌겋게 달아오르고 숨이 턱까지 차 있었다. 책가방은 어느새 돌아가 옆구리에서 덜렁거렸다. 피터와 줄리아는 잎이 무성한 덤불 뒤에 웅크리고 앉아 이편에선 잘 보이지 않는 무언가를 손가락으로 가리키며 소곤대고 있었다.

"뭔데 그래?" 루이자는 가방을 팽개치고 덤불 너머로 아래쪽을 내려다보았다. 아이들이 서 있는 곳은 언덕꼭대기여서 햇살을 받아 반짝이는 바닷물이 한눈에 들어왔다. 검푸른 물결 위엔 배 한 척이 떠 있었다. 하지만 그 이상은 볼 수가 없었다. 피터가 옷자락을 거칠게 낚아채 수풀 속으로 끌어당기며 낮고 매서운 목소리로 다그쳤다.

“몸을 낮춰! 들키면 큰일이란 말야! 보면 모르겠어?”

“하지만 저 아래 있는 이들을 만나서 집으로 가는 길을 물어볼 수도 있잖…”

“조용히 해!”

그러자 루이자는 말을 끊고 땅바닥에 털썩 주저앉아 울기 시작했다. 소년은 짜증스러운 눈으로 그 꼴을 지켜보았다. 한 대 쥐어박고 싶은 심정을 애써 억누르며 묵묵히 등을 돌리고 서서 바닷가 쪽을 살피는 데 열중했다.

“바로 저기야. 그쪽 말고 저기!” 줄리아가 한 곳을 가리키며 속삭였다. “보여? 비명을 질렀던 여자도 저 속에 있는 게 분명해.” 피터는 대답 대신 고개만 끄덕거렸다. 대형보트 한 척이 막 해변을 떠나고 있었다. 다 해져서 누더기나 다름없는 옷을 걸친 이들이 군복을 입은 경비병들에게 얻어맞아가며 노를 젓고 있었다. “그런데 어디로들 가는 걸까?”

“저기 좀 봐!” 피터가 수평선을 가리켰다. 줄리아의 시선이 재빨리 오빠의 손가락 끝을 좇았다. 깊은 바다 위에 커다란 범선 한 척이 떠 있었다. 높다란 돛대 세 개에 바람을 잔뜩 머금은 커다란 돛들이 촘촘히 달려 있었다. 해안을 떠난 보트는 돛배를 향해 줄기차게 노를 저었다. 가만히 보니 그런 배가 한둘이 아니었다. 모두 열두 척의 거룻배들이 경비병들과 후줄근한 차림을 한 포로들을 한가득 태운 범선을 향해 움직이고 있었다.

“이제 어떡하지?”

“어떡하긴 뭘 어떡해? 엄마랑… 버티가 기다리는 집으로 가야지.” 루이자는 덤불 뒤편 풀밭에 두 발을 뻗고 앉아 울먹였다.

피터는 이복동생을 향해 잔뜩 인상을 쓰며 투덜댔다. “성에다 떼놓고

왔어야 하는 건데….”

줄리아는 들은 척도 않고 말했다. “근데, 사람들을 잡아가는 저 경비병들 말이야. 도대체 어디로 데려가는 걸까?”

소년은 풀죽은 목소리로 대답했다. “모르겠어. 하지만 이곳에 다시 불려온 까닭과 깊은 관계가 있을 것 같아.”

소녀는 돛배에서 눈을 떼지 않은 채 고개를 끄덕였다. “저들이 어디로 가는지 어떻게 알아내지? 쪽배 한 척도 남겨두지 않았으니 따라갈 길이 없잖아.”

피터의 눈길이 바닷가를 훑었다. “저 밑에 갈대숲이 있어. 줄기를 잘라서 입에 물고 숨을 쉬면서 헤엄치면 어떨까? 스노클링이랑 비슷할 것 같은데.”

“그것도 좋은 생각이긴 하지만 금방 기운이 빠져서 배를 따라잡지 못하게 될 거야.” 소녀가 브레이크를 걸었다.

“아, 그 생각을 못했네!” 소년도 순순히 인정했다. 기다란 보트들은 범선 근처에 이르렀다. 오누이는 포로들이 쪽배에서 큰 배로 옮겨 타는 모습을 멀리서 지켜보았다. 십중팔구 지난번에 낯을 익힌 백성들이고 한데 어울렸던 어린아이들일 것이다. 작업은 느릿느릿 더디게 진행됐다. 포로들은 돛배에 오르고 싶어 하지 않는 눈치였다. 하나뿐인 줄사다리마저 엉성하기 짝이 없어서 한 명 한 명 차례차례 기어오를 수밖에 없었다. 마침내 모두가 범선 갑판 위로 사라졌다. 대형보트들도 돛배 꽁무니에 줄지어 묶였다.

소년이 서둘렀다. “바닷가로 내려가야겠어. 놈들이 뭐라도 남겨놨는지 살펴봐야지.” 동생도 군말 없이 따라나섰다. 루이자만 여전히 눈물바람이었다.

"애, 한가하게 훌쩍거릴 때가 아냐." 줄리아는 정색을 하고 나섰다. "친구들이 죽을 고생을 하고 있어. 어떻게든 도와야 해. 너도 이제 그만 징징거리고 힘을 좀 보태!" 아이는 얼굴을 감싸고 있던 손가락 사이로 소녀를 쳐다보며 기어들어가는 목소리로 대답했다.

"…알았어."

식구들과 함께 바닷가에 놀러가서 모래언덕에 올라본 적이 있다면 그 꼭대기에서 밑자락까지 달리고 구르며 내려가는 기분이 얼마나 짜릿한지 알 것이다. 햇볕에 달궈진 모래알갱이는 숯불처럼 뜨거워서 발가락 사이로 스멀스멀 밀려 올라올 때마다 펄쩍펄쩍 뛰지 않고는 배겨낼 도리가 없다. 걸음아 날 살려라 하고 달리느라 넘어지고 자빠지기를 수없이 되풀이하지만 마침내 바닷가에 내려와 맨땅에 뒹구는 순간의 그 황홀감이라니!

하지만 모래언덕을 내려가는 내내, 아이들은 쾌감이라곤 눈곱만큼도 맛볼 수 없었다. 어떻게든 조심스럽게, 그리고 조용히 움직이려 안간힘을 썼다. 특히 피터와 줄리아는 만에 하나, 루이자가 다치거나 갑자기 울음이라도 터트릴까봐 조바심을 쳤다. 소년은 차라리 갓난아기를 들쳐 업고 다니는 편이 낫겠다는 말을 몇 번이나 내뱉었다.

해변엔 특별할 게 전혀 없었다. 포로도, 경비병도, 기다란 보트도, 낯선 침략자들이 어디서 왔으며 사람들을 어디로 데려갔는지 가늠해볼 실마리도 보이지 않았다. 모래밭에 어지러이 나 있는 발자국이 전부였다. 소년은 몇 번이나 거칠게 땅을 걷어차고 모래를 허공에 집어던졌다. 막다른 골목이었다.

"여기 오면 가이우스를 만날 수 있을 줄 알았어." 닻을 올리고 수평선을 향해 뱃머리를 돌리는 범선을 바라보며 소녀가 말했다. "오빠, 정원으로 가보면 어떨까?"

"정원이라고? 무슨?" 루이자가 기대감에 눈을 반짝이며 끼어들었다. 줄리아는 그런 루이자가 조금 안됐다는 생각이 들었다. 무슨 말을 해도 아이에게는 더 나쁜 소식이 될 게 뻔했다. 이곳에 관해 아무것도 모른 채, 어느 날 갑자기 떼밀리듯 낯선 세계의 한복판으로 들어섰으니 얼마나 어지럽고 혼란스럽겠는가!

소녀는 차분히 설명했다. "왕의 정원이야. 왕의 왕이 계시는 신성한 곳이지. 거기에 가면 이 모든 수수께끼를 풀 힌트를 얻을 수 있을지도 몰라."

"왕의 왕이라고?" 루이자는 무슨 소린지 통 모르겠다는 낯빛으로 되물었다.

"맞아. 그러니까 이곳을 다스리시는 분이라고 할 수 있지. 우리는 볼 수 없지만 그분은 모든 걸 일일이 지켜보고 계셔. 우리를 이리로 부른 것도 그분이 아닐까 싶어."

"자, 그럼 정원으로 가자! 무슨 일이든 늘 거기가 출발점이었으니까." 피터가 앞장섰다.

정원은 해안에서 멀지 않았다. 지난번과는 달리 숲을 지나는 길도 번듯하게 뚫려 있었다. 언덕 하나 없는 평지인 데다가 시원한 바람까지 불어와 나뭇잎을 살랑살랑 흔들었다. 그래도 걷는 데 익숙하지 않은 여자아이에겐 고달픈 여행이었을까? 출발한 지 십 분쯤 지나서부터 루이자는 쉴 새 없이 불평을 늘어놓기 시작했다.

햇살은 너무 뜨겁고, 땅바닥은 너무 딱딱하고, 새들은 너무 시끄럽게 울어대고, 가방은 너무 무겁다는 식이었다. 소년은 선뜻 음식가방을 받아들었다. 처음보다 훨씬 가벼워진 상태라 그토록 엄살을 피울 일이 아니었다. 그런데도 너무 오래 걸었다는 생각이 들었는지, 얼마 가지 않아 루이자는 나무에 기대앉아 눈물 콧물을 쏟아냈다.

감정이 실리지 않은 차가운 목소리로 피터가 말했다. "쟤를 여기 두고 가는 게 좋겠어. 이렇게 어슬렁대서는 하늘이 두 쪽 나도 오늘 안에 정원에 도착할 수 없어. 아직은 안전하니까 얼른 갔다 돌아오면 별일 없을 거야."

솔직히 말해 그러고 싶은 마음이 간절했지만, 줄리아는 고개를 가로저었다. "그냥 남겨둘 수는 없어. 가장 안전한 데가 바로 그 정원이란 걸, 오빠도 잘 알잖아. 여기서 멀지도 않고." 그러고는 멍하니 쳐다보는 루이자의 손을 잡아 일으켰다. "얼마 안 남았어. 어서 가자!"

소녀의 말대로 금방 정원이 모습을 드러냈다. 낯익은 은빛 광채가 어서 오라고 반겨주는 듯했다. 하지만 안으로 한 발 더 들어가자 웃자란 풀들이 제멋대로 뒤엉켜 있는 게 눈에 들어왔다. 처음 왔을 때나 다름없는 풍경이었다. 온갖 덩굴과 잡초가 걷잡을 수 없이 번진 탓에 예전에 그토록 예쁘게 피었던 꽃봉오리들은 모조리 말라죽고 말았다. 가시덤불까지 곳곳에 똬리를 틀고 정원의 숨통을 죄고 있었다. 한복판에 자리 잡은 커다란 분수 역시 물이 끊어진 지 오래였고, 이끼와 물풀만이 커다란 돌수반을 뒤덮고 뻗어나가는 중이었다. 수천, 수만 년 동안 버려진 채 잊혀지던 옛 궁전의 폐허를 우연히 찾아낸 것 같은 느낌이 들었다.

"여기가 거기 맞아?" 루이자는 연신 고개를 갸우뚱거렸다. "너희가 침이 마르도록 떠들어대던 대단한 정원이 여기냐고."

줄리아는 대꾸할 엄두조차 내지 못했다. 이렇게 어처구니없는 일이 또 있을까? 피터도 말을 잃고 발로 땅만 후벼 파다가 가까이 있는 덩굴

을 냅다 걷어찼다. "떠날 땐 이런 꼴이 아니었어. 이건 엉망진창 쓰레기
통 같잖아. 아니, 도대체… 어떻게…."

순간, 무슨 일인가 벌어질 것 같은 불길한 느낌이 아이들을 덮쳤다.

머리 위에서 커다란 날개가 공기를 때리는 듯한 수상쩍은 소리가 났
다. 셋은 동시에 고개를 쳐들었다. 검은 점 하나가 보이는가 싶더니 삽
시간에 커다란 새의 형상으로 바뀌었다. "송골매다!" 피터가 낮고 빠르
게 속삭였다. 거대한 새는 날개를 몸에 바짝 붙이곤 아이들을 향해 쏜
살같이 곤두박질쳐서 정원 반대편, 돌로 만든 왕좌 근처에 둔탁한 소리
를 내며 내려앉았다.

새가 달려들 듯 날아오자 겁에 질린 아이들의 얼굴이 백짓장처럼 하
얘졌다. 그렇게 생긴 매는 난생처음이었다. 우선 몸집부터가 어마어마
했다. 동화에 나오는 용이 정말 있다면 그만큼 클 거라고 소녀는 생각
했다. 황금색 눈동자 하나가 꼬맹이들 머리통만 했다. 우람한 부리를
한 번만 움직이면 아이들의 등뼈쯤은 너끈히 으스러트릴 수 있을 것 같
았다.

"물-러-서!" 피터는 송골매의 눈에 시선을 고정시킨 채 한 음절 한
음절 또박또박 말했다. "천천히 숲으로 들어가!" 보통 때 같았으면 한
마디쯤 토를 달거나 울음을 터트렸을 천방지축 루이자까지도 고분고분
시키는 대로 움직였다. 숨을 죽여야 할 상황이라는 걸 누구보다 잘 아
는 눈치였다.

인기척을 느낀 매는 고개를 홱 돌렸다. 단 한 번 날갯짓을 했을 뿐인
데도 공기가 밀려와 얼굴을 때리는 걸 느낄 수 있었다.

"뜰까?" 줄리아가 속삭이듯 물었다. 소년이 막 대답을 하려는 바로
그때, 녀석이 고개를 번쩍 쳐들더니 부리를 딱 벌리고 벼락같이 소리를

내질렀다.

"꽤액!"

피터와 줄리아 둘뿐이었다면 숨이 턱에 차도록 냅다 달아났을 것이
다. 하지만 이번에도 짐스러운 동행이 문제였다. 루이자는 비명 한 번
질러보지 못하고 그대로 정신을 잃고 말았다.

6

송골매가 성큼성큼 다가왔다. 한 걸음 한 걸음 내딛을 때마다 억센 발톱에 바닥이 패어 나갔다. 소녀는 무릎을 꿇고 앉아서 루이자를 힘껏 흔들어 깨우기 시작했다. 얼른 일으켜서 어디로든 달아나야 했다.

"업어야겠어." 소년은 다급하게 외쳤다. 하지만 그러기엔 너무 늦었다. 어두운 그늘이 덮치는 걸 느낀 줄리아가 머리를 쳐들었을 즈음엔 새가 이미 코앞까지 다가와 있었다.

매는 머리를 낮춰서 아이들과 눈높이를 맞췄다. 피터는 우뚝(아빠와 마주할 때보다 더 당당하게 발돋움까지 하고) 서서 송골매의 차가운 금빛 눈동자를 똑바로 바라보았다. 몸이 와들와들 떨리고 낯빛이 차츰 창백해지는 걸 느끼면서도 눈길만큼은 결코 피하지 않았다. 그렇게 맞서서 기다리길 얼마나 했을까? 매가 또 한 번 목을 꺾더니 정수리의 깃털을 소년의 뺨에 대고 가볍게 비벼댔다. 피터는 기겁을 하며 뒤로 물러서다가 한 대 얻어맞기라도 한 것처럼 풀밭에 나동그라졌다. 하지만 매를 올려다보면서 '혹시나?' 하는 생각을 지울 수가 없었다. '어쩌면, 정말 어쩌면 우릴 기다리고 있었는지도 몰라.' 소년은 망설이면서 조심조심 손을 내밀어 매의 눈 바로 뒤편 머리털을 부드럽게 쓰다듬었다. 녀석은 고양이처럼 가르랑거리는 소리를 내더니 부리를 벌리고 몇 차례 짧게 꽥꽥댔다. 피터는 손가락에 조금 더 힘을 줘서 송골매의 검은 털을 가볍게 두드리듯 어루만졌다.

"어쩌려고 그래?" 줄리아는 들릴락 말락 아주 작은 소리로 오빠를 말렸다. 소년은 송골매의 눈동자에서 시선을 거두지 않은 채 고개를 가로젓는 걸로 대답을 대신했다. 그러면서도 새의 머리와 목덜미에서 날갯죽지까지 빗질하듯 쓸고 또 쓸어주었다.

"됐어! 이제 문제없을 거야!"

녀석이 다시 꽥꽥대며 머리를 위아래로 깐닥거리더니 뒤로 몇 발짝 물러서서 등이 피터의 어깨 높이까지 내려오도록 몸을 낮췄다. 소년은 등 쪽 깃털에 손을 넣고 길고 날렵한 꼬리털이 시작되는 자리까지 가볍게 토닥였다. "이만하면 한번 타봐도 괜찮을 것 같은데?"

그러곤 동생이 어찌해볼 틈도 없이 새의 날개 위에 팔을 걸쳐 재빨리 등에 올라탔다. 두 발로는 옆구리를 더듬으며 발을 올려놓을 만한 데를 찾았다. 녀석도 몸을 두어 번 들썩여서 편안하게 자세를 잡았다. 마침내 소년은 송골매 등에 자리를 잡고 앉아서 줄리아를 내려다보며 싱긋 웃었다.

"거봐, 아무렇지도 않잖아! 너도 얼른 타!"

"난… 못하겠어, 오빠! 얠 탄다는 게 말이나 돼?" 소녀는 날카로운 부리에서 눈을 떼지 못했다. 하지만 피터는 손을 내밀어 동생을 단숨에 끌어올렸다. 줄리아는 제대로 자리를 잡기도 전에 오빠의 등부터 찾았다. 있는 힘껏 허리를 껴안고 머리를 파묻었다. 매가 당장이라도 고개를 돌리고 무시무시한 부리를 들이댈 것 같았다.

"별일 없을 거야." 피터가 다시 한 번 자신 있게 말했다. "우리는 부름을 받고 이 정원에 온 거잖아. 그러니 탈이 날 리가 없지. 왕의 왕이 이 녀석을 보내주신 게 분명해. 배를 타고 가는 것보다야 훨씬 낫지. 얘만 타고 있으면 범선이 어디로 가든지 따라갈 수 있을 거야."

줄리아는 대꾸도 제대로 못하고 오빠의 허리를 잡은 손에만 더 세게 힘을 주었다. 사악한 영주들을 물리치는 건 고사하고 새의 등에 올라 바다를 건너는 일부터가 자신이 없었다. 소녀의 머릿속이 복잡하게 돌아갔다. '왕의 왕은 아직 어린아이에 지나지 않는 우리에게 도대체 뭘 기대하시는 걸까?'

송골매가 몸을 일으켰다. 커다란 등이 크게 출렁이는 바람에 오누이는 제각기 잡을 곳을 찾느라 허둥댔다. 줄리아는 밑을 내려다보았다. 땅이 아주, 아주 멀어 보였다. "앗!" 소녀의 입에서 짧고 강렬한 비명이 새어나왔다. 루이자가 쓰러질 때 모습 그대로 덤불에 누운 게 눈에 들어왔다.

"오빠, 루이자가 아직 저기 있어! 쟤도 태워가야지!" 하지만 말이 끝나기도 전에 송골매가 발을 번쩍 들어 날카로운 발톱으로 아이를 가볍게 움켜쥐더니 날개를 퍼덕이며 하늘로 날아올랐다.

새가 허공으로 치솟는 내내 줄리아는 연신 비명을 질러대며 무엇이든 붙잡을 만한 걸 더듬어 찾았다. 한껏 허세를 부리던 소년도 크게 다르지 않았다. 울창한 숲 위로 떠오를 때까지는 납작 엎드려 고개를 들지 못했다. 하지만 높은 데까지 오른 뒤에는 깃털을 그러잡았던 팔을 번쩍 쳐들고 목청껏 만세를 불렀다.

에이딘 섬 전체가 한눈에 들어왔다. 성과 정원을 지나자 나무들이 빽

빽하게 검푸른 숲을 이룬 게 보였다. 해안으로 나가자 커다란 항구와 자잘한 포구들, 그리고 바다로 흘러들어가는 강줄기 따위가 눈앞에 펼쳐졌다.

일행은 모래언덕과 해변을 지나 마침내 바다로 들어섰다. 물 위로 나아가자 공기부터 달라졌다. 더 차갑기도 하려니와 파도가 부서지며 허공에 뿌려대는 물방울 탓에 소금기가 느껴졌다. 정신을 잃었던 루이자가 눈을 번쩍 뜬 것도 십중팔구 그 때문이었을 것이다. 송골매가 날개를 퍼덕여 커다랗게 선회하면서 방향을 바꾸는 순간, 하도 자주 들어서 이제 익숙해진 여자아이의 비명소리가 둘의 귓전을 파고들었다.

알아들을 수 있는 말이 아니었다. 그저 높은 톤으로 길게 이어지는 날카로운 외침일 따름이었다. 송골매는 발톱 끝에서 막무가내로 발버둥치는 아이를 놓치지 않으려고 몇 번이나 몸을 다시 가누었다. 소녀는 최대한 목을 늘이고 아래쪽을 살폈다. 루이자의 갈래머리 끝자락이 간당거리는 게 보였다.

"괜찮아! 겁먹지 마!" 줄리아는 있는 힘껏 고함을 질렀다. "쉿! 버둥거리지 말고 가만히 있어봐. 아무 일 없다니까!" 하지만 루이자가 들었는지 못 들었는지 분간할 길이 없었다. 비명은 그러고도 오래, 아주 오래도록 계속되었다. 그러다가 한참 지나서는 콧물을 훌쩍거리며 가끔씩 흐느끼는 소리가 대신 들려오기 시작했다. 매의 등에 올라타고 가는 오누이에게는 성가신 일이었지만 잔뜩 속이 뒤틀려 있는 피터조차도 거대한 매 발톱에 매달려 여행하는 게 편치는 않겠다는 점에는 동의했다.

일행은 고요한 바다를 건넜다. 소금기 가득한 바람에 머리칼이 사정없이 휘날렸다. 태양은 하늘 높이 떠올라 있었다. 발밑으로는 파도가 꼬리를 물고 굽이치며 하얀 거품을 뿜어냈다. 용감한 갈매기 몇 마리가 거센 물결이 쉴 새 없이 들락거리는 바위틈을 누비며 먹을거리를 찾았다. 가도 가도 막막한 수평선과 출렁이는 파도뿐, 육지는 보이지 않았다. 줄곧 뒤쫓는 범선의 꽁무니만 사라졌다 나타나길 되풀이할 따름이었다. 송골매는 멀찌감치 떨어져 배를 따라갔다. 선원들의 눈에 띄지 않으려는 심산인 듯했다.

"어디로 데려가는 것 같아?" 줄리아가 물었다. 몸을 날려버릴 것처럼 바람이 사방에서 거칠게 휘몰아치는 탓에 토막말에도 목소리를 높여야 했다.

피터도 고함을 질렀다. "모르겠어. 가장 가까운 뭍은 케미아인데 거기 남아 있는 게 있을까 싶어. 적이도 사람은 없을 거야. 화산이 폭발할 때 다 날려갔을 게 분명하거든."

발밑에서 또 한 번 쿨쩍대는 소리가 들리면서 둘의 대화는 끊어졌다.

송골매는 부드럽고도 편안하게 허공을 갈랐다. 왕의 왕이 뒤에서 꾸준히 입김을 불어주시는 느낌이었다. 하지만 오누이가 수평선 위에서 물이 아닌 다른 물체를 찾아낸 건 그로부터도 한참을 더 날아간 뒤였다. 어느덧 붉은 해가 뉘엿뉘엿 가라앉고 있었다. 하늘은 오렌지색과 보라색으로 화려하게 물들어갔다. 거대한 불덩어리가 한 뼘씩 바다 너머로 가라앉으면서 세상은 낮도 아니고 밤도 아닌 오묘한 시간대로 접어들었다. 오빠의 허리를 부여잡고 있던 소녀의 손아귀에서 차츰 힘이 풀려나갔다. 피터는 동생의 몸이 등 위로 척 늘어지는 걸 느꼈다. 곯아떨어진 게 틀림없었다.

소년은 최대한 소리를 죽여가며 몸을 깊이 숙여서 송골매의 목을 꼭 끌어안았다. 온몸에 따뜻하고 푹신한 기운이 번졌다.

　노을이 차츰 사라지고 한밤의 어둠이 깔리기 시작했다. 에이딘에서 자주 보았던 별들이 점점이 하늘에 박혀 반짝였다. 기도를 할 줄도 모르고 해본 적도 없지만, 캄캄해진 하늘과 별들을 올려다보며 이곳으로 불러주신 분께 중얼중얼 이런저런 고백과 간구를 드렸다. 자는 것도 아니고 깬 것도 아닌 상태로 그렇게 오랜 시간을 엎드려 있었다. 매의 몸뚱이가 꿈틀거리며 하늘 높이 날아오르는 걸 온몸으로 느끼며 피터는 장차 벌어질 놀라운 일들을 기다렸다. 수많은 별들이 하늘에서 내려다보며 깜박였다.

7

날갯짓이 달라진 걸 감지하고 눈을 떴을 때는 이미 하늘이 부옇게 밝아오기 시작한 새벽녘이었다. 송골매는 날개를 몸에 바짝 붙이고 서서히 고도를 낮추기 시작했다. 소년은 본능적으로 내려가고 있음을 알아차렸다. 얼른 팔을 뒤로 뻗어 다리를 톡톡 쳐서 동생을 깨웠다. 줄리아는 몸을 일으키고 자세를 잡으며 입이 찢어져라 하품했다. 한 손으론 오빠의 허리춤을 놓고 눈을 비볐다.

"지금 어디… 맙소사! 아직도 새를 타고 있는 거야?" 소녀는 지루한 모양이었다.

"유감스럽게도. 하지만 뭔가 달라질 것 같아. 저길 좀 봐!" 소년은 수평선 위의 한 점을 가리키며 말했다. 새떼가 물결 위에 떠서 헤엄치고 있었다. 갈매기들이었다. "쟤들은 먼 바다까지는 나오지 않아. 그러니까 멀지 않은 데 육지가 있다는 뜻이지." 문득 무슨 생각이 떠올랐는지 피터는 주머니를 뒤적거려 아빠한테 받은 나침반을 꺼내 들었다. 엄지손가락으로 뚜껑을 톡 퉁겨 열더니 눈을 가늘게 뜨고 희끄무레한 새벽

빛에 비춰보았다. "북동북이야! 에이딘에서 북쪽으로 올라가면 어디가 나오지?"

"케미아." 소녀가 오빠의 말을 받았다. "케미아가 확실해!"

둘은 조용히 새 등에 앉아 차츰 밝아지는 아침 하늘을 바라보았다. 피터의 눈꺼풀이 점점 무거워지면서 자꾸만 눈이 감겼다. 멀리 수평선 위로 새로운 풍경이 펼쳐지기 시작하는 순간을 놓친 건 순전히 그 때문이었다. 노을에 붉게 물든 뭉게구름이 마치 둑처럼 막아서고 있었다. 가까이 다가가자 뾰족뾰족한 산꼭대기들이 칼날처럼 구름을 뚫고 나온 게 눈에 들어왔다.

매는 왼편으로 비스듬하게 돌며 다가가더니 이내 예각을 그리며 쏜살같이 내리꽂혔다. 발톱 쪽에서 다시 한 번 숨넘어가는 비명이 터져 나왔다. 하늘을 가르는 내내 소년은 새의 목을, 소녀는 오빠의 허리를 힘껏 끌어안았다. 숲에, 아니 나무들 틈바구니에 곧장 처박힐 것만 같았다. 줄리아는 땅바닥에 메다꽂힐 줄 알고 눈을 질끈 감은 채 오빠의 귀에 대고 목이 터져라 고함을 질러댔다. 나뭇잎과 잔가지들이 요란하게 바스락거리는가 싶더니 쿵 소리와 함께 온몸이 크게 흔들렸다. 송골매가 땅에 내려앉는 순간, 오누이는 등에서 튕겨나가 부드럽고 시원한 모래땅 위에 나뒹굴었다. 루이자도 몇 발 떨어진 갈대밭에 떨어져 있었다. 맨땅을 딛기 직전에 매가 알아서 발톱을 풀어준 듯했다. 루이자는 또다시 정신을 잃은 상태였다. 푹신한 덤불 위에 널브러진 이복동생을 돌아보며 줄리아는 안도의 한숨을 내쉬었다. 적어도 당분간 비명에 시달릴 염려는 없었다.

모래바닥에 엎어졌던 피터는 주섬주섬 몸을 일으키곤 주위를 살폈다. 철저하게 버려진 땅이란 느낌이 또렷했다. 자연스레 만들어진 항구는 완전히 메워져서 조그만 숲을 이루고 있었다. 몸을 숨길 일이 생긴다면 그만한 은신처가 없을 것 같았다. 소년은 머리 위로 팔을 쭉 뻗어 보더니 별 탈이 없단 생각이 들었는지 동생을 부축해 일으켰다.

"쟤도 깨워야 하지 않을까?" 피터는 덤불 위에 누운 루이자 쪽을 턱짓으로 가리키며 말했다.

"또 시끄럽게 굴겠지만, 그래야겠지?" 줄리아는 고개를 끄덕이곤 갈대를 헤치며 물가로 다가섰다. 조심스레 사방을 두리번거렸지만 인기척은 들리지 않았다. 소녀는 두 손을 모아 바가지를 만든 다음 허리를 굽히고 물을 떠 올렸다. 그러곤 갔던 길을 살금살금 되짚어와서 넋놓고 누운 이복동생의 얼굴에 훅 끼얹었다.

"캑캑! 푸푸!" 루이자는 요란스럽게 깨어났다. 피터는 얼른 손바닥으로 아이의 입을 막았다. 정신이 돌아오기가 무섭게 소리를 질러댈 게 뻔했기 때문이다. "조용히 할 거지? 약속하면 손을 뗄게. 여기가 어딘지, 이곳 사람들이 적인지 친구인지 전혀 모르겠어. 그러니까 당분간은 쥐죽은 듯 숨어 지내는 게 상책이야. 절대로, 절대로 비명을 지르지 않는 게 중요하단 말씀이지. 알아듣겠어?"

루이자는 소년에게 짓눌린 채로 고개를 끄덕였다. 손을 치워주며 피터는 한 번 더 다짐을 해두었다. "바스락 소리도 내지 마!" 루이자는 몸을 일으키며 눈가를 훔쳤다. 한바탕 울고불고 난리를 피울 기세였다.

"난 여기가 정말 싫어! 엉엉…. 처음부터 이 시궁창 같은 동네에 오고 싶지 않았다고! 엉엉…. 그냥 너희가 어디로 도망치는지 알아보려고 뒤를 밟았을 뿐이었는데…. 엉엉."

"입은 삐뚤어졌어도 말은 바로 해야지. 이런 사단을 일으킨 건 우리가 아니라 바로 너야!" 줄리아가 똑 부러지게 짚어주었지만 루이자는 아랑곳하지 않고 계속 징징거렸다.

"아냐! 너희가 날 이리 끌어온 거야! 인간이라곤 그림자도 볼 수 없는 이 징그러운 곳으로! 누가 있어야 집으로 돌아가는 길을 물어볼 거 아냐! 게다가 저 진절머리 나는 새는 또 뭐냐고. 날 움켜쥐고 바다를 건너다니, 생각만 해도 끔찍해! 끔찍하다고!" 그러곤 발버둥을 치며 바닥을 뒹굴었다. 오누이는 울지 않았다. 하지만 속으로는 말없이 뜨거운 눈물을 삼켰다.

피터는 땅이 꺼져라 한숨을 토해내며 송골매를 돌아보았다. 녀석은 빈터 한구석에 얌전히 앉아서 루이자를 바라보며 참 이상한 애도 다 보겠다는 듯, 연신 고개를 갸우뚱거리고 있었다. 소년과 눈길이 마주치자 부리를 열어 짧고도 날카롭게 깩깩 울어젖혔다.

"송골매라도 말을 할 줄 알면 얼마나 좋을까?" 소녀는 정말 아쉬운 듯 중얼거렸다. "쟤가 옳고 그름을 가려줄 수 있으면 속이라도 시원할 텐데."

"어림없는 소리! 저까짓 게 무슨 말을 하겠어! 너저분하고 끔찍한 새 따위가! 버티가 봤으면 당장 총으로 쏴 죽였을걸?" 되쏘는 루이자의 목소리가 갈수록 높아졌다. 저편에서 거대한 짐승이 조용히 바라보고 있다는 건 벌써 잊어버린 눈치였다. 그때, 매가 날개를 잇달아 퍼덕거리며 아이들이 있는 쪽으로 고개를 홱 돌렸다. "헉!" 기겁을 한 루이자는 기괴한 신음을 내지르며 구르듯 갈대 덤불로 뛰어들었다. 소년은 다시 한 번 한숨을 내쉬고는 손가락을 빗 삼아 바람에 엉망이 된 머리칼을 가다듬었다. 무얼 어떻게 해야 좋을지 도무지 판단이 서지 않았다.

"근처를 정찰해봐야 할 것 같아. 그래야 백성들을 실은 배가 도착했는지, 어디로 끌고 가는지 정확하게 알 수 있을 거야." 피터가 동생에게 말했다. 소녀도 같은 생각이었지만 여전히 눈물을 쥐어짜고 있는 루이자 때문에 쉬 엄두를 내지 못했다.

오누이는 오래도록 망설였다. 마침내 소년이 결단을 내렸다.

"아무래도 재랑 같이 움직여야겠어. 마냥 여기 숨어서 세월을 보낼 순 없으니까." 피터는 주머니에서 나침반을 꺼내 뚜껑을 열고 잠시 방향을 가늠하더니 오른편을 가리키며 말했다. "이쪽이야!" 말을 마치기가 무섭게 음식가방을 들쳐 메고(속에 뭐가 남아 있기는 한 건지 의심스러웠지만) 길을 나섰다. 줄리아는 오빠의 방향감각을 믿어보기로 했다. 저만치 앞서가던 소년은 갈대를 한쪽으로 젖혀서 동생들이 지나갈 수 있도록 길을 열었다.

"자, 일어나! 이제 가야 해!" 줄리아가 루이자를 재촉했다.

길은 험했다. 에이딘보다 곱절은 거칠었다. 길이라고 부를 만한 게 아예 없었다. 셋은 오직 나침반에만 의지해 걸었다. 커다란 바위를 타넘고 쓰러진 고목 밑을 기어 지나면서 한 걸음 한 걸음 전진했다. 얼마 지나지 않아 셋 다 머리부터 발끝까지 진흙투성이가 됐다. 나뭇가지에 긁히고 사방에 득실대는 벌레에 물려 부어오른 자국은 이루 헤아릴 수조차 없었다. 루이자의 불평은 시시각각 심해졌다. 될 대로 되라는 듯 악을 쓰는 품새가 금방이라도 울음을 쏟아낼 기세였다.

벌레들이 웅웅거리는 소리가 줄기차게 귓전을 맴돌았다. 무던한 줄리아마저도 진저리를 쳤다. 온 세상을 통틀어 케미아의 독충들보다 더 끔찍한 물건은 없을 것 같았다. 얼마나 괴로웠던지 루이자 생각마저 새카맣게 잊어버릴 정도였다. 반면에 피터는 지형을 살피는 데 온 정신을 팔았다. 느릿느릿 움직였지만 동쪽으로 가는 길을 놓치지 않았다.

얼마나 걸었을까? 무언가 썩어가는 냄새가 공기에 실려 날아왔다.

험한 길을 헤치고 들어갈수록 악취는 더 심해졌다. 셋 다 숨을 꾹 참고 있다가 폐가 터지기 직전에야 거친 숨을 몰아쉬기를 되풀이했다.

"지독해! 시체 썩는 냄새가 따로 없군!" 마침내 루이자가 불만을 터트렸다.

"유황냄새야. 탄광에서 새어나오고 있는 거겠지." 피터가 말했다. 소년은 어깨에 짊어졌던 가방을 내려놓고 뒤적이더니 밝은 초록색 털실로 짠 목도리를 꺼내서 이복동생에게 찔러주었다. "자, 받아. 이걸로 얼굴을 잘 싸매. 좀 덥겠지만 숨 쉬기가 한결 나을 거야." 루이자는 군말 없이 받아들어 코와 입을 가린 다음 머리 뒤에서 어설프게 매듭을 지었다. 머리카락까지 한 줌 딸려 들어간 게 옆에서도 뚜렷이 보였다.

냄새는 점점 짙고 독해졌다. 눅눅하고 뜨거운 기운이 담요처럼 아이들을 감쌌다. 하늘이 두 쪽 나는 한이 있더라도 이렇게 비참한 데서는 살지 않겠다는 생각만큼은 셋 다 똑같았다. 저마다 상념에 젖어 있는 사이에도 형편은 시시각각 나빠졌다.

길부터가 엉망이었다. 엄청나게 큰 고목이 자빠져 길을 막고 있었다. 나무와 땅 사이엔 틈이 없었다. 굵기가 2미터 남짓 되는 아름드리라 타 넘기도 만만치 않았다. 기어서 빠져나가기로 작정한 피터가 막 땅에 엎드리려는 순간, 소년의 눈앞에서 놀라운 일이 벌어졌다. 땅이 쩍하고 입을 벌렸던 것이다.

쇠기둥이 찢어지는 듯 엄청난 소리를 내면서 대지가 갈라지자 그 틈 바구니로 뜨거운 열기가 분수처럼 솟구쳤다. 동시에 오랜 세월 동안 땅속 깊은 곳에 단단히 봉해져 있던 썩은 냄새가 쏟아져 나왔다. 한참 뒤에야 떠오른 생각이지만, 줄리아는 그처럼 요란뻑적지근한 굉음 속에서 인간의 음성 비슷한 걸 들은 것 같았다.

늘 그랬듯, 이번에도 소년은 겁에 질린 나머지 얼굴이 백짓장처럼 하얘졌다. 몇 걸음만 더 나갔더라면, 몇 초만 더 일찍 나무둥치 아래로 기어들어갔더라면, 저만치 앞쪽이 아니라 발밑이 갈라졌더라면 어찌 됐을지 생각만 해도 오금이 저렸다. 피터는 눈을 감고 마음을 가라앉혔다. 속에서 욕지기가 올라오는 걸 간신히 달랬다. 그래도 동생들한테만은 두려움에 질린 꼴을 보이고 싶지 않아서 두어 번 헛기침을 하곤 앞을 똑바로 쳐다봤다. 뒤편에서 두 아이가 쏟아내는 거친 숨결이 귓전을 파고들었다. 소년은 크게 심호흡을 하면서 속을 추슬렀다.

"저 길로 돌아가야겠어." 짐짓 나침반을 들여다보는 시늉을 하며 피터가 말했다. 앞서 걷기 시작하자 곧이어 가만가만 걷는 여동생들의 발자국 소리가 따라왔다. 마음 같아선 뛰고 싶었다. 다시 땅이 갈라지기 전에 어디로든 달아나고 싶었다. 하지만 그랬다간 줄리아와 루이자는 뒤처지고 말 게 분명했다. 게다가 화산 쪽으로 다가갈수록 더 안전하다고 어떻게 장담할 수 있단 말인가!

다행히 땅이 흔들리거나 갈라지는 사태는 그걸로 끝이었다. 소년의 얼굴빛도 차츰 정상으로 돌아왔다. 셋은 동쪽을 향해 걷고 또 걸었다. 그렇게 몇 킬로미터씩이나 산을 기어오른 끝에 마침내 산꼭대기에 이르렀다. 정상에 사방이 툭 터진 빈터가 자리 잡고 있었다. 아이들은 그 끄트머리에 서서 눈 아래 펼쳐지는 숲을 굽어보았다. 붉은 하늘 아래로 너른 평원이 끝없이 펼쳐졌다. 벌판 한복판에는 화산이 우뚝 서 있었다.

이만저만 거대한 게 아니었다. 송골매의 등 위에서 처음 봤을 때보다 훨씬 커 보였다. 산 밑자락의 대지는 양쪽으로 쩍 벌어져 있었다. 허다한 사람들이 그 주변을 맴도는 게 멀리서도 선명하게 보였다. 하나같이

등이 휘도록 무거운 짐을 짊어진 채 감독들의 채찍질에 시달리고 있었
다. 속이 다시 메스꺼워졌다. 피터는 가까운 덤불에 머리를 처박고 헛
구역질을 해댔다.

8

줄리아는 눈앞에 펼쳐지는 참혹한 굉경을 뚫어져라 쳐다보았다. 눈물이 앞을 가렸다. 땅이 벌어진 틈새로 연기가 구름처럼 피어올랐다. 거리가 제법 먼데도 기계 돌아가는 소리가 또렷하게 들려왔다. 덤불에서 나온 피터가 손등으로 입가를 훔치며 동생 곁에 섰다. 루이자도 다가와 뒤에 섰지만, 화산 쪽에 정신이 팔린 오누이는 눈길을 주지 않았다.

루이자가 다시 흥얼거리기 시작했다. 언제나 같은 가락이어서 평소 같았으면 아예 신경조차 쓰지 않았겠지만, 엄청난 사태를 지켜보며 앞으로 풀어야 할 숙제들을 골똘히 궁리하는 상황에선 노래가 전혀 다르게 들렸다. 속을 긁는다고 해야 할까? 아무튼 불쾌했다. 뼛속 깊이 파고들며 마음을 불안하게 만드는 구석이 있었다. 후끈거리는 열기에도 불구하고 소년은 부르르 몸을 떨었다.

"그만 좀 해!" 피터가 말했다. 흥얼거리는 소리가 뚝 끊어졌다. 시작만큼이나 끝도 갑작스러웠다. "누가 들으면 어쩌려고 그래? 자, 이제 가자. 잘 따라와."

나침반을 펼 필요가 없었다. 일행은 화산을 향해 출발했다. 솟구쳐 오르는 연기를 어디서나 볼 수 있었으므로 길을 잘못 접어들 염려는 눈곱만큼도 없었다. 그래도 소년은 아빠의 선물을 손에 단단히 쥔 채 앞자리를 양보하지 않았다. 빈터를 벗어난 일행은 가파른 산등성이를 타고 내려갔다. 길은 여전히 험했다. 그동안 골치를 썩였던 돌덩이들과 가시덤불이 변함없이 발목을 잡았다. 하지만 바닥이 제아무리 울퉁불퉁하고, 공기가 뜨겁고, 벌레들이 끊임없이 귀찮게 굴어도 다들 한마디 불평도 없었다. 어떻게든 빨리 화산에 도착하려고 부지런히 발을 놀릴 따름이었다.

유황냄새가 견딜 수 없을 만큼 지독해졌다. 심하게 고역스러워하지 않는 사람은 루이자뿐이었다. 피터가 건네준 스카프로 임시 마스크를 만들어 쓴 덕인 듯했다. 줄리아는 탁하고 습한 공기에 숨이 막혀 죽을 지경이었다. 여기저기 나뒹구는 아름드리 통나무를 타넘고 뾰족뾰족 날 선 바위를 지나가야 하는 터라 숨이 턱까지 차올랐다. 결국 목적지를 몇 걸음 앞에 두고 피터의 품안에 쓰러지고 말았다. 온몸이 갑옷을 입은 것처럼 뻣뻣했다. 소녀는 빨갛게 충혈된 눈을 간신히 치켜뜨고 형편을 살폈다.

저만치 화산이 흐릿하게 보였다. 마치 하품이라도 하는 것처럼 입을 크게 벌리고 매캐한 연기를 거침없이 뿜어내고 있었다. 산마루 남쪽 땅이 넓게 갈라지면서 생긴 구덩이 주위로 수많은 광부들이 분주하게 움직였다. 다들 머리부터 발끝까지 검은 화산재를 뒤집어쓴 모습이었다. 남자들이 땅을 파고 삽으로 흙을 퍼내면 여자들이 바구니에 한가득 담아서 아이들이 기다리는 작업장으로 날랐다. 꼬마들은 맨손으로 흙을 헤집어가며 값나갈 만한 것들을 찾았다. 제법 머리가 굵은 아이들은 커다란 통을 들고 광부들 사이를 돌아다니면서 목말라 허덕이는 이들에게 국자로 물을 떠먹였다. 현장에는 또 다른 존재, 인간이 아닌 기이한 생명체가 있었다.

수십에 이르는 생물들이 광부들 틈을 누볐다. 덩치가 피터보다 두 배는 컸다. 하나같이 뚱뚱하고 체격이 컸으며 팔 하나가 웬만한 나무 한 그루만큼은 돼 보였다. 검게 그을린 피부는 햇볕을 받아 물집이 잡히고 상처투성이어서 성한 데가 없었다. 세상에 겁날 게 없다고 큰소리치던 피터마저도 혐오감에 몸이 오그라들었다. 툭 튀어나온 이마 밑에 틀어박힌 작고 진한 눈에는 영악스러운 기운이 배어 있었다. 인간도 짐승두 아닌, 그야말로 괴물들이었다.

무시무시한 괴수들에 질린 루이자가 숨죽여 울기 시작했다. 머릿속이 복잡한 줄리아는 암말 않고 손자국이 나도록 힘껏 아이의 팔을 움켜쥐었다. 루이자는 금방 알아듣고 잠잠해졌지만 소녀의 오한은 좀처럼 가라앉지 않았다. 놈들은 일꾼들 사이를 느릿느릿 오가다가 어린애들이 보는 앞에서 한 남자를 끌어내더니 있는 힘껏 몽둥이로 후려쳤다. 괴물들이 사라진 뒤에도 바닥에 고꾸라진 포로는 움직일 줄 몰랐다. 작업은 계속 진행되고 수많은 일꾼들이 곁을 지나쳤지만 아무도 도와줄 엄두를 내지 못했다.

줄리아는 눈길을 돌렸다. 이번엔 사내아이 하나가 눈에 들어왔다. 또래쯤 돼 보이는 친구였다. 작업장을 돌아다니던 아이는 옷이라는 말이 어울리지 않을 만큼 너덜너덜한 누더기를 걸친 채 지치고 다친 다리를 질질 끌며 흙바구니를 나르던 여인한테 물을 건넸다. 여인은 고마워하며 국자를 받아들곤 천천히, 깊이 들이마셨다. 여인이 마지막 한 방울까지 핥고 고개를 드는 순간, 줄리아의 입에서 나지막한 비명이 흘러나왔다.

피터는 사납게 째려보며 손가락을 입술에 대 보였다. 줄리아는 어쩔 수 없다는 듯 고개를 절레절레 흔들었다. "앨리스!" 거의 들리지 않을 만큼 작은 목소리로 줄리아가 말했다. "분명히 봤어. 어떻게 저기에, 어쩌다…." 소년은 눈을 가늘게 뜨고 동생이 가리키는 방향을 쳐다보았다.

"잘못 본 거 아냐?" 피터는 이마까지 찌푸리고 뚫어져라 앞을 살폈다. "아, 저 여자 말이지? 앨리스라기엔 너무 나이가 들어 보이는데?" 소년은 포기했다는 듯 머리를 흔들며 말했다. "잘 모르겠어."

"앨리스가 누군데?" 루이자는 얼굴을 감쌌던 스카프를 풀어헤치며 오누이의 어깨너머로 작업장의 여자를 훑어보았다. 속삭임이라고 말하기엔 음성이 지나치게 컸던 탓에 피터의 매서운 눈총을 피할 수가 없었다.

"지난번에 사귄 친구야." 줄리아가 소곤거렸다. "앨리스가 코앞에 있는데 돌아설 순 없어. 가까이 가볼 거야."

"어딜 간다는 거야? 정신 나갔어? 금방 들킬 거라고!" 피터가 펄쩍 뛰었다.

동생도 물러서지 않았다. "지금은 감시가 없어. 보라고. 몇 발짝만 달려가면 친구를 만날 수 있어. 눈 깜짝할 시간도 필요 없을걸?"

말을 마치기가 무섭게 줄리아는 몸을 가리고 있던 나뭇가지들을 집어던지곤 총알같이 튀어나갔다. 오빠가 다급하게 붙잡으려 했지만 소용없었다.

황량하기 이를 데 없는 풍경이었다. 널따란 모래벌판에 바위 몇 개가 화산으로 통하는 길을 막고 있는 게 전부였다. 소녀는 경비병들에게서 눈을 떼지 않은 채 살금살금 커다란 돌덩이 뒤로 숨어들었다.

"앨리스!" 줄리아가 낮고 거친 음성으로 불렀다. "앨리스!"

물을 다 마시고 국자를 되돌려준 여인은 다시 무거운 바구니를 집어들었다. 손잡이를 잡은 손이 무게를 견디지 못하고 심하게 흔들렸다. 막 걸음을 떼어놓으려다가 소리가 날아온 데를 찾으려는 듯 고개를 두리번거렸다. 마침내 목소리의 주인공을 찾아내자 눈이 휘둥그레졌다. 여태껏 줄리아는 그렇게 큰 눈을 한 번도 본 적이 없었다. 앨리스의 얼굴이 단박에 달라졌다. 지난 몇 주간의 괴로움이 녹아내리고 안도감이 떠올랐다. 들었던 짐을 집어던진 여인은 살금살금 소녀에게 다가갔다.

하지만 괴물 하나가 돌아서다 앨리스가 줄 밖으로 나가는 걸(정확하게 말하자면 흙바구니를 내려놓는 장면을) 보고 말았다. 놈은 주먹을 단단히 움켜쥐곤 방향을 바꿔 앨리스 쪽으로 곧장 걸어왔다.

줄리아는 어떻게든 소리를 내지 않고 위험을 알리려 안간힘을 썼지만 소용이 없었다. 어찌해볼 틈도 없이 여인은 괴물의 손아귀에 멱살을 잡히고 말았다. 놈은 통나무만 한 팔로 목을 죄었다. 앨리스는 아픔을 견디지 못하고 비명을 지르며 쓰러졌다. 그제야 괴수는 으르렁거리는 소리와 함께 또 다른 희생자를 찾아 자리를 떠났다. 대신 아까부터 그 꼴을 가만히 지켜보던 군인 하나가 두툼한 주먹에 채찍을 둘둘 말아 쥐고 다가왔다. 줄리아는 들키지 않도록 바위 뒤에 웅크리고 앉았다. 코 앞에 경비병이 있었다. 손을 뻗으면 발이라도 잡을 수 있을 만큼 가까운 거리였다. 자꾸 거칠어지는 숨을 가라앉히자니 몸살이 날 지경이었다. 소녀는 뒤편에 숨은 오빠와 루이자를 애절한 눈빛으로 돌아보았다.

사내는 앨리스를 잠시 노려보더니 옆구리를 있는 힘껏 걷어찼다. "쓰레기 같은 것!" 경비병은 짧은 욕설을 남기고 몸을 돌렸다.

쓰러진 친구는 꼼짝도 하지 않았다. 소리 죽여 이름을 불러보는 것조차 두려워서 가만히 지켜보며 기다렸다. 용기가 없어서 대놓고 달려 나가지는 못하지만, 그렇다고 친구를 버려두고 혼자서만 숲으로 되돌아갈 뜻도 없었다. 그때 등 뒤에서 누군가 재빠르게 다가오는 기척이 났다. 오빠였다.

소년은 동생의 어깨를 두들겨주곤 바위에서 뛰쳐나갔다. 그러곤 기절한 앨리스의 어깨를 붙들고 나무 뒤편으로 끌어당기기 시작했다. 비로소 사태를 파악한 줄리아도 뛰어가서 발목을 잡고 몸을 들어올렸다. 정신을 잃고 감자자루처럼 축 늘어진 여인을 끙끙대며 안전한 나무 그늘로 옮겼다.

20미터쯤 숲으로 들어가서야 친구를 내려놓고 숨을 돌렸다. 그쯤만 해도 일단은 남의 눈을 피할 수 있을 것 같았다. 강한 충격을 받고 쓰러진 앨리스는 숨쉬기조차 힘겨운 듯 낮게 헐떡였다. 넘어질 때 밑에 깔린 왼뺨은 흙과 피가 뒤엉켜 엉망이었다. 줄리아는 아직 깨끗한 치맛단으로 조심스럽게 상처를 닦아냈다. 핏자국은 쉬 지워지지 않았다.

"경비병이 너희를 볼 뻔했어. 저 여자를 걷어찼던 바로 그놈이었어. 너희가 숲으로 들어서는 순간 고개를 돌려서 바라보더라니까!" 루이자가 낮은 목소리로 말했다.

"그랬군! 놈들한테 들켰더라면 실컷 얻어맞는 건 물론이고 더 심한 꼴을 당했겠지. 그러게 왜 겁도 없이 달려가고 그래? 모르겠어? 하마터면 놈들한테 잡혀서 지하감옥에 처박힐 뻔했다고!" 피터는 고개를 끄덕이며 줄리아에게 화살을 돌렸다.

"모르는 얼굴도 아니고 바로 앨리스였잖아! 친구를 어떻게 버려둘 수 있어?" 입씨름은 거기까지였다. 정신을 잃었던 여인이 부스스 깨어났기 때문이다.

앨리스는 끙끙거리면서도 몸을 일으켜 바로 앉았다. 다친 데가 없는지 어깨를 두어 번 돌려보다 오만상을 찌푸렸다. 괴물에게 얻어맞은 자리가 아직도 욱신거리는 게 분명했지만 애써 웃음을 머금고 밝은 표정을 지으며 입을 열었다. "드디어 오셨군요. 많이들 크셨네요." 피터에게는 손을 꼭 잡고 특별히 한마디를 덧붙였다. "어느새 대장부가 되셨어요." 그러곤 입가에 한가득 미소를 머금은 채 초점 없는 눈으로 허공을 바라보았다. "우리가 부르짖는 소리를 듣고 왕의 왕이 응답해주셨어요. 여러분을 다시 이곳에 보내주신 거죠." 줄리아는 친구의 손을 덥석 움켜쥐며 물었다.

"우리가 꼭 필요한 일이 생겼나 봐요."

앨리스는 입술을 달싹이며 웃으려다 얼굴을 찡그렸다. 어떻게든 통증을 잊어보려는 듯, 손을 들어 상처 난 자리를 감싸며 물었다. "그런데 못 보던 분을 데려오셨네요?"

이번만큼은 루이자도 울거나, 기절하거나, 노랫가락을 흥얼거리지 않았다. 모처럼 초롱초롱한 눈으로 낯선 여인의 뺨에서 흘러내리는 핏물을 뚫어져라 쳐다보았다. 피터로서는 루이자가 무언가에 그토록 집중하는 모습을 처음 보는 것 같았다.

"이쪽은 루이자예요. 새엄마가 오시면서 제 동생이 됐죠." 소개를 하다 말고 소년은 물끄러미 이복동생을 바라보았다. 무슨 말을 더 해야 좋을지 모르겠다는 표정이었다. "음… 얘도 부름을 받았어요."

"잘 오셨어요, 루이자 아가씨. 형편이 괜찮을 때 만났더라면 더 좋았을 걸 그랬어요. 멋진 곳들을 두루 안내해드릴 수 있었을 텐데…. 하지만 머잖아 그런 날이 올 거예요." 앨리스가 말했다.

"그나저나 무슨 일이 있었는지 얘기해줄래요?" 줄리아가 조심스럽게

운을 뗐다. "어쩌다 이런 꼴이 됐는지 얘기해봐요. 에이딘은 어떻게 된 거죠?"

앨리스는 지그시 눈을 감고 나무에 몸을 기대며 말했다. "아주 서글 픈 사연이 있었답니다, 아가씨."

"불행한 일이 벌어졌으리라는 것 정도는 짐작하고 있었어요." 줄리 아는 다음 말을 재촉했다. 앨리스는 고개를 끄덕이곤 이야기보따리를 풀어냈다.

"두 분이 떠나자마자 백성들은 '위대한 기억의 날'을 소홀히 하기 시 작했어요. 안전해졌다 싶었던 거예요. 왕의 왕께서 노예 신세에서 건져 주셨고 위험한 요소들이 모두 사라졌으니 어두운 시절을 되새길 이유 가 없다는 생각이었죠. 얼마 지나지 않아서부터는 왕의 왕까지 잊어버 리고 말았어요. 그렇게 되는 데는 긴 세월이나 절차가 필요치 않았어 요. 지난날을 말끔히 잊고 눈앞의 좋은 시절이 영원토록 계속되리라고 굳게 믿었던 거죠."

앨리스는 말을 끊고 뺨을 더듬었다. 피가 엉겨 붙어가고 있었다. "그 래서요?" 피터는 결말이 궁금해서 애가 타는 모양이었다.

"소문이 돌기 시작하더군요. 우리가 아는 그 어떤 세력보다 강력한 또 다른 힘이 존재한다는 얘기였어요. 그러니 왕의 왕쯤은 잊어버려도 괜찮다고 했어요. 케미아의 군인들이 에이딘에 상륙했을 즈음에는 엉 뚱한 신에게 기도하는 지경에 이르렀어요. 구원할 능력이 없는 잡신에 게 매달리고 있었던 거예요.

병사들은 밀물처럼 몰려들었어요. 작년에 처음으로 백성들을 잡아갔 습니다. 우리 쪽 군대는 왕명에 따라 진즉에 해산된 상태였어요. 사악 한 영주들이 쫓겨나고 위협이 될 만한 세력이 모두 사라졌으니 방어태세를 갖출 이유가 없다고 판단했던 거죠. 사실 임금님은 케미아 군대와 맞서 싸울 뜻조차 없었습니다. 새로 섬기게 된 신이 막강한 힘으로 지켜줄 거라고 철석같이 믿었거든요.

그러니 적군이 쳐들어와도 맞설 사람이 없을 수밖에요. 물론 몇몇이 나서기는 했습니다. 저랑 결혼한 루카스도 서둘러 장정들을 끌어모으려 했죠. 하지만 때늦은 몸부림이었어요. 놈들은 한 번에 몇 명씩 야금야금 백성들을 사냥해갔어요. 끌려가는 도중에 반항할 수 없도록 한 거죠. 결국 적잖은 이들이 이곳 광산까지 붙들려오게 됐답니다."

앨리스는 참담한 눈빛으로 일행을 돌아보며 어깨를 으쓱했다.

"도대체 뭘 캐내고 있는 거죠?" 소년이 물었다.

"모르겠어요." 여인은 도리질을 쳤다. "아무도 모를걸요? 놈들이 섬기는 잡신과 관련이 있지 않을까 짐작할 따름이죠. 세상을 쥐고 흔들 힘을 주는 물질인 것 같아요."

"힘이라고요? 무슨 힘을 말하는 거죠?" 피터가 재우쳐 물었다.

여인이 뜸을 들였다. 기운이 달리는지 목소리가 차츰 잦아들고 있었다. 아이들은 귀를 가까이 대고 다음 말을 기다렸다.

앨리스가 말을 이었다. "이곳에 무언가가 있어요. 땅속에 말이에요. 신인지 마귀인지는 알 수 없지만 화산 안에 특별한 게 있다는 사실만큼은 분명해요. 그리고 그게 밖으로 나오고 싶어 한다는 것도요."

셋 다 몸을 부르르 떨었다.

"나오고 싶어 한다?" 한참 뒤에 피터가 되씹었다.

"지진을 만났어요. 여기로 오는 숲길에서요. 누군가 비명을 내지르는 듯한 굉음이 들리더니 땅이 쩍 갈라졌어요." 줄리아가 말했다. 상대가 바보 같은 소리라고 비웃을까 싶어서 망설이다 꺼내놓은 얘기였는데,

뜻밖에도 여인은 고개를 끄덕이며 다 알고 있다는 표정을 지었다.

"우리도 보고 들었어요. 날이 갈수록 더 잦아져요. 발밑이 푹 꺼지는 지진도 흔하고요. 지하에서 무언가 요동치는 게 틀림없어요. 여기에 온 뒤로 화산도 더 자주 연기를 내뿜고 있어요. 땅속 깊이 묻혀 있는 악이 세상으로 쏟아져 나오려는 것 같아요. 케미아의 광산이 그날을 앞당기는 통로 구실을 하는 게 아닌지 의심스러워요." 앨리스가 말했다.

"하지만 구체적으로 무얼 찾고 있는 걸까요?" 소년이 더 깊이 파고들었다.

"길고 긴 세월 동안 묻혀 있던 비밀스러운 것이겠죠. 그 이상은 저희도 몰라요. 땅을 파헤치다 조금이라도 독특하다 싶은 게 나오면 곧바로 경비병들에게 가져가게 되어 있어요."

"그동안 그럴듯한 게 나온 직이 있나요?" 루이자가 끼어들었다.

"돌이요." 여인은 인상을 찌푸리며 대답했다. "끝없이 쏟아져 나오는 돌뿐이었어요. 몇 달을 파고 들어갔는데도 마찬가지였죠. 경비병들도 몹시 초조해하더군요. 장군이 특히 안달하는 것 같았어요."

"장군이란 자는 어떻게 생겼어요?" 소년이 물었다.

줄리아는 수상쩍다는 눈길을 보냈다. "뭘 하려고 그래?"

"아직은 잘 모르겠어. 하지만 적의 생김새를 알고 있으면 좋을 것 같아서."

"장군이 여기까지 내려오는 경우는 많지 않아요. 막사에 주로 머물죠. 저 뒤편 산등성이 위에 천막이 있어요." 여인은 그다지 멀지 않은 지점을 가리켰다. "이름이 세레스라고 했어요. 신물神物, 그러니까 별 모양으로 깎은 초록색 돌을 늘 차고 다니니까 조금만 유심히 보면 금세 알아볼 수 있을 거예요. 그렇지만 조심하세요. 참을성이라고는 눈곱만큼도 없는 지독히 위험한 자거든요. 굴녹들을 움직이는 것도 바로 그놈이에요."

"누… 누구라고요?"

"저 괴물들이요." 앨리스는 어깨의 통증을 덜어내려는 듯, 팔을 몇 차례 구부리며 대꾸했다. "한때는 인간이었는데 사악한 힘이 작용해서 저렇게 변했다고 하더라고요. 왕의 왕이 여러분을 보내주셔서 얼마나 감사한지! 세 분이 힘을 모아 사악한 세력을 물리치고 에이딘으로 돌아갈 길을 찾아주시리라 믿어요. 그럼요, 그렇고말고요."

피터는 허리를 쭉 펴며 보일 듯 말 듯 미소를 지었다. 에이딘으로 돌아왔을 때 불끈 솟았던 힘이 되살아나는 것 같았다. 활을 손에 잡고 시위를 당겨 과녁을 똑바로 겨눌 때마다 용솟음치던 바로 그 기운이었다. 소년은 속으로 각오를 다졌다. '아빠가 뭐라든, 난 이미 사나이야!'

잠시 몽상에 빠졌던 피터는 앨리스의 목소리를 듣고 퍼뜩 정신을 차렸다. "잊지 마세요. 가장 무서운 적은 세레스나 굴녹이 아니라 왕의 왕께 분노를 품고 있는 백성입니다. 그이들을 먼저 바꿔놓아야 케미아에서 본격적으로 선한 뜻을 펴실 수 있을 거예요."

소년은 인정하고 싶지 않았지만(오빠가 상대하기 쉬운 적을 겨냥하고 싶어 한다는 걸 줄리아는 금방 눈치챘다), 말없이 고개를 끄덕였다. 여인은 얼굴 가득 미소를 지었다.

"여러분을 도울 수 있는 일이라면 뭐든지 가리지 않겠어요. 백성들에게도 세 분이 돌아오셨음을 알릴 테고요." 앨리스는 자리에서 일어났다. "제가 없어진 게 들통 나기 전에 돌아가야겠어요."

"가지 마요! 우리랑 있어요. 돌아가면 또 얻어맞고 몸을 상하게 될 거예요." 루이자가 말렸다.

"가야 해요." 여인은 완강했다. "아들이 저기 있거든요. 그 아일 혼자 버려둘 순 없어요."

그러곤 세 아이를 한 명씩 차례차례 끌어안았다. "잘 오셨어요. 구원 자들을 보내주신 왕의 왕께 감사기도를 드려야겠어요."

앨리스는 마지막으로 빙그레 웃어 보인 다음, 나무 사이를 요리조리 빠져나가 광산으로 돌아갔다.

9

아이들은 앨리스가 작업장으로 들어가서 넘치도록 흙이 담긴 바구니를 집어 들고 여자 노예들의 대열에 끼어드는 걸 숨죽이고 지켜보았다. "지칠 대로 치쳤을 텐데…. 연약한 여자한테 이렇게 심한 노동을 시키다니, 그것부터가 잘못이야." 줄리아가 애처로운 목소리로 말했다.

피터가 동생의 어깨의 손을 올려놓으며 맞장구를 쳤다. "그게 바로 우리가 여기에 오게 된 까닭이지. 앨리스와 다른 백성들이 다시는 저런 고통을 겪지 않게 해야 해. 다들 괜찮니? 계속 갈 수 있겠어?"

"어디로 갈 건데? 처음부터 화산에 가자는 거였잖아? 마침내 목적지에 도착했고. 그럼 이제는 뭘 해야 하지?" 루이자가 물었다.

"두말할 것도 없이 장군을 찾아야지." 피터가 씩씩하게 대답했다. "여기선 특별히 할 일이 없어. 적어도 아직까지는. 경비병들이 눈을 부릅뜨고 감시하고 있는 상태에선 백성들과 만나서 대화해볼 길을 찾기가 어렵잖아. 아직 여유가 있으니까 나중을 기약하자고." 소년은 아까 앨리스가 가르쳐준 산등성이를 올려다보았다. "멀지는 않겠어. 그래도 치즈와 소시지로 배부터 채우는 게 좋을 것 같은데, 어때?"

셋은 가방을 열고 내용물을 바닥에 쏟았다. 정 목마를 때 말고는 물을 최대한 아껴야 한다고 소년이 거듭 다짐을 두었음에도 불구하고 가죽부대 하나는 벌써 텅 비어 있었다. 피터는 한바탕 공치사를 늘어놓았다. 성에서 음식물을 챙기게 한 덕분에 굶주림을 면하게 되지 않았느냐는 이야기였다. 오빠의 잘난 척을 눈꼴사나워하는 소녀마저도 이번에는 천만다행으로 여기며 고개를 끄덕일 수밖에 없었다. 일단 배를 채우고 난 아이들은 남은 음식을 가방에 넣었다. 숲길을 가로지르는 여정에 나설 시간이었다.

피터의 말이 낮았다. 경비병들의 막사는 멀지 않았다. 인기척을 내지 않고 조용히 움직여야 했지만 오랜 여행으로 지친 데다 막 식사를 끝마친 터여서 말처럼 쉽지 않았다. 나무들 사이로 화산에서 산등성이에 이르는 좁은 길이 눈에 들어왔다. 셋은 그 도로가 저만치 내다보이는 오솔길을 따라 걸었다. 툭하면 앞길을 가로막는 바윗덩어리들이나 얼굴을 할퀴고 때리는 나뭇가지 따위만 없었더라면 걷기가 한결 수월했을지 모른다. 그렇다고 남의 눈을 피해 다니는 처지에 사람들의 왕래가 얼마나 잦은지 모르는 큰길을 이용할 수도 없는 노릇이었다.

다들 앞만 보고 걷고 있는데, 갑자기 루이자가 흥얼흥얼 노래를 부르기 시작했다. 언제 어디서 들어도 귓속으로 파고들어 좀처럼 사라지지 않고 들러붙어서 노래가 그친 뒤에도 온종일 머릿속을 맴도는 멜로디였다. 피터와 줄리아로서는 가락에 어떤 사연과 의미가 담겨 있는지 정확하게 설명할 수 없었지만, 루이자가 그 노래를 진심으로 소중하게 여긴다는 사실만큼은 분명한 것 같았다.

"그건 무슨 노래야? 어떤 곡이기에 틈만 나면 흥얼거리는 건데? 얘기 좀 해봐." 줄리아가 물었다.

"나도 몰라. 아주 오래전에 어쩌다 알게 된 노래야." 루이자가 깜짝 놀라며 대꾸했다. 줄리아는 입을 다물었다. 루이자의 콧노래가 다시 시작됐다. 아이들은 쉬지 않고 걸음을 옮겼다. 샛길을 얼마쯤 더 가자 앞이 툭 터지며 공터가 나타났다. 너른 마당에는 아무렇게나 만든 움막들이 줄지어 서 있었다. 사이사이에 잘라낸 나뭇가지들이 수북했다. 사실은 작대기 몇 개를 세우고 그 위에 커다란 천을 걸쳐놓은 게 전부여서 천막이란 말조차 사치스러워 보였다. 안에서는 마른기침을 하거나 몸을 뒤치며 끙끙거리는 소리가 쉴 새 없이 새어나왔다.

"몸을 다쳐서 일할 수 없는 노예들이 머무는 곳인가봐." 루이자가 말했다. 오누이도 같은 생각이었다.

천막 한 곳에서 누더기 차림의 사내가 몸을 내밀었다. 뼈만 앙상한 몸에 너덜너덜한 헝겊쪼가리를 걸친 모습이었다. 핏기 없는 얼굴엔 병색이 뚜렷했다. 몸을 가누기가 힘겨운지 걸음을 내딛을 때마다 휘청거렸다. 자세를 바로잡기가 무섭게 허파 깊숙한 곳에서 숨넘어갈 듯 밭은 기침을 쏟아냈다. 남자는 비틀비틀 옆 텐트로 들어갔다.

피터는 병자에게서 시선을 거두고 공터 주변을 휘휘 둘러보았다. "저쪽이야!" 움막들에서 한참 떨어진 산비탈을 가리키며 소년이 말했다. "십중팔구 저기가 경비병들의 숙소일 거야." 멀리서 보기에도 노예들의 움막과는 상대가 되지 않을 만큼 호사스러웠다. 아치형 천장에 튼튼한 문짝까지 갖춰서 그 안에만 있으면 날씨가 제아무리 사나워도 별 탈이 없을 것 같았다. "따라와!" 소년은 허리를 깊이 숙이고 노예들의 천막 사이를 재빨리 달렸다. 소녀가 오빠의 뒤를 좇았다.

"난 싫어!" 루이자가 뻗댔다.

피터가 고개를 홱 돌리고 이복동생을 노려봤다. "뭐라고?"

"안 가겠다고. 병자들이랑 여기에 있을 거야."

"말도 안 돼! 누구한테든 들키고 말 거야. 반드시 우리랑 함께 가야 해." 소년이 펄쩍 뛰었다.

"구원자 선생, 정말 모르겠어? 나도 너처럼 이곳으로 부름을 받았다고." 루이자는 두 손을 허리춤에 딱 올리고선 단호한 목소리로 잘라 말했다. "너희 둘은 가서 경비병들의 움직임을 염탐해. 난 여기서 환자들을 보살필 테니까. 저 사람들에겐 도와줄 사람이 꼭 필요해. 난 멀쩡하니까 보탬이 될 수 있을 거야. 너희 대신, 왕의 왕에 관해서도 환자들에게 설명해줄게. 그러니까 염려 말라고!" 마지막 말을 할 때는 빌까지 굴러가면서 또박또박 말했다.

피터는 망설였다. 루이자가 남아서 환자들을 보살피면 된다는 것만큼은 어김없는 사실이었다. 어쩌면 이곳으로 부름받은 뜻을 이뤄가는 출발점이 될 수도 있었다. 그렇지만 한편으로는 일을 엉망으로 만들지 않을까 염려스러웠다. 무언가 한마디하려 했지만 정리가 되지 않은 탓에 머뭇머뭇 말을 더듬었다.

소녀는 손을 내밀어 오빠의 팔을 가만히 잡았다. "그래, 그렇게 하자. 그래야 할 것 같아. 하지만 조심해야 해. 조금이라도 일이 틀어지면 얼른 나와서 숲에 숨도록 해. 잊지 마. 무슨 일이 있어도 저 괴물들에게 들켜선 안 돼. 알겠지?"

피터는 여전히 내키지 않는 표정이었다. 루이자가 다시 한 번 안심시켰다. "난 괜찮으니까 걱정 마. 정찰이 끝나고 나면 날 찾아와줘. 그럼 됐지?"

소년은 마지못해 고개를 끄덕이면서도 조심하란 당부를 잊지 않았다. "그리고 광산에 관한 정보가 있으면 잘 기억해줘."

"그럴게." 짤막한 대답을 남기고 루이자는 가까운 움막으로 기다시 피 들어갔다. 피터는 한동안 이복동생이 들어간 천막에서 눈을 떼지 못 했다. 줄리아는 오빠의 팔꿈치를 잡아당겼다.

"괜찮을 거야. 이제 기절하는 일은 없을 것 같아. 고작 몇 시간 만에 정말 많이 발전한 셈이지." 경비병들의 막사를 향해 산등성이를 오르며 줄리아가 말했다.

"쟤를 믿어도 좋을지 모르겠어. 워낙 자기밖에 모르는 아이라서 말이 야." 오빠는 여전히 완고했다.

"정말 그렇게 생각해? 지금은 많이 달라진 것처럼 보이는데, 안 그 래? 집에서만큼 엉망은 아니잖아. 아까 앨리스를 살피던 눈빛을 봤더라 면 오빠도 생각이 달라졌을 거야. 뭐랄까…. 안타까워하는 심정이 뚝뚝 묻어났거든. 누가 시키지도 않았는데 스스로 환자들하고 함께 있겠다 는 것도 그렇고. 남을 도와주고 싶어 하는 마음이 생긴 거지. 무언가 달 라지고 있다는 점만큼은 분명해." 소녀는 살짝 미소를 지으며 말을 이 었다. 절반쯤은 스스로에게 하는 얘기인 듯했다. "왕의 왕이 살아 계시 다면, 당연히 이런 수렁 속에서도 일하실 거야."

그때 피터가 입술에 손가락을 대며 조용히 하라는 신호를 보냈다. 어 느새 장군의 막사가 코앞이었다. 우두머리의 천막답게 줄지어 늘어선 텐트들 가운데 단연 돋보였다. 사람이 드나드는 입구 주위로는 정교하 게 수를 놓아 한층 화려한 느낌이 들었다. 스무 명쯤 들어서고도 남을 만큼 널찍한 막사였다. 칸막이를 쳐서 공간을 나누고, 방마다 촘촘히 짠 러그로 장식한 테이블과 의자들을 배치해둔 게 보였다.

오누이는 텐트 뒤편에 있는 숲으로 숨어들었다. 몇 걸음만 나가면 막사였다. 부러 찾지 않는 한 들킬 염려가 없으면서도 천막 안에서 나는 소리를 낱낱이 들을 수 있었다.

"더는 못 기다리겠어!" 목소리의 주인공이 말했다. "일곱 달이야! 벌써 일곱 달이라고! 그동안 포로들은 아무것도 찾아내지 못했어. 기껏해야 돌멩이랑 벌레뿐이었지."

또 다른 인물이 마른기침을 하고 나서 입을 열었다. "장군님, 그러니까… 어마어마하게 넓은 지역을 이 잡듯 뒤졌는데도 나오지 않았다면 처음부터 없었던 게 아닌가 하는…."

주먹으로 테이블을 내려치는 소리와 함께 고함이 끼어들었다. "시키는 대로 할 뿐이야! 결과를 가져오라는 독촉이 불같으니 나도 어쩔 수가 없어! 이걸 좀 보라고!" 막사 안에서 종이를 거칠게 넘기는 소리가 새나왔다. "여기, 맨 위쪽 말이야. 거기 적힌 예언을 읽어보라니까! 제군들은 그걸 보고도 이 일이 왜 그토록 중요한지 모르겠다는 건가?"

"중대한 일이라는 건 저희들도 알고 있습니다, 장군님. 다만 지도가 워낙 조잡해서 발견하는 데 적어도 몇 년은 걸릴…." 음성은 갈수록 작아지고 그 자리를 진한 한숨이 채웠다.

"몇 년이라고?" 첫 번째 인물이 착잡한 목소리로 가로막았다. "주위를 좀 돌아보라고! 지독한 냄새 탓에 코가 썩어 문드러질 지경이잖아! 날이면 날마다 지진이 터져서 땅이 쩍쩍 갈라지는 판이고! 몇 년씩 지체할 시간이 없단 얘기지. 며칠 안에 해결을 봐야 할 수도 있어. 나머지 반쪽을 제때 찾아내지 못하면 너나없이 끝장이라니까!" 긴 침묵이 이어졌다. 간간이 터져 나오는 짙고 깊은 한숨만이 정적을 깼다. "제군들, 그땐 끝이야. 그러니 잔말 말고 열심히 파헤쳐야 한다, 알겠느냐?"

"하지만 포로들도 죽을힘을 다하고 있어서 더는 어찌해볼 도리가 없습니다.” 세 번째 목소리가 머뭇거리며 토를 달았다.

“그렇다면 너희가 직접 삽질을 해야 할 게야!” 장군의 음성은 착 가라 앉아 있었다. 피터는 저도 모르게 몸을 움찔했다. 화가 잔뜩 났을 때 아빠의 목소리가 딱 저랬다. 의자가 바닥에 끌리고 군홧발로 방 안을 어지러이 돌아다니는 소리가 들렸다. 경비병들이 천막을 나서고 있었다.

텐트에 귀를 바짝 대고 있던 줄리아는 서둘러 숲으로 물러설 채비를 했다. 소년은 그런 동생을 붙잡으며 속삭였다. “들어봐!” 병마개가 열리고 액체가 유리잔 속으로 떨어지는 기척이 났다. 졸졸졸 소리를 소녀도 또렷이 들을 수 있었다. “기다려. 한잔하고 나서는 금방 곯아떨어질 거야.”

장군은 거푸 몇 잔을 들이켰다. 오누이는 꼼짝 않고 귀를 기울였다. 하도 오래 쭈그리고 앉아 있어서 팔다리에 쥐가 날 지경이었지만 혹시라도 인기척이 날까 두려워 감히 움직일 생각조차 못했다. 마침내 잔이 테이블 위에 쓰러져 뒹굴고 드르렁드르렁 코를 고는 소리가 새어 나왔다. 적어도 몇 시간은 지난 것 같았다. 오빠는 동생을 돌아보며 말했다. “자, 지금이야!”

둘은 자리에서 일어나 뻣뻣해진 팔다리를 주물러 풀고는 살금살금 막사를 돌아 앞쪽으로 다가갔다. 줄리아는 묵직한 텐트 자락 한쪽을 살짝 치켜들고 안을 들여다봤다. 세레스 장군은 책상 뒤편 의자에 몸을 기댄 채 잠들어 있었다. 한 손은 불룩 튀어나온 배 위에, 다른 한 손은 상 위에 나동그라져 뒹구는 술잔 곁에 얌전히 올려놓은 상태였다. 곁에는 온갖 문서들이 어지러이 흩어져 있었지만 소녀의 눈길은 장군의 가슴팍에서 떠날 줄 몰랐다. 사내는 커다란 신물을 가느다란 끈에 매달아 목에 걸고 있었다. 가운데가 별 모양으로 파인 육각형 돌조각이었다.

예전에는 그저 신기하다는 생각뿐이었는데, 이번에는 무언가 사악한 기운이 느껴졌다.

피터가 서두르라는 뜻으로 옆구리를 콕 찌르고는 앞장서 들어가 서류들을 살폈다. 그때 갑자기 땅이 흔들리기 시작했다. 둘은 구석으로 몸을 피했다.

섬에 들어온 이래 가장 강력한 지진이 밀려왔다. 대지가 으르렁거리며 사납게 몸부림치는 것 같았다. 바닥이 요동을 치면서 천막이 순식간에 무너졌다. 가파른 비탈에 굴러 떨어진 두 아이는 걷잡을 수 없을 만큼 빠른 속도로 미끄러져 내려가기 시작했다. 무엇이라도 잡고 몸을 지탱해보려 했지만 소용없었다. 주먹돌과 잔가지에 걸려 옷이 찢어지고 살이 터졌지만 혹시라도 들킬까 싶어서 비명조차 지르지 못했다. 천만다행으로 지진은 찾아올 때만큼이나 돌연히 멈췄다. 하지만 오누이가 정신을 수습했을 때는 유난히 험상궂게 생긴 경비병이 코앞까지 다가온 뒤였다.

사내는 나무를 부둥켜안고 있던 두 팔을 슬그머니 풀더니 아이들을 노려보며 비아냥거렸다. "우리가 퇴근이라도 한 줄 알았어?" 천막 뒤편에서 들었던 세 번째 목소리의 임자라는 걸 줄리아는 금방 알아차렸다. "네놈이 따끔한 채찍 맛이 보고 싶은가보구나!"

피터는 하얗게 질린 얼굴로 고개를 흔들며 말을 더듬었다. "아… 아닙니다."

줄리아 역시 찍소리도 못하고 얼어붙은 듯 채찍만 바라보았다.

"쓰레기 같은 놈들, 어서 일어서지 못할까!" 오누이는 후다닥 몸을 일으켰다. 옷이 흙투성이였다. 노예들과 다름없는 몰골이었다. 경비병이 목청껏 고함을 질렀다. "앞으로 갓!"

어느새 낯익은 숲길에 들어서고 있었다. 광산으로 통하는 도로였다. 병사는 채찍손잡이로 포로들의 등을 떠밀며 사납게 재촉했다. 피터와 줄리아는 허우적허우적 걸음을 옮겼다.

길모퉁이를 돌아서자 노예들의 움막이 눈에 들어왔다. 소년은 연신 곁눈질을 해가며 형편을 탐색했다. 지진 탓에 죄다 무너지고 넘어져 있었다. 다 해어진 헝겊쪼가리를 걸친 포로들 몇이 돌무더기와 작대기들을 밀쳐내며 기어 나오는 참이었다. 여자애 하나가 쓰러진 움집 사이를 돌아다니며 잔해를 헤치고 나오는 이들을 부축해 끌어내고 있었다. 루이자였다. 차림새가 얼마나 엉망진창이었던지 언뜻 봐서는 알아차리지 못할 정도였다. 바삐 손을 놀리면서도 잠시도 그치지 않고 익숙한 노랫가락을 흥얼거렸다. 예전과는 달리 기사까지 붙어 있었다.

특별히 상한 데 없이 무사한 것 같았다. 소년은 행렬을 따라 걸어야 한다는 것도, 경비병이 매서운 눈초리로 째려보고 있다는 사실도 새카맣게 잊어버린 채, 입을 반쯤 벌리고 서서 멍하니 이복동생을 쳐다보았다. 쌩 소리와 더불어 허공을 가른 채찍이 피터의 등에 떨어지며 기다란 상처를 냈다. 절대로 잊을 수 없는 아픔이 소년의 등을 할퀴고 지나갔다.

10

온몸을 휘감았던 채찍이 풀려나가자마자 피터의 무릎이 턱 하고 꺾였다. 앞으로 푹 고꾸라지면서 모래와 자갈로 뒤범벅인 길바닥에 얼굴을 처박았다. 등이 두 조각으로 쪼개지기라도 한 것처럼 격렬한 통증에 숨조차 제대로 쉴 수가 없었다.

소년은 울지 않으려 안간힘을 쓰면서 거친 숨을 헐떡거렸다. 동생이 달려와 어깨를 감싸 안으며 속삭였다. "오빠! 일어나. 일어서야 해. 나한테 기대봐."

그렇지만 말이 끝나기도 전에 군인이 쫓아오더니 온 힘을 실어 피터의 옆구리를 걷어차며 욕설을 퍼부었다. "당장 일어나라고, 이 쓰레기야! 시간을 얼마나 더 잡아먹을 작정이야? 지금 광산으로 산책이라도 가는 줄 알아? 어이 꼬맹이, 한 대 더 맞아야 고분고분 알아듣겠어?"

소년은 양쪽 어깨를 감싸 쥐고 비틀비틀 일어섰다. 찌르는 것 같은 아픔이 불이 번지듯 어깨를 지나 두 팔까지 전해졌다. 입술 사이로 신음이 비어져 나왔다. 소녀는 오빠를 감싸 안고 부축했다. 피터가 제 몸무게를 이기지 못하고 휘청했다.

"힘내!" 줄리아가 소곤댔다. "기운 내! 지금처럼 하면 돼. 힘들어도 계속 걸어야 해." 소년은 끙끙거리며 한 발 한 발 내딛기 시작했다. 그때마다 등을 가로질러 지나간 상처가 움직이면서 끔찍한 고통이 찾아오는 바람에 다른 생각을 할 여유가 없었다.

광산으로 가는 길이 전보다 열 배는 멀게 느껴졌다. 경비병한테 걷어차인 옆구리의 통증이 극심한 데다가 허파로 들어가는 공기까지 탁해서 숨쉬기조차 괴로웠다.

광산으로 다가갈수록 유황냄새는 더 독해졌다. 길이 끝나는 지점에 이르자 병사가 오누이를 물탱크 쪽으로 거칠게 밀어붙였다. 비교적 나이가 든 아이들이 모여서 저마다 물통에 물을 채우고 있었다.

"한눈팔지 말고 부지런히 움직여! 도망친다는 건 꿈도 꾸지 말고! 혹시라도 꼼수를 부리다가 굴녹한테 걸리면 뼈도 못 추릴 테니까! 너희가 어딜 가든지 내가 똑똑히 지켜보고 있겠다." 경비병이 소리쳤다.

피터와 줄리아는 물탱크로 가서 곁에 놓인 양동이를 물속으로 깊이 밀어 넣었다. 얼마나 무거운지 소녀로서는 끌어올리기에도 버거웠다. 소년은 이미 물통을 어깨에 짊어지고 있었다. 쓰리고 쑤시는 걸 참느라 이를 악물고 있었다. 저러다 이가 상하는 게 아닐까 걱정스러울 지경이었다. 1년 전만 하더라도 상상조차 할 수 없었던 일이었다. 조그만 아픔이나 지루함도 견디지 못했다. 줄리아도 마찬가지였다. 한 해 전이었더라면 무기력하기 짝이 없었을 것이다. 소녀는 오빠처럼 물통에 달린 멜빵을 어깨에 걸고 지치고 주린 노예들 사이로 걸어 들어갔다.

오누이는 에이딘에서 잡혀온 포로들 틈을 누비며 국자로 물을 가득 떠서 메마른 입술을 적셔주었다. 물을 나눠줄 때마다 기쁜 소식을 속삭이며 퍼트렸다. "구원자들이 돌아왔답니다. 왕의 왕께서 여러분의 목소리에 귀를 기울이셨어요. 부르짖기도 전에 응답하신 거죠." 더러 멀찌감치 앨리스의 모습이 보이기도 했다. 한 바구니씩 흙짐을 져다가 아이들이 모인 곳에 부리면서 똑같은 소문을 내고 있는 것처럼 보였지만, 너무 멀어서 확인해볼 수는 없었다. 천천히, 그러나 그 어느 때보다 확실하게 소식이 두루 퍼져나가기 시작했다.

길고도 끔찍한 오후였다. 불타오르는 태양은 지글지글 땅을 구워버릴 기세였다. 황량한 대지도, 거길 파헤치는 백성도 누렇게 시들어갔다. 피터는 어떻게든 참아보려고 안간힘을 썼지만 시간이 갈수록 기력이 떨어지는 걸 실감했다. 물통의 멜빵이 채찍에 맞아 부풀어 오른 상처를 헤집어댈 때마다 견디기 어려운 통증이 밀려들었다. 작업을 시작한 지 한 시간도 안 돼서 흙먼지에 더러워진 옷이 땀으로 흠뻑 젖었다. 할 수 있는 일이라곤 눈치껏 국자로 물을 퍼서 갈라 터진 입술을 적시는 것뿐이었다. 어느덧 하루가 저물고 있었다. 햇살도 한풀 꺾여가는 느낌이었다. 송골매의 등에 올라타고 바다를 건너온 게 바로 어젯밤이었다는 게 믿어지지 않았다. 바람에 머리칼이 나부끼고 하늘에 별이 초롱초롱하던 기억이 떠올랐다.

소년의 생각에는 경비병들이 포로들을 몰아쳐서 밤에도 계속 일을 시킬 것만 같았다. 하지만 세레스 장군은 한 치 앞도 보이지 않는 오밤중에 비밀스러운 물건을 뒤지게 한다는 게 얼마나 어리석은 짓인지 잘 알았다. 병사 하나가 나팔을 꺼내 불자 포로들은 삽과 물통을 내려놓고 줄지어 텐트로 행진했다. 피터는 사방을 두리번거리며 동생을 찾았지만, 이미 어두워진 터라 얼굴들이 다 비슷비슷해 보였다.

줄리아를 만난 건 제법 시간이 지난 뒤였다. 금발머리가 아니었더라면 영 찾지 못했을지 모른다. 케미아와 에이딘의 백성들은 죄다 검은 머리칼이었던 덕에 금방 알아볼 수 있었던 것이다. 온종일 이리저리 끌려 다니며 땀에 젖고 먼지를 뒤집어썼는데도 소녀의 머리카락은 여전히 반짝거렸다. 오빠는 서둘러 동생 곁으로 다가갔다.

"한참 찾았어." 소년은 줄리아의 귓가에 속삭였다. 소녀가 지친 표정으로 돌아보며 희미하게 웃었다.

"괜찮아?" 찢어져 너덜거리는 오빠의 셔츠를 걱정스럽게 쳐다보며 동생이 물었다.

피터는 가볍게 고개를 끄덕였다. "괜찮고말고."

괜찮을 리가 없다는 걸 잘 아는 줄리아는 소년의 손을 꼭 잡으며 소곤댔다. "듣는 귀가 많아!" 주의를 끌지 않으려고 한껏 낮춘 목소리였다. "있잖아, 음… 다 그런 건 아니지만 포로들 가운데는 몹시 화가 나 있는 이들도 적지 않아. 왕의 왕이 살아 계신다면 그분의 백성을 이처럼 버려두실 리가 없다는 거지. 물론 지난날에 누리던 삶을 기억하고 있는 이들은 반색하며 반기더라고."

소녀의 반짝이는 눈동자에 소망이 출렁였다. 낙심을 모르는 아이였다. "그래! 백성들을 고향으로 돌려보내주어야지."

피터는 줄곧 동생을 잡고 있던 손에 힘을 주었다. "자, 이제 루이자를 찾아보자!"

산모퉁이를 돌자 지진으로 폭삭 내려앉은 움막들이 보였다. 실망이 깃든 신음소리가 곳곳에서 터져 나왔다. 힘든 하루를 보내고 편히 누워 푹 쉬고 싶은 마음이 굴뚝같은데 집에도 해야 할 일이 수북하니 얼마나 참담할까? 하지만 시시각각 어두워지고 있었다. 백성들은 지친 몸으로 주섬주섬 나뭇가지를 끌어모아 천막을 다시 세우기 시작했다. 맥없이 앉아 있다 한들 누가 도와줄 리도 없었다.

노예들 사이를 두루 돌아다니면서도 피터와 줄리아는 꼭 잡은 손을 놓지 않았다. 루이자는 헤어졌던 곳 근처에 그대로 있었다. 여전히 병든 포로들 곁에서 나지막하게 노래를 흥얼거려가며 움집을 고치느라 여념이 없었다.

둘이 모여 하나가 된다네.
한데 뭉친 힘으로 온 세상을 다스리네.
빛이 홍수처럼 쏟아지니 그늘이 쫓겨 가네.
주인이 다시 오시는 날, 어둠은 무너지네.

광산으로 갈 때 들었던 바로 그 노래였다. 가사의 속뜻이 무엇인지, 어떻게 그 노래가 루이자의 입에 붙었는지는 알 길이 없었다. 옥스퍼드에서 흔히 들을 수 있는 가락이 아닌 것만큼은 분명했다.

평소에 노래엔 별 관심이 없었던 피터는 소리쳐 이복동생을 불렀다. 루이자는 얼굴을 돌리곤 활짝 웃었다. 식구들을 보니 안심이 되는지 어깨에 덮고 있던 숄을 펄럭이며 달려왔다.

"다들 어디에 있었던 거야? 돌아오겠다고 한 지가 언젠데, 무슨 큰일이라도 생긴 줄 알았잖아!"

"아무 일도 없었어. 지진이 나는 바람에 경비병들한테 들켜서 광산으로 끌려갔었어." 피터가 어깨를 단단히 감싸 쥐고 대답했다.

"넌 별 탈 없었어? 땅이 갈라지고 천막이 무너질 때 다치지 않았느냐고?" 줄리아가 다그쳐 물었다.

루이자는 고개를 끄덕이며 대답했다. "우리 쪽으로는 크게 무너지거

나 쏟아진 게 없었어.” 소년은 보고도 믿을 수가 없었다. 하루 전만 하더라도 툭하면 신경질을 부리거나 넋을 놓던 아이가 아니었던가! 이곳의 공기가 사람을 완전히 바꿔놓았음에 틀림없었다.

피터가 동생들을 불렀다. “얘들아! 여기는 포로들이 자기에도 빠듯해서 우리까지 끼어들 틈이 없을 거야. 누군가를 움막 밖으로 밀어내면서까지 따듯하게 자고 싶은 마음도 없고. 더 힘든 이들도 있을 테니까. 그래서 하는 말인데, 오늘 밤은 숲속에서 노숙을 하면 어떨까?”

누구도 캠핑을 하러 가자고 할 때처럼 환호성을 지르지 않았다. 루이자는 말없이 담요 몇 장을 챙겨들었다. 아이들은 숲으로 들어갔다.

백성들의 움막에서 멀리 떨어지지 않은 데를 골라 낙엽과 굵은 돌멩이들을 대충 치우고 나서 자리를 잡았다. 저마다 루이자가 가져온 올이 다 풀어진 담요를 둘렀다. 따듯하진 않았지만 그나마 없는 것보다는 훨씬 나았다.

여태 살면서 한두 번쯤은 야외에 나가서 캠핑을 해보았을 것이다. 텐트를 치고, 부싯돌로 불을 피우고, 푹신한 베개를 베고, 두툼한 담요를 덮고 잤을 것이다. 잠자리가 설고 드문드문 들짐승이 우는 소리에 퍼뜩 눈을 뜨곤 하겠지만 그래도 제법 푸근히 잘 수 있었을 것이다.

아이들은 쉬 잠을 이루지 못했다. 모든 게 불결하고 불편했다. 제대로 씻지도, 먹지도 못한 처지였다. 쉴 새 없이 꼬르륵거리는 배를 부여잡고 깊은 잠을 잔다는 건 거의 불가능했다. 자디잔 나뭇가지와 뾰족한 돌멩이들이 등을 찔렀다. 밤공기는 갈수록 싸늘해졌다. 셋은 서로 부둥켜안고 담요자락을 잡아당겨 탄탄히 몸을 감쌌지만 별짓을 다해도 안락하다는 느낌이 들지 않았다.

그렇게 시간은 가고 한밤중이 됐다(자정이 훨씬 지난 듯했지만 꼭 집어 몇

시라고 말할 수는 없었다). 몸을 뒤척이던 피터가 자리를 털고 일어섰다. 줄리아가 다리를 붙잡으며 다급하게 물었다.

"어딜 가려고?"

"장군의 막사에 가볼 거야. 책상에 있던 서류를 좀 더 자세히 살펴봐야겠어. 경비병들이 나누던 이야기가 아무래도 마음에 걸려. 아주 중요한 내용인 것 같았거든." 소년은 담담하게 대꾸했다.

"가지 마, 오빠! 너무 위험해. 또 붙들릴지도 모르잖아!" 소녀는 애원하다시피 부탁했다.

"염려 마. 조심하면 되니까." 소년은 약속했다. "너희는 여기 있어. 깨기 전에 돌아올게." 피터는 몸을 돌려 나무들 사이로 소리 없이 빠져나갔다.

때마침 보름인지라 달빛이 워낙 밝아서 캠프를 멀리 에둘러 돌아갈 수밖에 없었다. 움막들과 막사들 사이를 살금살금 기어서 마침내 세레스의 장막 뒤편에 이르렀다. 지난번처럼 이번에도 코 고는 소리가 안쪽에서 요란스럽게 새어 나왔다. 피터는 천막자락을 가만히 들치고 가만히 숨어들어갔다.

장군은 보이지 않았다. 드르렁대는 소리로 미루어 다른 칸에서 자는 모양이었다. 경호원 둘이 야전침대에 큰 대자로 뻗어 있었다. 둘 다 곤히 잠든 것 같았다. 문간에 서서 잠시 동정을 살폈지만 다들 몸 한번 뒤채지 않았다. 소년은 안심하고 안쪽으로 걸어 들어갔다.

책상은 여전히 온갖 서류들로 어지러웠다. 조심조심 다가가서 제일 위에 놓인 문서부터 확인했다. 무슨 명단인 듯했다. 헤아리기 어려울 만큼 많은 이들의 이름이 적혀 있었다. 백성을 동원해서 무슨 건물인가를 지으려는 계획이 아닐까 싶었다. 수많은 서류들 밑으로 너비가 한

발이 넘는 종이가 보였다. 누렇게 색이 바래고 잔뜩 구겨진 꼴이 아주 오래된 문서인 듯했다. 양쪽 끄트머리가 말려 올라간 걸로 미루어 두루마리처럼 말아서 보관하는 게 분명했다. 서류를 꺼내서 코앞에 대고 글을 읽어보려 했지만 어두컴컴한 천막 안에서 침침한 빛에 기대어 자디잔 글자를 분간한다는 건 쉬운 일이 아니었다. 피터는 부스럭거리는 소리가 나지 않도록 주의해가며 종이를 말아들고 돌아섰다. 이제 남은 일은 막사를 무사히 빠져나가는 것뿐이었다.

하지만 서둘러 돌아서려다 돌돌 만 양피지 끝자락으로 테이블 위에 놓여 있던 잉크병을 건드리고 말았다. 얼른 잡으려 했지만 손이 닿기도 전에 바닥으로 떨어지면서 산산조각이 났다. 검은 잉크와 유리조각이 사방으로 튀었다. 난데없는 소리에 잠을 깬 경호원들이 튀어 오르듯이 자리에서 일어났다.

11

피터는 반사적으로 민첩하게 움직였다. 처음엔 겁에 질려 쳐다보기만 했다. 그러다가 경호원들이 덤벼들려는 기색을 보이자 문을 박차고 장군의 막사를 뒤로한 채 어두운 숲속으로 내달렸다. 숨이 턱에 차도록 뛰고, 뛰고, 또 뛰었다. 어깨를 움켜쥐려던 손끝을 튕겨내길 몇 차례나 했는지 모른다. 몇 발짝 뒤에서 따라오는 군홧발 소리는 아무리 달려도 멀어지지 않는 기분이었다.

길도 잘 보이지 않았다. 그저 나무와 바위의 윤곽만 어렴풋이 눈에 들어올 따름이었다. 나뭇가지 아래를 지날 때마다 고개를 움츠렸다. 숨이 차오르고 무릎이 시큰거렸다. 가쁜 숨을 몰아쉬어가며 연신 공기를 들이마셨다. 그때였다. 갑자기 땅이 발밑에서 푹 꺼지는 느낌이 들었다. 펄썩 자빠진 소년의 몸은 가파른 언덕을 데굴데굴 굴러 내려갔다. 발이 서로 꼬이고 숲 밑바닥에 수북이 깔린 나무줄기에 끼었다 빠지길 수없이 되풀이했다. 피터는 엎어지고 자빠지면서도 필사적으로 발 딛을 자리를 찾았다. 소리만 들릴 뿐이었지만, 경비병들도 같은 신세인 것 같았다. 그나마 다행이었다. 추적자들이 나자빠져 허둥대는 사이에 조금이나마 시간을 벌 수 있었다. 마침내 비탈 끝자락에 이른 소년은 거침없이 냇물로 들어섰다.

깊이는 얕았지만 물살은 빨랐다. 소년은 건너편 둑을 향해 똑바로 달렸다. 강까지 따라 들어온 경비병들이 첨벙대는 소리가 들렸다. 앞서고 있다 해도 고작 몇 초 정도였다. 개울을 건너자마자 피터는 다시 산등성이를 타고 올랐다. 손과 발에 걸리는 것이라면 무엇이든 붙들고 몸을 지탱했다. 군인들과의 간격이 조금 벌어졌다. 작고 탄탄한 체구 덕분이었다. 힘이라면 경비병들이 훨씬 윗길이었지만 덩치가 크고 몸이 무거운 탓에 언덕을 타고 오르는 솜씨만큼은 소년을 따라갈 수 없었다. 본능적으로 상대의 약점을 알아차린 피터는 왼쪽으로 방향을 급하게 틀었다. 몸집이 집채만 한 병사들이 갑자기 방향을 바꾸기 힘들 거란 판단에서였다.

어두운 밤이었지만 커다란 나무들이 빽빽하게 늘어선 게 보였다. 어른 넷이 손을 맞잡아야 할 만큼 줄기가 두터운 고목들도 수두룩했다. 소년은 큼지막한 나무 뒤로 돌아가 줄기에 몸을 찰싹 붙이고 숨을 죽였다. 좀처럼 가라앉지 않는 헐떡임 때문에 진땀이 날 지경이었다. 눈을 질끈 감고 단 한 번도 본 적이 없는 왕의 왕께 기도했다.

경비병들은 방향을 꺾어 달아나는 피터를 보고 맹렬하게 뒤를 쫓았지만 얼마 지나지 않아서 놓쳐버렸다. 소년이 숨어 있는 나무에서 10미터쯤 떨어진 곳에 멈춰 서고 말았다. 도무지 갈피를 잡을 수가 없었다.

"어디로 간 거지? 거의 다 따라잡았었는데. 분명히 여기까지는 왔단 말이야." 군인 하나가 동료에게 말했다.

"숲을 뒤져보자. 이 근처 어딘가에 숨어 있을 거야." 또 다른 병사가

말했다. 나뭇잎 사이로 달빛이 새어 들어왔다. 왼쪽에 선 경비병이 손가락을 입술에 가져다 대는 모습이 소년의 눈에 어렴풋이 잡혔다. 누군가 휘파람을 불었다.

날카로운 소리가 밤공기를 찢었다. 피터로서는 무슨 신호인지 알 수 없었지만 유리한 조짐이 아니라는 점만큼은 확실했다. 소년은 조심스레 사방을 살피면서 끈질기게 기다렸다. 귀를 쫑긋 세우고 어둠을 뚫고 들려오는 소리에 주의를 기울였다.

이윽고 경비병들은 두 갈래로 나눠서 숲을 샅샅이 뒤지기 시작했다. 피터는 숨을 멈추고 나무줄기를 따라 천천히, 그리고 아주 조심스럽게 돌아서 반대쪽으로 몸을 피했다. 실제로는 겨우 몇 분에 불과했지만 한 없이 오랜 시간이 흐른 것만 같았다. 군인들은 도망자의 흔적을 찾아 숲속 깊은 곳으로 사라져갔다. 소년은 안도의 한숨을 내쉬곤 왔던 길을 되짚어갔다.

하지만 이번엔 굴녹이 앞길을 막아섰다. 키가 몇 곱은 될 성싶었다. 입술이 위로 말려 올라가서 썩은 이빨이 다 드러나 보였고, 뒤룩뒤룩 살이 붙은 두 팔로는 언제라도 상대를 박살 낼 수 있었다. 양쪽 팔 끝에 달린 주먹은 피터의 머리통만 했다. 피터는 그 자리에 얼어붙고 말았다. 숨이 딱 멎는 것 같았다. 손에 얼마나 힘을 줬던지 쥐고 있던 종이 두루마리가 쪼글쪼글 우그러들었다. 이것저것 생각할 틈이 없었다. 소년은 홱 돌아서서 숲을 향해 냅다 줄행랑을 놓았다.

굴녹의 뜨거운 입김이 목덜미를 간질였다. 육중한 발로 덤불을 짓이겨가며 따라오는 소리가 생생하게 들렸다. 낮게 드리운 가지를 만나면 몸을 잔뜩 굽히고 덤불이 나타나면 풀쩍 뛰어넘어가며 피터는 온 힘을 다해 달렸다. 이리저리 몸을 비틀고 숙이면서 괴물을 따돌리려 안간힘을 썼다. 나무와 나무 사이를 지그재그로 달리다가 돌연히 왼쪽 오른쪽으로 방향을 틀어 굴녹의 발톱을 피했다. 심장이 터질 것 같았지만, 몇 걸음이라도 앞서려면 앞만 보고 내처 달리는 수밖에 없었다. 머리를 쓰고 작전을 짤 짬이 없었다. 뇌리에 떠오르는 말이라고는 "뛰어!"라는 외마디뿐이었다.

적어도 몇 킬로미터는 도망쳤다 싶은데도 굴녹은 여전히 몇 발짝 뒤였다. 지친 기색 하나 없이 굵은 나뭇가지들을 성가신 벌레 때려잡듯 가볍게 부러트려가며 끈질기게 따라왔다. 여동생들한테 신경 쓸 필요 없이 제 한 몸만 잘 건사하면 된다는 게 불행 중 다행이었다.

동생들, 그러니까 줄리아와 루이자를 떠올리는 순간, 피터는 정신이 번쩍 들었다. 이대로 가다가는 괴물을 동생들한테 곧장 안내하는 꼴이 되기 딱 알맞았다.

소년은 오른쪽으로 방향을 틀었다. 그쪽은 막다른 길이었다. 조금만 더 가면 끝장이었다. 하지만 그러지 않고는 괴물을 여동생들이 자고 있는 곳에서 멀리 떼어놓을 방도가 없었다.

가슴이 터질 것 같았다. 이쯤에서 포기하는 게 낫겠다 싶었다. 바로 그때, 빠져나갈 구멍이 나타났다.

눈앞은 깎아지른 절벽이었다. 울퉁불퉁한 바위들이 달빛을 받아 번들거렸다. 언뜻 봐서는 가시처럼 뾰족뾰족 날이 선 벼랑뿐이었지만, 그늘진 구석 쪽으로 반쯤 입을 벌린 돌 틈이 보였다.

동굴. 동굴이었다. 코앞까지 가야 그런 게 있다는 걸 알아차릴 만큼 깊숙한 자리였다. 꼬마들이나 허리를 펴고 설 수 있을 만큼 작고 낮았으나 절벽 밑자락에 붙다시피 파인 곳이어서 한 몸 숨기기엔 맞춤했다. 굴녹에게 들키기 전에 들어갈 수만 있다면….

피터는 동굴을 향해 맹렬하게 달렸다. 괴물과는 몇 발짝 차이였다. 잡힐 듯 말 듯 나란히 입구에 다다른 소년은 잽싸게 몸을 굽혀 동굴로 뛰어들었다. 고개를 돌리자 굴녹이 속도를 줄이지 못하고 지나쳐 가는 게 보였다.

놈도 속도를 늦추다가 마침내 멈춰 섰다. 사냥감을 놓쳐버렸다는 걸 뒤늦게 눈치챈 듯했다. 하늘을 쳐다보며 오래, 그리고 깊이 숨을 들이마셨다. 냄새를 맡고 있는 게 아닌가 싶었다. 소년은 몸을 잔뜩 웅크리고 동굴 속 후미진 구석을 파고들었다. 숨을 죽이고 촉각을 곤두세웠다. 아무 소리도 들리지 않았다. 괴물의 심장이 쿵쾅거리는 소리까지 들을 수 있을 만큼 조용했다. 얼마나 시간이 흘렀을까? 연신 고개를 갸웃거리던 굴녹이 숲속으로 난 길을 따라 사라져가는 기척이 들렸다.

피터는 동굴 벽에 등을 기대고 털썩 주저앉았다. 괴물에게 붙잡혔더라면 어떤 신세가 됐을까 상상하니 절로 몸서리가 쳐졌다. 소년은 오래도록 무릎 사이에 머리를 묻고 숨을 골랐다. 차츰 마음이 가라앉으면서 손의 감각도 되살아났다. 그제야 새카맣게 잊고 있었던 두루마리가 생각났다. 돌돌 만 양피지 쪼가리는 땀에 젖은 손아귀 안에 그대로 있었다.

두루마리를 풀어서 동굴 바닥에 펼치고 한 줄 한 줄 어렵게 읽어 내려갔다. 케미아인들에게는 대단히 중요한 문서라는 걸 단박에 알 수 있었다. 일종의 예언 같았다. 가장 위쪽에도 글자 비슷한 게 적혀 있었지만 동굴 안이 워낙 어두워서 정확히 가늠할 길이 없었다. 안쪽 자리까지는 달빛마저 들어오지 않았다. 피터는 양피지를 말아서 허리춤에 질러 넣고 가만히 앉아 상념에 잠겼다.

피로감이 몰려왔다. 당연한 노릇이었다. 크리스마스이브 이래로 깊이 자본 적이 없었다. 하지만 눈을 감고 곯아떨어질 수는 없었다. 궁금한 일, 귀 기울여 들어야 할 이상한 소리, 곰곰이 따져봐야 할 문제들이 너무나 많았다. 정신을 바짝 차리고 어두운 숲을 틈틈이 내다보며 눅눅한 공기를 깊이 들이마셨다. 경비병들과 굴녹이 놈들의 막사로 돌아간 게 분명해질 때까지 그렇게 기다려야 했다.

얼마쯤 지나자 피터는 이제 안전하겠다는 판단이 섰다. 손발로 엉금엉금 기어 동굴에서 빠져나왔다. 여기저기 돌아보면서 위험한 요소들이 죄다 사라졌는지 다시 한 번 확인했다. 짙은 어둠뿐, 특별히 위협적인 건 전혀 보이지 않았다. 몸을 일으킨 소년은 동생들이 기다리고 있는 곳을 향해 출발했다. 갈 길이 멀었다.

굴녹의 발톱을 피해 어디가 어딘지도 모르고 무작정 달렸던 터라 길을 잃어버렸지만 화산 덕분에 방향을 제대로 잡을 수 있었다. 그렇지 않았더라면 영영 동생들을 만나지 못했을지도 모른다. 제아무리 낯선 숲길이라 할지라도 고개를 들기만 하면 커다란 연기 기둥이 하늘로 치솟는 게 보였다. 가끔씩 번갯불이 번쩍이기라도 할라치면 윤곽이 더 또렷하게 도드라졌다.

나무가 우거진 숲으로 들어서자 화산마저 보이지 않았다. 소년은 주머니를 뒤져 아버지가 준 나침반을 꺼내 들었다. 뚜껑을 열었지만 아직 캄캄한 밤중이라 읽어낼 수가 없었다. 한 줄기 가느다란 달빛에 기대어 바늘 끝이 가리키는 방향을 찾았다. 서쪽으로 가야 했다.

더 어두운 구석을 골라 최대한 기척을 죽여가며 살금살금 걸었다. 시내를 건널 때는 속도를 줄였다. 첨벙대지 않도록 수면에 닿을락 말락 하는 높이까지만 발을 들어올렸다. 반대편 언덕에 이르자마자 곧바로 산등성이를 타고 올랐다. 길을 잃고 헤매기를 몇 차례나 거듭해가며 오래오래 걸은 끝에, 소년은 움막들이 늘어선 공터에 이르렀다.

거기부터 동생들이 기다리는 데까지 찾아가는 건 일도 아니었다. 줄리아는 밤새 나무둥치에 기대앉아 오빠가 돌아오기만을 눈이 빠지게 기다리고 있었다. 루이자도 여태 기다리다 막 잠이 든 참이었다.

"어디로 가버린 줄 알았잖아!" 소녀는 원망 섞인 목소리로 말했다. "혹시…. 무슨 일 있었어?"

"경비병들에게 들켰어. 악착같이 쫓아오더라고. 나중에는 굴녹까지 부르더군. 그러니 어쩌겠어, 죽어라 도망칠밖에." 피터가 설명했다.

"놈들이 아직도 따라오고 있는 거야?" 줄리아의 음성에 두려움과 다급함이 배어 있었다. 소년은 고개를 가로저었다.

"지금은 아니야. 진즉에 따돌렸거든." 피터는 자랑스러운 표정으로 씩 웃어 보이며 허리춤에서 두루마리를 꺼냈다. "게다가 소중한 물건도 챙겼어." 두루마리는 오랜 시간 힘껏 움켜쥐고 돌아다닌 탓에 잔뜩 구겨진 데다가 땀에 절어 있었다.

소년은 양피지를 땅에 펼쳤다. 오누이는 무릎을 꿇고 머리를 맞댔다. 긴 밤이 지나고 먼동이 트고 있어서 두루마리의 글씨를 읽는 데는 어려움이 없었다. 자세히 보니 지도, 그것도 세계지도였다. 한복판에 케미아를 배치하고 화산을 섬세하게 그려놓았다. 그보다 조금 아래에 자리 잡은 섬은 에이딘이었다. 왕의 정원은 물론이고 성채의 위치까지 정확하게 표기되어 있었다. 그밖에 다른 섬들도 있었다. 적어도 스무 개는 돼 보였다. 멜리타 섬은 높다란 절벽을, 툰브리지 섬은 넓디넓은 포도밭을 그려두었다.

"이게 이곳 사람들이 생각하는 세상일까?" 줄리아가 중얼거렸다.

"글쎄, 잘 모르겠어." 피터도 고개를 갸웃거렸다. "세계지도인 것 같

The two comes together, the two become one
With union comes power, control over all
DELTA PLAINS
N
W   E
S

기는 해. 어쩌면 온 우주를 그린 그림일 수도 있고. 어라, 여기 화산 위에 글씨 같은 게 적혀 있는데?"

누가 먼저랄 것도 없이 지도에 코를 박았지만, 아직 어스름이라 읽어낼 도리가 없었다. 아침이 될 때까지 기다리는 게 상책이었다. 소년이 양피지를 둘둘 말아 올리려는데, 동생이 꼭대기에 적힌 글자를 가리켰다.

"잠깐, 여기도 무슨 글이 있어. 무슨 말일까? 오래된 고문서라서 제대로 읽기가 어렵네."

오빠도 목을 늘이고 같은 자리를 들여다보았다. 수백 년 전에 발행된 옛 성경에서나 볼 수 있을 법한 장식적인 서체로 비스듬하게 기울여 쓴 글씨였다. 소년은 눈을 가늘게 뜨고 더 가까이 다가가 더듬더듬 해독해 나갔다.

"둘이, 에… 둘이 하나가… 잘 모르겠다. 그리고 여긴 무슨 힘으로… 그러니까, 음…. 다스린다고 되어 있어."

"어이구, 그렇게 읽어주니 금방 알아듣겠네." 줄리아는 더이상 참을 수 없다는 듯 코웃음을 쳤다.

오빠도 지지 않고 맞받았다. "그럼 네가 해보든지." 소녀는 양피지 위로 몸을 굽혔다. 글자가 있는 쪽으로 빛이 조금이라도 더 들어오도록 이리저리 자리를 바꿔가며 읽어가기 시작했다. "둘이… 그다음에 뭐지?"

"하나, 하나다!" 피터가 손뼉을 치며 말했다. "잘 봐, 오른쪽에 있는 게 '나' 자잖아!"

"그게 '나'라고?" 동생은 통 믿어지지 않는 눈치였다.

"맞아. 한번 들어봐." 오빠는 한 자 한 자 짚어가며 다시 읽기 시작했다. "둘이 모여… 음… 하나가 된다네. 힘으로 앞에 있는 글자는 뭐지? 무… 뭉… 앗! '뭉친 힘'이다! 한데 뭉친 힘으로 온 세상을 다스리네! 그래, 그거야!" 소년은 허리를 쭉 펴고 앉아 손을 비볐다. 기분이 썩 좋은지 얼굴에 웃음이 가득했다. "사랑스러운 동생아, 오라버니의 실력을 이제 알았느냐?"

소녀는 오만상을 찌푸렸다.

"왜 그래? 뭐가 문젠데?" 피터가 물었다.

"그건 광산에서 돌아왔을 때 루이자가 부르고 있던 노래잖아! 적어도 지금까진 똑같다고. 어떻게 쟤가 여기 적힌 구절을 알고 있었던 거지?"

자세를 바로잡고 앉은 소년은 초점 없는 눈으로 허공을 바라봤다. 까닭을 찾아보는 눈치였다. 하지만 고개를 저으며 말했다. "똑같은 말은 아닐 거야! 네가 잘못 들었겠지."

말을 뱉어놓고 나서야 동생이 쇠고집이란 사실이 기억났다. 건드리지도 말았어야 할 부분을 힘껏 쥐어박았구나 싶었다. 아니나 다를까, 줄리아는 꼿꼿이 허리를 펴더니 오빠를 똑바로 쳐다보며 또박또박 쏘아붙였다.

"피터 그랜트 씨, 난 잘못 들은 게 아니라고요. 쟤는 에이딘에 도착한 뒤로 줄곧 그 가락을 흥얼거렸어. 어제 오후에 성질 사나운 경비병들이 우릴 화산으로 끌고 갈 때도 같은 노랠 부르고 있었고. 오빠도 들었잖아. 그래서 걸음을 멈췄고 채찍에 얻어맞았던 것 아니었어? 뭉친 힘이라느니 세상을 다스린다느니 하는 노랫말이 똑똑히 기억나. 확실하다니까!"

피터는 루이자를 돌아보았다. 이복동생은 팔베개를 하고 너덜너덜한 담요로 어깨를 감싼 채 편안하게 잠들어 있었다.

"쟤가 이곳과 무슨 상관이 있겠어?" 소년은 도무지 납득할 수 없다는 듯 물었다.

"그러게. 여기에 와봤을 리는 없어. 우리 말고는 아무도 이 땅을 밟아 본 적이 없을 텐데…." 이해가 가지 않기는 줄리아도 마찬가지였다.

오누이는 곤히 잠든 루이자를 말없이 오래도록 바라보았다. 마침내 피터가 기다란 양피지를 둘둘 말아 들며 말했다. "쟤가 일어나면 물어 보자. 금방 해가 뜰 거야. 그전에 다만 몇 분이라도 눈을 붙이는 게 좋 겠어."

소년은 두루마리를 겨드랑이에 끼고 나무에 기대앉았다. 아직도 속 이 풀리지 않은 소녀는 흠흠 헛기침을 하면서 오빠의 뒤를 따랐다. 그 렇지만 잠들기 직전까지 줄리아의 생각을 사로잡았던 건 루이자의 노 래가 아니라 장군의 가슴에 대롱거리던 신물이었다. 틀림없이 어디선 가 본 적이 있는 물건이었다.

12

줄리아는 한 시간도 지나지 않아서 눈을 떴다. 셋 중에 가장 먼저였다. 불편하고 불안한 밤을 보낸 탓에 피곤하기 이를 데 없었다. 두 눈이 토끼처럼 빨갰다. 오빠와 루이자를 흔들어 깨우는 한편, 나무 사이로 천막촌의 움직임을 살폈다. 종살이를 하는 포로들은 아직 일어나지 않은 것 같았다. 사람의 움직임이라고는 전혀 찾아볼 수 없었다.

"잘 잤어?" 루이자가 눈을 비비며 인사했다. 자리에서 일어나 팔을 머리 위로 쭉 뻗으며 기지개를 켜는가 싶더니 이내 노래를 흥얼거리기 시작했다. 입에 달고 다녀서 이젠 인이 박이다시피 한 가락이었다.

"그만! 그 노래 좀 작작 불러!" 피터는 손을 내저었다. 뜻밖의 반응에 놀란 루이자가 물었다.

"왜?"

"지독하고 끔찍한 노래니까. 이것 좀 봐!" 피터는 잠을 자면서도 품에 끼고 내놓지 않았던 두루마리를 펼쳤다. "여기, 여길 보라고! 네가 부르는 노래가 바로 여기 있잖아."

양피지 꼭대기에 적힌 글을 읽어 내려가는 루이자의 회색 눈이 휘둥그레졌다. "난 몰랐어." 기가 막히다는 듯 아이가 말했다. "아주 오래전부터 그냥 머릿속을 맴돌던 가락이었어. 어디선가 주워들은 멜로디였을 뿐이라고."

"하지만 네가 부르는 노래는 거기서 끝나지 않았잖아, 안 그래? 두 줄 말고 무언가가 더 있었어." 줄리아가 말했다.

"빛이 홍수처럼 쏟아지니 그늘이 쫓겨 가네. 주인이 다시 오시는 날, 어둠은 무너지네." 루이자가 거침없이 나머지 두 절을 읊었다. 아이들의 시선이 일제히 양피지 윗자락에 적힌 글씨에 가서 꽂혔다.

"어째서 여기엔 전곡이 다 적혀 있지 않은 걸까? 왜 두 줄만 써놓은 거지?" 피터가 물었다.

"나머지 부분을 몰랐나보지." 루이자가 어깨를 으쓱하며 말했다. "그런데 이건 뭐지?" 아이의 손가락은 케미아의 화산 아래쪽을 가리키고 있었다. 여섯 개의 꼭짓점을 가진 길고도 가는 별을 그려놓고 옆에다 "둘이 모여 하나가 된다!"라고 휘갈겨 써둔 게 보였다. 지도 맨 위에 적힌 글과는 전혀 다른 불안정한 필체였다.

줄리아는 거기서 눈을 떼지 못했다.

"장군이 목에 걸고 있던 신물과 똑같은 모양이야!" 소녀는 혼잣말처럼 중얼거렸다. "오빠도 기억하지? 육각형 돌 한가운데 이 별이 들어갈 자리가 파여 있었잖아?"

피터는 고개를 절레절레 흔들었다. "신물이라니? 무슨 소린지 모르겠어."

"분명히 장군의 목에 걸려 있었어. 확실해. 앨리스도 비슷한 얘길 했어. 잘 생각해봐. 포로들은 땅을 파헤치며 흙 한 줌까지 낱낱이 뒤지고 있어. 혹시 이 별을 찾는 게 아닐까? 지도에 그려진 별의 생김새와 크기가 장군의 신물에 파인 홈과 딱 들어맞아. 만약 별을 거기다 끼운다면 어떻게 되는 걸까?" 소녀는 양피지에 적힌 글자를 하나하나 짚어가며 다시 읽었다. "'한데 뭉친 힘으로 온 세상을 다스리네.' 그러니까 놈들이 세계를 지배하게 된다는 뜻이야!" 줄리아는 입을 다물었다. 할 말을 잊은 표정이었다.

"세상을 휘어잡을 힘이라…." 루이자가 불쑥 끼어들었다. 오누이가 놀란 눈으로 쳐다보았지만 아랑곳하지 않고 말을 이어갔다. "결국 그런 거잖아? 광산에서 만난 여인은 땅속에 밖으로 나오고 싶어 하는 무언가가 묻혀 있다고 했어. 그리고 이거…." 루이자는 별 그림을 짚으며 계속했다. "케미아 사람들이 이걸 손에 넣으면 그 힘을 뜻대로 쓸 수 있게 될지도 몰라."

"그렇다면 다음 두 줄은 뭐지?" 피터가 토를 달았다. "나머지 노랫말은 무슨 뜻이냐고? 왕의 왕이 다시 오신다고 했지, 아마? 앞부분과 뒷부분을 합치면 어떻게 되는 거지?"

아쉽게도 거기까지였다. 뿔나팔 소리가 길고도 낮게 울려 퍼졌다. 포로들이 자리에서 일어나면서 캠프가 다시 부산스러워졌다. 경비병들은 고함을 질러가며 노예들을 사납게 몰아세웠다. 피터는 지도를 말아 들고 두리번거렸다. 이내 불에 타고 썩어서 속이 텅 빈 나무를 찾아내 두루마리를 감추곤 흐뭇한 미소를 지으며 동생들 곁으로 돌아왔다.

"아무도 모를 거야. 이젠 포로들이랑 광산으로 가는 게 좋겠다. 그래야 가엾은 이들에게 뭐라도 해주지." 소년이 말했다.

하지만 천막촌에서는 한바탕 난리가 벌어지는 중이었다. 군인들이 백성들 사이를 돌아다니며 무섭게 을러대고 있었다. 포로들은 채찍질을 피해 이리저리 흩어졌다. 경비병들은 쉴 새 없이 고함을 질렀지만 멀리 떨어져 있는 아이들로서는 무슨 소린지 알아들을 수가 없었다.

"가자!" 소년의 신호에 따라 아이들이 움직이기 시작했다. 땅에 붙다시피 허리를 숙이고선 최대한 소리를 내지 않고 캠프 쪽으로 다가갔다.

"어젯밤에 웬 놈이 귀중한 물건을 훔쳐갔다!" 군인 하나가 목청껏 외치고 있었다. 한 마디씩 끊어 말할 때마다 채찍이 매몰차게 허공을 가르고 땅을 찢었다. "도둑놈은 썩 앞으로 나서라! 좋은 말로 할 때 제 발로 자수하는 게 좋을 게다!"

줄리아의 얼굴이 창백해졌다. 소녀는 저도 모르게 피터를 돌아보았다. 소년의 낯빛 역시 하얗게 질려 있었다.

"왜 그래?" 루이자가 낮은 소리로 다그쳤다. "오빠가 도둑이야? 어젯밤에 그 지도를 훔쳐냈던 거야?"

"맞아, 나야!" 피터는 짤막하게 대꾸했다.

"그래? 그럼 얼른 저자들한테 돌려줘!" 루이자의 말투가 단호했다. 노래를 부르던 부드러운 목소리는 온데간데없어지고 고향집에서 기분이 상했을 때 내뱉던 싸늘한 음성으로 돌아가 있었다. "지도라면 볼 만큼 봤잖아. 게다가 빨리 내놓지 않으면 누군가 다치게 될 게 뻔해."

"돌려주지 않겠어." 피터가 정색을 하고 소곤거렸다. "저렇게 급히 찾는 데는 분명히 그럴 만한 까닭이 있을 거야. 여기다 잘 숨겨두고 광산으로 가는 게 최선이야. 그다음에는 경비병들의 눈에 띄지 않도록 고개를 푹 숙이고 다니기만 하면 돼."

더는 말을 붙여볼 틈이 없었다. 소년은 몸을 반쯤 일으켰다. 당장이라도 숲에서 뛰쳐나가 캠프로 돌아갈 기세였다. 줄리아가 그런 오빠의 팔을 잡으며 말했다.

“잠깐 기다려! 포로들 사이로 돌아가기 전에, 왕의 왕께 우릴 지켜달라고 말씀드리자. 그분이 이편에서 싸워주시지 않으면 백성을 이끌고 돌아갈 수 없다는 것쯤은 잘 알고 있겠지?”

소녀는 조금 쑥스러웠지만 피터와 루이자의 손을 꼭 잡았다. 아이들은 둥글게 서서 눈을 감았다. 줄리아가 기도를 시작했다.

“왕의 왕이시여, 부디 우리과 함께… 함께해주시길 부탁드립니다. 맡은 일을 잘 감당해낼 힘을 주세요. 주님이 사랑하는 백성의 마음을 어루만질 방법을 알고 싶습니다. 저들과 더불어 고향으로 돌아갈 길을 보여주세요.”

소녀는 고개를 들고 두 식구를 향해 따뜻하게 웃어보였다. 아무도 탄탄히 마주잡은 손을 풀지 않았다. 숲에서 한 줄기 바람이 불어왔다. 송골매의 등에 올라타고 케미아로 건너올 때 온몸으로 느끼고 들이마셨던 시원하고 신선한 공기가 스며들었다. 오래도록 이 깨끗한 바람이 불어서 이곳의 악하고 독한 기운을 깨끗이 몰아내주길 바라는 마음으로 다들 가슴 깊이 숨을 들이마셨다.

“자, 이제 가야지?” 피터는 미소를 머금은 얼굴로 동생들에게 말했다. 아이들은 다시 숲 가장자리에 모여 섰다. 하지만 예상과 달리 경비병들의 모습은 보이지 않았다. 세 식구의 입에서 안도의 한숨이 터져나왔다. 이젠 밖으로 나서도 들킬 염려가 없었다.

잠시 후, 아이들은 화산으로 이어지는 울퉁불퉁한 자갈길을 발을 질질 끌며 걷고 있는 포로들의 행렬 속으로 슬쩍 끼어들었다. 루이자는 늘 입에 담고 있던 가락을 나지막하게 읊조리기 시작했다. 소년은 동생에게 은밀하게 속삭였다. “여기서 노래를 부르다니, 정신이 어떻게 된 거 아냐?”

"그래도 노랫말 없이 멜로디만 웅얼대니 그나마 다행이지." 줄리아가 들릴락 말락 작은 소리로 대꾸했다. "생각해봐. 가사가 경비병의 귀에 들어가기라도 하는 날에는 쟤가 예언의 나머지 절반까지 다 알고 있다는 게 들통 날 거 아냐. 안 그래?"

"듣고 보니 그러네." 피터는 순순히 인정하고 입을 다물었다. 오누이는 말없이 땅만 보고 걸었다.

몇 분 뒤, 포로들은 화산자락에 도착했다. 소녀는 물통을 집어 들면서 눈으로는 열심히 앨리스를 찾았지만, 비슷비슷한 차림을 하고 있는 노예들이 워낙 많은 탓에 금방 알아보기가 어려웠다.

어제 일을 마친 자리에서부터 노동이 시작됐다. 남자들은 파다가 만 깊은 구덩이로 들어가서 삽질을 계속했다. 여자들은 파낸 흙과 돌을 바구니에 담아 아이들이 체질을 하는 작업장까지 날랐다. 세 아이들은 포로들 사이를 부지런히 돌아다니며 국자로 물을 퍼서 바짝 마르고 갈라진 입술을 적셔주었다. 물을 먹일 때마다 주님의 부름을 받고 돌아오게 됐다는 이야기를 되풀이했다.

다시 땅이 흔들리기 시작한 건 노역을 시작한 지 한 시간도 안 됐을 무렵이었다. 잠깐 바닥이 출렁였을 뿐인데도 포로들은 물론 경비병들까지 죄다 무릎을 꿇고 털썩 주저앉았다. 땅바닥이 쩍 갈라지는 걸 피터는 똑똑히 지켜보았다. 작업장과는 제법 거리가 있는데도 금방 알아볼 수 있을 만큼 폭이 넓었다. 곧이어 독한 가스가 맹렬하게 솟구쳤다. 바로 그때, 소름끼치는 비명 같은 게 들렸다. 소년은 벌떡 일어나서 동생이 일하는 곳으로 슬금슬금 다가갔다.

피터는 이를 악물고 말했다. "앨리스의 말이 맞았어. 땅 속에 무언가 사악한 게 도사리고 있어. 포로들이 땅을 더 깊이 파헤칠수록 지진이 점

점 더 가까워지잖아." 소년은 턱짓으로 광산 쪽을 가리키며 말을 계속했다. "깊고 깊은 데 묶여 있던 아주 끔찍한 게 풀려나고 있는 것 같아."

"어두움의 세력이지." 줄리아가 간단하게 정리했다. "그런데 정체가 뭘까?"

"도무지 감이 잡히지 않아. 어쩌면 화산이 다시 폭발할 조짐일 수도 있어. 아니면… 음… 더 심각하고 불행한 일일지도 모르지."

"둘 다일 가능성도 있어." 소녀가 무언가를 골똘히 생각하며 중얼거렸다. 누가 먼저랄 것도 없이 오누이는 화산꼭대기를 쳐다보았다. 뜨겁고 독한 수증기가 분화구에서 풍풍 쏟아져 나오고 있었다.

"어느 쪽이든, 어찌해보기에는 시간이 너무 부족해."

탄식이 끝나기도 전에 뒤에서 누군가의 손이 피터의 팔을 억세게 붙잡았다. 돌아보니 몸집이 큰 경비병이 역겨운 냄새를 풍기며 버티고 있었다. 악취가 섞인 입김 사이로 놈의 반쯤 썩은 이가 뿌옇게 보였다. 조롱하듯 그자가 말했다.

"드디어 잡았다, 이 도둑놈! 여보게, 브루노! 이 쥐새끼 같은 좀도둑을 보게!"

다른 병사가 다가오더니 피터의 턱을 거칠게 치켜들었다. 눈을 가늘게 뜨고 한참을 노려보던 놈이 으르렁거렸다. "맞아, 이놈이 분명해! 이렇게 얍삽한 얼굴을 어떻게 잊어버리겠어!"

경비병들은 요란하게 웃으며 저마다 한 팔씩 잡고 소년을 질질 끌고 갔다.

13

말할 수 없이 겁이 났지만 줄리아는 눈을 크게 뜨고 살살 뒤를 따랐다. 목이 메는데도 들킬까 무서워 대놓고 흐느끼지도 못했다. 한 걸음 한 걸음 뒤를 밟던 소녀는 갑자기 걸음을 멈췄다. 지금으로선 오빠를 위해 할 수 있는 일이 없었다. 어린 여자아이 혼자서 경비병 둘을 해치운다는 건 불가능에 가까웠다. 줄리아는 재빨리 작업장으로 돌아가 정신없이 아는 얼굴을 찾았다. 포로들이 삽질을 하고 있는 구덩이 근처를 서성이는 루이자가 눈에 들어왔다. 줄리아는 물통과 국자를 팽개치고 달려갔다.

눈시울이 뜨거워 주체할 수 없을 지경이었다. 루이자에게 이르렀을 즈음엔 온통 눈물범벅이었다. 줄리아는 이복동생의 팔을 잡고 쓰러지듯 매달렸다. "피터가…." 소녀는 한동안 말을 잇지 못했다. "놈들한테 잡혀갔어!"

"뭐라고? 어쩌다?" 땅과 하늘이 하나같이 절절 끓고 있었는데도 루이자의 얼굴은 하얗게 질렸다.

"지도를 가져간 게 누군지 정확히 알고 온 것 같더라고. 갑자기 들이 닥치더니 피터를 체포해서 어디론가 데려갔어. 가만두면 무슨 일을 당할지 몰라. 오빠를 구해낼 방법을 빨리 찾아내야 해!"

"구해낸다고? 어떻게? 지금은 우리 둘뿐이야. 칼도 없고 편들어주는 이들도 없어. 어디로 끌고 갔는지조차 모르고 있잖아?"

"포로들, 포로들이 있잖아! 사람들에게 부탁하면 틀림없이 도와줄 거야. 먼저 앨리스를 만나서 사정을 얘기해보면 뭔가 뾰족한 수가 생길 수도 있어."

겁에 질려 잿빛이 된 루이자의 얼굴엔 피로한 기색이 역력했다. "보다시피 백성들은 언제 죽을지 모르는 상황에서 제 한목숨 부지하기에도 힘겨워하고 있어. 게다가 오빠를 잡아간 군인들만 어찌하면 되는 게 아니잖아. 경비병 전체를 물리쳐야 해결이 날 문제라고."

뺨이라도 한 대 갈겨주고 싶은 마음을 억누르며 줄리아가 되쏘았다. "그럼 어쩔 건데? 끌려간 오빠는 나 몰라라 하고 계속 작업장의 노예들에게 물이나 나눠주자고?"

루이자가 맞받았다. "맞아! 왕의 왕이 그러라고 널 여기에 부르신 거야. 모르겠어?" 그러곤 더 이상 말을 섞기 싫다는 듯, 지그시 눈을 감고 몸을 앞뒤로 흔들었다. 소녀의 머릿속으로 불안한 생각이 스쳐갔다. '혹시, 너무 놀라서 머리가 이상해진 거 아냐?' 하지만 아무리 봐도 제정신이었다. 줄리아는 루이자의 말을 곰곰이 되씹어보았다. 그리고 마침내 고개를 끄덕였다.

"그래. 그럴지도 모르지."

"잘 생각했어." 루이자는 눈을 뜨고 소녀를 마주보았다. "어서 물통을 들고 가서 일하자."

　길고도 고단한 아침이었다. 가벼운 지진까지 몇 차례 지나갔다. 물통의 물이 출렁거릴 정도는 아니었지만, 시간이 없다던 피터의 말을 떠올라 저절로 몸서리가 쳐졌다. 아이들은 그 어느 때보다 분주하게 돌아다니며 왕의 왕이 그분의 백성을 기억하시고 고향으로 돌아가게 하시려 한다는 이야기를 들려주었다. 포로들은 건성으로 고개를 끄덕이거나 신음인지 비웃음인지 알 수 없는 소릴 뱉어낼 뿐 별 반응을 보이지 않았다. 더러는 아예 눈살을 찌푸리며 싫은 내색을 하기도 했다. 에이딘의 구원자를 알아보고 받아들이는 이는 아무도 없었다.

　백성들 사이를 누비는 동안에도 소녀는 줄곧 루이자에게서 눈을 떼지 않았다. 납처럼 무거워진 표정은 좀처럼 정상으로 돌아오지 않았고, 시간이 지날수록 초점 없는 눈으로 먼 곳을 쳐다보는 일이 잦아졌다. 드문드문 곁을 스칠 때마다 늘 듣던 그 노래를 읊조리는 걸 토막토막 들을 수 있었다. 몸을 앞뒤로 흔들며 흥얼대는 품새가 불안하기 짝이 없었다. 해가 하늘 높이 떠오르자 더 지치는 모양이었다. 어깨가 축 늘어지고 물을 떠서 노예들의 입에 대주는 손이 심하게 떨렸다. 기력이 떨어질수록 노랫소리는 점점 더 커졌다.

　줄리아는 조용히 시키려 안간힘을 썼다. 경비병이 듣지 못하게 막으려고 그야말로 필사적으로 매달렸다. 속으로는 몇 번이나 각오를 새로이 했다. '될 수 있는 대로 쟤 곁에서 떨어지지 말아야겠어. 그래야 동네방네 떠들어대지 못하게 입을 막지.' 소녀는 한사코 루이자 근처를 맴돌았다. 드문드문 걸음을 멈추고 지친 포로들에게 물을 떠먹이는 동안에도 눈길을 거두지 않았다. 아무도 노랫말을 알아듣지 못하게 해주시길 기도하고 또 기도했다.

　하지만 걱정했던 사태는 어김없이 찾아왔다.

태양이 하늘 꼭대기에 가 걸렸을 즈음, 우연히 지나치던 경비병 하나가 처음 듣는 노랫가락을 수상하게 여기고 귀를 기울였다. 줄리아조차 눈치채지 못했던 일이었다. 사내는 벼락같은 고함을 내질렀다.

"거기 너, 그게 무슨 노래지?"

루이자의 얼굴에서 핏기가 사라졌다. 금방이라도 넋을 놓고 쓰러질 것만 같았다. 줄리아는 얼른 물통을 내려놓고 달려갔다.

"그… 그건, 엄마가 늘 불러주던 자장가예요." 줄리아가 더듬더듬 둘러댔다. 경비병은 기가 차다는 듯 껄껄 웃어댔다.

"그럼 네 엄마는 예언자인가보다, 그러냐?" 아이는 핼쑥한 얼굴로 고개를 저었다. 경비병은 턱짓으로 물통을 가리키며 또박또박 명령했다. "그거 내려놓고 따라와. 장군님께 가야겠다."

줄리아는 앞뒤 가리지 않고 뛰어가서 루이자를 끌어안으며 간청했다. "저도 같이 가게 해주세요. 제가 언니거든요. 얘가 지금 많이 아파요. 제발 따라가게 해주세요."

군인이 고개를 끄덕였다. "좋아, 너도 따라와!"

아이들은 병사의 뒤를 쫓아 장군의 막사로 올라가는 길로 들어섰다. 그사이에도 아이는 느릿느릿 흥얼대길 멈추지 않았다. 줄리아는 동생이 쓰러지지 않도록 부축하고 걸으면서도 노래를 그치게 할 방법을 궁리하기에 여념이 없었다. 그렇게 버둥대는 사이에 산등성이로 오르는 길이 끝나고 화려한 천막이 나타났다.

텐트 안으로 들어서자 갑자기 앞이 보이지 않았다. 두 눈이 침침한 조명에 익숙해지기까지는 시간이 필요했다. 차츰 장군의 모습이 또렷하게 보였다. 사내는 낯익은 책상 뒤편 의자에 기대앉아 있었다. 두 팔을 배 위에 얌전히 포개 올려놓고 쉰소리로 미주알고주알 아뢰는 부하의 보고를 들었다. 소녀로서는 사이사이에 단어들 몇 개만 주워들었을 따름이었지만, 그게 모두 루이자 이야기라는 사실만큼은 명확히 알 수 있었다. "이 계집애가… 예언… 노래를 하고 있었는데…."

경비병들의 속셈을 가늠해보려고 열심히 오가는 이야기를 듣던 줄리아의 시선이 또다시 장군의 목걸이에 가 꽂혔다. '언젠가 본 적이 있는 물건이 확실한데 그게 어디였지?'

아이들을 광산에서 데려온 군인이 앞으로 썩 나서더니 장군의 귀에 대고 속닥거렸다. 세레스의 눈썹이 치켜 올라갔다. 병사가 귓속말을 마치고 물러서자마자 루이자 쪽으로 의자를 당겨 앉는 꼴이 양에게 덤벼드는 늑대처럼 보였다.

"보고에 따르자면, 네가 무슨 노랜가를 불렀다지? 아주 관심이 가는 노래더구나. 우리한테도 들려주겠니?" 장군이 은근한 목소리로 말했다.

루이자는 입을 꼭 다물고 도리질을 쳤다. 막사 안은 서늘하기 그지없었지만, 아이의 이마엔 송글송글 땀방울이 맺혔다.

"장군님, 제발 살려주세요. 동생은 많이 아픕니다. 종일 뜨거운 햇살을 받으며 일을 하다가 그만…. 지금도 헛소리를 하고 있는 게 틀림없어요. 무슨 소린지도 모르고 그냥 지껄여대는 거죠." 줄리아는 바닥에 엎드려 빌었다.

세레스가 말허리를 잘랐다. "닥쳐라! 너한테 묻지 않았다."

소녀는 어쩔 수 없이 입을 다물었다. 대신 이복동생의 손을 꼭 쥐고 소리 없이 기도를 드렸다. 잠시 침묵이 흐르는가 싶더니, 루이자가 문득 높고 또렷한 목소리로 노래하기 시작했다.

"둘이 모여 하나가 된다네.

한데 뭉친 힘으로 온 세상을 다스리네."

하지만 거기까지였다. 고음이 심하게 떨리더니 뚝 끊어졌다. 줄리아는 남몰래 안도의 한숨을 내쉬었다. 자매를 막사로 끌고 온 경비병은 불만스러운 듯 고개를 내저었다.

"이게 전부가 아닙니다." 병사는 아이들을 사납게 노려보며 말했다. "빛이 비추느니 왕의 왕이 돌아오느니 하는 대목이 더 있었습니다." 장군의 눈이 커졌다.

"예언이 더 있었다고? 그럴 리가 없어. 그럴 리가 없고말고!" 세레스는 의자를 거칠게 밀치더니 튀듯이 일어나 방을 가로질러 달려왔다. 코가 닿을 만큼 얼굴을 바짝 들이대고 루이자를 다그쳤다. "못된 계집애 같으니라고! 알고 있는 걸 다 털어놓지 못할까! 죽기 싫으면 당장 자백하란 말이야!" 장군의 입을 떠난 침방울이 수없이 아이의 얼굴에 떨어졌다. 순간, 아무런 예고도 없이 루이자의 몸이 스르르 무너져내렸다. 정신을 잃고 만 것이다.

장군은 온갖 험한 욕을 한바탕 퍼붓고는 줄리아를 향해 돌아섰다.

"얘가 무슨 노래를 부르고 돌아다닌다는 거지? 어려서부터 들어온 자장가라면, 너도 알 게 아니냐?"

"모릅니다. 저도 며칠 전에 처음 들었어요. 노래도 처음부터 두 줄뿐이었고요. 저 아저씨가 헷갈리셨나 봐요." 소녀는 영문을 모르겠다는 표정으로 대꾸하곤 입을 다물었다. 한참을 기다렸다가 바닥에 쓰러져 축 늘어진 동생을 곁눈질하며 말을 이었다. "동생을 움막으로 데려가게 해주세요. 쟨 병에 걸렸어요. 헛소리하는 것 좀 보세요."

닦달해봐야 소용없다고 판단했는지, 장군은 퉁명스럽게 명령했다. "다들 물러가거라. 어디 가지 말고 동생을 잘 돌봐야 한다. 멀쩡해지면 병사를 보내 다시 부르겠다."

줄리아는 루이자 옆에 무릎을 꿇었다. 뺨을 몇 차례 가볍게 때리자 정신이 돌아왔다. 아이가 눈을 번쩍 뜨는 순간, 소녀의 입가에 미소가 번졌다. 그날 하루를 통틀어 그때가 처음이었다.

“자, 천막으로 돌아가자.” 언니는 팔을 내밀어 이복동생을 일으켜 세우고 어깨를 감싸 부축했다. 경비병에게 등을 떠밀려 문을 나서기 전, 소녀는 마지막으로 세레스와 그 목에 걸린 신물을 흘낏 돌아보았다. 순간, 머릿속에 반짝하고 불이 들어오는 것 같았다.

할머니가 크리스마스 선물로 보내준 별모양의 펜던트였다. 그랬다. 장군의 신물과 똑같은 모습이었다. 복판에 파인 홈에 집어넣으면 딱 들어맞을 것 같았다. 놈들이 찾고 있는 게 바로 그 목걸이 장식이었다. 소녀는 예언을 되새겼다. 반쪽짜리 둘이 모여 하나가 돼서 권력을 쥐고 세상을 다스린다고 했다. 빛이 들어오고 주님이 다시 오신다는 구절도 있었다.

병사의 감시 아래 노예들의 천막촌으로 돌아가면서 줄리아는 한 구절 한 구절을 수없이 곱씹었다. 땅을 아무리 깊이 파도 케미아인들은 원하는 걸 얻을 수 없을 것이다. 영국 집 침실 벽에 붙은 옷장 선반에 올려놓고 왔으니 당연한 노릇이었다. 하지만 ‘온 세상을 다스릴’ 힘이 거기서 나온다고 믿는 한, 저들은 수색을 포기할 리가 없었다. 그러는 사이에 화산이 폭발하기라도 하면 지금으로선 정체를 알 수 없는 흑암의 세력이 풀려나 사방팔방 퍼져나갈 게 빤했다.

반면에 줄리아가 장군의 신물을 손에 넣을 수만 있다면 두고 온 펜던트와 합쳐서 비극을 막을 수 있었다. “어둠은 무너지네…. 어둠은 무너지네….” 소녀는 예언의 끝 구절을 거푸 중얼거렸다.

노예들이 머무는 움막촌에 도착한 자매는 빈 천막을 골라 들어갔다.

경비병도 거기까지는 뒤따르지 않고 묵묵히 바깥에 서서 아이들을 감시했다. 소녀는 동생을 요에 뉘고 이마를 짚어보며 말했다. "어서 자. 푹 자고 나면 무슨 수가 날 거야."

루이자는 가볍게 고개를 끄덕이곤 눈을 감았다. 갑자기 두려움이 덮쳤다. 줄리아는 무릎에 머리를 묻고 흐느껴 울었다. 걷잡을 수 없이 일이 틀어지고 말았다. 피터는 잡혀갔고, 루이자는 정신이 오락가락했다. 화산은 시시각각 폭발로 치닫는 중이었다. 얽히고설킨 문제들을 말끔하게 매듭짓기에 소녀는 너무 어렸다. 과연 백성들을 왕의 왕께 돌이킬 수 있을지 의심스러웠다. 아침에 다 같이 손을 잡고 간절히 기도했는데도 이처럼 비참한 신세가 됐다는 게 도무지 믿어지지 않았다.

몇 시간이나 울었을까? 소녀는 눈물을 닦고 자세를 바로잡았다. 할머니가 늘 하던 이야기처럼 울음으로 문제를 해결할 수는 없는 노릇이었다. 이제 계획을 세워야 할 시간이었다.

할머니. 크리스마스 선물. 옷장에 두고 온 목걸이 장식.

머릿속에서 온갖 생각들이 감당할 수 없을 만큼 빠른 속도로 소용돌이치기 시작했다. 집에 있는 펜던트를 가져온다면, 장군이 목에 걸고 있는 신물을 손에 넣는다면, 그래서 할머니가 주신 별모양 장식과 조립한다면 땅속에서 무엇이 튀어나오든 마음대로 조종할 수 있을지도 모른다. 적어도 피터의 자유나 목숨을 걸고 협상을 벌일 때 써먹을 수 있을 것이다. 케미아 사람들이 눈이 벌게져서 얻으려 하는 뿔이 여섯 개 달린 별은 소녀의 수중에 있고, 이편에서는 무엇보다도 피터를 되찾고 싶어 한다.

혼란스럽고 고단했다. 무거운 바윗덩이에 짓눌린 듯 숨이 막혔다. 도와줄 만한 인물을 수소문해야 했다. 줄리아는 앨리스를 찾아보기로 했다.

14

포로들의 움막이 늘어선 캠프 위로 파랑새 한 마리가 날아들었다. 눈길 닿는 곳마다 황량한 풍경뿐이어서 화사한 빛깔이 더욱 도드라져 보였다. 녀석은 커다란 나무꼭대기에 앉아서 신나게 지저귀며 짝을 찾았다. 시끄러운 소리에 눈을 뜬 루이자는 두리번거리며 새를 찾다가 제 방 침대가 아니란 걸 알고 소스라치게 놀랐다.

막 비명을 내지르려는 순간, 줄리아의 손이 입을 막았다. "쉿!" 언니는 동생의 귀에 대고 속삭였다. "앨리스를 만나야 해. 경비병의 눈에 띄지 않게 조용히 빠져나가자."

하지만 채 어찌해보기도 전에 병사의 머리가 천막 안으로 쑥 들어왔다. 자매가 잠에서 깬 걸 확인하고는 손짓을 해가며 길을 재촉했다. "가자! 세레스 장군님이 노래의 뒷부분을 듣고 싶어 하신다!"

아이들은 경비병을 따라 산등성이를 올랐다. 푹 쉰 덕에 루이자의 상태는 많이 나아졌지만, 장군의 막사로 가는 내내 언니는 이복동생의 어깨를 꼭 감싸 안은 팔을 풀지 않았다. 다시 음울한 기운이 내려앉았다.

자매는 군인의 감시를 받아가며 광산으로 끌려가는 포로의 행렬을 거슬러 걸었다. 줄리아는 지나쳐 가는 노예들의 얼굴을 하나하나 훑어가며 뒤엉킨 실타래를 풀어줄 여인을 찾았다. 너나없이 얻어맞고 먼지를 잔뜩 뒤집어쓴 데다 도움을 기대할 데가 없다는 절망감에 사로잡힌 터라 생김새가 다들 비슷비슷했다. 똑같이 가련한 얼굴들 가운데 어느 하나를 구별해낸다는 건 불가능에 가까웠다. 따뜻한 기운이 감도는 회색 눈동자와 딱 맞닥뜨리고도 쭈뼛쭈뼛 망설였던 건 그 때문이었다.

"앨리스?" 소녀가 불렀다. 처음엔 긴가민가했지만 이내 확신이 들었다. "앨리스!" 줄리아는 동생을 부축한 채로 달려 나갔다. 경비병도 기겁을 하며 따라왔다. 시간이 많지 않았다.

"놈들이 피터를 잡아갔어요!" 소녀가 재빨리 말했다. "어디에 갇혀 있는지조차 모르겠어요. 그리고 여러분이 땅을 파헤치며 찾고 있는 물건은 나한테 있어요." 뒤쫓아 온 병사의 두툼한 손이 줄리아의 팔을 거세게 낚아챘다. 앨리스는 포로들의 행렬을 따라 멀어져갔다.

"감히 노예들과 말을 섞어?" 경비병은 사납게 다그치며 손등으로 소녀의 뺨을 후려쳤다. 한 방에 나가떨어진 아이는 얼굴을 감싸고 땅바닥을 뒹굴었다. "일어나!" 사내는 잡아먹을 듯 으르렁거렸다. "장군님은 기다리는 걸 제일 싫어하신단 말이야!"

줄리아는 비척비척 일어서며 동생을 곁눈질했다. 루이자는 완전히 얼어붙은 얼굴이었다. 빨갛게 부풀어 오르기 시작한 언니의 뺨을 한동안 멍하니 바라보기만 할 따름이었다. 하지만 곧 정신을 수습하고 손을 내밀어 부드럽게 어루만지며 말했다. "자, 기운 내. 어서 가자."

잠시 후, 세레스의 막사에 도착한 자매는 경비병들에 이끌려 안으로 들어갔다. 장군과 부하 장수들은 땅에 쓰러진 노예 하나를 둘러싼 채 일행을 기다리고 있었다.

포로가 누군지 알아보는 데는 긴 시간이 걸리지 않았다. 피터였다. 터지고 멍든 자국투성이여서 성한 데가 없을 정도였다. 끈적끈적하고 거무튀튀한 덩어리가 금발머리 곳곳에 엉겨 붙어 있었다. 피가 분명했다. 퉁퉁 부은 손은 여기저기 긁힌 상처로 엉망이었다. 찢겨나간 등 뒤 셔츠자락 사이로 피 맺힌 채찍자국이 어지럽게 나 있었다.

의식은 있었지만 또렷해 보이진 않았다. 동생들과 눈이 마주치자 깊은 신음을 토해냈다. 말할 기운조차 없는 것 같았다. 줄리아의 가슴에서 뜨거운 게 치받았다. 그럴 수만 있다면, 장군의 숨통을 조르며 오빠가 당한 고통을 고스란히 되갚아주고 싶었다. 에이딘과 케미아, 포로들 따위는 어찌 되든 내버려두고 식구들과 함께 그냥 집으로 돌아가는 게 낫겠다는 심정이었다.

루이자는 무릎을 꿇고 손을 내밀어 이곳저곳 붉게 부풀어 오른 오빠의 어깨를 가만히 쓰다듬었다. 손가락이 상처에 닿았는지 소년은 움찔했다. 하지만 이복동생의 손길에 마음이 놓였는지 이내 깊고 편안한 숨을 내쉬었다.

"자, 이제 꼬마 예언자께서 노래를 끝까지 불러줄 준비가 되셨을 것 같은데…." 장군이 비아냥거렸다.

루이자는 세레스와 언니를 번갈아 돌아보면서 쉽사리 입을 떼지 못했다.

기다리다 못한 장군이 소리쳤다. "노래를 부르란 말이다! 노래해! 못 하겠다면 부하를 시켜서 여기 이 꼬마와 똑같은 꼴로 만들어주마." 세레스 곁에 선 병사가 손에 칭칭 감은 채찍을 흔들어 보였다. 줄리아는 침을 꿀꺽 삼켰다. 루이자는 이를 악물고 버텼다.

경비병은 주먹에서 스르르 채찍을 풀어내곤 손잡이를 야무지게 움켜쥐었다. 순간, 줄리아가 앞으로 나서더니 높고 맑은 목소리로 노래를 부르기 시작했다.

둘이 모여 하나가 된다네.
한데 뭉친 힘으로 온 세상을 다스리네.
빛이 홍수처럼 쏟아지니 그늘이 쫓겨 가네.
주인이 다시 오시는 날, 어둠은 무너지네.

오래도록, 아주 오래도록 침묵이 흘렀다.

줄리아는 눈을 질끈 감고 손찌검이나 채찍질을 각오했지만 아무 일도 벌어지지 않았다. 가만히 눈을 뜨고 오빠를 살폈다. 몸을 가누지 못하고 바닥에 쓰러져 있는 피터의 눈동자도 동생을 향하고 있었다.

"장군님, 제발 오빠를 데려가게 해주세요."

"그보다 먼저, 그 노래가 무슨 뜻인지 말해보거라. 주인이 다시 오신다니, 그게 누굴 가리키는 거지?" 목에 걸린 초록빛 돌을 그러잡은 손가락에 힘을 주며 세레스가 말했다.

이제 소녀는 거침이 없었다. "말 그대로입니다. 우리는 그분의 백성이고 그 손 안에 있습니다. 세상 만물이 다 마찬가지입니다. 왕의 왕은 다시 오십니다. 그날이 오면, 그분의 백성은 자유를 얻고 다시는 종살이를 하지 않게 될 것입니다."

누가 말리지 않았더라면 어디까지 갔을지 모른다. 경비병이 채찍을 치켜드는 걸 본 줄리아는 말을 멈췄다. "감히 어느 어른 앞이라고!" 병사는 무섭게 으르렁거렸다. "말조심하지 못할까!"

장군이 흠흠 하고 헛기침을 했다. "네가 '왕의 왕'이라고 부르는 양반이 그늘을 쫓아낸다고? 그건 무슨 얘기지?"

"거기까진 저도 모릅니다." 소녀가 대꾸했다. 목소리에 절망감이 배어 있었다. "땅에서 뭐가 나오든지 장군님은 그걸 뜻대로 조종할 수 없을 겁니다. 제가 아는 건 그뿐입니다. 무언가가 저 깊은 곳에서 튀어나오려 하고 있습니다. 저뿐만 아니라 여러분도 잘 알고 있을 겁니다. 신물의 절반을 찾아내면 그게 뭐든 마음껏 쉽사리 움직일 능력을 갖게 됩니다. 온 세상을 손에 쥘 수도 있겠지요. 하지만 어두운 그림자가 누구든, 그리고 무엇이든 그 앞을 막아서는 것들을 여지없이 바스러트리고 말 겁니다. 오직 왕의 왕께만 그 그늘을 없앨 힘이 있습니다."

돌연 상군이 자리를 박차고 일어났다. 흔들리는 눈빛으로 소녀를 바라보며 다그쳤다. "신물의 비밀을 어떻게 알았지? 너… 너 같은 노예 계집애가 어떻게? 당장 사실대로 고하지 못할까!"

할머니가 크리스마스 선물로 보내준 목걸이를 걸 때 느꼈던 무게감이 고스란히 살아났다. 소녀는 똑바로 서서 침착하게 생각을 가다듬었다. 펜던트 얘길 끄집어내는 실수를 저질렀다간 최악의 사태가 벌어질 게 틀림없었다.

"당장 말하지 못하겠느냐!"

장군은 코가 맞닿을 만큼 얼굴을 바싹 들이댔다. 후끈후끈 구린내 나는 입김이 살갗을 스쳤다. 떨고 있는 걸 들키지 않으려 안간힘을 쓰면서 줄리아는 고개를 절레절레 흔들었다.

"경… 경비병들이 하는 말을 엿들었을 뿐입니다." 소녀는 웅얼거렸다. 하지만 익숙지 않은 거짓말이 통할 리가 없었다. 장군은 벌써 눈치를 챈 것 같았다. 갑자기 눈앞이 번쩍했다. 정신을 차려보니 어느새 피터 옆을 나뒹굴고 있었다. 입안에서 찝찔하고 비릿한 피 맛이 났다. 곧이어 루이자의 입에서 찢어지는 듯한 비명이 터져 나왔다. 눈앞이 캄캄해지더니 가물가물 의식이 흐려졌다.

시간이 얼마나 흘렀는지 알 수 없었다. 눈을 떴지만 사방은 여전히 캄캄했다. 부드러운 손길이 뺨을 어루만지고 있었다. 줄리아가 가만히 손을 내밀어 그 손가락을 마주잡았다.

"쉿! 그대로 있어." 손길의 주인이 들릴락 말락 조그맣게 속삭였다. "경비병이 채찍으로 언니를 후려쳤어. 상처가 났으니까 함부로 만지지 말고 당분간 그냥 두는 게 좋겠어."

"루이자니?"

"응. 목소리 낮춰."

"오빠는?"

"가까이에 있는 것 같긴 한데, 정확히 어딘지는 모르겠어. 얼른 찾아봐야지. 곧 만나게 될 거야. 알겠지?" 너무 어두워서 상대방의 눈에는 보이지도 않겠지만, 줄리아는 말없이 고개를 끄덕였다. 동생은 차가운 손으로 언니의 이마를 짚었다. 마음이 한결 편해지면서 절로 한숨이 나왔다. 소녀가 불쑥 물었다. "여긴 어딜까?"

"광산 근처에 있는 동굴이야. 몇 명이나 되는지 모르지만 경비병들이 입구를 지키고 있어." 루이자가 말을 뚝 끊고 한참을 기다리다 다시 소곤거렸다. "들었어, 저 소리?"

줄리아는 귀를 쫑긋 세웠다. 분명히 인기척이었다. 동생은 언니의 손을 꽉 잡았다. 문득 음성이 뚝 끊어지더니 누군가 다가오는 듯, 발자국 소리가 이어졌다. 자매는 너무 두려워서 입도 벙긋할 수가 없었다. 숨을 곳도, 도망칠 길도 없었다. 일 분이 한 시간 같았다. 마침내 상대편의 목소리가 날아왔다.

"줄리아?"

둘 다 잘 아는 음성이었다.

15

"앨리스!"

줄리아는 한 치 앞도 보이지 않는 굴속을 달려 여인의 품에 안겼다. "여기 있는 줄 어떻게 알고 온 거예요? 혹시 오빠 얘길 들은 게 있나요? 아는 대로 다 말해줘요."

앨리스가 웃으며 소녀의 입을 막았다. "조용, 제발 음성을 낮추세요. 시간은 충분하니까 다 대답해드릴게요. 우선 요기부터 하세요. 먹을 걸 좀 가져왔어요." 여인은 배가 불룩 튀어나온 가방을 열어 커다란 빵 두 덩이를 꺼냈다. "넉넉하진 않을 거예요. 경비병들이 더 이상은 허락해주질 않아서요. 그리고 두 분을 꼭 만나고 싶어 하는 친구를 데려왔어요." 워낙 어두워서 잘 보이지 않았지만 목소리에 웃음기가 실리는 걸 느낄 수 있었다. "제 아들, 알렉산더예요. 갓난아이 시절부터 여러분에 관한 이야기를 듣고 자란 아이랍니다."

소녀는 더듬더듬 아이의 어깨를 잡았다. 여리고 수줍은 목소리가 물었다. "이분이 줄리아 아가씨예요?"

"그렇단다. 왕의 왕이 우릴 이곳으로 다시 불러주셨어. 하지만 끝까지 맡겨진 일을 잘해낼 수 있을지 걱정이야." 소녀가 대답했다.

"그건 여러분의 몫이 아니에요. 어둠 속을 헤매는 동안은 왕의 왕이 어떻게 일하시는지 알 수 없을 때가 많아요. 자, 여기 앉아서 빵을 드시면서 제 얘기를 들어보세요." 앨리스가 말했다.

여인이 건네는 빵을 받은 루이자는 한쪽을 뚝 떼어서 언니에게 건넸다. 자매는 동굴 벽에 기대앉았다. 축축한 기운이 얇은 옷자락 틈새로 새어들었다. 둘 다 고마워하며 빵을 우적우적 씹어 먹었다. 꿀맛이었다. 정말 오랜만에 먹는 음식이었다. 마지막으로 밥을 먹은 게 언제였는지, 앞으로 또 이런 기회가 있을지 아무것도 알 수 없었다.

"그동안 해온 일이 헛수고는 아니었어요." 앨리스가 입을 열었다. "물을 받아먹을 때미다 포로들은 여러분이 전하는 메시지를 들었어요. 얼마 안 가서 틈만 나면 삼삼오오 모여서 소문에 관한 이야기를 나누게 됐어요. 결국 여러분이 오셨다는 사실이 모든 에이딘 백성에게 퍼져나갔어요. 지금은 구원자가 동굴에 갇혀 온갖 괴로움을 겪도록 내버려둬선 안 된다는 쪽으로 의견이 모아졌어요."

"그러니까… 백성들이…." 소녀는 말을 잇지 못했다. 꿈도 꾸지 못했던 일이었다. 앨리스는 재빠르게 속삭였다. "지금 은밀히 모여서 여러분을 구해낼 작전을 짜고 있어요. 오래 걸리진 않을 거예요." 여인은 자매의 어깨 너머로 입구 쪽을 연신 흘낏거리며 경비병들의 움직임을 살폈다. "결정적인 시간이 다가오고 있어요. 동이 트기 전에 공격이 있을 거예요. 두 분 아가씨와 피터 님도 빈틈없이 준비를 갖춰주세요."

여인은 한결 목소리를 낮추며 은근히 물었다. "물론, 특별한 구상이 있으시겠죠? 백성을 데리고 에이딘으로 돌아가실 계획 말이에요. 왕의 왕께서 결정적인 때가 되면 이러저러하게 움직이라고 가르쳐주셨을 테니까요." 낮지만 확신에 찬 음성이었다. 차마 거기에 대고 아무런 말씀도 듣지 못했다고 털어놓을 수가 없었다. 소녀로서는 어떻게 포로들을 에이딘까지 무사히 귀환시켜야 할지, 어디서 배를 구해서 바다를 가로질러 건너가야 할지 모든 게 난감하기만 했다.

그래도 줄리아는 자신 있게 대답했다. "당연하죠. 계획이 있고말고요." 칠흑같이 어두운 굴속이었지만 여인의 얼굴이 환하게 밝아지는 걸 느낄 수 있었다.

"여러분을 다시 보내주신 왕의 왕께서 얼마나 감사한지 모르겠어요. 이런 날들을 생생하게 지켜보고 자식들에게 그 이야기를 들려줄 수 있는 특권을 아들아이에게 주신 것도요."

"어른들은 저더러 싸움터에 얼씬도 하지 말래요. 너무 어려서 성가시기만 할 거라고요." 알렉산더가 끼어들었다.

"너도 싸울 수 있는 날이 올 거야. 용기에 어울릴 만큼 키도 자라야지." 엄마가 자상하게 달랬다. 여인은 자매를 덥석 끌어안으며 한 번 더 강조했다. "새벽이에요. 준비하고 계세요."

"그럴게요." 소녀가 그나마 남은 자신감을 탈탈 털어 씩씩하게 약속했다. 앨리스는 아이의 손을 잡고 동굴 밖으로 나갔다.

"정말 세워둔 계획이 있어?" 모자가 사라지자마자 루이자가 물었다.

줄리아의 입은 오랫동안 열리지 않았다. 한참이나 지난 뒤, 마침내 소녀가 말했다.

"뾰족한 수가 생길 거야. 확실해."

자매는 가만히 앉아서 동굴 입구 쪽으로 한 뼘쯤 드러난 하늘이 잿빛에서 탁한 보랏빛으로, 다시 검은색으로 변해가는 모습을 지켜보았다. 별은 눈에 띄지 않았다. 화산에서 솟아나는 우울한 연기가 구름처럼 섬 전체를 뒤덮고 있는 탓이었다.

"그럼 어쩔 건데?" 동생이 보챘다.

"그만해. 나한테도 별 묘수가 없다는 걸 잘 알잖아?"

"그래도 생각은 해볼 수 있지 않을까? 새벽까지 기다리면서 말이야."

줄리아는 고개를 끄덕이곤 동굴 벽에 기대앉으며 눈을 지그시 감았다. "무엇보다 중요하고 급한 일은 장군의 목걸이를 손에 넣는 거야."

"왜?"

"그게 절반이기 때문이지. 할머니가 크리스마스 선물로 나한테 보내준 펜던트 생각나니?" 소녀가 말했다.

"응. 좀 이상해 보였어. 별처럼 생겼었는데, 안 그래?"

"맞아. 초록색 돌을 뿔이 여섯 개 달린 별모양으로 깎은 물건이었지. 그런데 그걸 장군이 늘 목에 걸고 있는 신물과 합치면 딱 맞아떨어지거든."

"반쪽짜리 둘을 한데 모으면 어떻게 되는데?"

줄리아는 동생을 똑바로 바라보며 대답했다. "노래를 떠올려봐."

루이자는 뒤로 물러앉으며 한마디 한마디 가사를 곱씹었다. "둘이 모여 하나가 된다네…. 주인이 다시 오시는 날, 어둠은 무너지네…. 그럼 뭐야? 집에서 펜던트를 가져다가 장군의 신물과 합치면…."

"그렇지." 소녀는 고개를 주억거렸다.

루이자는 반색을 했다. "그럼 일이 아주 간단해지겠는걸? 그럼, 목걸이 장식을 어떻게 가져올 거야?"

"에이그, 지금 그걸 궁리하고 있는 거잖아!"

"아, 그렇지!" 동생은 다시 침묵에 빠져들었다.

제각기 깊은 생각에 빠져 시간 가는 줄 모르던 자매는 수선스런 기척을 듣고 나서 퍼뜩 정신을 차렸다. 동굴 입구 쪽에서 무슨 사달이 난 듯했다. 저벅저벅 사람들이 오가는가 싶더니 고함치고 울부짖는 소리가 뒤를 이었다. 승리의 함성인지 아픔을 이기지 못하고 내뱉는 비명인지 알 수 없었다.

"밖에 몇 명이나 있을까? 얼마나 많은 백성들이 우릴 구하러 온 것 같아?" 동생은 언니의 귀에 대고 물었다.

"모르겠어. 아직 너무 어두워서." 줄리아는 고개를 저으며 말했다. "입구 가까이로 다가가서 확인해보자." 먼저 일어난 소녀는 루이자를 잡아 일으켰다.

자매는 입구로 살금살금 다가섰다. 빛이라곤 경비병들이 땅에 꽂아 놓은 횃불에서 나오는 게 전부였지만, 캄캄한 굴속에 오래 머물다 나온 두 아이에겐 대낮처럼 밝아 보였다. 장정 몇이 오가는 게 금방 눈에 들어왔다. 둘은 케미아 군대의 갑옷을 입었고 나머지 둘은 포로들처럼 누더기 차림이었다. 노예들이 들고 있는 무기라곤 주먹돌과 작대기가 전부였지만 에이딘의 용사답게 용감하고 맹렬하게 적과 맞서고 있었다.

소녀는 제 할 일을 정확히 알고 있었다. 동생의 손을 잡고 살금살금 굴을 빠져나가 포로들 틈으로 돌아가야 했다. 아직 동이 트기 전이라 어렵지는 않을 것 같았다. 일단 탈출에 성공하면 무사히 풀려났음을 알린 다음, 노예들을 해방시키는 사명을 받고 이 땅에 돌아왔음을 선포할

작정이었다. 그다음에는 포로들이 하나가 돼서 경비병들을 눌러버릴 테고, 수족이 잘린 장군은 순순히 신물을 내놓을 수밖에 없을 것이다. 어려울 게 없었다.

줄리아는 동생을 돌아보며 속삭였다. "따라와!" 자매는 서로 손을 꼭 잡고 동굴 벽을 따라 입구 쪽으로 기어나갔다. 하지만 채 몇 걸음도 못 가서 그 자리에 얼어붙고 말았다. 희미한 불빛에 드러난 얼굴은 기대했던 모습과는 딴판이었다. 그건 인간이 아니었다.

줄리아는 숨이 턱 막혔다.

굴녹이 이리저리 헤집어가며 우람한 팔을 휘둘러댈 때마다 포로들은 성냥개비처럼 좌우로 나가떨어졌다. 괴물 앞에서는 케미아인들마저 숨을 죽이고 몸을 웅크렸다. 다들 힘 한번 써보지 못하고 도망치기에 바빴다. 소녀들의 마음속에서 희망이 쿵 하고 내려앉는 소리가 들렸다.

포로들이 신호를 보내는 데 썼던 횃불이 난리 통에 쓰러져 나뒹굴고 있었다. 경비병들이, 아니면 굴녹이 빼앗아 집어던진 것 같았다. 간당간당 꺼져가던 불씨가 조금씩 살아나더니 차츰 사방으로 번져나갔다. 슬금슬금 땅 위를 기어가던 불꽃들은 어느새 걷잡을 수 없을 만큼 빨리 달리기 시작했다. 불기운이 자매의 얼굴과 팔을 핥고 지나갔다. 늘 후텁지근하고 끈끈한 공기를 마시며 지냈지만 이건 전혀 다른 종류의 열기였다.

활활 타오르는 불빛이 동굴 주위를 환하게 밝혔다. 풀잎들마저 길고 가는 그늘을 드리울 정도였다. 돌멩이 하나, 나무 한 그루까지 또렷이 보였다. 붉게 일렁이는 불길 속으로 포로들이 우왕좌왕 달아나고 있었다. 화염은 순식간에 동굴 입구까지 밀어닥쳤다. 더 이상 아무것도 보이지 않았다. 눈에 띄는 것이라곤 코앞에서 너울대는 불꽃뿐이었다.

그처럼 뜨거운 열기는 난생처음이었다. 줄리아는 어려서 프라이팬에 손을 살짝 덴 적이 있었다. 얼마나 아팠던지 그 일을 생각만 하면 상처 자리가 아직도 얼얼할 정도지만, 당장 눈앞에 마주한 열기에 비하면 그야말로 '새 발의 피'였다. 한껏 뜨거워진 공기에 낯이 다 탈 것만 같았다. 아이들은 시원한 공기를 찾아 동굴 안쪽으로 깊이 들어갔다. 동굴 바닥은 항상 축축했다. 특별히 탈 만한 것도 없으니 화재가 가라앉고 굴녹이 물러가기를 기다리기에는 안성맞춤이었다.

자매는 사납게 널름거리는 불길과 숨통을 죄어오는 연기를 피해 점점 더 깊숙한 곳으로 파고들었다. 줄리아는 불타는 소리가 그토록 요란한 줄 몰랐다. 하도 시끄러워서 다른 소음은 전혀 들리지도 않을 지경이었다. 굴녹의 울부짖음을 듣지 못한 것도 그 때문이었는지 모른다. 우연히 고개를 돌린 소녀는 불 속에 선 괴물의 모습을 똑똑히 보았다.

여태 뒤를 쫓아온 게 틀림없었다. 놈은 밤과 어둠을 대표하는 생물이었다. 굴속에 구원자가 있는 걸 알고는 무서운 불길을 뚫고 달려온 것이다. 불길이 얼굴과 팔, 다리를 쉴 새 없이 핥아댔지만 굴녹은 꿈쩍도 하지 않았다. 입을 크게 벌리고 한 번 더 소름끼치도록 큰 소리로 괴성을 질렀다.

언니를 꼭 붙들고 있던 동생의 손가락이 맥없이 풀려나갔다. 넋을 잃은 듯, 아이는 맨땅에 털썩 주저앉았다. 소녀는 무릎을 꿇고 손을 내밀어 축 늘어진 루이자를 붙들었다. 그야말로 속수무책이었다. 할 수 있는 일이라곤 괴물이 덤벼들길 기다리는 것뿐이었다. 놈이 구원자에게 무슨 해코지를 하든지 고스란히 당할 수밖에 없었다. 달아날 길도, 빠져나갈 구멍도 다 막혔다. 줄리아는 눈을 감고 마지막 기도를 드렸다. 소망도 없고 기대할 것도 없는 상황에서 드리는 침묵의 기도였다.

하지만 그걸로 충분했다.

한 줄기 강한 바람과 함께 또 다른 생명체가 불꽃을 헤치고 나타났다. 소녀는 눈을 번쩍 떴다. 처음에는 정체를 알아보지 못했다. 새로 등장한 생물은 공중에 뜬 상태에서 날카로운 발톱으로 괴물을 갈기갈기 찢어버렸다.

퍼덕이는 날개를 보고야 퍼뜩 짚이는 게 있었다. 송골매, 바다를 건네준 바로 그 새였다. 누가 왔는지 알아채는 순간, 반가운 마음에 환호성이 터져 나오는 걸 소녀는 간신히 참았다. 얼른 달려 나가 목을 끌어안고 싶었지만 흑암의 앞잡이 노릇을 하는 또 다른 괴물이 불길을 뚫고 덤벼드는 걸 보고 뒤로 물러섰다. 매의 발톱은 치명적인 무기였다. 맹렬한 회염에도 끄떡 않던 골녹의 몸뚱이에 무수한 상처를 입혔다.

괴물의 반격도 만만치 않았다. 상대를 떨어트려 공격을 끝장내려고 날개에 쉴 새 없이 주먹질을 해댔다. 하지만 힘으로나 덩치로나, 송골매는 조금도 밀리지 않았다. 싸움은 끝없이 계속됐다. 어느 쪽도 압도적인 우세를 차지하지 못했다. 줄리아는 꼼짝도 못하고, 아니 숨소리조차 내지 못하고 그 무서운 광경을 지켜보기만 했다. 그래도 결국은 매가 괴물들을 물리치고 말리라는 걸 믿어 의심치 않았다.

팽팽하던 판세는 순식간에 기울었다. 매의 예리한 발톱이 허공을 가르고 날아가 괴물의 한쪽 눈을 꿰뚫었다. 굴녹은 섬뜩한 괴성과 함께 두 손으로 얼굴을 감싸고 땅바닥에 고꾸라졌다. 줄리아는 목청껏 만세를 불렀다. 송골매마저 놀라서 그 커다란 눈을 더 크게 뜨고 돌아볼 때까지 소녀의 환호는 끝없이 이어졌다.

소녀의 눈이 매의 노란 눈동자와 딱 마주쳤다. 줄리아의 입에서 헉 하는 소리가 새어나왔다. 세상의 온갖 아픔을 끌어안은, 한편으로는 무한한 지혜를 품은 눈이었다. 송골매가 천천히 다가왔다. 몹시 지친 기색이었다. 바깥은 여전히 불바다였다. 어른거리는 불빛에도 날개 끄트머리가 불에 그을린 게 선명하게 보였다. 가슴에서 검붉은 피가 방울방울 솟아나 내를 이루고 있었다.

매는 소녀 앞에서 머리를 숙이고 눈을 맞췄다. 등에 올라타라는 뜻이라는 걸 한눈에 알 수 있었다.

"어디로 가게? 어디로 데려가려고?" 소녀가 물었다.

송골매는 대답 대신, 고개를 한쪽으로 갸우뚱거리는 새들 특유의 몸짓을 보였다. 집으로 간다는 뜻인 것 같았다.

줄리아는 펄쩍 뛰었다. "안 돼! 오빠는 붙들려 가서 어디에 있는지도 모르고 동생도 저기 저렇게 실신해서 쓰러져 있잖아. 집에 가서 펜던트를 가져와야 한다는 걸 모르는 게 아니야. 그게 없으면 화산이 폭발하고 흑암의 세력이 퍼지는 걸 막을 수가 없다는 것도 잘 알아. 그래도 피터와 루이자를 여기에 남겨두고 갈 수는 없어. 절대로!"

말을 마치기가 무섭게, 예상치 못했던 일이 벌어졌다. 매가 또다시 고개를 갸웃하며 부리를 벌리더니 날카롭게 울어 젖혔다. 송골매는 홀연히 사라지고 그 자리에 수도사들이 입는 짙은 색 통옷을 걸친 노인이 나타났다. 줄리아로서는 절대로 잊을 수 없는 얼굴이었다.

"아!" 가벼운 탄성을 쏟아내며 소녀는 냉큼 달려가 그 품에 안겼다. 노인은 가이우스였다. 에이딘에 있을 때, 알게 모르게 오누이의 목숨을 여러 차례 구해주었던 은인이었다. 수도사는 아이를 꼭 끌어안았다. 그러고는 턱을 들어 올려 눈을 맞추었다.

"펜던트가 있든 없든, 화산은 폭발할 거야." 꿈에도 잊지 못하던 따듯하고 울림이 큰 목소리로 노인이 말했다. "광산이 더 깊어질수록 떨림도 한층 심해지고 있어. 너도 봤을 거야. 케미아인들은 땅속에 도사리고 있는 세력이 결국 솟구쳐 나오리란 걸 분명히 알고 있어. 신물과 펜던트를 합치면 그 힘을 마음대로 조종할 능력을 갖추게 된다고 철석같이 믿는 거지. 그렇지만 우린 알잖아." 노인은 잠시 숨을 고르고 나서 말을 이었다. "하늘과 땅을 통틀어 그런 흑암의 세력을 누를 수 있는 건 단 한 분뿐이야."

"왕의 왕이시죠." 줄리아가 말을 받았다.

가이우스는 고개를 끄덕였다. "그렇지. 그분은 마귀들을 쳐부수고도 남으시지. 하지만 악한 세력을 억누르지 않으면 온 세상으로 퍼져나갈 거야. 펜던트와 신물을 하나로 합쳐서 빛이 되돌아올 수 있게 해야 해."

줄리아는 궁금해 못 견디겠다는 표정으로 물었다. "이해할 수가 없어요. 어째서 왕의 왕은 꼭 신물에 기대어 그분의 백성에게 돌아오시려는 거죠?"

수도사가 대답했다. "주님은 단 한 번도 우릴 버리고 떠나신 적이 없어. 왕의 왕이 살아서 함께하신다는 걸 실감할 수 있는 실마리와 도구로 신물을 주셨을 뿐이지. 둘이 모여 하나가 될 때 무슨 일이 벌어질지는 아무도 몰라. 빛이 홍수처럼 쏟아질 거라고 분명히 가르치는 예언을 믿을 따름이지."

가이우스는 소녀 곁으로 다가와 어깨에 팔을 두르고 따뜻하게 끌어안으며 말했다. "애야, 세상 이치를 모두 알 수는 없는 법이란다. 늘 수수께끼 같은 구석이 있게 마련이야. 언젠가 그 속내를 낱낱이 깨닫게 될 날을 기다려야겠지."

줄리아는 고개를 주억거리며 말했다. "그러니까 저 혼자라도 집에 다녀와야 하는 거군요. 별모양 펜던트가 필요하니까요. 서둘러 떠나야겠네요?" 소녀는 몸을 돌려 곤히 잠든 것처럼 동굴 한쪽 귀퉁이에 쓰러져 있는 이복동생을 바라보았다. "시간이 얼마 남지 않았으니까요."

"세상에 두루 유익한 일을 할 시간은 충분하지만…." 어느새 다시 나타난 송골매가 대꾸했다. "망설이며 허송할 시간은 없지."

"그럼 오빠는 어떡하죠? 어디에 갇혀 있는지조차 모르는걸요. 저 혼자만 집으로 돌아갈 수는 없어요. 심하게 다치기라도 했으면 어떻게 해요? 제 도움이 꼭 필요할 수도 있잖아요. 동생도 그래요. 저 앨 여기에 남겨두고 떠나라고요?"

"피터와 루이자는 왕의 왕이 잘 보살펴주실 거야." 송골매가 말했다. 감히 토를 달 수 없을 만큼 단호한 목소리였다. "지금은 꼭 필요한 일을 해야 할 시간이란다, 얘야. 펜던트를 찾아서 이리 가져와야 해."

새는 무릎을 꿇고 절하듯 머리를 조아렸다. 줄리아는 손을 내밀어 머리 깃을 부드럽게 쓰다듬었다. 이윽고 가볍게 등에 올라타서 두 날개 사이에 자리를 잡은 다음 목을 끌어안았다.

매는 미리 다짐을 두었다. "자, 이제 불을 뚫고 지나갈 거야. 겁내지 말고 꼭 붙들어라." 송골매는 힘차게 날개를 펄럭이며 하늘로 날아올랐다. 줄리아는 새의 목덜미에 착 달라붙은 채 맹렬하게 달려드는 바람을 온몸으로 느끼며 세상의 끝을 향해 높이, 더 높이 솟구쳤다.

16

칠흑 같은 어둠 속에서 눈을 뜬 피터는 손가락 하나 움직일 수가 없었다. 굵고 거친 오랏줄이 손발에 칭칭 감겨 있었다. 온몸은 시퍼런 멍 자국과 상처투성이였다. 어떻게든 똑바로 앉아보려고 온몸을 굴리고 뒤틀었다. 움직일 때마다 입에서 외마디 비명이 절로 튀어나왔다. 죽도록 얻어맞고 범죄자처럼 꽁꽁 묶여 동굴에 처박혔으니 그럴 수밖에 없었다. 스스로 보기에도 영락없는 포로였다.

소년은 낑낑거리며 일어나 앉았다. 시험 삼아 몸을 동여맨 밧줄을 손가락 끝으로 잡아당겨봤지만 헛수고였다. 피멍이 들고 잔뜩 부어오른 손가락으로는 도저히 풀어낼 수 없을 만큼 매듭이 야무졌다.

바깥은 쥐 죽은 듯 조용했다. 달도, 바람도 없었다. 화산에서 뿜어 나오는 독한 가스와 눅눅한 공기 탓에 숨이 턱턱 막혔다. 그때, 희미한 소리가 들려왔다. 피터는 귀를 쫑긋 세웠다. 잔가지가 부러지고 풀잎이 바스락거리더니 곧이어 천천히 발을 내딛는 눈치였다. 한껏 조심하는 듯했지만 인기척을 숨기지는 못했다. 소년은 몸을 앞으로 숙이고 누가 동굴 안으로 들어오는지 살폈다. 캄캄한 어둠에 눈이 익숙해진 지 오래임에도 불구하고, 불빛 한 점 없는 상황에서는 누가 누군지 분간하기 어려웠다. 가슴이 터질 듯 벌렁거렸다. 마음을 가라앉히려고 숨을 깊이 들이마셨다. 심장 뛰는 소리가 이렇게 요란스러우니 누가 들어오든 금방 들키겠구나 싶었다.

발자국 소리는 동굴 앞에서 멈췄다. 잠깐 침묵이 흘렀다. 드디어 상대가 입을 열었다.

"피터 님이세요?"

경비병이라면 일부러 찾아와 이름을 물을 리가 없었다. 포로들 가운데 하나일 거란 생각이 들었다. 그렇다면 적이 아니라 친구인 셈이었다. "그래요!" 소년은 어둠을 향해 대답했다. "내가 피터예요. 이쪽 구석에 있어요. 놈들이 날 꼼짝 못하게 묶어놨어요."

웬 남자가 피터의 목소리를 좇아 곁으로 다가오더니 더듬더듬 팔다리를 묶은 밧줄을 확인했다. 그러곤 서슴없이 칼을 꺼내 오랏줄을 잘라내기 시작했다.

"저는 그레고리라고 합니다." 여전히 칼질을 해대며 사내가 말했다. "앨리스와 가까운 사이예요. 구원자가 돌아오셨다는 걸 그 친구 덕에 처음 알았어요. 나중에 광산에서 다시 한 번 그 소식을 들었죠. 저랑 동생은 피터 님을 위해 싸우기로 작정했어요. 어디로 가시든 끝까지 따라가기로요."

"멋진 일이군요. 고마워요." 칼날이 밧줄을 파고드는 걸 찡그린 얼굴로 바라보며 피터가 웅얼거렸다. 특별한 계획이나 작전은 없고 그저 신물을 장군의 손아귀에서 빼낸다는 허황된 꿈을 꾸고 있을 따름이라는 사실을 털어놓기엔 바람직하지 않은 시점이었다.

손을 묶고 있던 오랏줄이 끊어졌다. 그레고리가 발쪽의 밧줄에 덤벼드는 사이에 소년은 손목을 비비고 주물렀다. 줄이 파고든 자리마다 피부가 벗겨지고 살점이 패어 있었다. 피터는 그레고리에게 말했다. "장군한테 가야 해요. 목에 걸고 있는…."

하지만 이야기는 더 이어지지 못했다. 바깥쪽에서 또 다른 발자국 소리가 들렸기 때문이다. 울림이 괴이하고 생소했다. 이번엔 친구가 아닌 듯했다. 그레고리는 칼질을 멈췄다. 어두운 동굴 속이었지만, 사내의 손이 떨리는 게 보였다.

"굴녹입니다." 짤막한 한마디와 함께 그레고리는 발목의 밧줄을 맹렬하게 잘라내기 시작했다. 한 가닥 한 가닥 오랏줄이 끊어지고 마침내 온몸이 자유로워졌다. 소년은 기척을 내지 않도록 최대한 조심하면서 이리저리 걸어보았다.

"자, 그럼…."

"조용!" 그레고리가 말을 막으며 다급하게 속삭였다. "목소리를 낮추세요. 놈은 우리를 찾고 있을 거예요. 아니면 이쪽으로 오고 있는 또 다른 이들을 기다릴 수도 있고요."

"다른 이들?"

"쉿!"

피터와 그레고리는 동굴 한쪽 후미진 자리에 숨어서 촉각을 곤두세웠다. 얼마 지나지 않아서 서로 고함을 질러가며 실랑이를 벌이는 소리가 들렸다. 고개를 살짝 빼고 내다보니 경비병의 횃불이 땅바닥에 자빠지는 게 눈에 들어왔다. 불똥이 사방으로 튀면서 이내 들불처럼 사방으로 번져나갔다.

둘은 동굴 어귀까지 기어나가 밖을 두리번거렸다. 붉게 물든 하늘을 배경으로 굴녹과 그 앞을 가로막고 선 불행한 포로들의 검은 그림자가 또렷하게 드러났다. 괴물은 사납게 날뛰다가 풀쩍 뛰어오르더니 불길을 뚫고 피터와 그레고리의 시야에서 완전히 사라졌다.

"자, 지금이에요! 달아나세요, 어서!" 그레고리가 재촉했다.

망설일 이유가 없었다. 다리가 떨어져나갈 것처럼 아팠지만 비명을 지를 틈도 없었다. 뒤도 돌아보지 않고 동굴 밖으로 뛰쳐나가 뒤편 숲을 향해 내달렸다. 두 어깨 사이로 뜨거운 열기가 느껴졌다. 문득 에이딘에서 도망치던 때가 생각났다. 머잖아 폭발할 대포에서 가능한 한 멀리 떨어지려고 죽기 살기로 딜렸었나. 살 수 있다는 보장 따위는 애당초 없었다.

소년은 산속 깊이 들어갔다. 허파가 다 타버릴 것 같았다. 결국 커다란 참나무 둥치를 붙잡고 헉헉거리며 숨을 골랐다. 속으로는 누구의 눈에도 띄지 않았기를 기도했다. 열기는 멀어졌지만 불길이 무섭게 주위를 집어삼키는 소리는 여전히 생생했다. 적들이 따라온 건 아닐까?

그레고리는 다른 이들이 있다고 했다. 그럼 포로들이 반란이라도 일으켰단 말인가? 줄리아와 루이자는 풀려났을까? 궁금한 게 너무나 많았다. 분명한 건 장군이 가진 신물을 한시바삐 손에 넣어야 한다는 사실뿐이었다.

'어둠은 곧 가시겠어.' 먼 하늘을 올려다보며 소년은 생각했다. '노예들은 곧 일어나 광산으로 올라가겠지? 장군은 그렇게 일찍 일어나진 않을 거야. 그 틈을 노려서 목걸이에 달린 신물을 훔쳐내야겠어. 성공할 가능성은 낮지만 한번 해봐야지.'

피터는 벌떡 일어나서 주위를 살폈다. 아뿔싸! 무작정 도망쳐온 터라 길을 알 수가 없었다. 여기가 어떤 숲이고 어디로 가야 광산이 나오는지 감이 잡히지 않았다. 화산이라도 보이면 좋으련만 나무가 너무 울창해서 먼 데까지 내다볼 방도가 없었다.

툭 터진 산마루를 찾아내야 했다. 높은 곳에 올라가야 툭 터진 시야를 확보할 수 있었다. 그러지 말고 왔던 길을 되짚어갈까 싶기도 했다. 그렇게 하면 적어도 방향을 잃을 염려는 없었다. 하지만 금방 포기했다. 그쪽은 여전히 불바다일 테고 굴녹이 도사리고 있을지도 모를 일이었다. 소년은 촘촘히 들어선 나무들을 헤치고 한 걸음씩 앞으로 나갔다.

소년은 걸음을 멈추고 아버지가 준 나침반을 꺼내 들었다. 엄지손가락으로 뚜껑을 퉁겨 열고 바늘을 확인했다. 눈을 감고 어젯밤에 동생과 함께 몇 번이고 들여다보던 지도를 떠올렸다. 숲이 있고, 화산이 있고, 동굴이 있었다. 그래도 어느 쪽으로, 얼마나 멀리 가야 할지 알 수가 없었다.

"그래, 남쪽으로 가야겠어!" 마침내 피터는 결단을 내렸다. 남쪽으로 내려가면서 주변의 상황을 관찰할 작정이었다.

괴로운 여정이었다. 온몸의 근육이 다 쑤시고 아팠다. 아직 아물지 않은 상처들이 한 걸음 내딛을 때마다 쉬었다 가자고 아우성이었다. 그래도 굽히지 않고 묵묵히 걷기만 했다. 줄리아와 루이자가 어딘가에 갇혀 있다는 생각만 해도 가슴이 아팠다. 거기에 대면 몸에 난 상처쯤은 아무것도 아니었다. 신물을 손에 넣는 것이야말로 이 모든 괴로움을 끝장내는 유일한 방도였다.

한밤의 어둠이 막 물러가려는 참이었다. 동녘하늘이 부옇게 밝으면서 상하고 깨진 세상이 차츰 모습을 드러내고 있었다. 눅눅한 공기가 콧속으로 밀려들었다. 걸으면 걸을수록 유황냄새가 더 독해졌다. 화산이 가까워지고 있는 것만은 어김없는 사실이었다. 소년은 속도를 냈다.

바위를 타넘고 야트막한 나뭇가지 밑을 기다시피 지나갔다. 된통 넘어
져서 무릎이 까졌을 때는 그대로 주저앉아 울고 싶은 걸 간신히 참았
다. 삭막한 땅에 빨간 피가 뚝뚝 떨어졌다. 피터는 셔츠 밑단을 찢어서
상처를 싸매고는 벌떡 일어나 씩씩하게 걸었다. 그레고리가 말한 '다른
이들'이 누구든 여기까지 달려오지 않으리란 건 불을 보듯 확실했다.

드디어 피터의 눈앞에 목적지가 나타났다.

숲이 끊어지고 익숙한 풍경이 보였다. 포로들과 군인들이 어지러이
오가는 광산이었다. 경비병들은 한층 더 잔혹해진 듯했다. 채찍을 옆구
리에 차는 대신 주먹에 칭칭 감고 돌아다니다가 조금이라도 뒤처지는
노예가 보이면 사정없이 휘둘러댔다. 이리저리 몰려다니는 포로들 틈
에서 동생들을 열심히 찾아봤지만, 줄리아의 밝은 금발머리도, 루이자
의 낯익은 자태도 눈에 띄지 않았다. 외로웠다.

대신 피터도 잘 알고 있는 엉뚱한 인물이 보였다. 노예들 틈을 부지
런히 오가며 채찍질을 해대는 인물은 틀림없이 장군이었다. 거리가 멀
었지만 입모양만 봐도 쉴 새 없이 욕설을 퍼붓고 있는 걸 알 수 있었다.

분화구에서 연기와 함께 화산재가 뭉게뭉게 솟아올랐다. 소년은 발
밑이 끊임없이 요동치는 걸 느꼈다. 언제 폭발이 일어날지 알 수 없었
다. 시간이 많지 않았다. 장군이 코앞에 있지만 신물을 빼앗을 길이 막
막했다.

소년은 장군을 바라보며 학교에서 메이슨과 맞붙었던 기억을 더듬었
다. 덩치가 훨씬 큰 녀석이었지만 보기 좋게 눌러버렸다. 그렇지만 훈
련이 잘 되어 있는 군인이라면 얘기가 달랐다. 그건 아빠한테 덤벼드는
것만큼이나 승산이 없었다.

정면대결을 해보겠다는 꿈은 그쯤에서 포기하는 편이 현명했다. 그

처럼 무모한 짓은 철부지 어린애들에게나 어울릴 일이지 다 커서 사나이가 된 피터가 해볼 만한 도전은 아니었다. 소년은 장군의 일거수일투족을 계속 감시하면서 약점을 찾았다. 하지만 상대는 노련한 군인답게 허점을 보이지 않았다. 꾸준한 훈련으로 다져진 몸에다 탄탄한 근육을 가지고 있었다. 어느 모로 보든 빈틈이 없었다. 장군을 꽁꽁 묶어놓지 않는 한, 신물을 빼앗는 건 불가능했다.

나중이야 어찌 되든 일단 가까이 가보는 게 좋을 것 같았다. 소년은 자연스럽게 포로들 틈에 숨어들었다. 장군과의 거리는 더 좁아졌다. 이제는 가느다란 가죽 끈에 매달린 신물이 가슴에서 흔들거리는 게 또렷이 보일 정도였다.

화산은 더 많은 연기와 재를 토해냈다. 발밑이 푹 꺼지는 느낌이 들었다. 마치 지구가 이리저리 요동치는 것 같았다. 포로와 경비병들은 너나없이 땅바닥을 기며 무엇이든 움켜쥐려 발버둥 쳤다. 이전 것들과는 비교할 수 없을 만큼 강력한 지진이었다. 그게 무얼 의미하는지 소년은 누구보다 잘 알았다.

비명과 절박한 외침이 어지러이 오가는 북새통에도 피터는 장군을 놓치지 않았다. 그 역시 나동그라진 채 균형을 잡으려 안간힘을 쓰고 있었다. 절호의 기회였다.

피터는 소년다운 재빠른 발놀림으로 달려가 나이 든 장군 곁에 무릎을 꿇고 엎드렸다. 그러곤 턱밑으로 자신 있게 손을 뻗어 신물을 잡아챘다. 가느다란 가죽 끈은 힘없이 끊어져나갔다.

열 발짝 정도 달아났을 때, 그제야 사태를 눈치챈 장군이 고함을 질렀다. 열다섯 걸음쯤 앞쪽에서 경비병들이 엎어지고 자빠지면서 쫓아왔다. 피터는 그 어느 때보다도 빨리, 그리고 열심히 달렸다. 어느새 숲

속이었다. 신물은 뜨겁게 달아오른 소년의 손아귀에 그대로 들어 있었
다. 채찍질을 당한 어깨가 찢어지는 듯 아프고 아물어가던 무릎의 상처
가 다시 터져 피가 흘렀지만 조금도 신경 쓰지 않고 뛰고 또 뛰었다. 군
인들이 따라잡을 수 없을 만큼 거리가 벌어졌다.

　추적자들을 완전히 따돌린 걸 확인한 뒤에도 소년은 달리기를 멈추
지 않았다. 어디로 가고 있는지 가늠해볼 여유도 없이 무작정 숲속으로
깊이, 더 깊이 들어갔다. 콸콸 흘러가는 물줄기가 막아섰지만 망설이지
않고 뛰어들어 철벅철벅 건너편 둑으로 올라갔다. 그러곤 그 자리에서
멈춰 서 돌처럼 굳어버렸다. 두 눈을 크게 뜨고 몇 번을 다시 봐도 도저
히 믿을 수 없는 광경이었다.

17

창문으로 햇살이 비스듬하게 기울어져 들어왔다. 벌써 늦은 오후인 듯했다. 곧 저녁 먹을 시간이란 생각을 하면서도 줄리아는 이불 속으로 파고들었다. 한나절을 잤는데도 따듯한 침대에서 더 뒹굴고 싶은 마음이 가시질 않았다. 눈을 감고 숨을 깊이 들이마셨다. 한숨 더 잘 수 있으면 원이 없겠다 싶었다.

하지만 그럴 수는 없었다. 저녁상을 받으려면 지금부터 일어나 준비를 해야 했다. 불만 섞인 한숨을 내쉬며 소녀는 뒤엉킨 담요에서 빠져나와 주섬주섬 옷을 챙겼다. 아직 해가 지지 않았는데도 동짓달의 한기가 느껴졌다. 스웨터라도 꺼내 입어야겠다는 생각으로 서랍을 열었다.

옷을 뒤지던 소녀의 손이 딱 멈췄다. 곱게 개켜진 셔츠 위, 엄마 사진과 오빠가 선물로 준 《이상한 나라의 앨리스》 곁에 놓인 목걸이 장식 때문이었다. 초록색 돌을 깎아 만든 펜던트는 여섯 개의 뿔이 달린 별모양이었다.

케미아. 펜던트. 예언.

새카맣게 잊고 있던 기억들이 한꺼번에 소용돌이쳤다. 화재, 굴뚝, 송골매… 그런 것들은 다 어디로 간 거지? 새의 등을 타고 새벽하늘로 날아올랐던 게 떠올랐다. 그리고 무언가 번쩍했던 것까지는 생각나는데 그 뒤부터는 깜깜했다. 눈을 떠보니 따뜻한 침대 위였던 것이다.

줄리아는 펜던트를 집어 들고 손바닥으로 가볍게 까불었다. 그러곤 어리석기 짝이 없는 짓인 줄 알면서도 쉰 목소리로 불러보았다. "매야! 송골매야!"

새는 날아오지 않았다. 영영 돌아오지 않으면 어떻게 케미아로 돌아가야 하는 걸까? "송골매야!" 이번엔 조금 더 큰 소리로 외쳤다. 그때, 계단 쪽에서 인기척이 났다.

방문이 천천히 열리더니 바싹 여위고 쌀쌀한 눈매를 가진 여인이 나타났다. 새엄마는 줄리아를 훑어보며 코를 킁킁거렸다.

"깨어 있을 줄 알았지. 이렇게 추운 날 바깥을 쏘다니니 독감이 걸리지. 그런데, 네 오빠가 어디 있는지 정말 모르는 거야?"

소녀는 말없이 고개만 가로저었다. 새엄마는 땅이 꺼져라 한숨을 쉬며 말했다. "아빠는 지금도 구석구석 찾아 헤매고 계셔. 빨리 찾아야 할 텐데…. 오늘밤도 무지무지하게 춥다는데 어쩌려고 그러는지 모르겠구나. 네가 살아 돌아온 것도 기적이야, 기적!" 여인은 차가운 눈으로 줄리아를 쏘아보다가 갑자기 입을 비죽거리며 비아냥거렸다. "쪼끄만 게 가출이나 하고…. 제가 대단한 영웅인 줄 아나보지? 아빠가 어떤 벌을 주실지, 내가 다 기대가 되는구나. 당장 옷을 갈아입고 내려와. 밥상을 거의 다 차렸으니까." 대답할 새도 없이 문이 쾅하고 닫혔다.

새엄마의 매몰찬 뒷모습을 좇던 소녀의 눈에 눈물이 고였다. 어떻게든 케미아로 돌아가야 했다. 낭비할 시간이 없었다. 펜던트를 쥔 손에 힘이 들어갔다. 별의 뿔이 살갗을 찔렀다. 송골매가 날아오지 않으니 스스로 길을 찾을 수밖에 없었다.

가장 두껍고 따스한 옷을 골라 입고 부츠를 신었다. 얼마나 오랫동안 밖에 머물지 알 수 없지만, 일단 여러 겹 껴입고 가기로 했다. 불필요한 옷은 에이딘에 가서 벗어버리면 그만이었다. 삐걱 소리가 나지 않기를 간절히 바라며 조심조심 침실 문을 열었다. 다음은 계단이었다. 아래층으로 내려가던 소녀는 갑자기 몸을 돌려 피터의 방으로 들어갔다. 오빠가 손전등을 옷장서랍 밑바닥에 감춰두곤 했었던 게 문득 떠올랐기 때문이다. 옷장 속은 엉망진창이었다. 이까짓 장롱 하나 정리하는 걸 왜 그다지도 힘들어하는지 알 수가 없었다. 뒤죽박죽 섞인 옷가지 틈바구니를 헤집던 소녀의 손에 드디어 찾던 물건이 잡혔다.

줄리아는 손전등을 끄집어낸 다음, 서랍을 닫았다. 그러고는 까치발로 집을 빠져나왔다. 성탄절 아침만큼이나 추운 날씨였다. 막 해가 지려던 참이라 한층 더 싸늘했다. 숨을 내쉬면 입김이 얼어서 한참 공중에 걸려 있을 것만 같았다.

소녀는 손전등을 한쪽 주머니에 아무렇게나 집어넣고 예전에 오빠와 함께였을 때처럼 냇물로 이어지는 오솔길을 따라 걸었다. 길고 긴 세월이 흐른 것 같았다. 그날 아침 이래로 많은 것들이 달라졌다. 포로들을 구해내라는 부름을 받았고, 다시 에이딘 땅을 밟았으며, 송골매의 등에 올라타고 하늘을 날았다.

지금은 사방을 둘러봐도 혼자뿐이어서 굳이 소리를 내지 않으려 안달할 필요가 없었다. 줄리아는 손나팔을 만들어 입에 대고 힘껏 외쳤다. "송골매야! 송골매야!" 집채만 한 새가 커다란 날개를 펄럭이며 내려앉기를 기대하며 무슨 조짐이 있는지 고개가 아프도록 위를 올려다보았지만 보이는 거라곤 텅 빈 하늘뿐이었다.

소녀는 짙은 한숨을 내뱉으며 터벅터벅 숲으로 들어섰다. 냇물이 흐르는 쪽으로 방향을 잡았다. 새가 날아오지 않는다면 에이딘으로 가는 다른 길을 찾아야 했다.

얼마 지나지 않아 너른 시내가 나타났다. 크리스마스 이후로 줄곧 날이 추웠던 탓에 물이 꽁꽁 얼어붙어 있었다. 걸어서 건너도 괜찮을 만큼 얼음이 두꺼웠다. 소녀는 얼음판 위에 올라서서 신경질적으로 발을 굴렀다. 문을 이렇게 잠가놓으면 어떻게 에이딘으로 돌아가란 말인가!

날카로운 발뒤꿈치로 아무리 짓찧어도 얼음은 깨지지 않았다. 줄리아는 둑가에 턱을 괴고 주저앉았다. "머리를 써야 해!" 소녀는 자신을 다그치듯 중얼거렸다. "생각해봐. 틀림없이 길이 있을 거야. 왕의 왕이 펜던트를 가져오라고 날 보내셨는데, 설마 돌아갈 길을 막으시겠어?"

그랬다. 왕의 왕이 그러실 리가 없었다.

소녀는 눈을 꼭 감고 어떻게 하면 좋을지 알려주시길 기도했다. "돌아가게 해주세요. 주님의 백성을 돕고 싶습니다. 이 세상에 사는 동안에도 제 간구를 들어주시는 걸 믿습니다. 꼭 케미아로 보내주세요."

줄리아는 예전처럼 강물이 소용돌이치며 흐르길 기대하며 눈을 떴다. 하지만 아무것도 달라지지 않았다.

혹시 송골매가 날아오고 있는지 눈이 빠져라 쳐다봤지만 어둠이 깔리기 시작한 하늘만 보였다. 추위에 곱은 손가락으로 주머니를 뒤져서 손전등을 찾았다. 스위치를 누르자 한 줄기 밝은 빛이 둑 건너편을 직선으로 비췄다.

순간, 변화가 일어났다. 숲의 그림자가 달라졌다. 이상한 냄새가 공기에 배어 있었다. 무엇보다 냉랭한 기운이, 추위가 완전히 사라졌다.

소녀는 멍하니 서서 사방을 두리번거리며 생각했다. '혹시… 정말…
진짜….'

"줄리아!"

소녀는 숨이 턱 막혔다. 피터였다. 막 경기를 끝낸 육상선수 꼴을 한
오빠가 거기에 서 있었다. 땀범벅이 된 채 어깨를 들썩이며 헐떡였다.
어디서 다쳤는지 무릎은 다 까지고 뭉개져 엉망이었다.

"오빠, 어떻게…."

"드디어 신물을 손에 넣었어!" 동생의 말을 막으며 피터가 외쳤다. 소
년이 손을 펼치자 초록색 돌이 드러났다. "장군의 목에서 잡아챘지. 지
진이 일어나서 어수선한 틈에 빼앗은 거야. 화산이… 화산이… 곧…."
사이사이 가쁜 숨을 토해내느라 말이 토막토막 끊어졌다.

"난 집에 갔었어. 신물의 나머지 반쪽을 가지러." 소녀는 펜던트를 꺼
내 오빠에게 건넸다. 무슨 수로 집에 돌아갈 수 있었는지, 어떻게 그런
일들이 일어날 수 있는지 소년이 캐물으려는데 갑자기 세상 끝날이 닥
친 듯 어마어마한 굉음이 들렸다. 오누이는 동시에 숲 너머를 올려다보
았다. 분화구에서 솟구친 재와 연기가 하늘을 온통 뒤덮고 있었다. 산
마루 한쪽이 우르르 무너져내리고 있었다. 바윗돌들이 데굴데굴 굴러
서 폭포처럼 벼랑 아래로 떨어져 내렸다. 그야말로 끝장이었다.

화산이 폭발하는 걸 지켜보는 아이들의 시선에 낯설고 신기한 게 걸
려들었다. 재도 아니고 용암도 아니었다. 그늘 같기도 하고 유령처럼
보이기도 하는 무언가가 바위와 흙더미를 헤치고 하늘로 솟아올랐다.
시간이 지날수록 몸집이 점점 더 불어나고, 불어나고, 또 불어났다. 아
이들은 그나마 남았던 용기마저 스르르 빠져나가는 것 같은 기분이 들
었다.

“시간이 없어. 자, 여기!” 피터는 장군에게서 빼앗아온 반쪽을 내밀었다. 줄리아는 손에 쥐고 있던 펜던트를 신물 한복판에 패인 홈에 맞춰 넣었다. 두 조각이 정확히 맞아 떨어지는 순간, 서로 맞닿는 자리에서 오묘하고도 강렬한 빛줄기가 쏟아져 나왔다.

“이제 어떻게 되는 거지?” 줄리아가 물었다.

피터는 동생을 마주보며 고개를 저었다. “기다려보자.”

아이들은 신물을 그러쥔 채 거대한 그늘이 하늘을 채우는 걸 뚫어져라 지켜보았다.

루이자는 눈을 떴다. 캄캄했다. 몇 번이나 눈을 깜박이고 나서야 어슴푸레 사물을 분간할 수 있었다. 곰곰이 기억을 더듬으며 중얼거렸다. “동굴이구나. 아직 굴속이야. 그런데 언니는 어디로 간 거지?”

아이는 자리에서 일어나 동굴 벽을 손으로 더듬으며 천천히 걸어서 동굴 어귀에 기대섰다. 아침 햇살이 부드럽게 번지고 있었다. 손 그늘을 만들어 눈부신 햇빛을 가렸다. 세상은 온통 회색이었다. 발끝으로 땅을 헤집자 바닥에 깔렸던 재가 먼지처럼 피어올랐다.

화산재가 소용돌이치며 허공으로 사라지는 걸 지켜보던 루이자의 눈에 색다른 게 보였다. 그늘…. 시시각각 몸집을 키워가며 하늘로 퍼져나가는 그늘이었다. 아이는 숨을 곳을 찾아 동굴 안으로 뛰어 들어왔다. 피터와 줄리아는 무사할지 걱정스러웠다.

바로 그때, 어디선가 빛줄기가 나타났다. 그림자와는 비교할 수 없을 만큼 환한 광선이었다. 평생 그렇게 밝은 빛은 본 적이 없었다. 태양이 땅으로 내려온 것 같았다. 그뿐이 아니었다. 수천 개의 종이 한꺼번에 울리듯 신비롭고 웅장한 소리가 루이자의 머릿속에 울려 퍼졌다. 아이는 그 자리에 주저앉아 빛을 바라보았다. 눈이 타들어가는 느낌이었다. 눈을 감으려 했지만 그럴 수가 없었다. 고개를 돌릴 수도 없었다. 빛은 아이에게 말을 걸고 있었다. 이름을 부르고 있었다.

　루이자는 벌떡 일어났다. 동굴을 떠나 광산으로 이어지는 길을 따라 걸어 내려갔다. 드디어 때가 온 것이다.

3부

어둠은 무너지리라

어둠은 무너지리라
DARKNESS SHALL FALL

1

"얼마나 멀리 퍼져 나갈까요?" 그레고리가 물었다. 검은 구름이 화산에서 괴물처럼 솟아올라 케미아 섬을 뒤덮고 있었다. 피터는 검은 구름에서 눈길을 거두지 않은 채 대꾸했다. "모르겠어요. 하늘을 온통 가리고도 남을 기세네요."

둘은 숲가 야트막한 둔덕에 나란히 서서 나무들 사이로 섬 한복판의 화산을 바라보았다. 분화구 주위로는 오렌지빛 섬광이 번득였다. 벌컥벌컥 솟아난 용암이 아직도 줄줄 흘러내리고 있었다. 화산 위편 하늘로 캄캄한 안개 같은 게 반짝이는 별들을 가리며 멀리멀리 번져가는 모습이 침침한 달빛 아래서도 또렷이 보였다. 마치 밤하늘에 떨어진 잉크방울이 긴 꼬리를 늘이며 퍼져나가는 것 같았다.

"과학자들이 저 구름을 보았더라면 공룡이라도 쓸어버릴 파워를 가졌다고 떠들어대겠죠?" 화구에서 뿜어 나온 재가 갈수록 진하게 하늘을 뒤덮는 걸 넋 놓고 바라보며 피터가 중얼거렸다. "그저 화산에서 새어나오는 게 아니라, 6천5백만 년 전에 커다란 소행성이 유카탄 반도

앞바다와 충돌했을 때 피어올랐음 직한 연무라고 할 거예요. … 듣고 있어요?"

그레고리는 발끝으로 부지런히 땅을 헤집을 뿐, 눈길조차 주지 않으며 대꾸했다. "듣고 싶지 않아요."

피터도 친구를 따라 산등성이를 내려가면서 함께 숲 밑바닥을 뒤졌다. "싫어도 귀를 기울여야 해요. 과학이야말로 짐승과 인간을 가르는 유일한 기준이니까요."

"제발! 누가 들으면 어쩌려고 그러세요." 그레고리가 속삭였다.

"아차! 깜빡했어요." 그제야 피터도 목소리를 낮췄다. 런던을 떠나서 에이딘과 케미아 섬이란 신비로운 세계에 들어오기 전에는 단 한 번도 그런 데 신경을 써본 적이 없으니, 툭하면 음성이 높아지는 것도 이상한 일이 아니었다.

"저기!" 그레고리가 한 곳을 손가락질했다.

소년은 반사적으로 몸을 낮췄다. "뭐가 있어요?"

온통 어둠뿐이어서 친구의 팔이 어디를 가리키는지 정확히 알 수가 없었다. "적어도 한 놈은 분명히 봤어요." 그레고리는 성큼성큼 걸어가더니 수풀 곁에 털썩 무릎을 꿇었다. 뒤따라간 피터가 참견을 하기도 전에 칼을 꺼내 들고 땅바닥을 파헤쳤다. 긴장이 풀린 소년은 피식 웃음을 터트렸다. 몸집 큰 괴물이 팔다리를 찢어놓으려고 숨어 있었던 게 아니었다. 친구가 찾아낸 건 버섯, 정확하게는 버섯들이었다.

"가방 좀 주세요." 그레고리는 조그만 칼로 버섯을 잘라서 피터의 가방에 집어넣었다. 그러곤 칼날을 쓱쓱 닦아서 허리춤에 차고 있던 칼집에 도로 집어넣었다.

"몇 개나 돼요?" 아직도 두려움을 다 털어내지 못한 소년은 친구의 귀에 대고 조그맣게 종알거렸다.

"열두 개요."

피터의 어깨가 축 처지는 걸 눈치챘는지, 그레고리가 재빨리 덧붙였다. "괜찮아요. 계속 뒤져보자고요. 누가 알아요, 더 큼직한 놈들을 찾아낼지?"

둘은 자리를 털고 일어나 다시 길로 들어섰다. 숲을 두루 꿰고 있어서 어떻게 해야 들키지 않고 빠져나갈 수 있는지 훤하게 알았다. 그늘에서 그늘로 이동하면서 유령처럼 나뭇가지 사이를 요리조리 매끄럽게 누볐다. 어디에 발을 두어야 안전하고 어느 곳을 디디면 눈에 띄지 않는 수렁에 빠지게 되는지 속속들이 내다보고 있었다. 지난 두 달 동안, 밤이면 밤마다 숲길을 헤매고 돌아다닌 덕이었다.

화산구름이 빚어낸 그늘은 나날이 넓어져 이제는 끝이 보이지 않았다. 두께와 색깔 역시 갈수록 두텁고 어두워졌다. 심지어 대낮에도 해를 가려서 온 세상을 너저분한 잿빛 천지로 만들어놓더니, 얼마 전부터는 한낮에도 사물을 제대로 분간하기 어려울 지경에 이르렀다. 벌써 몇 주째 사람들은 낮에도 바깥출입을 하지 않았다.

가는 가지 하나가 톡 부러지는 소리가 났다. 그레고리는 팔을 쭉 뻗었다. 멈추라는 신호였다. 둘은 몸을 낮추고 숨을 죽였다. 부디 바람이 반대로 불어서 상대가 누구든 이편의 움직임을 알아채지 못하길 기도할 따름이었다.

하나, 둘…. 잔가지 꺾이는 소리가 꼬리를 물었다. 틀림없이 무언가가 움직이고 있었다. 소리는 점점 더 가까이 다가왔다.

피터가 숨은 곳에서 불과 두어 걸음 떨어진 곳에 커다란 나무 한 그루가 서 있었다. 둘이 팔을 맞잡아도 에워싸지 못할 만큼 허리가 굵었다. 소년은 쪼그려 앉아 공처럼 웅크린 자세로 육중하고 거대한 나무뿌리 사이에 몸을 숨겼다. 그레고리도 소리 없이 그 뒤를 따랐다. 그렇게 한참을 기다렸다. 숨조차 크게 쉬지 않았다. 쿵쾅거리며 마구 뛰어대는 심장이 가라앉기를 간절히 바랐다.

누군지, 또는 무엇인지는 모르겠지만, 아무튼 천천히 움직이고 있었다. 지나치다 싶을 만큼 느릿느릿 다가왔다. 무언가, 아니면 누군가를 찾는 듯했다.

피터는 위험을 무릅쓰고 고개를 살짝 들어 내다보았다. 둘이 납작 엎드려 있는 데서 6미터쯤 떨어진 곳에 어둠의 하수인노릇을 하는 괴물이 고개를 쳐들고 퀴퀴한 숲속 공기를 연신 들이마시면서 낌새를 살피고 있었다. 귀를 쫑긋 세우고, 코를 킁킁거리는 꼴이 인간의 기척을 찾으려는 게 분명했다. 걷잡을 수 없이 두려움이 밀려들었다. 그제야 또렷이 감이 잡혔다. 놈은 굴녹이었다. 누군가 숲에 숨어 있다는 걸 얼추 눈치챈 것 같았다.

피터가 케미아에 처음 발을 디딘 지 벌써 몇 달이 지났지만, 굴녹은 보면 볼수록 겁이 났다. 퀴퀴하고 독한 공기가 코를 찔렀지만 놈들은 도리어 나날이 힘이 세지는 듯 신 나게 돌아다녔다. 생김새는 또 얼마나 흉측한지, 꿈에 볼까 두려웠다. 여기저기 맞아서 터지고 부은 자국과 상처가 나 있었다. 팔다리는 통나무만큼이나 굵고 컸다. 얼핏 보면 옹이가 지고 뒤틀린 거대한 나무와 헷갈릴 지경이었다.

이렇게 오밤중에 숲을 헤매는 것도 따지고 보면 다 굴녹 탓이었다. 피터는 밤마다 몇 명씩 팀을 꾸려서 화산폭발을 피해 살아남은 이들에게 가져다줄 음식과 더러워지지 않은 물을 찾아다녔다. 여태 목숨을 부지하고 있는 건 오로지 은신처가 아직 괴물에게 발각되지 않은 덕분이

란 걸 피난민들은 누구보다 잘 알고 있었다.

하지만 굴녹들 역시 피난민들이 섬을 벗어나지 못했음을 직감하고 있었다. 화산이 터지고 용암이 쏟아져 내리는 틈바구니에서도 생명을 건진 이들이 있으리라는 걸 꿰뚫어보고 추적의 고삐를 늦추지 않았다.

피터는 자기 몸이 작아지고 작아져서 나무뿌리 틈새로 쏙 들어갈 수 있으면 좋겠다고 생각했다. 나무껍질이 살갗을 파고들었다. 괴물이 나타날 때마다 늘 이런 식이었다. 항상 겁에 질려 꼼짝도 할 수가 없었다.

소년은 공포감이 가득한 눈으로 굴녹의 머리가 자신을 향하는 걸 바라보았다. 하늘도 놈의 편을 드는 것일까? 드디어 인간의 냄새를 맡았는지, 괴물은 입술을 말아 올리며 으르렁거리더니 둘이 엎드려 있는 쪽으로 성큼성큼 다가서기 시작했다.

잡혀 죽을 각오를 하고 그대로 숨어 있어야 할까? 아니면 지금이라도 달아나는 게 좋을까? 예전에 한 번, 나무 뒤에 가만히 도사리고 있다가 냅다 뛰어 굴속으로 피해서 간신히 살아난 적이 있었다. 하지만 이번에는 상황이 달랐다. 근처에 동굴이라고는 여동생 줄리아와 루이자는 물론이고 수많은 에이딘 백성들이 숨어 있는 곳뿐이었다. 피터는 눈을 질끈 감고 기왕에 죽을 거라면 고통스럽지 않게 빨리 끝나게 해달라고 기도했다.

이윽고 괴물이 눈앞에 나타났다.

놈은 그레고리에게 먼저 달려들었다. 커다란 손아귀로 으스러지도록 팔을 움켜잡았다. 친구의 입에서 비명이 터져 나왔다. 뼈마디가 뒤틀리는 소리가 들리는 듯했다.

불쑥 이상한 생각이 솟았다. '포기해. 친구는 이미 늦었어. 이제 괴물한테 뜯어 먹히는 일만 남았잖아. 그러니까 그 틈을 이용해 달아나는

게 상책이야.'

소년은 가만히 몸을 일으켰다. 그야말로 바람처럼 달릴 작정이었다.

순간, 낌새를 알아차린 굴녹이 화들짝 놀라며 고개를 두리번거렸다. 이내 상대를 찾아낸 괴수는 소년을 노려보며 무섭게 으르렁거렸다.

도망치긴 틀렸다. 영웅심이 작용했든, 다른 방법이 없어서였든 피터는 득달같이 놈에게 달려들어 주먹을 날렸다. 뜻밖의 공격에 당황했는지 굴녹은 그레고리를 홱 밀쳐버리고 소년과 싸울 자세를 갖췄다.

마침내 때가 됐구나 싶었다. '갈가리 찢겨서 놈의 뱃속으로 들어갈 거야. 그리고….' 생각은 거기서 뚝 끊겼다. 어디선가 갑자기 낮고도 우렁찬 고함소리가 들려왔기 때문이었다. 피터는 귀가 아니라 온몸으로 그 괴성을 늘었다. 피부를 뚫고 들어와 뼈를 뒤흔드는 느낌이었다. 소년은 그 자리에 털썩 주저앉았다. 지금껏 단 한 번도 들어보지 못했던 기괴한 소리였다. 알 수 없는 기운에 밀려 절로 몸서리가 쳐졌다.

소리들 듣자마자 굴녹도 고개를 번쩍 쳐들었다. 무슨 뜻인지 알아들었다는 듯 신호를 보내더니 피터를 뒤로 하고 온 길을 되짚어 나무들 사이로 사라져갔다.

소년의 맥박이 빨라졌다. 한참 동안이나 숨을 멈추고 있다가 갑자기 푸 하고 토해냈다.

"피터 님!" 바람에 흔들리는 잎사귀처럼 작고 여린 음성으로 그레고리가 속삭였다.

"이젠 괜찮아요." 소년이 대꾸했다. 혼자 살아보겠다고 친구를 버려둔 채 달아날 궁리를 했던 게 부끄러워 견딜 수가 없었다. 악착같이 따라왔던 괴물과 다를 게 없을 만큼 사악한 짓을 했다는 자책이 들었다. "꼭 죽는 줄 알았어요."

"저도 그랬어요…. 악!" 그레고리는 어깨를 움켜쥐며 쓰러졌다.

"팔을 다쳤군요!" 피터는 자리에서 벌떡 일어나 옷에 묻은 나무껍질과 잔가지 따위를 털어내곤 친구에게 손을 내밀었다.

"부러진 것 같아요. 그래도 금방 괜찮아질 거예요. 어서 돌아가서 사람들을 찾아봐야겠어요." 그레고리는 이를 악물고 말했다.

소년은 친구의 성한 팔을 부축해 걷기 시작했다.

"버섯도 잊지 말고 챙겨주세요."

"알았어요." 피터는 땅바닥에 떨어져 있던 가방을 주워들었다.

"그런데, 놈이 왜 갑자기 가버린 걸까요?" 친구가 앙다문 이 사이로 한마디 한마디 뱉어내듯 물었다.

"무슨 나팔소리처럼 들렸어요." 소년의 대답이 끝나기도 전에 그레고리가 무언가에 걸려 비틀했다. 반사적으로 붙잡는다는 게 하필 부러진 팔이었다. 다시 한 번 길고도 고통스러운 외침이 비어져 나왔다.

어두침침한 숲길을 10분쯤 더 걸었다. 피터가 보기에는 그대로 간다면 친구가 머잖아 쇼크상태에 빠질 것만 같았다(어쩌면 벌써 거지반 정신을 잃었을지도 모를 일이었다). 저만치 앞에 빈터가 보였다. 누더기 차림으로 둘러앉아 소곤대고 있는 이들도 눈에 들어왔다. 함께 먹을거리를 구하러 나왔던 일행들이었다. 숲을 헤치고 두 사람이 나타나자 다들 얼굴이 밝아졌다.

"숲에서 요란한 소리가 나기에 무슨 큰일이라도…." 오린이 말했다.

"문제가 좀 생겼어요." 눈짓으로 그레고리를 가리키며 소년이 대답했다. 한편으로는 얼굴들을 일일이 훑으며 식구들을 챙겼다. "다들 돌아왔죠?"

오린은 고개를 끄덕였다. "많지는 않지만 나물이랑 알밤, 버섯들을 좀 건졌어요."

피터는 안타까운 한숨을 내쉬었다. 먹을거리를 찾아다니기에 좋은 밤은 아니었다. 사실 수확물이 문제가 아니었다. 굴녹이 은신처가 있는 지역을 알아냈으니 조만간 대규모 수색대가 들이닥칠 게 뻔했다. 될 수 있는 대로 빨리 거처를 옮기는 게 중요했다. 게다가 그레고리는 몸을 다치기까지 했다. 서둘러 에이딘 백성들에게 돌아가야 했다.

열 명의 사내들은 짙은 그늘을 따라 줄지어 걷고 또 걸어서 동굴로 돌아갔다. 그레고리는 쉴 새 없이 헐떡대며 끙끙거렸다. 이만저만 아픈 게 아닌 모양이었다. 걱정스러웠다. 식구들이 죄다 강하고 굳세기만 해도 한결 마음이 놓일 것만 같았다.

은신처를 옮긴 지 얼마 안 된 탓에 어린아이들 가운데 몇몇이 몹시 지쳐 있는 상태였으므로 또다시 이동한다는 게 통 내키질 않았다. 벼랑 틈새에 숨겨진 동굴 입구가 가까워졌다. 피터는 머리를 절레절레 흔들어 상념을 떨쳐버렸다. 절벽이 코앞인데도 드나드는 자리가 감쪽같았다. 새삼 감탄스러웠다. 언뜻 보면 덩굴 몇 줄기가 여기저기 늘어져 있는 맨바위벽에 지나지 않았다. 미리 알고 일부러 살피지 않는 한, 좀처럼 찾아내기 어려웠다. 어두운 밤이라면 더 말할 것도 없었다. 피터는 좁은 틈을 비집고 들어갔다. 양쪽에 버티고 선 견고한 바위에 엉덩이와 가슴이 쓸렸다. 이상하게 들리겠지만, 음식이 모자라는 건 좋은 일이었다. 아무 때고 넉넉하게 먹고 마실 수 있었더라면 몸집이 불어나서 마음대로 은신처를 들락거릴 수 없게 됐을 것이다. 어떤 굴녹도 파고들지 못할 만큼 바위틈이 좁다는 게 얼마간 마음을 편안하게 해주었다. 볏짚 같은 데 불을 붙여 안쪽으로 집어던질 가능성은 남아 있었다. 연기가 피어오르면 버티기 어렵겠지만, 그런 생각은 하고 싶지도 않았다.

커다란 동굴을 탐사해본 적이 있다면 안으로 밀고 들어갈 때, 특히 병목처럼 좁아진 구간을 비집고 지나가는 순간에 몸이 받는 압박감을 잘 알 것이다. 단단히 끼기라도 하는 날에는 아무런 도움도 받지 못한 채 죽어가겠구나 싶을 것이다. 누군가 동굴 벽을 양쪽으로 쓱쓱 밀어서 꺼내준다는 건 기대하기 힘든 일이다. 달라붙다시피 한 통로를 지날 때마다 피터는 그런 느낌을 받았다.

동굴 안은 축축했다. 허파는 스펀지처럼 눅눅하고 탁한 공기를 빨아들였다. 이리저리 구불구불하게 이어지는 통로를 지날 때마다 '무덤'이란 단어를 떠올리지 않으려 애쓰면서 수없이 숨을 멈추곤 했다. 그렇게 얼마쯤 들어가면 환하게 불을 밝혀둔 널찍한 공간이 나타났다. 쾌적하진 않아도 최소한 따뜻하기는 했다.

처음엔 연기가 염려스러웠다. 빠져나갈 구멍이 없으면 숨이 막혀 죽을 테고, 틈새가 있어 밖으로 빠져나가면 굴녹에게 위치를 알려주는 신호 구실을 하게 될 것 같았다. 하지만 굴뚝 노릇을 하는 바람길이 워낙 좁고 길어서 도중에 연기가 다 사라지는 데다가 너무 외진 곳이어서 남들의 눈에 띄지 않았다. 적어도 여태까지는 그랬다.

피터가 굴 중앙의 너른 마당으로 들어서자 어린 여자아이가 마주 달려 나왔다. 어깨까지 흘러내린 금빛 머리칼이 탐스러웠다. 광장 한복판에 피워놓은 커다란 모닥불에 반사된 얼굴이 벌겋게 상기되어 보였다.

두 손을 허리춤에 올린 채, 소녀가 다그치듯 물었다. "괜찮아? 뭘 좀 찾았어?"

2

동생과 눈이 마주치자 피터는 헛기침부터 했다. 긴 시간 동안 나무들 사이를 헤집고 다니면서 줄곧 입을 꾹 다물고 있었던 터라, 큰 소리로 이야기하는 게 도리어 어색했다. "넉넉하지는 않아." 소년은 짤막하게 대꾸했다. "원래 계획했던 것만큼 오래도록 숲에 머물 수가 없었어."

"왜? 무슨 일이 있었어?" 줄리아는 조바심이 났다.

길을 막고 섰던 피터가 한쪽으로 물러서자 그레고리와 먹을거리를 구하러 나갔던 다른 식구들이 줄지어 공터로 들어섰다.

"그레고리, 뭘 가져왔어요?" 소녀가 물었다.

청년은 습관대로 어깨를 으쓱하다가 인상을 찌푸리며 어깻죽지를 감싸 쥐었다.

"왜 그래요?" 줄리아의 얼굴에 근심이 어렸다.

"금방 나아질 거예요." 그레고리는 손사래를 쳤다.

피터는 그레고리를 비롯한 일행의 자루를 걷어다가 상 위에 올려놓으며 웅얼거렸다. "먹을 만한 게 많이 줄었더라."

소녀는 손을 제 입에 가져다 대며 말했다. "이걸로는 모자라. 턱없이 부족하다고." 오빠를 바라보는 눈길이 매서웠다. "어딘가 배를 채울 만한 게 더 있을 거야. 먹을 수 있는 풀이나 토끼 같은 짐승이라도 잡아왔어야지! 열심히 찾아보기는 한 거야? 내일… 그러니까 내일 밤에도 나가서 부지런히 찾아보도록 해!"

줄리아는 코맹맹이 여자애 같은 목소리로 몰아세웠다. 다들 힘들어하는 상황만 아니었더라면, 피터도 지지 않고 마주 고함을 질러댔을 것이다. 하지만 형편이 형편인지라 가볍게 고개를 가로저으며 대꾸했다. "내일 밤에는 음식을 구하러 다닐 수 없어. 어쩌면 새로운 은신처를 찾아야 할지도 몰라."

소녀는 펄쩍 뛰었다. "뭐라고? 이리 옮긴 지 얼마 되지도 않았는데 또 이사를 가야 한단 말이야? 왜? 도대체 왜 그래야 하는데?"

"조금 전에 추격을 당했어." 소년은 잠시 말을 끊고 그레고리를 의자에 편안하게 앉혔다. "숲에서 갑자기 굴녹이 나타났어. 몸을 숨겼지만 금방 알아채고 쫓아와서 저 친구를 틀어쥐더라고."

얘기를 하다보니 도망치고 싶은 마음이 간절했던 생각이 되살아났다. 괴물에게 들키지 않았더라면 정말 목숨을 구하기 위해 친구를 희생시켰을까? 소년은 상념을 털어내고 말을 이었다. "어쨌든, 놈은 동굴 근처를 어슬렁거리고 있었어. 패거리를 데려와서 철저하게 수색을 벌인다면 입구를 찾아내는 건 시간문제야. 다들 방심하지 말고 조심해야 해."

줄리아는 그레고리에게 다가가서 어깨를 부드럽게 어루만지며 말했다. "하지만 이 좁은 땅덩어리에서 도망쳐봐야 어디로 가겠어?"

피터와 그레고리는 말없이 시선을 주고받았다. 먹을거리를 구하러

나갔던 이들은 저마다 잠자리를 찾아 흩어졌지만 세 사람은 그대로 남아서 소곤소곤 귀엣말을 나눴다.

"뭐랄까요… 음….." 그레고리는 쉽사리 이야기를 꺼내지 못했다.

"무언가에 겁을 집어먹고 달아난 게 분명해." 피터가 선수를 쳤다. "아니면 누군가가 부르는 소리를 듣고 달려간 거겠지. 아무리 생각해도 나팔소리가 신호였던 것 같아. 그레고리의 팔을 잡아 뽑을 듯이 비틀던 참이었는데 갑자기 손을 풀더니 우리랑 반대편으로 사라져버렸어."

줄리아는 굳은 표정으로 고개를 끄덕였다. "좋아. 그럼 파수꾼을 세우는 게 이때? 순서를 정해서 동굴 입구에 나가 망을 보게 하는 거야. 혹시라도… 무슨 일이 생기면 안쪽에 기별을 해주기로 하자. 자, 그레고리! 이제 그만 쉬는 게 좋겠어요."

일렁이는 불빛을 받은 소녀의 얼굴이 수척했다. 두 뺨이 움푹 파인 게 몹시 피곤해 보였다. 오랫동안 한 치 앞을 알 수 없는 상황에서 바짝 긴장하고 살았으니 그럴 수밖에 없었다. 줄리아뿐 아니라 누구나 다 마찬가지였다.

오빠는 동생을 불가에 남겨두고 반대쪽 툭 튀어나온 바위 뒤편으로 갔다. 공기가 더 차고 축축했지만 조용히 있기에는 안성맞춤이었다. 혼자 앉아서 차분히 생각을 정리하고 싶을 때마다 소년은 그 후미진 구석을 찾곤 했다.

화산이 폭발하고 독한 가스가 분출되는 바람에 착하디착한 에이딘 백성들이 무수히 목숨을 잃은 지 벌써 두 달이 지났다. 영원히 끝나지 않을 것처럼 길었던 8주였다. 물론, 세레스 장군과 그 심복들을 비롯한 악당들도 적잖이 죽었다. 피터는 동생과 함께 생존자들을 이끌고 이 저주받은 섬을 탈출해야 한다는 책임감을 느꼈다. 왕의 왕께서 애초에 이

민족을 위해 지어주셨던 땅, 에이딘으로 데려가야 했다.

화산이 터지기 전까지만 해도 다른 수가 있다고 믿었다. 그래서 옛 예언에 나오는 신물에 매달렸다. 두 조각으로 나뉜 신비로운 물건을 찾아 하나로 합치면 왕의 왕께서 돌아와 흑암을 단번에, 그리고 영원히 물리쳐주시리라 믿었다. 소년은 온갖 고생 끝에 세레스 장군이 가지고 있던 절반을 손에 넣었다. 줄리아는 고향집으로 돌아가 나머지 반쪽을 가져왔다. 할머니가 마당에서 주웠다며 선물로 보내준 펜던트였다. 피터는 두 손으로 거칠게 눈을 비볐다. 서글픈 기억과 좌절의 눈물을 한꺼번에 씻어내고 싶었다.

신물이라면 신통한 힘을 냈어야 했다. 예언에는 분명히 무언가 달라진다고 되어 있었다. 하지만 두 조각을 하나로 합쳤는데도 아무런 변화가 없었다. 장엄한 음악도, 종소리도, 눈부신 광선도 없었다. 세상은 털끝만큼도 변하지 않았다. 예언이니 신물이니 하는 것들을 비웃기라도 하듯, 어두운 그늘은 여전히 하늘을 뒤덮고 있었다. 왕의 왕께 버림받았다는 느낌이 밀물처럼 밀려들었다.

문득, 다른 이들의 시선이 느껴졌다. 먹을거리를 구하러 다니는 청년들을 비롯한 생존자들이 동굴 곳곳에 삼삼오오 둘러서서 속닥거리고 있었다. 그들의 그림자가 동굴 벽에 어른거렸다. 에이딘 백성들은 소년을 신뢰했다. 확실한 계획을 세워놓았다는 이야기를 믿었다. 하지만 지금은 달랐다. 자신들과 매한가지로 갈 바를 모르고 혼란스러워한다는 걸 다들 알고 있었다.

누군가 움직이는 기척에 소년은 퍼뜩 정신을 차렸다. 회색 눈에 금발머리를 한 여윈 소녀가 조심스럽게 백성들 사이를 헤집고 다가왔다. 피터 곁에 무릎을 꿇더니 소년의 펄펄 끓는 이마에 차가운 손을 올려놓았다.

루이자였다.

동굴의 불온한 공기에 오염되지 않은 건 그 아이 하나뿐인 것 같았다. 화산이 폭발한 뒤로 오히려 더 상냥하고 유쾌한 듯 보였다. 유쾌해? 피터는 코웃음을 쳤다. 그래도 이복동생이 달라졌다는 사실만큼은 인정할 수밖에 없었다.

셋이 꽁꽁 얼어붙은 시내의 얼음구멍을 지나 처음 에이딘에 왔을 때는 쉴 새 없이 울음을 터트리거나 정신을 잃었다. 뒤를 잘 따라다니기라도 하면 그나마 다행이었다. 집에서 함께 지내는 동안은 솔직히 말해서 구제불능이었다. 사나운 들짐승처럼 툭하면 할퀴려 들었다. 그런데 화산이 폭발한 뒤로는 좀처럼 눈물을 보이지 않았다. 백성들도 소녀를 많이 의지하는 듯했다. 두려움에 질린 생존자들 사이를 누비며 따듯한 말로 다독였다. 어떻게 해서든 확신을 심어주려 애썼다. 구원자 역할을 제대로 감당하고 싶은 마음은 굴뚝같지만 그럴 능력이 없어서 낙담해 있는 오누이에게도 적잖이 힘을 주었다. 어찌하면 구원자답게 살 수 있을까? 고통스러워하는 생존자들이 동굴 안에 가득한데 더 이상 런던에서처럼 제 한 몸 간수하기도 버거워하는 10대처럼 굴 수는 없지 않을까!

피터는 손을 뻗어서 바위턱을 훑었다. 수백 년 동안 한자리에 물방울이 떨어지면서 돌바닥을 움푹하게 파놓은 자리가 있었다. 크지는 않았다. 주먹 하나가 간신히 들어갈 만큼 폭이 좁았다. 소년은 안으로 손을 넣어서 차가운 금속조각을 더듬어 찾았다. 신물이 손가락에 걸리자 끄집어내 얼굴 가까이 대고 요모조모 뜯어보았다.

침침한 굴속이라 또렷이 보이지는 않았다. 그래도 이미 수없이 들여다보았던 물건인지라 머릿속에 또렷이 떠올릴 수 있었다. 소년은 신물을 손안에서 이리저리 굴려보았다. 화산이 폭발한 뒤부터 묘하게도 푸른색 광선이 새어나오기 시작했다. 사방이 아주 어두워야 볼 수 있기는 했지만, 빛을 내는 것만큼은 어김없는 사실이었다. 신물은 전체적으로 길쭉한 육각형모양이었다. 안쪽으로 홈이 파여 있어서 뿔이 여섯 개 달린 별을 끼워 넣으면 마치 퍼즐조각처럼 딸깍 소리를 내며 들어맞았다. 예언에는 왕의 왕을 부르는 물건이라고 되어 있었다. 하지만 여태까지는 감감무소식이었다.

불쑥 예언이 더 있을지도 모른다는 생각이 들었다. 무슨 주문 같은 걸 외워야 할지도 모를 일이었다. 신물의 두 부분을 조립하기 전에 제자리에서 세 번 맴을 돌고 침을 뱉었어야 했던 건 아닐까? 어쩌면 예언 자체가 꾸며낸 이야기였을 가능성도 있었다. 그렇다면 정말 낙심천만이었다. 피터는 신물을 도로 구멍 속에 밀어 넣고 잠을 청했다.

눈을 떴을 때는 이미 아침이었다. 모닥불은 다 사위어서 한 무더기 재로 변해 있었다. 누군가 그 위에 잔가지를 집어넣고 후후 바람을 불어대며 불씨를 되살리고 있었다. 그레고리였다. 워낙 수풀이 우거진 섬이라 땔감이 떨어질 일은 없을 것 같았다. 그나마 감사한 일이었다.

피터는 눈을 비비며 벌떡 일어나 바위 턱에 걸터앉았다. 백성들은 다 해진 얇은 담요나 겉옷을 뒤집어쓴 채 맨바닥에 누워 새우잠을 자고 있었다. 남자와 여자, 아이들까지 모두 여든일곱 명의 생존자들이 엄청난 혼란을 겪으면서도 서로를 의지하며 견뎌나가고 있었다. 여든일곱. 거

기다가 다른 세계에서 온 나그네 셋이 더 있었다.

줄리아는 동굴 입구 쪽 한 귀퉁이에 꼼짝 않고 앉아 있었다. 소년은 동생에게 다가가 곁에 풀썩 주저앉았다. 소녀는 무릎을 세워 두 팔로 감싸 안고 그 위에 턱을 괴고 있었다. 무언가 깊은 생각에 잠긴 눈치였다.

"망을 보고 있는 거야?" 피터가 물었다.

줄리아는 고개를 가로저었다. "제임스가 저 앞에 있어. 동굴 바로 안쪽에 숨어서 바깥을 살피는 중이야. 굴녹이 다가오면 알려주기로 했어. 여기 있으면 작은 신호까지 다 들을 수 있어." 소녀는 짧게 몸서리를 치더니 커다란 눈으로 오빠를 올려다보며 말했다. "혹시라도 놈들한테 들키면 어떻게 해야 할지 모르겠어. 더 이상 도망칠 곳도, 숨을 데도 없는데…."

"나도 알아. 여기처럼 빠져나갈 구멍이 없는 동굴은 딱 질색이야. 뒷문이 있는 굴이 있는지 찾아봐야지." 소년이 대꾸했다.

"그런 데가 있기는 할까? 게다가 지난번에 아이들을 데리고 도망치느라 얼마나 힘들었는지 기억하지? 꼬맹이들을 조용히 시키느라 진땀을 뺐잖아."

피터는 입을 꾹 다문 채 고개만 끄덕였다.

"사람들을 반드시 에이딘으로 돌려보내주어야 해. 사람들이 가고 싶어 하는 곳은 악취가 진동하는 다른 동굴이 아니라 그곳이야. 다들 고향으로 돌아가기만을 손꼽아 기다리고 있어. 그게 왕의 왕께서 우리를 이곳에 보내신 이유이기도 하고. 안 그래?"

이런 이야기를 처음 나누는 건 아니었다. 벌써 수백 번도 넘게 가능성을 검토하고 또 검토했다. 결론은 늘 배로 모아졌다. 굴녹들이 움직이던 보트들은 화산이 폭발할 때 모조리 불타고 말았다. 괴물들이 낌새를 채지 못하도록 한밤중에만 작업해서 아흔 명이 탈 수 있을 만큼 크고 튼튼한 선박을 만들어낸다는 건 불가능에 가까웠다. 배를 짓는 기술은 말할 것도 없고 항해술에 관해서도 아는 게 전혀 없었다.

뒤편에서 수런수런 움직이는 기척이 났다. 백성들이 깨어나고 있었다. 너나없이 주리고 목마른 터라 여기저기서 마른기침이 터지고 꼬르륵대는 소리가 요란했다. 칭얼대는 건 아이들뿐, 대놓고 불만을 터트리는 이는 아무도 없었지만, 피터와 줄리아는 한 사람 한 사람의 눈동자에 깊은 실망이 서려 있는 걸 보았다. 소년은 동생의 어깨를 감싸 안았다. 소녀는 오빠의 팔에 머리를 기댔다. 런던에서 이 낯선 신세계로 불려오지 않았더라면 이렇게 속을 끓이지 않았을 거란 부질없는 상념이 둘의 뇌리를 파고들었다. 한두 번 드는 생각이 아니었다.

한동안 그렇게 앉아 있던 오누이는 고개를 번쩍 쳐들었다. 굴입구 쪽에서 발자국 소리가 들려오고 있었다. 피터는 자리를 차고 일어났다. 어떤 악당이 쳐들어오든 용감히 맞서 싸울 작정이었다. 그레고리의 칼이라도 수중에 있었더라면 얼마나 든든했을까 하는 아쉬움이 사무쳤다. 무기가 모자라도 너무 모자랐다.

정작 모습을 드러낸 건 제임스였다. 얼굴이 백짓장처럼 하얗게 질려 있었다.

"왜 그래요? 뭘 봤기에 그러는 거예요?" 피터의 목소리에 두려움이 묻어났다.

제임스는 대답 대신 뒤로 한 발 물러났다. 그러고 보니 혼자 들어온 게 아니었다.

동굴에서 한두 발짝 안쪽으로 들어온 자리에 웬 사내가 서 있었다.

키가 크고 울퉁불퉁 근육이 잡힌 게 힘이 세 보였다. 금빛 머리칼이 어깨 위까지 굽이쳐 흘러내리고 있었다.

"누구세요?" 피터는 눈을 가늘게 뜨고 상대를 바라보며 물어보았다.

"왕의 왕께서 보내서 왔습니다. 나를 기다리셨을 줄 압니다만." 낯선 손님이 말했다.

3

나그네는 사람 좋은 미소를 얼굴 가득 머금고 서서 오래도록 뜸을 들이다 마침내 입을 열었다. "페라스라고 합니다. 힘을 보태줄 친구를 원하시죠?"

피터는 언제 무슨 상황이 벌어지더라도 곧장 대처할 수 있도록 두 주먹을 단단히 그러쥐었다. "어디서 오셨다고요?" 소년의 눈이 더 가늘어졌다. "정말 왕의 왕께서 보내셨다면….."

"왜 이렇게 늦었느냐는 말씀이죠?" 뒤편에 늘어서서 호기심 어린 눈으로 지켜보고 있는 사람들은 아랑곳하지 않고 오로지 피터에게만 시선을 고정시킨 채 사내가 말꼬리를 잘랐다. "케미아까지 길이 좀 멀고 험해야 말이죠. 실은, 두 분이 신물을 하나로 합치자마자 이곳을 바라보고 출발해서 지금 막 도착한 참이올시다."

사내는 신물의 존재를 알고 있었다. 그렇다면 그 신통한 물건이 이제야 제몫을 하려는 것일까? 안도감이 온몸으로 퍼져나갔다. 소년은 옹골지게 쥐고 있던 주먹을 풀고 페라스의 손을 마주잡았다. "환영합니다.

잘 오셨어요." 피터는 백성들을 돌아보며 말했다.

사내는 두 손을 높이 쳐들고 당당하게 외쳤다. "왕의 왕께서 인사를 전하라고 하셨습니다." 동굴의 넓이에 비해 목소리가 너무 컸다. 한마디 한마디가 돌 벽에 부딪혀 쩌렁쩌렁 울렸다. "나는 어두운 그늘에서 여러분을 풀어내 고향인 에이딘으로 이끌려고 왔습니다."

페라스의 이야기는 계속됐지만 환호성이 워낙 커서 아무도 그 내용을 알아들을 수가 없었다. 백성들은 앞다퉈 사내에게 질문을 퍼붓거나 손을 잡아 흔들었다. 동굴 안쪽 공간이 비좁지만 않았더라면 손님을 어깨에 들쳐 메고 한바탕 행진이라도 벌였을지 모른다. 십중팔구 그 선두에는 피터가 서 있었을 것이다. 구원자 역할을 제대로 해내지 못하고 있는 터에 대신할 사람이 나타났으니 얼마나 좋은 일인가!

"무슨 짓들이에요?"

난데없이 날아온 성난 음성에 왁자지껄하던 분위기가 삽시간에 가라앉았다. 소년은 고개를 돌려 목소리가 들려온 쪽을 바라보았다. 루이자가 막 동굴 복판으로 들어서고 있었다. 두 눈은 격한 감정으로 이글거렸다. 정체를 정확히 알 수는 없었지만 환희가 아닌 것만큼은 확실했다. 얼핏 봐서는 두려움처럼 보이기도 했다.

피터는 허둥지둥 동생에게 달려갔다. "루이자! 이쪽은 페라스 님이야. 왕의 왕을 섬기는 일꾼이지. 신물이 하나가 되는 순간부터 여행을 시작해서 방금 도착했대. 백성들을 집으로 데려다주겠다고 약속했어."

사람들은 다시 환성을 내질렀다. 당장 축제라도 열 기세였다. 루이자는 이번에도 찬물을 끼얹었다.

"그러니까, 이 양반이 동굴에 나타나서는 스스로 왕의 왕께서 보내신 사자라고 했고 오빠는 그 말을 철석같이 믿는다는 얘기지?"

피터는 온몸에서 행복한 기운이 스르르 빠져나가는 걸 느꼈다. "그게 말이야…."

"여러분도 그래요." 루이자는 에이딘 사람들에게 쏘아붙였다. "이분이 누군지 어떻게 알고 덜컥 마음을 주는 거죠?"

"루이자!" 소년은 백성들을 등지고 돌아서며 다급히 막아섰다. "제발, 소란피우지 마! 왕의 왕께서 보내신 게 아니라면 우리를 어떻게 찾아냈겠어?"

소녀는 기가 막힌다는 듯 되받았다. "어떻게 알아냈겠느냐고? 어제 했던 얘길 고작 하루 만에 잊어버린 거야? 적들이 오빠랑 그레고리를 봤다고 했잖아, 안 그래? 그럼 여기는 더 이상 은신처가 아닌 거야. 왕의 왕께서만 알고 있는 은밀한 장소가 아니라고!"

피터는 이복동생을 멍하니 쳐다보았다. 이런 모습은 처음이었다. 예전에는 심술궂고 표독스러웠지만 새로운 세계에 들어온 뒤부터는 대체로 친절하고 온화했다. 무언가에 홀리기라도 한 걸까? 소년은 핼쑥하고 창백한 동생의 얼굴을 몇 번이고 훑어보았다. 루이자 역시 가자미눈을 하고 오빠의 시선을 고스란히 받아냈다. 동굴에 불쑥 나타난 낯선 얼굴을 대할 때만큼이나 차가운 눈빛이었다. 소년은 불안했다. '저 아이의 말이 사실이라면….'

페라스는 손을 쳐들어 둥그렇게 둘러선 백성들에게 조용히 하라는 신호를 보냈다. 곳곳에서 "쉿!" 하는 소리가 들렸다.

이윽고 사내가 얼굴 가득 미소를 지으며 말했다. "아가씨, 겁낼 것 없어요. 여러분에게 꼭 필요한 도움을 드리려고 왕의 왕께서 계신 보좌를 떠나 이곳에 왔으니까요." 그러곤 잠시 말을 끊고 따듯한 시선으로 한 사람 한 사람을 돌아보았다. "알다시피 배란 배는 전부 부서졌습니다.

굴녹들이 여기저기 돌아다니고 있고요. 여러분이 말씀하신 대로, 놈들은 분명히 되돌아와서 이 근처를 샅샅이 뒤지며 은신처를 찾아내려 할 겁니다." 어느새 사내의 눈길은 루이자를 향하고 있었다. "난 배 짓는 데 힘을 보태고 싶을 따름이올시다. 어둠의 세력이 영원히 찾아낼 수 없도록 여러분을 안전한 에이딘으로 모셔다드리겠습니다."

피터는 손뼉이라도 치고 싶은 심정이었다. 새로운 배를 만들겠다는 말에 귀가 번쩍 뜨였다. 드디어 조선술과 항해술을 가르쳐줄 인물이 나타났구나 싶었다.

"그쪽을 어떻게 믿을 수 있죠?" 루이자가 물었다. 입만 열었다하면 산통을 깨는 얘기였다. "우리는 댁을 처음 봐요. 그리고 에이딘에도 저 그늘이 드리워 있다고 알고 있어요. 검은 그늘이 수평선 너머로 퍼져나가는 게 보이거든요. 도대체 무슨 근거로 에이딘이 케미아나 이 동굴보다 안전하다고 장담하는 거죠?"

"아니, 이 페라스를 어떻게 보시고!" 사내는 고함에 가까우리만치 언성을 높였다. "이건 왕의 왕을 대신해 하는 얘깁니다. 군말 말고 시키는 대로 하세…. 아, 말이 잘못 나왔군요. 미안합니다. 날 믿어야 합니다. 난 그분의 뜻대로 움직이는 일꾼이니까요."

동굴 안이 쥐 죽은 듯 조용해졌다. 침묵은 오래도록 계속됐다. 피터는 입을 여는 게 지혜로운 일인지, 아니면 어리석은 짓인지 통 알 수가 없었다.

루이자의 눈동자는 눈곱만큼도 흔들리지 않았다. 사내를 노려보던 시선을 소년에게 돌리며 루이자가 말했다. "오빠, 내 말 잘 들어. 페라스라는 인물은 우리 모두를 배신할 거야."

피터는 허둥지둥 동생의 입을 막았다. "이제 그만해! 도대체 무슨 소

릴 하는 거야!" 한편으로는 새로 나타난 구원자, 페라스의 눈치를 살폈다. 사내는 루이자에게서 눈길을 거두며 말했다.

"자, 그럼 용맹스러운 백성으로 열 명만 맡겨주십시오. 탈출할 길을 찾아보겠습니다."

사내는 직접 열 사람을 골랐다. 피터와 그레고리, 오린을 비롯해서 주로 한밤중에 먹을거리를 찾아다니던 이들이었다. 뽑힌 청년들은 모닥불 주위에 둘러앉아 밤이 올 때까지 오래도록 이야기를 나누었다.

줄리아는 이리저리 몸을 뒤챘다. 1분이라도 빨리 깊은 잠에 빠져들고 싶었지만 좀처럼 잠을 이룰 수가 없었다. 돌바닥이 그 어느 때보다 딱딱하게 느껴졌다. 낡아빠진 담요를 뒤집어썼지만 한기는 여전했다. 종유석을 타고 흘러내린 물방울이 똑똑똑 끊임없이 떨어지는 소리가 신경을 자극했다.

방 침대가 그리웠다. 온몸을 덮고도 남을 만큼 넓고 두툼한 이불과 푹신한 베개 생각이 간절했다. 소녀는 끙 하고 앓는 소리를 내며 돌아누웠다. 지금으로서는 새로운 환경에 빨리 적응하는 게 최선이었다. 줄리아는 자신을 타일렀다. '감사할 줄 모르면 그나마 있던 것도 다 사라지는 법이야.'

그러고 보니 다들 잠을 설치는 눈치였다. 페라스와 청년들(피터도 거기 끼어 있었다)은 불가에 옹송그리고 앉아 있었다. 불꽃이 널름거릴 때마다 언뜻언뜻 드러나는 얼굴들이며 동굴 벽을 타고 길게 늘어진 그림자까지, 모든 게 비현실적이었다. 다들 한껏 음성을 낮춰 소곤거리다가도 드문드문 한바탕씩 쉰소리로 웃어젖히곤 했다. 귀에 몹시 거슬렸다. 따돌림당하고 있다는 느낌을 지울 수가 없었다.

가이우스. 소녀는 다시 몸을 뒤채며 탄식처럼 이름을 불러보았다. 노인이야말로 애당초 이 세계로 오누이를 불러들인 장본인이었다. 백성을 단단히 틀어쥐고 괴롭히는 사악한 세 영주들을 물리칠 방도를 알려주는 에이딘의 구원자가 될 것이란 사실도 알려주었다. 그런데 백성이 자유를 찾은 지 얼마 되지도 않아서, 피터와 줄리아는 물론이고 루이자까지 냇가에 감춰진 비밀통로를 통해 다시 불러들여 이곳 백성들과 어울려 지내게 했다. 이번 임무는 예전에 비할 수 없을 만큼 어렵고 힘들었나.

에이딘 백성은 세레스 장군과 굴녹들한테 사로잡혀 케미아 섬으로 끌려왔다. 그리고 화산 밑바닥을 파헤치며 듣지도 보지도 못한 물건을 찾는 강제노동에 시달려야 했다. 수많은 남녀노소가 잔인하기 이를 데 없는 감독관의 채찍을 맞아가며 하루하루 시들어갔다.

가이우스는 더 이상 어찌해볼 도리가 없다 싶은 순간에만 나타나곤 했다. 지난번에도 집으로 돌아가는 길을 가르쳐주며 신물을 가져오게 하지 않았던가! 줄리아는 더러 노인을 만났던 게 꿈인지 현실인지 어느 쪽이든 좀처럼 얼굴을 보여주지 않는 것만큼은 엄연한 사실이었다.

'가이우스 님, 도대체 어디에 있는 거죠? 제발 좀 나타나주세요!'

소녀는 고개를 갸웃거리며 동굴 건너 쪽을 바라보았다. 아직 잠들지 않은 이가 또 있었다. 루이자였다. 한쪽 구석에 앉아서 누군가에게 몸을 굽히고 나지막하게 속삭이고 있었다. 상대의 얼굴은 보이지 않았지만 굴녹과 마주치는 바람에 큰 부상을 입은 그레고리임에 틀림없었다.

줄리아는 눈을 크게 뜨고 이복동생을 살폈다. 루이자는 아주 천천히,

신중하게 움직이면서 환자의 이마를 짚어보거나, 붕대를 고쳐 매주거나, 귀에다 대고 무슨 얘긴가를 들려주었다.

소녀가 지켜보는 걸 눈치챘던 걸까? 루이자는 고개를 이편으로 돌리고 웃어보였다. 보일 듯 말 듯 입가에 희미하게 머물다 사라지는 애처로운 미소였다. 아까 페라스에 맹렬하게 맞설 때와는 딴판이었다.

줄리아는 자리에서 일어나 담요로 어깨를 감싸고는 바닥에 누워 잠든 백성들의 몸을 경중경중 건너서 동생 곁으로 다가갔다.

환자는 정말 그레고리였다. 의식이 오락가락하는지 자다 깨기를 되풀이하고 있었다. 루이자가 어루만져줄 때만 그나마 깊이 자는 듯했다. 하지만 정작 루이자 자신에게도 치유의 손길이 필요해 보였다. 얼굴이 수척하고 창백했다. 눈 밑에 검은 그늘이 잡힌 게 며칠 밤을 뜬눈으로 새운 모양이었다. 그럼에도 불구하고 어딘지 모르게 평온하고 차분한 기운이 느껴졌다. 줄리아로서는 도무지 이해할 수 없는 일이었다.

여기 눈앞에 있는 아이가 환경이 가장 좋을 때조차도 웬만하면 피하고 싶었던 그 끔찍한 이복동생이 맞는지 의심스러웠다. 하지만 냄새가 코를 찌르는 쓰레기더미를 누비고 다니는 사이에 완전히 딴사람으로 변했다. 뭐랄까… 백성들이 '치유자'라고 부르는 게 전혀 이상하게 들리지 않는 인물이 된 것이다.

"모닥불 곁에 있는 줄 알았어." 언니를 반갑게 맞으며 루이자가 말했다. "백성을 '구조할' 작전을 짠다고 떠들어대는 페라스 패거리들 틈에 오빠랑 끼어 앉아 있겠구나 싶었지."

"페라스는 날 뽑지 않았어. 이제 난 선택받은 사람이 아닌가봐." 억지로 밝은 표정을 지으며(뜻대로 되지는 않았다) 줄리아가 대답했다.

루이자는 흔들림 없는 낯빛으로 불가에 둘러앉은 이들을 훑어보며 말했다. "천만에!" 소녀의 목소리에 묘한 기운이 서렸다. "페라스는 뜻대로 부릴 군대를 만들려고 기운 센 청년들만 골라 뽑은 거야."

"군대라니, 무슨 소리야?" 언니는 동생의 말을 막았다. "네가 몰라서 그래. 저 양반은 싸우려는 게 아니고 그저 무사히 도망칠 수 있도록 돕고 싶어 하는 거야. 보트를 만들어서 에이딘으로 돌아갈 때까지 앞장서 이끌어주겠다잖아."

어색한 침묵이 흘렀다. 한동안 입을 꼭 닫은 채 고개만 절레절레 흔들던 루이자가 드디어 가슴에 담았던 말을 뱉어냈다. "백성을 쓰든, 아니면 다른 무리를 동원하든 페라스는 언젠가 군사를 일으킬 게 틀림없어."

"굴녹에 맞서서?"

"순진하긴! 그게 아니라, 나랑 싸우려고."

4

"너랑 싸운다고?" 줄리아는 어이가 없었다. "하지만… 네가 대단한 인물은 아니잖아. 그런데 왜 널 공격한다는 거지? 그러니까 내 말은… 넌 에이딘 사람도 아니고 오빠랑 나처럼 부름을 받은 것도 아니야. 처음에는 우릴 골탕 먹이려고 뒤를 밟다가 뜻하지 않게 여기까지 오게 됐잖아. 안 그래?"

루이자는 안타깝다는 듯 가볍게 미소를 지어보이곤 다시 환자를 보살피기 시작했다.

줄리아는 한숨을 내쉬며 일어나서 잠든 백성들을 틈을 지나 모닥불 근처, 본래의 자리로 돌아왔다. 장정들은 아직도 불가에 쪼그리고 앉아 있었다. 다들 말없이 듣기만 하고 이야기를 하는 건 페라스뿐이었다. 목소리가 워낙 낮아서 읊조림에 가까웠다. 소녀는 귀를 쫑긋 세웠지만 띄엄띄엄 토막말만 들릴 따름이었다.

게다가 너무 지쳐서 더 이상 깨어 있을 수가 없었다. 아침에 오빠를 붙잡고 무슨 얘길 나눴는지 물어보기로 하고 눈을 감았다. 배 속에서 연달아 꼬르륵 소리가 났다. 소녀는 주린 배를 움켜잡고 몸을 뒤척이며 설핏 잠 속으로 빠져들었다.

피터는 페라스를 찬찬히 살폈다. 사내의 말 한마디 한마디가 소년에게는 마지막 희망이나 다름없었다. 드디어 그동안 간절히 기도해왔던 구원의 시간이 왔구나 싶었다. '선택받은 자'라는 부담감에 시달렸던 터라 무거운 책임을 벗게 되었다는 생각만으로도 날아갈 것 같았다.

"아직까지는 화산에서 시작된 그늘이 멀리 퍼진 상태가 아니올시다." 페라스는 특유의 점잖고 신뢰가 가는 말투로 이야기했다. "에이딘까지는 어림도 없지요. 그래도 시간이 넉넉한 건 아닙니다. 그늘이 가는 곳이면 굴녹도 따라갈 겁니다. 멜리타와 툰브리지 섬은 이미 집어삼킨 것 같더군요."

"에이딘에까지 손을 뻗치면 어떡하죠? 우리와 함께 싸워주시겠어요?" 피터가 물었다.

"그늘이 거기까지 미치지는 못했을 거예요." 그 얘긴 꺼내지도 말라는 듯, 페라스는 손사래를 치며 대답했다.

"하지만 만에 하나라도…."

"날 믿으세요, 피터 님." 사내는 당당했다.

자신만만한 모습에 소년도 마음이 놓였다.

페라스가 말했다. "앞으로 밤에는 뗏목을 만들고 잠은 낮에 자기로 합시다. 들키지 않도록 조심해가면서 재료를 모아야 합니다. 굴녹을 피하는 데는 이미 익숙해지셨으리라 믿습니다." 사내는 피터에게 한쪽 눈을 찡긋해 보이고서 다시 말을 이었다. "일단 뗏목이 준비되면 여러분과 내가 한 척씩 맡아서 지휘합니다. 그렇게 여러분을 모두 에이딘으로 안내하겠습니다. 돌아가는 길은 이 몸이 잘 알고 있으니 염려 마십시오."

소년은 안도의 한숨을 내쉬었다. 페라스를 데려다준 신물이 고마울 따름이었다. 그렇지 않았으면 방향을 잃고 어찌해야 좋을지 난감했을 것이다. "먹을거리를 구하러 다녔던 팀은 내가 이끌겠어요. 어떤 것들을 구해야 하는지 알려주면 나가서 찾아볼게요. 버섯만 빼고는 뭐든지 괜찮아요." 피터가 제안했다.

"버섯은 신경 쓰지 말아요." 페라스는 빙그레 웃으며 대답했다. "양식은 내가 어찌 해보리다. 왕의 왕께서는 그분의 자녀들에게 필요한 건 뭐든지 다 주시니까요."

버섯은 내버려둬도 된단다. 줄리아가 이 얘길 들었으면 얼마나 좋았을까? 피터는 소리없이 활짝 웃으며 편안한 마음으로 벽에 기대앉았다. 페라스는 벗이었다. 그것도 정말 좋은 친구가 틀림없었다.

"막대기, 막대기, 막대기!" 소년은 숲을 헤매며 연신 중얼거렸다. "막대기랑 덩굴, 막대기랑 덩굴!"

"그건 너무 가늘어서 못써요." 오린은 퇴짜를 놓았다.

피터는 아쉬운 듯, 이리저리 돌려가며 아직 익숙하지 않은 눈으로 크기를 가늠해보다가 덤불에 휙 내던졌다.

"쉿! 사방에 놈들이 깔려 있어요." 오린이 다급하게 말렸다.

"여긴 없을 거예요. 이제 여기까지는 정찰을 나오지 않는 것 같아요. 페라스가 온 뒤로 한 번도 굴녹을 본 적이 없잖아요. 안 그래요?" 소년은 심드렁하게 대꾸했다.

"그래도 수색을 멈춘 건 아닐지도 몰라요. 다른 속셈이 있을 수도 있어요. 미리 조금씩 주의하는 게 좋지 않을까요?"

피터는 고개를 끄덕이며 입을 다물었다. 그제야 오린도 마음을 놓았다. 이제는 안전했다. 백성 전체가 염려할 게 없어졌다. 뼛속 깊이 편안한 기운이 스며들었다. 페라스가 왔으니 위험한 고비는 넘긴 셈이었다.

피터는 허리를 굽히고 발에 걸린 막대기 하나를 주워들었다. 이번에는 제법 크고 묵직했다. 오린은 엄지손가락을 치켜들었다. 쓸 만한 모양이었다. 소년은 부스럭대지 않도록 조심조심 작대기를 나뭇짐에 끼워 넣었다.

대원들이 모아놓은 나무가 벌써 한 짐이었다. 어젯밤보다 훨씬 양이 많았다. 뗏목의 뼈대가 될 통나무와 막대기, 그리고 목재를 서로 묶고 연결하는 데 쓸 덩굴들이었다. 덩굴은 찾기가 더 어려웠다. 이곳처럼 공기가 탁한 데서는 잘 자라지 않는 탓이었다. 그래도 오늘은 제법 수확이 있었다. 이만하면 페라스도 흡족해하리란 생각이 들었다.

"자, 웬만큼 거두었으니 이제 돌아갑시다." 피터가 말했다.

오린이 물었다. "페라스 님도 만족하겠죠? 지지난밤에는 난리가 났었잖아요."

그날 밤엔 정말 당황스러웠다. 사내는 벼락같이 화를 내며 길길이 뛰었다. 완전히 이성을 잃은 게 아닌가 싶었다. 하지만 워낙 다급한 상황이라 그러려니 하고 넘어갔다. 굴녹들이 은신처를 찾아내기 전에 뗏목을 완성해야 했다.

"그날보다는 덩굴을 두 배나 더 거뒀잖아요. 염려 붙들어 매두세요."
피터는 턱을 높이 쳐들고 의기양양하게 말했다.

"페라스 님이 워낙…."

"걱정 말라니까요. 자, 어서 나무를 챙겨서 집으로 돌아갑시다."

"집이라…. 집은 퀴퀴한 냄새나는 동굴이 아니라 에이딘이죠." 오린
은 침울하게 되뇌었다.

"그러니 더 서두르자고요. 그래야 조금이라도 일찍 진짜 집으로 돌아
갈 수 있죠." 피터는 몸을 굽혀 나뭇단과 덩굴뭉치를 한 짐 끌어안았다.
무게를 이기지 못하고 비틀거리며 간신히 몸을 일으킨 소년은 가쁜 숨
을 몰아쉬면서도 밝게 웃으며 말했다. "버섯이나 따러 다니는 것보다
한결 낫군!"

버섯을 가져가면 페라스가 무척 기뻐하며 말린 고기와 바꿔주었지
만, 피터가 정말 바라는 건 육포 따위가 아니었다. 그까짓 고깃점쯤은
안 먹어도 그만이었다. 일분일초라도 아껴서 여길 벗어나야 할 판에 맛
있는 음식타령이나 하고 있을 여유가 어디에 있단 말인가! 잔치는 에이
딘에 돌아가서 벌여도 늦지 않았다.

일행은 바닥에 수북이 쌓인 나뭇잎과 잔가지들을 밟아가며 어둠을
헤치고 동굴을 향해 느릿느릿 걸었다. 추격을 포기한 듯, 굴녹은 다시
나타나지 않았지만 그렇다고 대낮에 활개를 치며 돌아다닐 수 있을 정
도로 안전해진 건 아니었다.

피터가 여러 차례 말을 걸었음에도 불구하고 오린은 끙끙 신음을 뱉
어낼 뿐, 좀처럼 반응을 보이지 않았다. 불안하고 초조했다. 예전에 비
해서 부담감은 한결 줄어들었지만 뗏목은 어떻게 만들지, 언제 길을 떠
나야 할지, 변덕스러운 조류와 바람을 어떻게 가늠해서 에이딘으로 가

는 방향을 잃지 않을지 상의할 일이 수두룩했다. 그런데도 한마디 말도 없이 걷기만 하는 게 통 마음에 들지 않았다. 어쩌자고 이러는 걸까?

일행의 귀에 비명소리가 날아든 건 동굴까지 5백 미터쯤 남았을 무렵이었다. 수많은 이들이 한꺼번에 악을 써대는 소리였다. 피터와 오린은 서로 얼굴을 마주보았다. 한 아름씩 안고 있던 짐을 팽개치고 소리가 나는 쪽으로 냅다 달려갔다.

어둠 속에 나뒹굴기도 하고 나뭇가지에 살갗이 긁히고 찢겼지만, 덤불을 헤치고 은신처를 향해 뛰었다. 일행은 절벽을 코앞에 둔 그늘에 멈춰 섰다. 숨이 턱까지 차올랐다. 오린은 소년의 소매를 잡아끌어 풀숲 뒤에 주저앉혔다.

피터는 하마터면 소리를 지를 뻔했다. 굴녹들이 결국 동굴을 찾아낸 모양이었다. 놈들은 맨주먹으로 단단한 바위를 깨트리며 입구를 넓히고 있는 듯했다. 좁다란 통로는 더 이상 안전장치가 되어주지 못했다. 괴물들은 부서져 내린 돌무더기를 밟고 터널 안으로 일제히 몰려 들어갔다.

곧이어 백성들이 뛰쳐나왔다. 집채만 한 괴물들이 맹렬히 뒤를 쫓았다. 희미한 달빛 아래서도 누가 누군지 똑똑히 분간할 수 있었다. 다섯 살배기 아들 알렉산더를 품에 꼭 끌어안은 앨리스가 보였다. 곧이어 알렉산더가 멀쩡한 팔로 반대편 어깨를 감싸 쥐고 나타났다. 요상하게 뒤틀린 한쪽 다리를 질질 끌며 마티아스가 뒤를 따랐다. 갑자기 페라스가 궁금했다. 틀림없이 동굴 안에 있었을 텐데…. 어디로 간 거지?

순간, 소년의 몸과 마음이 동시에 얼어붙었다. 줄리아의 모습이 보였던 것이다. 기도가 절로 나왔다. "왕의 왕이시여, 저들을 지켜주소서!"

소녀는 정체를 알 수 없는 보따리 하나를 꽉 움켜쥔 채 피할 곳을 찾아 숲으로 뛰어들었다. 괴물 하나가 그 뒤를 바짝 따라붙었다. 죽을힘을 다해 달렸지만, 여자아이의 잔걸음으로는 성큼성큼 뒤쫓는 굴녹을 따돌릴 길이 없었다. 마지막 최후의 순간이 닥쳐왔다. 허공을 가른 괴물의 주먹이 소녀의 머리를 후려쳤다.

줄리아는 비명 한 번 지르지 못하고 길바닥에 쓰러졌다. 흙과 자갈로 범벅이 된 땅에 넘어진 채 꼼짝도 하지 않았다.

피터는 고함을 지르며 동생 곁으로 달려가고 싶었다. 맨손으로라도 괴물에게 달려들고 싶었다. 하지만 꼼짝도 할 수가 없었다. 오린이 팔뚝을 야무지게 붙잡고 손가락에 힘을 주며 잠자코 숨어 기다리라는 메시지를 전하기는 했지만, 꼭 그 때문만은 아니었다. 소년은 눈으로 동생을 좇았다. 피가 나도록 입술을 깨물며 꿈틀이라도 해주길, 아직 살아 있다는 기척을 보내주길 간절한 마음으로 바랐다.

괴물은 허리를 굽히고 소녀가 가지고 있던 보따리를 집어 들었다. 속에 뭐가 들었기에 그러는지 알 수 없었지만 굴녹은 기쁨을 주체하지 못하는 눈치였다. 놈은 목에 걸고 있던 뿔나팔을 들어 입에 대고 힘껏 불었다. 길고도 낮은 소리가 숲속으로 퍼져나갔다.

언젠가 들어본 적이 있다는 생각이 들었다. 그랬다. 그날 밤, 저 소리가 들리기 무섭게 괴물은 그레고리를 팽개치고 어디론가 달려갔었다.

이제 보니 그게 철수신호였다. 굴 앞에 있던 녀석이 대가리를 번쩍 쳐들더니 지난번처럼 뒤로 물러섰다. 그러곤 동굴 입구에서 자취를 감췄다. 땅을 뒤흔드는 놈의 발소리가 숲을 지나 서쪽으로 멀어져갔다.

피터는 동생 곁으로 달려갔다. 여기저기 깨지고 멍든 백성들의 몸뚱이가 사방에 널려 있었다. 친구들이 부러진 팔다리를 붙잡고 잇달아 신음을 쏟아내고 있었지만 돌아볼 여유가 없었다. 구르듯 뛰어가는 소년

의 머릿속에는 오로지 줄리아 생각뿐이었다.

소녀는 얼마 전까지 괴물들이 어슬렁대던 바로 그 자리에 쓰러져 있었다. 한쪽 팔이 기괴하게 꺾인 채 가슴에 깔려 있었다. 손으로 머리를 받쳐 들자 따뜻하고 끈적끈적한 액체가 손가락을 타고 뚝뚝 떨어졌다.

"줄리아!" 피터는 다급하게 동생의 이름을 불렀다. "줄리아!"

한 번, 두 번… 소녀는 천천히 고개를 움직이더니 눈을 번쩍 뜨고 허공을 바라보았다. 하지만 그도 잠시뿐, 오빠의 얼굴을 돌아보는가 싶더니 도로 눈을 감아버렸다.

"줄리아!"

"좀 자게 내버려둬." 등 뒤에서 누군가 말했다. 낮고도 부드러운 음성이었다.

루이자가 서 있었다. 뺨을 가로질러 가늘고 긴 줄이 나 있었다. 치맛단도 무릎까지 찢어져 있었다. 아이는 언니 곁에 꿇어앉아 손으로 이마를 짚어보고 흐트러진 머리카락을 쓸어 올려주며 말했다. "그냥 푹 자게 두자고."

피터는 고개를 끄덕였다. "그런데 어떻게 된 일이야?" 목구멍으로 울컥 치밀어 오르는 감정을 억누르며 소년이 물었다.

"놈들이 왔어. 페라스가 가서 은신처를 일러바친 덕에 놈들이 쉽게 굴을 찾아낸 거야." 루이자는 담담하게 대답했다.

"말도 안…." 소년은 너무나 어처구니가 없어서 말도 제대로 나오지 않았다.

"페라스가 결국 배신하고 말았어. 그럴 거라고 했잖아. 오빠도 기억나지?" 루이자의 말투에는 분노대신 피로가 짙게 배어 있었다. 아이는 동굴 입구 쪽으로 눈을 돌리며 말을 이었다. "굴녹들은 우릴 잡으려고 단단한 바위벽을 두들겨 부수더군. 동굴 전체가 흔들리기 시작했어. 얼마 못 가서 뒤편 천장 한쪽이 무너져내리더라고. 사람들은 어쩔 줄 모르고 비명을 지르며 이리저리 몰려다니기만 했지. 그리고 채 빠져나가기도 전에 놈들이 들이닥친 거야."

피터는 목이 메었다. "누… 누가 도망치지 못했어?"

"대부분." 루이자는 눈을 질끈 감고 몸을 앞뒤로 흔들며 이름들을 줄줄이 읊었다. "리온, 알렉산드라, 시므온, 셀레스트, 프리데릭, 엘미라, 제프리, 카민."

명단은 끝이 없었다. 피터는 서른 몇에서 헤아리기를 포기했다. 입술 사이로 한숨이 새어 나왔다. 눈물이 쉴 새 없이 솟아났다. 루이자는 아이들, 남자들과 여자들, 노인들의 이름을 줄줄이 열거했다. 지켜주겠노라고 철석같이 약속했던 바로 그 이름들이었다.

소년은 머리를 흔들었다. 슬퍼하고만 있을 때가 아니었다. 눈물이 아니라 과학적인 사고가 필요한 시점이었다. 운다고 죽은 이들이 되살아날 리가 없었다. 할 일이 산더미 같았다. 뗏목을 만드는 게 가장 급했다. 그러나 가슴 아픈 일이지만 재빨리 이 저주받은 섬을 빠져나가는 데 쓸 배를 지을 일손이 훨씬 더 부족해졌다.

그때 어둠 속에서 희미하게 번들거리는 물체가 피터의 눈에 띄었다. 소년은 팔을 내밀어 짤막한 칼 한 자루를 집어 들었다. 그레고리가 숲에서 버섯을 딸 때 쓰던 칼인 듯했다. 언젠가 돌려주기로 하고 일단 허리춤에 찔러 넣었다.

"페라스야. 그 사내라면 어찌해야 하는지 알고 있을 거야. 가서 찾아봐야겠어." 피터가 말했다.

"페라스라고?" 루이자가 벌레 씹은 얼굴로 똑같은 이름을 내뱉었다.

"그자는 처음부터 오빠를 속였어. 벌써 잊은 거야? 진짜 왕의 왕께서 보내신 일꾼이라면 왜 그렇게 질질 시간을 끌다가 나타났겠어? 그 남자가 도착하자마자 괴물들이 추적을 중지한 것도 수상하지 않아? 놈들이 오빠랑 그레고리를 숲에서 본 바로 다음 날 얼굴을 들이민 점도 이상하고. 적들은 어떻게 그토록 손쉽게 우리 은신처를 찾아낼 수 있었을까? 이리저리 헤매지도 않고 곧장 굴로 쳐들어왔다니까. 그런데 정확히 그때부터 그자의 얼굴을 볼 수가 없었어."

아이는 고개를 가로저으며 덧붙였다. "악한 세력이 이만저만 강한 게 아니야. 저 그늘을 피해 달아나는 건 불가능하다고. 잠시 에이딘에 숨어서 잊고 살 수는 있겠지만 금방 거기까지 미치고 말겠지. 지금은 일어나 싸워야 할 때야." 루이자는 오빠를 똑바로 쳐다보았다. 눈빛이 찌를 듯 날카로웠다.

동생의 눈길이 부담스러워진 소년은 벌떡 일어나며 말했다. "페라스를 찾으러 가겠어. 무슨 방도가 있을 거야. 줄리아를 부탁해."

루이자는 어둠 속으로 미끄러지듯 사라져가는 오빠의 뒷모습을 눈으로 좇았다. 귀에 못이 박이도록 이야기했건만 믿는 눈치가 아니었다. 언니의 이마를 다시 짚어봤지만, 아직까지는 좀 더 쉬는 게 좋을 것 같았다.

아이는 자리에서 일어나 주위를 둘러보았다. 동굴 입구, 돌무더기 가까이에 쓰러져 있는 백성들이 가장 많았다. 일부는 숲 가까이에 주저앉아 있었다. 더러는 엉금엉금 기다시피 근처를 돌아다니며 식구를 찾았

다. 줄리아처럼 꼼짝 못하고 누워 있는 이들이 대부분이었지만 다시는 일어날 수 없게 된 사람들도 적지 않았다.

루이자는 눈을 감고 가슴 가득 숨을 들이마셨다. 화산폭발이 있기 바로 전날, 문득 찾아왔던 한 줄기 밝은 빛이 기억이 났다. 부름을 받게 된 과정이 낱낱이, 그리고 생생하게 떠올랐다. 아이는 자리를 차고 일어나 부지런히 움직이기 시작했다.

먼저, 아파서 어쩔 줄 모르는 이들에게 다가섰다. 다들 왕의 왕을 찾으며 도와달라고 부르짖고 있었다. 백성들 사이를 천천히 오가면서 한 번에 한 명씩 피가 흐르는 상처들을 싸매주었다. 붕대는 자신이나 환자의 옷단을 찢어 만들었다. 치료를 받은 이들은 울음을 그치고 새 힘을 냈다.

그렇게 몇 명을 거쳐갈 즈음, 낯익은 얼굴과 마주쳤다. 이 섬에 처음 왔을 때부터 반겨주던 여인이었다.

"앨리스! 많이 다쳤군요!" 루이자가 놀라 소리쳤다. 앨리스의 발은 완전히 꺾여 돌아간 상태였다. 짙은 그늘이 하늘을 뒤덮은 가운데도 여인의 얼굴이 하얗게 질려 있는 게 똑똑히 보였다. 입술을 달싹이며 무언가를 중얼거리는 것 같았다. 허리를 굽히고 귀를 가까이 가져다 댔다.

"알렉… 산… 더…."

아들을 찾고 있었다. 꼬맹이는 어디로 간 걸까? 어딜 가든 엄마 품에서 떠나본 적이 없는 꼬마였다.

앨리스는 루이자의 손을 덥석 잡았다. 얼마나 세게 쥐었던지 손톱이 손바닥을 파고들 지경이었다. "내 곁에 있었어요. 분명히 잘… 잡고 있었는데…."

"어디엔가 무사히 있을 거예요. 얼른 찾아볼게요." 소녀는 여인의 발치에 않아서 차가운 손으로 발목을 어루만졌다. 뼈가 상했는지 벌써 눈에 띄게 부어올라 있었다. "노래를 불러드릴 테니까 눈 좀 붙이세요." 아이는 앨리스를 다독였다. "한숨 푹 자고 나면 알렉산더가 곁에 와 있을 거예요."

여인은 고개를 끄덕이며 눈을 감았다.

루이자는 두어 번 헛기침을 하고는 차분하고 조용한 음성으로 흥얼거리기 시작했다.

둘이 모여 하나가 된다네.
한데 뭉친 힘으로 온 세상을 다스리네.
빛이 홍수처럼 쏟아지니 그늘이 쫓겨 가네.
주인이 다시 오시는 날, 어둠은 무너지네.

노래가 끝나기도 전에 앨리스는 깊은 잠에 빠져들었다.

루이자는 자리에서 일어나 사방을 두리번거리며 꼬마를 찾았다. 놈들이 쳐들어왔을 때 여인과 함께 있었다면 멀리 가지 않은 게 확실했다. 천장이 무너질 때 돌에 깔린 것 같지도 않았다. 그렇다면 어디론가 달아난 걸까? 하지만 엄마 곁을 한 번도 떠나본 적이 없는 아이가 가면 어디로 간다는 말인가. 혹시 굴녹에게 납치를 당한 건 아닐까?

바로 그때 누군가 치맛단을 끌어당기는 것 같았다. 다섯 살쯤 된 사내아이가 먼지를 잔뜩 뒤집어쓴 채 눈을 크게 뜨고 루이자를 올려다보고 있었다. 루이자는 꼬마를 번쩍 들어올려 품에 꼭 끌어안았다. "알렉산더! 널 얼마나 찾은 줄 알아?"

"숨어 있었어요. 엄마가 아픈데 괴물이 쳐들어왔어요." 꼬마가 새된

소리로 대답했다.

"똑똑하기도 해라. 엄마는 다리만 조금 다치셨어. 금방 괜찮아지실 거야. 지금은 주무시고 계신단다." 루이자가 따뜻한 목소리로 말했다.

알렉산더는 고개를 끄덕이더니 루이자의 어깨에 얼굴을 묻었다.

"자, 지금부터 더 용감하고 씩씩해져야 한다, 알겠지?" 루이자는 아이에게 다짐을 두었다. "엄마보다 훨씬 더 심하게 다친 사람들을 찾아서 동굴 안으로 옮겨야 해. 환자들을 바깥에 너무 오래 두면 몹시 위험해질 수 있거든."

"괴물이 되돌아오면 어떡하죠?" 꼬마는 눈을 똥그랗게 뜨고 대답을 기다렸다.

"그러지 않을 거야." 뒤에서 또 다른 목소리가 들렸다.

숲속에서 나타난 건 오린이었다. "적어도 오늘 밤에는 괜찮을 거야. 내일은 다른 은신처를 찾아봐야지." 그러곤 고개를 돌려 루이자에게 말했다. "피터 님은 페라스를 찾으러 갔어요. 이제 서두르는 게 좋겠어요. 다친 사람들을 안으로 옮겨야죠."

시간이 많이 걸리지는 않았다. 알렉산더가 앞장서 달려가 친구들의 이름을 불렀다. 누구라도 반응을 보이면 루이자와 오린이 힘을 합쳐 동굴 안으로 실어 날랐다. 부상자들을 안전하게 안쪽으로 옮기는 데 채 한 시간도 걸리지 않았다. 비교적 가벼운 상처를 입은 이들도 시간이 갈수록 눈에 띄게 쇠약해지고 있었다.

"치유자 님을 찾는 환자가 점점 늘어나겠어요."

루이자는 눈을 가늘게 뜨고 동굴 어귀에 수북이 쌓인 돌무더기 너머로 하늘을 올려다보며 희미하게 미소 지었다. 어느새 새벽이 다가오고 있었다. 피터와 페라스는 여전히 숲을 헤매고 있는 듯했다. 마침내 둘이 만나게 된다면, 사내가 소년에게 무슨 짓을 할지 알 수 없었다. 루이자는 상념을 떨쳐버리고 다시 부상자들에게로 눈을 돌렸다. 당장 도와야 할 대상은 오빠가 아니라 저 백성들이었다.

루이자는 먼저 언니 곁으로 다가가서 가만히 손을 잡았다. 상처에서 흘러나온 핏방울이 머리카락에 엉겨 붙어 있었다. 순간, 줄리아가 잠에서 깨어났다. 마치 낯선 얼굴 대하듯, 눈을 깜박거리며 한동안 멍하니 동생을 바라보기만 했다.

마침내 기억이 돌아온 소녀가 물었다. "오빠… 오빠는 괜찮아?"

"응. 페라스를 찾아본다며 나갔어." 루이자가 대답했다. "근데, 무슨 일이 있었는지는 생각나?"

"굴녹이 왔었잖아. 물리치긴 역부족이었지." 줄리아가 힘없이 중얼거렸다.

"하지만 계속 그런 식은 아닐 거야. 어두운 그늘과 한바탕 결판을 내야지. 거기에 굴복할 수는 없어. 그게 뭐든, 절대로 우릴 누르지 못해. 에이딘 백성이 여전히 살아 있다는 걸 괴물들한테 똑똑히 보여주자고. 왕의 왕께서 지키시는 백성에게는 어떤 적이라도 물리칠 만한 힘이 있다는 걸 놈들도 알게 되겠지."

줄리아의 입가에 보일 듯 말 듯 웃음기가 어렸다. 하지만 이내 비명을 지르며 손으로 뺨을 감쌌다. "함부로 움직이지 마!" 동생은 펄쩍 뛰며 언니를 말렸다. "머리에 큰 상처가 났단 말이야!"

"도망치려고 했어. 난… 아… 안 돼!" 줄리아는 움찔하며 몸을 일으켰다. 뭘 잃어버리기라도 한 것처럼 손으로 땅바닥을 정신없이 더듬었다.

"왜 그래? 뭘 찾는데?"

"신물!" 소녀는 신음을 토해냈다. "괴물이 쳐들어오는 소리가 들리자마자 오빠가 숨겨놨던 신물을 챙겼어. 분명히 손에 쥐고 있었는데, 어디로 갔지?"

루이자는 고개를 갸우뚱거리며 말했다. "정신을 잃고 쓰러진 언니를 찾아냈을 때는 맨손이었는데? 뭐든 지니고 있었으면 당연히 눈에 띄었을 거야."

"그랬겠지. 푸르게 빛나는 물건이라 무심코 지나쳤을 리가 없어." 소녀는 흠칫 놀라며 다급하게 덧붙였다. "몹쓸 괴물이 훔쳐간 게 틀림없어. 망할 놈들! 오빠가 이 사실을 알면 불같이 화를 낼 텐데…. 그냥 뒀더라면 잃어버리지 않았을 걸 괜히 손을 대가지고!"

루이자의 얼굴이 어두워졌다. 신물, 신물이라니! "놈들은 찾는 물건을 손에 넣을 때까지 백성들을 죄다 잡아 죽였을 거야. 언니가 그걸 밖으로 가지고 나간 덕분에 다들 목숨을 건진 셈이지."

그래도 위로가 되지는 않아 보였다. "좋아." 줄리아는 작심한 듯 말했다. "다시 찾아오고 말겠어. 그러곤 곧바로 이 어둠과 맞서 싸울 거야."

5

피터는 나뭇가지들을 닥치는 대로 부러트리며 걸었다. 요란한 소리 따위에는 신경 쓰지 않았다. 괴물들이 사라진 방향은 서쪽인데, 지금 동쪽을 향해 가고 있으니 걱정할 게 없었다. 설령 낌새를 차렸다 할지라도 이미 뜻을 이룬 터에 애써 숲을 헤쳐가며 쫓아올 것 같지는 않았다.

대놓고 소리쳐 페라스를 부를 수는 없었지만, 그렇다고 발뒤꿈치를 들고 살살 걸을 일도 아니었다. 사내가 어디쯤 있을지 짐작이 갔다. 나중에 배를 띄울 바닷가 근처, 통나무 야적장 부근에 숨어 있을 게 뻔했다. 하도 자주 오가서 눈을 감고도 찾아갈 만큼 길에 밝은 데다가 거리도 멀지 않았다.

바닷가에 이르렀을 즈음에는 숨이 턱까지 차올랐다. 에이딘과 달리, 케미아의 해안은 뾰족뾰족하고 거친 바위투성이였다. 파도가 밀려와 시커먼 암석들을 거세게 할퀴고 달아났다. 바닷바람이 몸을 가눌 수 없을 만큼 사납게 몰아쳤다. 하지만 섬 전체를 통틀어 그나마 마음 놓고 숨을 쉴 수 있는 자리는 여기뿐이었다. 매캐한 냄새마저 먼 바다로 쓸려갔는지 공기가 한결 맑았다.

피터는 두 손으로 무릎을 짚어 구부정하게 몸을 숙이고는 몇 번씩이나 가슴 깊이 숨을 들이마셨다. 밤공기가 차가웠지만 땀이 줄줄 흘러내렸다. 걸음을 멈추자 비로소 온몸의 근육들이 아우성치는 게 느껴졌다. 뜀박질을 하는 사이에 잔가지와 등걸에 긁힌 팔다리의 상처들이 쓰리고 아렸다. 하지만 곧 허리를 쭉 펴고 사방을 돌아봤다. 아무도 없다. 철저하게, 그리고 완벽하게 혼자다.

페라스는 어디에 있는 걸까?

소년은 눈으로 해안선을 훑으며 인간의 흔적을 찾았다. 어디에도 비슷한 형상은 보이지 않았다. 손나팔을 만들어 사내의 이름을 불렀다. 고함을 지르지는 않았다. 부러 위험을 무릅쓸 것까지는 없었다. 역시 대답이 없었다.

피터는 바위에 털썩 주저앉아 두 손으로 턱을 괴고 생각에 잠겼다. 페라스가 여기에 없다면 도대체 어디로 갔단 말일까? 바다로 나갈 출발점보다 더 중요한 곳이 어디에 있을까?

결국 루이자의 말이 옳았다는 뜻일까?

소년은 고개를 가로저었다. 그럴 리가 없었다. 그때 이복동생은 제정신이 아니었다. 페라스에 관한 이야기도 이성을 잃고 날뛰는 와중에 튀어나온 소리였을 것이다. 굴녹이 언제 쳐들어올지 몰라서 다들 신경이 예민해져 있던 참이었다. 사내는 이 근처에 있거나 아직 숲을 헤매고 있음에 틀림없었다.

그래, 분명히 그럴 것이다. 서둘러 달려오느라 페라스를 보지 못하고 지나쳤을 수도 있었다. 그랬다면 참으로 멍청한 짓이었다. 하지만 이제 움직여야 할 시간이었다. 동굴로 돌아가서 줄리아의 상태를 확인하고 루이자도 도와주어야 했다.

피터는 벌떡 일어나서 왔던 길을 돌아보았다. 숲은 무서우리만치 어두웠다. 붉게 타오르는 태양을 볼 수 있다면, 푸르고 환한 하늘을 마주할 수만 있다면 무슨 짓이든 다 할 수 있을 것만 같았다. 그래도 지금은 어두운 그늘 아래서 살아갈 수밖에 없었다.

물론 오래갈 일은 아니었다. 머잖아 에이딘으로 돌아갈 테고, 저 흉측한 그늘도 거기까지 미치진 않을 것이다. 생각만 해도 기분이 좋아서 저절로 입가에 미소가 떠올랐다. 소년은 동굴 쪽으로 방향을 잡고 숲으로 들어섰다. 팔을 내저으며 씩씩하게 걸었다.

길이 부쩍 짧아진 느낌이었다. 마음만 달리 먹어도 이렇게 놀라운 변화가 일어나는구나 싶었다. 평소에 안절부절 못하며 조심에 조심을 거듭하던 벼랑길을 걷는데도 휘파람까지 새어나왔다. 피터는 동굴 뒤편까지 한달음에 내달았다.

줄리아를 비롯한 백성들이 죄다 사라지고 없었다. 루이자가 굴 안으로 데려간 게 분명했다. 주검들은 여기저기 그대로 누워 있었다. 낯익은 얼굴들이었다. 될 수 있는 대로 빨리 묻어주어야 했다. 소년은 수북한 돌 무더기를 헤치고 동굴 안으로 들어갔다. 어라? 굴속에서는 뜻밖의 장면이 펼쳐지고 있었다.

페라스는 정말 돌아와 있었다. 입구에 버티고 선 사내 곁에서 어슬렁거리는 뗏목사공들도 보였다. 부상자를 돌보거나, 목숨을 잃은 이들을 묻어줄 채비를 하거나, 배 짓는 일을 지휘하는 것처럼 보이지는 않았다. 팔짱을 낀 채 루이자와 마주 서 있는 품새가 심상치 않았다. 보기만 해도 마음이 편해지던 특유의 웃음기가 완전히 가신 얼굴이었다. 루이자 역시 공격을 기다리는 듯 온몸에 잔뜩 힘을 주고 있었다.

동굴에 흐르는 팽팽한 긴장을 보다 못한 소년이 불쑥 끼어들었다. "무슨 일이죠?"

루이자가 그를 돌아보며 한숨을 쏟아냈다. "돌아왔네. 휴, 다행이다."

페라스도 몸을 돌리고 피터를 보더니 손을 내밀어 마지막 돌무더기를 쉽게 타넘도록 도와주었다.

"어디 있었어요? 바닷가에서도 못 봤는데…." 소년이 물었다.

"숲에서 서로 엇갈렸나 봅니다." 페라스는 대수롭지 않다는 투로 대꾸했다.

피터는 고개를 끄덕였다. 예상대로였다. 걱정할 일이 아니었다. 사실이 밝혀졌으니 루이자의 의심이나 흥분도 금방 가라앉을 것이다.

"동굴에 있었더라면 이처럼 끔찍한 사태를 미리 막을 수 있었을 텐데, 아쉽군요. 다시는 이런 꼴을 보고 싶지 않아요."

페라스는 잔뜩 인상을 쓰며 이죽거렸다. "글쎄올시다. 피터 님의 저 잘난 치유자께서는 제가 적들을 끌어들여 공격을 받게 만들었다고 생각하시는 것 같습니다만."

소녀는 한 마디도 하지 않았다. 두 손으로 허리를 단단히 짚은 자세 그대로 긴장을 풀지 않았다.

줄리아가 생일선물로 받은 옷에서 리본을 죄다 잘라냈던 날 이후로, 이복동생이 그처럼 단호한 태도를 보이는 걸 소년은 단 한 번도 본 적이 없었다. 예전의 그 아이가 아니었다. 피터는 짐짓 너털웃음을 터트리려 했지만, 마음과 달리 거칠고 공허한 웃음이 삐져나왔다. "아시잖아요. 여자들이란 하나같이 한심한 공상이나 하면서 시간을 축내곤 하죠."

루이자는 충격을 받은 듯했지만 페라스는 무척이나 기꺼워했다. "옳습니다. 지당하신 말씀이고말고요. 자, 이쪽으로 오시죠. 드릴 말씀이

있습니다." 사내는 피터의 어깨를 감싸며 말했다.

소년은 가볍게 몸을 틀어 상대의 손을 털어냈다. "그보다 먼저… 줄리아부터 만나보고요."

"오빠, 나 여기에 있어." 루이자 뒤쪽에서 동생의 목소리가 들려왔다.

루이자와 페라스를 모두 지나쳐 동생이 바닥에 누워 있는 곳으로 걸어갔다. 적들한테 쫓기는 사이에 누더기 담요마저 잃어버린 듯했다. 소녀의 얼굴에 화색이 돌았다. 오빠를 바라보는 눈에도 생기가 어렸다. 피터는 줄리아를 바라보며 씩 웃어 보였다.

"루이자가 아직 일어나면 안 된대." 동생이 말했다.

"괜찮아. 누워 있어." 피터가 황급히 말렸다. "뗏목이 완성될 때까지만 참아. 에이딘에 가서 푹 쉬자고. 거기 가면…."

뒤에서 갑자기 들려온 헛기침 소리가 말을 막았다. 소년은 고개를 돌렸다. 페라스였다.

금빛머리칼의 사내는 피터를 한쪽으로 잡아끌었다. "그건 무리예요. 부상자까지 다 데려갈 순 없소이다."

"뭐라고요?"

"너무 위험하단 말입니다. 생각해보세요. 동굴을 나가면 일단 숲을 통과하고 깎아지른 벼랑길을 내려가야 해요. 다음에는 일주일씩 바다를 떠돌아야 하고요. 게다가 지금은 한 해 중 파도가 가장 거센 시절이죠. 나무토막을 덩굴로 얼기설기 엮은 뗏목은 떠 있기조차 버거울 텐데, 거기다 어중이떠중이까지 태운다는 건… 무리예요. 결국 다 죽고 말 겁니다."

"하지만 이제 남은 백성이라고 해봐야 고작 서른 명도 안 돼요. 그 가운데 열 명은 지휘를 맡아야 하고요. 그렇다면 적어도 스무 명은 더 태울 수 있지 않을까요?" 피터는 동굴 안을 서성이는 오합지졸들을 돌아보았다. 대부분 팔다리에 붕대를 감고 있었다. 콜록콜록 기침을 하거나 신음을 토해내는 이들도 적지 않았다. 너나없이 주린 배를 움켜쥐고 있었다. 한쪽 구석에 늘어져 있는 그레고리의 강철 같은 표정에 시선이 닿는 순간, 소년은 눈을 질끈 감았다. 팔걸이 붕대마저 어느 틈에 달아나버렸는지 부러진 팔이 축 처져 있었다. 숲에서 그 친구를 버려두고 도망칠 생각을 했던 아픈 기억이 되살아났다. "안 되겠어요, 페라스. 단 한 명도 여기에 남겨둘 수 없어요."

"나중에 다시 와서 데려가면 돼요." 피터를 안심시키려는 듯, 어깨를 감싸 안고 돌아서며 사내가 말했다. "일단 에이딘으로 가서 제대로 무장을 갖추고 큰 배를 짓는 게 중요해요. 그런 다음에 이곳으로 돌아와 놈들을 물리치고 남은 백성들을 데려가자는 뜻이죠."

"음…." 피터는 쉬 대꾸하지 못했다. 수상쩍은 냄새가 풍기는 얘기였지만 뭐라 딱 집어 말하기도 어려웠다. "부상자들한테는 당장 움직이지 않은 편이 나을지도 모르죠. 몸을 추스를 시간을 벌 수 있으니까요."

페라스는 반색을 하며 맞장구 쳤다. "지당한 말씀입니다. 역시 상황을 꿰뚫어보는 안목이 있으시군요. 백성들이 건강을 되찾을 때까지 기다려야 합니다."

소년은 지끈지끈 머리가 아팠다. "하지만, 이 돌무더기에 버려둘 순 없어요. 굴녹이 언제 되돌아올지 모르잖아요. 일단 안전하게 숨어 있을 곳을 마련해주어야 해요."

"피터 경, 그럴 시간이 없소이다. 놈들이 다시 오기 전에 밤낮없이 뗏목을 만들어서 바다로 나가야 해요."

"그렇지만…."

페라스는 소년의 팔을 붙들고 백성들과 조금 떨어진 자리로 데려갔다. "저들을 보세요. 죄다 비실거리는 자들뿐이에요. 도무지 쓸모가 없어요. 숨이 끊어지기 직전이죠." 사내는 피터의 귀에 대고 조그맣게 속삭였다. "건강해질 가망이 전혀 없어요. 주위를 좀 살펴보세요. 먹을 것도 없고, 약도 없고, 붕대도 없어요. 절망적이라고요. 이젠 건강한 사람들끼리 목숨을 부지할 궁리를 해야 할 때예요. 피터 경과 나, 그리고 아직 멀쩡한 친구들 몇몇만 힘을 합치면 에이딘으로 갈 길이 있어요."

피터는 고개를 끄덕였다. "그래요, 빨리 뗏목을 만듭시다. 섬을 탈출합시다. 달리 방법이 없으니 그게 가장 합리적이겠어요." 소년의 얼굴은 어색하게 웃고 있었지만 눈길은 공허했다. 누구와도, 특히 그레고리와는 눈을 마주치지 않았다.

"그래… 아주 합리적이지."

6

"봤지? 너도 오빠를 봤지? 뭐라고 하는지 똑똑히 들었어?" 줄리아는 동굴의 돌바닥을 발로 쿵쿵 굴러가며 입구를 서성였다. "합리적이라니! 백성들을 죄다 이곳에 버려서 죽게 만드는 게 합리적이라고?"

루이자는 고개를 숙인 채 제 일에만 몰두했다. 낡고 해진 담요를 길게 찢어서 앨리스의 뒤틀린 발목을 단단히 감싸고 동여매고 있었다. 이로 담요자락 한끝을 잡아 뜯으며 아이가 말했다. "피터는 그냥 잊었을 뿐이야."

"잊긴 뭘 잊어?"

"사랑이 이성보다 강하다는 걸 까먹은 거지." 루이자는 새로 만든 기다란 천조각을 앨리스의 발목 아래로 넣어 양쪽 끝을 야무지게 여몄다. 그러고 나서야 비로소 고개를 들고 부드러운 눈빛으로 언니를 올려다보았다. "걱정 마. 오빠도 머잖아 기억해낼 거야."

줄리아는 그래도 분이 삭지 않는지 피터는 천하에 한심한 인간이라는 따위의 험담을 늘어놓으며 툴툴거렸다.

마침내 앨리스의 발목 치료가 끝났다. 루이자는 마지막 매듭을 묶고 나서 요란스러운 몸짓을 해보이며 소리쳤다. "어때요, 완전히 신제품으로 만들어드렸는데 마음에 드시죠? 음…." 앨리스는 발을 이리저리 돌려보려 했지만 뜻대로 움직이지 않았다. 웃음을 띤 얼굴로 그 모습을 지켜보던 아이가 말을 맺었다. "금방 잘 돌아가겠지만, 시간이 좀 필요하겠네요."

"시간? 가진 게 시간뿐이잖아. 가만히 앉아서 죽기를 기다릴 시간!" 언니는 꼬투리를 잡고 으르렁거렸다.

"쓸데없이! 그렇게 못나게 굴 기운이 남았으면 나가서 버섯을 좀 찾아봐. 아니면 다른 쓸모 있는 일들을 하든지. 사방에 일거리가 수두룩하고만!" 동생이 나무랐다.

"일거리? 무슨?"

"그럼 속절없이 누워서 숨 끊어지기만 바라자고? 신물을 되찾고 어두운 그늘을 물리칠 궁리를 해봐야 하는 거 아냐?" 루이자는 고개를 빳빳이 들고 인상을 찌푸렸다. "으휴, 엄마 말이 딱 맞아. 가끔 보면 아주 멍청하다니까!"

줄리아는 약이 올랐지만 동생은 도리어 깔깔거리며 웃었다. 마음에 흠집을 내려는 게 아니라 가벼운 농담임에 틀림없었다. 루이자는 한 톤 높은 목소리로 말을 이었다. 이번에는 언니가 아니라 버려지다시피 동굴에 남은 백성 열다섯 명에게 하는 얘기였다.

"여러분도 들으셨죠? 해야 할 일이 많아요." 서른 개의 눈동자가 일제히 환하게 빛나는 소녀의 낯을 향했다. "지난번 공격 때, 굴녹이 신물을 빼앗아갔어요. 왕의 왕께서 주신 물건이죠. 반드시 그걸 되찾아야 해요."

터무니없다느니, 꼭 피터 같다느니 하는 말이 튀어나오려는 걸 억지로 참으며 줄리아는 최대한 부드러운 말투로 동생의 계획에 문제를 제기했다. "처음부터 신물은 별 도움이 되지 않았어. 지금이라고 무슨 소용이 있겠어?"

"앞길을 비춰줄 거야." 루이자의 대답이 워낙 자신만만해서 언니는 더 이상 토를 달 수 없었다. 나중에 조목조목 따지기로 하고 일단 입을 다물었다. 동생은 거침없이 말을 맺었다. "화산 안으로 들어가면 정말 필요할 거야."

줄리아는 기가 막혔다. 둘러선 백성들의 얼굴에서도 핏기가 가셨다. 여기저기서 반대의 목소리가 두런두런 흘러 나왔다.

루이자가 손을 들어 올리자 곧 수런거림이 가라앉았다. "화산 안으로 들어가야 합니다." 동생은 조금도 주눅 들지 않았다. "그늘이 활개 치는 데가 화산 속이기 때문입니다. 왕의 왕께서 바로 거기서 우리를 도와 그 뿌리를 도려내게 해주실 겁니다. 거기가 저 어두운 그늘의 근원입니다." 환호성이 터져 나오길 바라는 마음으로 루이자는 주위를 둘러보았다. 하지만 보이느니 잔뜩 겁을 먹은 눈동자들뿐이었다.

"그렇지 않으면…." 소녀는 느릿느릿 다음 말을 뱉어냈다. "도망치는 게 고작이겠죠. 그늘을 등지고 그 앞에서 내빼는 겁니다. 들키지 않을 만한 은신처에 숨어서 어두운 그림자가 알아서 사라져주길 기다리겠죠. 자, 이제 선택해야 합니다. 도망치시겠습니까? 아니면 맞서 싸우시겠습니까?"

기대만큼 뜨겁지는 않았지만 이번에는 함성이 일었다. 루이자는 방금 당선통보를 받은 국회의원 같은 표정을 지으며 빙그레 웃었다. 동생의 미소는 전염되는 성질이 있는지, 줄리아의 입가에도 살포시 웃음기가 어렸다.

루이자는 다시 한 번 손을 들어 백성들을 조용히 시키고 나서 입을 열었다. "신물을 되찾아오려면 우선 굴녹에 관한 정보를 최대한 파악해야 합니다. 놈들의 습관과 움직임, 무기와 어디에 사는지에 이르기까지 낱낱이 알아내야 합니다." 소녀는 그레고리를 돌아보며 계속했다. "그대의 도움이 꼭 필요해요. 정찰임무를 맡아줄 용사가 있어야 하는데, 댁은 놈과 마주친 적이 있어서 무척 익숙하잖아요."

"익숙하다니요, 천만의 말씀입니다. 꿈에서라도 볼까 무서워요." 그레고리는 불안한 기색을 감추지 못하면서도 애써 웃음을 지으며 대답했다. "그래도 기꺼이 해보겠습니다."

"안전할 거예요. 위험하지 않을 겁니다. 왕의 왕께서 지켜주신다는 걸 절대로 잊지 마세요. 그늘 아래 있을지라도 잠시도 눈길을 떼지 않고 지켜보실 테니까요." 루이자는 담담히 말했다.

줄리아도 동생처럼 긍정적으로 생각하고 싶었지만 도저히 그럴 수가 없었다. 가까이 선 백성들의 낯빛으로 미루어, 혼자만 그런 게 아닌 듯했다.

"안전할 거라고요? 괴물들이 동굴로 쳐들어와 단단한 돌벽을 깨부순 게 고작 몇 시간 전이에요. 놈들이 시므온과 엘마이라를 죽였죠. 그때는 왜 왕의 왕께서 안전하게 지켜주지 않으신 거죠?" 이모젠이 물었다. 불신이 가득한 음성이었다.

누구도 소리 내어 말하지는 않았지만, 동굴 안에 있는 백성 모두가 고개를 끄덕이며 동의하는 분위기였다. 줄리아 역시 이모젠의 말에 백 번 공감했지만, 다른 한편으론 삽시간에 왕의 왕을 의지하는 믿음을 잃어버린 게 부끄러웠다.

"여기 가만히 숨어서 제 앞가림이나 하고 있다가 이처럼 험한 꼴을 당했는데, 놈들의 소굴이나 화산 속으로 들어가는데도 안전할 거라는 게 도대체 말이나 된답니까?"

이번에는 대놓고 이모젠의 말에 동조하는 이들이 여기저기서 나타났다. 줄리아는 동생이 걱정됐다. 저토록 강력한 반대에 부닥쳤으니 몹시 당황스럽겠구나 싶었다.

그러나 루이자는 눈곱만큼도 흔들리지 않는 눈치였다. 오히려 전보다 더 침착해진 느낌이었다. "모두가 살아남게 될지, 일부만 목숨을 건진다면 그게 누가 될지, 난 모릅니다."

불에 기름을 끼얹은 듯, 백성들 사이에서 불평하는 소리가 한결 높아졌다.

"하지만 왕의 왕께서는 그분께 순종하기만 하면 그늘을 물리쳐주시겠다고 약속하셨습니다. 이번에 공격을 받았던 건 그늘의 종노릇하는 자의 말에 귀를 기울였기 때문입니다. 이제, 왕의 왕께서 명령하신 대로 앞으로 나가야 합니다. 주님의 뜻을 따르는 길이 늘 안전하지는 않겠지만, 그것만이 싸움에서 이기는 유일한 방법이라는 건 어김없는 사실입니다."

7

피터는 몇몇 사람들과 함께 페라스를 따라 바닷가에 도착했다. 오밤 중이었지만 이빨을 허옇게 드러내고 으르렁거리는 파도가 달빛을 되비치고 있어서 작업에는 지장이 없었다.

"자, 이제 뗏목을 만듭시다." 페라스가 말했다. "일행이 열한 명으로 줄었으니 뗏목도 세 대만 만들면 되겠소. 피터 경, 백성들을 시켜서 챙겨둔 통나무들 가운데 굵은 놈으로 열 개만 가져오게 하시오. 바닷가까지 날라다가 나란히 눕혀놓으면 됩니다. 오린! 자네는 대원 하나를 데리고 가서 덩굴을 죄다 내오게!"

다들 사내가 지시하는 대로 배를 만들기 시작했다. 피터는 부상당한 백성들을 남겨둔 채 떠날 계획을 세운다는 게 아직도 낯설었지만 페라스의 논리에는 빈틈이 없어 보였다. 소년 말고는 아무도 사소한 의심조차 품지 않았다.

줄리아와 그레고리가 질서를 잡는 데는 오랜 시간이 걸리지 않았다. 정찰병 역할을 맡은 두 사람은 첫 번째 탐색에 나설 채비를 했다. 굴녹들의 소굴을 찾는 게 임무였다. 다른 건 바라지도 않았다. 다른 이들은 근거지를 발견했을 때 놈들이 보일 움직임과 약점을 연구하기로 했다. 괴물들이 사는 데에 이르려면 밤새도록 여기저기를 쑤시고 다녀야 할지도 모를 일이었다. 그래도 위험을 무릅쓰고 한낮에 길을 떠날 수는 없었다.

"우선, 북동쪽으로 갈 겁니다." 그레고리는 다치지 않은 팔로 모닥불에서 숯덩이 하나를 집어 들고 동굴 벽에다 섬의 약도를 그렸다. 동굴과 화산, 절벽을 비롯해 열댓 군데쯤 중요한 지점들을 표시했다. 그러곤 동굴에서 화산까지를 굵고 짙은 선으로 연결했다. "놈들은 우리를 공격하고 나서 이리로 이동했을 거예요. 될 수 있는 대로 이 길을 따라가려고요."

"어두워서 길을 찾기가 어려울 거예요." 루이자가 말했다.

"염려마세요. 추적이라면 굴녹에 뒤지지 않을 자신이 있으니까요." 그레고리가 대답했다.

줄리아는 소리 없이 웃으며 담요를 한 장 더 어깨에 둘렀다. 모포라기보다는 낡아서 너덜거리는 천쪼가리에 지나지 않았지만 차가운 밤공기를 얼마쯤 가려줄 것 같았다. "버섯도 좀 더 구해볼게."

"언니, 될 수 있는 대로 많이 따와!" 루이자가 속삭였다.

그 말을 끝으로 둘은 길을 떠났다.

백성들이 그사이에 부서진 돌덩이들을 밖으로 말끔히 실어내고 동료들의 주검을 숲 가장자리로 옮겨 묻은 덕에 뾰족뾰족한 주먹돌이나 친구들의 시신에 걸려 넘어지지 않고 동굴을 빠져나갈 수 있었다. 일단 입구를 벗어난 다음에는 괴물들이 사라져간 쪽으로 방향을 잡았다.

루이자의 말마따나 사방이 너무 캄캄해서 길이 제대로 보이지 않을 정도였지만, 제아무리 어두워도 무언가 커다란, 아니 거대한 놈이 지나간 흔적만큼은 단박에 가늠할 수 있었다. 땅바닥은 완전히 짓이겨져 있었다. 뿌리째 뽑힌 어린 나무들이 여기저기 나뒹굴었다. 놈들은 공격을 마치고 돌아가면서 숲 한 자락을 아예 뭉개버렸던 것이다.

놈들이 저질러놓은 짓을 보는 순간, 줄리아는 기가 질렸다. 그레고리는 씩 웃으며 소녀를 돌아보았다. 기운을 북돋아주려는 뜻이겠지만, 그렇다고 진한 두려움이 가슴 깊이 내려앉는 것까지 어쩔 수는 없었다. 저런 괴수들과 싸워 이긴다는 게 과연 가능한 일일까?

줄리아는 숨을 몰아쉬며 에이딘의 사악한 세 영주였던 자칼, 레오파드, 울프를 떠올렸다. 하긴, 놈들도 처음엔 천하무적처럼 보였지만 왕의 왕께서 보여주신 권능 앞에서는 상대가 되지 않았다.

그러나 주님이 이번에도 백성을 지켜주실까? 그게 문제였다. 말없이 그레고리와 나란히 걸으며 소녀는 지난날 에이딘에서 겪었던 일들을 하나하나 곱씹었다. 낯선 목소리에 이끌려 이 세계에 처음 발을 들여놓았다. 그 뒤로는 예전 같으면 상상조차 못했을 말들이 입에서 술술 나왔다. 비명을 질러대자 말을 타고 쫓아오던 정찰병 셋이 죄다 땅바닥에 쓰러져 버둥거렸다. 나중에 오누이가 함께 비명을 지르자 에이딘의 아이들을 가둬두고 있던 곡식창고의 담벼락이 무너져내렸다.

줄리아의 마음에 믿는 구석이 생겼다. 다음에 다시 궁지에 몰리게 되면 있는 힘껏 비명을 질러볼 참이었다.

발걸음이 한결 가벼워지는 것 같았다. 어째서 '비명의 힘'을 여태 새카맣게 잊어버리고 있었던 걸까? 어쩌면 왕의 왕께서는 도와주실 마음을 먹고 누군가 믿음으로 비명을 질러대기만 기다리셨는지도 모를 일이었다. 가능한 한 비명을 지를 일이 벌어지지 않기를, 혹시 그런 사태가 일어난다손 치더라도 아무런 반응 없이 혼자 버려지는 꼴만큼은 면하게 되기를 소녀는 속으로 빌었다.

굴녹의 뒤를 밟기가 수월하다는 점 하나만큼은 적들보다 유리했다. 허리를 숙이고 피해가야 할 나무줄기도 없고 얼굴을 때리는 잔가지도 없었으므로 추격이 한결 쉬웠다. 널찍하게 난 길을 따라가기만 하면 방향을 잃을 염려도 없었다.

순간, 줄리아는 퍼뜩 정신을 차렸다. 들키지 않을 요량이라면 길을 따라 걷는 건 바람직하지 않았다. 손을 뻗어 그레고리의 팔을 잡았다. 잔뜩 인상을 쓰며 돌아보는 걸 보니 아픈 팔을 건드린 게 틀림없었다. 입모양만으로 미안하다는 뜻을 전하고는 턱짓으로 바깥을 가리켰다. 상대편에서도 금방 알아듣고 말 한마디 없이 길을 벗어나 숲으로 들어갔다.

화산이 가까워졌다는 걸 온몸으로 느낄 수 있었다. 발아래 밟히는 땅바닥의 느낌이 부드러웠고 매캐한 유황냄새가 갈수록 심해졌다. 새카만 구름이 두텁게 하늘을 덮고 있었다. 언제라도 먼 바다의 파도처럼 밀어닥쳐 둘을 휩쓸어버릴 것 같았다.

숲으로 들어간 건 현명한 판단이었다. 얼마 가지 않아서 굴녹의 소굴이 나타났기 때문이다.

앞뒤를 분간할 수 없을 만큼 어두운 시간이었지만, 괴물들이 에워싸고 앉은 모닥불이 워낙 크고 불땀이 좋아서 캠프 주위가 훤하게 드러났다. 놈들은 산 밑자락에 둥지를 틀고 있었다. 괴수들의 등 뒤로 여전히 아가리를 떡 벌린 채 뻘겋게 불타오르는 거대한 화산이 보였다. 용암의 열기가 대기를 뜨겁게 달궜다. 여벌의 담요까지 뒤집어쓴 줄리아는 땀을 흘렸다. 무심코 고개를 돌린 소녀의 시선에 두 눈 가득 눈물을 담고 있는 그레고리의 모습이 들어왔다.

짐작이 가고도 남았다. 절망이었다. 한 줌의 가능성도 보이지 않았다. 동굴에 남겨둔 생존자 열댓 명쯤 쓸어버리기에는 굴녹 한 놈만으로도 충분했다. 그런데 그런 괴물들이 수백 마리씩이나 우글거렸다. 아직 그런 사태가 벌어진 건 아니지만, 달리 생각할 여지가 없었다. 도망치는 게 합리적이라던 피터의 말이 옳았을지도 모른다는 생각이 소녀를 괴롭혔다.

줄리아의 손을 덥석 잡고 뒷걸음질치기 시작하는 걸 보면, 그레고리도 똑같은 결론에 이른 듯했다. 조용히 하라는 다짐이 필요 없었다. 소녀는 돌처럼 입을 꼭 다물고 아무 소리도 내지 않았다. 둘은 하늘을 찌를 듯 널름거리는 화톳불과 그 주위에 둘러앉은 굴녹들에게서 눈을 떼지 않은 채, 한 걸음 한 걸음, 조심스레 뒤로 물러났다.

줄리아가 갑자기 그 자리에 딱 멈춰 섰다.

그러곤 동행의 손을 꽉 잡더니 턱짓으로 모닥불 근처를 가리켰다. 몸을 돌이켜 되돌아가려는 소녀의 팔을 그레고리가 붙들었다. 줄리아는 버둥거리면서 자유로운 다른 팔을 뻗어 한 곳을 가리켰다. 사내아이의 눈길이 그쪽을 향했다. 소녀는 자기 눈에 들어온 장면을 그레고리가 보고 그게 에이딘 백성에게 어떤 영향을 미칠 수 있을지 빨리 알아채길 간절히 바랐다. 둘이 숨은 자리에서 대략 15미터쯤 떨어진 불가에 굴녹 한 놈이 서 있었다. 녀석의 두툼한 어깨에 줄 한 가닥이 걸려 있는데,

그 끄트머리에 뿔나팔 하나가 대롱대롱 매달려 있었다. 괴물들을 불러 모으는 데 쓰는 호각이었다. 저걸 손에 넣는다면, 그래서 괴수들을 화산자락에서 멀리 떼어놓는다면, 들킬 염려 없이 놈들의 야영지를 샅샅이 뒤져 신물을 찾아내기가 훨씬 수월해질 것 같았다. 놈들을 다른 데로 멀리멀리 유인해간다면 루이자를 비롯한 백성들과 더불어 화산 속으로 들어가 어두운 그늘과 싸울 수도 있었다. 그렇게만 된다면 졸개들과 씨름하느라 힘을 뺄 이유가 없었다.

줄리아의 머리가 팽팽 돌아가기 시작했다. 어떻게 해서든 적들이 눈치채지 않게 뿔나팔을 훔쳐내야 했다. 놈이 호각을 벗어놓기라도 한다면 더 바랄 게 없었다. 잠깐만이라도 풀어놓으면 재빨리 낚아채 달아날 자신이 있었다. 하지만 눈이 빠져라 노려볼수록 그럴 가능성이 없다는 느낌만 강해졌다. 나팔은 권력의 상징인 듯했다. 무슨 일이 있어도 그것만은 지키려들 게 뻔했다.

그레고리는 턱짓으로 왔던 길로 돌아가자는 신호를 보냈다. 둘은 적들의 귀를 신경 쓰지 않고 소곤거릴 수 있을 정도까지 물러났다.

"돌아가야 해요." 소년은 줄리아의 귀에 대고 속삭였다.

"일단 캠프를 찾았잖아요. 우리 임무는 여기까집니다. 이제 다시 정찰대를 꾸리고 새 작전을 짜야 해요. 다음에는 프리실라 조가 나올 거예요. 둘이서 놈들의 움직임을 꼼꼼히 살펴서 언제 신물을 되찾으러 가는 게 좋을지 판단하겠죠."

"하지만 저 뿔나팔만 슬쩍하면 괴물들을 멀리 끌어낼 수 있어요." 줄리아가 말했다. "혹시라도 신물을 두고 가기라도 하면 힘들이지 않고 차지할 수 있다는 거죠."

그레고리는 단호하게 고개를 저었다. "너무 위험해요. 변수도 너무 많고요. 그냥 돌아가서 본 대로 보고하는 게 낫겠어요.”

“그래도 이게 마지막 기회면 어떡하죠? 시도라도 한번 해봐요. 다시는 호각을 볼 수 없게 될지도 모른다고요!” 소녀도 지지 않고 버텼다.

“그냥 해본다고요? 말도 안 되는 소리 좀 하지 마세요. 틀림없이 들켜서 붙들리고 말 거예요. 맙소사! 왕의 왕이시여, 그렇게 되지 않도록 지켜주세요!”

줄리아는 눈살을 잔뜩 찌푸리며 고집을 꺾지 않았다. “기다리면 되죠. 놈들은 밤에 돌아다니고 낮에 잔다잖아요. 루이자도 크게 염려하진 않을 거예요. 임무를 마치고 아침까지 돌아가게 되어 있으니까요. 그러니 밤새 기다리기만 하면 된다니까요.”

그레고리는 무슨 정신 나간 소리냐는 표정으로 소녀를 바라보며 말했다. “자더라도 보초를 세우겠죠. 위험하긴 마찬가지란 얘깁니다. 우리 둘이서 그처럼 엄청난 일을 벌이는 건 아무래도 무리예요. 얼른 돌아가서 의견을 모아야 해요. 입장을 바꿔놓고 생각해봐요. 동굴에 앉아서 정찰 나간 이들이 복귀하길 기다리는 처지라면 그렇게 해주길 바라지 않겠어요?”

옳은 말이었다. 대꾸할 말이 없었다. 그럼에도 불구하고 줄리아는 차마 돌아설 수가 없었다. 발이 땅에 달라붙기라도 한 것처럼 당최 떨어지질 않았다. 마침내 소녀가 결론을 내렸다. “맞아요. 하지만 난 여기 남아서 호각을 훔쳐낼 기회를 노리겠어요. 댁은 돌아가서 사정을 설명해주세요. 얼마나 ‘멍청한지’ 도무지 말이 통하지 않았다고 하면 루이자도 알아들을 거예요.” 소녀는 캠프 쪽으로 눈을 돌리며 말을 맺었다. “동생 말이 사실이라면, 백성들과 상의할 여유가 없을지도 몰라요.”

줄리아는 누워 기다릴 자리를 찾아 가까이에 있는 빽빽한 덤불 밑으로 기어들어갔다.

잠시 후, 그레고리가 따라 들어와 곁에 쭈그리고 앉으며 말했다. "아가씨를 혼자 두고 갈 수는 없죠."

줄리아는 수줍게 웃었다. 둘은 그렇게 때를 기다리기 시작했다.

"큰 파도를 헤쳐 나가려면 뗏목 세 척을 끈으로 튼튼하게 묶어야 합니다. 그래야 파도에 덜 흔들릴 뿐더러 서로 떨어지는 사고도 막을 수 있을 테니까요." 페라스가 말했다.

피터도 찬성했다. 항해술에 관한 책에도 그렇게 나와 있었다. 하지만 지금 더 절실하게 필요한 건 난방과 보온에 관한 정보였다. 차가운 바닷물이 무릎까지 차올랐다. 동료들과 나란히 서서 뗏목을 붙든 채 밀려나가는 파도에 올라탈 준비를 하고 있었다. 따뜻하게 덥힌 장화 한 켤레와 바꿀 수 있다면 무얼 내줘도 아깝지 않을 것 같았다.

머잖아 동이 틀 것이다. 뗏목을 마련하기 위해 밤새 등이 휘도록 일하고 난 터라 온몸이 쑤시고 아팠다. 이런저런 생각으로 머릿속도 여간 복잡한 게 아니어서 차가운 바닷물만 아니면 당장 그 자리에 쓰러져 깊은 잠에 빠질 수 있을 만큼 피곤했다. 하얀 거품을 뿜어내며 꺾이는 파도 너머로 배를 밀어내자면 한 번 더 용을 써야 했다. 일단 뗏목을 한데 묶어 페라스의 손에 넘기고 나면, 지난 두 달 동안 한 번도 볼 수 없었던 찬란한 햇볕 아래 웅크리고 앉아 질릴 때까지 종일이라도 잘 수 있을 것이다.

건너편에는 오린이 소년을 마주보고 있었다. 둘 다 뗏목 가장 앞자리

담당이어서 누구보다 먼저, 그리고 흠뻑 바닷물을 뒤집어쓸 수밖에 없었다. 하지만 그곳이 바로 리더가 서야 할 위치였다. 피터는 부디 씩씩하게 비쳐지길 바라면서 짝을 향해 애써 웃어 보였다. 오린 역시 기운 없는 미소로 화답했다. 하지만 아직 배를 띄우지도 못한 상태였다. 피터는 허리춤에 찬 단도를 다시 확인한 뒤에 뗏목을 붙잡은 손에 잔뜩 힘을 주었다.

"다음 파도가 지나가면 곧바로 힘을 줘야 합니다. 알겠죠?" 페라스가 외쳤다. 사내는 덩굴뭉치를 손에 들고 세 번째 뗏목 끄트머리에 서 있었다. "자… 지금이에요!"

피터를 비롯한 백성들은 뗏목을 힘껏 흔들어서 바닷가를 긁고 빠져나가는 파도에 태웠다. 다음 물살과 정면으로 부딪히기 전에 흐름을 타야 했다. 소년은 끝까지 버텨냈지만, 오린은 붙잡고 있던 끈을 놓치고 말았다. 다들 뗏목을 바다로 밀어내려 발을 구르고 이리저리 흔들어가며 안간힘을 썼다.

사무치도록 춥고 고단한 씨름을 7분 넘게 펼친 끝에 일행은 높은 파도를 뚫고 바다로 나왔다. 피터는 고개까지 주억거려가며 페라스의 판단에 공감했다. 사내의 생각이 옳았다. 나이 든 여인들과 아이들, 부상자까지 데리고 이처럼 험한 물살을 헤쳐 나가는 건 애당초 불가능한 일이었다. 제대로 된 배를 만들어 타고 돌아올 때까지 기다리는 편이 훨씬 나았다. 소년은 노를 저어 다른 뗏목들이 있는 쪽으로 다가갔다. 두 척은 이미 단단하게 묶인 상태였다.

"다들 수고했소!" 페라스는 덩굴묶음을 피터 쪽으로 던졌다. 양쪽의 백성들이 나서서 밀고 당기며 뗏목들을 하나로 연결했다. 짠물을 온몸에 뒤집어썼음에도 불구하고 사내는 무척 멋져 보였다. 불그스레하게 밝아오는 하늘을 배경으로 버티고 선 모습이 슈퍼맨 같았다. "이젠 매끄럽게 흘러갈 거요. 자, 이제 말린 고기라도 좀 드시지 않겠소?" 페라스가 말했다.

다들 너무 추워서 음식에 그다지 큰 관심을 보이지 않았지만, 피터는 손을 번쩍 들었다. 사내는 딱딱한 육포 한 가닥을 소년에게 던져주었다. 버섯이나 도토리 따위보다는 한결 나았지만 언제쯤이나 왕의 왕께서 그분의 자녀들에게 베풀어주신다던 음식을 맛볼 수 있을지 의심스러웠다.

버섯 생각을 하다 보니 자연스레 줄리아가 떠올랐다. "섬에 남은 백성들은 어쩌고들 있는지…." 입 밖에 냈는지, 아니면 속으로 삼키고 말았는지 분간이 가지 않았다. 오린은 물론이고 그 누구도 대꾸하지 않았다. 들리느니 얼기설기 엮은 통나무 틈바구니로 물결이 드나드는 소리뿐이었다. 반응이 없는 걸로 봐서 머릿속에만 오간 상념인 것 같았다. 그런데 바로 그때, 소년은 페라스의 얼굴을 보았다.

구원자는 치밀어 오르는 분노를 주체하지 못하겠다는 듯 잔뜩 찌푸린 표정이었다. 곧바로 통나무와 덩굴을 구하지 못하고 돌아오던 날 밤이 떠올랐다. 순식간에 그처럼 불같이 화를 내는 사람을 본 적이 없었다. 그런데 이번엔 무엇 때문에 심사가 뒤틀린 걸까?

"그래서, 돌아가고 싶다는 뜻이오?" 낮게 가라앉은 음성이었지만 파도소리 사이로 또렷이 들렸다.

뗏목에 타고 있던 이들의 시선이 일제히 둘에게 쏠렸다. 상황이 어떻게 전개될지 몰라 불안해하는 눈초리였다.

피터는 그게 자신에게 하는 말이라는 걸 깨달았다. "아닙니다. 빨리 배를 지어서 남은 이들을 모두 데려오고 싶은 마음뿐이에요."

페라스는 이글이글 타오르는 눈으로 째려보며 말했다. "다행이구려, 피터 경. 왕의 왕께서 주신 명령을 의심하는 게 아니라니 말입니다."

"제가요? 그럴 리가요. 장정이 열 명씩이나 덤벼들고서도 배를 띄우느라 낑낑거렸는데 약하고 다친 이들까지 어떻게 다 데려가겠어요."

그 말이 썩 마음에 들었는지 사내의 몸뚱이에서 스르르 힘이 풀리는 게 보였다. "그렇소! 바로 그거요!"

"대단히 합리적인 처사였어요. 아주 과학적이었죠." 피터는 고기를 한 점 뜯으며 페라스가 한 일들을 한껏 칭송했다. "다만, 조금 궁금한 게 있어서요." 육포를 질겅거리며 소년이 덧붙였다. "동생이 걱정돼서요. 떠나올 때 보니까 의식이 없는 상태더라고요. 다른 백성들도 여기저기 다치고…."

"그만!" 페라스의 눈에 다시 노기가 서렸다. 저러다가 뗏목을 건너 달려오는 게 아닌가 싶을 정도였다. "제발 의심 따위는 집어치우라니까! 믿음이라고는 눈곱만큼도 없는 자 같으니라고!"

사내는 정말 잡아먹을 듯 피터에게 성큼성큼 다가왔다. 다들 학처럼 고개를 쭉 빼고 페라스가 길게 엮인 통나무 사이를 뛰어넘는 걸 지켜보았다. 사내는 소년 앞에 버티고 서서 몸을 굽혔다. 얼굴에 대고 고함이라도 칠 기세였다. 페라스는 피터의 두 어깨를 거칠게 움켜쥐더니 공중으로 들어올렸다.

"멈춰!" 오린이 소리쳤다. "이게 무슨 짓예요! 당장 내려놓지 못하…."

"닥쳐, 이 벌레 같은 놈! 네놈도 곧 손봐주마!" 잠시 고개를 돌렸던 사내는 다시 성난 눈으로 노려보며 소년을 허공에서 마구 흔들어댔다. "감히 너 따위가 내 지혜로운 명령에 토를 달아? 두꺼비만도 못한 주제에 합리가 어쩌고 과학이 어떻다고?"

"그게 아니라…." 피터는 말을 제대로 잇지 못했다. 변명보다 팔다리가 뽑혀나가지 않을 궁리를 하는 게 더 급했다. "아니고말고요! 난 과학을 사… 사랑한다는 얘기였어요! 제일 좋아하는 게 과학이라니까요. 정신을 똑바로 차리고 보면 항상 과학이 옳다는 걸 알게 되죠. 죽을 때까지 과학적으로 살고 싶…."

페라스는 뗏목 위로 집어던지듯 사납게 피터를 내려놓으며 으르렁거렸다. "그럼 됐어. 앞으로도 잊지 않도록 잘 기억해두라고!" 페라스가 풀쩍 뛰어 제 배로 돌아가더니 이번에는 다른 백성들을 돌아보며 거듭 으박질렀다. "너희도 잘 봤지? 잊지 않는 게 좋을 거야!" 그러곤 두 팔을 높이 들어 올리더니 바다를 향해 힘껏 외쳤다. "누구든 거역하기만 해봐! 바다에 처넣어버릴 테니!"

피터는 어깨를 주물렀다. 오린이 기다시피 곁으로 와서 도와줄 게 없는지 살폈다. 소년은 고개를 가로저었다. 곁눈질로 제일 뒤편 뗏목을 살폈다. 페라스는 완전히 딴사람이 돼버렸다. 어쩌면 늘 이런 식이었는데 혼자만 애써 부정해왔는지도 모를 일이었다. 피터는 허리춤의 단도를 어루만지며 다음에 또 이런 일이 벌어지면 단숨에 끝장을 내리라고 다짐했다. 하지만 그런들 무슨 소용이 있겠는가? 소년은 다시 한 번 금발머리 폭군을 건너다 보았다. 저자가 참으로 왕의 왕께서 보내신 사자라면 무언가가 잘못돼도 한참 잘못된 일이었다.

사실, 사내가 동굴에 처음 찾아왔을 때부터 피터는 이런 사태를 두려워하고 있었다.

"정말 흉측한 짐승들이야!"

야만적인 잔치를 끝마치고 일어서는 굴녹들을 훔쳐보면서 줄리아는 고개를 절레절레 흔들었다. 그레고리와 함께 몸을 숨기고 있는 덤불은 불가에서 50미터나 떨어진 곳이었지만 놈들의 난폭한 짓거리들을 하나도 빠짐없이 다 관찰할 수 있었다. 마침내 태양까지 지평선 위로 솟아오르자 괴물들의 사나운 몸짓들이 더 또렷하게 눈에 들어왔다.

굴녹이 어떤 짐승들을 먹고 사는지 알 수가 없었다. 주로 사슴 종류를 사냥하지만 토끼나 올빼미, 솔개, 돼지 따위도 노리는 것 같았다. 붉은 고기를 맛볼 수 있다면 무엇이든 가리지 않는 게 틀림없었다. 사람을 물어뜯는 장면을 본 적은 없지만 얼마든지 그럴 수 있으리란 느낌이 들었다.

괴물의 밥상에 오르는 신세가 된다면 그건 어떤 느낌일까? 동물원에 가거나 야생탐사를 나가면 더러 굶주린 사자나 곰, 늑대, 상어의 눈동자를 들여다볼 기회가 있을지 모른다. 인간들은 스스로 먹이사슬의 꼭대기에 있다고 생각한다. 생명을 유지하기 위해 필요하다면 무엇이든 잡아먹을 수 있다고 믿는다. 하지만 인간 또한 언제라도 고깃덩어리가 될 수 있다는 사실에 눈을 돌린다면 자신이 우주를 다스리는 임금이 아니라는 걸 실감하게 될 것이다.

늘 모닥불 주위를 맴돌면서도 굴녹들은 고기를 익혀 먹는 법이 없었다. 아직 숨이 붙어 있는 먹잇감을 두고 서로 싸우는 모습을 보고 있노라면 싱싱한 살점일수록 더 맛있다고 여기는 모양이었다.

천지가 점점 밝아지고 있었다. 소녀는 두 달 만에 처음으로 펼쳐지는 장관을 말없이 감상했다. 아침 햇살이 빽빽하게 들어찬 나무들 사이를 뚫고 지저분한 야영지를 비추기 시작했다. 놈들은 늘어지게 잘 채비를 하고 있었다. 괴물 하나가 조그만 살점까지 낱낱이 발라먹고 길게 트림을 하더니 남은 뼈다귀를 불 속에 던져 넣었다. 먹이를 먹는 일종의 서열 같은 게 정해져 있는 게 분명했다. 서로 치고받으며 볕이 들지 않는 자리를 차지하려고 다투는가 싶더니 이내 다들 깊은 잠에 빠져들었다.

줄리아는 곁에 누운 친구를 돌아보았다. 어디든 등만 붙이면 곤히 잘 줄 아는 부러운 유형이었다. 소녀는 동료의 어깨를 가볍게 흔들었다. 그레고리는 화들짝 놀라 일어나며 물었다.

"뭐죠? 놈들이 공격해왔나요?"

"쉿! 아니에요. 아무 문제 없어요." 줄리아는 앞을 가려주고 있는 통나무 등걸 너머로 캠프의 동정을 살피며 황급히 대답했다. 눈을 부비는 친구에게 소녀가 말했다. "생각했던 대로예요. 해가 뜨자마자 다들 자러 갔어요."

성한 팔로 마음껏 기지개를 켜면서 그레고리가 웅얼거렸다. "좀 잤어요?"

줄리아는 '그걸 꼭 물어봐야 아느냐?'라는 눈으로 상대를 바라보았다.

"아, 미안해요. 제가 일어나서 망을 보고 아가씨를 좀 재웠어야 했는데…."

"괜찮아요. 아무려면 어때요."

그레고리는 다친 어깨를 문질러주고 손가락으로 머리칼을 빗질하며 물었다. "음악가 선생께선 어디로 가셨죠?"

"뭐라고요?"

"나팔 부는 놈 말이에요. 호각을 걸고 다니던 거인이요." 친구가 대답했다.

줄리아는 그제야 알아들었다. "아, 난 또! 그래요, 놈이 가장 좋은 자리를 차지한 걸 보면 우두머리가 확실해요. 캠프를 통틀어 오두막은 한 채뿐이니 아마 거기 있을 거예요. 30분 전쯤 토끼 반 마리를 집어 들고 들어가서 아직 밖으로 나오지 않았어요."

그레고리는 자리에서 일어나려는 듯 한쪽 다리를 세웠다.

"잠깐!" 소녀는 친구의 팔꿈치를 잡고 말렸다. "놈들의 소굴 양쪽 끝에 한 명씩, 보초가 있어요. 가까운 쪽에 있는 녀석은… 가만있자… 저기, 사위어가는 모닥불 바로 뒤편에서 막 걸어나오는 게 보이죠?"

그레고리는 줄리아가 가리키는 곳을 뚫어져라 바라보았다. "음, 굴녹치고는 마른 편이네요. 누가 먼저 불침번을 설지 정하는 내기에서 졌나 봐요."

여태 눈치채지 못했는데, 듣고 보니 정말 그랬다. 캠프를 지키고 있는 괴물은 다른 놈들보다 몸집이 훨씬 작아서 새끼 같은 느낌이 들 지경이었다. 물론, 작아도 거인은 거인이었다. 소녀가 보기에는 적어도 215센티미터는 넘는 것 같았다. 둘을 합쳐야 겨우 비슷한 키가 될 성싶었다.

"무슨 계획이라도 있어요?" 그레고리가 물었다.

기다렸다는 듯 줄리아가 대답했다. "여기서 기다리고 있으면, 내가 살금살금 들어가서 뿔나팔을 훔쳐올게요. 다음에는 동굴로 가서 식구들을 데리고 해가 지기 전에 이리 되돌아오는 거죠. 다음엔 호각을 불어 괴물들을 다른 데로 유인해내고요."

친구는 마치 다음 말을 기다리듯 멀뚱멀뚱 쳐다보기만 했다.

얼굴이 빨개진 소녀가 되물었다. "왜 그렇게 보죠?"

"언제쯤 농담이 끝나나 궁금해서요."

줄리아는 부아가 돋았다. "농담이 아녜요. 이게 작전이니까 굿이나 보고 떡이나 드세요."

그레고리는 펄쩍 뛰며 말했다. "기다려봐요! 상한 버섯이라도 먹은 거예요? 아가씨, 그건 작전이 아니라 헛소리라고요. 보나마나 붙들리고 말 거예요."

"그렇게 쉽게 당하진 않아요. 보세요. 이편에서 경비를 서고 있던 놈은 더 이상 캠프를 순찰하지 않아요. 다들 자고 있으니, 녀석도 아마 어디 서늘한 구석을 찾아서 처박혔을 테죠."

"지금 '아마'라고 했나요? 아마, 어쩌면, 혹시 같은 소릴 하다간 괴물들의 밥이 되기 안성맞춤이에요."

줄리아는 들은 척도 하지 않았다. "댁은 못해요. 덩치가 산만 한 데다가 한쪽 팔도 못 쓰고 머리를 쓸 줄 모르니까요. 놈들의 소굴에는 들어가보지도 못하고 괴물들을 다 깨워놓고 말걸요?"

상대가 반박하려는 기색을 보이자, 소녀는 입을 막아버리려는 듯 재빨리 말을 이었다. "난 작고 똑똑한 데다가 빠르기까지 해요. 요리조리 바람처럼 날래게 돌아다니죠. '무궁화 꽃이 피었습니다' 소리가 끝나기도 전에 호각을 가지고 이리 돌아올 거예요."

친구는 두 눈을 껌뻑이며 물었다. "무궁화 꽃이 어디 피었는데요?"

"아이고, 그건 됐고요! 아무튼 여기서 잠자코 기다리기만 하세요."

그레고리는 다급하고도 단호하게 줄리아의 어깨를 잡아챘다. "꼭 그래야겠어요? 놈들이 낮에 잔다는 걸 확실히 알았으니 몇 시간 안에 식구들을 몰고 옵시다. 일을 벌여도 그다음에 벌이자고요. 작전이 통하든 말든, 그건 문제가 아니에요. 어느 쪽이 되더라도 아가씨가 백성을 이끌어야 한다는 게 중요하죠."

그러곤 턱짓으로 숲을 가리키며 계속했다. "여긴 숨을 데가 많아요. 그러니까 이 밀림에서 대기하고 있자는 얘기죠. 놈들이 다 깨어나서 아가씨를 추격하든, 아니면 나팔소리를 듣고 순순히 따라가든 캠프가 비는 걸 확인한 뒤에 행동을 개시해서 화산으로 들어가자는 겁니다. 그러니까 그냥…." 그레고리는 몸을 홱 돌리고 소녀의 그림자를 찾았다. "아가씨?"

하지만 줄리아는 벌써 20미터쯤 굴녹의 소굴로 들어가 있었다.

소녀는 친구가 자길 찾는다는 걸 눈치챘다. 위험천만인 상황임에도 불구하고 자꾸 웃음이 나려 했다. 누군가가 자신을 걱정해준다는 게 달콤하고 왠지 뿌듯하기까지 했다. 제법 거리가 떨어져 있기는 했지만, 동료의 얼굴에 수심이 가득한 걸 금방 알아볼 수 있었다. 저러다 뒤쫓아 오기라도 하면 어쩌나 하는 생각을 잠깐 했지만, 다행히 그레고리는 그 자리에 숨어서 지켜보기만 했다.

비참한 최후가 아니라 행복한 결말을 보여줄 수 있으면 좋겠다는 마음이 간절했다.

궁지에 몰리면 비명을 질러야 한다는 사실을 잊지 않으려고 몇 번씩이나 뇌리에 새겼다. 비명이 유일한 무기였다. 깊이 잠든 굴녹 두 마리 사이를 살금살금 지나쳤다. 드르렁드르렁 코를 골 때마다 역겨운 냄새가 났다. 저런 괴물들한테 붙잡힌다면, 과연 겁에 질리지 않고 비명을 질러댈 수 있을지 의심스러웠다. 가빠지는 숨을 억눌러가며 계속 기어갔다. 다행히 놈들의 수중에 떨어지는 일은 벌어지지 않았다.

줄리아는 땔감더미 뒤편으로 숨어들었다. 뿔나팔을 가진 녀석의 움막까지는 아직도 15미터 남짓 더 가야 했다. 저만치 떨어져 있는 보초병의 동태를 살폈다. 아직 누워 잠든 상태는 아니었다. 그렇다고 순찰을 돌고 있지도 않았다. 녀석은 절벽 끄트머리에 서서 먼 바다를 내다보고 있었다. 파도라든지 화산에서 나온 검은 그늘의 움직임을 면밀하게 관찰하는 것 같았다. 어쨌든 이편을 등지고 있는 건 다행이었다. 소녀는 오두막 쪽으로 움직이기 시작했다. 파리떼가 난리였다. 쫓아내도 잠시뿐이었다. 괴물 여덟 마리를 지나쳤다. 파리 몇 마리가 또 코에 내려앉았다. 손을 휘저어 날려버렸다. 하지만 움막입구에 이르자 또 덤벼들었다.

'어라? 저건 뭔데 파리가 새카맣게 들러붙어 있지?'

줄리아는 장작더미 너머로 정체를 확인했다. 커다란 새(독수리처럼 보였다)의 주검이 땅바닥에 나뒹굴고 있었다. 날개와 다리는 다 찢겨나가고 몇 번 씹다 말았는지 몸통의 살점들이 너덜거렸다. 파리들이 빈틈없이 내려앉아 있어서 처음에는 까마귀로 착각했을 정도였다. 바다에서 불어온 한 줄기 바람이 그 지긋지긋한 날벌레들을 쫓아내자 비로소 그 밑에서 갈색 깃털이 나타났다. 하지만 곧바로 파리들이 다시 몰려들었다. 금방이라도 토할 것 같았다.

뜬금없이, 버섯을 잔뜩 따가지고 오라던 루이자의 부탁이 떠올랐다. 도무지 그럴 수 있을 것 같지 않았다. 한없이 더럽혀지고 망가진 캠프의 상황을 보니, 이런 데서는 곰팡이조차 제대로 자라기 어렵겠다는 생각이 들었다. 끔찍한 새의 사체를 보고 나서는 식욕마저 천리만리 달아나버렸다.

어디에 눈길을 주든 떼로 몰려다니며 주변을 맴도는 날벌레들을 볼 수 있었다. 굴녹의 소굴 전체가 그 모양이었다. 파리들의 잔치판이 벌어진 느낌이었다. 놈들은 주로 사체에 들러붙었지만 괴물들이나 정체를 알 수 없는 무더기들에도 즐겨 내려앉았다. 온 땅이 파리 천지라고 해도 지나친 말이 아니었다. 요란하게 구역질이라도 했다간 독 안에 든 쥐 꼴이 되고 말게 뻔했다. 처음 작전을 짤 때는 전혀 예상하지 못했던 난관이었다.

게걸스럽게 고기를 뜯던 오밤중부터였을까? 아니면 아침해가 뜬 다음부터였을까? 어쨌든 끔찍하게 생긴 괴수들은 깊은 잠에 곯아떨어진 것처럼 보였다. 가까운 쪽의 보초를 한 번 더 확인했다. 지금은 자리에 앉아서 바다를 내다보고 있었다. 먼 쪽의 경비를 맡은 괴물은 어디 으슥한 곳에 가서 빈둥거리기라도 하는지 시야에 잡히지 않았다. 줄리아는 젖 먹던 힘까지 다해서 최대한 재빠르게 호각을 가진 괴수의 숙소로 내달렸지만, 사방이 찐득거리는 움막으로 선뜻 발을 들여놓을 엄두가 나지 않았다.

우두머리의 막사라고는 하지만, 실제로는 작대기 세 개를 세우고 늑대 가죽을 벽 삼아 두른 움집에 지나지 않았다. 사슴 가죽 한 자락이 입구에 걸쳐 있었다. 일종의 통로 구실을 하는 듯했다. 소녀는 무기를 세워두는 시렁과 움막 사이에 몸을 숨긴 채 문 앞까지 기어가서 사슴가죽을 살짝 들추고 안쪽의 동정을 염탐했다.

안은 한 치 앞을 볼 수 없을 만큼 어두웠다. 어둠에 적응할 때까지 잠시 기다릴 수밖에 없었다. 하지만 냄새와 소리만으로도 역겨운 굴녹이 죽은 듯이 자고 있음을 알 수 있었다.

조금씩 사물이 시야에 잡히면서, 움막 내부 역시 본질적으로 바깥과 별 차이가 없음이 한눈에 드러났다. 끈적끈적한 쓰레기들이며, 반쯤 먹다 버린 고깃덩이 위에 들끓는 파리와 조그만 불아궁이, 요란스레 코를 골며 꿈속을 헤매는 괴물까지 판박이처럼 똑같았다.

정말 안으로 들어가야 할까? 줄리아는 눈으로 그레고리를 찾았지만 거기서는 친구가 잘 보이지 않았다. 굴녹들은 캠프 곳곳에 흩어져 자고 있었다. 그런데도 으스스한 느낌을 떨쳐버릴 수가 없었다. 마치, 수많은 이들이 구석구석에 숨었다가 갑자기 뛰어나오며 놀래주려고 기다리는 방에 들어서는 기분이었다. 하지만 당장은 특별히 위험한 요소를 감지할 수 없었다.

소녀는 비명을 지를 준비를 하고 움막 안으로 몸을 들이밀었다.

8

"아침 좀 드시려는가?"

피터는 페라스를 올려다보았다. 수평선 너머로 떠오른 해가 사내의 머리 바로 뒤편에서 빛나고 있었다. 햇살을 받아 반짝이는 황금빛 머리칼은 여전히 천사 같은 분위기를 풍겼지만 얼굴은 잔뜩 그늘져 있었다. 눈동자는 검은 조약돌처럼 번득였다.

페라스는 육포 한 가닥을 꺼내서 코앞에 내밀었다. "이거 어때?"

소년은 얼른 받아들었다. "고맙습니다." 피터가 한 입 베어 무는 걸 보고서야 사내는 걸음을 옮겼다. 말린 고기뿐이었다. 그만하면 나쁘지 않았다. 바다 한복판에서 페라스가 부드러운 빵과 차를 내놓길 기대하지는 않았다. 그저 왕의 왕께서 보내신 일꾼다운 모습을 보고 싶었을 따름이었다.

사내는 중간뗏목으로 건너가서 누군가에게 육포를 내밀고 있었다. 바로 그때, 갑자기 들이친 파도에 배가 크게 출렁거렸다. 하마터면 물속으로 곤두박질칠 뻔했다.

키의 손잡이를 붙잡고 간신히 위기를 모면한 페라스는 무슨 말인가를 내뱉었다. 또렷이 들리지는 않았지만 심한 욕설인 것 같았다. 그러곤 가방을 뗏목 한복판에 내던지더니 심술 난 아이처럼 부루퉁한 얼굴로 바닥에 주저앉았다.

몸가짐 하나하나가 수상쩍기만 했다. 어쩐지 그저 그런 인간에 불과하다는 의심이 들었다. 한번 의구심이 생기자 지금까지와는 전혀 다른 관점에서 상대를 관찰하게 되었다.

왕의 왕을 섬기는 일꾼이 된다는 건 무슨 의미일까? 신물이 능력을 발휘하기 시작하면서부터 여행을 계속해서 마침내 이 섬에 이르렀다는 게 사내의 설명이었다. 그렇다면 왕의 왕께서 부리는 일꾼들이 사는 데가 어디든지 간에, 그곳을 떠나서 앞길을 가로막는 온갖 장애물들을 헤치고 백성을 찾아왔다는 얘기가 된다. 그야말로 우주를 가로지르는 긴 여정이었을 것이다. 피터의 생각대로라면 페라스는 천사에 가까운 존재여야 한다.

하지만 그렇게 보기엔 이상한 구석이 너무도 많았다. 어떤 천사가 흔들리는 뗏목에서 나뒹군다는 말인가? 나무를 넉넉히 모으지 못했다거나 몸져누운 여동생을 걱정한다는 이유로 백성을 무섭게 닦달하는 천사가 어디에 있겠는가? 정말 천사라면 위기가 닥치자마자 겁을 집어먹고 외진 구석에 웅크리고 숨을 리가 없었다.

놀랍고 무서운 가정이 머리를 스쳤다. 하지만 아직 이 두려움을 다른 사람들과 나눌 수는 없었다. 피터는 그처럼 복잡한 감정은 가슴속 깊숙한 자리에 꿍쳐둔 채, 세 척의 뗏목에 나뉘어 누워 있는 백성들에게 집중했다.

다들 햇볕에 그을려 점점 까매지고 있었다. 밤새 고된 노동에 시달렸

던 터라 절반쯤은 일찍이 코를 골았지만, 오린을 비롯한 몇몇은 여전히 깨어서 질긴 육포를 질겅거리고 있었다.

별안간, 뱃사공 가운데 막내인 열다섯 살 소년 미첼이 살금살금 페라스에게 다가가 가방을 뒤지기 시작했다. 말린 고기 세 가닥이 나왔다. 혹시라도 뭐가 더 있을까 싶었는지 아이는 속을 살피고 또 살폈다. 바깥쪽에 붙은 주머니도 샅샅이 더듬었다. 나중에는 가방을 거꾸로 들고 탁탁 털어대기까지 했다.

아무것도 나오지 않았다.

피터는 자리에서 일어나 앉았다. 어찌 된 셈일까?

가장 나이가 많은 뱃사공 트레버가 달려가서 가방을 낚아챘다. 아이가 그랬던 것처럼 노인도 배낭을 흔들어보고 뒤집어 엎어보았다. 둘은 (그리고 피터는) 어디선가 기적처럼 또 다른 가방이 불쑥 나타나길 간절히 바라는 심정으로 뗏목 곳곳을 두리번거렸다.

트레버의 눈길이 피터의 시선과 딱 마주쳤다. 노인의 눈은 더 이상 먹을 게 없다는 메시지를 전하고 있었다.

원하든지 원치 않든지, 피터는 다시 한 번 목을 졸릴 각오를 해야 했다. 그런데 불쑥 미첼이 선수를 쳤다.

"저기… 페라스 님!"

잠이 덜 깬 듯, 사내는 대답 대신 끙 소리와 함께 돌아누웠다.

"이… 이상해서요. 여기 있는 말린 고기 세 가닥이 다 떨어지면 무얼 먹어야 하는 거죠?" 아이가 말했다.

그제야 페라스는 몸을 획 돌렸다. 사태를 정확하게 가늠해보느라 안간힘을 쓰는 눈치였다. "그럼, 내 가방을 뒤졌단 말이더냐?" 사내는 위협적으로 몸을 일으키더니 두 다리를 쩍 벌리고 버텨 섰다. "네놈이 어떻게 감히!"

"당연히 궁금하지 않겠습니까?" 트레버가 나섰다. 나이 탓인지, 아니면 다른 이유가 있는지 알 수 없지만 목소리가 가늘게 떨리고 있었다.

페라스는 성큼성큼 가운데 뗏목에 앉은 미첼에게 걸어갔다. 당장 멱살을 잡아 일으킬 기세였다. 기가 질린 아이가 흠칫 뒤로 물러났다. 피터도 허리춤의 단도를 움켜쥐고 그쪽으로 움직였다.

트레버가 앙상한 손가락으로 손사래를 치며 페라스와 미첼 사이를 가로막았다. "아이를 그냥 내버려두세요."

사내는 화를 이기지 못하고 이성을 잃은 듯했다. 돌진할 준비를 끝낸 성난 황소처럼 씩씩거렸다. 하지만 이내 금발머리를 흔들며 마음을 가라앉혔다. 자세를 바로잡으며 트레버에게 낮고 음침한 목소리로 말했다. "조심해 영감, 아니면 식량부족이 의외로 간단히 해결될지 모르니까!"

페라스는 가방을 집어 들고 미첼이 들고 있던 육포 세 가닥까지 잡아챘다. 그러곤 그걸 노인의 눈앞에 들이대며 으르렁거렸다. "먹을거리랍시고 말라비틀어진 고기조각 한 줌만 달랑 챙겨들고 따라나선 주제들이 감히 뉘한테 행패야, 행패가!"

이제는 잠들었던 이들까지 모두 일어났다. 피터는 일행들의 표정을 눈으로 더듬었다. 페라스의 말을 살아남으려면 서로 잡아먹으라는 뜻으로 알아듣는 건 아닌지 걱정스러웠다. 두려움과 노기가 가득 서린 낯빛으로 미루어 그런 생각을 하고 있을 가능성이 컸다.

"그러니까, 뭐야? 지금 왕의 왕께서 보내신 일꾼에게 도전하겠다는 거야?" 반역자를 찾아내고야 말겠다는 듯, 사내는 연신 손가락질을 해대며 한 명씩 돌아가면서 눈을 똑바로 쳐다보았다. 아무도 그 시선을 받아내지 못하고 고개를 숙였다. 페라스는 비아냥거렸다. "그럼 그렇지, 네까짓 것들이!"

미첼은 금세 울음이라도 터트릴 것 같은 얼굴이었다. "그렇지만 음식이 떨어지면 어떻…."

사내는 한참이나 아이를 노려보더니 남아 있던 육포 세 가닥을 파도 속으로 힘껏 집어던졌다. "먹을거리 타령 좀 그만하라니까! 이 몸이 손가락 한 번만 까딱하면 물고기가 바다에서 튀어 올라 너희의 무릎에 떨어질 테니! 메추라기가 하늘에서 날아와 네놈들의 접시 위로 기어 올라갈 거라고!"

말이 끝나기 무섭게 페라스는 손가락을 아이의 코앞에 들이대며 고함을 질렀다. 트레버나 피터도 어찌해볼 수 없을 만큼 순식간이었다. "똑똑히 들어둬! 항해에 필요한 결정은 모두 내가 내린다, 꼬마야! 알아들었겠지?"

미첼은 훌쩍이며 고개를 끄덕였다. 피터는 노인과 함께 아이를 다독였다. 뒤로 물러나 앉으면서도 사내에게서 불만스러운 눈길을 거두지 않았다.

여전히 페라스를 바라보며 소년이 사람들에게 말했다. "다들 진정하세요. 왕의 왕께서 보내신 일꾼이라면 무슨 계획이 있을 겁니다. 그렇지 않은가요, 페라스 님? 그냥 죽게 하려고 우릴 바다 위로 끌어내고 연약한 여자들과 아이들, 그리고 부상자들을 무방비상태로 버려둔 건 아닐 테니까요. 그렇죠?"

뗏목에 부딪히는 물소리와 바닷바람이 부드럽게 지나가는 소리만 들릴 뿐, 사방이 쥐 죽은 듯 고요해졌다. 모두가 사내를 바라보며 대답을 기다렸다. 침묵은 갈수록 더 깊어졌다.

반역의 기운을 감지했는지, 페라스는 몹시 불안정해 보였다. 그래도 어금니를 꽉 깨물고 분노에 찬 눈으로 백성들을 훑어보며 웅얼거렸다.

"또다시 내 명령에 도전하는 놈이 있으면 고깃덩이로 만들어주겠어. 우리가 먹든, 물고기밥으로 삼든 쓸 데는 많을 테니까."

백성들이 한꺼번에 달려들면 사내 하나를 제압하기는 어려운 일이 아니란 생각이 들었다. 하지만 피터는 금방 그 계획을 마음에서 지워버렸다. 정말 천사라면 인간의 힘으로 어찌해볼 수는 없을 터였다. 설령 천사가 아닐지라도 상대는 굴녹만큼이나 크고 강했다. 그건 무모한 짓이었다.

페라스가 불안한 눈빛으로 주위를 두리번거리는 게 보였다. 백성들은 그런 사내와 피터를 번갈아 쳐다보다 다른 데로 눈길을 돌렸다. 아직은 누구도 덤벼들 엄두를 내지 못했다. 그런 일은 영원히 벌어지지 않을지도 모른다. 소년은 뒷자리로 물러나 앉았다. 위기의 순간은 그렇게 지나갔다.

사내 역시 그런 백성들이 역겹다는 듯 콧방귀를 뀌며 자기 뗏목으로 돌아갔다. 모두들 다시 앉거나 누웠다. 아까 물에 던져버린 말린 고기 조각을 떠올리며 마른침을 삼키는 이들도 적지 않았다. 더러는 어쩌면 파도를 타고 뗏목 주위로 밀려올 거란 헛된 기대까지 품었다.

문득 먹다 만 육포가 떠올랐다. 겨우 두어 번 뜯어먹었으니 거의 새 것이나 다름없었다. 허기가 몰려왔다. 마음 같아서는 쫄깃한 고기조각을 단번에 입에 쓸어 넣고 우적우적 씹고 싶었다. 하지만 앞으로(어쩌면 영원히) 음식을 구할 길이 없다면 아껴두어야 했다. 소년은 옷자락을 찢어 만든 기다란 천으로 육포를 돌돌 말아서 단도 반대쪽 허리춤에 찼다. 그러곤 한쪽에 치워져 있던 덩굴 한 뭉치를 가져다가 얼굴을 가리고 잠을 청했다. 마치 살만 남은 양산을 쓴 꼴이었다.

수많은 상념이 한꺼번에 떠올랐다. 한 가지 염려가 채 끝나기도 전에 다음 시름이 밀고 들어왔다. 무대에서 연극을 공연하듯, 머릿속에 온갖 장면들이 떠돌았다. 루이자의 말이 옳다면 어떻게 해야 할까? 온 백성들이 환호성을 터트리며 기뻐할 때 동굴에 서서 매서운 눈으로 페라스를 노려보던 모습이 눈에 선했다.

동생은 언젠가는 페라스가 끝내 백성들을 배신할 거라고 했다. 여태까지 그런 경우는 염두에 두지도 않았는데 지금은 그쪽을 곰곰이 생각하고 있다. 굴녹한테 쫓기고 난 직후에 페라스가 에이딘 식구들을 '찾아낸' 것도 미심쩍은 대목이었다. 뿐만이 아니었다. 사내가 생존자들과 함께 있는 동안은 마치 안팎에서 합동작전을 펴듯, 놈들도 공격을 멈추곤 했다. 마지막 공격이 있던 날도, 괴물들은 목적지를 정확히 알고 거침없이 쳐들어왔다. 누군가 앞잡이노릇을 하지 않았다면 어떻게 그럴 수가 있단 말인가? 게다가 습격을 당하는 사이에는 어디론가 자취를 감췄다. 앞장서 백성을 지켜야 할 보호자의 모습과는 딴판이었다.

하지만 그래도 그건 아니었다. 그럴 리가 없었다. 피터는 곁눈질로 페라스를 훔쳐보았다. 사내는 어느새 자리에서 일어나 바다의 신이라도 되는 양 굳세게 서 있었다. 괴물들과 어울려 쓰레기 같은 짓을 할 위인처럼 보이지는 않았다. 왕의 왕께서 보내신 천사는 아닐지 몰라도 배신자로 몰 것까지는 없는 게 아닐까?

문득 또 다른 일이 떠올랐다. 신물에 얽힌 생각이었다. 피터는 동생과 함께 아무도 몰래 신물을 작동시켰다. 멀리 떨어진 화산에서 솟아난 검은 연기라면 모를까, 그런 사실을 알고 있는 사람은 오직 오누이뿐이었다. 물론 왕의 왕께서는 현장을 지켜보셨거나 보이지 않는 능력으로 알고 계셨음에 틀림없었다. 그런데 동굴을 찾아왔을 당시(맞다, 조금도 헤매지 않고 곧장 찾아 들어왔다), 페라스는 이미 신물이 효력을 내기 시작했다는 걸 진즉에 파악한 눈치였다. 어떻게 단박에 동굴이 있는 곳을 알아냈던 것일까? 굴녹들조차 정확한 위치를 모르던 시점이었다. 왕의 왕께서 보낸 일꾼이 아니라면 신물의 움직임을 어떻게 그토록 확실하게 알고 있었을까?

깊이 고민하고 처리할 일이 너무나 많았으므로, 지금은 일단 쉬어두는 게 좋을 것 같았다. 어두운 그림자가 태양을 서서히 집어삼키는 걸 보면서 루이자와 줄리아를 걱정했다. 그리고 서서히 깊은 잠에 빠져들었다.

9

굴녹의 우두머리는 보기만 해도 겁이 날 만큼 흉측한 모습이었다. 잠에 곯아떨어졌어도 두렵기는 마찬가지였다. 움막에 들어선 줄리아는 사슴가죽 덮개를 내리고 가만히 서서 눈앞에 누운 괴물을 찬찬히 연구했다.

한밤중에 가까운 어둠 속이었지만 놈의 피부가 갈색을 띤 녹색이라는 걸 한눈에 알아볼 수 있었다. 어깨와 근육이 어마어마하게 컸다. 코는 넓적하게 퍼졌고 큼지막한 구멍 두 개가 나 있었다. 녀석이 드르렁거릴 때마다 헤 벌어진 입술 사이로 썩은 이빨들이 슬쩍슬쩍 모습을 드러냈다.

다른 괴물들과 달리 우두머리는 갑옷을 입고 있었다. 강철못을 박은 가죽조각이 엉덩이에 둘려 있었다, 오른쪽 어깨는 날카로운 쇠못을 촘촘히 박아 보기만 해도 소름 끼치는 금속판이 감싸고 있었다. 그걸 짐승의 창자를 말려 만든 질긴 줄로 칭칭 동여매놓았다. 아무 때고 집어먹을 심산인 듯, 토끼 머리와 앞다리를 못에다 꽂아두었다. 잠들어 누왔다지만, 혐오감과 공포감을 이겨내기까지는 적어도 몇 분쯤 시간이 필요했다. 마침내 용기를 내서 우두머리를 두루 훑어나가던 줄리아의 시선이 한 곳에서 딱 멈췄다. 놈이 단 한순간도 몸에서 떼어놓지 않는 물건이 눈에 들어온 것이다.

바로 뿔나팔이었다.

몸통에 달린 줄이 괴물의 목에 감겨 있었다. 어린 여자아이가 아기인형을 끌어안 듯, 놈은 한 팔로 호각을 소중하게 감싼 채 코를 골았다. 끔찍한 장면이었다. 장난감 뼈다귀를 암팡지게 물고 잠든 늑대 같았다.

진짜 뿔로 만든 호각이었다. 거세한 수소나 그 비슷한 짐승의 뿔처럼 보였다. 줄리아는 이 더러운 짐승이 불던 나팔에 입을 댄다는 생각만으로도 구역질이 나려는 걸 억지로 참았다. 하지만 계획대로 일을 꾸미자면 꼭 필요한 물건이었으므로 위험을 감수하고라도 손에 넣어야 했다.

소녀는 소리 없이 괴물에게 다가가서 그 곁에 쭈그리고 앉았다. 혹시데지나 않을까 잔뜩 겁을 먹고 불구덩이에서 무언가를 끄집어내는 사람처럼 조심스럽게 호각에 달린 줄을 향해 오른손을 뻗었다.

우웩! 또 한 번 헛구역질이 올라왔다. 꾹 참고 천천히 움직였다. 손가락이 굴녹의 몸을 지나 턱 아래에 이르자 손이 더 떨리는 것 같았다.

죽은 벌레를 집어 올리듯, 엄지와 검지로 줄을 잡았다. 그러곤 부드럽게 귀 뒤편까지 들어 올린 다음 머리 위로 넘길 작정이었다. 놈이 숨을 내쉴 때마다 뜨거운 입김이 얼굴에 닿거나 침방울이 손등에 떨어졌다. 움막을 뛰쳐나가고 싶은 마음이 굴뚝같았지만 이를 악물고 자리를 지켰다. 이제 왼손을 내밀어 반대쪽에서 잡아당길 차례였다. 그러자면 괴물의 대가리 위를 온몸으로 가리다시피 해야 했다.

'할 수 있어, 줄리아. 너라면 얼마든지 해낼 거야.'

소녀는 줄을 잡은 두 손의 간격을 벌리면서 일단 한쪽 끄트머리를 귀 뒤로 빼낸 후에 반대쪽 고리마저 뺨과 코 너머로 넘겼다. 일은 별 탈 없이 착착 진행됐다. 성공이 눈앞에 있었다.

소녀는 줄의 아랫자락이 괴수의 눈두덩이나 이마를 스치지 않도록 오른손에서 눈을 떼지 않았다. 그러다보니 자연스레 왼손에는 그만큼 신경을 쓸 여유가 없었다. 결국 늘어진 줄이 놈의 머리가죽에 쓸리고 말았다.

"크으응!" 굴녹이 꿀꿀거렸다.

꼼꼼하게 세워두었던 계획(싸우고, 도망치고, 비명을 지른다는)과 그렇잖아도 바닥을 드러내고 있던 용기가 짐승의 시체에서 일제히 솟아오르던 파리떼처럼 순식간에 어디론가 날아가버리고 머릿속이 하얘졌다. 꼼짝없이 죽었다 싶었다. 달아나고 싶었지만 두 다리가 말을 듣지 않았다. 한 번 굳은 몸은 생각대로 움직일 줄 몰랐다. 미칠 것만 같았다.

하지만 그뿐이었다. 벌떡 일어나 소녀를 잡아먹는 따위의 일은 벌어지지 않았다. 아니, 눈을 뜨지도, 고함을 질러 패거리를 불러 모으지도 않았다. 다만 코를 골고, 입을 쩝쩝거리고, 몸을 뒤챘을 따름이다. 하지만 소녀에게 그건 괴수의 저녁거리가 되는 것 다음으로 끔찍한 일이었다.

놈이 몸을 굴리면서 줄을 깔고 누워버린 것이다.

오, 어떻게 이런 일이!

심장이 요란하게 쿵쾅거렸다. 통증이 가슴에서 목으로 치받아 올라왔다. 위기가 지나자마자 또 다른 난관이 찾아들었다. 기적이 일어나지 않고서야 어떻게 호각을 손에 넣고 이곳을 빠져나갈 수 있다는 말인가! 어쩌자고 이 따위 얼토당토않은 계획을 세웠던 걸까? 어째서 그레고리

는 끝까지 말려주지 않은 걸까? 줄리아는 속으로 각오를 다졌다.

'오케이, 침착해! 아직도 기회는 있어. 너라면 할 수 있다고. 자, 해보는 거야!'

소녀는 숨을 깊이 들이마시고 천천히 굴녹의 발치를 돌아 반대편으로 건너갔다.

사실, 뿔나팔의 위치는 아까보다 더 나아졌다. 이제 괴물의 팔은 호각을 끌어안는 자세가 아니었다. 다만 놈이 어깨에 차고 있는 무기가 말썽을 부렸다. 뾰족뾰족한 못에 줄이 단단히 엉켜버린 것이다. 여유가 10분만 있었더라도, 덩치 큰 괴물이 그걸 깔고 누워 있지만 않았더라도 홱 잡아당겨서 풀어버리면 그만이었다. 하지만 지금은 형편이 달랐다.

줄리아는 토막 난 토끼고기를 흘낏 돌아보았다. 불쌍한 것! 뿔나팔을 손에 넣고 재빨리 이곳을 탈출하지 못하면 똑같은 신세가 될 수도 있었다.

새로운 아이디어가 떠올랐다. 칼이 필요했다. 틀림없이 어딘가에 괴물이 쓰는 칼이 있을 것이다. 바깥 시렁에 창들이 늘어섰던 게 떠올랐다. 지나치게 크지만 그만큼 날카로운 물건을 구하기도 어려울 듯했다.

'어라? 저건 뭐지?' 땅바닥에 부러진 도끼날 같은 게 떨어져 있었다. 나무를 너무 많이 찍어서인지, 아니면 뼈다귀를 지나치게 자주 부러뜨려서인지는 알 수 없었지만, 어쨌든 도끼날인 것만큼은 틀림없었다.

소녀는 살금살금 움막 구석으로 가서 그걸 주워들고 흙을 털어냈다. 반 토막이 나서 손에 쏙 들어오기는 했지만 묵직한 느낌은 여전했다.

줄리아는 도끼날을 괴물의 머리 위로 쳐들었다. 그대로 내리쳐 날카로운 날 끝으로 놈의 숨을 끊어놓고 싶은 마음이 없지는 않았다. 자객들도 상대가 잠들길 기다렸다가 단숨에 해치우곤 하지 않던가! 하지만 어린 여자아이의 힘으론 괴수의 피부를 뚫기도 어려웠다. 괜한 짓을 했다가 놈이 깨어나기라도 하면 단숨에 머리통을 물어뜯으려 덤벼들 게 뻔했다.

결국, 줄을 끊어내자는 당초의 계획에 따르기로 했다.

소녀는 굴녹의 머리맡에 무릎을 꿇고 앉았다. 입술이 바짝바짝 타들어갔다. 섬세한 손길이 필요한 작업이었다. 줄을 자르려고 세게 잡아당겼다가는 반대쪽 끝이 녀석의 목살을 파고들어 잠을 깨우기 알맞았다.

줄리아는 괴물의 어깨갑옷에 걸쳐 있는 줄을 살살 집어 올렸다. 처음에는 못에 걸린 부분부터 잘라낸 다음, 몸통에 깔린 부분을 잡아 뺄 심산이었다. 하지만 상황을 지켜보면서 더 나은 방법을 찾아냈다. 호각과 연결된 양쪽 끝을 모두 끊어버리기로 한 것이다.

소녀는 도끼날을 쳐들었다가 내리찍었다. 톡!

천만다행으로, 날이 생각보다 예리했던 모양이었다. 앞뒤로 돌려가며 여러 번 문질러야 될 줄 알았는데, 포크로 삶은 국수를 누를 때처럼 싹둑 끊어져나갔다.

또 한 번의 톡 소리와 함께 뿔나팔이 떨어져나왔다. 줄리아는 마치 황금나팔이라도 되는 것처럼 두 손으로 호각을 받쳐 들었다.

마냥 감탄하며 좋아할 여유가 없었다. 옷자락 안에 물건을 잘 찔러 넣은 다음, 입구 쪽으로 움직였다. 사슴가죽 한 자락을 들치자 신선한 공기가 얼굴에 훅 끼쳐왔다. 그제야 움막 안에서 오래도록 숨을 참고 있었다는 생각이 들었다. 이제 거지반 성공한 셈이었다. 곯아떨어진 굴녹들을 지나쳐 15미터를 전진한 뒤에 보초를 서고 있는 괴물 둘만 따돌리면 끝이었다.

소녀는 캠프를 꼼꼼히 살피며 불침번들을 두루 찾았다. 그리고 보니 바깥세상이 이상하리만치 어두웠다. '비바람이 몰아치려나? 아직 이른 아침이어서 그런가? 어찌 된 셈이지?' 퍼뜩 짚이는 게 있었다. 그렇다. 그늘이었다. 화산에서 솟아난 검은 구름이 온 하늘을 뒤덮고 이제는 해까지 먹어 들어가는 중이었다. 처음 폭발이 일어났던 날이 기억났다. 재와 돌가루가 섞인 구름이 아니라 어두운 그늘이 살아 숨 쉬는 짐승처럼 퍼져나갔다. 괴이한 생명체였다. 루이자는 싸워 물리치고 싶어 했다. 하지만 하늘을 뒤덮고 태양마저 집어삼키는 저 무시무시한 존재와 어떻게 맞설 수 있다는 말인가?

가까운 쪽 보초가 눈에 들어왔다. 바다를 내다보던 바로 그 낭떠러지 끝에서 끄덕끄덕 졸고 있었다. 캄캄한 하늘을 보며 마음이 편해졌는지 앉았던 자리에서 제법 깊은 잠이 든 모양이었다. 또 다른 불침번은 뭘 하고 있는지 알 수 없었다. 스러져가는 모닥불 너머로 놈의 머리통과 어깨가 슬쩍 나타났다가 사라진 것 같았다. 그렇다면 순찰을 도는 괴물은 없다고 봐야 한다. 줄리아로서는 잘된 일이었다.

소녀는 왕의 왕께 짧은 기도를 드리고 나서 도끼날을 잘 감싸 쥔 채 사슴가죽을 들추고 움막을 빠져나왔다. 일단 무기 시렁 뒤에 몸을 숨기도 동정을 살폈다.

그레고리가 숨어서 기다리고 있을 숲이 잘 보였다. 손을 흔들어서 무사하다는 신호를 보냈다. 남은 일은 거기까지 들키지 않고 달려가는 것뿐이었다.

들어올 때 몸을 감췄었던 장작더미 뒤편으로 천천히 기어들어갔다. 쓰레기더미와 썩어가는 짐승의 시체는 아직도 그 자리에 있었다. 하늘이 어두운 덕에 아까만큼 심하게 역겹지는 않았다. 아니, 아주 조금 덜 끔찍했다는 게 더 정확하겠다. 찐득찐득한 덩어리도 부피가 한결 줄어든 것처럼 보였다.

　바로 그때, 불빛 하나가 반짝하고 소녀의 눈길을 사로잡았다. 처음엔 잉걸불인줄 알았다. 하지만 무언가 모르게 다른 부분이 있었다. 줄리아는 불꽃이 보였던 자리 근처를 눈으로 샅샅이 훑었다. '파란색…이었던 것 같았는데?

　"앗, 저기다!" 두 번째 불침번이나 그레고리가 있는 곳과는 다른 쪽으로 30미터쯤 떨어진 데서 파란 불꽃이 다시 한 번 일었다가 스러졌다. 조그만 공터 한복판에 강아지 키 높이 정도로 돌멩이들이 수북이 쌓인 자리였다. 주위에서 잠든 굴녹이 적어도 여덟은 돼 보였다.

　'딱 그 빛깔이긴 한데…. 그럴 리가 없어.'

　있을 법한 얘기가 아니었다. 놈들이 소녀의 손에서 그 물건을 빼앗아 간 건 확실하고 또 확실한 사실이었다. 상처가 거의 다 아물었음에도 불구하고 그날 밤만 생각하면 아직도 온몸이 욱신거렸다.

　신물. 저게 과연 신물일까?

　그러고 보니 우두머리 굴녹의 움막에서도 그 신비로운 돌을 볼 수가 없었다. 어쩌면 깊이 감춰놔서 못 보고 지나쳤을지도 모른다. 그렇다면 저기서 반짝이는 물건은 사금파리일 공산이 컸다.

　움막으로 되돌아가기는 몹시 부담스러웠다. 거듭 감시망을 뚫어낸다는 건 쉬운 일이 아니었다. 골똘하게 갖가지 가능성을 궁리하던 줄리아는 퍼뜩 정신을 차렸다. 얼마나 오랫동안 이처럼 눈에 잘 띄는 자리에 앉아 있었던 걸까? 그레고리가 줄곧 지켜보고 있었더라면 도무지 움직일 줄 모르는 소녀가 걱정돼서 단숨에 달려왔을지도 모를 일이었다.

　소녀는 불빛이 새어 나왔던 지점을 다시 한 번 철저하게 살폈다. 돌무더기 아래 무언가가 깔려 있다는 점만큼은 부인할 수 없는 사실이었다. 혹시 저 돌무더기 속에 꽁꽁 감춰두고 파수꾼들을 세워놓은 게 아닐까?

지금 돌아서면 나중에 후회할 것 같았다. 줄리아는 푸른빛을 향해 방향을 틀었다. 10미터 남짓, 바닥을 기어갔다. 도끼날에 손목이 까지고 품에서 비어져 나오려는 호각을 몇 번이나 쑤셔 넣었다. 마침내 목표물 근처에 이르자 조심스레 일어나 쭈그리고 앉았다. 다음부터는 온몸의 신경을 곤두세우고 더 빠르게 움직였다. 신중의 신중을 거듭할 필요가 있었다. 햇살이 밝지 않았으므로 그림자가 괴물들의 얼굴을 스치면서 잠을 깨워놓을 염려는 없었다.

굴녹들이 돌무더기를 둘러싸고 잠든 곳까지는 채 쉰 걸음이 되지 않았다. 가장 가까이에 있는 놈은 전에도 마주친 적이 있었던 뚱뚱보였다. 도움닫기를 하지 않으면 녀석을 뛰어넘기가 어려웠다. 소녀는 다음 괴물에게 다가갔다. 빈틈없는 원을 그리고 자면서도 그 대형을 유지하는 훈련을 제대로 받았는지 도무지 뚫고 들어갈 공백이 보이지 않았다. 그러지 않으면 무슨 일이 벌어질지 정확하게 내다보고 있는 눈치였다.

드디어 빠져나갈 만한 공간을 찾아낸 소녀는 가뿐하게 원 안으로 들어갔다. 거대한 괴수들이 에워싼 자리 안쪽으로 들어온 게 과연 바깥에 머무는 것보다 더 나은 일인지 헷갈렸다. 하지만 그런 시시한 생각이나 하고 있을 여유가 없었다.

오래된 화산에서 나온 돌멩이들은 이상하리만치 가뿐했다. 울퉁불퉁하고 구멍투성이였지만 여태 들어본 어떤 돌보다도 가벼웠다. 돌무더기 절반을 합쳐봐야 도끼날 하나만도 못하겠다는 느낌이 들 정도였다.

줄리아는 들고 있던 쇳조각을 내려놓고 주먹돌들을 살금살금 파헤치기 시작했다. 소리 나지 않게 돌멩이를 하나씩 하나씩 치워나갔다. 무겹지 않은 만큼 조금만 건드려도 바스락거렸다. 서로 붙어 있다시피 해서 움직일 때마다 삐걱댔다. 어쩌면 그게 값진 보물을 지키기 위해 굴녹들이 만들어낸 경보장치인지도 모를 일이었다.

소녀는 아랫돌들을 최대한 건드리지 않도록 주의하면서 주먹돌들을 하나씩 들어다가 땅 위에 띄엄띄엄 내려놓았다. 돌이 워낙 가벼워서 몸을 재게 놀리고 싶은 마음이 굴뚝같았다. 푸른빛은 새록새록 또렷하게 새어나왔다. 괴물들의 눈을 자극하기 전에 처리해야겠다는 조급증이 치솟았다. 하지만 자칫 주먹돌들이 요란한 소음과 함께 괴물들 머리 위로 쏟아져 내렸다간, 놈들의 소굴 전체가 벌집을 쑤셔놓은 형국이 될 테고, 그다음엔 무슨 일이 벌어질지 알 수 없었다.

다른 돌을 건드리지 않도록 살살 들어 바닥에 내려놓고 다음 돌멩이를 집어 들어야 했다.

이윽고 푸른빛을 내는 물건의 정체가 확연히 드러났다. 신물이었다. 뿔이 여섯 개 달린 별모양이 선명했다. 세레스 장군이 부적처럼 지닌 목걸이 장식에 박혀 있던 바로 그 물건이었다.

줄리아는 신물을 꺼내서 들여다보았다. '드디어 되찾았구나!'

돌무더기에서 내려와 도끼날을 집어 들려는데, 품에서 나팔이 쑥 빠져나갔다. 바닥에 나뒹굴기 직전에 간신히 붙잡아 도로 집어넣고 옷을 야무지게 여몄다. 놀란 가슴을 쓸어내렸다. 호각과 신물을 손으로 단단히 잡고 도끼날을 집었어야 했는데, 위기일발이었다. 소녀는 호리호리한 굴녹이 누운 자리를 찾아 한 발을 내딛었다.

바로 그 순간, 괴물 하나가 고함을 지르기 시작했다.

10

두 번째 불침번이었다! 놈이 캠프를 가로지르는 게 보였다. 시렁에서 창 한 자루를 꺼내 들고는 무시무시한 고함을 내지르며 소녀를 향해 전속력으로 내달았다.

신물을 둘러싸고 잠들었던 굴녹들도 눈을 번쩍 떴다. 개중에는 벌떡 일어나 덤벼들 준비를 하는 녀석도 있었다. 대부분은 잠이 덜 깬 듯 해롱거렸다. 어쨌든 그동안 누렸던 행운이 바닥을 보이고 있는 것만큼은 확실했다.

줄리아는 숲을 향해 죽기 살기로 내달렸다.

괴물 하나가 눈을 희번덕거리며 앞길을 막았지만 잽싸게 따돌렸다. 다른 놈들은 여전히 땅바닥에서 버르적대고 있었다.

그러나 숲까지는 아직 거리가 있었다. 기습의 효과는 금방 사라졌다. 보초병의 외침을 들은 괴물들은 곧바로 추격을 시작했다. 무기를 집어 드는 찰그랑 소리가 들려왔다. 소녀는 달리고 또 달렸다.

앞쪽 덤불이 흔들리는가 싶더니 그레고리가 튀어나왔다. 제법 단단해 보이는 방망이 하나를 틀어쥐고 있었지만 괴물들에겐 별 위협이 될 것 같지 않았다. 놈들 가운데 두엇이 몸을 돌려 새로 나타난 침입자에게 덤벼들었다. 덕분에 소녀는 얼마쯤 더 도망칠 수 있었다.

괴수들이 나란히 달리며 덮칠 기회를 노리는 게 곁눈질로 보였다. 무섭게 빨리 뛰는 놈들도 있었다. 질러가서 앞길을 막을 속셈인 듯했다. 이제 한 놈만 더 제치면 숲으로 들어갈 수 있었다. 몸집이 엄청나게 큰 괴물이었다. 흉물스런 입이 귀밑까지 찢어져 있었다. 날카로운 이빨 사이로 끈적끈적한 분비물이 쉴 새 없이 흘러내렸다. 녀석이 소녀를 향해 돌진했다. 붙잡혔다는 느낌이 들자마자 몸이 허공에 떠올랐다. 놈이 날카로운 발톱으로 목덜미를 움켜쥐고 허공에 들어 올린 것이다.

하지만 굴녹은 갑자기 소녀를 바닥에 떨어트렸다.

놈은 절반으로 부러진 몽둥이와 함께 바닥에 쓰러졌다. 그레고리는 영문을 몰라 멍하니 서 있던 또 다른 괴물에게 나머지 절반을 힘껏 집어던졌다. 그러곤 신물을 쥔 줄리아의 손을 홱 낚아채더니 바람처럼 뛰기 시작했다.

소녀의 머릿속은 방금 전, 거의 죽을 뻔했던 상황에서 벗어나지 못하고 있었다. "어떻게… 된 거지? 왜 갑자기 괴물이 날… 그런데 엉뚱한 길로 달리고 있는 거 알아요?"

그레고리는 줄리아를 숲속이 아니라 가장자리로 데려가고 있었다. 왼편으로 밀림의 풍경이 스쳐 지나갔고 오른편에선 굴녹들이 떼를 지어 몰려오고 있었다. 앞쪽 벼랑 끝에선 아직 잠기운을 떨쳐내지 못한 두 번째 불침번이 졸린 눈으로 사방을 두리번거렸다.

"알고말고요! 저리 가면 붙잡힐 수밖에 없어요. 놈들이 좀 빨라야죠." 그레고리가 헉헉거리며 대꾸했다.

"그럼, 어디로 가죠?"

기다리는 거라곤 천 길 낭떠러지뿐인 막다른길이었다. 까마득한 아래로는 바닷물이 넘실댔다. 게다가 앞에는 불침번 괴물까지 버티고 서 있었다.

"안 돼요! 이건 미친 짓이에요!" 줄리아가 말했다.

"달리 방법이 없어요!"

소녀는 손사래를 치며 제자리에 뚝 멈춰 섰다. "절대로 안 돼요! 난 못한다고요!" 그러면서도 고개를 돌려 바짝 쫓아오는 굴녹들을 바라보았다.

뜻밖의 반응에 놀란 괴물들 역시 급브레이크를 밟았다. 뒤따라오던 녀석들은 달려오던 서슬에 서지 못하고 앞으로 밀려나왔다.

왼쪽으로 화가 머리끝까지 난 우두머리 굴녹이 움막을 박차고 나는 듯 쫓아오는 게 보였다. 중요한 걸 잃어버렸음을 알아차린 것 같았다.

'바로 지금이야! 아니면 다시는 기회가 없어!'

줄리아는 굴녹 패거리들과 마주서서 오페라 가수처럼 두 팔을 번쩍 들어올렸다. 한 손에는 뿔나팔을, 다른 한 손에는 신물을 단단히 그러쥐었다. 그러곤 목청껏 최선을 다해 비명을 질렀다.

괴물이 거꾸러졌다.

적어도 한 놈은 그랬다. 뒷걸음질치는 녀석들도 있었다. 하지만 나머지는 멀뚱멀뚱 쳐다만 볼 따름이었다. 더러는 비아냥거리듯 코웃음을 치기도 했다.

자빠졌던 놈이 벌떡 일어나 소녀에게 달려들었다. 기다렸다는 듯 괴수들이 일제히 그 뒤를 따랐다.

줄리아도 몸을 돌려 내빼기 시작했다.

줄곧 지켜보던 그레고리가 물었다. "도대체 뭘 한 거예요?"

"알 거 없어욧!" 소녀는 동료의 손을 잡고 절벽을 향해 전속력으로 질주하며 중얼거렸다. "전에는 잘 들었는데….."

잠깐이라도 멈춰서 벼랑 아래가 정말 물인지, 아니면 울퉁불퉁한 바위투성이인지 확인해보고 싶었다. 하지만 씩씩거리는 굴녹의 거친 숨소리가 등 뒤에서 또렷이 들려서 그럴 수가 없었다. 괴물과의 거리는 그야말로 간발의 차이였다.

숨이 턱에 차도록 뛰면서 줄리아는 뿔나팔에 입술을 가져다댔다. 괴물의 더러운 침 따위는 아랑곳하지 않고 어떻게든 소리를 내보려 안간힘을 썼다.

부…..

부우…..

피이익!

"통 되는 일이 없군!" 소녀는 투덜거리며 호각을 뒤로 집어던져버렸다. 괴수들이 서로 나팔을 차지하기 위해 한바탕 난리를 피우며 추격을 포기해주길 바라는 마음이 간절했다.

몸뚱이들이 부딪는 소리로 미루어 몇 놈은 저희끼리 치고받는 모양이었다. 하지만 쿵쿵거리는 발자국 소리가 아직도 요란한 걸 보면 전부 다 그 꼴을 하고 있는 건 아님이 틀림없었다. 오른편에서는 우두머리 괴물이 부하들을 제치며 무서운 속도로 따라붙고 있었다.

줄리아는 나란히 달리는 동료를 슬쩍 곁눈질해보았다. 친구의 얼굴만 봐도 지금부터 하려는 짓이 얼마나 무모한 시도인지 단박에 알 수 있었다.

3미터만 더 가면 낭떠러지였다. 자갈길이 끝나는 자리에 말라죽은 나무 한 그루가 위태롭게 걸려 대롱거렸다. 물새들이 그 위에 지어놓은 둥지들도 보였다.

이제 2미터가 남았다.

바닷물이 출렁이는 게 눈에 들어왔다. 하지만 벼랑 바로 아랫자락도 그럴까? 아직은 확인할 길이 없었다. 뛰어내리면 곧장 물속으로 들어갈 수 있을 만큼 가까이 물이 들어차 있을까?

1미터!

굴녹이 바로 뒤에 있었다. 밑자락이 온통 갯바위면 어쩌지? 맙소사! 절벽은 예상보다 훨씬 높았다.

한 손으로는 그레고리의 손을, 다른 한 손에는 신물을 단단히 쥔 채 줄리아는 까마득한 낭떠러지 아래로 몸을 날렸다.

아래쪽으로 큼직큼직한 암석들이 보였다. 땅바닥이 무시무시한 속도로 눈앞에 달려들었다. 집채만 한 파도가 바윗돌에 부딪혀 부서지면서 하얀 거품을 내뿜었다. 물기둥이 얼마나 높이 치솟는지 허공에 몸을 맡기자마자 그 기운이 느껴질 정도였다. 거센 물결이 소용돌이치는 게, 마치 떡 벌어진 용의 입속으로 빨려 들어가는 기분이었다.

바위 너머 물속으로 떨어지길 바라는 소망도 벼랑에서 뛰어내리는 것 못지않게 어리석은 기대처럼 보였다.

그레고리가 곁에서 허우적거리며 추락하는 게 눈에 들어왔다. 그뿐이 아니었다. 곧이어 위에서 발뒤꿈치가 땅을 할퀴고, 헛발질을 하고, 마침내 괴성을 내지르며 굴녹 몇 놈이 절벽 아래로 떨어지는 소리가 들렸다.

　바닷물과 바윗돌들이 쏜살같이 다가오는 와중에도 바위에 부딪혀 박살나는 신세를 모면하는 대신 뒤따라 뛰어내린 괴수들 틈에 떨어지리라는 걸 직감할 수 있었다.

　첨벙!

　바닷물은 지독히 차가웠다. 그래도 괴물들에게 잡히는 것보다는 백번 나았다. 줄리아는 두 손으로 신물을 꼭 쥐고 발길질을 해댔다. 어떻게든 바위에서, 그리고 뒤를 쫓는 굴녹들에게서 멀어져야 했다.

　첨벙!

　첨벙! 첨벙! 첨벙! 첨벙!

　놈들이 물속으로 뛰어드는 소리가 소나기가 쏟아지듯 요란했다.

　줄리아는 맞춤한 때를 잡아 물 위로 차고 올라왔다. 바다에 떨어진 괴물들의 위치를 파악해두어야 했다. 주위로 무수히 떨어진 놈들의 흔적을 찾아 수면을 훑었다.

　까마득히 높은 벼랑 위에서 수십 마리가 지켜보며 주먹과 무기를 위협적으로 흔들어대고 있었다. 서로 밀치고 다투더니 한 녀석이 아래로 곤두박질쳤다. 마지막 순간에 두 놈을 붙잡고 늘어지는 바람에 셋이 한꺼번에 떨어져 내렸다. 바위를 피하기엔 점프가 너무 약한 듯했다. 때마침 밀어닥친 파도가 소녀의 몸을 높이 들어 올린 덕에 괴물들이 돌바닥에 부딪혀 처참하게 짓뭉개진 현장을 똑똑히 볼 수 있었다.

　순간, 억센 손이 줄리아의 팔을 움켜잡았다.

　"아얏!" 소녀는 비명을 질렀다.

　그래도 놔주지 않았다. 세차게 끌어당기며 몸을 홱 돌렸다. 맞서보려 했지만 상대가 되지 않았다.

줄리아는 울부짖었다. "안 돼! 여기서 죽기는 싫단 말이야!" 손목을 비틀어 빼면서 보이지 않는 상대를 힘껏 걷어찼다.

"아가씨, 잠깐만요!" 굴녹의 공격이 아니었다. 도와주려고 헤엄쳐 다가온 그레고리였다.

그제야 소녀는 발길질을 멈췄다.

친구의 몰골은 말이 아니었다. 이마에 기다란 상처가 나 있었다. 오른쪽 눈 위로 피가 철철 흘러내렸다. 파도가 쓸고 지나가면 말끔한 얼굴이 나타났지만, 금방 더 많은 핏물이 솟아 얼굴을 뒤덮었다. "그건 아직 가지고 있죠?"

"어쩌다 그렇게 다친 거예요?"

"그걸 가지고 있느냐고요!"

"뭘 가지고 있냐는 거죠? 아, 목걸이! 물론이죠. 여기!"

무언가 길고 무거운 게 물살을 가르며 날아왔다. 괴물의 몸뚱이와는 확연히 달랐다.

"놈들이 창을 던지고 있어요! 서두르세요!" 그레고리가 낭떠러지 꼭대기를 바라보며 다급하게 외치곤 서둘러 헤엄치기 시작했다. 정확하게 말하자면 바다가 아니라 절벽에서 50미터쯤 떨어진 바닷가의 숲을 향해 파도를 헤쳐 나갔다.

줄리아의 오른편으로 창 한 자루가 날아들었다.

소녀는 물을 박차고 친구의 뒤를 쫓았다. 창날은 방금 전까지 머리가 있던 자리를 스쳐갔다.

"아가씨!" 파도소리를 뚫고 그레고리의 음성이 귓전을 때렸다.

문득, 굴녹들이 물속에서 첨벙대는 소리가 들리지 않는다는 데 생각이 미쳤다. 실은 놈들의 모습을 보지도 못했다. 괴물들이 뛰어내리기는 한 것 같은데 수면에 머리를 내밀고 까딱거리는 꼴을 본 기억이 없었다. 무기를 지니지 않았다 하더라도 워낙 덩치가 크고 뼈가 굵어서 돌멩이처럼 물속에 곧장 가라앉았는지도 모른다.

또는 한 시간 정도 숨을 쉬지 않고도 너끈히 견딜 만큼 수영실력들이 대단할 수도 있었다. 그렇다면 지금도 물속을 누비며 먹잇감들의 발목을 잡아 물밑으로 끌어당길 궁리를 하는 중일 게 틀림없었다.

줄리아는 짧은 비명과 함께 힘차게 물장구를 치며 친구를 따라갔다. 한 손에 신물을 쥐고 있었지만 다른 팔만으로도 충분히 빠르게 움직일 수 있었다.

창들이 더 빠르게 날아왔다. 풍덩풍덩, 첨벙첨벙 기분 나쁜 소리를 내며 사방에서 쏟아져 내렸다. 창뿐만 아니라 칼과 몽둥이, 심지어 동료 굴녹까지 집어던지는 모양이었다. 하지만 그 어느 것도 목표물을 제대로 맞히지 못했다.

5분쯤 죽어라 헤엄치고 났을 무렵부터는 살기등등한 폭격마저 뚝 끊어졌다. 던져 넣을 만한 물건이 다 떨어졌거나, 무기를 죄다 바다에 처넣는 게 한없이 멍청한 짓이란 걸 깨달은 모양이었다. 벼랑 끝에 늘어섰던 괴물들은 잠시 줄리아가 헤엄쳐가는 방향으로 이동하려는 몸짓을 보였지만 도저히 따라잡을 수 없을 만큼 거리가 벌어졌음을 실감했는지 곧 포기해버렸다.

얼핏 우두머리가 손짓을 해가며 부하들에게 명령을 내리는 모습을 본 것 같은 생각이 들었다. 괴물들은 절벽 모서리를 떠나서 어디론가 사라졌다. 놈들은 적어도 한동안은 둘이 막 벗어난 숲속을 헤맬 가능성이 높았다.

소녀는 더 열심히 팔다리를 저었다.

언제부터인가 파도는 잔잔해진 반면, 수온은 한결 차가워졌다. 상륙하려는 쪽에서 냉랭한 물이 흘러나오는 것 같았다. 다시 한 차례 높은 파도가 몸을 밀어 올려 먼 곳까지 내다볼 수 있게 해주었다. 바다로 들어오는 물줄기가 숲을 둘로 갈라놓고 있었다. 거기가 냉수의 근원인 듯했다. 어쩌면 강물 덕에 목숨을 부지할 수도 있겠구나 싶었다.

그레고리도 같은 지점을 보며 나란히 헤엄쳤다. 바다로 들어가는 강물의 오른편에 상륙한다면 절벽을 떠난 괴물들로서는 더 먼 길을 돌아야 할 뿐만 아니라 강까지 건너야 했다. 가까이에 다리가 없다면 더 바랄 게 없었다. 물을 싫어하는 놈들은 반대편 기슭에 서서 뛰어들지 말지 오래도록 고민할 게 뻔했다.

그렇게 된다면, 그럴 수만 있다면, 줄리아와 그레고리는 도망칠 시간을 벌 수 있었다.

11

‘잠들었을까?’

피터는 트레버에게서 눈을 떼지 못했다. 그는 세 번째 뗏목에 달린 굵은 통나무에 기대 곯아떨어진 것처럼 보이는 페라스를 향해 신중하게 기어가는 중이었다.

노인은 조용히 다가서서 사내의 얼굴 위로 손을 살짝 흔들었다. 아무런 반응이 없었다. 이번엔 더 크게 휘저었다. 꼼짝도 하지 않았다. 트레버는 소년 쪽으로 고개를 돌리고 어깨를 으쓱해 보였다.

“됐어요. 다들 소리 내지 말고 이쪽으로 오세요.” 피터가 말했다.

오린과 트레버, 미첼을 비롯한 에이딘 백성 아홉 명이 페라스로부터 가장 멀리 떨어진 첫 번째 배로 건너와서 소년을 에워쌌다. 그늘 탓에 하늘은 한없이 우중충했다. 연한 갈색 고리가 태양을 감싸고 있는 게 여실히 보였다. 마치 해가 어두운 그늘을 태워 없애려고 마지막 힘을 쥐어짜고 있는 느낌이었다. 30분 전부터 물결은 점점 거칠어졌다. 커다란 파도와 부딪힐 때마다 뗏목은 심하게 요동치며 삐걱거렸다. 하지만 그 무엇도 페라스의 깊은 잠을 깨우지 못했다. 피터로서는 다행스러운 일이었다.

"일을 벌이려고요?" 리마스가 물었다.

"그래요. 괴물의 앞잡이 노릇이나 하는 저 금발 쓰레기가 왕의 왕께서 보낸 일꾼이라면, 차라리 벌레로 사는 편이 훨씬 나을 테니까요." 오린이 대꾸했다.

누군가 낄낄거렸다. 나머지는 돌처럼 굳은 표정으로 소년을 쳐다보았다.

"이 친구의 대답이 내 첫 번째 의문이었어요." 피터가 입을 열었다. "나만 그렇게 생각하는지 궁금했거든요."

"지금 우리는 에이딘으로 가는 물길을 따라가는 게 아닙니다. 혹시 알고 계셨습니까?" 트레버가 쉰소리로 말했다.

꿈에도 생각지 못했다는 듯, 미첼이 사방을 두리번거리며 더듬거렸다. "노를 저으라는 말은 없었어요. 난 몰랐어요. 물살을 타고 있으면 저절로 고향에 닿게 되는 줄 알았죠. 왕의 왕께서 보낸 사자가 기적이라도 일으켜서…."

피터는 고개를 끄덕였다. "맞아요. 보세요. 케미아가 아직 저기에 있어요. 한 시간째 똑같은 자리를 맴돌고 있는 겁니다."

다들 뒤를 돌아보았다. 화산섬은 약 2킬로미터쯤 떨어진 바다 위에 그대로 떠 있을 뿐, 시간이 흘러도 그 이상으로는 거리가 벌어지지 않았다. 앞쪽에 또 다른 땅덩어리가 보이는 것도 아니었다.

"지금이라도 노를 저어야 할까요?" 켈만이 물었다. 바짝 여위고 얼굴에 천연두를 앓은 자국이 있는 남자였다.

트레버가 물었다. "어느 방향으로 배를 돌리는 게 좋을까요?"

피터는 몸을 앞으로 숙이고 나지막하게 속삭였다. "이제는 끝을 내야 합니다. 여태까지는 실수의 연속이었어요. 다른 이들을 남겨두고 떠났다가 다시 돌아올 수 있다는 페라스의 말에 깜빡 속아 넘어갔던 겁니다. 일이 이렇게 되고 보니 알겠더군요. 거기에 따른 것부터가 잘못이었어요."

소금기를 잔뜩 머금은 바닷바람 한 줄기가 소년의 얼굴을 쓰다듬었다. "저는 저 사내의 정체를 모릅니다. 하지만 이런 식이라면 벌레처럼 살 수밖에 없다는 말에는 백번 동의합니다." 피터는 오린을 한 번 돌아보고 나서 계속했다. "페라스는 천사가 아닙니다. 그러나 마귀 또한 아닙니다. 최소한 깊은 잠에 빠져 있는 동안은 괴력을 낼 수 없습니다."

그러곤 허리춤에서 단도를 꺼내 들었다. "한꺼번에 덤벼들어 놈을 제압한 뒤에 남은 덩굴로 꽁꽁 묶어버립시다. 일단 저자를 제압한 뒤에는 노를 저어 섬으로 돌아가서 남은 이들을 구해냅시다."

백성들은 미심쩍은 눈길로 서로를 바라보았다.

"햇볕을 너무 많이 쬐어서 머리가 어떻게 된 거 아닙니까?" 리마스가 펄쩍 뛰었다. "저자의 힘을 봤잖아요. 우리쯤은 한 손으로 번쩍번쩍 들어 올릴 겁니다. 피터 님은 칼이라도 가졌지만 나머지는 다들 맨손이에요. 이건 자살행위입니다." 남자는 소년에게서 한 발 물러서며 말을 맺었다. "포기하세요. 페라스를 믿고 그냥 가봅시다. 당장은 아니라도 언젠가는 정말 어디론가 데려가줄 수도 있잖아요."

그러자 트레버가 나섰다. "내가 보기엔 자네가 제 정신이 아닌 것 같으이. 음식이 다 떨어진 건 잘 알 테고, 마실 물도 넉넉지 않아. 빨리 육지를 찾아내지 못하면 사태가 심각해진다는 말일세. 페라스가 천사인지 아닌지 따위는 문제가 되지 않을걸세."

"천사가 아니라면 뭐란 얘기지?"

어느 틈에 페라스가 우뚝 서서 저승사자처럼 노려보고 있었다. 바람에 나부끼는 금빛 머리칼은 여전했지만 천사처럼 보이지는 않았다. 등 뒤로 화산재가 하늘 높이 솟구치는 게 보였다. 거대한 올가미가 죄어오듯, 그늘이 점점 다가오고 있었다.

리마스는 뒤로 물러서며 피터를 손가락질했다. "저놈입니다! 저자가 반란을 일으키자고 쏘삭였습니다. 당연히 저는 반대했지요."

"그래?" 페라스는 야비한 미소를 지었다. 그러곤 냉큼 켈만의 머리채를 한 팔로 휘어잡고 바다 쪽으로 끌어냈다. 찢어지는 비명에도 눈 하나 꿈쩍하지 않고 마치 새끼고양이의 목덜미를 움켜쥐고 흔들어대듯했다. "그러니까 꼬마 반역자노릇을 해보시겠단 말씀이지, 피터?"

다들 머뭇거리며 소년의 눈치를 살폈다. 오금이 저리는지 은근슬쩍 한 발짝씩 거리를 두는 눈치였다.

피터의 귀에 심장이 무섭게 쿵쿵대는 소리가 생생히 들렸다. "좋아!" 소년은 칼을 꺼내 페라스에게 내밀며 말했다. "켈만을 놔줘. 이건 너와 나 사이의 문제야."

사내는 눈을 크게 뜨고 껄껄 웃음을 터트렸다. "어머나, 깜찍하기도 하셔라. 이렇게 귀여운 칼은 어디서 구했을까? 왜, 내 손톱청소라도 해주시게?"

피터의 칼끝이 내려갔다. 상대가 어떻게 나올지 알 수 없었다. 페라스가 진짜 슈퍼맨은 아닐지 모르지만, 초등학교 6학년에 다니다 이 세계에 들어온 소년에겐 슈퍼맨이나 다름없었다. 의붓어머니와 이복형제들에게 다정하게 굴지 않을 때마다 고함을 지르던 아빠의 모습이 불쑥 떠올랐다.

뗏목이 파도에 거꾸로 뒤집히기라도 한 것처럼 충격적이었다. 마치 영국 동해안에 있는 집에서 아버지에게 꾸지람을 듣고 있는 느낌이었다. 어느 날, 피터는 메이슨과 싸우고 학교에서 쫓겨나 집으로 돌아왔다. 상대에 비해 몸집이 작고 약골이었지만 교장선생님에게는 말썽꾸러기요 아버지에게는 골칫덩어리 취급을 받았다. 그랜트 함장은 스포츠맨십이 없다고 아들을 몰아세웠다. 가문의 명예에 먹칠을 했다고 꾸짖었다. 나가 죽으라는 막말도 서슴지 않았다. 가슴 아픈 기억이었다.

그때는 어머니가 살아 계셨으면 얼마나 좋을까 하는 생각이 스쳐갔다. 아주 잠깐이었지만 말할 수 없이 연약한 존재가 된 것 같았다. 엄마의 치마폭에 숨고 싶었다.

하지만 그분은 이미 돌아가시고 없었다. 아버지는 괴물처럼 변해버렸다. 의붓어머니는 버틀램과 루이자 같은 야수를 낳은 지하세계의 여왕이었다.

'맞다, 이복여동생은 치유자가 됐지….'

루이자를 떠올리니까 온몸에 힘이 생기는 것 같았다. 칼끝을 다시 치켜들었다. 이복동생이 타고난 성품을 이겨낸 것처럼 자신도 더 나은 인물이 될 수 있겠다는 확신이 들었다.

'왕의 왕이시여, 제게 힘을 주세요!'

가이우스의 모습이 머릿속에 떠올랐다. 용기를 내라며 격려하는 나이 많은 수도사의 얼굴을 마음의 눈으로 똑똑히 볼 수 있었다.

피터는 페라스를 다른 각도에서 가늠했다. 이 사내는 하늘의 용사가 아니었다. 몸집만 웃자란 골목대장에 지나지 않았다. 한때는 괜찮은 인물이었을지도 모른다. 하지만 아버지처럼 바른 길에서 벗어나버렸다. 지금은 폭력을 휘두르며 주위의 약자들을 괴롭히는 게 고작이다.

여기서 끝내야 했다. 물리치느냐 당하느냐는 중요한 게 아니다. 더 이상 겁먹은 애처럼 살지 않아야 한다는 게 핵심이었다.

"페라스, 이 사기꾼아!" 일단 소리를 지르긴 했지만, 피터 자신도 제 목소리에 놀랐다. "네놈이 사나이라면 그 친구를 내려놓고 당당히 나에게 덤벼보지 그래!"

사내는 듣고도 제 귀를 의심하는 듯했다. 때마침 밀려든 파도가 뗏목을 뒤흔들었다. 페라스는 균형을 잃고 하마터면 바닥에 자빠질 뻔했다.

하지만 이내 자세를 바로잡고 하늘에 드리운 그늘을 우러러보며 우렁차게 외쳤다. "기꺼이 상대해주지. 일단 네놈을 죽여주겠어." 동시에 팔을 휘둘러 켈만을 바다에 밀어 넣었다. "꼬마의 고기를 뜯고 피를 마시면 밥걱정, 물 걱정은 덜겠어."

발이 뗏목에 달라붙기라도 한 것처럼 몸을 움직일 수가 없었다. 거부감 없이 받아들일 만한 대안이라곤 바다로 뛰어드는 것뿐이었다. 물살을 가르고 헤엄치면 케미아로 돌아갈 수 있을지 모른다.

하지만 도망친다는 사실 자체가 너무 역겨웠다. 소년은 페라스와 맞서는 쪽을 선택했다. 더 이상 두려움을 껴안고 살 수는 없었다.

둘 사이의 거리는 멀지 않았지만, 피터는 발을 떼자마자 몸을 잔뜩 숙인 채, 무서운 속도로 달려갔다. 왼손으로 상대를 붙잡고 오른손으로 힘껏 찌르려는 자세였다. 꼬마 피터 그랜트의 마지막 발걸음이자 사나이 피터 그랜트의 첫발이었다.

페라스는 소년의 왼쪽 팔목을 잡아챘다.

짐작했던 대로였다. 상대의 힘을 이용하면 더 큰 타격을 입힐 수 있었다. 사내의 심장을 겨냥하고 칼을 쥔 오른손을 쭉 내밀었다.

페라스는 피터를 와락 밀쳐냈지만 이미 늦었다. 칼날은 가슴뼈 뒤쪽으로 몸을 파고들었다.

　사내가 외마디소리를 질렀다. 이번에는 놀라움과 분노, 고통이 뒤섞인 외침이었다. 머리끝까지 치솟은 화를 주체하지 못하고 소년의 두 어깨를 잡아 뗏목에 패대기쳤다.

　얼마나 세차게 떨어졌는지 얼기설기 엮은 통나무바닥이 푹 꺼지면서 그사이에 끼고 말았다. 이지러진 틈에서 검푸른 바닷물이 걷잡을 수 없이 솟아올랐다.

　등 아래쪽이 견딜 수 없을 만큼 아팠지만 신경 쓰지 않았다. 이만한 기회는 다시없을 것 같았다. 아직 사내의 배에 박혀 있는 단검을 빼내야 했다.

　왼쪽 어깨가 다 부서졌다 하더라도 몸을 사릴 처지가 아니었다. 두 팔을 써서 구멍을 빠져나왔다. 그 서슬에 뒤로 나동그라졌지만 벌떡 일어섰다. 하늘이 한밤중처럼 새카맸다. 정말 어두워진 걸까? 아니면 소년의 눈에만 그렇게 비치는 걸까?

　다른 백성들이 뗏목 위에 둘러선 게 어렴풋이 보였다. 온몸이 얼어붙기라도 한 걸까? 무언가에 홀린 듯, 꼼짝 않고 서서 상황을 지켜보기만 했다. 상관없었다. 어차피 이건 저들이 아닌 피터의 싸움이었다.

　"야아아아압!" 소년은 한 마리 곰처럼 고함을 내지르며 상대에게 달려들었다. 불쑥 튀어나와 있는 칼의 손잡이를 세차게 들이받을 작정이었다. 칼날이 더 깊이 박히면 둘 다 바닥에 쓰러질 것이다.

　하지만 페라스는 마치 나방을 때려잡듯, 손바닥으로 소년의 머리를 세차게 후려쳐서 뗏목 한구석으로 날려버렸다.

　피터는 요란한 소리와 함께 바닥을 굴렀지만 오뚝이처럼 다시 일어섰다. 그러곤 마치 나무를 기어오르듯, 사내의 왼쪽 다리를 붙잡고 늘어졌다. 페라스는 몸부림을 치며 떨쳐내려 했지만 소년은 악착같이 들러붙었다.

몸이 흘러내리려는 순간 팔을 뻗어 단검의 손잡이를 움켜잡았다. 무슨 말뚝이라도 되는 양, 야무지게 쥐고 몸무게를 지탱할 속셈이었는데, 뜻밖에도 칼이 쑥 빠져나왔다. 선홍색 피가 분수처럼 뻗쳤다.

피터도 바닥으로 굴러 떨어졌다. 재빨리 몸을 굴려 상대의 공격을 피하고 싶었지만, 사내의 반격이 그보다 더 빨랐다. 페라스는 소년의 머리칼을 잡고 공중으로 들어올렸다.

차라리 머리카락이 다 빠졌으면 좋겠다 싶었지만 그런 일은 벌어지지 않았다. 끔찍한 통증이 밀려들면서 피부가 찢겨나갔다. 그럼에도 불구하고 켈만이 그랬던 것처럼 그물에 걸린 물고기처럼 파닥거리지는 않았다. 상대에게 승리감을 안겨주고 싶은 마음은 눈곱만큼도 없었다.

피터는 단검으로 사내의 팔을 찔렀다. 닥치는 대로 휘둘러 베고 잘랐다. 근육이 쪼개져 입을 쩍 벌렸다.

페라스의 입에서 비명이 터져 나왔다. 다친 팔을 감싸고 뒤로 물러서며 돌주먹으로 소년의 옆구리를 부서져라 쥐어박았다.

하늘이 노랗게 변하면서 의식이 가물가물해졌다. 하지만 이렇게 물러설 수는 없었다. 의식을 잃고 놈의 제물이 되기는 싫었다. 싸우고 또 싸워야 했다. 페라스가 목숨을 노린다면 이편에서도 칼질을 멈추지 않을 것이다.

찌르고, 찌르고, 자르고, 베고, 찔렀다.

잇달아 날아오는 상대의 주먹을 두 팔로 막아냈다. 팔뚝이 부서져나갈 것처럼 아팠지만 갈비뼈는 타격을 받지 않았다.

자르고, 베고, 찔렀다.

페라스의 팔에서 붉은 피가 쉴 새 없이 흘러내렸다. 마치 빨간색 페인트를 뒤집어쓴 것 같았다. 펑펑 솟아난 핏줄기가 바닥으로 뚝뚝 떨어졌다. 피터의 뺨에도 핏방울이 튀었다.

사내는 짐승처럼 으르렁거리며 피터의 머리를 들어 올려 눈을 맞추었다. 한때는 구세주를 상징하는 값진 구슬인 듯 푸르고 따듯해 보였던 눈동자가 어느새 아스팔트 조각처럼 어둡고 탁하게 변해 있었다. 바닥을 알 수 없을 만큼 깊은 분화구를 들여다보는 느낌이었다. 하늘에 드리웠던 그늘이 죄다 두 눈동자 속으로 빨려 들어간 게 아닌가 싶을 정도였다. 예전에는 어떻게 보였을지 모르지만 지금은 악한 기운을 거침없이 뿜어내고 있었다.

"네놈이 감히 맞서겠다는 거냐?" 사내가 목청을 높였다.

번갯불이 번쩍였다. 무시무시한 흰색 선들이 갈라졌다 합쳐지면서 어두운 하늘을 찢어놓았다. 한 줄기 벼락이 바다에 떨어졌다. 전기의 음극과 양극이 맞부딪혀 내는 섬광이 온 천지를 보라색으로 물들였다. 곧이어 어마어마한 천둥소리가 지축을 울렸다.

누군가 내지르는 외마디소리가 파도 너머로 사라져갔다. 피터는 리마스에게 무슨 일이 생긴걸 직감했다.

"성가신 쥐새끼 같으니라고!" 페라스는 소년은 머리를 사납게 흔들며 고래고래 고함을 질렀다. 그때마다 핏방울이 사방에 날렸다. "절정을 향해 치닫는 암흑의 힘을 네까짓 꼬마가 누를 수 있다고 여기는 거냐? 일단 네놈을 박살내주마. 그리고 저 아이들과 늙은이들을 해치워주겠어!"

사내는 사악한 낯빛으로 입맛을 다셨다. "다음엔 여자들 차례지. 네놈이 행여나 다칠세라 안절부절 떠받드는 앨리스와 루이자… 그리고 또 누구더라….” 페라스는 코가 맞닿을 만큼 얼굴을 들이대며 계속했다. “그래, 줄리아! 그것들을 산채로 구워 먹어버리겠어.”

“그렇게는… 안 될 거야!” 피터의 눈앞이 점점 어두워졌다. 정신을 놓아서는 안 된다고 수없이 다짐했지만 어쩔 수 없었다. “왕의 왕께서… 주님은….”

“손가락 하나 까닥 못하시지.” 사내가 말허리를 잘랐다. 번갯불이 또다시 하늘을 갈랐다. 불빛에 드러난 페라스의 얼굴은 발작을 일으킨 정신병자처럼 보였다. “만왕의 왕이란 분은 팔짱 끼고 앉아서 구경이나 하실걸? 기껏해야 눈물이나 한두 방울 흘리시겠지.”

눈앞이 더 캄캄해졌다. 이렇게 눈을 감고 나면 다시는 뜨지 못하리란 느낌이 들었다. 의식이 서서히 약해지고 있었다. 번개가 치고 천둥이 우르릉거렸지만 모든 게 멀리, 멀리 사라져가는 기분이었다. 그대로 잠들고 싶었다. 달고 깊은 잠이 필요했다.

사방이 조용해졌다. 페라스가 얼굴을 바짝 가져다 댄 채 무어라고 소리를 질러대는 건 알겠는데, 귀가 막힌 듯 제대로 들리지 않았다. 바다는 사납게 날뛰었다. 하늘이 흔들거렸다. 화산은 불을 내뿜기 시작했다. 하지만 소년에겐 그 시끄런 소리들이 흐물흐물 녹아서 조용한 속삭임이 되었다.

온갖 소음들이 사라지고 단 하나만 남았다. 뗏목을 부드럽게 쓸고 지나가거나 통나무 이음새를 뚫고 나지막하게 솟구치는 파도소리였다. 얼마나 평화로운 물소리인가! 자장가가 따로 없었다.

세상이 뒤집혀 보였다. 페라스와 다른 백성들이 오른편에 벽처럼 늘어서 굽어보고 있었다. 화산도 위쪽이 아니라 왼쪽으로 재를 뿜어냈다. 모두들 일어서서 사내와 뒤엉켜 돌아가고 있었다. 미친 듯이 춤을 추는 것만 같았다.

이윽고 뗏목에는 피터만 남았다. 행복했다. 혼자서 푹 쉬는 느낌이었다. 마음 한구석에서 익숙한 목소리가 들렸다.

"피터? 피터야, 어디 있니?"

"엄마? 엄마, 나 여기에 있어요!"

엄마는 어디에 있는 걸까? 여기저기 두리번거렸지만 보이는 거라곤 이리저리 뚫린 어두운 복도들뿐이었다.

"엄마?"

"피터니? 피터야!"

"어디에 계세요? 안 보여요."

"정신 차려요! 어서 눈 좀 떠봐요!"

낯익은 얼굴이 부옇게 떠올랐다. 엄마는 아니었다. 남자였다. 이름을 알고 있었지만 기억해낼 수가 없었다.

상대가 고개를 돌리며 말했다. "의식이 돌아오고 있어요." 누군가의 손이 자신을 부축해 자리에 앉히는 게 느껴졌다. 더 이상 뗏목이 모로 누운 듯 보이지 않았다. 사람과 사물들이 전부 제 위치를 찾았다.

"오린?"

오린은 웃고 있었다. 비로소 다른 이들도 눈에 들어왔다. 너나없이 환한 낯빛이었다. 피터는 눈을 깜박였다. 반갑기는 했지만 정말 보고 싶었던 건 엄마의 모습이었다. 소년은 마른 침을 삼키며 물었다. "왜…. 모두들 푹 젖었어요?"

뭐가 그렇게 재미있는지, 다들 한목소리로 너털웃음을 터트렸다. 피터도 그러고 싶었지만 격렬한 통증이 온몸을 뚫고 지나갔다. 팔부터 시작해서 갈비뼈, 머리와 등에 이르기까지 아프지 않는 데가 없었다.

설핏 기억이 떠올랐다. 순간, 피터는 무언가에 찔리기라도 한 것처럼 화들짝 놀랐다. "페라스! 그자는 어디에 있어요?" 몸을 일으키려고 버둥거리는 걸 억지로 붙잡아 진정시켰다.

"걱정하지 말아요." 한 노인이 타일렀다. 트레버였다. "우리가 손을 좀 봐줬으니까요."

소년은 꿈을 꾸고 있는 느낌이었다. "그게 무슨 뜻이죠?"

미첼(그게 이 아이의 이름이었던 게 떠올랐다)은 자리에서 벌떡 일어나더니 무언가 위에 발을 올려놓고 의기양양하게 말했다. "놈은 여기에 있어요. 하지만 염려할 필요 없어요." 그러곤 발로 그 덩어리를 힘껏 굴렸다. 덩굴에 꽁꽁 묶인 페라스의 몰골이 드러났다. 초라하게 쪼그라든 모습이었다. "이젠 더 이상 성가시게 굴 수 없게 됐거든요."

피터는 사내의 턱을 잡고 머리를 흔들어보며 말했다. "자세하게 설명해 봐요. 머리를 심하게 다쳐서 그런지 잘 못 알아듣겠어요."

오린은 뒤로 가서 얼굴에 마마자국이 있는 여읜 인물을 소년 앞으로 데려왔다. 머리에 상처를 입고 바다로 떨어졌던 바로 그 남자였다. "피터 님이 시작한 일을 마무리 지은 주인공은 바로 켈만입니다. 페라스가 두 눈을 부릅뜨고 '이 몸은 세상을 지배하는 임금이고 네놈은 쥐새끼만도 못한 인간'이라고 외치고 있는데, 뗏목으로 기어오른 이 친구가 뒤에서 결정타를 안겨버린 거죠. 놈도 어지간히 놀랐나 봐요. 피터 님을 바닥에 떨어트리더니 썩은 감자자루처럼 맥없이 자빠지더군요."

소년은 눈을 똥그랗게 뜨고 켈만을 바라보았다. "켈만이 저 자를 해치웠다고요? 배에서 밀려나 바다로 떨어지는 걸 똑똑히 봤는데, 어떻게 그럴 수 있죠?"

"맞아요. 하지만 저는 수영을 잘하거든요." 켈만이 대꾸했다. "죽을 힘을 다해 헤엄쳐서 뗏목으로 돌아왔어요. 어디 하나 다친 데도 없으니까 단번에 때려눕히려 했어요. 그래서 머리를 노리고 몽둥이를 휘둘렀는데 그만 옆구리를 맞히고 만 거예요. 기운이 좀 달렸던 거죠."

다시 한 번 왁자지껄 웃음이 터졌다.

"페라스가 쓰러지는 걸 보니 이때다 싶더군요." 오린이 이어받았다. "그래서 다 같이 놈을 덮쳤어요. 심지어 벼락 맞아 죽어도 쌀 짓을 했던 리마스마저도 힘을 보탰답니다."

소년은 새삼 존경어린 눈으로 사람들을 우러러보며 말했다. "대단한 분들이시네요."

"피터 님 혼자만 영웅노릇하는 게 배가 아파서요. 그렇지 않소, 여러분?" 트레버는 우스갯소리로 맞받았다.

"저는 영웅이 아니에요." 소년은 수줍게 고백했다. "그런데, 여러분들이 물을 뒤집어쓴 이유를 아직도 모르겠어요."

"아, 그거요? 저자와 한바탕 몸싸움을 벌이다가 죄다 뗏목에서 굴러 떨어졌기 때문이에요. 리마스가 마지막 한 방을 날렸는데, 힘 조절을 못 하고 너무 세게 밀어붙이는 바람에 한꺼번에 바다로 쓸려 들어가게 된 거죠. 덕분에 다들 배가 터지도록 물을 들이마셔야 했고요."

"세상에나! 그래서요? 어떻게 저 페라스를 눌러버린 거죠?"

트레버는 정말 놀란 것 같았다. "아 글쎄 저 뚱뚱하고 둔한 친구는 물과 친하지 않았던 모양이에요. 아예 수영하는 법을 모르더라고요."

"애처럼 울부짖더군요." 미첼이 덧붙였다. "살려줘! 뭐든지 시키는 대로 할게!"

피터는 아무리 머리를 굴려도 상상이 가지 않았다.

"고분고분 따르지 않으면 꺼내주지 않겠다고 했죠." 오린이 뒤를 이었다. "그랬더니 꿇어앉혀 온몸을 묶고 재갈을 물리는 내내 어린 양처럼 얌전하게 굴더군요. 온 세상 감옥을 다 뒤져도 저런 모범수는 찾을 수 없을 거예요."

미첼이 발로 사내를 굴리며 희롱했다. "자네도 그렇게 생각하지? 이 벌레만도 못한 놈!"

피터는 일어서려 안간힘을 썼지만 통증이 너무 심했다. 오린과 트레버가 양팔을 붙잡고 부축했다. 무시무시한 천둥번개를 몰고 왔던 폭풍은 어느덧 물러가고 물결은 잔잔해진 상태였다. 칠흑 같은 어둠도 가시고 흐릿하나마 빛이 비치고 있었다.

소년은 뗏목들을 가로질러 걸었다. 한 발 한 발 내딛을 때마다 온몸이 욱신거렸다. 뗏목 바닥에 난 구멍에 페라스가 처박혀 있는 게 보였다. 질척한 물구덩이에 빠진 채 세상을 정복하는 일보다는 코와 입으로 물이 들어가지 않도록 조심하는 데 더 신경을 쓰는 듯했다. 누군가 사내의 옷자락을 찢어서 상처 입은 팔을 감싸준 게 보였다. 야무지게 감기지 않았는지 핏물이 흥건했다. 칼에 찔린 배에도 덧대고 칭칭 동여맨 천조각이 수북했다. 거기에도 불그죽죽한 색이 배어 있었다. 사내는 푸른 눈동자로 피터를 올려다보았다. 한없이 연약한 인간의 모습이었다.

결박을 당하고 재갈을 문 데다가 붕대까지 동여맨 꼴이 영락없이 싸움에 진 적장의 모습이었다. 하지만 겉모습만 보고 판단할 일이 아니었다. 예전에도 깜빡 속아 넘어가지 않았던가.

"모르겠어요. 이 자를 이렇게 살려두는 게 현명한 처사인지 확신이 서질 않아요. 본색을 감추고 선한 얼굴로 다가왔던 기억을 지울 수가 없어요."

미첼이 페라스의 등에 발을 올려놓으며 나섰다. "그냥 바다에 처넣어버립시다.”

상황이 심각하게 돌아가는 걸 눈치챘는지 사내가 온몸을 버둥거리며 끙끙대기 시작했다.

“멈춰요!” 여전히 혼란스러움에도 불구하고 피터는 다급하게 말렸다.

오린도 미첼의 의견에 동의했다. “그편이 가장 좋겠어요. 말씀하신 그대롭니다. 저자는 믿을 만한 위인이 못 됩니다.”

피터는 머리가 맑아지는 것 같았다. 그레고리와 함께 버섯을 찾으러 나갔던 날 밤, 굴녹에게 습격을 당했던 일이 떠올랐다. 친구고 뭐고 무작정 내빼고 싶었다. 괴물에게 들키지만 않았더라도 분명히 도망쳤을 것이다.

어떻게 그럴 마음을 먹었던 걸까? 그렇다면 저 굴녹이나 여기 누운 페라스와 다를 게 무어란 말인가?

소년은 단호하게 매듭을 지었다. “안 돼요, 미첼. 발을 내려놓으세요. 저자를 바다에 던져넣는 일은 없을 거예요.”

실망스럽다는 표정으로 아이가 물었다. “말씀대로 하겠습니다만, 까닭을 알 수 없군요.”

피터는 다른 뗏목에 있는 사람들에게 들리도록 큰 소리로 말했다. “우리는 살인을 밥 먹듯 하는 괴수가 아니라 인간이고 왕의 왕을 따르는 일꾼들이니까요. 나중에 긴요하게 써먹을 데가 있을 겁니다.”

미첼과 오린은 이를 악물었다. 다른 이들도 믿음이 가지 않는 기색이었다. 하지만 아무도 소년의 명령을 거스르지 않았다.

“여섯 명이 돌아가면서 스물네 시간 철저하게 지킵시다. 만에 하나라도 이렇게 너그러운 마음을 짓밟을 낌새를 보이면 지체 없이 바다로 밀어넣으세요.”

사람들은 그 말에 용기를 얻는 듯했다. 몇몇이 감시를 자청하고 페라스 곁으로 다가갔다.

피터는 몸싸움 과정에서 부러져 나뒹굴고 있는 막대기를 집어 들며 외쳤다. "주위에서 노로 쓸 만한 물건들을 찾아보세요. 노를 저어 케미아로 돌아갑시다."

12

"이게 왜 이렇게 빛나는 걸까요?"

숲길을 걸으며 줄리아는 손안에서 푸른빛을 내뿜는 신물과 그레고리의 얼굴을 번갈아 쳐다보며 중얼거렸다. "도대체 모르겠어요. 두 조각을 하나로 처음 합쳤을 때도 이랬던가? 통 기억이 나질 않아요. 따뜻하게 해주면 빛을 내는 건가? 아니면 다른 이유가 있나?" 그레고리가 가느다란 나뭇가지를 손으로 밀어내며 움찔하자, 소녀는 그를 걱정스레 쳐다보며 물었다. "팔은 괜찮아요?"

그레고리는 아픈 팔을 살살 문지르며 대꾸했다. "아무렇지도 않아요. 절벽에서 뛰어내리거나 바다를 헤엄쳐야 하는 일만 벌어지지 않으면 끄떡없어요."

"애당초 뛰어내리자고 한 게 누군지는 알고 있죠?" 줄리아는 짐짓 따지기라도 하듯 또박또박 말을 이었다. "놈들을 집어던져버리라고 했더니 도리어 제 몸을 낭떠러지 너머로 내던져버렸잖아요!"

어김없이 떠오른 해가 오후를 향해 넘어가고 있었다. 추격을 당할지도 모른다는 염려는 완전히 사라졌다.

"찢어진 상처는 어때요?" 줄리아가 물었다.

이마를 어루만지며 그레고리가 대답했다. "아물어가고 있어요. 벌써 딱지가 앉았네요."

한동안 어색한 침묵이 이어졌다. 둘은 사슴들이나 다닐 법한 좁은 오솔길을 따라갔다. 가시덤불이나 커다란 장애물은 거의 없지만, 허리를 깊이 숙이고 낮게 드리운 나뭇가지와 덩굴을 헤쳐 가야 한다는 뜻이었다. 똑바로 설 수 있는 곳에서도 앞으로 뻗은 손을 허우적거리며 걸어야 했다. 거미집은 코앞에 닥쳐서야 비로소 눈에 들어왔기 때문이다. 끈적끈적한 줄이 얼굴에 달라붙는 것보다는 손에 엉기는 편이 훨씬 나았다. 거미가 머리카락 속으로 슬금슬금 기어 다니는 걸 상상하면 저절로 외마디소리가 터져 나오려고 했다.

그런데 비명이 통하지 않았던 까닭은 무엇일까? 예전에는 소리를 지르자마자 반응이 있었다. 경비병 셋이 안장에서 떨어져 바닥에 나뒹굴던 장면은 지금도 생생했다. 입이 다물어지지 않을 만큼 놀라운 일이었다. 비명과 함께 알 수 없는 힘이 나가서 건장한 병사들을 거꾸러트렸다. 그렇다면 벼랑끝에서 굴녹과 맞선 상황에서는 왜 안 통했던 걸까? 오빠와 함께 비명을 질러서 창고에 갇힌 아이들을 구해냈을 때처럼, 날카롭게 부르짖는 소리를 내자마자 적들이 모두 달아났어야 했다. 방법이 달랐던 걸까? 아니면 한 번밖에 안 듣게 되어 있는 걸까?

어쩌면 이제는 에이딘의 구원자가 아니기 때문일 수도 있었다.

줄리아는 묵묵히 따라오는 그레고리를 돌아보았다. '저 친구는 아직도 나를 왕의 왕께서 선택한 인물로 믿고 있겠지?' 소녀의 입가에 서글픈 미소가 감돌았다. 그레고리를 향한 마음이 어제와는 비교할 수 없을 만큼 크게 달라진 걸 스스로 실감했다. 엄청난 일을 더불어 겪은 동지와 같은 느낌이 들었다. 언젠가는 예전의 세계로 돌아갈 수밖에 없는 현실이 가슴 아팠다. 오래지 않아 그날이 닥칠 것이다. 사무치도록 그리울 것 같았다.

"아참!" 줄리아가 뚝 멈춰 섰다.

그레고리는 눈을 크게 뜨고 물었다. "왜 그러세요?"

"버섯을 따가기로 한 약속이 이제 생각났어요. 어쩌죠, 동굴에 다 와 가는데?"

친구는 싱긋 웃었다. "루이자 아가씨는 신경 쓰지 않을 거예요. 신물을 찾아온 것만 해도 어딘데요."

소녀는 목에 건 신물을 손가락으로 조심스레 어루만지며 말했다. "그렇겠군요. 게다가 버섯이라면 이제 질렸어요."

15분쯤 더 가자 절벽 아래로 낯익은 공터가 나타났다. 동굴 입구에 수북하게 쌓였던 돌무더기는 이미 다 치워진 상태였다. 숲속 곳곳에 땅을 파놓은 걸 보니, 숨진 이들을 묻기 시작한 게 분명했다. 태양이 그늘 너머로 사라지면서 온 세상이 우중충하게 변해가고 있었다. 둘은 동굴 앞마당으로 들어섰다.

"잠깐 기다려요! 어쩐지 분위기가 이상해요." 줄리아가 그레고리를 붙잡았다.

그레고리는 걱정 말라는 듯 자신 있게 걸어 들어갔다. "별일 없을 거예요. 보다시피, 다 괜찮아요. 아가씨도 어서 오…."

"멈춰!" 더할 나위 없이 진지한, 그것도 여자의 목소리였다. 입구 쪽에서 나는 것 같았다.

둘은 두 손을 번쩍 치켜들었다.

"우리예요! 아가씨랑 저라고요!" 그레고리가 마주 소리쳤다.

줄리아는 벌써 내뺄 준비를 갖추고 있었다.

동굴 앞쪽에 나타난 건 프리실라였다. 이파리도 떼어내지 않은 나뭇가지를 끝만 뾰족하게 다듬어서 창처럼 받쳐 들고 있었다. 아이는 몹시 피곤하고 여위어 보였다. 거미줄에도 걸려 넘어질 판이었다. 그래도 굴녹은 아니니 천만다행이었다.

줄리아가 말을 걸었다. "프리실라! 둘씩이나 되는 상대를 그렇게 당당하게 막아서다니, 대단해요. 자, 안으로 들어갑시다. 별일 없죠?"

프리실라는 좀처럼 흥분이 가라앉지 않는 것 같았다. "물러서! 가까이 오지 마!" 소녀의 말을 무시하고 작대기를 함부로 찔러댔다. 그때마다 말라붙은 잎사귀들이 부스럭거렸다.

다른 팔 하나가 동굴에서 쑥 나오더니 아이가 든 막대기를 밀어냈다. "별일 아니에요." 또 다른 여성의 음성이었다. "프리실라! 들어가서 한숨 자요. 여기는 내가 맡을게요."

루이자였다. 일단 아이를 돌려세워 동굴 안으로 들여보냈다. 그러곤 냉큼 돌아와서 팔을 활짝 벌리고 둘에게 달려왔다.

서로 끌어안고 한바탕 기쁨을 나눈 뒤에 소녀가 이복동생에게 물었다. "무슨 일이야?"

"아, 신경 쓸 것 없어." 루이자가 언니에 이어 그레고리와 가벼운 포옹을 나누며 말했다. "임무를 띠고 나간 두 사람이 약속한 시간에도 돌아오지 않아서 다들 잠을 이루지 못했어. 게다가 잘 알고 서로 아끼던 이들을 무덤에 묻는 일도 견디기 어려울 만큼 힘든 작업이었고. 너나할 것 없이 막다른 골목에 몰린 기분이었어. 겉으로 내색은 않지만 언젠가 굴녹들이 다시 몰려와서 자신들을 끝장낼 것만 같은 공포감을 떨쳐버

리지 못하고들 있어. 하지만 차츰 나아지겠지." 문득, 그레고리의 얼굴
에 난 상처에 눈길이 닿자 담담하던 동생의 말투가 갑자기 심각해졌다.
"어쩌다 이랬어요?"

이마와 눈가를 어루만지려는 루이자의 손을 가볍게 밀어내며 그레고
리가 우물거렸다. "괜찮아요. 일종의 모험이랄까, 뭐 그런 게 있었어요."

"그럴 줄 알았어요."

줄리아가 동생을 불렀다. "루이자, 나쁜 소식이 있어."

루이자도 얼마쯤 긴장하는 눈치였다. "왜, 놈들의 소굴을 못 찾은
거야?"

"아니, 그건 아니야." 소녀가 서둘러 막았다.

"그럼 뭔데?"

"음… 버섯을 못 따왔어."

루이자는 언니와 그레고리를 번갈아 쳐다보며 물었다. "그… 그게 나
쁜 소식이야?"

줄리아는 짐짓 서글픈 척 동생에게 말했다. "네가 버섯을 많이 따가
지고 오라고 그랬잖아. 근데 가져온 건 이 물건뿐이야." 소녀는 목에 걸
고 있던 신물을 꺼내서 루이자에게 내밀었다.

환호성이 너무 커서 산사태를 염려해야 할 정도였다. 수백 킬로미터
바깥에 있는 굴녹조차도 에이딘 백성이 이곳에 숨어 있음을 알 수 있을
것 같았다. 동생이 그토록 행복해하는 걸 지켜보는 것만으로도 마음이
따듯해왔다.

"와!" 둘을 끌어안고 또 끌어안으며 루이자는 수없이 탄성을 터트렸
다. "믿을 수가 없어! 이젠 살았어! 도대체 이걸 어떻게 손에 넣었어?"

줄리아가 그간의 사연을 들려주려는데, 동굴에서 백성들이 하나둘씩

의아한 표정을 지으며 나타났다. 앨리스는 알렉산더와 함께였다. 프리실라는 졸린 눈을 부비며 도로 얼굴을 내밀었다. 이모젠도 있었다. 채 1분이 지나기도 전에 생존자 모두가 줄리아와 그레고리를 에워싸고 신물이 돌아온 걸 기뻐하며 그 푸른빛을 마음껏 감상했다.

"얘기하자면 길어요." 소녀가 운을 뗐다. "굴녹의 본거지에 이어서 신물까지 찾아냈어요. 그리고… 절벽에서 뛰어내린 다음, 비처럼 쏟아지는 창이랑 주먹돌을 피해서 바다를 헤엄쳤어요."

사람들은 놀란 눈으로 둘을 쳐다보았다.

그레고리가 끼어들었다. "사실 모두가 줄리아 님의 공이에요. 저는 일단 놈들의 소굴을 찾아냈으니 돌아가자고 했는데 아가씨는 한사코 끝을 보겠다고 했어요. 얼마나 용감하고 대담하던지, 여러분께 그 모습을 보여드릴 수 없는 게 아쉽네요."

루이자는 언니의 팔을 잡아 흔들며 믿지 않게 눈을 흘겼다. "그렇게 무모한 짓을 하다니!"

줄리아는 쑥스러운 듯 어깨를 으쓱했다. "그래, 나도 수없이 후회했어. 하지만 꼭 필요한 일이었잖아, 안 그래? 그렇게 좋은 기회가 또 올 것 같지 않았어."

그레고리가 헛기침을 하고 나서 말을 이었다. "우리가 지나는 길에 굴녹들이 득실거릴 가능성이 있어요. 약이 바짝 오른 놈들이죠. 무기는 변변치 않아요. 간혹 허약한 놈들도 있고요."

백성들은 두려움에 진저리를 쳤다.

"허투루 낭비할 틈이 없어요." 루이자가 단호하게 못 박았다. 그러곤 언니와 그레고리를 돌아보며 말했다. "이제 안에 있는 이들도 모두 준비를 해야 할 시간이야."

줄리아는 동생을 따라 굴속으로 들어갔다. 괴물들이 입힌 피해가 말할 수 없이 크고 살아남은 이들이 지극히 소수라는 사실에 소녀는 새삼스레 충격을 받았다. 가장 안쪽의 벽으로 가다보니, 늘 누워 자던 자리가 눈에 들어왔다. 비록 딱딱한 돌바닥이 전부였지만 잠시라도 드러누워 잠을 청하고 싶은 마음이 굴뚝같았다. 하지만 일분일초가 아까운 상황이었다.

루이자는 일행을 한쪽 벽 앞으로 데려갔다. 언젠가 그레고리가 섬의 지도를 그려둔 자리였다. 그러곤 손가락으로 화산을 가리키며 설명을 시작했다. "그늘은 여기서 비롯됐어요. 그러나 이제 신물을 손에 넣었으니 물리칠 길이 활짝 열린 셈이죠. 그러자면 먼저 그 근원으로 들어가야 합니다."

그레고리는 여자들과 아이들, 그리고 곳곳에 누운 부상자들을 둘러보며 말했다. "문제는 방법이에요. 군대라도 갖췄다면 모를까 이런 상태로는 어려워요. 이런 백성들을 데리고 뭘 할 수 있다는 거죠?"

알렉산더의 손을 꼭 잡은 채, 앨리스가 앞으로 나섰다. "그래요. 약하고 다친 이들뿐이죠. 그래도 생존자는 우리가 전부예요, 그레고리. 그리고 용기만큼은 그 어떤 군대와 견줘도 떨어지지 않아요."

"그래도… 목숨을 잃은 이들을 묻어주기는 해야죠. 장사를 치르려면 하루 이틀 가지고는 어림도 없을 거예요."

루이자는 고개를 가로저었다. "일을 끝마치고 돌아올 때까지 왕의 왕께서 지켜주실 거예요." 앨리스는 의미심장한 눈빛으로 줄리아에게 다가섰다. 그러곤 목에서 신물을 벗겨내 루이자에게 걸어주었다.

줄리아는 깊은 숨을 몰아쉬었다. 신물을 걸자마자 동생은 특별한 존재로 변한 것만 같았다. 한결 당당하고 한층 성숙해 보였다. 신비로운

물건이 내면에서 반짝이고 있는 것처럼 온몸이 환하게 빛났다.

모두들 놀라고 기쁨에 겨워 큰 소리로 환호하며 무릎을 꿇었다.

줄리아도 마찬가지였다. 지난날 오누이가 집을 나설 때, 몰래 뒤를 따르며 골탕 먹일 틈을 노리던 루이자는 온데간데없었다. 지금 눈앞에 서 있는 동생은 제멋대로 구는 망나니가 아니라 예전에 백성들이 페라스에게서 기대했던 인물의 모습에 가까웠다.

루이자는 왕의 왕께서 보낸 일꾼이었다.

무얼 기도해야 할지 채 깨닫기도 전에 응답해주신 것이다. 그리고 그 과정에서 마음을 바꾸어주셨다.

루이자는 치유자이자 구원자로서 백성들 사이를 두루 다니며 말했다. “저에게 절하지 마세요.” 한편으로는 몸을 굽혀 한 사람 한 사람의 머리를 어루만졌다. 손길이 닿을 때마다 사람들의 표정이 편안하고 밝아지는 게 또렷이 보였다. 그레고리의 얼굴에 손을 대자 이마와 눈가의 깊은 상처는 조그만 얼룩으로 변했고 그마저도 루이자의 손끝에서 깨끗이 지워졌다. 너나없이 깊은 감동과 감격에 사로잡혔다.

동생이 머리를 만지는 순간, 소녀는 그랜트 함장의 품에 안겨 놀던 어린 시절로 돌아간 느낌이었다. 아빠는 정말 다정한 분이었다. 그 무렵엔 그랬다. 루이자는 옆 사람에게로 넘어갔다. 목에 걸린 채 흔들리는 신물이 눈에 띄었다. 가운데 별모양으로 홈이 파여 있었다. 처음엔 그 자리에 아무것도 없었다. 떨어져나간 조각을 찾아서 제자리에 끼워넣은 건 줄리아였다.

아빠와도 그럴 수 있을까? 함장의 마음 한구석이 잘라져나간 건 틀림없는 사실이었다. 엄마가 세상을 떠나면서부터 그랬다. 무엇으로 그 빈자리를 채워줄 수 있을까?

"자, 어서 일어나세요!" 루이자의 목소리가 들렸다.

살아남은 에이딘 백성들이 몸을 일으켰다. 이제는 왜소하고 몸과 마음이 상한 무리가 아니었다. 하루하루 생존하기에 급급한 이들도 아니었다. 지하세계의 통로로 돌진하기 위해 떨쳐 일어난 강하고 큰 용사들처럼 보였다. 상처 입은 약자들이 아니었다. 왕의 왕을 위해 싸우는 병사들이었다. 주님의 군대가 꾸려졌으니 남은 일은 적을 향해 쳐들어가는 것뿐이었다.

"빛이 앞길을 인도할 겁니다."

루이자의 말이 끝나기도 전에 신물에서 신비로운 광선이 쏟아져 나와 밝은 불꽃이 타오르듯 동굴을 환하게 비쳤다. 찌든 피로감이 단번에 가셨다. 허기뿐이던 배 속에 기쁨이 가득 들어찼다. 크리스마스 파티를 치르고 난 뒤처럼 배가 부르고 기운이 솟았다. 당장이라도 화산을 기어오르고 싶었다. 분화구로 뛰어들어 물 한 컵만 들이부으면 단번에 모든 문제가 해결될 것 같았다.

루이자는 말없이 굴 밖으로 나갔다. 백성들 역시 한 명도 빠짐없이 그 뒤를 따랐다. 바깥에 수북이 쌓인 잔돌들을 지날 때는 마치 여리고 성의 잔해를 밟는 기분이었다. 왕의 왕은 탄탄한 돌벽도 순식간에 무너트리신다.

동굴 앞 공터에 빛이 가득했다. 아직 오후였지만 신물에서 나오는 광선은 압도적이어서 얼음벌판에 쏟아지는 달빛만큼이나 환하게 주위를 밝혔다. 루이자는 화산을 향해 힘찬 발걸음을 내딛었다. 열아홉 명의 백성들 역시 평생 처음 보는 광선에 이끌려 마당을 나섰다. 빛은 무리를 에워싼 채 어디를 가든 따라다녔다. 이제는 신물에서 새어나오는 게 아니라 사방에서 샘솟았다.

루이자를 따라 걷는 소녀의 귀에 어디선가 행진곡이 들려왔다. 승리의 행진을 벌이고 있다는 환희가 다시 밀려들었다. 줄리아는 친구이자 영웅이기도 한 동생에게 빙그레 웃음 지었다. 루이자의 낯빛은 앞으로 무슨 일이 닥칠지 모르지만 반드시 이길 거라고 말하고 있었다.

"잠깐!"

줄리아는 왼쪽에 펼쳐지는 바다에서 눈을 떼지 못했다. 벌써 20분 째 빛 가운데 걷고 있지만, 이런 식이라면 지치지 않고 영원히 걸을 수 있을 것 같았다.

산모퉁이를 돌아서 나무가 우거진 산비탈로 올라서는데, 뗏목에서 내린 피터 일행이 보였다. "오빠!" 소녀는 목청껏 소리쳤다.

돌아온 남자들이 우르르 달려오다 멈칫했다. 루이자가 이끄는 용사들을 감싸고 있는 빛에 눈이 부신지 저마다 손그늘을 만들어 눈을 가렸다.

"괜찮아요. 염려 말고 이리 오세요! 이건 왕의 왕께서 주신 권능이에요. 안전하니까 겁먹지 말아요!"

남자들은 지치긴 했지만 자신감이 넘쳐 보였다. 튼튼한 배를 새로 지어 남은 생존자들을 데리러 온 게 아닌가 싶을 정도였다. 하지만 안 보이는 얼굴이 있었다. '페라스는 어디로 갔지?'

피터 일행이 가까이 다가왔다. 몇몇은 생존자들에게 달려가 반갑게 끌어안았다.

다친 데가 아직 덜 아문 소년은 움직이는 게 몹시 힘겨워 보였다. 하지만 애써 씩씩하게 동생을 끌어안으며 말했다. "잘 지냈어?"

"너무 오랜만에 돌아온 거 아냐?" 줄리아는 툴툴거렸다. "그런데, 페라스는 어디 있어?"

소년은 턱짓으로 뒤편을 가리켰다. 사내가 미첼과 켈만 사이에 서서 끌려오고 있었다. 손발이 꽁꽁 묶이고 재갈이 물린 모습이었다. 덩치가 산만 한 남자가 갓난아이처럼 뒤뚱거리며 걷는 게 우스꽝스러웠다. 기다란 금발머리는 떡이 져 지저분했다. 옷은 다 떨어져 너덜거렸고 오른 팔과 배에 붕대를 감고 있었다.

"이게 도대체 어찌 된 일이야?" 줄리아가 오빠에게 물었다.

포옹이라도 할 기세로 루이자에게 달려간 피터는 막상 동생 앞에 서자 동료 과학자에게 악수를 청하듯 손을 내밀었다. 그러고 나서야 줄리아를 돌아보며 말했다. "얘가 다 옳았어. 바다로 나가자마자 페라스는 본색을 드러냈어. 번듯한 생김새만 보고 덜컥 믿어버린 게 잘못이었지. 아직은 논리적으로 설명하기가 어렵지만, 아무튼 한 가지는 분명해. 저 자가 왕의 왕을 섬기는 일꾼이 아니라는 점이지."

줄리아는 이복동생을 가리키며 말했다. "왕의 왕께서 보내신 사자가 누군지 우린 알아. 바로 루이자야."

피터는 도저히 믿을 수 없다는 듯 되물었다. "뭐라고?"

루이자는 수줍게 웃었다. "사연이 길어. 어찌 됐든, 더 큰 피해를 입기 전에 페라스의 실체를 깨닫게 돼서 다행이야. 다친 데가 많은 것 같은데, 어디 한번 볼까?"

에이딘 식구들은 숲속 풀밭에 앉아 신물에서 나오는 빛을 받아가며 15분쯤 쉬기로 했다. 루이자는 그사이에도 상처를 입은 이들을 두루 돌봤다. 뒤를 졸졸 따라다니는 앨리스의 아들 알렉산더에게는 연신 미소를 지어보이며 이것저것 가르쳤다. 소곤소곤 귓속말을 나누고 나서 몸을 다친 이들에게 가 상처를 어루만졌다. 여기저기 깨지고 망가진 이들은 무언가 특별한 변화를 감지한 듯 놀란 눈으로 소녀를 바라보곤 했다. 루이자는 살짝 미소 지으며 아이를 한 번 안아주고는 다음 환자로 넘어갔다.

마침내 페라스의 차례가 됐다. 모두들 그리로 몰려갔다. 줄리아와 피터도 빠지지 않았다. 백성들은 다시 마주하게 된 두 주인공을 둘러싸고 마른침을 삼켰다.

루이자가 입을 열었다. "이렇게 다시 보게 됐군, 거짓말쟁이 양반! 댁이 무슨 짓을 했는지 다 알고 있어요. 나라면 도저히 못할 일들이죠."

여전히 재갈이 물려 있는 까닭에 말을 하지는 못했지만 무슨 소린지 의아해하는 표정이 역력했다.

루이자는 또박또박 말을 이었다. "댁이 사기꾼에다 불한당이란 얘길 수도 없이 했지만 아무도 귀 기울여 듣지 않았어요. 열매를 보면 나무를 알 수 있다고 했어요. 알다시피 거짓환상은 오래가지 못해요. 그대가 심어놓은 거짓환상은 어차피 오래갈 수 없는 것이었어요. 댁의 속임수가 먹혀들기 전에 백성들이 진실을 알게 돼서 얼마나 기쁜지 모르겠군요."

루이자가 다가서자 페라스는 얻어맞기라도 할 줄 알았는지 흠칫 뒤로 물러섰다. 하지만 그런 일은 벌어지지 않았다. 그저 사내의 오른팔에 손을 올려놓았을 뿐이었다. 줄리아로서는 동생이 정말 원해서 한 일인지 아닌지 판단이 서지 않았다. 하지만 어떤 일을 해주었고 무슨 결과가 나타났는지는 페라스의 얼굴만 보고도 충분히 짐작할 수 있었다. 사내는 묶인 채로 팔을 앞뒤로 움직여보았다. 반응으로 미루어 아픈 데

가 없어진 것 같았다. 루이자는 상처가 깊은 배도 어루만져주었다. 이번에도 똑같은 과정이 되풀이됐다.

페라스는 너무 놀라서 할 말을 잊은 듯, 눈을 크게 뜨고 멀뚱멀뚱 바라보기만 했다. '적을 치료해주다니 멍청한 계집애로군!'이라고 비웃는 걸까? 아니면 전혀 다른 생각을 하고 있는 걸까? 줄리아는 쉬 판단이 서지 않았다. 분명한 게 있다면, 병을 고치는 이가 동생이 아닐 수도 있다는 점뿐이었다. 놀라워하는 표정을 보면 오빠 역시 주인공이 아니었다.

의아한 눈으로 페라스와 루이자를 살피던 알렉산더가 물었다. "치유자님, 이 아저씨는 왜 고쳐주셨어요? 힘이 생기면 또 우리를 해치려 할지 모르잖아요."

루이자는 알 듯 모를 듯 묘한 웃음을 입가에 머금고 꼬마에게 한 눈을 찡긋해 보였다. 그러곤 사람들을 바라보며 외쳤다. "왕의 왕을 따르는 백성들이여, 이제 싸워야 할 때가 됐습니다. 적을 향해 전진합시다!"

말을 마치자마자 화산을 향해 씩씩하게 걸음을 떼어놓았다. 줄리아와 피터를 비롯한 백성들도 행진을 시작했다. 무리를 둘러싼 밝은 빛도 함께 움직였다.

13

"소굴에 괴물들이 이렇게 많이 득실대고 있었어?" 화산으로 가는 길을 가로막고 선 굴녹들의 대열을 굽어보며 피터가 중얼거렸다.

줄리아는 고개를 흔들었다. "원래는 더 많았어. 몇 놈이 절벽에서 떨어져 죽은 까닭에 그나마 준 거지."

소년과 오린은 놀란 눈길을 서로 주고받았다. 피터는 동생의 귀에 대고 속삭였다. "여자들은 다 겁쟁이라고 했던 말, 취소할게."

그레고리가 끼어들었다. "아가씨가 얼마나 용감했는지 봤어야 해요."

저녁으로 접어드는 시간이었다. 지는 해가 그늘을 뚫고 수평선 가까이에 나타났다. 대낮보다 이맘때가 더 밝은 기이한 현상이 오랫동안 지속되고 있었다. 루이자가 이끄는 병사들 뒤로 그늘이 긴 꼬리를 드리우고 있었다(백 미터쯤 앞쪽에 버티고 선 굴녹의 군대 너머로는 더 긴 그늘이 보였다).

에이딘 백성들은 화산 밑자락, 그러니까 산등성이가 시작되는 지점의 평지에 진지를 꾸렸다. 분화구에서는 시커먼 화산재가 구름기둥처럼 펑펑 치솟고 경사면으로는 용암이 강을 이루며 흘러내리고 있었다. 괴물의 군대는 대략 백 명 정도 돼 보였다. 빠짐없이 무장을 갖추고 있는 걸 보면, 그새 더 많은 무기를 찾거나 만들어낸 게 틀림없었다. 게다가 햇살 따위에는 조금도 신경 쓰지 않는 눈치였다.

신물이 내는 광채가 그 어느 때보다 강해졌음에도 불구하고, 피터는 어두운 숲길을 걸을 때보다 힘이 떨어졌다는 느낌을 떨쳐낼 수가 없었다. 소년은 함께 배에 올랐던 동료들과 동굴에 남았던 이들을 천천히 훑어보았다. 싸움의 결과를 예측하는 건 이론물리학자의 몫이 아니었다. 더구나 이 낯선 세계에 들어선 뒤부터 과학과 이성의 법칙을 뛰어넘는 일들이 허다하다는 사실을 뼈저리게 느끼고 있던 터였다.

뗏목에서 같이 지냈던 트레버 노인이 소년을 한쪽 구석으로 이끌었다. "기억하세요? 인질을 잡아두면 유용하게 쓰일 때가 있을 거라고 하셨지요?"

피터는 페라스를 돌아보았다. 여전히 줄에 묶이고 재갈을 문 채로 미첼과 켈만의 감시를 받고 있었다. 소년은 씩 웃으며 대답했다. "저도 지금 그 생각을 하고 있어요."

숲을 빠져나와 미리 대기하고 있던 괴물들과 마주하던 때부터 피터는 적어도 열 번은 허리춤을 더듬었다. 하지만 한 번 사라진 칼이 아직 거기에 달려 있을 리가 없었다. 바다에서 한바탕 몸싸움을 벌일 때 잃어버렸는데 신경 쓸 게 많아서 뭍에 내릴 때까지 새카맣게 잊고 있었다. 지금으로서는 어디에 있는지 가늠하기조차 어려웠다. 실랑이를 벌이는 중에 바다로 굴러떨어진 게 아닌가 싶었다.

무기마저 잃어버린 지금은 짐짓 대담한 척해 보이는 게 최선이었다. 소년은 페라스에게 다가가 가볍게 몸을 밀치며 말했다. "저놈들을 따돌리도록 당신이 도와줘야겠어."

사내는 물론이고 미첼과 켈만까지 영문을 모르겠다는 얼굴로 쳐다보았다.

피터는 눈으로 이복동생에게 동의를 구했다. 루이자도 고개를 끄덕였다. 소년은 재갈을 풀고 두 팔을 칭칭 동여맨 덩굴을 풀었다. "자, 이제 앞으로 나가서 최대한 시선을 끌어보라고. 놈들이 당신을 알아보거든 순순히 돌아가라고 해. 순순히 시키는 대로 하지 않으면 뗏목에서 하려다 만 일을 지금 마무리짓겠어."

입과 손이 자유로워진 페라스는 다시 으르렁거렸다. 예전처럼 눈을 부라리지는 못했지만 실눈을 뜨고 싸늘하게 대꾸했다. "어두운 그늘의 세력이 저토록 널리 퍼진 걸 보면서도 무사히 도망칠 수 있다고 믿는 거냐?"

켈만이 사내의 머리칼을 잡아챘다. 조금 지나치다는 생각이 들었지만 배에서 그보다 더한 일들을 당했던 기억이 떠올라 그냥 내버려두었다. 그래도 천박하고 거친 저들의 방식을 그대로 가져다 쓸 마음은 없었다.

"어쨌든 좋아." 페라스가 내뱉었다. 머릿속으로는 발이 묶인 채 두 팔만으로 어떻게 주의를 끌 수 있을지 가늠하는 모양이었다. "하지만 이거 하나는 똑똑히 알아둬. 오늘 너희가 살아남으려면 저 밝은 빛 말고도 다른 무언가가 있어야 할 거야."

페라스는 걸음마를 하듯 종종걸음을 치며 괴물들 앞에 나섰다. 하지만 눈길을 끌고 어쩌고 할 틈이 없었다. 굴녹들이 무시무시한 괴성을 내지르며 일제히 돌격해왔기 때문이다. 무기를 높이 쳐들고 전속력으로 내닫는 꼴이 마치 증오로 똘똘 뭉친 근육덩어리들이 해일처럼 밀려드는 형국이었다.

사내는 고함을 치며 두 팔을 내저었지만 괴수들은 쉬지 않고 몰려왔다. 적들이 50미터 앞으로 다가서자 한 놈 한 놈의 사나운 눈동자와 침이 뚝뚝 떨어지는 아가리가 또렷이 보였다. 몸집이 산만 한 녀석이 못이 박힌 갑옷을 입고 한가운데 서서 무리를 이끌고 있었다. 한 손으로는 하얀 나팔을, 다른 한 손으로는 섬뜩하게 생긴 칼을 휘두르고 있었다. 얼마 전, 동굴에 쳐들어왔던 패거리 가운데도 끼어 있던 굴녹이란 걸 소년은 금방 알아보았다.

페라스는 주의를 끌려는 노력을 냉큼 집어치우고 얼른 돌아서서 뒷걸음질을 쳤다.

괴물 패거리들의 발길에 땅이 흔들렸다. 20미터 앞까지 다가왔는데도 속도를 줄이지 않았다. 땅바닥을 요란하게 울리며 덤벼드는 게 미쳐 날뛰는 소떼 같았다. 따로 무기를 들 필요가 없는 종족들이었다. 그저 맹렬하게 돌진해오는 걸 보기만 해도 오금이 저렸다. 백성들도 놈들의 기세에 눌려 동요하는 분위기였다.

바로 그때, 에이딘 식구들을 에워싸고 있던 빛줄기들이 한데 모여 커다란 공모양을 이루며 강력한 기운을 내뿜기 시작했다. 이글이글 타오르는 불꽃 수십억 개가 뭉쳐 타오르는 느낌이었다. 손그늘을 만들어 눈을 가렸음에도 불구하고 하도 밝아서 제대로 쳐다보기조차 어려웠다. 빛덩어리는 하늘로 두둥실 떠오르며 점점 더 밝고 환해지더니, 괴물들이 10미터 앞까지 다가왔을 즈음, 어마어마하게 큰 번개가 내려치듯 쏜살같이 놈들을 향해 날아갔다.

공포에 사로잡힌 굴녹들은 바닥을 구르며 쉴 새 없이 비명을 질러댔다. 꽁지가 빠져라 내빼는 놈들도 보였다. 그러나 우두머리 괴수는 달

랐다. 깜짝 놀라 뒤로 물러서기는 했지만 겁을 먹지는 않았다. 졸개들이 흔들리는 모습을 보이자 뿔나팔을 꺼내서 힘차게 불어댔다.

언젠가 피터가 들었던 그 소름끼치는 소리였다. 뼈가 흔들리고 가슴이 무너질 만큼 음산했다.

호각이 울리자, 달아나던 굴녹들도 돌아서서 다시 대열을 갖췄다. 두 진영은 한 치의 양보도 없이 팽팽하게 맞섰다. 에이딘의 용사들도 용기를 되찾았다. 괴물들도 빛의 힘에 눌려 선뜻 덤비지 못하고 자리를 지켰다.

페라스는 아직도 어둠에 눈이 멀어 사태를 제대로 파악하지 못하고 있었다. 굴녹을 등지고 서서 피터와 줄리아를 미움과 원한이 가득한 시선으로 노려보았다. 루이자를 향한 원망은 한층 더 심해서 눈길이 닿을 때마다 불꽃이 튈 지경이었다. 그러나 아직 포로 신세임을 떠올리고 몸을 돌려 괴물들에게 소리쳤다. "물러나라! 이들을 통과시키란 말이다! 어두운 그늘의 이름으로 명령한다! 이들을 보내주어라!"

괴수들은 꼼짝도 하지 않았다. 당황스러운 듯 서로 얼굴을 마주볼 따름이었다. 이윽고 놈들이 페라스가 묶여 있다는 걸 알아차리기 시작했다. 일이 심상치 않게 돌아가는 걸 깨달은 괴물들은 뒤로 몇 발짝 물러섰다. 그러곤 두려움이 가득한 눈으로 루이자를 지켜보았다. 저희와 내통하던 힘센 친구를 붙잡아 결박해놓았을 뿐만 아니라 더 심한 일까지 시키는 걸 보니 대단한 힘을 가진 마녀가 확실하다고 여기는 기색이었다.

굴녹들이 한사코 버티고 있음에도 불구하고, 루이자는 마치 앞을 가로막은 괴물들의 장벽이 보이지 않는 양, 저벅저벅 전진했다.

누가 시키지 않았는데도 괴수들은 비실비실 양쪽으로 갈라졌다. 놈들이 물러나면서 공간이 열렸다. 모세가 홍해를 가르듯, 루이자와 그 뒤를 따르는 병사들은(페라스는 물론, 사내를 감시하는 이들을 포함해서) 굴녹의 소굴을 지나 화산으로 행진했다.

"다시는 돌아오지 않을 줄 알았는데…." 앨리스가 중얼거렸다. 에이딘 식구들은 걸음을 멈추고 화산 밑자락으로 들어가는 입구를 굽어보았다.

사실 이곳은 세레스 아래서 종살이를 하던 곳이었다. 장군과 굴녹들은 백성들을 동원해서 무언가를 찾고 또 찾았다. 나중에는 저들이 노리는 게 신물임이 드러났지만 당시엔 아무도 몰랐다. 돌아보면 고통과 절망뿐이던 시절이었다.

줄리아는 화산의 등성이를 똑바로 올려다보았다. 폭발이 일어나면서 산봉우리 한쪽이 완전히 날아가버렸다. 건너편 산마루는 나무들이 다 사라지고 화산재만 두껍게 쌓여 있었다. 그렇지만 백성들이 서 있는 쪽은 특별히 달라진 게 없었다. 꼭대기의 한 귀퉁이에서 오렌지색 불꽃과 연기가 쉴 새 없이 뿜어져 나왔다. 용암이 쏟아져 내리는 길목마다 뜨겁게 달궈진 공기가 아지랑이처럼 아른거렸다. 정면에는 파다가 만 터널이 영원한 어둠으로 들어가는 입구처럼 입을 벌리고 있었다. 신물이 내는 빛이 일행의 앞길을 밝혀주고 있었지만, 암벽의 날카로운 모서리들까지는 잘 보이지 않았다. 정말 저리 들어가야 할까? 그늘의 근원이 정말 저곳에 있을까?

과연 살아나올 이가 있기는 할까?

'어리석은 생각일랑 집어치워, 줄리아!'

소녀의 마음에 가이우스의 모습이 떠올랐다. 늘 그랬듯이 구체적인 방향과 방법을 일러주지는 않았다. 저만치 서서 호수처럼 맑고 고요한 눈으로 지켜볼 따름이었다.

하지만 그걸로 충분했다. 희한하게도 자신감이 솟았다. 수도사는 화를 내지도, 걱정하지도 않았다. 만사가 계획대로 착착 돌아간다는 듯, 일말의 요동도 없이 차분했다. 줄리아는 자신도 평온한 마음가짐을 갖기로 결심했다.

고개를 돌려 방금 지나온 평원을 눈으로 훑었다. 괴물들이 따라오는 기미는 없었지만 그렇다고 완전히 물러간 것도 아니었다. 지금쯤 5백 미터 남짓 떨어진 어두침침한 캠프에 모여 앉아 덫을 놓을 궁리에 골몰할 게 뻔했다.

뒤편에서는 피터와 미첼, 켈만을 비롯한 장정 몇이서 페라스를 호위하며 걷고 있었다. 사내는 도로 팔이 묶이고 재갈을 문 상태였지만, 줄리아는 영 마음이 놓이지 않았다.

알렉산더가 칭얼거렸다. 아이는 엄마의 손을 꼭 잡고 한쪽 다리에 찰싹 달라붙은 채 걷고 있었다.

루이자도 그 소리를 들었는지 무릎을 꿇고 꼬맹이의 귀에 대고 속삭이는 게 보였다. 알렉산더가 고개를 번쩍 들고 엄마와 소녀를 번갈아 살피는 걸 보면 제법 놀랄 만한 이야기를 들려준 것 같았다. 녀석은 엄마를 버려두고 루이자의 손을 덥석 잡았다. 둘은 눈앞에 보이는 동굴을 향해 씩씩하게 걸었다.

무슨 소릴 했는지 알 수 없지만 아주 매력적인 약속임에 틀림없었다. 줄리아도 가이우스를 마음에 품고 왕의 왕께서 비쳐주시는 빛을 따라 어둡고 깊은 굴속으로 들어섰다. 피터와 다른 백성들이 그 뒤를 쫓았다. 터널은 산의 중심부를 향해 똑바로 뚫려 있었다. 한창 왕성하게 움직이는 화산이라는 점을 감안하면, 굴속은 생각보다 서늘한 편이었다. 내부는 전반적으로 튜브처럼 둥근 형태로, 똑바로 서서 걷기에 전혀 불편하지 않을 만큼 천정이 높았다. 동굴 밖으로 햇살이 스러져가는 게 보였다. 이제 주위를 밝히는 건 일행을 감싸고 있는 신비로운 광선뿐이었다. 들어갈수록 차가운 기운이 심해졌다.

일행은 더 깊숙이 파고들었다. 길은 비탈을 이루며 누구도 들어가본 적이 없는 곳으로 이어졌다. 신물에서 나오는 빛이 비추는 부분을 제외하곤 칠흑 같이 어두웠다. 마침내 터널이 크게 굽어지는 자리에 이르렀다. 줄리아는 몸을 부르르 떨며 생각했다. '신물을 되찾지 못했더라면 무척 힘들었을 거야.'

빛의 정체는 무엇일까? 광선이 딱 집어 신물에서 나온다고 말할 수는 없었다. 그렇다면 루이자의 뒤편은 캄캄하기 그지없어야 한다. 신비로운 돌은 치유자의 가슴에 걸려 있으므로 앞쪽만 환해지는 게 정상이다. 그렇지만 실제로는 커다란 풍선처럼 사방을 다 밝히고 있었다.

"떨어지지 말고 서로 꼭 붙어 다녀야 할 텐데…." 줄리아는 혼잣말처럼, 그러나 누구나 들을 수 있도록 큰 소리로 말했다. 제멋대로 돌아다니는 이들이 눈에 보이기라도 한다는 투였다. 기분 나쁜 정적이 굴속을 지배하고 있었다. 짐승들의 울부짖음이나 자연의 소리를 듣게 되기를 기대했던 건 아니었지만 아무 소리도 들리지 않는 '절대 침묵'은 두려움을 부채질했다. 이만한 깊이의 동굴에서 사소한 소음조차 들리지 않는다는 건 부자연스러운 일이었다. 커다란 빛덩어리 양편으로 한 치 앞을 분간할 수 없는 어둠이 짙게 내려앉아 있었다. 머리 위에서는 거대한 화산이 끊임없이 움직이는 기운이 감지됐다. 커다란 송골매가 나타나서 집으로 휙 데려다주면 좋겠다는 마음이 간절했다.

먹지도, 자지도 않고 이토록 먼 길을 걸었는데도 배가 고프거나, 목이 마르거나, 피곤하지 않다는 게 놀라웠다. 왕의 왕께서 함께하신다는 또 다른 증거였다.

루이자가 걸음을 멈췄다.

줄리아는 주위를 살폈다. 변화가 있음을 눈치챌 수 있었던 건 눈이 아니라 피부 덕분이었다. 한 줄기 따뜻한 바람이 살갗을 스치고 지나갔다. 정면이나 뒤쪽보다는 옆에서 불어오는 것 같았다.

그러고 보니 오거리 한복판에 들어와 있었다. 외줄기이던 길이 여기서부터 다섯 갈래로 갈렸다. 비스듬히 위로 올라가는 길이 있는가 하면 내려가는 터널도 있고 더러는 평평한 길이 이어지기도 했다. 어느 길로 가든 얼마 지나지 않아 다시 두어 가닥으로 나뉘었다.

"이제 어떡하죠?" 프리실라가 물었다.

줄리아도 똑같은 고민을 하고 있던 참이었다. 소녀는 만왕의 왕께 기도했다. 주님의 뜻을 좇아 원수들과 맞서는 사명을 다하기 위해 여기까지 왔다면, 그분이 친히 도와주시리라는 믿음이 생겼다.

현실적으로 생각하면 웃기는 노릇이었다. 세상에 그처럼 가당치 않은 믿음이 어디에 있을까?

오른편에서 소녀와 어깨를 나란히 하고 걷던 동생이 귀에 익은 가락을 흥얼거리기 시작했다. 정확히 말하자면 루이자가 알려준 멜로디였다. 누가 신호를 보낸 것도 아닌데, 자매를 비롯한 에이딘 백성 모두가 입을 모아 노래하기 시작했다.

둘이 모여 하나가 된다네.

한데 뭉친 힘으로 온 세상을 다스리네.

빛이 홍수처럼 쏟아지니 그늘이 쫓겨 가네.

주인이 다시 오시는 날, 어둠은 무너지네.

입을 꾹 다물고 있는 이는 페라스뿐이었다. 줄리아가 보기에는 그런 가사를 입에 담는 것조차 꺼려하는 것 같았다. 빛에 대해서도 비슷한 반응을 보였다. 루이자는 물론이고 줄리아, 피터, 미첼, 켈만을 비롯한 백성들, 아니 세상만물을 다 두려워한다는 느낌이 들었다. 사내의 속내가 어떨지 궁금했다. 굴녹에게 돌아가면 반겨줄까? 아니면 산산조각을 내버리려 들까?

노래는 끝없이 계속됐다. 가사의 의미를 제대로 알고 싶었다.

둘이 모여 하나가 된다는 말은 어쩌면 에이딘과 케미아가 한 분의 권위 아래 묶이게 된다는 뜻일지도 모른다. 처음에는 세레스가 영토를 확장하게 된다는 의미인 줄 알았다. 장군은 사라지고 없으니 굴녹이 그 자리를 대신하려나? 아니면 그늘이 두 섬을 집어삼킨다는 얘긴가?

한데 뭉친 힘으로 온 세상을 다스린다는 다음 행은 첫 줄에 딸린 내용이다. 사악한 존재가 세상을 정복하고 다스리고 싶어 한다. 백성들이 케미아 땅에서 겪은 종살이는 그런 지배의 맛보기였던 셈이다. 소녀는 무슨 일이 있어도 그런 신세가 되는 것만은 피하고 싶었다.

앞의 두 줄이 어두운 만큼 나머지 두 행은 한없이 밝다. 그야말로 '빛의 홍수'다. 줄리아는 사방을 두리번거렸다. 그렇다. 지금 눈앞에 보이는 저 빛, 그리고 굴녹 무리들을 공격했던 그 빛을 가리키는 게 분명했다. 그늘은 정말 물러갈까? 노랫말이 사실이라면 어김없이 그리될 것이다. 그날이 오길 바라는 소망이 소녀의 가슴속에서 꿈틀거렸다.

그리고 주인이 돌아온다고 했다. 이건 왕의 왕께서 오신다는 말인가? 아니면 에이딘 백성들? 잡혀갔던 식구들을 가리킨다면 전부가 아니라 일부를 가리킬 수밖에 없다. 이미 세상을 떠난 이들도 있기 때문이다. 어쩌면 에이딘에 다시 주민이 살게 된다는 소리일 수도 있다. 어둠이 무너진다는 가사는 어떤 뜻으로 해석하든 기분 좋은 얘기였다.

노래가 끝났다. 왕의 왕에 관한 기쁜 소식이 단 한 번도 도달한 적이 없는 캄캄한 굴 속에 마지막 구절이 오래도록 메아리쳤다.

마치 누군가 곁에서 귓속에다 이러저러한 가르침을 속삭여주기라도 하는 듯, 루이자는 조금도 망설이지 않고 오른쪽에서 두 번째 굴로 성큼성큼 걸어 들어갔다. 물론, 백성들도 서슴없이 그 뒤를 따랐다. 누군가 다시 노래를 흥얼거리기 시작했다. 그쪽이 바른 길이라는 걸 어떻게 확신할 수 있었는지 알 길이 없었지만 줄리아는 동생의 판단을 단 한순간도 의심하지 않았다.

루이자의 선택은 정확했다. 한 걸음 한 걸음 내딛을 때마다 그늘의 근원에 다가서고 있다는 느낌이 더 또렷해졌다.

14

좁다란 공간을 쥐어짜듯 몸을 비틀며 빠져나갈 때마다, 급하게 꺾이다 못해 뱅글뱅글 돌다시피 하는 길을 걸을 때마다, 바닥이 얼마나 깊은지 알 수 없는 바위틈을 건너뛸 때마다 피터의 의심은 커져만 갔다. 에이딘 백성들 앞에 또다시 갈림길이 나타났다. 소년은 이복동생을 붙들고 물어보고 싶은 마음이 굴뚝같았다. "어느 쪽 굴로 가야 하는지 어떻게 알 수 있지? 엉뚱한 데로 이어지는 터널일 수도 있잖아, 안 그래?"

피터는 몹시 불안했다. 그동안 지나치리만치 먼 거리를 걸었다. 어쩌면 여태 온 길보다 더 멀리 가야 할지도 모른다. 설령 돌아간다 해도 길을 찾을 수 있을지 의문이었다. 그럼에도 불구하고 루이자는 매번 가야 할 길을 완전히 꿰뚫고 있는 것처럼 보였다. 하지만 모두가 감쪽같이 속고 있다면 어찌할 것인가? 일행을 감싸주는 빛덩어리가 일정한 시간이 지나면 꺼져버리게 되어 있다면, 그것도 큰일이지 않을까? 갑자기 빛이 스러지고 칠흑 같은 어둠이 덮친다면? 여기서 쥐도 새도 모르게 몰살을 당할지도 모를 일이다.

오빠의 속내를 읽기라도 한 것처럼, 루이자가 곁으로 다가와 속삭였다. "일단 방향을 선택하고 보는 거야. 빛이 따라오면 바른 길이라고 믿는 거지."

피터는 놀란 눈으로 동생을 바라보았다. '농담이겠지? 정말 지금껏 그런 식으로 길을 골랐다고?'

루이자 역시 도무지 이해가 가지 않는다는 표정으로 소년을 쳐다보더니 곧장 왼쪽 터널로 들어갔다. 아래쪽으로 내려가는 가파른 비탈길이었다.

피터는 백성들 틈에 섞여 묵묵히 걸었다. 이복동생의 판단을 믿어서가 아니라 눈앞의 세계를 밝혀줄 유일한 빛을 루이자가 들고 있었기 때문이었다.

소년은 영국에서 지내던 시절을 떠올리며 혹시 자기를 보고 싶어 할 만 한 친구가 있는지 되짚어보았다. 그렇게까지 가까운 단짝은 기억나지 않았다. 골칫덩어리 학생 하나가 보이지 않는 걸 두고 슬퍼할 만한 사람은 아무도 없었다. 집안 망신이나 시키던 아들이 알아서 사라져주었으니 아버지는 펄쩍펄쩍 뛰며 기뻐할 것이다. 의붓어머니는 한바탕 잔치를 열지도 모른다. 그런 판국에 집으로 돌아간다는 건 모두의 기분을 잡치게 만드는 짓이 될 게 뻔했다. 우스꽝스럽게도 피터는 한없이 밝은 빛에 둘러싸인 채 암담하기 짝이 없는 생각에 빠져들고 있었다.

바로 그때, 갑자기 앞이 보이지 않았다.

벽들이 완전히 없어졌다. 어쩌면 빛이 사라져서 그리 보였는지도 모른다. 어쨌든 깊고 깊은 굴속에 버려진 것만큼은 분명했다.

그런데 잠깐! 어째 이상한걸? 다른 이들은 그대로였다. 루이자의 신물에서 나오는 밝은 빛에 감싸여 있었다. 줄리아도 변함없이 앞을 똑바로 바라보고 있었다. 가쁜 숨을 몰아쉬며 걷는 백성들이 고스란히 눈에 들어왔다.

소년의 이성적인 두뇌가 추리를 시작했다. 어떻게 나는 사물을 분간하는데 다른 이들은 그렇지 못할까? 고개를 숙였다. 돌바닥이 보였다.

'잘 생각해봐, 피터! 네 눈은 정상적으로 움직이고 있어. 고개를 돌려봐. 사람들이 보이잖아. 그러니까 넌 잘못된 게 아니야. 무한정 깊은 웅덩이에 빠질 리가 없어. 밑을 잘 볼 수 있게 됐으니 돌 틈에 빠져 추락하는 사고 따위는 걱정하지 않아도 좋아. 그런데 어째서 동료들과 길바닥은 잘 보이는데 벽과 천장만 분간하지 못하는 거지?

"우린 동굴 안에 있어요!" 소년은 부러 크게 소리를 질렀다. 울림이 없었다. 귀에 익은 메아리가 실종돼버렸다. 목소리는 그냥 허공으로 빨려 들어가고 되돌아오지 않았다.

"빛이 꼭대기나 모서리까지는 닿지 못하는 걸 보니 여기는 굉장히 크고 넓은가보군." 트레버가 말했다.

"에이딘 백성들 전체가 들어와도 비좁지 않겠어요." 앨리스가 숨을 헐떡거리며 대꾸했다.

"엄마! 바깥으로 나가는 길이 멀지만 않으면 이리 이사해도 되겠어요." 알렉산더도 거들었다.

피터는 꼬마를 물끄러미 쳐다보았다. 자신보다 저 코흘리개가 더 용감한 것 같았다.

미첼이 왼편을 가리키며 물었다. "헛것이 보이나? 저쪽에 무슨 빛이 환하게 비치는 것 같지 않아요?"

켈만도 말을 보탰다. "잘 모르겠어. 똑바로 보면 온통 어둠뿐인데 다른 쪽은 잘 보이거든. 눈가로만 주변을 볼 수 있게 된 걸까?"

루이자는 백성들을 두루 살피고 나서 팔을 활짝 펴며 말했다.

"자, 드디어 도착했습니다."

피터는 마음이 무겁게 가라앉았다. 그늘이 뿌리를 내리기에 이보다 더 좋은 곳은 없을 성싶었다. 왕의 왕께서 비쳐주시는 빛이라도 이처럼 깊고 두터운 어둠을 뚫고 들어오진 못하리란 생각이 들었다.

"그런데, 그자는 어디 있지?" 켈만이 물었다. 근심이 가득한 목소리였다.

미첼은 백성들 사이를 이리저리 분주하게 돌아다녔다.

정수리에 얼음물을 쏟아부은 듯, 정신이 번쩍 들었다. "루이자, 페라스가 없어졌어! 여러분, 어서 놈을 찾아보세요!"

에이딘 식구들은 수색에 나서는 대신 서로 끌어안고 달라붙기에 바빴다. 알렉산더는 앨리스의 품으로 달려들었다. 줄리아도 피터의 팔을 잡았다. 그레고리와 오린, 트레버는 걱정스러운 눈길로 주위를 살폈다. 믿을 만한 구석이라고는 루이자뿐이었다.

순간, 빛이 닿지 않는 동굴 한 귀퉁이에서 벽을 긁는 소리가 났다.

"뭐지?"

미첼이 서둘러 달려갔다. "페라스가 틀림없어요. 자, 어서요!"

피터도 그쪽으로 몸을 돌렸다. 하지만 리마스의 외침이 뒷덜미를 잡았다. "기다려요! 놈은 이쪽에 있어요!

피터와 미첼은 그 자리에 얼어붙었다. 둘은 빛덩어리의 가장자리에 있었다. 소년의 눈에는 친구의 얼굴과 어깨 윤곽만 보였다.

다시 무언가 긁히는 소리가 들렸다. 이번에 좀 더 가까웠다.

처음에는 바짝 마른 빗자루로 돌바닥을 쓰는 소리 비슷했다. 그런데 이번에는 어마어마하게 큰 발톱으로 화산의 바윗돌을 박박 할퀴는 것 같은 느낌이었다.

문득 지난번에 에이든까지 실어다준 송골매의 이미지가 피터의 머릿속에 떠올랐다. 하지만 저 소리의 주인공이 이 굴에 사는 송골매라면 지난번과는 달리 끔찍하고 무서울 것 같았다. 커다란 부리로 자신과 동생들의 살을 뜯어먹는 장면이 자꾸 눈앞에 어른거렸다.

피터는 미첼의 손을 잡고 재빨리 식구들에게로 돌아갔다. 그리고 또 다른 동료에게 물었다. "정말 페라스를 봤어요? 그게 어디였죠?"

리마스는 빛 너머를 가리켰다. 무언가 불룩한 덩어리가 보였지만 너무나 어두워서 형상을 분간하기조차 어려웠다.

"자고 있는 걸까요?" 소년이 물었다.

"그냥 넘어졌는지도 모르죠." 어느새 피터 곁으로 다가온 그레고리가 말했다.

아무도 움직이지 않았다. 어쩐지 으스스한 얘기지만, 저만치 보이는 덩어리는 페라스일 가능성이 높았다. 겉모습으로 보기에는 분명히 그랬다. 하지만 악마 같은 존재일 수도 있었다.

뒤편에서 누군가 소리를 질렀다. "저 긁히는 소리 들었어요? 도대체 뭐가 있는 걸까요?"

피터는 휙 돌아섰다. 놈이었다. 커다란 덩치만 봐도 알 수 있었다. 페라스처럼 보이는 상대가 버티고 서 있었다. 예전만큼, 아니 예전보다 더 커 보였다. 제법 거리가 있어서 정확하게 알 수는 없었지만 팔다리의 결박을 끊어낸 게 확실했다. 얼굴 쪽에서 무언가(재갈이었다)를 벗어 던진 사내는 백성들과 정면으로 마주섰다. 손을 움직일 때마다 금속성 광채가 번득였다.

페라스가 서서히 다가왔다. 걸음을 내디딜 때마다 생김새가 더 또렷이 눈에 들어왔다. 처음 만났을 때 드러냈던 구세주의 풍모는 온데간데 없어졌다. 찬란하게 빛나던 황금빛 머리칼은 뒤죽박죽 엉킨 검은 전깃줄 같았다. 반짝이던 근육은 고문관의 힘줄처럼 보였다. 상처가 말끔하게 가신 손에는 칼까지 들고 있었다.

피터의 단검이었다.

백성들은 한목소리로 울부짖었다. 사내의 생김새 때문이 아니었다. 에이딘 식구들의 비명을 끌어낸 건 어디선가 들리는 기괴한 소리였다. 페라스에게서 등을 돌리는 게 꺼림칙했지만 소년은 괴성이 들리는 쪽으로 고개를 돌리고 굴속에서 뭐가 튀어나오는지 신경을 곤두세웠다.

순간, 맞은편 어둠이 흔들거리는 것 같았다. 빛이란 빛은 죄다 빨아들이는 정체 모를 거대한 존재가 돌아앉아 있는 듯했다. 벽을 긁는 소리가 계속되더니 마침내 단단한 바위가 썩은 나무토막처럼 우지끈 부서져나가는 기척이 났다.

화산에서 솟구친 그늘이 그랬듯, 어둠 속의 상대도 점점 몸집이 커졌다. 확실하게 보이지는 않았지만 느끼고, 듣고, 냄새를 맡는 데는 어려움이 없었다. 뼈다귀가 불에 탈 때 나옴직한 악취가 진동했다. 하수도 찌꺼기만큼이나 더럽고 끈적거리는 어둠이 백성들을 느릿느릿 휘감고 있었다. 피터는 어떤 식으로든 과학적 판단을 내려보려 안간힘을 썼지만 아무 소용이 없었다.

소년은 얼른 페라스를 돌아보았다. 놀랍게도 그 역시 혼란스러워하는 눈치였다. 에이딘 백성들만큼이나 심한 충격을 받은 게 분명했다. 무서운 괴물이 덮치려는 걸 알아차리기라도 한 것처럼, 두 팔을 번쩍 들어 올리고 부릅뜬 눈으로 땅바닥을 내려다보고 있었다.

"감히…."

저 소리는 무얼까? 생명체의 음성일까? 아니면 어두운 바람이 몰아 치는 소리일까? 으스스한 굉음은 어디서나 들을 수 있었지만 처음 페라스가 있는 줄로 여겼던 쪽에서 가장 크게 들렸다.

"도대체 어떤 놈들이기에 감히…. 어둠의 근원에 발을 들여놓느냐?" 드디어 상대가 입을 열었다.

피터는 어디서 나는 소린지 알아내려고 연신 주위를 두리번거렸다. 하지만 낌새를 채고 몸을 돌리면 번번이 캄캄한 허공만 보일 따름이었다. 반대쪽인가 싶어서 재빨리 눈길을 주어도 결과는 마찬가지였다. 상대는 실체가 없는 어둠으로 정말 그늘 그 자체일지도 모를 일이었다. 감지되는 거라곤 손에 잡히지 않는 이미지뿐이지만 그걸로 충분했다.

발톱, 송곳니, 눈, 목구멍. 어디에나 있지만 어디에도 없는 존재.

바로 그때, 루이자가 백성들을 헤치고 앞으로 나섰다. 캄캄한 호수에 손전등을 비추듯, 어둠을 향해 신물을 쑥 내밀었다. 빛줄기가 그쪽을 향해 일직선으로 날아갔다.

"그래, 우리가 왔다." 치유자는 당당하게 선언했다. 목소리를 높이지 않았는데도 굴속이 쩌렁쩌렁 울렸다. 힘 있는 말투와 신물에서 쏟아져 나오는 빛에 당황한 듯, 그늘이 움찔하며 물러섰다. "어둠의 뿌리에 빛을 비추러 우리가 왔다."

그늘은 뜻 모를 고함을 질러댔다. 놈이 뿜어내는 독기가 마치 지붕을 날려버릴 구멍을 찾는 토네이도처럼 백성들을 감싸고 있는 빛덩어리를 두루 핥아댔다.

"우리는 왕의 왕, 그 위대한 분의 이름으로 너와 싸우러 왔다." 루이자는 조금도 물러서지 않았다. "주님의 이름으로 이 땅을 되찾아 빛의 세상으로 만들 것이다."

상대는 검은 회오리바람으로 백성들을 을러댔지만 타격을 입히지는 못했다. 바람이 힘을 잃어서가 아니라, 일부러 느긋하게 구는 게 아닌가 싶었다. 낄낄거리는 목소리는 고함을 내지를 때보다 더 위협적이었다.

놈이 이죽거렸다. "무기도 없는 주제에 나와 맞서겠다고? 뭘 가지고 덤비겠다는 거냐? 지난번 에이딘에서 내가 보낸 영주들을 물리쳤다고 나까지 어찌 해보겠다는 거냐?" 한바탕 낄낄거리고 난 뒤에 다음 말이 이어졌다. "혹시 알고 있느냐? 이 땅을 차지하고 다스린 세월이 무려 만 년을 훌쩍 넘겼다."

그럼에도 불구하고 루이자는 날이면 날마다 초자연적인 암흑의 세력과 씨름해온 용사처럼 흔들리는 기색을 보이지 않았다. "천만에! 넌 물러설 수밖에 없어. 네놈에게 무기가 있다면, 우리에겐 왕의 왕께서 주신 권능이 있어. 동료들이 있고 한 사람 한 사람을 향한 그분의 부르심이 있지."

말을 마치자마자 에이딘의 치유자는 신물을 휘둘렀다. 눈부신 빛이 폭포처럼 쏟아져 나왔다. 루이자는 줄리아의 손을 덥석 잡았다. 그러고는 언니 오빠를 돌아보며 노래를 부르기 시작했다.

"둘이 모여 하나가 된다네…."

피터를 비롯한 백성들도 목청을 돋웠다. 왕의 왕께서 강력한 방패로 한 사람 한 사람을 지켜주시는 걸 절절히 느낄 수 있었다.

그늘 쪽도 더 이상 느긋한 분위기가 아니었다. 악을 써가며 거센 소용돌이를 일으켰다. 돌풍의 속도는 점점 빨라졌다. 바람이 사납게 몰아치며 벽을 긁어대는 소리가 갈수록 요란해지더니, 나중에는 수천 개의 얼음덩어리가 빛의 방패를 매섭게 두들겨대는 엄청난 굉음이 고막을 때렸다. 하지만 식구들의 노랫소리는 그보다 더 컸다.

한데 뭉친 힘으로 온 세상을 다스리네.

빛이 홍수처럼 쏟아지니 그늘이 쫓겨 가네.

주인이 다시 오시는 날, 어둠은 무너지네.

합창이 끝나면 루이자는 잠시도 틈을 주지 않고 다시 첫 소절로 돌아갔다. 백성들은 쉬지 않고 노래를 되풀이했다.

오른쪽에서 무언가가 움직이는 게 피터의 시선에 잡혔다.

거지반 넋이 나간 페라스가 벌벌 떨고 있었다. 악몽에서 벗어나려 발버둥을 치듯 눈을 희번덕거렸다. 빛의 울타리 안에 들어가 있는 백성들과 바깥에서 방패를 두드려대는 그늘을 번갈아 쳐다보며 진저리를 쳤다. 그늘의 비명을 처음 듣는다는 듯, 고개를 푹 숙이고 귀를 꼭 틀어막았다. 문득 칼이 있다는 생각이 들었는지 귀 높이까지 손을 쳐들었다. 그러곤 단검이란 걸 평생 본 적이 없는 것처럼 이리저리 살폈다.

마침내 마음을 정한 것 같았다. 자세를 바로잡고 칼자루를 힘껏 움켜쥐었다. 고개를 들고 백성들의 모습을 훑던 사내의 시선은 루이자에게서 멈췄다. 비틀비틀 앞으로 나서며 길을 막는 이들을 성가신 거미줄을 걷어내는 양 거칠게 밀어냈다.

피터는 움직일 수가 없었다. 입도 떨어지지 않았다. 온몸을 던져 페라스를 덮치거나, 최소한 소리라도 지르고 싶었지만, 몸집이 커다란 자객이 이복동생을 향해 살금살금 다가가는 모습을 두려움에 사로잡힌 채 지켜보는 게 고작이었다.

사내가 접근하는 걸 보고 앨리스가 고함을 쳤다. 백성들의 눈길이 일제히 쏠렸지만 너무 늦었다.

루이자는 페라스를 향해 돌아섰다. 한없이 평온한 얼굴이었다. 왕의 왕을 찬양하는 노랫가락이 아직도 입술 위에 머물러 있었다.

숨을 끊어놓을 기세로 사내가 칼을 든 손을 높이 쳐들었다.

줄리아는 비명을 질렀다.

순간, 피터의 발목을 잡고 늘어지던 알 수 없는 힘이 사라졌다. "안 돼!" 소년은 외마디소리를 지르며 앞으로 내달았다.

거리가 너무 멀었다. 소년에게 2초가 필요했지만, 페라스는 단 한 번의 몸짓이면 넉넉했다.

"안 돼!"

칼날이 허공을 갈랐다. 동시에 사내는 바닥에 나동그라졌다. 첫발은 빗나갔다. 목표물을 놓쳐버린 것이다. 놈은 비척비척 몸을 일으키더니 다시 덤벼들 준비를 갖췄다. 맥없이 지켜볼 여유가 없었다. 지금이 기회였다. 소년은 페라스를 향해 질풍처럼 덤벼들었다.

피터의 키와 몸무게는 상대의 절반에도 미치지 못했지만 성과가 있었다. 소년의 갑작스런 공격에 사내는 균형을 잃고 빛덩어리에서 어둠이 소용돌이치는 바깥쪽으로 밀려나고 말았다.

칼을 놓친 페라스는 휘청거리다가 빛울타리 끝에 주저앉았다.

하지만 놈은 불같이 화를 내며 다시 일어났다. 뗏목에서 보았던 그대로였다. 얼굴 가득 분노가 이글거렸다.

사내는 무섭게 으르렁거리며 곰처럼 두 팔을 높이 쳐들었다. 근육이 터질 듯 부풀어 올랐다. 온몸의 힘줄이 울퉁불퉁 튀어나왔다. 똑바로 일어서자 키가 30센티미터는 더 커졌다.

어린아이처럼 순수해 보였던 푸르른 눈동자는 완전히 빛을 잃고 검붉은 색으로 변했다. 그늘과 통하는 비밀통로를 보는 느낌이었다.

"이제 곧 알게 될 거다! 내게도 무기들이 있거든. 그것도 너희가 금쪽

같이 여기는 그 빛덩이 안에 말이지!" 어느새 목소리마저 그늘과 똑같아져 있었다.

"아하!" 루이자는 가볍게 받아쳤다. 진즉에 알고 있었던 기색이었다.

"그쯤은 어렵잖게 처리할 수 있어." 자신감이 넘치는 대꾸와 함께 가슴에 달린 신물을 한 번 흔들자 빛방패의 모서리들이 요동치더니 모습이 확 달라졌다.

페라스는 이제 빛의 울타리 밖으로 완전히 밀려난 형국이었다.

뜻밖의 사태에 당황스러운지 잠시 정신을 차리지 못했다. 몸집이 훨씬 커지고 생김새도 무시무시해졌지만 어리둥절해하며 허둥거리는 꼴은 여전했다. 사내는 빛방패에 손을 댔다가 화들짝 놀라며 거둬들였다. 평범한 광선덩어리가 아니라 튼튼한 벽이 가로막고 있었기 때문이다. 힘껏 밀어보았다. 후려치기도 했다. 발로 걷어차기도 했다. 방패는 꿈쩍도 하지 않았다. 페라스의 얼굴이 어두워졌다. 화가 머리끝까지 치솟는지 뒤로 몇 발짝 물러섰다가 온몸으로 치받았다. 돌벽이라도 깨트릴 만한 기세였다.

피터는 백성들과 함께 맞싸울 채비를 했다. 누군가 벌떡 일어서는 게 보였다. 비틀거리는 사내의 발을 걸어 자빠트렸던 용사인 것 같았다.

하지만 체구가 지나치리만치 작았다.

"알렉산더?" 피터가 불렀다.

아이는 소년을 향해 씩 웃어 보였다. 용을 쓰러트린 기사의 미소였다. 페라스를 거꾸러트린 건 꼬맹이의 솜씨가 틀림없었다. 사내가 다시 빛의 울타리로 몸을 날렸다. 조금의 흔들림도 없었다.

루이자가 다시 노래했다.

"둘이 모여 하나가 된다네…. 둘이 모여 하나가 된다네…."

피터는 동생을 돌아보았다. 소녀의 뺨 위로 눈물이 끝없이 흘러내리고 있었지만, 그 얼굴에서 어렴풋이 소망을 보았다. 줄리아는 루이자의 노래에 힘을 보탰다. 피터와 다른 식구들도 뒤를 따랐다.

"한데 뭉친 힘으로 온 세상을 다스리네…."

방패 밖을 사납게 할퀴던 그늘의 소용돌이가 잦아들었다. 대신에 캄캄한 동굴 양쪽 끝에서 오렌지색 섬광이 떠오르더니 연기처럼 이리저리 떠돌았다. 먹잇감을 호리는 코브라의 눈초리를 빼다 박은 광경이었다.

빛의 울타리를 무너뜨리길 포기한 페라스는 백성들을 등지고 서서 그늘의 눈과 송곳니를 마주보며 버둥거렸다. "안 돼요! 제발!" 겁에 질린 사내가 방패에 등을 대고 옆걸음질 쳤다. "저로선 최선을 다했습니다. 여태 지켜보셨잖아요."

연기처럼 수시로 변하는 그늘의 표정이 크게 일렁이더니 사내의 머리 위로 곧장 치솟았다. 피터는 얼핏 옆얼굴을 본 것 같았다. 전설 속의 용과 비슷했다. 악어와도 닮은꼴이었다. 기다란 얼굴에 아래턱이 툭 튀어나와 있었다. 놈은 삐죽삐죽 보기 싫은 송곳니를 드러내며 히죽거렸다. 심장을 갈기갈기 찢는 듯, 소름끼치는 웃음이었다.

"네놈은 실패했어." 그늘이 말했다. 호통 정도가 아니라 사형선고처럼 들렸다.

페라스는 몸을 돌려 냅다 뛰었다. 다섯 걸음을 달린 뒤부터는 모습이 보이지 않았다. 하지만 그늘은 어둠 속에서도 아무 어려움 없이 그 뒤를 쫓았다. 검은 형상이 허공을 맴돌더니 뱀처럼 재빠르고 매섭게 한 지점을 덮쳤다.

빛이 홍수처럼 쏟아지니 그늘이 쫓겨 가네.

주인이 다시 오시는 날, 어둠은 무너지네.

　루이자가 이끄는 합창이 다시 한 바퀴를 돌고 있었다. 피터는 눈으로 어둠을 헤집었다. 동굴은 다시 텅 비어버린 것 같았다. '아직 그늘이 여기에 깃들어 있을까? 과연 놈은 부하 하나를 처단한 걸로 만족하고 물러갈까? 백성들을 그대로 내버려두고 순순히….'

　빛덩어리 위에서 우르릉거리는 소리가 들렸다.

　백성들은 놀라서 울부짖으며 몸을 숙였다. 화산이 머리 위로 쏟아져 내릴 것만 같은 분위기였다.

　무겁고 어두운 무언가가 빛보따리를 짓눌렀다. 돌처럼 모가 나지도, 용암처럼 걸쭉하지도 않은 물체였다. 흐릿하게 보이긴 했지만 피터는 그 정체를 금방 알아챘다.

　사람의 손이었다. 거기에 이어진 팔과 몸통이 속속 드러났다. 우람한 근육질이었다. 금발이 변해서 새까만 전깃줄뭉치가 되어버린 머리칼을 가지고 있었다.

　페라스였다. 놈의 몸통이 빛방패를 위에서 찍어 누르고 있었다. 인간다운 덩치로 돌아온 사내는 두 발로 일어서려 무진 애를 썼다.

　하지만 그때마다 이리저리 나가떨어지곤 했다. 그러다 문득 허공으로 떠올랐다. 빈자리만 남기고 감쪽같이 사라져버린 것이다.

　쫘당!

　페라스의 몸이 빛울타리 뒤편에 내리꽂혔다. 하지만 숨 돌릴 틈도 없이 도로 공중으로 끌려올라갔다. 긁히는 소리가 다시 시작됐다. 새카만 회오리바람은 더 빨리 소용돌이쳤다.

　쫘당! 쾅! 쫘당!

피터는 등골이 서늘했다. 그늘은 페라스의 몸을 커다란 망치처럼 써가며 빛덩어리의 약점을 찾고 있었다.

쿵쾅거리던 소리가 희미해졌다. 사내의 몸뚱이는 곤죽이 되어가고 있었다.

마침내 페라스의 몸이 빛방패 한쪽으로 흘러내렸다. 소년은 눈을 질끈 감았다. 보호막의 실체가 너무도 궁금했다. 아무리 이런저런 추리를 해봐도 감이 잡히지 않았다. 왕의 왕께서 씌워주신 권능의 방패가 투명한 돔처럼 온 백성을 감싸고 있다는 사실만 분명했다. 과학이니 논리니 하는 것들은 잠시 재워두는 편이 나을 것 같았다.

페라스가 불쌍하다는 생각은 들지 않았다. 그 인간(정말 인간인지도 확실치 않았다)은 어둠이 선택한 일꾼이었다. 에이딘 식구들을 몇 번씩이나 배신했고 아슬아슬하게 어긋나긴 했지만 하마터면 루이자의 목숨을 빼앗을 뻔했다. 성공했더라면 나머지 백성들의 생명도 장담할 수 없었다. 그럼에도 불구하고 뜻을 이루지 못한 사악한 그늘의 손에 붙들려 짓이겨지는 두려움과 아픔이 어떨지 상상조차 할 수 없었다.

예전에도 그늘은 페라스의 몸을 쪼그라들게 했다. 하지만 이번에는 이루 말할 수 없을 만큼 난폭했다. 피터는 사내가 내팽개쳐지는 걸 우울하게 지켜보았다. 백성들의 합창이 마지막 구절로 접어들고 나서 몇 초가 더 흘렀을 무렵, 피터는 축 늘어진 몸뚱이가 멀리 떨어진 돌더미 위에 툭 떨어지는 희미한 소리를 들었다. 아니, 어쩌면 들었다고 상상했는지도 모른다.

배신자 페라스의 삶은 그렇게 덧없이, 그리고 무시무시하게 종말을 맞았다.

실체가 없는 그늘의 얼굴이 또다시 피터의 눈길을 사로잡았다. 분노가 가득한 두 눈은 뜨겁게 타오르는 난로에서 끄집어낸 석탄덩어리보다 더 무섭게 이글거렸다. 여태까지와는 비교할 수 없을 만큼 화가 난 눈이었다.

루이자는 오빠를 똑바로 바라보며 외쳤다. "자, 이제 있는 힘을 다해 노래해야 해!"

"둘이 모여 하나가 된다네….."

그늘도 고래고래 고함을 쳐댔다. 놈의 얼굴이 백성들 위로 높이 떠올랐다.

"한데 뭉친 힘으로 온 세상을 다스리네….."

오렌지빛 섬광이 흩어지더니 검은 안개를 더 짙게 피워 올렸다. 짙고 탁한 기운이 백성들을 새로이 에워싸기 시작했다. 긁히는 소리는 갈수록 심해졌다. 바람과 소리뿐이 아니었다. 연무 속에 온갖 잡동사니들이 한데 섞여 사납게 휘날렸다. 용암이 굳어진 주먹돌에다 종유석, 호박돌까지 날아다녔다. 채 굳지 않은 마그마까지 빛방패를 후려쳤다.

"빛이 홍수처럼 쏟아지니 그늘이 쫓겨 가네….."

기관차 엔진만큼이나 커다란 바윗덩이들이 빛덩어리 위로 무수히 쏟아졌다.

리마스가 피터의 얼굴에 대고 다급히 소리쳤다. "산이 무너져내릴 것 같아요!"

정말 사태가 일어난 것처럼 육중한 돌덩어리들이 방패를 쉴 새 없이 두들겨댔다. 빛울타리 주위에 돌더미가 수북이 쌓이고 있었다. 주님은 도대체 우릴 어쩌시려는 거지? 짓뭉개지는 걸 막아주시는 대신 산 채로 묻어버리시려나? 끝내 이곳을 벗어나지 못하고 영원히 매장되고 마는 것일까?

피터는 울타리 밖 난장판 속에서 조그만 불빛들을 보았다. 용암이 빛의 방패를 뚫고 들어오는 줄 알았다. 하지만 안으로 새어드는 기미는 보이지 않았다. 다만 공중에 뜬 채 핑핑 돌아가며 점점 커지는 게 전부였다.

줄리아가 곁으로 다가와 고함치듯 말했다. "저게 그늘의 뿌리가 아닐까? 안에서 무언가가 지글지글 타고 있는 것 같아!" 소년은 엄청난 소용돌이 쪽을 다시 넘겨다보았다. 정말 그럴까? 상황을 보면 동생의 말이 맞는 것 같았다. 하지만 어떻게 정답이라고 장담할 수 있을까? 에이딘 백성들은 일어선 채로, 또는 쪼그리거나 땅바닥에 주저앉아 마치 불난 집을 구경하듯 바깥세상을 지켜보았다. 워낙 충격이 크기도 하려니와 딱히 손을 써볼 만한 일도 없는 터라 그저 바라볼 수밖에 없었다.

그런 상황에서도 노래만큼은 멈추지 않았다.

"주인이 다시 돌아오는 날, 어둠은 무너지네…."

루이자는 마지막 줄을 몇 번씩이나 되풀이해 부르도록 이끌었다.

"주인이 다시 오시는 날, 어둠은 무너지네."

"주인이 다시 오시는 날, 어둠은 무너지네."

"주인이 다시 오시는 날, 어둠은 무너지네."

불꽃은 서로 합쳐지면서 점점 크기를 키워갔다. 나중에는 어둠을 완전히 밀어낼 만큼 커졌다. 눈길이 닿는 곳마다 활활 타오르는 화염뿐이었다.

그늘이 악을 쓰자 회오리바람은 불의 태풍으로 변했다.

세찬 불길이 빛의 방패 위로 혀를 날름거렸다. 엄청난 폭발이 일어난 듯, 도가니에서 퍼낸 뜨거운 불씨를 온천지에 흩뿌린 듯, 태양의 핵이 녹아내리는 듯 무시무시했다.

피터도 참다못해 비명을 지르며 바닥에 웅크리고 앉아 눈물을 흘렸다. 그늘의 기세가 차츰 수그러들고 있었다. 굴속이 다시 캄캄해졌다.

피터는 머리를 감싸 쥐고 무릎 사이에 파묻었다. 빛울타리가 무너지면 어차피 으스러지고 말 게 뻔했지만 그렇게라도 해야 두려움이 덜할 것 같았다.

하지만 무언가에 타격을 입고 나가떨어지는 사태는 오지 않았다. 온몸에 힘을 주고 위에서 무거운 게 굴러 내리길 기다렸다. 잔돌 하나 떨어지지 않았다. 가만히 눈을 떠보았다. 어쩌면 처음부터 그러고 있었을지도 모른다. 어쨌든 뵈는 게 전혀 없었다.

내가 죽은 건가?

주위에서 수런거리는 소리가 들렸다. 백성들이 부산하게 움직이는 기척이었다. 소곤소곤 속삭이기도 하고 공포에 질려 신음하기도 했다.

"에이딘의 시민 여러분, 일어나세요." 루이자의 음성이었다.

피터는 고개를 들고 목소리가 들리는 쪽으로 고개를 돌렸다.

"루이자니?"

"왕의 왕을 섬기는 일꾼들이여, 여러분이 이겼습니다." 치유자가 선언했다.

"이제 더 이상 그늘은 존재하지 않습니다."

미리 각본을 짜놓기라도 한 것처럼, 루이자가 말을 마치기 무섭게 환한 빛이 쏟아져 내렸다. 신물의 광채도 아니었고 방패에서 나오는 빛도 아니었다.

그건 햇빛이었다.

15

화산의 중심부로 스며드는 햇살이 너무 눈부셔서 줄리아는 거푸 눈을 깜박였다. 늦은 아침이나 이른 오후 같았다. 며칠인지, 무슨 요일인지는 알 수 없었다.

모두가 친숙하고 푸근한 빛을 온몸에 뒤집어쓰고 있었다. 살아남은 에이딘 백성들의 얼굴이 하나하나 잘 보였다. 소녀는 앨리스와 알렉산더를 부축해 일으켜주고 나서 오빠에게 다가갔다. 별 탈은 없어 보였지만 눈을 부릅뜬 걸 보니 이루 말할 수 없이 놀란 모양이었다.

이번엔 동생을 찾았다. 땅속을 헤매며 온갖 어려움을 겪었으면서도 언제 그랬냐는 듯 멀쩡한 사람은 그 아이뿐이었다.

루이자는 신물을 목에 걸고 펜던트가 가슴 한복판에 오도록 끈의 길이를 조절하며 말했다. "아무튼 대단한 모험이었어."

줄리아는 웃음을 터트렸다. 웃다가 울고 울다가 웃었다. 눈물과 폭소가 두 소녀와 뭇 백성들 사이로 걷잡을 수 없이 퍼져나갔다.

알렉산더가 루이자의 손을 잡아당기며 쫑알거렸다. "치유자 님, 여기 상처가 났어요.”

루이자는 자신의 손등을 살폈다. 오른손에 2센티미터 정도 찢어진 자리가 보였다. “정말 그렇구나. 어쩌다 이리 됐는지 모르겠네?”

꼬마는 두 손으로 치유자의 다친 손을 잡고 유심히 들여다보았다. 그러곤 상처에 제 얼굴을 가져다 댔다. 줄리아로서는 까닭을 알 수가 없었다. 뽀뽀를 해주려는 걸까? 알렉산더가 고개를 들자 놀랍게도 상처가 깨끗이 사라지고 없었다.

루이자가 편안한 미소를 지었다. 햇살을 마주보며 깔깔거렸다. 왕의 왕께서 재미있는 우스갯소리를 들려주신 덕에 마냥 행복하다는 표정이었다. 꼬맹이를 두 팔로 와락 끌어안으며 속삭였다. “내가 이럴 줄 알았어.”

줄리아는 문득 짚이는 게 있어서 하늘을 올려다보았다. 높이 떠오른 태양이 정수리에 따사로운 햇볕을 퍼붓고 있었다. “여러분! 검은 구름이 사라졌어요.”

모두들 고개를 뒤로 꺾고 위를 쳐다보았다. 곳곳에서 환호성이 터져나왔다. 너나없이 하늘에서 눈을 떼지 못하고 있었다. 태양을 바라보며 그 온기와 사랑을 만끽하는 해바라기들 같았다.

줄리아는 낮게 드리웠던 새카만 구름이 영원히 물러갔는지는 알 수 없지만, 밝은 해와 맑게 갠 하늘을 두 눈으로 확인하기는 화산이 폭발한 이래 처음이었다. 검은 그늘이 완전히 가신 기분이었다. 그런 생각을 뒷받침해주기라도 하듯, 오랫동안 맛보지 못했던 부드러운 손길이 얼굴을 어루만졌다. 한 줄기 신선하고 시원한 바람이었다.

백성들은 커다란 원을 그리며 한자리에 둘러서서 몇 번씩 마주보며 끌어안았다. 그늘이 할퀴고 간 자국이 동굴 안에 완벽한 동그라미를 그려놓았다. 회오리바람이 실어온 돌멩이들이 둥그렇게 쌓여 분화구 꼴을 하고 있었다.

피터는 허리를 굽히고 무언가를 땅에서 주워 들었다. 이내 너털웃음을 터트리며 그레고리를 불렀다. "이것 좀 봐요. 그대가 부상을 당한 뒤에, 내가 이걸 가지고 뗏목을 탔거든요. 어디론가 사라져버렸을까 봐 애를 태웠는데, 다행이에요."

줄리아가 선 자리에서는 그게 뭔지 또렷이 보이지 않았다. 그레고리는 껄껄 웃으며 대견하다는 듯 오래 들여다보다가 허리춤에 찔러 넣었다. 그제야 알 것 같았다. 그건 단검이었다.

동생과 누이 마주치자, 피터는 빙긋 웃으며 다가와 손을 꼭 잡았다. 오누이는 나란히 루이자에게 걸어갔다. 서로 손에 손을 포갠 채, 오빠가 말했다.

"상상도 못해봤던 대모험이었어. 하지만 여기서 할 일은 다 끝난 게 아닌가 싶어. 너희도 나랑 비슷한 생각일 것 같은데, 어때?"

줄리아는 단번에 맞장구를 쳤다. "동감이야."

루이자는 잠시 먼 곳을 바라보았지만 역시 고개를 끄덕였다. 어쩐지 풀이 조금 죽은 모습이었다. "그렇겠지."

소녀의 귀에는 그 목소리가 구슬프게만 들렸다. 동생의 기분을 헤아려줄 필요가 있었다. "섭섭한 건 사실이야. 여기서는 커다란 어려움을 이겨낸 구원자이자 치유자이고 영웅들이지만, 저쪽 세상에 가면 그냥 어린애들일 뿐이잖아."

막내의 눈길이 다시 허공을 맴돌았다. 아이의 입에서 여태 단 한 번도 들어본 적이 없는 깊은 한숨이 새어 나왔다. 루이자는 알렉산더를 데리고 돌무더기가 수북한 통로 쪽으로 나섰다. 화산 바깥으로 나가는

길목이었다. "자, 여러분! 출발합시다. 이제 빛의 세상으로 나갈 시간
입니다!"

　승리는 동굴 깊숙한 데서 이미 확정되었지만, 왔던 길을 되짚어갈수
록 그러한 사실을 더 분명하게 확인할 수 있었다. 알렉산더 또래의 어
린아이들도 어려움 없이 비탈을 올랐다. 트레버 같은 노인들도 남들보
다 더 쉬려 하지 않았다.

　화산 내부에 생긴 좁은 틈을 빠져나오고 나서도 한참 뒤에야 햇살이
제대로 스며들었다. 그만큼 긴 비탈을 기어올라야 했다. 줄리아는 줄곧
동굴바닥을 주의 깊게 관찰했다. 무얼 찾으려는 건지 스스로도 알 수
없었다. 페라스의 몸일까? 그늘의 자취일까? 아니면 세레스 장군인가?
하지만 보이느니 돌멩이들뿐이었다.

　줄리아는 일행 가운데 가장 먼저 맑은 공기 속에 발을 들여놓았다.
숨 막히도록 아름다운 세상이었지만, 저마다 제몫의 기쁨을 만끽하도
록 암말 않고 내버려두었다. 한 사람 한 사람, 에이딘 백성들이 굴 밖으
로 나왔다. 하나같이 말을 잊고 눈앞의 풍경을 감상하기에 바빴다.

　정말 화산이 터졌었는지 의심스러웠다. 황량했던 천지가 살아 숨 쉬
는 낙원으로 변해 있었다. 귀한 양탄자를 펼쳐놓은 듯, 푸르디푸른 숲
이 아스라이 보이는 섬 끄트머리까지 이어졌다. 왕의 왕께서 막 지으신
것처럼 얕고 옅은 구름이 나무꼭대기에 걸쳐 있었다. 가마솥에서 김이
피어오르는 장면처럼 여유로워 보였다. 그늘은 온데간데없었다. 어디
로 갔는지 종적조차 더듬기 어려웠다. 조각구름이 느긋하게 하늘을 떠

돌았다. 몇 시간 뒤에 찾아올 장엄한 노을을 예고하는 것 같았다.

줄리아는 화산의 등성이를 올려다보았다. 말도 안 되는 생각인 줄은 알지만, 마치 수천 년 동안 단 한 번도 분출한 적이 없었던 것처럼 말짱해 보였다. 산비탈들은 죄다 긴 세월을 견뎌온 듯, 잿빛을 띠고 있었다. 바위가 녹아내린 용암이 강물을 이루며 흘러내리는 장면은 어디서도 볼 수 없었다. 뜨거운 열기가 아지랑이를 피워 올리는 광경도 없었다. 꼭대기에서도 화산재나 연기가 기둥을 이루며 솟구치는 건 고사하고 가느다랗게 새어 나오지도 않았다.

소녀는 수평선을 굽어보았다. 파란색 테이블보를 넓게 펼치고 다이아몬드를 쏟아부어놓은 것처럼 온 바다가 햇살을 받아 반짝거렸다. 에이딘 쪽으로 초록색 물체가 어렴풋이 수평선에 걸쳐 있는 게 눈에 들어왔다. 생명을 가진 배 한 척이 살아서 떠다니는 느낌이었다.

예전에 가로질렀던 초원, 그러니까 굴녹들과 맞섰던 전쟁터에는 어느새 자라난 아름다운 나무들이 바닷바람을 받아 살랑거리고 있었다. 괴물들은 감쪽같이 사라지고 없었다. 광산에서, 그리고 괴수들이 쳐들어왔을 때 동굴에서 숨진 에이딘 백성들이 떠올랐다. 이 땅이 새로이 태어나는 순간, 왕의 왕께서 그들의 몸뚱이도 잘 보살펴 주셨으리라는 믿음이 생겼다.

루이자와 피터가 양쪽에 나란히 섰다. 다들 말이 없었다. 주님이 이루신 일들을 묵묵히 돌아볼 따름이었다.

그렇게 얼마나 서 있었을까? 누군가 다가와 줄리아의 손에 과일 하나를 꼭 쥐어주었다. 탐스럽게 생긴 배였다. 부드러운 미소를 머금은 그레고리의 얼굴이 보였다.

"과일나무들이에요. 여기부터 저기까지 다 그래요." 친구는 손으로 온 섬을 가리키며 말했다. 그러곤 쥐고 있던 배를 한입 크게 베어 물었다. "갑자기 허기가 되살아난 참인데 이렇게 달콤한 열매가 사방에 널렸으니 얼마나 신 나는지 몰라요."

에이딘 식구들은 시원한 바람을 맞으며 온갖 과일로 한참 동안이나 잔치를 벌였다. 켈만과 오린은 푹신한 풀밭에 누워 낮잠을 즐겼다. 프리실라와 앨리스, 이모젠은 꽃을 꺾어 머리에 꽂았다. 피터와 함께했던 뱃사람들은 뗏목을 새로 만들어 식구들을 고향으로 실어 나를 궁리에 골몰했다. 이번에는 노와 키, 돛까지 갖추기로 했다.

줄리아는 가이우스를 기다렸다. 이런 상황이면 어김없이 나타나던 어른이 아니던가! 하지만 어디에도 수도사의 모습은 보이지 않았다. 에이딘에 처음 도착하던 날부터 왕의 왕께서 살아 계심을 단박에 알 수 있었다. 언제 어디로 가든지 그분의 권능과 임재, 음성이 늘 함께했다. 하지만 시간이 흐를수록 좀처럼 모습을 드러내지 않으셨다. 왕의 왕께서 살아 계신다는 증표는 여전히 사라지지 않았으며 가끔은 이루 말할 수 없이 뚜렷하게 드러났지만 그분을 향해 돌아설수록 한층 은근하고 미묘해졌다.

줄리아는 생각했다. '믿음으로 산다는 게 그런 뜻인지도 모르지. 처음에는 사랑을 한눈에 알아볼 수 있는 커다란 증표가 필요하지만 나중에는 소소한 일상 속에서 주님을 볼 수 있는 비결을 알려주시지. 겉으로 나타나는 모습이야 어찌 됐든, 여전히 앞길을 인도하시고 한결같이 곁을 지켜주셔.'

"엄마, 저게 뭐예요?" 알렉산더가 허공을 가리키며 물었다.

줄리아의 눈길이 꼬마의 손끝을 따라갔다. 푸르른 하늘에 조그만 점 하나가 보였다. 아직은 모양을 분간하기 어려웠지만 소녀는 마음으로 그 정체를 읽어냈다.

피터가 동생에게 말했다. "송골매인 것 같아."

루이자가 덧붙였다. "우릴 집으로 데려가려는 거겠지."

줄리아는 오빠와 이복동생, 그레고리, 그리고 이제는 한 식구처럼 가까워진 백성들의 얼굴을 하나하나 훑어보았다. 그랬다. 이제 끝이었다.

점이 점점 가까이 다가오면서 거대한 매의 형상이 확연히 드러났다. 에이딘 식구들과 작별인사를 나눠야 할 시간이었다. 피터와 줄리아, 루이자에게는 저마다 최후의 순간을 위해 아껴두고 싶은 상대가 있었다.

피터는 가까이에서 서 있던 미첼과 오린, 켈만, 그리고 트레버에게 가장 나중에 작별의 말을 전했다.

"함께 전장을 누빈 친구는 혈육이나 다름없다는 말을 들은 적이 있어요." 소년은 노인의 팔뚝을 잡고 말했다. "여러분은 이제 제 형제들이에요. 다시는 못 보게 될지도 모른다고 생각하니 너무 슬퍼요. 이런 말이 과연 합리적인지는 알 수 없지만, 아무튼 여러분은 늘, 항상, 계속 제 마음에 살아 있을 겁니다."

루이자는 알렉산더와의 이별을 가장 마지막으로 미뤄두었다. 앨리스가 곁에서 지켜보는 가운데 꼬맹이 앞에 무릎을 꿇고 눈을 맞추며 속삭였다.

"꼬마친구! 이제부터 네가 내 역할을 맡아야 해."

아이는 어리둥절한 표정이었다. "치유자 님, 무슨 말씀이세요?"

"말 그대로야." 루이자는 슬기로운 미소를 지으며 신물을 벗어서 알렉산더의 목에 걸어주었다. "지금부터는 네가 치유자야. 지난번에 다치고 상처 입은 이들을 치료하러 너와 함께 돌아다니면서, 왕의 왕께서 너를 준비시켜서 이 일을 하고 싶어 하신다는 걸 느꼈어." 그러곤 앨리스를 바라보며 계속했다. "그건 주님이 저를 위해 예비해두신 길이기도 해요. 대신 치유자 역할을 해줄 이가 나타나지 않았더라면 차마 여길 떠날 엄두를 내지 못했을 거예요." 마지막으로 줄리아를 똑바로 쳐다보며 말을 맺었다. "물론, 집에 가서도 나름대로 치유하는 일을 계속하게 되겠지만요."

줄리아는 동생이 무슨 소릴 하고 있는지 알아들을 수가 없었지만 거기에 정신을 팔 여유가 없었다. 아직 그레고리와 석별의 정을 나누는 일이 아직 남아 있었다.

사랑을 하기에는 자신이 너무 어리다는 걸 소녀는 잘 알고 있었다. 어느 면으로 보든지 그레고리는 그녀에 비해 지나치게 나이가 많았다. 하지만 죽는 날까지 첫사랑으로 마음에 품고 기억하는 것까지야 누가 말릴 수 있을까! 오빠가 '함께 전쟁터를 누빈 친구'라는 말을 꺼냈을 때, 줄리아는 당장 그레고리를 떠올렸다.

문득, 소녀는 이곳과 고향의 시간체계가 서로 다르다면 친구의 나이를 따라잡을 수도 있는 게 아닐까 하는 상념에 사로잡혔다. 계산을 하려니 머리가 아팠다. 피터가 과학적으로 정리해주면 얼마나 좋을까 싶었다. 오빠랑 함께 나갔다가 적절한 시간에 돌아와야 하는 걸까? 아니면 그레고리를 내보내고 이곳에 남아 때가 오길 기다리는 게 옳을까?

하지만 친구의 따듯한 눈길을 대하자 모두가 부질없다는 생각이 들었다. 고향으로 돌아가 그만큼 훌륭한 짝을 찾는 게 합당할 것 같았다.

그레고리가 말문을 열었다. "아가씨! 함께 모험을 해나가면서 즐거운 시간을 보냈어요. 줄리아 님은 그동안 만나본 어떤 용사들보다 곱절은 강한 분이에요. 어린 나이가 믿어지지 않을 만큼 너그러운 아량을 품고 무슨 일이든 척척 해내셨죠. 정말로 그리울 거예요."

적절한 말로 대꾸하고 싶었지만 눈물이 먼저 앞을 가렸다. 소녀는 친구를 말없이 꼭 끌어안았다. 그레고리도 입을 꾹 다문 채 등을 쓸어주었다. 둘은 그렇게 오래도록 서 있었다.

잠시 후, 쉿 소리와 함께 송골매가 자갈을 날리고 흙먼지를 피워 올리며 내려앉았다. 가까이에 있던 백성들이 손을 내밀어 목덜미를 토닥였다.

품위 있게 생긴 새는 날개를 접고 영리한 눈으로 줄리아를 바라보며 말했다. "바깥세상에서 온 어린이 여러분, 이제 돌아갈 시간이야."

언젠가 반드시 이런 순간이 올 줄 알고 있었으면서도 소녀는 차마 떠날 수가 없었다. 영웅답게 살 수 있음에도 불구하고 이름 없는 인간으로 돌아가고 싶은 이가 어디에 있겠는가?

송골매는 줄리아의 마음을 속속들이 헤아린 듯했다. "또 다른 모험들이 너희 셋을 기다리고 있어." 지혜로운 새가 조곤조곤 타일렀다. "여기서 얼마나 대단한 활약을 펼쳤는지 다 들었어. 에이딘에서도 새로운 아이들이 태어나고 자랄 거야. 왕의 왕께서 소중하게 붙들어주실 테고. 그대들을 필요로 하는 데가 세상엔 수두룩하다는 걸 잊지 마."

루이자가 가장 먼저 올라탔다. 피터가 다음이었다. 포근한 목 뒤편에 자리를 잡고 백성들에게 손을 흔들었다. 이윽고 줄리아가 애틋한 눈으로 친구들을 돌아보며 뒤이어 송골매의 등에 자리를 잡았다. 무언가 근사한 말을 남기려고 입을 벌리는 순간, 새가 커다란 날갯짓과 함께 하늘로 날아올랐다.

녀석이 날개를 힘차게 퍼덕이며 치솟자 저 멀리로 화산이 보였다. 눈을 돌려 아래쪽 초원을 살피던 소녀의 시야에 갈색 점 하나가 잡혔다. 처음엔 쓰러진 통나무인 줄 알았지만 자세히 들여다보니 그게 아

니었다.

가이우스, 바로 그였다. 수도사의 가운을 걸치고 우뚝 서서 팔을 흔들며 작별인사를 전하고 있었다.

주님의 유머감각에 줄리아는 고개를 절레절레 내저었다. '잘 있어요, 가이우스. 그동안 이것저것 참으로 고마웠어요.'

순간, 송골매가 바다 쪽으로 방향을 틀더니 집을 향해 곧장 날아가기 시작했다.

16

"들어가는 게 좋겠어, 안 그래?"

피터와 줄리아, 루이자는 집 앞에 서서 오래도록 망설였다. 떠날 때처럼 지금도 한밤중이었다. 이곳을 기준으로 얼마나 긴 시간이 흘렀는지 알 수가 없었다. 몇 십 분일 수도 있고 며칠, 아니 수십 일이 지났을지도 모를 일이었다.

그래도 집은 여전했다. 지붕과 처마엔 눈이 소복했다. 앞뜰도 하얀 솜이불을 뒤집어쓰고 있었다. 굴뚝에서 연기가 솟아오르고 창문으로 노란색 불빛이 새어 나왔다. 하지만 날이 어두운 데다 거리까지 멀어서 안쪽 사정을 낱낱이 파악하기는 힘들었다. 대문을 나섰다가 다시 돌아오기까지 15년이란 세월이 후딱 지나갔을 수도 있었다. 정원의 나무들은 잔디밭에 그대로 서 있었다. 예전보다 더 자라거나 줄기가 굵어진 느낌은 없었다. 기준이 될 수 있는 의미심장한 일이었다.

피터는 고개를 돌리고 방금 지나온 숲을 물끄러미 바라보았다. 송골매는 얼어붙은 시냇가에 아이들을 내려놓고 돌아갔다. 처음 케미아로

들어갔던 바로 그 자리였다. 그때와 눈곱만큼도 달라진 게 없었다. 심지어 지난번 눈 위에 찍힌 소년의 발자국까지 변함없이 남아 있었다.

피터가 동생에게 물었다. "확실해? 펜던트를 가지러 집에 갔을 때, 새엄마가 루이자를 보지 못했느냐고 묻지는 않았단 말이지? 그저 내가 어디 갔는지만 캐묻고?" 소년은 다시 집 쪽을 쳐다보며 중얼거렸다. "그것 참 이상하네."

줄리아는 고개를 주억거리며 대답했다. "두말하면 잔소리지! 쪼끄만 게 가출이나 하고 무슨 대단한 영웅이나 되는 줄 아느냐며 야단을 친 게 전부야. 아빠가 사방팔방 찾아다니는 중이라며 오빠의 행방을 물었어." 그러곤 낯을 찡그리며 동생에게 말했다. "미안해, 루이자. 하지만 너에 관한 얘기는 한마디도 없었어. 네가 집을 나간 줄 여전히 모르고 계시구나 싶었지."

루이자는 유난히 추워 보였다. 어깨를 잔뜩 웅크리고 옷깃을 턱밑까지 끌어올렸다. "괘… 괜찮아. 어… 어쩌…면 우린 아주 오랫동안 밖에 있었는지도 몰라."

"너희 둘은 어떤지 알 수 없지만, 난 섬의 기후에 완전히 익숙해졌어. 그래서 불을 지핀 곳이라면 어디든 찾아 들어가고 싶은 심정이야."

"나… 나… 나도!"

얼어붙은 잔디밭을 두 발짝 걸어 들어갔을 때, 집 앞에서 소란스러운 기척이 들렸다. 계단을 오르고 문을 두드리는 기척이 나더니 두런두런 하는 목소리가 들렸다.

호기심이 생긴 소년은 방향을 바꿔서 반대편 모퉁이로 돌아갔다. 벽 뒤에서 무슨 일인지 조심스럽게 염탐했다. 두 여동생도 곧장 따라와 어둑어둑한 그늘에 몸을 숨겼다. 현관에서 경관 셋이 아버지, 새엄마, 그리고 루이자의 오빠 버트램과 이야기를 나누고 있었다.

"병원들에도 없던가요?" 아버지가 물었다.

선임자처럼 보이는 경찰관은 고개를 가로저었다. "예, 아이들은 없었습니다." 그러곤 조그만 노트를 꺼내 들고 차근차근 캐묻기 시작했다. "그러니까 아드님이 집을 나가서 이틀째 연락이 없단 말씀이죠? 따님 줄리아는 잠깐 돌아왔다가 금세 사라졌고요?" 더 물을 게 없는지 경관은 수첩을 탁 닫았다.

피터는 이복동생을 돌아보았다. 다들 루이자가 집을 빠져나간 걸 새카맣게 모르고 있는 눈치였다. 어쩌면 경찰관들은 새엄마에게 딸이 있다는 사실을 아직 파악하지 못한 상태일 수도 있었다.

바로 그때, 새엄마가 울부짖다시피 물었다. "그럼 루이자는요?" 아버지를 밀치고 경관의 소맷부리를 거칠게 붙잡았다. "우리 애기는 어디로 간 거죠?"

"이거 놓으시죠." 경찰관이 여인의 손을 부드럽게 떼어놓았다. "따님 루이자를 비롯해서 세 아이의 행방을 계속 찾고 있습니다. 이미 말씀드렸습니다만, 아이들이 집을 나간 즉시 신고를 하셨더라면 더 쉽게 따라잡을 수 있었을 겁니다. 이제 가출한 자녀의 숫자가 셋으로 늘어나는 바람에 병원과 영안실, 유치장들을 다 다시 뒤져야 할 판입니다."

새엄마는 아빠의 품에 쓰러지듯 안기며 탄식했다. "여보, 영안실이란 소리 들었어요? 정말 그럴 수도 있을까요?"

"진정해요, 헬렌. 그럴 리가 없어요." 아버지는 경찰관들에게 권했다. "날씨가 춥습니다. 잠시 몸을 녹이고 가시죠."

경관들은 솔깃하지만 그래도 괜찮을지 알 수 없다는 듯, 서로 눈길을 주고받았다. "함장님, 말씀은 감사하지만 어서 돌아가 아이들을 찾아보는 게 나을 성싶습니다.”

“그러시군요.” 아버지가 대꾸했다. “해군으로 오래 복무하면서 보니까, 따끈한 차 한 잔만 마셔도 추위를 이겨내기가 한결 수월합니다. 어서 들어오세요. 잠깐이면 됩니다.”

“정 그러시다면 잠시만 들렀다 가겠습니다.”

피터는 두 동생에게 속삭였다. “갈까?”

“가… 가자!” 루이자가 대답했다.

줄리아도 고개를 끄덕였다. “그러는 게 좋겠어.”

소년은 눈밭을 가로질러 문간으로 달려갔다. “저희들 여기 있어요!”

비명과 고함이 한꺼번에 터져 나오는 바람에 통 정신을 차릴 수가 없었다. 새엄마는 눈물바람을 하면서 매섭게 꾸짖었다. 버트램은 부루퉁한 표정을 지으며 집 안으로 들어가 버렸다. 경찰관들은 아이들의 이야기를 차근차근 받아 적고, 수색을 중단하라는 연락을 취한 다음, 따뜻한 차를 마셨다. 아버지는 피터와 줄리아를 번갈아 안아주고 별 탈이 없는지 꼼꼼히 살폈다.

한바탕 소란이 그렇게 가라앉고 경찰관들은 돌아갔다. 버트램이 도로 돌아오고 새엄마는 눈물을 닦았다. 그랜트 함장은 세 아이를 벽난로 앞에 앉히고 양모담요를 펼쳐서 무릎을 덮어주었다. 이런 절차를 다 마치자, 마침내 아버지가 입을 열었다.

“우선, 너희가 아무런 문제도 없이 건강하게 돌아와서 무척 기쁘다는 말부터 하고 싶구나. 엄마와 나, 그리고 버트램 모두가 마찬가지다. 평생을 통틀어 이렇게 불안하고 걱정스러웠던 적은 단 한 번도 없었어.”

새엄마는 씩씩거렸다. “여보, 이건 죄다 피터 때문이에요. 우리 아이까지 데리고 나가다니!”

"엄마, 제가 말씀드렸잖아요." 버트램이 소년을 노려보며 쏙닥거렸다. "천하에 쓸모없는 자식이라고요."

새엄마는 피터를 손가락질하며 사납게 쏘아붙였다. "이참에 매운맛을 확실하게 보여주마. 아프다는 게 무슨 뜻인지 아빠가 제대로 알려주실 거야. 줄리아도 마찬가지야. 이 불여우 같은 것!"

아버지는 고개를 끄덕였다. "그럼, 그렇고말고! 둘째로, 아무 때나 집에서 달아나는 못된 습관을 지금 당장 확실하게 고쳐놓고야 말겠다. 너희 엄마와 나는…."

꾸지람은 끝날 줄 모르고 이어졌다. 소년은 잔소리를 귓등으로 흘리며 저만의 생각으로 빠져들었다. "저 아줌마는 임마기 아니에요!"라고 소리치고 싶었지만, 피터는 예전의 그 코흘리개가 아니었다. 과거와는 딴판인 새사람으로 변한 지 이미 오래였다. 상황에 대처하는 방식도 달라져야 했다. 벽난로 주위를 서성거리며 언성을 높이는 아버지를 가만히 바라보았다. 몹시 흥분한 모습이었다. 회초리를 들 수도 있었다. 심하면 줄리아에게도 매를 댈지 몰랐다.

'주님, 어쩌면 좋을까요?

"…큰 값을 치러야 할지도 모른다. 시내의 경찰관들이 죄다 너희를 찾으러 돌아다니게 만들었으니 말이다." 아버지의 목소리는 이제 고함에 가까워졌다. "가뜩이나 여기저기 나가야 할 비용이 많은데 너희까지 이렇게 말썽을 피우면 어떡하라는 거냐! 이젠 더 내줄 돈도 없다고!"

아버지는 버클을 풀고 허리띠를 바지고리에서 잡아 뺐다. 억센 손에 잡혀 달랑거리는 꼴이 영락없는 뱀이었다. 굴녹의 칼날보다 더 끔찍했다. 몸에 입힐 상처가 두려운 게 아니라 그걸 휘두르는 주인공이 너무 두려웠다.

피터는 그늘의 힘에 휘말려 바른 길에서 벗어나고 말았던 페라스를 떠올렸다. 안타까운 일이지만, 아빠도 마찬가지였다. 미움을 주체하지 못하고 그릇된 방향을 선택하려 하고 있었다. 이번에는 초자연적인 빛이 나타나 그랜트 함장의 얼굴에 짙게 내려앉은 그림자를 깨부숴주길 바랄 수도 없었다.

아버지의 눈이 이글이글 타올랐다. "일곱 번째로, 내게는 아들 녀석이 함부로 돌아다니며 집안의 명예를 더럽히지 못하게 할 책임이 있다." 함장은 허리띠를 손에 단단히 감아쥐었다. "내가 이 집안의 가장으로 살아 있는 한, 그런 짓은 절대 용납할 수 없다." 낮고도 음산한 목소리였다.

"똑바로 서라, 피터!"

줄리아는 담요를 한쪽으로 걷어치우며 벌떡 일어났다. "안 돼요, 아빠! 때리지 마세요. 오빠는 식구들을 창피하게 만들 만한 짓을 한 적이 없어요."

"닥쳐!" 새엄마는 소녀를 벽난로 쪽으로 거칠게 밀어젖혔다.

버트램이 슬쩍 딴죽을 거는 바람에 줄리아는 난로 쪽으로 곤두박질쳤다.

루이자가 붙잡았지만 불 앞을 막아놓은 그물망을 들이받았다. 창살이 넘어가면서 불꽃이 튀고 뜨거운 재와 숯가루가 방바닥에 흩어졌다.

새엄마의 입이 딱 벌어졌다. 쌀쌀맞은 질책이 이어졌다. "칠칠맞기는! 멍청한 계집애 같으니라고! 양탄자에 구멍이라도 나면 어쩌려고!"

아버지는 피터를 한쪽으로 밀치더니 딸을 거세게 잡아채서 카펫에 패대기치듯 주저앉히며 으르렁댔다. "꼼짝 말고 있어!"

피터는 두려운 표정으로 아버지를 쳐다보는 줄리아의 눈길을 차마 두고 볼 수가 없었다. 소년은 동생의 손을 잡고 문간으로 데려갔다. 그러곤 다른 식구들 앞에 나서서 한마디씩 또박또박 끊어 말했다. "누구라도 줄리아에게 손을 대면 가만있지 않겠어요. 알겠어요?"

새엄마의 얼굴이 새파랗게 질렸다. 화를 누를 수가 없는 모양이었다. 손수 피터를 흠씬 두들겨 패주고 싶은 마음이 굴뚝같은 모양이었다. 하지만 여인은 금세 자세를 바꿨다. 분노로 이글거리던 눈동자가 도끼날처럼 차갑게 변했다. "저 버릇없는 자식을 가만히 둘 거예요? 망나니 같은 놈의 버르장머리를 바로잡아줘야죠! 어서 본때를 보여주세요!"

아버지는 허리띠를 감아쥐며 후려칠 준비를 했다. "피터, 당장 이리 와서 엎드리지 못해! 훌륭한 선원처럼 똑바로 처신히는 법을 배워! 그게 다른 식구들을 위하는 길이야!"

동생은 오빠의 팔을 잡아끌며 소곤거렸다. "일단 나가자! 아빠가 누그러진 다음에 다시 얘기해."

"안 돼! 피하는 모습을 보이면 더 뻔뻔스러워지게 마련이야. 그게 약자를 괴롭히는 이들의 특징이지." 소년은 완강했다.

"약자를 괴롭힌다고?" 새엄마는 아빠를 부추겼다. "당신도 들었어요? 쟤가 막말을 하네요. 그 허리띠, 저한테 주세요. 당신이 못하면…."

"내가 할게!"

등 뒤로 모닥불 빛을 받으며 우뚝 선 아빠의 모습을 보면서 소년은 뗏목에서 페라스와 맞서던 기억을 되살려냈다. 이번에는 칼 대신 벨트였고, 망망대해가 아니라 분노의 바다였다.

피터는 맞서 싸우려는 자세를 풀고 제자리에 똑바로 섰다. "맞겠어요. 전 아빠의 아들이고 왕의 왕께 순종하듯, 아버지 말씀에도 따를 작정이니까요."

버트램이 비아냥거렸다. "순종이 뭔지나 알고 하는 소리냐?"

소년은 루이자를 쳐다보았다. 이복동생은 지난날의 못된 계집애로 돌아가 있는 것처럼 보였다. 그렇다면 도와주길 기대하는 건 어리석은 짓이었다. 피터는 다시 아버지에게로 눈길을 돌렸다. "하지만 화를 참지 못하고 줄리아에게 손가락 하나라도 대는 날엔 함께 집을 나가서 다시는 돌아오지 않겠어요."

"저런!" 새엄마는 치를 떨었다. "저런 소릴 하는데도 가만히 둘 거예요? 당신 아들이라고 감싸고 들려는 건가요?"

아버지는 잔뜩 화가 나 보였다. 하지만 한편으로는 불안한 눈길을 숨기지 못했다. 피터는 기회를 놓치지 않고 핵심을 찔렀다.

"아빠는 달라졌어요. 저 아줌마한테 나쁜 물이 들었다고요. 우리를 안아주고 엄마를 아끼던 예전의 그 모습은 완전히 사라졌어요. 어둠을 섬기는 괴물처럼 변했단 말씀이죠. 불쾌하게 들릴지 모르지만 사실이에요. 등가죽이 벗겨질 때까지 절 채찍질하실 수도 있겠죠. 이해해요. 분노와 두려움에 쫓기고 있다는 걸 잘 아니까요. 줄리아와 저는 아빠의 자식이잖아요. 예전엔 보물처럼 소중히 여기셨죠. 하지만 다 잊어버리셨나봐요. 머잖아 그 값을 치르게 되실 거예요."

피터는 셔츠를 올려 맨 등을 드러내고 벽에 기대섰다.

버트램은 신이 나서 두 손을 비벼댔다. 새엄마도 기대감에 입술을 잘근잘근 깨물었다. 아버지는 그런 아내와 아들을 번갈아 쳐다보았다. 두 손으로는 연신 허리띠를 어루만졌다.

"자, 어서 시작해요! 뭘 망설이는 거예요?" 여인은 눈을 부지런히 굴리며 재촉했다. "그래도 자식이라고 때리자니 손이 떨리나요? 버티야, 당장 파출소에 전화해서 순경 아저씨 좀 오시라고 해라. 당신이 그러고도 이 집에서 가장대우를 받으려는 건 아니겠죠?"

아버지는 새엄마를 노려보며 소리쳤다. "내버려두라고! 내가 직접 할 거야!"

"안 돼요, 아빠!" 줄리아는 애원하며 매달렸다.

함장은 팔을 한껏 뒤로 젖혔다가 허리띠를 힘껏 휘둘렀다.

피터는 비명을 질렀지만 팔을 내리거나 돌아서지 않았다.

"저거 봐요, 엄마!" 버트램은 신이 나서 손뼉을 쳤다. "딱 한 대 맞았을 뿐인데, 벌서 피가 나와요. 아빠, 다시 한 번 때려보세요!"

그랜트 함장은 다시 팔을 쳐들었다가 힘차게 내리쳤다. 순간, 줄리아가 뛰어들며 외쳤다. "이제 그만!"

벨트는 줄리아의 뺨과 팔에 긴 자국을 남겼다. 소녀는 외마디소리를 내지르며 바닥에 쓰러졌다.

"줄리아!" 아버지의 목소리가 흔들렸다.

피터는 함장에게 달려들었다. "절대로… 줄리아는 때리지 말라고…. 줄리아!" 소년은 허리띠를 쥔 팔목을 붙들고 비틀었다. 둘은 한데 엉켜 안락의자를 쓰러트리며 바닥을 굴렀다.

새엄마는 악을 썼다. 줄리아는 목 놓아 울었다. 버트램은 강아지처럼 낑낑거리며 부엌으로 내뺐다.

참다못한 루이자가 마침내 자리를 차고 일어섰다. 부지깽이를 꺼내 들고 벽난로를 마구 두들기며 소리를 질러댔다. "그만! 모두들 제발 그만해요!"

벼락같은 소리에 충격을 받은 식구들은 그 자리에 얼어붙었다. 아이는 칼춤을 추듯, 작대기를 휘둘렀다. 다들 주춤주춤 계집애를 둘러쌌다. 어느새 아빠의 허리띠를 빼앗아 쥐고 있던 소년은 짐승처럼 으르렁

거리면서, 독사를 보듯 진저리를 치며 그 흉한 물건을 멀리 집어던졌
다. 소녀는 손으로 뺨을 감싼 채 훌쩍훌쩍 흐느꼈다.

루이자의 음성에 가시가 돋았다. "엄마! 부끄러운 줄 아세요!"

"내가? 왜?"

"암말 말고 듣기만 하세요." 아이는 들고 있던 부지깽이를 내리더니
지팡이처럼 짚고 말을 이었다. "엄마는 평생 암을 앓지도 않았고 최근
에 암에 걸린 적도 없어요."

"암이라고? 뜬금없이 무슨 소리냐?"

"하지만 저한테는 암만큼이나 끔찍한 성질을 물려주셨어요. 그동안
저는 오빠 언니한테 지독한 짓들을 서슴없이 했어요." 루이자는 진심으
로 미안해하는 눈길로 오누이를 바라보았다. "한마디로 짐승처럼 굴었
던 거죠. 지금 엄마처럼, 그리고 엄마가 키운 버트램처럼요. 하지만 제
가 그런 아이인 줄도 몰랐어요. 그런 점에서 집을 떠나는 경험은 꼭 필
요했어요. 전혀 다른 세계에 가서 놀라운 일들을 겪어보는 게 중요했다
고요." 이복동생은 피터와 언니를 흘낏 돌아보며 재빨리 덧붙였다. "그
래요… 꼭 봐야 할 세상이었어요. 그리고 캄캄한 동굴 속을 강물을 이
루며 흘러가던 용암만큼이나 또렷한 사실을 깨달았어요. 엄마는 병들
었어요."

루이자는 줄리아에게 다가갔다. 부지깽이를 바닥에 내려놓더니 조심
스레 줄리아의 손을 얼굴에서 떼어냈다. 뺨 한쪽이 넓적하게 부풀어 오
르고 가장자리에는 핏물이 배어 있었다.

딸의 몰골이 드러나자 함장은 신음을 토해내며 자리에 털썩 주저앉
았다. 피터는 주먹이라도 휘두르고 싶은 기분이었다.

"아버지에게는 자식들을 제대로 훈계할 의무가 있죠." 루이자는 함

장을 응시하며 말했다. "자녀들은 거기서 바르게 살아가는 법을 배워야 하고요. 그렇지만 분을 참지 못하고 허리띠를 빼들거나, 제대로 가르치는 게 아니라 벌을 주는 게 목적이 되는 순간 아버지의 모습을 잃고 괴물이 된다는 걸 알아야 해요."

새엄마는 혀를 차며 끼어들었다. "머리에 피도 안 마른 게 뭘 안다고 쫑알쫑알 아버지한테…."

아이는 아랑곳하지 않았다. "게다가 아들딸의 가슴에 증오가 쌓이게 하고 남편을 괴수로 만드는 엄마는 더 이상 엄마가 아니라 소름 끼치는 야수일 따름이죠." 그러곤 언니를 향해 돌아서며 못 박아 말했다. "우리가 정말 가족이 되려면 괴물과 야수를 세상에서 쫓아내야 해. 치유가 필요하다는 뜻이지."

루이자는 줄리아의 뺨을 부드럽게 어루만졌다. 손을 내렸을 즈음에는 상처가 말끔히 사라지고 보이지 않았다.

방 안에 정적이 흘렀다. 새엄마는 숨조차 제대로 쉬지 못했다. 아버지는 헛것을 본 게 아닌지 헷갈리는 모양이었다. 얼마나 놀랐던지 버트램마저도 한결 독한 기운이 빠진 표정이었다.

"나는 그냥… 다만…." 아버지는 말을 더듬었다.

아이가 다가서자 함장 부부와 망나니 아들은 뒷걸음질을 쳤다. 갑자기 불을 내뿜거나 불병거를 타고 하늘로 올라가기라도 할까봐 잔뜩 겁을 먹은 모습이었다. 루이자는 몸을 돌려 피터에게 걸어갔다. 그러곤 벌겋게 채찍자국이 난 등을 가볍게 문질렀다. 순식간에 상처가 가라앉았다.

이번엔 반응이 빨랐다. 아버지, 새엄마, 버트램은 후다닥 달려와서 등을 꼼꼼히 살폈다.

"없어졌어!" 아버지는 두려움이 가득한 눈으로 의붓딸을 돌아보았다. "어떻게… 어떻게 한 거냐? 어떻게 이런 일이!"

루이자는 언니의 손을 잡고 피터 곁에 섰다. 셋은 손에 손을 잡고 나머지 식구들과 마주 섰다.

아이가 설명했다. "우리한테 특별한 일이 일어났어요. 멀리, 아주 멀리 갔어요. 말씀드려도 믿지 못하시겠지만, 원하시면 어떤 모험을 했는지 들려드리죠. 우린 다른 세계에 갔어요. 낯설고 이상하게 들리실 줄 알아요. 그래도 이건 엄연한 사실이에요. 피터 오빠랑 줄리아 언니는 그곳의 영웅이었어요. 다들 왕의 왕께서 부르신 구원자로 여겼죠. 그리고 저도… 부르심을 받고 치유자가 되었어요. 방금 언니 오빠를 치료한 것처럼 그곳 백성들의 아픔을 거둬주는 일을 한 거죠. 하지만 앞으로는 이런 능력이 나타나지 않을 거예요. 주님이 나머지 식구들에게 깨달음을 주시려고 잠시 동안만 더 상처를 고칠 수 있는 힘을 허락하신 것 같거든요."

새엄마는 아빠를 돌아보며 말했다. "여보, 저 아이가 돌았나 봐요."

"천만에요." 피터는 고개를 가로저었다. "거짓말이 아니에요. 믿기… 어려우시겠지만 틀림없는 사실이죠."

"언제부턴가 입에 밴 노래가 있었어요. 여기 살 때부터 가락을 흥얼거렸거든요. 하지만 집을 떠나기 전까지는 가사를 알 수가 없었어요. 그런데 새로운 세계에 들어가자마자 그 곡조에 엄청난 힘이 실려 있다는 걸 알게 됐어요. 가사 자체가 예언의 말씀이었던 거죠. 그곳 못지않게 여기서도 큰 의미를 갖는 노래란 생각이 들어요."

아이가 헛기침을 하며 목을 가다듬었다. 하지만 노래를 하리라는 예상과 달리 이야기를 이어갔다.

"노래에 따르면, 둘이 모여 하나가 된다고 했어요. 한데 뭉친 힘으로 온 세상을 다스린다고요. 제가 집을 나설 당시에는(고작 며칠이었지만 몇 달은 되는 느낌이에요) 우린 '한 지붕 두 가족'이었어요. 마음으로는 천리 만리 떨어져 지냈으니까요. 저만 하더라도 엄마와 버트램, 그리고 의붓 아버지와 한편이 되어 언니 오빠를 괴롭혔어요. 피터와 줄리아를 원수 로 여긴 셈이에요. 하지만 왕의 왕께서는 하나가 될 길을 보여주셨어 요. 갈등하고 싸우는 게 아니라 새로이 연합해서 따로 놀 때보다 더 단 단하고 강해지는 법을 알려주신 거죠."

루이자는 엄마에게 미소를 지어 보였다. "평범한 아이로 돌아가기 전 에 마지막으로 해야 할 일이 있어요. 우리 가정을 치유해서 하나로 만 드는 거죠."

피터는 놀란 눈으로 이복동생을 쳐다보았다. 지난날, 누구한테도 사 랑받지 못할 거란 악담을 줄리아에게 쏟아내던 고자질쟁이 아이가 어 쩌다 이렇게 변했는지 가늠할 도리가 없었다. 아버지의 매질을 기다리 고 있을 때까지만 하더라도 새엄마가 변할 수 있다고는 꿈조차 꿔본 적 이 없었다. 피가 나도록 두들겨 맞고 나갈 테면 나가란 소리나 듣게 될 줄 알았다. 하지만 왕의 왕께서 루이자를 저토록 확실하게 변화시키셨 다면 누구나(심지어 새엄마라도) 바꿔놓으실 수 있는 게 아닐까?

루이자가 말을 이었다. "엄마! 주님은 돌같이 굳은 심령을 새 마음으 로 바꿔주고 싶어 하세요. 버트램 오빠도 주님이 가르쳐주신 길을 따르 면 훌륭한 사람이 될 수 있어. 그리고 아빠! 피터 오빠와 줄리아 언니는 고상한 성품과 용기를 갖췄어요. 아빠가 심어주셨고 지금도 언니 오빠 의 마음에 살아 있어요."

바로 그때, 갑자기 아버지의 눈에서 눈물이 주르륵 쏟아져 내렸다.

“얘들아, 미안하다. 정말 미안해.” 함장은 두 손으로 얼굴을 감싸고 엉엉 울었다. 오누이로서는 엄마의 장례식 이후로 처음 보는 장면이었다.

집안 분위기가 빠르게 바뀌어가고 있었다.

루이자는 새엄마의 무릎에 앉았다. 버트램도 쪼르르 쫓아갔다. 여느 아이들처럼 구는 게 낯설어 보일 정도였다. 루이자가 사내아이의 귀에 대고 몇 마디 속삭였다. 귀엣말이 끝나고 고개를 드는 순간, 버트램의 얼굴엔 그동안 단 한 번도 볼 수 없었던 순진하고 다정한 낯빛이 떠올랐다. 무언가 달라지고 있음을 직감할 수 있었다. 루이자는 당연한 일로 여기는 기색이었다.

줄리아는 오빠의 손을 잡아끌고 아버지에게 다가갔다. 처음에는 뿌리치며 버티던 피터도 곧 그랜트 함장 곁에 무릎을 꿇고 앉았다. 서운함보다는 끔찍이 자식들을 사랑하던 아빠의 옛 모습을 다시 대하고 싶은 소망이 더 간절했다.

줄리아는 아빠의 무릎에 앉아 눈물을 닦아주었다. 함장은 그런 딸을 서글프게 내려다보다가 다시 두 손으로 얼굴을 감쌌다. 차마 피터를 볼 낯이 없는지 어깨를 들썩이며 울기만 했다. 그렇게 얼마나 시간이 흘렀을까? 마침내 고개를 들었을 때는 눈빛이 따뜻하게 변해 있었다. 온화하고 부드러운 눈길이었다.

“아빠!” 줄리아가 불렀다.

함장의 목소리는 잔뜩 잠겨 있어서 대답이 신음처럼 들렸다. “음?”

“다른 세계에 있을 때, 이런 보석을 주웠어요. 어쩌면 그냥 돌조각인지도 몰라요.” 소녀는 손바닥을 펴 보였다.

“거기선 이걸 신물이라고 불렀어요. 가운데가 육각형 별모양으로 파여 있어요. 거기에 딱 맞는 조각과 합치지 않으면 신물은 힘을 내지 못해요. 그런데 맞춤한 물건까지 제 손에 들어온 거예요. 당연히 오빠랑 둘이서 둘을 하나로 조립했죠. 별처럼 여섯 뿔을 가진 펜던트를 홈에 끼우자 놀라운 일들이 벌어졌어요."

피터는 온몸에 소름이 돋는 걸 느꼈다. 동생이 무슨 소릴 하려는지 그제야 또렷이 알 수 있었다. 이제는 소년이 나설 차례였다. "아빠! 홈에 들어갈 물건이 없었을 때는 신물이라고 해봐야 고장 난 장난감이나 다름없었어요. 펜던트도 예쁘게 생긴 액세서리에 지나지 않았고요. 하지만 둘을 정확하게 맞추기가 무섭게 그야말로 기적 같은 일들이 벌어진 거예요."

그랜트 함장의 눈에 다시 눈물이 어렸다. 하지만 이번엔 기쁨에 겨운 눈물이었다.

"지금 생각해보니, 왕의 왕께서 행복한 가정을 만들어주시려고 루이자에게 치유하는 힘을 주시고 셋 다 무사히 집으로 돌아오게 하셨나봐요. 가족 모두에게 놀라운 기적을 베풀어주시려고요."

여섯 식구는 어깨를 나란히 하고 한자리에 둘러앉았다. 새엄마가 나지막하게 귀에 익은 가락을 흥얼거렸다. 에이딘에서 돌아온 세 아이는 의미심장한 눈빛을 주고받았다.

"엄마! 그게 무슨 가락이에요?" 루이자가 물었다.

"나도 모른단다, 아가. 어느 결엔가 입에 붙어 있더구나. 오래전부터 알고 있던 노래 같아."

피터와 줄리아를 바라보는 루이자의 얼굴에 환한 미소가 떠올랐다. "제가 가사를 알려드릴까요?" 아이가 엄마에게 말했다.

"좋고말고! 그런데 넌 그 노래를 어떻게 아니?"

에이딘 영웅들은 함박웃음을 지으며 입을 모아 합창했다.

둘이 모여 하나가 된다네.
한데 뭉친 힘으로 온 세상을 다스리네.
빛이 홍수처럼 쏟아지니 그늘이 쫓겨 가네.
주인이 다시 오시는 날, 어둠은 무너지네.